KB141143

초기사림파문집
역주총서
4

허백정집虛白亭集 4

홍귀달 저
부산대학교 점필재연구소
김남이, 김용철, 김용태, 김창호, 부영근 옮김

점필재

허백정집 虛白亭集

조선 초기의 문신 洪貴達(세종 20년, 1438~연산군 10년, 1504)의 시문집.
9권(원집 3권, 속집 6권) 6책. 목판본. 사화로 산실되고 남은 저자의 유문을 후
손들이 수합하여 家藏하였다가 광해군 2년(1610) 外玄孫 崔挺豪가 求禮縣監으
로 부임하였을 때 현손 洪鎬에게 이 家藏本을 얻고 전라도 관찰사 鄭經世의
도움으로 이듬해인 광해군 3년(1611)에 간행하였다. 《原集 初刊本》原集은 목
판본 3권 3책으로 詩 1권, 文 2권으로 이루어졌으며, 鄭經世가 序文을, 崔挺豪
가 跋을 썼다. 그 후 憲宗朝에 후손 洪宗九가 미처 收拾하지 못했던 저자의
유문을 모으고 동암공(?)이 작성한 연보를 아울러 續集 3책을 編輯하여 간행하
려던 중 卒하자 洪麟璨 등이 이 일을 續行, 헌종 8년(1842) 柳致明의 校勘을
거친 후 洪殷標·洪箕璨·洪敬模가 繕修하여 1843년에 간행하였다. 《續集初刊
本》續集은 목판본 6권 3책으로 詩 4권, 文 1권 및 年譜, 行狀 등으로 되어
있다. 헌종 9년(1843) 柳致明이 後序를, 후손 洪麟璨·洪殷標가 跋을 썼다. 본
번역의 대본은 原集은 고려대 만송문고장본, 續集은 국립중앙도서관장본이다.

허백정 홍귀달 虛白亭 洪貴達

세종 20년(1438) ~ 연산군 10년(1504)

본관은 부계(缶溪). 자는 겸선(兼善), 호는 허백당(虛白堂)·함허정(涵虛亭). 아버
지는 효손(孝孫)이며, 어머니는 노집(盧緝)의 딸이다. 세조 6년(1460) 강릉 별시
문과에 급제, 겸예문을 거쳐 예문관봉교가 되었다. 1467년 이시애(李施愛)의
난을 평정하는 데 공을 세우고 이조정랑이 되었다. 예종 1년(1469) 장령으로
춘추관편수관이 되어 『세조실록』 편찬에 참여했다. 성종 10년(1479) 도승지로
서 연산군의 생모 윤비(尹妃)의 폐출에 반대하여 투옥되었다. 1481년 천추사(千
秋使)로 명나라에 다녀왔으며, 이후 충청도관찰사·형조참판·이조참판 등을 역
임했다. 연산군 4년(1498) 무오사화 직전, 왕의 난정(亂政)을 들어 간하다가
사화가 일어나자 좌천되었다. 1500년 왕명으로 『속국조보감』·『역대명감』 등
을 편찬하고 경기도관찰사로 나갔다. 1504년 손녀(彦國의 딸)를 궁중에 들이라
는 연산군의 명을 어겨 장형(杖刑)을 받고 경원으로 유배되던 중 단천에서 교살
되었다. 중종반정 후 복관되고 이조판서에 추증되었다. 시호는 문광(文匡)이다.

머리말

　조선전기는 그 어느 시기보다 자명한 것처럼 보인다. 훈구파와 사림파라는 선명한 구도가 통설로 받아들여지고 있기 때문이다. 조선 건국을 주도하고 거듭된 정치적 격변을 겪으며 정치권력을 틀어쥐었던 훈구파, 그리고 그들의 배타적 독점과 누적된 병폐를 비판하며 성장한 재지사족 출신의 사림파라는 대립 구도가 그것이다. 전자는 文章華國을 문학론의 주요 논거로 활용했기에 사장파, 후자는 心性修養을 문학론의 핵심 논리로 내세웠기에 도학파라 명명하기도 한다. 이처럼 명확한 만큼 조선전기 연구는 조선후기와 비교할 때, 한산하기 그지없다. 관심으로부터 멀리 떨어져나간 고립된 섬과도 같다.

　물론 조선전기라는 시대가 현재 우리의 삶과 상당한 거리를 가지고 있어 관심으로부터 멀어졌을 가능성이 있다. 하지만 다채롭기 그지없는 조선 후기의 눈부신 모습 때문에 시야가 흐려진 이유도 있을 것이다. 실제로 조선후기가 근대로 이행하는 시기임을 입증하기 위해는 조선전기를 '암흑의 시대'로 만들지 않을 수 없었다. 예컨대 실학이 이전 시기에 대한 자기반성 또는 누적된 병폐를 비판적으로 딛고 일어난 탈 중세적 또는 근대적 운동이라는 점을 입증하기 위해서는 조선전기를 부정적으로 묘사할 수밖에 없었던 것이 훈구파하면 으레 부화하고 퇴영적인 모습을 떠올리고, 사림파하면 으레 경직되고 고답적인 모습을 떠올리게 되는 것은 그런 까닭이다.

　하지만 세종과 성종으로 대표되는 그 시기가 조선을 유교 문명국가로 완성시킨 시기였음도 누구나 인정하는 사실이다. 그렇다면 어느 것이 적확한 이해일까. 조선전기에 대한 우리의 관심은 이런 소박한 질문으로부터 시작되었다. 더욱이 조선전기 훈구파와 사림파의 구분이 사상적으로든 사회경제적으로든 통념처럼 명확하게 구분되지 않는다는 비판은 점차 설득력을 높여 가고 있다. 그렇다면 지금이야말로 조선전기의 실체적 진실을 재론하지 않을 수 없는 때이다. 당대 인물의 구체적인 삶에 대한 탐구가 필요하다고 판단하게 된 까닭이다.

그리하여 우리는 조선전기를 이끌어갔던 인물군상의 동태에 실증적으로 다가가려는 여정을 기획하게 되었다. 어느 때를 막론하고 인간이야말로 그 시대를 이끌어가는 핵심 동력이다. 그리고 그 인간을 제대로 이해하기 위해서는 그들 자신이 남긴 기록을 비껴갈 수 없다. 살아생전의 시문을 수습하여 엮은 문집은 그래서 중요하다. 물론 문집은 한 인간의 생애를 총체적으로 보여주는 정돈된 자료인 동시에 한 인간의 행적을 인상적으로 기억하게 만드는 완결된 서사이기도 하다. 때문에 문집에는 문집 주인공은 물론 문집을 편찬한 시대의 분투가 아로새겨져 있기 마련이다. 조선전기 문인의 문집을 꼼꼼하게 번역하며 그 시대를 읽어보겠다는 장대한 목표는 그렇게 해서 분명해졌다.

우리는 그 첫 번째 역주 대상을 무오사화와 갑자사화 때 화를 입은 인물들의 문집으로 잡았다. 이들은 성종 때 점필재 김종직에게 직·간접적인 학문적 영향을 받으며 성장했고, 연산군 때 자신의 정치적 이상을 실현해보려고 하다가 결국 좌절당했다는 공통점을 지니고 있다. 아니, 조선전기 훈구파와 사림파의 대결이 불러온 파국의 절정을 보여주는 사례로 꼽혔던 당사자들이었다. 그렇다면 바로 그들의 삶에서 조선전기라는 문제의 시대로 들어가는 단서를 찾을 수 있겠다고 판단했다. 그리하여 이런 문제의식을 공유한 연구자를 모으고, 방대한 분량의 문집을 지속적으로 역주할 수 있는 재정적 기반을 마련해야 했다. 마침내 미더운 연구자들이 하나 둘 모였고, 한국연구재단으로부터 역주 작업을 위한 재정 지원도 받게 되었다. 그때 그 기쁨, 지금도 생생하다. 그로부터 햇수로 8년이란 시간이 흘렀다. 그 짧지 않은 기간 동안 젊은 연구자의 진로가 다기했던 만큼, 작업을 함께 한 연구자들도 적지 않게 바뀌었다. 그리고 문집에 담겨있는 시문의 난해함은 우리의 의욕보다 훨씬 더 단단한 벽으로 다가왔다. 번역을 하는 작업이 얼마나 힘들고 어려운 작업인지 절실하게 깨달았다.

그럼에도 불구하고 온갖 우여곡절을 겪으며, 시간은 결국 번역 작업의 끝을 우리에게 보여주었다. 이제 출간을 앞두고 오래 전에 번역한 것들을 다시금 훑어보니, 잘못되고 아쉬운 대목이 이루 헤아릴 수 없을 만큼 많다. 하지만 더 미룰 수 없어 부끄러운 모습 그대로 세상에 내놓는다. 앞으로 공부해 나가면서 고치고 보완해나갈 것을 다짐하며. 그간, 힘든 역주 작업에 함께 했던 모든 분들께 깊이 감사드린다.

2014년 6월 20일
역주자를 대신하여 정출헌이 쓰다

차례

고 이야기를 주고받은 것이 두 세 차례인데 손수 여섯의 이름자를 써서
주면서 부친이 하남 여령부에 계시니 예순 일곱 살인지라 바라건대 한편의
시를 지어 돌아가 축수하게 해 달라고 하였다. 내가 재주가 졸렬하여 사양
하였으나 끝내 사양하지 못하고 겨우 속된 말로 지은 것이 아래와 같다.
적어 두어 한번 웃고자 한다

11

허백정집 속집 권3

시詩

한양을 떠나며 신축년 여름, 중국에 갈 때이다
發漢陽 辛丑¹夏朝天時

전성前星이 태양을 빛내니 중리重離가 되고
주기主器가 사당을 받드니 기쁨을 알 수 있네.
만국이 입 모아 노래하니 성심만이 모여 들고
삼한은 옥과 비단으로 풍성한 예물 바치네.
장안은 아득히 눈 닿는 4천리인데
고향은 돌아보면 12시라 하루길.
이번 길에 은택이 후할 것이니
성 나서자 우사雨師께서 앞장서서 달리신다네.

前星耀日作重離²　　主器³承祧喜可知
萬國謳歌心獨輦　　三韓玉帛享多儀
長安極目四千里　　故國回頭十二時
知得此行偏渥澤　　出城先路雨師馳

[원주]
오랜 가뭄 끝에, 마침 이날 비가 왔기 때문에 이른 것이다.
久旱之餘, 適是日雨故云.

---

1 辛丑: 성종 12년(1481) 황태자 탄신일 進賀使로 선발되어 여름, 북경으로 떠나
　8월에 돌아왔다.
2 前星句: '전성'은 太子를 뜻하는 말이다. 『漢書』「五行志」에 "心, 大星, 天王也.
　其前星, 太子, 後星, 庶子也."라 하였다. '作重離'는 현명한 군주가 서로 이어진다
　는 뜻이다. 『周易』離卦 象辭에 "明兩作離, 大人以繼明照於四方."이라 하였는데,
　孔穎達疏에서 "明兩作離者, 離爲日, 日爲明."이라 하였다.
3 主器: 祭器를 뜻하는데, 太子를 이른다. 『周易』「序卦傳」에 "主器者, 莫若長子."
　라 하였으니, 고대에 군주의 長子가 중묘의 제기를 주관하였기 때문에 후대에는
　태자를 '主器'라 칭하게 되었다.

영서역 전별연 자리에서 짓다 육언시이다
迎曙驛[1]飮餞. 六言

성곽을 나서 서쪽으로 10리를 가다가
역참에 머물며 몇사람과 마주하였네.
송나무 삼나무 일산을 펴 새벽을 맞고
수레와 말에 술병 싣고 봄날을 보내네.
장단長短의 우정郵亭이 제일이거늘
나그네 길 나선지 며칠이나 되었나.
얼근히 취한 채 안장 놓아 서쪽으로 가는
만리 온 세상 떠도는 이 한 몸.

出郭西行十里　　停驂相對數人
松杉偃蓋[2]迎曙　　車馬提壺送春
長短郵亭[3]第一　　居諸客路幾旬
酒酣鞍馬西去　　萬里乾坤一身

1　迎曙驛: 경기도 楊州 서쪽 60리 지점에 있던 역으로, 속역은 碧蹄·馬山·東坡
　·青郊·狳猊·中連, 여섯이다.《新增東國輿地勝覽 卷11 경기도 楊州牧》
2　偃蓋: 소나무 등 나무의 가지와 잎이 휘늘어져 일산처럼 크게 펼쳐진 모습이다.
3　郵亭: 옛날에 10리마다 長亭을, 5리마다 短亭을 설치해서 여행자들이 쉴 수 있도록
　하고, 또 성곽 근방에 있는 곳은 늘 송별하는 장소로 이용되었다.

천수원을 지나며

過天水院[1]

천수원 앞에는 하늘이 물에 비치니
강남 가는 나그네의 말은 용이 되누나.
괜시리 흥취가 일어나는 곳이어니
지척의 송악산이 내 눈으로 지네.

天水院前天映水　　江南征客馬如龍[2]
無端却有興懷處　　咫尺松山落眼中

1　天水院: 松都에 있으니, 벽제를 지나 임진을 건너면 천수원에 이르고 곧 송도에
　접어든다.
2　江南句: 지상을 달리는 말이 天水院 앞을 달리며 물에 비치자 마치 물속을 달리는
　용처럼 보인다는 말이다.

저탄교를 지나며
過猪灘橋[1]

길 가던 중 저녁 비에 갇혀서
나루에서 도롱이에 삿갓 쓰니 어부인가 싶네.
넘실대는 먼 강물은 말처럼 내달리고
비스듬한 긴 다리는 용인 듯 누워 있구나.
공중 향해 타고 올라 날쌔게 날아가니
사람은 거울 속에서 신선 자취 따라 오르네.
이제 곧장 황하의 근원 향해 올라가리니
8월의 사신의 배를 마침 여기에서 만났구나.

爲被途中暮雨衝　　渡頭蓑笠訝漁翁
瀰漫遠水流如馬　　偃蹇長橋臥似龍
騎向空中飛逸足[2]　　人於鏡裏躡仙蹤
從今直射河源[3]去　　八月星槎[4]會此逢

1　猪灘橋: 저탄은 황해도 平山에 있는데, 그 근원이 遂安郡 彦眞山에서 나와 新溪縣
　　을 지나 부의 북쪽에 이르러 岐灘이 되고, 부의 동쪽에서 전탄이 되며, 저탄에
　　와서 물이 비로소 커져서 아래로 江陰縣으로 흘러 助邑浦가 된다 했다.『高麗史』에
　　서는 저탄을 浿江이라고도 하였다.《新增東國輿地勝覽 卷41 황해도 平山都護府》
2　逸足: 疾足이니 날랜발이며, 駿馬를 상징한다.
3　河源: 황하의 근원이니, 여기서는 중국을 향해 가는 것을 이렇게 표현한 것으로
　　보인다.
4　星槎: 사신이 타고 가는 배를 이른다. 전설에 은하수와 바다가 서로 통하였는데
　　漢나라 때 張騫이 바다에서 뗏목을 타고 은하수에 올라 견우와 직녀를 만났다고
　　했다.《博物志 卷3》

보산 안성길에서 붓 가는 대로 쓰다
寶山安成¹路上, 卽事

보산의 역정에서 처음으로 말을 내리고
곡산의 태수와 술 몇 잔을 마시노라.
시 지어 서장관에게 보라고 주며
술잔 들고 군관 불러 마시라 하네.
가다가 산의 풍경 읊조리니 그 소리 높았다 낮아졌다
취한 채 시냇물 소리 들으니 거문고 소리처럼 잦아들다 커졌네.
벌판의 물에 말이 빠지니 손으로 물장난하고
강바람 얼굴로 불어오니 옷깃을 헤치고 맞네.
나무들은 비 맞아 겹겹 푸르름이 울창한데
보리는 가뭄에 시달려 절반이 누렇게 탔네.
가파른 바위 절벽은 천복天腹에 기대었고
퇴락한 옛 다리는 길 옆에 묻혀 있구나.
어디메 밭에는 갈대가 돋았는가
어떤 울타리 밑엔 들뽕나무가 없네.
구부정한 시골 아낙네, 얼굴이 푸르스름하고
다급히 달리느라 장정은 바지도 못 걸쳤네.
눈을 스치는 어지러운 일들 한탄을 더하노니
세상일일랑 둘 다 잊는 것만 못하구나.
깊은 잠에 빠져서 꿈속에 들었는데
10리도 못 가 황량黃粱의 꿈에서 퍼뜩.

---

1 寶山安成: 이 두 역은 황해도 金郊역 속역 8개 중에 속해 있다.《新增東國輿地勝覽
卷41 황해도 평산도호부》

남은 여정 얼마인가 종에게 묻노라니
적전赤田은 서쪽으로 꺾이고 산은 짙푸르구나.
섬돌에서 말 내려 바람 부는 창에 기대었자니
밝은 해는 때마침 하늘 한가운데 떠 있네.

寶山驛亭初卸馬　　谷山太守酒數觴
題詩付與書狀²看　　擧杯喚取軍官嘗
行吟山色韻高低　　醉聽溪聲絃抑揚
野水沒馬以手弄　　江風吹面被襟當
樹木經雨鬱層翠　　麰麥苦旱半焦黃
巉巖絶壁倚天腹³　　牢落古橋埋道傍
幾處隴畝生蘆葦　　誰家籬落空野桑
田婦傴僂面如茱⁴　　丁男急走身無裳
過眼紛紛增感歎　　世事不如都兩忘⁵
黑甛沈沈入華胥⁶　　行未十里驚黃粱⁷

---

2 書狀: 申從濩. 세조 2년(1456)~연산군 3년(1497). 자 次韶. 호 三魁堂. 본관 高靈. 조부는 叔舟, 아버지는 澍이다. 성종 11년(1480) 식년문과에 장원급제하였 는데 성균진사시와 뒷날 문과중시에서 모두 장원을 하여 '삼장원'의 영예가 있었다. 1496년 병을 무릅쓰고 명나라에 사신으로 갔다가 이듬해 돌아오는 길에서 세상을 떠났다. 문장과 글씨에 모두 뛰어났다. 저서로 『삼괴당집』이 있다.

3 天腹: 赤道를 말한다. 그 형세가 매우 세차서, 적도의 아래에 있는 물이 水宗이 되며, 적도의 좌우에 따르는 것은 모두 그 물이 퍼져 나간 것이다.《星湖僿說 卷3 天地門 潮汐》

4 面如茱: 제대로 먹지 못하고 굶어서 얼굴이 푸르스름하게 된 것을 말한다.

5 兩忘: 두 가지를 한꺼번에 잊는 것으로, 物과 我, 세상과 자신을 잊는다는 뜻이다.

6 黑甛句: '흑첨'은 캄캄하게 어둡고도 단 것, 곧 잠에 드는 것을 이른다. '華胥'는 이상적인 안락하고 화평한 경지, 혹은 夢境을 일컫는다. 『列子』「黃帝」에서 黃帝 가 낮잠을 자다 華胥氏之國의 나라에 가게 되었는데 모두가 自然의 평화로운 상태 에서 살고 있는 이상적인 곳이었다. 이 시에서는 앞에서 본 시골 사람들의 강팍한 삶을 잊고 잠 속에 든다는 의미와, 화서국과 같은 이상적인 나라를 꿈꿔 본다는 뜻이 함께 있다.

7 黃粱: 黃粱夢의 준말로, 인생영화의 덧없음을 비유적으로 표현한 말이다. 唐나라

前程何許問僕夫　　赤田西折山蒼蒼
當階下馬倚風橋　　白日正爾天中央

개원 연간 때 盧生이란 청년이 道士 呂翁을 만나 신세를 한탄하였다. 그러자 여옹
이 노생에게 베개를 주면서 이를 베고 자면 부귀영화를 누릴 것이라 하였다. 여옹
은 기장[粱]으로 밥을 짓고, 노생은 베개를 베고 잠이 들었는데, 꿈속에서 일평생
의 부귀영화를 80세까지 실컷 누렸는데 깨어 보니 꿈이었고, 꿈 속 80년의 세월이
실제로는 짓던 기장밥이 익지 않았을 만큼의 짧은 순간이었다.

강 찬성贊成의 「영서역 시」에 차운하다
次姜貳相[1]迎曙驛[2]韻

위성渭城은 아침 비에 젖었는데
나는 길 떠나 장정長亭으로 가네.
사나이의 회포는 크기도 한데
종놈의 이별은 경박하기만 하구나.
송화松花는 씨를 품고 떨어지며
강가의 해는 구름 뚫고 환히 비추네.
어제는 동남으로 가는 길이었는데
오늘은 서북으로 가고 있구나.

朝雨濕渭城[3]　　我行赴長亭
男兒懷抱曠　　童僕別離輕
松花[4]含子落　　江日透雲明
憶昨東南路　　如今西北征

---

1 貳相: 의정부 좌찬성·우찬성의 별칭이다. 이 시는 홍귀달이 천추절 진하사로 북경
　에 갔던 성종 12년(1481) 2월에 의정부 우찬성에 임명된 姜希孟이 영서역에 남긴
　시로 추측된다. 강희맹은 홍귀달이 북경으로 떠났던 여름 7월 즈음에도 우찬성의
　직분을 유지하고 있었다.《성종실록 12년 7월 3일》
2 迎曙驛: 경기도 楊州에 있는 驛이다.
3 朝雨句: '渭城'은 秦나라 수도 咸陽을 漢나라 武帝가 고쳐 부른 이름이다. 唐 王維
　「送人使安西」에 "渭城朝雨浥輕塵, 客舍青青柳色新. 勸君更盡一杯酒, 西出陽關
　無故人."이라 한 뒤로 이별 노래를 뜻하게 되었다. 후에 악부에 편입되어 渭城三疊
　이라고도 불렸는데 이는 이 노래가 세 段으로 구성되고, 세 번 반복하여 부르기
　때문이었다.
4 松花: 松球, 즉 솔방울을 뜻한다. 松子, 잣이 떨어질 때 솔방울 겉의 비늘 같은
　조각들이 마치 연꽃 모양으로 펼쳐지기 때문에 '송화'라고 부른 것이다.

강 찬성贊成의 「벽제역 시」에 차운하다
又次姜貳相碧蹄驛韻

나가고 멈추는 것은 내 결단이 아니거늘
군주와 어버이가 어찌 별개의 일이겠는가.
부모님 머리가 벌써 하얗게 세니
떠도는 자식은 늘 코끝이 시큰하다네.
빗소리 들으며 갈 길을 걱정하고
구름을 보다가 고향 그리워하네.
벽제에서 처음으로 말을 멈추고
지친 얼굴로 거친 술을 들이키노라.

行止¹非吾判	君親豈兩般
高堂頭已白	遊子鼻長酸
聽雨愁前路	看雲憶舊山
碧蹄初歇馬	村酒入衰顏

---

1 行止: 행동이나 말을 하거나 멈추는 것, 혹은 그런 일체의 모든 활동, 행동을 말하며, 여기에서는 벼슬길에 나아가고 물러나는 행위를 뜻한다.

강 찬성의 「흥의역 암석 시」에 화운하다
和姜貳相興義驛[1]巖石詩

우정郵亭에서 5리도 안 되었는데
가파른 벼랑이 홀연 천척으로 솟았네.
위로 푸른 하늘은 손으로 잡을 것 같고
아래 맑은 연못은 깊이를 알 수가 없구나.
요초瑤草는 그 한가운데서 나고
기수琪樹는 턱 위에 늘어서 있네.
난새 봉새는 그 이마에 깃들고
교룡은 그 발치에 터를 잡았구나.
사람은 거울 같은 물 위로 지나고
새는 병풍 사이로 날아간다네.
아득한 만 리 조회하러 가던 나그네
보슬비에 수레 멈추고 길을 잃었네.
한참을 나지막이 읊조리는데 번쩍 들려오는 것
나를 산으로 부르는 오묘한 말.
왕사王事에 정해진 길 있어 돌아볼 수 없으나
훌훌히 가는 길에 마음잡기 어렵구나.
푸른 연기 하얀 새는 언제나 꿈에 보이는데
아름다운 풍경 멀어져가니 마음 더욱 기우네.
진양晉陽의 상공께선 천성으로 기이함을 좋아해
나보다 먼저 나의 맑은 정경을 빼앗아 가시었구나.
우연히 붓 휘둘러 그 진경眞景을 그려 냈노니

---

1 興義驛: 黃海道 金郊道의 여덟 개 속역 중 하나이다.

한 폭으로 조물주의 공로를 온전하게 훔쳐내었네.
조군曹君은 나이 젊은 훌륭한 사람
아름다운 경치 탐내기론 상공과 같지.
묵본墨本을 보내어 보라 하더니
황홀하게 나를 그 안에 넣어 두었네.
어찌 꼭 진짜 모습을 대해야 하리
그대 시가 답답하게 막힌 내 가슴을 씻어 주네.

郵亭未五里	崖斷忽千尺
上有靑天手可攀	下有澄潭深不測
瑤草²産其腹	琪樹³羅其額
鸞鳳棲其巓	蛟龍宅其足
人於鏡面過	鳥度屛間去
迢迢萬里朝天客	細雨停車迷處所
沈吟久之恍有聞	定有要我山精語
王事有程不可稽	忽忽于邁難爲情
蒼煙白鳥長入夢	佳境漸遠心愈傾
晉陽相公⁴生好奇	先我奪我情境淸
偶然揮灑寫其眞	一幅全儉開闢功
曹君年少佳才子	性貪絶致如吾公
題封墨本寄與看	恍然置我於其中
何須更對眞面目	君詩足以洗我芥滯胸

---

2 瑤草: 고대 전설상의 香草로, 진귀한 화초나 仙境에 있는 화초이다.
3 琪樹: 仙境 중의 玉樹이니 진귀한 나무나 仙境에 있는 나무이다.
4 晉陽相公: 姜希孟. 세종 6년(1424)~성종 14년(1483). 자 景醇. 호 私淑齋·雲松居
  士·菊塢. 본관 진주. 아버지는 지돈녕부사 碩德, 형은 希顔이며 세종의 이종조카
  이다. 홍귀달은 姜龜孫이 북경으로 가는 것을 전송하며 지은 서문에서 자신을
  '강희맹의 門客'이라 표현한 바 있다. 강귀손이 바로 강희맹의 아들이니 아버지
  강희맹에 대해서는 門客으로서, 그 아들 강귀손과는 동료로서의 친교가 있었다.

순안으로 가는 길에 우연히 읊고 기록하여 신 서장관에게 보여
주다
順安途中偶吟, 錄似申書狀[1]

만곡萬斛 나그네 시름 한 잔 술로 달래도
평양 서쪽으로 나서니 말걸음은 더딜세라.
마치 앞길에 열두 봉우리 있는 듯하니
아침 구름, 저녁의 비가 함께 하겠네.

萬斛羈愁酒一卮　　箕城西出馬行遲
還如十二峯前路　　却有朝雲暮雨[2]隨

1　申書狀: 申從濩를 말한다.
2　朝雲暮雨: 남녀 간의 만남과 정을 이르는데, '조운'은 巫山 神女의 이름으로 아침에
　　는 구름이고 되고 저녁에는 비가 되어 내리겠다고 하였다. 巫山에 열두 개 우뚝한
　　봉우리가 있으니 시의 바로 앞의 구에서 열두 봉우리를 거론하고, 이어 이와 관련된
　　무산 신녀와 戰國時 楚懷王이 高唐에 유람 갔다가 꿈에서 무산의 신녀를 만나
　　정을 나누었다고 한다.

숙천으로 가는 길에

肅川¹途中

방초 우거진 곳에 물결은 제방에 찰랑이고
냇물에 사람 그림자 어른하니 해는 서쪽으로 지네.
말 달려 청산의 빛 속으로 두루 다니니
때로 새들이 높고 낮은 소리로 지저귀누나.

芳草萋萋水拍堤　　倒溪人影日初西
馬蹄踏破靑山色　　時有飛禽高下啼

1　肅川: 한양에서 용만부에 이르는 사행 노정 24店 중의 한 곳으로 평안도에 속한다.
　《新增東國輿地勝覽 卷32 평안도 숙천도호부》

안주성을 지나며 서장관의 시에 차운하다
過安州城[1], 次書狀韻

이 한 몸 병이 든 채 또 서쪽으로 가니
필마로 시 읊으며 오래된 성을 슬퍼하네.
칠불사는 몇 번이나 주지 스님 바뀌었을지
백상루는 옛과 같이 강물을 내려다보네.
지난날 승패는 병가兵家의 일이요
오늘의 강산은 나그네 마음이로세.
천지는 끝이 없고 사람은 쉬이 늙으니
말 세워 놓고 밀려오는 조수를 바라보노라.

一身扶病復西征　　匹馬吟詩弔古城
七佛[2]幾回更寺主　　百祥[3]依舊俯江聲
昔年勝敗[4]兵家事　　今日江山過客情
天地無窮人易老　　斜陽立馬看潮生

---

1 安州城: 한양에서 용만부에 이르는 사행 노정 24店 중의 한 곳으로 숙천 북쪽
　　48리에 있다.《新增東國輿地勝覽 卷52 평안도 安州牧》
2 七佛: 七佛寺. 평안도 안주목 北城 밖에 있는 사찰이다. 隋나라 병사가 강가에
　　늘어서서 강을 건너려고 하였으나 배가 없었는데, 갑자기 일곱 승려가 강가에 와서
　　옷을 걷어 올리고 건너는 것을 보고 수나라 병사가 보고 물이 얕은 줄 알고 다투어
　　건너다 물에 빠져 죽은 시체가 내에 가득하여 물이 흐르지 않을 정도였다고 한다.
　　이에 절을 짓고 칠불사라 하였으며 일곱 중처럼 일곱 돌을 세워 놓았다.《新增東國
　　輿地勝覽 卷52 평안도 安州牧 佛宇》
3 百祥: 百祥樓 평안도 안주목 북쪽 성 안에 있는 누정이다.
4 昔年勝敗: 안주성은 삼국시대 이래 국가의 중요한 요새로, 고구려 때에는 隋의
　　침입에 맞서 을지문덕과 그의 군대가 싸움을 벌였으며, 고려 때에는 거란·몽고
　　등의 침입이 있을 때마다 서북 지역의 군사 요지로서 중요한 역할을 했다.

안주에서 전의군의 시에 차운하여 이 절도사에게 이별하며 주다
安州, 次全義君¹韻, 寄與李節度²留別

그대 처음 장수로 나갔을 때 나는 먼 곳에 있어
우연히도 구름과 나무처럼 서로 그리며 멀리 떨어져 있었지.
평양에서는 조천석을 잠깐 어루만졌고
압록강에선 변방의 호가 소리에 퍼뜩 놀랐네.
북방의 장성長城에서는 자중해야 하거니
2년의 임기 동안 드센 오랑캐라도 어찌 잘난척 하리.
세류영 봄바람에 조두刁斗 소리 고요하거니
아마도 잔치하며 좋은 시절 보내시겠지.

君初出將我遠道　　偶然雲樹隔天涯
箕都乍拂朝天石³　　鴨水俄驚出塞笳
一面長城⁴須自重　　二期驕虜敢相誇

---

1 全義君: 李德良. 세종 17년(1435)~성종 18년(1487). 자 君擧. 시호 莊敬. 본관은
　全義. 아버지는 智長이며 세조비 貞熹王后의 姊婿이며, 특히 세조·성종의 총애
　를 받았다. 지방관을 지낼 때는 가는 곳마다 치적이 있었고 청렴하였다고 한다.
2 李節度: 李克均. 홍귀달이 사행을 했던 1481년 여름 6~8월 사이에는 李克均이
　평안도 절도사로 재직하고 있었다. 세종 19년(1437)~연산군 10년(1504). 자는
　邦衡, 본관은 廣州. 아버지는 우의정 仁孫이다. 세조 2년(1456) 식년문과에 급제
　하였으며 무술에도 뛰어나 세조의 총애를 받았다. 1481년과 1495년, 두 번에 걸쳐
　평안도에 절도사와 관찰사로 부임하였다.
3 朝天石: 평양 부벽루 아래에 麒麟窟이 있는데 고구려 東明王이 麒麟馬를 타고
　이 굴로 들어갔다가, 땅속에서 조천석(朝天石; 하늘에 조회하는 돌) 위로 나와
　昇天하였으며, 돌에는 기린마의 발자국이 남아 있다는 전설이 있다. 평양에 온
　많은 문인들은 조천석을 거론하여 동명왕의 기상이나 유한한 인간사와 무한한
　시간의 흐름을 느끼며 시를 남겼다.
4 長城: 원래 춘추전국시대 이래 각국이 변방을 지키기 위해 險要한 곳에 쌓았던
　장성이니 절도사 이극균이 평안도 변경 지역에 와 있기 때문에 이렇게 말했다.
　또한 장성은 국가가 의지할 수 있는 장성과 같은 역량을 갖춘 인물, 곧 이 절도사를

細柳春風刁斗靜[5]　　　料應尊俎[6]送韶華

　　아울러 비유하기도 한다.

5　細柳句: 군대의 기강이 엄격한 것을 칭송하는 말이다. '細柳'는 진영의 이름이다.
　　漢나라 文帝 때에 周亞夫가 將軍이 되어 細柳에 주둔하였는데 문제가 군대를 위로
　　하기 위해 細柳의 營에 왔으나 軍令이 없다 하여 들어가지 못하였다. 使者가 부절
　　을 받들고 장군에게 조서를 내리니 비로소 周亞夫가 명을 내려 군문을 열어 황제가
　　들어갈 수 있었다. 이에 주아부가 軍禮를 갖추어 문제를 알현하니 문제가 주아부야
　　말로 진정한 장군이라 칭송하였다.《史記 絳侯世家》
　　'刁斗'는 고대 行軍할 때 쓰이던 도구인데 놋쇠[銅]로 만들었으며, 낮에는 밥
　　짓는 그릇으로, 밤에는 陣中을 警戒하기 위해 돌아다닐 때 두드리는 징으로 쓰였다.
6　尊俎: 공적인 연회의 자리나 제사를 뜻하는데, 여기서는 연회를 이른 듯하다.

가평 서령으로 가는 길에
嘉平[1]西嶺路中

서쪽 가평길엔 푸른 하늘 걸려 있고
산 속 오래된 절은 연대를 알 수 없네.
덕 높은 스님께서 향불 피우고 계실 터인데
우습구나, 그가 병든 채 다시 산천에 든 것.

　　嘉平西路掛靑天　　古寺山中不記年
　　應有高僧香火裏　　笑他衰病復山川

---

1 嘉平: 평안도 평양부의 屬驛 11개 중의 하나이다. 11개 역은 生陽·安定·肅寧·
安興·嘉平·新安·雲興·林畔·良策·所串·義順이다.《新增東國輿地勝覽 卷51 평
안도 평양부 驛院》

박천강을 건너며
渡博川江[1]

넘실넘실 흐르는 강물은 어느 때나 멈추려는가
기슭 가득한 고운 풀들이 근심을 자아내노다.
배에 있던 사람 어느새 말을 타더니
닭 우는 새벽에 또 소로 갈아탔다네.
하늘 나즈막한 바다 어귀 구름은 흘러가고
강은 조수가 밀려드니 물이 거꾸로 흐르네.
남으로 북으로 오가는 일 언제나 끝이 나려나
모래밭 갈매기만 못한 내 신세 가엾기만 해.

滔滔逝水幾時休　　滿岸纖纖草織愁
人在舟中還跨馬　　雞鳴路上更騎牛
天低海口雲浮去　　江帶潮頭水逆流
南去北來何日了　　自憐身世不沙鷗

---

1 博川江: 옛 이름은 大寧江이고, 『大明一統志』에는 大定江이라고 되어 있다. 박천
군 서쪽 15리에 있다. 강의 근원은 昌城府의 浮雲山에서 나와 태천현을 지나,
安州의 老江과 합쳐 바다로 들어간다. 또 속담에 "朱夢이 부여로부터 남쪽으로
도망해서 여기에 오니, 물고기들이 다리를 만들어서 건너는데 편리하게 했다 해서
이름을 이렇게 지었다." 하였다.《新增東國輿地勝覽 卷54 평안도 박천군·가산군》

마음을 읊어 정주에 선위사로 간 내상 이백언에게 보내다

書懷, 寄李內相¹伯彦²宣慰³定州

서호에서 한 조각 마음을 주고 받았고
관서에서 만났을 땐 술로 정이 깊었지.
평생에 가진 의기 아는 사람 없지만
머리 위로 밝은 해가 찬란하게 비추고 있네.

受授西湖一片心　　關西逢別酒尊深
平生意氣無人識　　頭上昭昭白日臨

[원주]

지난 기해년(1479, 성종 10) 겨울, 이백언을 대신하여 충청도 관찰사가 되었는데,
이제 또 평안도에서 해후하였다. 세 곳에서 모두 술을 마시며 즐겁게 보냈다.

去己亥冬, 代伯彦⁴觀察, 今又邂逅平安, 凡三處, 皆尊酒相歡.

1　內相: 한림학사들에게 쓰던 미칭인데, 안에서 임금의 일을 도와 국사를 결정하는
　　자리라는 뜻으로, 승지를 지칭한다. 李世佐 또한 1480년(성종 11) 통정대부로서
　　승정원 동부승지·우부승지에 임명된 바 있다.
2　李伯彦: 李世佐의 자. 세종 27년(1445)~연산군 10년(1504). 또 다른 자는 國彦
　　·孟彦. 본관은 廣州. 아버지는 廣城君 克堪, 어머니는 崔德老의 딸이다. 성종
　　8년(1477) 식년문과에 갑과로 급제했고, 이어 이조참판·한성부판윤·호조판서를
　　거쳤으며 1496년(연산군 2)에는 순변사로 여진족의 귀순처리와 회유책의 강구를
　　위하여 북방에 파견되기도 했다. 무오사화 때에는 김종직과 제자를 극형에 처해야
　　한다고 주장하였다. 갑자사화 때 연산군의 생모 尹妃를 폐위할 때 극간하지 않았
　　고, 이어 형방승지로서 윤비에게 사약을 전하였다 하여 다시 거제에 이배되던 중
　　곤양군 良浦驛에서 자살의 명을 받고 목매어 자결하였다.
3　宣慰: 외국의 사신이 조선에 입국하였을 때 그들의 노고를 위로하는 것이다. 이
　　임무를 맡은 이를 宣慰使라 한다. 중국 사신에 대해서는 중국 사신을 마중하여
　　잔치를 베푸는 일을 담당했던 遠接使도 함께 보냈는데, 주로 義州·安州·平壤·
　　黃州開城에 파견하였다. 李世佐 또한 여러 번 선위사에 임명되었다.
4　代伯彦: 李世佐는 1478년(성종 9) 8월 충청도 관찰사에 임명되고, 9월에 임금께
　　하직인사를 올리고 충청도로 떠났다. 1479년(성종 10) 9월 23일, 이세좌는 홍문관

용천 객사에서 밤이 되자 고요하니 아무 소리도 안 났다. 홀로 앉아 책을 보다가 문득 정신이 피로해져 어슴푸레 잠이 들었다. 꿈에 부모님을 뵈었는데 모시고 따르는 것이 완연하게 예전 그대였다. 놀라서 일어나 보니 외로운 등불만 가물가물, 사방에 사람 소리라곤 없이, 닭과 개의 소리만 먼 데 마을에서 들려올 뿐이었다. 시를 지어 의지할 곳 없이 괴로운 처지를 표현한다

龍川¹客舍 夜靜無譁, 獨坐看書, 忽神疲假寐, 夢見兩親, 陪從趨走, 宛如平昔, 覺來驚起, 孤燈耿耿, 四無人聲, 唯聞雞犬, 遠在閭閻間耳. 作詩說無悰之況云

늙은 우리 부모님은 편안하게 계실지
집 떠난 이 아들은 이미 하늘 끝이라.
꿈에나마 공손하게 모시었더니
깨어 등잔 앞에서 탄식을 하네.
여전히 객관의 자리이지만
닭 울고 개 짖으니 바로 내집이로다.
내일이면 젊은 내 얼굴에도
양쪽 귀밑머리에 흰머리 늘어나겠지.

老親安穩未　　遊子已天涯
夢裏陪趨走　　燈前起歎嗟
几筵猶客館　　雞犬卽吾家
明日靑銅面　　應添兩鬢華

---

1 龍川: 한양에서 1,170리 떨어진 곳으로, 평안도에 속한 군이다. '강은 渤澥에 닿고, 들은 遼陽에 잇닿았다.' 하였다.《新增東國輿地勝覽 卷53 박천군》

용천 객사에서 정회를 쓰다
龍川客舍書懷

다 늙어 긴 여정에 오르게 되니
수심에 잠겨 낮은 등잔불 켜네.
밤 깊도록 등잔 불빛 어른대더니
창 밝아오자 또 새 울음 소리.
고향의 나무들을 멀리서 그리노라니
새벽이라 꾀꼬리 벌써 시끄럽게 지저귀겠지.
아이놈은 한창이나 잠에 빠져 있을 터이고
아내는 일어나 끓이라 볶으라 하고 있으리.
주렴 걷고 아침비를 바라보다가
잠자코 먼 길을 생각하노라.

老去登長路   愁來有短檠[1]
夜闌猶燈影   牕明還鳥聲
遙憐故園樹   淸曉已喧罵
兒癡睡方熟   妻起敎煎烹
開簾看朝雨   默默念遠征

---

1 短檠: 韓愈 「短燈檠歌」에 "긴 등잔걸이 여덟 자 길기만 하고, 짧은 등잔걸이는
두 자이니 편하고 밝구나. [長檠八尺空自長, 短檠二尺便且光.]"하였다.

취해서 불렀던 노래를 장난 삼아 신차소[종회]에게 주다
醉時歌. 戲贈申次韶[從護]

고령군과 상당공께선
대를 이은 친분에 재상 지낸 조선의 으뜸이시지.
자손들 뉘라서 원공袁公 가문과 비교하랴
천생연분 사위는 참으로 영웅호걸이로세.
양방兩榜에 장원하여 단숨에 명성 얻으니
태산과 북두처럼 위대하게 우러러 보네.
청운 품고 구만 리를 활보하거니
맑은 바람 늠름하게 상대霜臺에 부네.
풍류와 재주로 양도兩都를 눌렀고
서경西京의 기상은 더욱 아름답도다.
황하의 물 퍼올려서 옥 술잔에 붓고
원기를 모두 기울여 몸에 들어오게 하네.
가슴에 운몽택雲夢澤이 생겨나서는
천만 가지 기괴함이 열리고 닫히고 하네.
파릉巴陵의 동정호를 그려 놓으니
귀신이 번민하고 천공天工도 시기하누나.
나 또한 곁에서 보며 우두커니 서 있나니
만에 일이라도 본뜨고 싶으나 재주 없음 부끄럽구나.

　　高靈之與上黨公[2]　　　通家相業冠吾東[3]

1　次韶: 申從護의 자이다.
2　高靈句: '고령'은 고령군 申叔舟이고, '上黨公'은 상당부원군 韓明澮를 말한다.
　　홍귀달과 함께 사행을 떠난 서장관 신종호는 신숙주의 손자이자 澍의 아들이며,

兒孫誰類袁公額　　天生阿郎眞豪雄⁴
一擧聲名兩榜魁⁵　泰山北斗瞻巍巍
闊步靑雲九萬里　　淸風凜凜吹霜臺⁶
風流才思轢兩都　　西京氣像尤佳哉
捲起黃河落玉杯　　都傾元氣入身來
幻做胸中作雲夢⁷　千殊萬怪互闔開
寫作巴陵洞庭⁸圖　鬼神慘慘天工猜
我亦傍觀久佇立　　欲摹萬一愧非才

어머니는 한명회의 딸이다.

3 通家句: 韓明澮는 申叔舟의 아들 澍를 사위로 맞았으며, 신숙주와 절친했던 權擘
과도 사돈지간이었다. 위의 시구는 이러한 사정을 지칭하는 것으로 보인다.

4 天生句: 韓明澮의 두 딸이 예종비 章順王后와 성종비 恭惠王后였다. 2대에 걸쳐
왕을 사위로 두었던 일을 지칭하는 것으로 보인다.

5 一擧句: 申叔舟가 세종 20년(1438) 사마시 兩試에 합격하여 생원·진사가 되었으
며, 신종호는 성종 5년(1474) 약관의 나이로 성균관 진사시에 장원을 하고, 1480년
式年文科에 다시 장원을 하였다. 위의 시구는 이런 내력을 지칭한 것으로 보인다.

6 霜臺: 사헌부의 별칭이다. 관리에 대한 탄핵과 감사를 임무로 하니 이것은 風霜과
같은 임무라 여겨 이렇게 부른 것이다. 신종호가 1480년 문과에 급제하고 사헌부
감찰에 임명되었던 일을 지칭하는 듯하다.

7 雲夢: 운몽택으로, 초나라에 있는 큰 못을 말하는데, 기상과 도량이 매우 넓고
큰 것을 말한다. 司馬相如「上林賦」에 "초나라에는 칠택이 있는데, 그중 하나인
운몽택은 사방이 구백 리이다. 운몽택 같은 것 여덟아홉 개를 삼키어도 가슴속에
조금도 거리낌이 없다. [楚有七澤, 其一曰雲夢, 方九百里, 吞若雲夢者八九, 其於
胸中, 曾不蔕芥]" 하였다.

8 巴陵洞庭: '파릉'은 중국 岳陽의 옛 이름이다. 악양루가 있어 동정호의 웅대한
전망을 바라볼 수 있어 많은 시인묵객들이 읊조리는 대상이 되었다.

의주에서 상주의 승려 계해를 만나서

義州, 見尙州僧戒海

분주하게 고생하는 나는 속세에 있고
맑고 고상한 스님께선 산에 머무신다네.
두 다리로 마음대로 노닐며 멀리 왔노니
구름 속에 누운 그 한 몸은 한가롭구나.
공명의 속박에 모질게 묶여 있나니
가는 길 어려움에 근심도 많구나.
고향산천 자주자주 꿈에 들건만
어찌하면 스님과 같이 돌아가려나.

役役我塵土　　清高師住山
天遊¹雙脚遠　　雲臥一身閒
苦被功名縛　　多虞道路艱
故山頻入夢　　安得與師還

---

1 天遊: 아무것에도 구애받지 않고 자유롭게 노니는 경지이다.《莊子 外物》

조태허와 신차소의 「통군정 잡제」 시에 차운하다
次統軍亭[1]雜題曹大虛[2]・申次韶韻

1

높은 곳에 올라 요동 서쪽 바라 보노니
하늘 서쪽 지는 해는 금동이가 가라앉는 듯.
첩첩 산은 수도 없고 들엔 풀이 수북하니
행인들 그 얼마나 이 속에서 길을 잃었나.

憑高一望遼東西　　天西落日金盆低
亂山無數野草合　　多少行人此中迷

2

강가의 답가踏歌일랑 아직도 끝나지 않았는데
강에서 채릉곡 부르는 건 어디메 사나이인가.
장강長江 물 빌어다가 봄술을 빚고
건곤을 휘어 잡아 내 술배를 채우고파.

1　統軍亭: 함경북도 경원에 있는 누정으로 관서팔경의 하나이다. 높은 봉우리에 사
리 잡고 있어 압록강과 신의주, 석숭산과 백마산 등 일대의 경관을 한 눈에 볼
수 있다. 평양의 연광정, 강계의 인풍루, 안주의 백상루와 함께 우리나라를 대표하
는 누정 건물이다.《新增東國輿地勝覽 卷50 함경도 경원도호부》
2　大虛: 曹偉의 호이다. 그가 지은 시는『梅溪先生文集』卷1에「義州統軍亭」이라는
제목으로 네 수가 실려 있고, 원문은 다음과 같다. "百雉層城迥, 朱欄盡日憑. 塞垣
嚴虎豹, 溟海轉鵾鵬. 地勢西南坼, 天容上下澄. 徘徊無限意, 豪氣倍陳登. 又,【鴨
綠江一名馬訾】馬訾分疆遠, 龍灣古塞空. 江爲襟帶固, 地作翰屛雄. 三島耕犁外,
孤城聚落中. 晚來長嘯立, 斜日滿江紅. 又, 四顧都無礙, 茫茫萬衆奔. 片心窮宇宙,
兩眼隘乾坤. 日落江光動, 煙消海氣昏. 將軍今郤縠, 鎖鑰國西門. 又, 形勝由來獨,
湯萬古聞. 儲胥臨古月, 睥睨鎖寒雲. 鼓角軍聲壯, 山河境界分. 止戈資廟略, 莫倚
久修文."

江上踏歌³殊未央　　　江中菱唱⁴何處郎
願借長江作春酒　　　旋把乾坤爲酒腸

3

백마산 우뚝하고 압록강은 깊으며
겹겹의 관문이 요와 금을 가로 막았네.
조정에서 험한 곳 방비함을 더욱 중히 여기니
조화로운 사방 땅이 인심을 화락하게 한다오.

馬山⁵突兀鴨水深　　　重關隔斷遼與金
聖朝設嶮更一重　　　熙熙四域和人心

---

3 踏歌: 노래를 부를 때 발을 굴러 박자를 맞추는 것으로, 邊走邊吟이나 行吟의
　뜻이 있다.
4 菱唱: '마름 따는 노래', 곧 '採菱曲'을 말하니 채련곡과 일반적으로 남녀상사의
　정경을 노래한 것으로 알려져 있다.
5 馬山: 白馬山으로, 평안도 의주에 있는 산이다. 백마산성이 있고, 봉화대가 있다.
　통군정의 봉화대와 서로 마주보고 있어 봉화를 올릴 때는 하나의 장관이 된다.

의주에서 어떤 이에게 보내다
在義州寄人

객관 서쪽 초가 삼간 집
고을 사람들은 유배 시절 머물었던 곳이라 하네.
병풍 사이엔 웃다 울다하는 갓난쟁이요
벽 위엔 비스듬히 써 있는 옛날의 시들.
압록강 시 없어지고 산은 적적해지니
용만은 그대 가버린 뒤 풀만 우거졌다네.
조주潮州의 백성은 한유를 그리도 사모했거니
평안이란 말만 꺼내도 절 올리고 춤을 춘다네.

草屋三間客舍西　　州人說是謫時棲
屏間啼笑新生子　　壁上橫斜舊日題
鴨水詩亡山寂寂　　龍灣人去草萋萋
潮人苦戀昌黎子[1]　纏道平安拜舞齊

---

1 潮人句: 韓愈는 「論佛骨表」를 올린 일 때문에 潮州刺史로 좌천되었다. 그런데
당시 조주에서는 악어로 인한 환란이 끊이지 않고 있었다. 이에 한유가 악어를
쫓는 글을 지어 악어가 있는 시내물에 던져 넣으니 이로부터 조주 사람들이 악어로
인한 환란에서 벗어날 수 있었다.

통군정에 쓰다
題統軍亭

허공에 뜬 정자 그 기세 높고 험하니
삼라만상 거두어 모두 다 품어 들였네.
삼한의 지맥은 압록강에서 다하고
중국의 산세는 강물 건너 쟁쟁하도다.
너그러운 건곤乾坤은 내 모습이니
유유悠悠한 신세 여기에서 읊조리노라.
태평시대 변방에 아무 일도 없으니
세류영의 장군은 술에 취해 노래하시네.

亭子憑虛勢嶪峨　　平收萬象入包羅
三韓地脈臨江盡　　中國山形隔水多
納納乾坤吾面目　　悠悠身世此吟哦
太平日月邊無事　　細柳¹將軍醉嘯歌

---

1 細柳: 진영의 이름으로, 군대의 기강이 엄격한 것을 칭송하는 말이다. '細柳'는
진영의 이름이다. 漢나라 文帝 때에 周亞夫가 將軍이 되어 細柳에 주둔하였는데
문제가 군대를 위로하기 위해 細柳의 營에 왔으나 軍令이 없다 하여 들어가지
못하였다. 使者가 부절을 받들고 장군에게 조서를 내리니 비로소 周亞夫가 명을
내려 군문을 열어 황제가 들어갈 수 있었다. 이에 주아부가 軍禮를 갖추어 문제를
알현하니 문제가 주아부야말로 진정한 장군이라 칭송하였다.《史記「絳侯世家」》

용천 용호봉에 올라서 서장관의 시에 차운하다

登龍川龍虎峯, 次書狀韻

용천진龍川鎭의 장수는 사나이 중의 사나이
머리에 백옥白玉을 꽂음도 변방의 공로 때문이네.
양책관良策館 술자리에서 처음 대면하였고
성 서쪽 봉우리를 지팡이에 짚신 신고 함께 올랐지.
서쪽 봉우리 가파르고 높으니 인간 세상 내려다보고
북쪽 바다 푸르고 아득하니 내 가슴 씻어 주노라.
우주를 마주 보며 큰 소리로 읊조리노니
눈 닿는 곳 산하는 태초의 기운 속에 있구나.
봉화꾼은 삼신산이 가깝다며 손가락질 해 보이고
스님은 도리어 시방세계가 공空이라 말씀하시네.
높은 하늘 느릿하게 나는 새만 보고 있으니
속세에 붉은 먼지 날리는 것을 어찌 알리오.
선녀가 노래 따라 신선의 춤을 추니
사죽絲竹도 아니요 궁상宮商도 아니라네.
은하수 거꾸로 쏟아 우리 향해 기울여 놓고
나는 백 잔 마시고 그대는 천 잔.
술 마시다 퍼져 눕는 것이 제일 좋거니
꿈속에선 은하별과 한 길로 통한다네.
성 안의 몇 백 인가人家를 굽어보노니
아득히 날아가는 기러기를 그 얼마나 부러워했나.

龍川鎭將萬夫雄　　頭懸白玉由邊功
尊酒初逢良策館[1]　杖屨共上城西峯
西峯巉截俯人間　　北海蒼茫來蕩胸

平看²宇宙高吟裏　　極目山河元氣中
烽人指說三山近　　寺僧還道十方空
但見高空鳥去遲　　焉知下界塵飛紅
玉妃按歌仙人舞　　非絲非竹非商宮³
倒瀉銀潢向身傾　　我飲百觚君千鍾
酒中倒臥最上頭　　夢裏星河一道通
下視城中數百家　　幾多仰羨冥冥鴻

1　良策館: 용천에 속한 객관으로, 동쪽으로 용천과 의주의 접경이 되는 지역에 있다.
2　平看: 시선을 올리거나 숙이지 않고 마주하여 정면을 보는 것을 말한다. 『禮記』
　　「曲禮下」에 "大夫는 衡視한다." 하였는데 平視와 같은 말이다.
3　非絲句: '絲竹'은 현악기와 관악기, '宮商'은 宮商角徵羽의 音律이니 곧 음악이다.
　　바로 앞구에서 옥비가 신선의 춤을 춘다 했거니와 그 춤은 인간 속세의 음악이
　　아니고, 신선 세계의 음악이라는 뜻을 표현한 말로 보인다.

압록강을 건너며 입으로 부르다
鴨綠江將渡, 口號[1]

용만龍灣에서 술 마시고 길을 떠나니
골악鶻岳은 구름 속에 푸르게 솟았네.
풀빛 푸른 나루에서 말을 멈추고
하얀 모래밭에서 갓을 젖혀 쓰노라.
푸른 압록강 물 너른 들처럼 펼쳐지고
파란 하늘은 변방 땅을 덮고 있구나.
하늘 남쪽으로 고개 돌리지 말지니
강 건너 북쪽부터는 타국이라네.

龍灣和酒發　　鶻岳入雲蒼
停鞍靑草渡　　岸幘[2]白沙場
綠水鋪平野　　靑天帽大荒
天南莫回首　　江北是他鄕

---

1 口號: 시문을 지을 때 초고를 쓰지 않고 입에서 나오는 대로 완성함을 이른다.
齊의 明帝는 글을 잘 지어 말을 탄 채로 입으로 불러 글을 짓곤 했는데 완성되고
나서도 한 글자도 고치지 않았다고 한다. 《資治通鑑 齊明帝建武二年》
2 岸幘: 갓이나 두건을 젖혀 쓰고 이마를 드러낸다는 말로, 태도가 灑脫하거나 혹은
簡率하여 얽매이지 않음을 이른다.

팔도하주에서

八渡河¹洲中

작은 모래톱에 풀 보드랍고 나무는 층을 이뤘는데
나그네가 행와行窩에 머무니 저녁빛이 짙어가네.
사방의 푸른 산은 굽이굽이 병풍처럼 둘렀고
한 줄기 흐르는 물은 거울처럼 맑고 투명하구나.
나그네가 말을 먹이려 해도 애당초 마굿간이 없으며
요리사가 고기 잡으려 해도 끝내 어망을 던지지 못하네.
건곤을 굽어보고 쳐다보며 나는 만족하거니
그대와 시와 술을 나누고 게다가 좋은 사람임에랴.

小洲草軟樹成層　　客住行窩²暮色凝
四面靑山屛曲曲　　一環流水鏡澄澄
行人秣馬初無櫪　　廚子捕魚竟不罾
俯仰乾坤吾自得　　與君詩酒況相能

1　八渡河: 獐項 아래에 있는데, 金家河라고도 한다. 산협의 길이 우회해서 재를 넘고
　　골짜기를 안고 가는데, 그 물을 도합 여덟 차례 건너므로 팔도라 하였다.
2　行窩: 宋나라 邵雍이 처음 洛陽에 와서 비바람도 가리지 못할 정도의 누추한 집에
　　살면서도 그곳을 '安樂窩', 자신을 '安樂先生'이라 부르며 그 안에서 술과 시로
　　편안하게 지내고, 또 가끔 작은 수레를 타고 외출하니 소옹을 서로 대접하려고
　　안락와와 비슷한 집을 지어 놓고는 이를 '行窩'라 불렀다고 한다.《宋史 卷427 邵雍
　　列傳》

팔도하주에서 일찍 일어나

洲中早起

객사에 등불 밝히니 날도 아직 밝지 않았는데
나는 일어나 지팡이 짚고서 시냇가에 서 있네.
물고기에게 묻노니 너 또한 물고기임을 아는지
나는 날 때부터 내가 살아 있음을 잊었노라.

客帳燈明天未明　　我興倚杖傍溪聲
問魚魚亦知魚未　　我自生來忘我生

5월 5일 일찍 떠나며
五月五日早行

말 타고 새벽 먼길 가노니 아직도 꿈 속인지라
어느새 높은 산꼭대기에 해 벌써 떠올랐구나.
밭이 풍성하여도 내 고향땅 아니지만
울타리는 예전 그대로 고향집 같네.
그윽한 새 고운 곡조로 나무 끝에서 지저귀는데
사나운 모기는 기다란 주둥이를 털구멍에 꽂네.
맑은 강 굽이굽이마다 옷을 걷고 건너니
머나먼 길 오랜 우울함 모두 씻어 내리라.

馬上晨征尙夢魂　　不知高岫已朝暾
田疇藹藹非吾土　　籬落依依似故園
幽鳥好腔吟樹梢　　亂蚊長觜揷毛根
清江曲曲頻頻揭　　洗盡長途久鬱昏

단오날에 고령 밑에서 잤다. 신차소가 밤에 두견새 소리를 듣고 시를 지었기로 그 운자를 써서 지었다

端陽日, 宿高嶺下. 申次韶¹夜聞鵑聲有詩, 用其韻云

밤 되어 처량하게 물가 옆에서 머무니
강물 어귀 산목山木 가지엔 두견새여라.
삼경三更 달 아래 원통한 혼 피 흘리고
두 수의 시로 떠도는 이 괜한 시름 달래네.
변방으로 떠나는 사람 뼈를 잘리듯 슬퍼 하며
성남城南의 그리움에 아낙은 눈썹을 찡그리네.
망제望帝와 두보杜甫는 이미 진토가 되었으니
지금 두 번 절하며 때늦음을 한스러워하누나.

夜宿凄涼傍水湄　　水頭山木杜鵑枝
冤魂苦血三更月　　遊子閒愁二首詩
塞上征人偏斷骨　　城南思婦想嚬眉
前身工部²已塵土　　再拜³如今恨後時

1　次韶: 서장관 申從濩의 자이다.
2　前身工部: '공부'는 唐나라 시인 杜甫이다. 工部員外郎의 관직에 있었기 때문에 일반적으로 '杜工部'라 불린다. 두견새는 신하에게 왕위를 빼앗기고 죽은 蜀 望帝가 환생한 것이라 전하니 '前身' 곧 '前生'은 두견의 전생, 촉 망제를 말하는 것으로 보인다. 두보는 그런 두견새를 시로 읊었다.
3　再拜: 杜甫 「杜鵑」을 '再拜詩'라 한다. 그 시에 "杜鵑暮春至, 哀哀叫其間. 我見常再拜, 重是古帝魂."이라 하여, 두보는 두견새를 볼 때마다 신하에게 왕위를 빼앗기고 죽은 蜀 望帝가 환생한 것이라 생각하고 두 번 절을 한다 하였다. 이는 곧 안녹산의 난 이후 숙종에 의해 폐위된 선왕 현종에 대한 두보의 충성심을 상징하는 것으로 볼 수도 있다. 고려의 목은 李穡은 이런 충성심을 높이 산 듯, '두보의 평생은 바로 이 재배시'라고 일컬은 바 있다.《牧隱詩稿 有感》

강을 건넌 다음날 길 위에서 붓 가는 대로 쓰다
越江翼日, 路上卽事

퇴락한 보堡에 사람은 없이 풀만 흐드러졌고
오래된 밭은 묻혀버리고 흙이 푸석푸석하구나.
때로는 땅에 앉아 나무에 기대어 있는데
온종일 산길을 가도 소나무를 보지 못했네.
말이 헛걸음질하니 진흙길은 죽처럼 미끌거리고
사람들이 캐오는 들채소란 쑥처럼 하잘 것 없구나.
허리에 찬 활과 살은 어찌 풀어본 적 있으리오
온 세상에 오랑캐 발자국이 횡행하네.

廢堡無人草自茸　　舊田埋沒土還鬆
有時地坐偏依樹　　終日山行不見松
泥路馬旋濃似粥　　野蔬人摘賤如蓬
腰間弓箭何曾釋　　滿地縱橫胡虜蹤

6월 6일 일찍 떠나며 말 위에서 입으로 불러 서장관의 시에 차운하다

初六日早行, 馬上口占, 次書狀韻

황실皇室이 문을 연 지 백년 사이에
어찌하여 장군도 관문을 지키지 못하였는가.
통원보에서 어제는 남간수를 지나 왔노니
석양에 졸졸졸 물소리 차마 듣지 못하겠구나.

皇家開業百年間　　何乃將軍不守關
通遠¹昨過南澗水　　不堪斜日聽潺潺

[원주]
통원보가 오랑캐 군대에 의해 훼손된 것을 슬퍼하였다.
傷通遠堡爲胡騎所敗.

---

1 通遠: 柵門과 審陽 445리 사이에 있는 堡로, 명나라 때에는 鎭夷堡라 불렸다.
산악지역에 위치한 군사 요충지이다.

유하를 지나며 우연히 읊다

過柳河[1]偶吟

유하가 명주처럼 산을 에워싸고 흐르니
먼 데 가는 사람 몇 조각 수심을 다 씻어 주네.
이번 길 갔다 오면 나는 늙을 듯하나
꿈에라도 이곳은 찾아 와 노닐 것이라.

柳河如練遶山流　　洗盡征人幾片愁
此去歸來吾欲老　　夢中應向此中遊

─────────

1　柳河: 柳河溝로, 의주·책문을 거쳐 심양으로 가는 도중에 있다.

유하 물가에서 마음 가는 대로 읊어 서장관에게 써주고 화답을 청하다

柳河邊漫成, 錄似書狀, 求和

일년의 좋은 풍경 하수河水는 동으로 흐르고
만리길 떠나 온 객은 북주北州에 있네.
강 하늘 누워서 보니 하늘은 끝이 없어라
이내 몸 유유한 하늘에 맡기려 하네.

　　一年光景水東流　　萬里行裝客北州
　　臥看江天天不盡　　且將身世付悠悠

요동관에 도착하여 서장관의 시에 차운하다
到遼東館, 次書狀韻

반평생을 한탄스런 우물 안 개구리더니
오늘 기쁘게도 두 발로 중화 땅을 밟는구나.
백년 세월 예악은 삼대가 돌이켜진 듯
만 리까지 수레와 글 오가며 한 집안이네.
말 타고 까마득한 우임금의 무덤을 찾아보고
은하수 멀고 먼 곳에 장건張騫의 뗏목을 띄우네.
호방한 이 마음으론 세상 천지 다 가보고 싶지만
어찌하리오 정처 없는 인생에도 끝이 있는 걸.

半世堪嗟井底蛙　　兩蹠今喜蹋中華
百年禮樂回三代[1]　萬里車書作一家[2]
鞍馬遙遙探禹穴[3]　星河杳杳泛張槎[4]
壯心直欲窮天下　　其奈浮生會有涯

---

1 百年句: 백년은 명나라가 건국된 1368년 이래 홍귀달이 사행을 했던 1482년까지의
　세월을 말하는 듯하다. 명나라의 예악문물이 삼대의 이상을 회복했다는 칭송이다.
2 萬里句: 천하가 통일된 것을 이른다. 『中庸章句』 28장에 "지금 천하에 수레는
　바퀴의 궤도가 똑같으며, 글은 문자가 똑같다. [今天下, 車同軌, 書同文.]" 하였다.
3 禹穴: 우임금의 무덤이라 전해져 내려오는 곳이 지금의 紹興 會稽山에 있다. 禹임
　금이 회계산에 巡狩하러 갔다가 붕어하여 그곳에 묻었는데 무덤 위에 큰 구멍이
　있는 것을 두고 민간에서 우임금이 이 구멍으로 들어갔다고 하였다.
4 張槎 : 張騫의 뗏목으로, 사신의 배나 행차를 이른다. 漢나라 武帝 때 장건이 사명
　을 받들고 西域에 나갔던 길에 뗏목을 타고 黃河의 근원을 한없이 거슬러 올라가다
　가 한 城市에 이르렀다. 어떤 여인이 베를 짜고 있고, 또 한 남자가 소를 끌고
　은하의 물을 먹이고 있으므로, 그들에게 "여기가 어느 곳인가?" 물었다. 그 여인이
　支機石 하나를 주면서 "成都의 嚴君平에게 가서 물어보라." 하였다. 장건이 돌아와
　서 엄군평을 찾아가 지기석을 보여 주니, 엄군평이 "이것은 직녀의 지기석이다.
　아무 연월일에 客星이 견우와 직녀를 범했는데, 지금 헤아려보니 그때가 바로
　그대가 銀河에 당도한 때이다." 하였다.

요동 객관에서 묵었다. 밤에는 비가 내리더니 아침에는 갰다. 농가의 경사요, 나그네에게도 기쁨인지라 시를 지어 서장관에게 보여 주고 화답을 청하다

宿遼東客館, 夜雨朝霽, 田家之慶, 行人亦喜, 賦詩示書狀, 求和

용만龍灣에서 나그네 보낸 배와 헤어지고는
산 넘고 물가에 자며 길은 얼마나 아득했던가.
골악鶻嶽에 바람 부니 이내가 걷히고
안산鞍山에 해 쨍쨍하니 초목엔 수심 어렸네.
영험한 비는 농부 마음 알기라도 한 듯이
쾌청하게 개였으니 나그네와 모의했던 것.
내일 아침 말 머리엔 속세 먼지 걷히리니
만리 파란 하늘에 새도 쉬지 않고 날겠네.

一別龍灣送客舟　　山行水宿路何悠
風吹鶻嶽¹嵐煙捲　　日杲鞍山²草木愁
靈雨似知田父意　　快晴如與路人謀
明朝馬首紅塵斂　　萬里靑天鳥不休

---

1 鶻嶽: 松鶻山이다.
2 鞍山: 요동 다음의 노정으로 요동에서 서남쪽으로 60리 쯤 떨어진 곳이다. 뒷봉우리가 말안장처럼 생겼다 하여 붙은 이름이다. 唐나라 太宗의 駐蹕臺였다고 한다.

서장관의 고평역 시에 차운하다
次書狀高平驛¹韻

아득한 사방을 돌아보니 하늘이 벌판에 닿았고
오래된 역 쓸쓸하니 그런대로 마을을 이루었구나.
지원병 적은 성은 오랑캐가 근심거리요
진창 많은 땅에는 수레바퀴 빠지는도다.
이로부터 백성들은 실의에 빠져 있나니
떠도는 나를 그만 속이 타게 하는구나.
고향 그리워 온밤 내 말갛게 잠 못드나니
푸른 하늘에 한자락 달의 흔적 본다네.

茫茫四顧天低野　　古驛蕭條自一村
城少救援虜虜騎　　地多泥淖陷車輪
自是居民曾失意　　故教遊子易銷魂
思鄕一夜淸無寐　　時見靑天月一痕²

[원주]
사람들 말로는 이곳이 달적㺚賊의 노략질을 당하고 성루城壘를 옮겼다고 한다. 그
래서 시에서 이렇게 읊었다.
人言此地, 曾被㺚賊³搶擄, 城壘播遷, 故詩中云云.

1　高平驛: 요동, 안산, 해주위, 우가장, 사령에 이어지는 연행 노정의 한 곳이다.
2　一痕: '一線의 흔적'이니 대개는 이지러진 달[缺月]을 상징한다.
3　㺚賊: 타타르족을 이른다.

서장관의 「광녕에 당도한 시」에 차운하다
次書狀到廣寧[1]韻

북궐과 동쪽 번방 사천 리 떨어져 있는데
광녕은 중간에 자리잡아 두 곳 모두 아득하네.
반산 너른 벌은 손바닥처럼 평평하고
망해정 봉우리들은 쪽을 진듯 높구나.
우뚝한 불탑佛塔은 구름 너머 솟구치고
천보千步 되는 활쏘기 장은 문 앞에 떨어지네.
내 길떠나 여기에 오고 보니 생각이 하도 많아
연산燕山과 화산華山에 멀리서 예를 올리네.

北闕東藩隔四千[2]　　廣寧居半兩茫然
盤山[3]大野平如掌　　望海諸峯高似鬟
佛塔百尋抗雲表　　射場千步落門前
我行到此多情思　　遙禮燕山與華山[4]

---

1 廣寧: 심양에서 산해관 사이의 노정에 속하며 조선과 皇都 사이의 절반쯤에 위치한
다. 또한 북쪽으로는 醫巫閭가 막고 있으며 남쪽으로는 渤海의 碣石에 막혀 몽고
·여진·조선의 요충지이다.
2 北闕句: '북궐'은 남면하여 통치하는 왕을 뵐 때 신하가 북쪽으로 향하는 것으로,
궁궐이나 조정을 말한다. '東藩'은 동쪽의 번방 조선을 이른다. '四千'은 정확하지
는 않지만 『練藜室記述』에 따르면 약 3,100리에서 3,600여 리 정도였던 듯하다.
3 盤山: 薊州 북쪽에 있는 산으로, 일명 盤龍山이다. 李愿이 숨어 살던 盤谷으로,
산봉우리가 깎은 듯이 하늘을 찌르고 있으며, 산허리에는 하얀 탑이 우뚝하게 솟아
있다.
4 遙禮句: '燕山'은 玉田縣 서북쪽 25리 지점에 있으니, 서산으로부터 한 줄기가
동쪽으로 뻗어 내려와 수백 리에 퍼져서 해안에 곧바로 닿는다. '華山'은 陳宮山
남쪽 봉우리의 이름인데 그 빛이 푸르다. 진궁산은 豐潤縣 북쪽에 있으며, 동쪽으
로는 還鄉河에 임해 있고 서쪽으로는 黃土嶺과 인접해 있다.

십삼역을 떠나며 도중에 입으로 불러 짓다

發十三驛1, 途中口占

1

비 온 뒤의 밭은 연유煉乳처럼 매끄럽고
이슬 맺힌 곡식에는 기쁜 기색 가득하네.
내 고향에도 삼경三頃의 밭이 있거니
공전公田에도 이 비가 또 내리려는지.

　　雨後田疇潤似酥　　露凝禾黍色敷腴
　　故園亦有苗三頃　　還及公田此雨無

2

곳곳마다 쓸쓸하게 비바람 속에 자며
시와 술로 달랜 세월 참으로 미치광이였구나.
백년의 공명功名 속에 쇠잔하게 늙어가니
중원으로 가는 길이 벌써 절반 되었구나.

　　處處蕭蕭風雨牀　　自憐詩酒太顚狂
　　功名百歲羸衰老　　首路中原已半强2

---

1 十三驛: 사행 노정 중 石山站의 속칭 十三山을 말하는 듯하다. 고평역 60리, 반산
역 40리, 광녕 50리, 여양역 30리를 이어 石山站에 이르고 이어 小凌河를 거쳐
杏山驛에 이른다. 다음의 시가 행산관에서 지어진 것을 보면 십삼역은 석산참을
말하는 듯하다. 십삼산은 큰 들판에 우뚝 솟아 있는 봉우리 수효를 따라 붙여진
이름인데, 蜂山·螺山·鰲山·梯子山 등 사물의 생김새를 따라서 붙여 놓았다. 石山
站의 중국발음이 '柴酸棧'인데, 이 세 글자가 조선식 발음으로 명명되면서 '십삼산'
이라 되었다고도 하나 어느 것이 옳은지는 알 수 없다.《練藜室記述 別集 卷5 事大
典故 北京道路》
2 首路句: '수로'는 여정을 떠난다는 의미이고, '半强'은 半疆과 같은 의미이니, 여정

3

꿈에 본 어머님 양쪽 귀밑머리 짧아지시니
세상 끝 떠도는 아들 아홉 구비 애를 끊네.
한밤에 달을 보며 이미 많이 아파했거니
고향 바라 볼 산이 없음에 한스러워 말지라.

夢裏慈親雙短鬢　　天涯遊子九回腸
中宵見月已多感　　莫恨無山又望鄉

의 절반이 되었다는 말이다. 광녕을 지나오면서 사행 노정의 절반을 지났기에 고달
팠던 노정과 그 길에 시와 술로 고달픔을 달래고 감회를 표현한 듯하다.

행산관에서 회포를 쓰다
杏山館¹書懷

고개 너머엔 봄이 다갔을 텐데
요서遼西에는 기러기가 아직도 드물구나.
성의 까마귀는 어미 봉양하러 떠나고
강의 제비는 새끼 데리고 날아다니네.
죽순은 기원淇園에서 벌써 자랐을 테고
물고기는 입택笠澤에서 살만 오르고 있네.
옷이 젖은 건 비때문이 아니니
나그네 눈물 자꾸 떨어지는 탓.

嶺外春應盡　　遼西雁尙稀
城烏哺母去　　江燕引雛飛
筍已²淇園長　　魚空笠澤³肥
衣沾不因雨　　客自淚頻揮

---

1 杏山館: 십삼산[석산참], 소릉하에 이어지는 행산역 객관을 말하는 듯하다. 여기
　는 모두 산해관 밖이다.
2 筍已: 고향에 있을 子弟들의 성장을 비유하는 말로 보인다. '淇園'은 대나무가
　많이 생산되는 정원의 명칭으로, 『詩經』「衛風·淇奧」에서는 군자가 자신의 덕을
　끊임없이 수양하는 것을 찬미하였다.
3 笠澤: 松江을 말하며, 그 연원은 太湖에 닿아 있다. 唐나라 陸龜蒙이 그곳에 배를
　띄워 살고 스스로를 '笠澤漁翁'이라 칭하였으니, 입택은 은거하는 삶의 공간이다.
　또 당나라 張志和가 벼슬을 버리고 자신을 '煙波釣叟'라 칭하며 살면서 지은 「漁父
　歌」에 "西塞山前白鷺飛, 桃花流水鱖魚肥. 靑篛笠綠蓑衣晚, 斜風細雨不須歸."라
　하였다. 고려시대 이인로 또한 「西塞風雨」에서 "秋深笠澤紫鱗肥, 雲盡西山片月
　輝. 十幅蒲帆千頃玉, 紅塵應不到蓑衣."라 하여, 가을 깊은 입택에 물고기가 살지
　는 정경을 읊었다. 자연 속에서 자족하는 삶의 경지인데 홍귀달에게는 아직 이룰
　수 없는 소망이었던 듯 '부질없음'이라 하였다.

연산으로 가다가 말 위에서 서장관이 입으로 불러 지은 시에 차운하다

向連山¹, 馬上次書狀口號

1

인간사 흥취 솟을 사난四難 모두 있으니
천하에 날 알아줄 사람 하나면 이미 넉넉하네.
뉘라 알았을까 강남으로 돌아가는 길에
천지간 비바람 속에 도롱이 함께 걸치게 될 줄이야.

人間遇興四難²幷　　天下知音一已多
誰識江南歸去路　　滿天風雨共被蓑

2

험하고 좁은 길에 구름 걷히자 푸른 산들이로고
햇발 비친 갈매기 모래톱은 백설처럼 눈부시구나.
문득 시를 재촉함에 구름이 먹[墨]이 되나니
말 위에서 읊조림에 어찌 잠시라도 도롱이를 벗으리.

雲開鳥道靑山衆　　日照鷗沙白雪多
却有催詩雲似墨　　吟鞍那得暫韜蓑

1　連山: 연산역으로, 행산 다음의 역참이다. 산해관을 300리 정도 앞둔 곳에 있다.
2　四難: 한꺼번에 모두 갖추기 어려운 良辰·美景·賞心·樂事를 말한다.

밤에 조가장에 도착하여
夜到曹家莊

고요하고 깊은 객사 밤에도 고요하거니
연달아 소리 지르고서야 문을 열어 주누나.
삼경의 달빛은 구름에 가려 어두워지고
한점 등잔 불빛은 비에 젖어 꺼져 버렸지.
부엌에서 아침밥 지었으나 먹지 못하였나니
나그네는 곤한 잠에 빠져 말을 잊어 버렸네.
꿈 꾸느라 창밖 온통 밝은 줄도 모르고
여지껏 훨훨 날아 고향 동산 노닐고 있네.

客舍沈沈夜不喧　　連呼試得一開門
三更月色雲遮暗　　一點燈光雨打昏
廚子晨炊猶未飯　　行人熟睡已忘言
夢中不覺窓全曙　　還作遽遽遊故園

조가장에 있으며 영원위의 대인이 군대를 이끌고 장성으로 가
서 달단자가 진치는 형세를 살핀다는 소식을 듣고
在曹家莊, 聞寧遠衛¹大人領兵向長城, 候靼子²來屯形迹

사람들이 달단자가 장성을 침입한다고
영원위의 장군께서 군대 거느리고 가신다 하네.
뉘라 믿어 주리오, 내게 닭 잡을 힘은 없지만
가슴 속엔 그래도 백만 군대 있다는 것을.

人言靼子牧長城　　　寧遠將軍甲胄行
誰信身無搏雞力　　　胸中還有百萬兵

---

1 寧遠衛: 조가장에서 연산역 쪽으로 15리 남짓 거슬러 가면 있다.
2 靼子: 타타르족의 음역어이다. 韃子·達子라고도 쓴다. 몽고족의 한 갈래이며 주로
  목축을 하였는데, 조가장 지역 또한 달단의 침입이 매우 잦았던 곳이다.

조가장을 떠나 서쪽으로 가다 중우소에 이르러 잠시 쉬며

發曹家莊, 西行至中右所[1]少憩

조가장에서 다시 서쪽으로 가다가
오래된 보堡에 들어오게 되었네.
황도皇都가 가까움에 기뻐지노니
역사驛使를 만나는 일도 많네.
험한 산과 강물 오르고 건너오며
그 세월 속에 늙어가며 읊조렸었네.
어디에다 내 깊은 속 털어 놓을까
그대와 백설가를 노래한다네.

曹莊復西去	古堡入經過
漸喜皇都近	相逢驛使多
山川窮跋涉[2]	歲月老吟哦
何處攄幽抱	憑君白雪歌[3]

---

1 中右所: 沙河所라고도 한다. 조가장에서 18리 가량 더 간 곳에 있다. 다음 시를
  지은 東關驛까지는 30리 길이니 동관역으로 가는 길의 중간쯤에서 쉰 것이다.
2 跋涉: 산에 오르고 물을 건넌다는 말로, 여행길의 어려움을 이른다. 『詩經』 「鄘風
  ·載馳」에 "大夫跋涉, 我心則憂."라 하였는데, 草野를 걸어가는 것을 '跋', 물길로
  가는 것을 '涉'이라 한다.
3 白雪歌: 楚나라 유행가라 할 수 있는 下里·巴人에 대칭되는 매우 품격이 높은
  노래이다. 초나라의 서울인 郢에 노래를 잘하는 사람이 있었는데 범상한 유행가인
  하리·파인을 부르자 같이 부르는 사람이 수백 명이었다. 그러나 陽春白雪이라는
  고상한 노래를 부르자 따라 부르는 자가 전혀 없었다. 보통 知己간에 시를 주고받
  으며 상대방의 시를 칭송할 때 거론한다.

동관역에서 자며 붓 가는 대로 쓰다
宿東關驛¹卽事

빈궁한 선비 사는 것이 담박하거니
여행 중에도 또 외로운 행색이로다.
삿자리 차가운데 얼음 기운 베개에 스미고
차가 맑으니 달빛은 병甁으로 쏟아지네.
정원의 녹음綠陰 속에서 읊조리노니
졸린 눈에 어른어른 등불이 푸르구나.
천자 뵙게 될 날을 잠자코 헤아려 보니
요임금의 섬돌에 갈 날 얼마 남지 않았네.

儒酸淡生活　　旅況復伶俜
簟冷氷敲枕　　茶淸月瀉甁
入吟庭樹綠　　照睡壁燈靑
默算趨朝日　　堯階落盡蓂²

[원주]

객관에 들었는데 관포管鋪에 깔아 놓은 담요가 몹시 더러웠기에 바꿔달라고 하였
다. 새로 깔아준 삿자리는 아주 깨끗하였다. 이어 차를 올려 왔는데 진짜 작설차였
다. 뜰에는 오래된 홰나무 두 그루가 있었는데 그늘이 깊었다. 밤에 등燈을 켜라
하고 앉아서 앞으로의 여정을 헤아려 보니 이달 그믐이면 경사에 들어갈 것이었다.
入館, 管鋪鋪氈汚甚, 令改之, 乃鋪簟極新, 仍進茶, 眞雀舌也. 庭有古槐兩株, 陰厚, 夜命張
燈, 坐計前途, 月晦, 當入京.

1　東關驛: 중우소에서 30리를 더 간 곳에 있다.
2　落盡蓂: 시간이 많이 흘렀다는 의미이다. '蓂'은 蓂莢, 곧 달력풀이니 요 임금의
　　조정 뜰에 났다는 상서로운 풀이다. 초하룻날부터 매일 한 잎씩 나서 자라다가
　　보름이 지나면 한 잎씩 지기 시작하여 그믐이 되면 시드니, 이것을 보고 달력을
　　만들었다 한다. 따라서 曆草라고도 한다.

산해관에서 붓 가는 대로 쓰다
山海關[1]卽事

1

동쪽 변방 요새처 이리도 웅장하니

태평시대 계속되며 먼지라곤 없도다.

벽해碧海가 남쪽을 둘렀으니 자라가 기뻐 춤추고

청산靑山이 북에서 뻗어오니 봉황이 날아 오누나.

성은 호랑이가 앉고 용이 서린 곳에 있으며

관문은 닭이 울고 개가 짖지 않아도 열리네.

웅대한 포부 가진 자는 멀리 가는 길 가볍게 여기나니

비단 조각 던지고 서쪽으로 가는 데 어찌 머뭇거리랴.

東偏把截此雄哉　　更屬昇平絶點埃
碧海[2]繞南鼇抃舞　　靑山自北鳳騫來
城因虎踞龍盤處　　關不雞鳴狗吠開
自是壯懷輕遠道　　棄繻西去肯遲回[3]

1　山海關: 渝關·楡關·臨渝關·臨閭關이라고도 한다. 永平府에 속하며 명나라 초기
　　에 關을 설치하고 방비하게 하였는데 산을 등지고 바다에 임해 있기에 이름을
　　산해관이라 하였다. 북으로는 角山을 의지하고 만리장성의 기점이 되며, 동쪽으로
　　는 渤海와 닿았으며 華北과 東北의 평원에 연이어져 있는데 형세가 險要하여 天下
　　第一關이라고 칭해진다. 산해관에서 皇城까지 거리는 약 700여 리이다.
2　碧海: 전설에 나오는 바다의 이름이다. 『海內十洲記』에 따르면 '扶桑의 동쪽에
　　있는데 물이 짜지 않고 달고 향기로우며 碧色'이라 하였다.
3　棄繻句: 웅대한 포부로 큰 뜻을 세우는 것, 혹은 그런 젊은 사람을 이른다. '기유'는
　　棄繻라고도 쓰는데, 비단 조각이다. 關門을 들어가는 사람에게 이것을 주는데,
　　나중에 다시 나올 때 이를 符節로 삼았다. 漢나라 때 종군이 관중으로 들어갈
　　때 이 비단 조각을 받고는 장부가 西遊를 떠나니 다시는 돌아오지 않을 것이라
　　하며 비단 조각을 버리고 갔다고 한다.《漢書 卷64 終軍》

2

산해관이 숨통을 눌러 막으니
전쟁이 백년을 멎네.
긴 담장은 남으로 바다에 들어가고
첩첩 봉우리는 위로 하늘을 찌르네.
오랑캐 먼지 날려도 이르지 못하고
한나라 밝은 달은 끝없이 비추는 곳.
천자에게 조회 가는 사신들만이
해마다 한가하게 오고 가누나.

控扼咽喉地　　兵戈寢百年
長墻南入海　　疊巘上磨天
胡塵飛不度　　漢月照無邊
只有朝天使　　年年閒往還

산해관 천안의 역승 진득이 와서 술과 안주를 대접하였다. 자신의 말로는 젊어서 의술을 배웠기에 벗들이 '귤천橘泉'이라 부른다 하였다. 소탐이 우물가에 귤나무를 옮겨 심고 잎을 따먹고 병을 치료했던 뜻인 듯하다. 그리고는 시로 편액을 읊어 달라 청하기에 장난 삼아 지었다

山海關遷安驛丞[1]陳得, 來謁饋酒肴, 自言少時學醫, 友人因號橘泉[2]. 蓋取蘇耽移橘井邊, 摘葉食之, 已疾疫義也. 因求詩以詠其扁, 乃戲題云

젊어서 온갖 약초 모두 맛 보았다지
그러니 말에도 향기로움 서려 있구나.
뒤늦게 와 소탐의 우물에서 술을 마시니
향기로운 이름 귤천에 비추어 제격이로다.
객사에서 처음 만났는데 전에 본 듯한 얼굴
한 잔 술 서로 권하니 더욱 좋구나.
순식간에 저와 나를 모두 잊으니
역승이 나인가, 내가 역승이런가.

聞說少年嘗百草   故應言語帶芳鮮
晚來又酌蘇耽井   也合香名照橘泉
逆旅初逢面若曾   一杯相屬又相能
須臾物我兩忘却   丞是余歟余是丞

---

1 驛丞: 驛站을 맡아 관리하는 관리로, 명나라 때부터 각 府·州·郡縣에 설치되었다.
2 橘泉: 사람의 병을 치료하는 藥物을 말한다. 漢나라 文帝 때 蘇耽이 신선이 되어 가며 그의 어머니에게 이듬해 천하에 역질이 만연하거든 뜰의 우물물을 마시고 처마 끝의 귤나무에서 귤을 따서 먹으면 나을 것이라 하고 떠났다. 2년 뒤에 역질이 소탐의 말대로 퍼지자 우물물과 귤을 먹은 자는 모두 병이 나았다고 한다.《太平廣記 卷13 蘇仙公》

새벽에 앉아 까치 소리를 듣다가
晨坐聞鵲

이른 새벽 일어나 앉아 성긴 창에 기대었으니
어렴풋한 고향 꿈에서 한참을 깨어나지 못하네.
부모님 무탈하게 계시겠거니
한 마리 까치 소리가 좋은 소식 알려 주네.

清晨起坐倚疏櫳　　鄕夢依俙半未醒
知得兩親無恙在　　一聲乾鵲[1]報丁寧

---

1 乾鵲: 喜鵲이니 까치의 성질이 맑은 것을 좋아하여 그 소리가 청량하기에 붙여진
　이름이다. 王莉公이 乾의 음은 '虔'이니, 『周易』統卦에 까치는 '陽鳥라 다른 사물
　보다 먼저 움직이고 일이 있기 전에 응한다. [鵲者, 陽鳥, 先物而動, 先事而應.]'
　하였다.

산해관을 떠나며
發山海關

처마 사이로 새 지저귀며 날 밝았다 알려주고
문 밖에선 말들 히힝대며 나그네 길 재촉하네.
일어나 말 옆에 가서 서북쪽을 바라보노니
하늘 낮게 잠긴 먼 곳이 천자의 도읍이리라.

簷間鳥語報天明　　門外馬嘶催客程
起傍征鞍望西北　　天低鶻沒是神京

유관의 객관에서 고양언의 시에 차운하다【빠짐】

楡關客館, 次高陽彦【缺】

1

도포에 홀을 들고 공은 조정에 갔을 터인데
어쩌다가 나를 만나 여기 산하에 또 왔네.
평소에 마음으로 사귀며 익히 안다 했건만
오늘 시를 보니 뜻과 기개 넘치는구나.

袍笏公應趁早衙[1]　　萍逢我復此山河
平生自是神交慣　　今日看詩意氣多

2

이끼 낀 푸른 기와가 중문重門을 덮고
정원 깊은 곳에선 작은 새들 지저귀네.
성에 햇빛 드리우니 구름 그림자 어지럽고
하늘의 바람이 파도 소리를 실어 보내오네.

蒼苔碧瓦掩重門　　庭院深深鳥雀喧
城日倒垂雲影亂　　天風吹送海濤誼

[원주]
이상은 정원의 홰나무이다.
右庭中槐樹.

1　趁早衙: 관리들이 하루에 두 번 조정에 가서 공무를 수행하였는데 아침 일찍 卯時
　에 나가는 것을 早衙라 하고, 저녁 무렵 申時에 다시 나가는 것을 晩衙라 하였다.

3

누가 대부의 수염을 베어
시인의 머리 위 처마 삼게 보내 주었나.
취해서 누웠자니 산에 날 저문 것도 몰라
달에 비친 솔그림자 아스라하네.

誰教斫却大夫鬚[2]   遣作詩人頭上簷
醉臥不知山色暮   從教月照影纖纖

[원주]
이상은 계단 위의 소나무 처마이다.
右階上松簷.

4

사랑스럽네, 저가 은일하며 번화한 것 싫어함이여
참된 정신은 꽃이 피지 않았을 때 보이네.
금전金錢이나 땅에 가득 펼쳐 놓으려거든
속세 사람의 집을 정처없이 떠돌면 되리.

憐渠隱逸厭紛華   看取精神在未花
直到金錢[3]鋪滿地   也應飄泊俗人家

---

2 大夫鬚: 대부는 소나무를, 수염은 소나무의 가지이다. 진시황이 소나무를 大夫에
   봉하였다.
3 金錢: 黃金錢, 金錢黃 등의 비유와 함께 활짝 핀 국화꽃을 비유한다. 1·2구는
   번화함을 싫어하는 국화의 참된 지조는, 화려한 꽃이 피지 않았을 때 그 精髓를
   볼 수 있다는 뜻을 담고 있다. 이런 맥락에서 활짝 핀 국화꽃은 '金錢'에 비유되며,
   속세의 인가에나 맞을, 다소는 격이 낮은 것으로 형용한 듯하다.

[원주]

이상은 섬돌 아래 심은 국화이다.

右砌下種菊.

노봉구 벽의 시에 차운하다
次蘆峯口¹壁上韻

길 따라 선 수양버들 집을 에운 산들
하늘이 낸 좋은 풍경 내게도 인색치 않으시도다.
인간 세상 어이 만남이 적다 하리오
정처없는 생애 나 한가롭지 못함이 한스러울 뿐.

　　　夾路垂楊繞屋山　　　天分物色不吾慳
　　　人間如許過逢少　　　只恨浮生我未閒

---

1 蘆峯口: 유관에서 35리 남짓 되는 곳에 있다. 남북이 모두 높은 산봉우리를 낀
山峽이다.

영평으로 가는 길에 유정에서
永平¹途中柳亭

두 그루 높은 버드나무 한낮에도 맑게 그늘져
말 세우고 바람 마시니 뼈까지 가벼워질 듯.
어찌 하면 내 고향 산자락에 옮겨 심어서
벼슬 그만 두고 뜻대로 살다 내 삶 마칠까.

兩株高柳午陰淸   立馬呼風骨欲輕
安得移栽舊山下   掛冠²隨意了吾生

---

1 永平: 옛 右北平이다. 노봉구에서 60여리 쯤 더 간 곳이다.
2 掛冠: 벼슬을 그만둔다는 뜻이다. 後漢의 逢萌이 王莽이 攝政한다는 소식을 듣고
  "삼강이 끊어졌으니 그 화가 사람들에게 이를 것이다." 하고는 衣冠을 벗어 東都
  城門에 걸어 두고 가족들을 遼東으로 떠났다고 한다.

영평부를 지나며
過永平府

한필 말로 만 리 먼 하늘 끝까지 왔노라니
이름난 곳에 따로 또 이런 있었네.
용맹한 수만 군사가 성곽을 에우고 있고
휘장 친 집집마다 관현管絃이 쌓여 있네.
상국의 번화함을 절반이나 나눠 가졌고
중국의 인물들은 앞서서 모아 들였지.
훗날에 이 땅은 꿈에서도 그리울 곳이니
한 줄기 난하가 하늘끝에 매달려 있네.

匹馬行窮萬里天　　名區別有此山川
貔貅萬竈環城郭¹　　簾幕千家貯管絃
上國繁華分付半　　中朝人物網羅先
他年此地應勞夢　　一帶灤河天際懸

---

1 貔貅句: '비휴'는 맹수의 이름이니 용맹함을 뜻하고, '萬竈'는 일만 개의 부엌이니,
  곧 만 개의 부엌에서 밥을 해 먹여야 할 만큼의 수많은 군사를 말한다.

칠가령
七家嶺[1]

외로운 배로 두 줄기 난하를 건너
그리운 눈으로 또 칠가령에 올랐네.
먼 마을 아득하게 보일 듯 말 듯
그곳이 내 고향 마을일 리 없건만.

孤舟却渡兩灤河　　雙眼還登七家嶺
遙村遠望若有無　　那間莫是吾鄉井

1　七家嶺: 영평부에서 5리쯤 되는 곳에 있는 곳에 灤河가 있고, 이를 건너 40여
리 남짓 더 간 곳에 칠가령이 있다. 칠가령 길 모퉁이에 돌을 세우고 '灤州正界'라
하니 여기서부터 난주 땅이다. 熱河를 또 난하라고도 하는데 열하의 길이 여기에서
둘로 나뉜다.

밤에 의풍역에서 머물며
夜宿義豊驛

저녁 해가 서산으로 기울었는데
앞으로 가야 할 길 70리라네.
저녁 빛은 말 위로 모여들고
저물녘 까마귀는 시에 깃드네.
문득 의풍관에 들었거니
서늘한 밤 바람은 물처럼 흐르네.
은하수가 텅 빈 창에 쏟아지노니
나는 누워서 불러도 안 일어나네.
옥로주玉露酒가 마른 창자 적시니
청정반靑精飯에 신선된다 괜한 고생이라지.
어둡고도 단 잠속에 깊이 빠져 들어
꿈에서 신선들 만나네.
유하주流霞酒를 따라서
두 장 새지璽紙에 드리리로다.
한 마디 이별의 말 남기고 싶어도
술에 취했으니 쓸 바를 모르네.
붓 던지고 자다 퍼뜩 깨어나 보니
푸른 등불 안석을 비추고 있네.
홀연 바닷가 풍경에 이르니
마부가 행장을 재촉하는구나.
채찍 들고 다시 먼 길 떠나노라니
천지는 아득히 손가락 한끝일 뿐이라.

落日已山西	前程七十里
暮色馬上集	昏鴉栖詩裏
却投義豐館	夜涼風似水
星河瀉虛窓	我臥喚不起
玉露潤枯腸	靑精¹徒勞化
沈沈黑甛鄕	夢見列仙子
酌之以流霞²	贈之雙璽紙
欲留一言訣	醉墨失料理
擲筆忽驚窹	靑燈照凭几
俄然海色至	馹夫催行李
著鞭復遠道	天地渺一指³

---

1 靑精: 靑精飯으로, 靑精石飯이니 道家에서 먹던 藥丸인데, 靑石脂와 靑粱米로
만든다고 한다.

2 流霞: 하늘의 정기를 담았다 하고 또는 신선이 마시는 술로, 流霞酒라고도 한다.

3 天地句: 천지가 비록 웅대해도 손가락 하나면 가릴 수 있고, 만물이 비록 많지만
말 한 마리면 그 이치를 다 알 수 있으니 시비득실이 모두 똑같을 뿐이라는 뜻이다.
『莊子』「齊物論」에 "천지는 하나의 손가락이요, 만물은 하나의 말[馬]이다. [天地,
一指也, 萬物, 一馬也.]"하였다.

옥전현을 지나며
過玉田縣

이내 몸 신선 되었나 문득 의심하노니
이르는 곳곳마다 별천지를 보게 되노라.
삼리三里를 에워 두른 성은 철처럼 단단하고
만가萬家의 경작은 옥으로 밭을 일군 듯.
호걸이 어찌 푸줏간이라 없다 하겠나
풍류는 술집 깃발 사이에서도 넘쳐나네.
태평시대 마을에 봄날이 길기도 하니
꽃은 홍안紅顏이요 버들은 잠든 듯하네.

此身還訝作飛仙　　　到處看看別樣天
三里周廻城似鐵　　　萬家耕種玉爲田
人傑豈無屠肆裏　　　風流多在酒旗邊
太平籬落春長在　　　花似紅顏柳似眠[1]

1　柳似眠: 唐나라 袁郊의 『三輔舊事』에 "한나라 정원에 사람처럼 생긴 버드나무가
　　있어 이름을 人柳라 했는데 하루에 세 번 잠들었다 세 번 일어났다. [漢苑中有柳,
　　狀如人形, 號曰人柳, 一日三眠三起.]" 하였다.

정오에 양번역에 도착해 아이들이 지은 시가 갑자기 떠올라

日午到陽樊驛, 忽憶兒輩有作

장사꾼이 메운 거리 한낮에 떠들썩하니
전에 듣던 양번역을 이제야 보게 되었네.
밭 얻고 집 찾음이 참된 나의 계획이어니
오얏 담그고 참외 띄워둔 고향은 아득하여라.
언덕 남쪽 보슬비에 어미 소는 새끼를 핥고
이랑 위로 훈풍 부니 보리에는 새싹이 또 돋네.
멀리 떠나 시름 묻을 곳 찾지 못하여
평생토론 잔에 가득 술만 청하였었지.

商旅塡街午正喧　　舊聞今見是陽樊
求田問舍眞吾計　　沈李浮瓜 ¹怳故園
細雨坡南牛舐犢²　　薰風壟上麥生孫
遠遊不見埋愁地　　唯要平生酒滿罇

1　沈李浮瓜: 맑은 샘에 참외를 띄워놓고, 차가운 물에 붉은 오얏을 담궈 놓는 것으로, 차가운 물에 과일을 씻었다가 먹으며 더위를 이기는 것이니 한여름을 보내는 즐거운 일을 말한다. 三國시대 魏나라 曹丕「與朝歌令吳質書」에 "浮甘瓜於淸泉, 沈朱李於寒水."이라 하였다.

2　牛舐犢: 어미 소가 송아지를 핥듯이 부모가 자식을 사랑하는 마음으로, 고국에 있는 자식들이 생각났기 때문에 이런 표현을 쓴 것이다.

벽에 있는 중국인의 시에 차운하여

次壁上華人韻

역의 누대 우뚝하게 높은 성을 베고 있으니
수많은 수레들이 이곳에서 보내고 맞는다네.
나도 박망후博望侯처럼 뗏목 타고 가노라니
돛 달고 배 달림에 황하가 맑음만을 읊조린다오.

驛樓如塊枕高城　　多少輪蹄此送迎
我是乘槎張博望[1]　　掛帆唯解詠河淸[2]

---

1 博望: 博望侯로, 그는 漢나라 張騫의 封號이다. 그가 使命을 받아 배를 타고 황하
　를 거슬러 오르다 하늘의 은하수에 올라 견우와 직녀를 만났던 일을 말한다. 흉노
　적을 토벌할 때 세운 공로로 박망후에 봉해졌다.
2 河淸: 황하는 천 년에 한 번 맑아진다는 뜻으로, 승평한 시대를 상징한다.

어양 회고시
漁陽懷古[1]

1

연나라처럼 군대 강성하기는 천하에 드물었는데
병권을 함부로 넘긴 허물 누구에게 돌리겠나.
한결같이 하북河北 따라 전쟁을 일으켰나니
눈앞에 펼쳐진 중원의 일마다 그릇된 것인데.

> 燕代兵强天下稀　　太阿[2]輕授咎誰歸
> 一從河北干戈起　　滿目中原事事非

2

노래와 춤 깊은 궁궐, 음악 소리 돌기도 전에
황제가 서쪽으로 행차하니 육군六軍이 무너졌도다.
어찌하여 마외산 아래 이르고서야
궁중에 화의 씨앗 있었음을 비로소 알았는가.

> 歌舞深宮樂未回　　翠華西幸六軍催
> 如何到得馬嵬[3]下　　始識宮中有禍胎

1　漁陽懷古: 唐나라 玄宗 때 楊貴妃의 일과, 范陽節度使 安祿山이 어양에서 반란을
　일으켰던 일을 담고 있다. 『明皇遺錄』에 "漁陽의 叛書가 도착하자 六軍이 부진
　상태에 빠졌다. 高力士는 온 軍中이 다 禍의 뿌리가 아직 行宮 안에 있다 합니다
　했다고 한다." 하였다.
2　太阿: 春秋시대 歐冶子와 干將이 만든 寶劍으로, 兵權을 상징한다. 太阿倒持라
　하면 다른 사람에게 병권을 함부로 넘겼다가 그 해를 자신이 도리어 받는 것을
　말한다.
3　馬嵬: 당나라 현종 때 안록산의 난이 일어나자 당 현종은 촉땅으로 피신을 가게
　되었다. 그때 현종은 모두가 양귀비를 화의 씨앗이라고 지목하는 것을 극복하지
　못하고, 결국 馬嵬驛에서 그녀를 죽여 역 옆에다 그대로 묻고 갔다.

계주성 서쪽 길에서
薊州城西途中

문 닫힌 띠집엔 무궁화가 울타리 되고
하늘 반쯤 솟은 버드나무 늙어서 가지도 없네.
여윈 말에 채찍 내리고 지나 가려고 하니
이야말로 나그네가 시구詩句 찾는 때로다.

門掩茅齋槿護籬[1]   半天高柳老無枝
從敎羸馬垂鞭過   正是行人覓句時

---

1 門掩句: '茅齋'는 茆齋라고도 하니, 띠로 지붕을 이은 집으로 주로 書房이나 學舍
　를 가리킨다. '槿'은 木槿이니 정원에 많이 심었으며, 울타리 역할을 하기에 槿籬라
　고도 쓴다.

어양역 서쪽 길가에 상복을 입은 여인이 새로 올린 봉분 앞에서
참으로 애통하게 곡을 하고 있었다. 이를 슬퍼하며 지었다
漁陽驛西道傍, 見喪冠女哭向新塚, 頗痛楚. 哀之而有作

어느 댁 천금같은 아들이
여기에서 흙무덤이 되었나.
하루아침에 두 손 올려놓으니
만사가 동으로 흐르는 물이로구나.
북상투 튼 여인은 옥 같은 얼굴로
길가에서 비통하게 곡을 하고 있네.
곡하며 하는 말을 가만히 들어 보니
어쩌다 성 안에 집이 없을까만은
어쩌다가 길 옆에 묻히어
나로 하여 길이 고통을 품게 하였는가.
하늘에 호소하나 하늘은 푸르기만 해
땅에 엎드리고 또 발을 구르네.
나 또한 한참을 멍하니
말 멈추고 홀로 서 있노라.
고개 돌려 갈 길 보니 멀기만 하고
하늘 보니 해 걸음은 빠르기도 하네.
백년 세월 떠도는 나그네거늘
뭐하자고 하찮은 벼슬 따라 다니랴.
머리 더 세기 전에
술이나 실컷 마셔야 하리.

誰家千金子　　此成土饅頭
一朝撒兩手　　萬事水東流

婦鬠面如玉　　哀哀路傍哭
靜聽哭中語　　城中豈無屋
胡爲道傍土　　使我永抱毒
訴天天蒼蒼　　跼地且頓足[1]
我亦久茫然　　駐馬立於獨
回頭去路長　　仰視白日速
百年如過客　　何爲逐微祿
應須未頭白　　長䦱罇蟻綠

---

1 跼地句: '국지'는 跼地籲天이라 하여 두렵고 불안한 모양을, '頓足'은 발로 땅을
구르는 것이니 지극한 슬픔, 아픔을 표현한 것이다.

공락역을 지나다가
過公樂驛[1]

하늘 밝자 아침으로 어양 길을 떠나서
해 저문 저녁에 공락역에서 자네.
밭에 보리는 이제 막 일곱 개 싹이 오르고
산에서는 행락杏酪으론 벌써 죽을 만드네.
닭 잡고 술 받아 오니 객관의 인심 후한데
말 먹이고 시 짓느라 나그네는 분주하구나.
짐 무겁다 울부짖는 나귀 소리 들리는 듯하니
주머니에 가득 담긴 세월 때문이라지.

天明朝發漁陽路　　日晚晝眠公樂牀
野壟麥仁初上七　　山盤杏酪[2]已成漿
殺雞沽酒館人厚　　歇馬賦詩行子忙
似聽驢嗔馱載重　　只緣囊橐飽流光

---

1 公樂驛: 公樂店이라고도 한다.
2 杏酪: 杏粥이라고도 하는데 杏仁으로 만들며, 寒食에 먹는 음식 중의 하나이다.

삼하현을 지나다가
過三河縣[1]

성곽에서 읊조리며 보는 풍경 사람을 홀리노니
물 질펀한 삼하에선 버드나무가 제방에 휘늘어졌네.
시골 마을 잘 살고 못 살기는 남북의 완씨들 같고
냇가 여인들 밉고 곱기는 월나라 동시와 서시로구나.
장마철에 비 그치자 시인의 혼魂 깨어나고
보리 물결 바람에 넘실대니 술값이 떨어지겠네.
내 말을 멈추고 풍속을 묻고 싶은데
왕명 받아 가는 길에 머물러선 안 된다고들 하네.

縣城吟望使人迷　　水滿三河柳拂隄
貧富村家阮南北[2]　醜妍溪女越東西[3]
梅天雨歇詩魂醒　　麥浪風高酒價低
我欲停驂問風俗　　王程共道不應稽

1　三河縣: 臨駒縣이라고도 한다.
2　阮南北: 晉나라 때 완씨들이 남북쪽에 나눠살았는데 남쪽의 완씨들은 매우 가난하
　　고, 북쪽에 사는 완씨들은 호화롭게 살았던 일을 말한다. 道南에 살던 사람은 阮籍
　　과 阮咸 등으로 南阮이라고 불렸고, 道北에는 阮仲容 등의 이른바 北阮이 살았다.
　　남완들은 가난하나 술을 끔찍이도 사랑하고 북완의 세속적인 부유함을 경멸했다고
　　한다.《晉書 卷49 列傳19 阮籍》
3　醜妍句: 삼하현 여인들이 곱거나 그렇지 못한 모습을 월나라 동시와 서시에 비유한
　　것이다. 越나라의 미인 西施가 가슴병을 앓아 찡그린 채로 다니자, 마을의 사람들
　　이 더욱 그녀를 아름답게 여겼다. 이를 본 마을의 못 생긴 여인 東施가 서시를
　　흉내 내자, 모든 사람들이 보기 싫어 문을 닫았다고 한다.《莊子 天運》

하점관에서 짓다
題夏店館[1]

5월의 좋은 경치 하점에 다 모였으니
동한의 시 짓는 손 여기서 서쪽으로 가네.
홰나무 그늘 짙은 정원에서 새는 서로를 부르고
햇살이 산허리를 비추니 닭은 제집으로 가네.
비취색 성근 주렴 날 맞느라 걷어 올리니
구불구불 큰 글자는 누가 썼는지.
벽에다 나도 이름 남겨 놓고 싶지만
취한 붓끝 가지런하지 못할까 외려 걱정이로세.

五月風光叢夏店　　東韓詞客此征西
槐陰滿院鳥相喚　　日脚半山雞欲栖
翡翠疏簾邀我捲　　龍蛇大字問誰題
壁間我欲留名姓　　醉墨還愁不整齊

1　夏店館: 산해관 내에서 명의 수도에 이르는 노정 사이에 있는 역참의 하나로 수도
　에 거의 근접한 지점이다.

중원으로 가는 길은 들판의 밭과 마을 골목에 버드나무를 많이 심어놓았는데 이것이 가장 멋스러운 풍광이었다. 아름다운 곳을 만날 때면 말을 멈추고 머물러 쉬었으며, 때론 말을 세워둔 채 시를 읊고 감상하느라 배회하면서 차마 떠나지 못한 것도 부지기수였다. 통주에 이르니 아름다움은 몇 배나 더한데 갈길이 또 다하였기로 아쉬운 마음 없을 수가 없었다. 나는 영남에서 태어난 사람인데 그곳의 토질은 이처럼 아름다운 나무를 심기에 제격이다. 훗날 귀향을 청하여 나무 심는 일을 하게 된다면 이 나무부터 먼저 심어서 중원의 지금의 풍광처럼 만들 것이다. 시를 지어 서장관에게 보이고 잊지 않기 위해 기록한다

中原一路野田村巷, 多種楊柳, 最是勝觀. 每遇佳處, 輒卸鞍留憩, 或立馬吟賞, 徘徊而不忍去者不知其幾. 行至通州¹, 佳麗倍之, 前途且盡, 尤不能無情也. 生, 嶺外人也, 其土宜嘉植. 他日, 乞歸業樹藝, 當先封植此樹, 以當中原此日面目. 詩以示書狀, 誌不忘云

중원에서 한눈에 구주九州 너머까지 보니
집집마다 심은 나무 아름다운 시절을 자랑한다네.
이야말로 좋은 곳, 머물러 살 만하지만
결국은 내 고향 아닌 것을 어이 하겠나.
언젠가는 기필코 도연명이 되어서
내 고향 동산에서 곽탁타로 살아가리라.
늘그막에 자네가 나를 보려 하거든
구름 서린 영남의 들 낙동강 서쪽 물가라네.

---

1 通州: 북경에 이르는 연행 노정의 마지막 지점이다. 이곳을 지나면 북경 성내로 들어가게 된다.

中原一望九州外　　種樹家家鬪歲華
此是勝區堪住著　　竟非吾土奈如何
他年定作陶彭澤²　　故苑甘爲郭槖駝³
歲晚君如求見我　　嶺雲南畔洛西涯

2　他年句: 벼슬을 사양하고 고향으로 돌아가겠다는 뜻이다. '陶彭澤'은 도연명이
　　팽택 현령을 지냈기 때문에 붙은 이름이다. 도연명은 팽택 현령에 임명된 지 80여
　　일 만에 '닷 되의 봉록 때문에 허리를 굽힐 수 없다'며 벼슬을 사양하고, 「歸去來辭」
　　를 지어 그 마음을 시로 읊고 고향 柴桑으로 돌아갔다.
3　故苑句: 나무를 키우며 한적하게 살겠다는 뜻이다. '郭槖駝'는 柳宗元「種樹郭槖
　　駝傳」에 "곽탁타는 나무들을 번성하게 잘 길러냈는데, 그 방법은 나무들의 천성을
　　거스르지 않고 잘 간직하도록 하는 것이었다." 하였다.

통주역 성문 누정에 올라
登通州驛門樓

통주의 한여름은 물 끓듯이 뜨거운데
객관은 어둡게 가라앉아 빛도 들지 않아라.
박쥐가 날며 들보 사이 먼지를 날리고
쥐들은 굶주려 책상머리 상자를 갉네.
어찌 답답하게 이곳에 까마득히 갇혀 있으랴
구름 타고 올라서 상제 곁에 노닐고 싶어라.
짚신에 베옷 입고 누대에 올라가 보니
배 처 솟은 누대는 먼 변방을 내려다보네.
물 질펀한 노하潞河에 천지가 넘실대고
즐비한 돛대는 동남東南으로 가는 배.
강가에 밥 짓는 연기 몇 집이나 되는지
연지로 물든 붉은 시냇물 황하로 흐르네.
쾌청한 물가 모래밭 평평하여 거마가 모여들더니
비린 바람에 폭우 쏟아지자 어룡이 날뛰는구나.
아득하게 먼 데 나무는 구름 너머에
가물가물 나는 새는 하늘 저 멀리.
원룡元龍의 기상은 구주九州가 비좁았나니
만년 세월 깊은 시름 단번에 트이게 하네.
흩어진 머리, 바람을 베개 삼아 평상에 누워 있다가
꿈에서 훨훨 날개 돋아 푸른 하늘 날아오르네.
남쪽으로 동정호를 유람하고 악양루에 오르며
또 구의九疑를 따라 삼상三湘 위에 떠 있네.
이십 오현二十五弦 소리는 맑기 그지 없는데

날 저물어 돌아가자니 내에는 돌다리가 없어라.
탑에 걸린 방울 소리에 퍼뜩 기지개 켜니
여전히 꿈속처럼 오색 구름에 누워 있구나.

通州仲夏炎如湯　　客館沈沈無日光
蝙蝠飛拂梁間塵　　鼯鼠飢齧牀頭箱
安能鬱鬱此幽囚　　便欲乘雲遊帝傍
芒鞋布袜去登樓　　樓高百尺臨大荒
潞河¹漲漫天地浮　　帆檣節比東南航
江上人煙凡幾家　　流丹染脂河流黃
渚晴沙平車馬集　　腥風怪雨魚龍狂
杳杳遠樹碧雲隔　　茫茫去鳥青天長
元龍豪氣隘九州²　　一齠萬古幽脩腸
散髮枕風臥長牀　　夢中逸翮凌蒼蒼
南遊洞庭登岳陽　　便從³九疑浮三湘
二十五絃⁴不勝清　　歸來日暮川無梁
塔鈴喚我忽欠伸⁵　　還臥當時五雲鄉

1　潞河: 산해관에서 연경에 이르는 노정에 있는 역참 중 마지막 역참이다.
2　元龍句: '원룡'은 後漢시대 陳登의 字이다. 세상을 붙들고 백성을 구할 큰 뜻이
　　있었으니 그 높고 큰 기상을 백척 누대에 비유한 것이다.
3　便從: '九疑'는 산 이름으로 九嶷라고도 하는데 湖南 寧遠縣 남쪽에 있다. 『山海經』
　　「海內經」에 "남방 蒼梧의 언덕, 蒼梧의 못 가운데 九嶷山이 있는데 舜임금이 묻혀
　　있다." 하였다. '구의'는 산의 아홉 계곡이 모두 비슷하게 생겼기 때문에 붙은 이름
　　이다. '三湘'은 湘江과 洞庭湖 지역을 일컫는다. 모두 경치가 광대하고 아름다운
　　곳이다.
4　二十五弦: 25개의 줄로 만든 琴瑟.
5　還臥句: 五雲鄉은 신선이 사는 곳이다. 꿈 속에서 仙境과도 같은 곳을 두루 다녔지
　　만, 그 꿈에서 깨어나도 통주 누성의 선경 속에 여전히 있다는 뜻이다.

6월 1일 통주를 떠났다. 길에서 비를 만나 옥하관에 황급히 들었는데 그날 밤에 또 비가 내렸다
六月一日, 發通州, 路上被雨, 馳入玉河館, 是夜又雨

만수산 꼭대기에 천둥치며 비 쏟아지고
조양문 밖엔 바람이 불어 닥치네.
통주에서 40리 길을
날 위해 깨끗이 쓸어내어 먼지라곤 없구나.
보는 곳곳 번화함에 말의 걸음 늦어지니
상제께서 비 뿌려 재촉하라 명령하신 것.
유성처럼 번개처럼 내달려 금성金城에 드니
옥하교 서화관西華館이 열렸네.
아롱지는 창문으로 해와 달이 다가오고
안개 서린 지붕은 봉래산과 닿아있구나.
황제의 은택이니 꿈으로 먼저 드나니
잇닿은 처마 밤비에 무너지는 듯한 소리를 내네.
새벽닭 울면 패옥 차고 줄지어 조회가리니
높으신 황제의 자리, 남풍南風 부는 곳이라.
붓 적셔 녹명鹿鳴의 가락에 화답하려 하건만
늙은 나 속된 노래 변변치 못한 재주 부끄럽구나.

萬壽山[1]頭雷雨作　　朝陽門[2]外天風來
通州之路四十里　　爲我灑掃無塵埃

---

1 萬壽山: 북경에서 서쪽으로 40리 되는 곳에 있다. 太行山이 따로 떨어져 나온 언덕인 셈인데 서산이라고도 불린다.
2 朝陽門: 북경 城門이다.

滿眼繁華馬蹄遲　　帝令半途行雨催
星馳電奔入金城　　玉河橋西華舘開
玲瓏窓戶近日月　　靄靄觚稜連蓬萊
睿澤故應先入夢　　連簷夜雨聲如頹
雞鳴環佩趁鵷鷺³　　玉座正高南風臺⁴
濡毫欲和鹿呦呦⁵　　老我下俚慙非才⁶

---

3 鵷鷺: 원추리와 해오라기인데, 날아다닐 때 열을 지어 질서가 있기 때문에 질서
  있게 줄지어 늘어서 있는 모습을 비유한다.
4 玉座句: '옥좌'는 황제의 자리를 말한다. '南風'은 凱風이라고도 하니 남쪽에서
  불어오는 바람인데, 聖君 虞舜 지었다고 하는 「南風歌」의 제목이기도 하다. 황제
  를 태평시대의 聖主 순임금에 비유하려는 뜻으로 보인다.
5 呦呦: 사슴의 울음소리이다. 『詩經』「小雅·鹿鳴」은 조정에서 본국의 신하와 제후
  의 사신 등 群臣을 간곡하게 불러 연회를 하며 상하의 마음을 통하게 하며, 흥겹게
  잔치할 때 쓰는 음악이다. 조회를 위해 모여든 사신과 신하의 모습을 녹명의 흥겨
  운 잔치에 비유하였다.
6 下俚句: '녹명'의 흥겹고 아름다운 곡조에 호응할 만한 좋은 노래를 지어내지
  못한다는 겸사이다. '하리'는 수준이 낮은 저속한 노래로, 수준 높은 「陽春白雪曲」
  과 대조적으로 거론되곤 한다.

황도에 도착하여 일을 기록하다 절구 10수이다. 5수는 원집에 들어 있다
到帝都書事. 十絶 五首入元集

1

밤에는 은하수 쏟아지는 금전金殿의 지붕
아침이면 물 넘실대는 옥하의 강물이로다.
진秦나라 여인이 머리 빗고 세수하던 곳
위수는 지분脂粉 엉겨 흐르지 못할 것이라.

> 夜瀉明河金殿頭　　朝來水滿玉河¹溝
> 定應秦女多梳洗²　　渭水凝脂不敢流³

2

천자의 대궐 모퉁이엔 오색 구름 흐르고
백옥루白玉樓 깊은 곳은 약수弱水 물가로다.
봄날이면 신선이 날아 와서 모였을텐데
어디메 길로 영주산을 찾아들 가셨는가.

> 黃龍闕⁴角五雲流　　白玉樓深弱水頭⁵

1　玉河: 북경 성내를 흐르는 강이고, 玉河橋 부근의 玉河館은 조선의 사신들이 묵던
　　곳이다.
2　定應句: 秦나라 始皇帝가 咸陽에 지었던 아방궁을 의식한 표현으로 보인다. 다음
　　구에 나오는 渭水는 아방궁에 연결되어 있어, 이를 건너면 함양의 궁궐이나 南山으
　　로 연결되는 통로 구실을 했다.
3　渭水句: '위수'는 진나라 아방궁과 연결되어 있었다. 새벽이면 아방궁의 궁인들이
　　일어나 세수하고 화장을 하였다고 한다. 唐나라 杜牧 「阿房宮賦」에 "渭流漲膩,
　　棄脂水也."라 했는데 '脂水'는 부녀자들이 세수하고 남은 물이다.
4　黃龍闕: 黃龍은 전설상의 동물로 제왕을 상징하니, 天子가 있는 궁궐을 말한다.
5　白玉句: 황도의 풍경을 천상의 仙境에 비유한 구절이다. '白玉樓'는 천상의 궁궐이

應有飛仙春聚散　　　不知何路訪瀛洲

3

궁궐의 옥계단에 무기들을 늘어 놓고서
환패 소리 잔잔하게 천자 향해 나아가네.
차례차례 기룡 같은 신하가 앞에 나가 아뢰니
화락한 그 기상은 그대로 당우의 시대로구나.

玉墀相向列戈殳　　　環佩從容向日趨
一一夔龍[6]前奏對　　　都兪氣象自唐虞[7]

4

북적북적 이상한 모습으로 먼지 가득 일으키니
관대冠帶도 안 갖추고 겨우 사람꼴이로구나.
동해에서 태어나지 못했음을 후회할진저
바다에 배 띄워 진신縉紳의 법 배워야 하리.

雜沓殊形滿後塵　　　不成冠帶僅成人
也應悔不生東海　　　洪汎仙槎襲縉紳

다. 문인들의 죽음을 비유할 때 上帝가 백옥루를 낙성하고 그 기문을 짓도록 불러
　올린다고 하니, 이 때문에 백옥루는 문인들이 모여 있는 곳을 상징하기도 한다.
　'弱水' 또한 신선이 산다는 강 이름이다.
6　夔龍: 舜임금의 두 신하로, '기'는 樂官이고 '용'은 諫官을 맡아 순임금의 치적을
　도왔다. 황제의 궐에서 조회하는 군신의 모습을 舜과 그 신하가 이룬 성대한 치세
　에 비유하여 칭송하였다.
7　都兪句: 신하가 政論을 주고받음에 마음이 맞고 화락함을 비유한다. '도유'는 都兪
　吁咈의 준말로, 모두 감탄사로서 군신 간에 동의와 칭송의 뜻을 표할 때는 '都
　·兪'라 하고, 그렇지 않으면 '吁·咈'이라 한다.

[원주]

라마국剌麻國 사람들이 마침 조회를 하러 왔기 때문에 이른 것이다.
剌麻國⁸人, 適來朝故云.

5

조회 마치고 돌아와 취향醉鄉에 빠졌다가
붉은 담요 깔고 잠드는 하루가 더디구나.
꿈속에선 인간 세상 눌러 있지 않아도 되니
높은 하늘 옥황상제께 예 올리러 간다네.

    朝罷歸來入醉鄉　　臥眠紅毯日舒長
    夢中不省人間住　　猶向叢霄禮玉皇

---

8 剌麻國: 남쪽 변방에 있는 나라로, 머리는 삭발을 하였다. 라마국에 대한 기술은
　조금 뒷시대 許筠『朝天記』에도 보이는데, 그는 라마국 사람들의 모습을 '중국의
　승려와 비슷하다'고 하였고, 이들이 와서 조회하는 것을 보고 명나라가 이룬 '大一
　統'의 아름다움을 볼 수 있다고 평해 놓았다.

옥하관에서 붓 가는 대로 쓰다
玉河關卽事

떠도는 중에 찌는 더위 어찌 견뎌내리오
게다가 근자에는 병까지 덤비는 것을.
찻잔에 작설차 따라 새벽이면 마시고
오피烏皮 궤안에 진종일 기대어 있네.
궁궐에 바람 드세니 물시계 소리 희미하고
으슥한 방은 달빛도 캄캄하여 서둘러 등불을 찾네.
고향 그리워 긴긴 밤을 잠 못든 채 보내고 나니
흰머리 절반이나 더 늘고 말았구나.

客裏那堪暑鬱蒸　　年來況又病侵陵
甌鳴雀舌淸晨喫　　几綻烏皮[1]盡日凭
紫禁風尖微聽漏　　陰房月黑急呼燈
思鄕永夜無眠度　　徒覺霜毛一半增

1　烏皮: 烏羔의 가죽으로 싼 烏皮几로, 앉을 때 몸을 기대는 데 썼다.

고풍【3수이다】 회포를 읊어 서장관과 함께 하다
古風.【三首】 書懷, 與書狀共之

1
나그네 머리털 벌써 반백이 되니
부모님의 연세는 짐작되는 일.
당상堂上의 세월이 빠르겠건만
하늘가 소식은 더디기만 하네.
멀리 부모님이 기다리실 터
거듭거듭 식미式微의 시를 읊조리노라.
북창北窓의 죽순은 다 자라서 대나무 되고
남강南江의 물고기는 절로 무리지어 다니리.
−원문 빠짐−
흰구름 뜬 영남을 슬프게 바라보나니
슬프고 외로운 적공狄公의 그리움이라.
밤깊도록 뒤척뒤척 잠들지 못하노니
눈물 쏟아져 비단 휘장 다 적시네.

遊子已二毛	親年自可知
堂上日月速	天邊鴻雁遲
遙應倚閭頻	疊賦式微[1]詩
北窓筍成竹	南江魚自麗
缺	
悵望嶺雲白	凄凄狄公思[2]

---

1 式微: 『詩經』 「國風」의 편명이다. 黎侯가 나라를 잃고 衛로 가서 우거하고 있으니
그와 함께 갔던 신하들이 그에게 귀국할 것을 권하며 읊은 시이다. 이후로 고국과
고향으로 돌아가고 싶은 마음을 비유하게 되었다.

中宵耿不寐　　淚灑沾羅帷

2

태항산은 어찌 그리 높고 높은지
우뚝하게 솟아오른 천하의 등줄기로다.
사해四海가 한 가닥 물줄기일 뿐이요
오악五嶽은 낮아서 대적하지 못하네.
만년 세월 황도의 서쪽
음양이 아침저녁 막힘없이 통하는구나.
나그네의 마음 구름 위로 솟아오르니
가슴 속에 태화산이 쌓여 있다네.
산이 이미 아홉 길이니
하늘까지 거리가 한 자도 안 되네.
저 태항산 가는 길을 돌아보노니
양 겨드랑이 순식간에 날개가 돋네.
어찌하면 태항산 꼭대기로 날아올라서
멀리 속세 밖으로 내 자취 맡겨 보려나.

太行何峨峨　　兀然天下脊
四海一泓水　　五嶽卑不敵
萬古皇都西　　陰陽豁晨夕
客懷抗雲表　　胸中太華積[3]

2　狄公思: 고향의 부모를 그리워하는 마음을 이른다. '적공'은 唐나라 狄仁傑을 이른
　다. 적인걸이 參軍을 받아 외직에 나가고 부모님은 河陽에 있었는데 그는 太行山에
　올라 외롭게 떠가는 흰 구름을 보며 그 구름 아래 어디쯤 계실 부모님을 그리워하며
　슬퍼하였다.《新唐書 卷115 狄仁傑傳》
3　胸中句: 부모님을 향한 그리운 마음이 쌓이니 마치 태화산처럼 높아서 구름 위로
　솟구쳐 오른다는 뜻이다. '太華'는 五嶽의 하나인 西嶽 華山을 말한다. 화산은

爲山已九仞　　去天未一尺
睠彼太行路　　兩腋倏六翩
安得凌絶頂　　遠寄塵外跡

3

내 가난하여 반찬에 고기는 없지만
집은 예스러워 동산엔 대나무 있네.
베갯머리 한 말 되는 땅이 다지만
빼곡하게 만 개 옥을 엮어 놓았지.
봉황이 먹고 남을 대나무 열매 있는데
나는 배고파도 먹을 것이 없구나.
내 굶주려 다리에 힘이 빠져서
지팡이에 의지해야 걸음을 떼네.
맑은 바람이 문 앞을 쓸어 주는데
여전히 내가 속세에 있는가 두려워지네.
어찌하여 이를 홀연 놓아 버리고
반평생을 이익 명예 따라 다녔나.
관리의 검은 신은 속세 먼지에 뒤덮였고
번화한 길엔 말발자국 찍혀 있구나.
돌이켜 차군此君을 생각하노니
부끄러운 마음 어찌 들지 않으랴.
산 속에 오래된 길 있으니
돌아갈 날 멀지 않으리로다.

陝西省 華陰縣 남쪽에 있는데 그 서쪽에 少華山있어서 구별하여 太華山이라고
부른다.

我貧食無肉　　屋古園有竹
枕邊一斗地　　森森束萬玉[4]
鳳食有餘實　　爲我飢無食
我飢脚無力　　倚竹時著足
清風爲掃門　　尙恐我塵俗
如何忽此遺　　半世逐利祿
烏靴沒頓紅[5]　九衢印馬跡
眷言懷此君　　能不內慙忸
山中有舊路　　庶幾不遠復

4　萬玉: 옥처럼 빛나고 윤기 나는 사물을 비유한다. 宋 眞德秀 「陳慧父竹坡詩稿」에
　"萬玉兮森森, 淸風兮滿林."이라 한 것은 홍귀달의 위 시구와 흡사한데, 시의 제목
　으로 추측건대 만옥은 대나무의 아름다운 모습을 형용한 것으로 보인다.
5　烏靴句: ‘오화’는 관리가 신는 검은 신으로, 벼슬을 하며 속세에서 분주하게 사는
　것을 비유한다.

감회

感懷

집 떠난 지 벌써 삼개월
연경에 열흘째 머물고 있네.
새 얼굴 만나는 일 점점 익숙해지고
지나온 길 어땠는지 도통 희미하네.
어른어른 졸음 섞인 눈은 어지럽고
정원의 풀은 수심과 뒤섞여 자라네.
어찌 차마 침상 마주하여 들으랴
창에 가득한 비바람 소리.

去家已三月　　十日住燕京
漸慣新知面　　都迷舊過程
眼花和睡亂　　庭草雜愁生[1]
那忍對牀聽　　滿窓風雨聲[2]

---

1 庭草句: 정원의 풀은 일개 식물이지만 또한 사람의 마음을 표현한 것이다. 周敦頤
　의 '一般意思'라는 것이다. 주돈이가 창 앞의 풀을 깎지 않으며 "나의 생각과 같다."
　하였으니 창 앞에 난 풀은 천지의 生生의 기운을 받은 것으로, 사람과 같은 마음을
　가졌다고 생각하기 때문이었다.
2 那忍~雨聲: '對牀夜雨'의 의미를 담은 시구이다. 비바람이 치는 밤, 두 사람이
　침상을 마주하여 잠든다는 말로, 가까운 벗들이 함께 모여 즐겁게 보내는 것을
　말한다. 타향의 객관에서 비바람 부는 밤, 고향의 벗들과 함께 했던 추억을 떠올리
　는 듯하다.

초 10일, 음식을 잘못 먹어 오른쪽 겨드랑이부터 가슴과 배가 모두 아파 밤새도록 잠들지 못하다가 새벽 무렵 조금 나아졌다. 아침에 일어나 앉아 느낌을 적어 서장관과 함께 하였다
初十日, 犯食忌脾傷, 右腋胸背皆疼, 終夜不得安枕, 向曉稍歇. 朝來起坐, 懷贈書狀共之

나그네로 다니는 몸이 병들었으니
머리털 어찌 될진 짐작되는 것.
흐르는 세월 자꾸 꼽아 보지만
세상일일랑 턱만 괴고 있을 뿐이라.
떠도는 중에 술까지 없으니
괴롭고 힘들어 시짓기도 그만두었네.
인간사 오만 시름 다 겪었으니
고향에 갈 기약만이 남아 있네.

> 旅況身仍病　　頭顱¹已可知
> 流年頻屈指　　世事獨支頤
> 飄泊兼無酒　　艱虞亦廢詩
> 人間萬慮盡　　唯有故山期

1　頭顱: 정수리인데, 머리가 하얗게 세며 노쇠해지거나, 조만간 그렇게 될 것임은 지금의 상황으로 미루어 짐작해 볼 수 있다는 뜻이다. 南齊 때의 隱士 陶弘景이 40세 전후에 尚書郎이 되려고 마음먹었는데 36세에 奉請 벼슬을 하고 있는 자신의 현실을 보며 '40세가 되었을 때의 머리를 알 만하니, 일찍 떠나는 것이 좋겠다' 결심했다고 한다.

심사心事를 쓰다
書事

한강 북쪽에서 처자식과 헤어졌고
부모님은 영남에서 그리워하고 계시네.
하늘 아득한 곳, 여정 천만 리
꿈에서 내 몸은 두세 개 되어서 가지.
서캐와 이가 사니 피부엔 좁쌀이 돋고
모기와 등에 몰려 살쩍은 이내를 두른 듯.
어느 때나 밤에 등불 돋우고
이날의 고생을 함께 얘기하려나.

漢北別妻子　　雙親憶嶺南
天涯路千萬　　夢裏身兩三
蟣蝨膚成粟　　蚊蝱鬢繞嵐
何時燈火夜　　共話此辛甘

소진의 시에 차운하여 주다

次贈邵鎭韻

뜻 품은 채 보낸 세월 그 얼마런가
청렴과 가난 속에 늙어가는 이 한 몸.
현묘함을 찾아내려 월궁月宮을 찾아갔고
기미를 살피느라 은하수를 밟았지.
일산日傘을 기울이니 마음은 오랜 친구요
보내 온 율시는 더욱 참신하여라.
사해가 두루두루 형제이지만
자네 같은 사람 또 누가 있을까.
처량한 고국의 봄이여
타향에서 떠도는 신세.
고독하게 오래도록 나그네 되어
쓸쓸하게 또 나루를 묻네.
천자의 산천은 예스러우며
순임금과 우왕의 나라 예악은 새로워라.
황제의 은혜 끝없이 베풀어지니
바다 동쪽 사람에게는 더욱 후하시다네.

齋志幾年春	淸貧一老身
鉤玄¹探月窟	候氣步天津
傾蓋²情若舊	投詩律又新

---

1 鉤玄: 精微함을 발견해 낸다는 뜻이다. 唐나라 韓愈 「進學解」에 "일을 기록하는
   자는 반드시 그 요점을 들어야 하고 말을 모으는 자는 반드시 현묘한 것을 집어내야
   한다. [記事者必提其要, 纂言者必鉤其玄.]"하였다.
2 傾蓋: 수레를 타고 길을 가다가 만나 수레를 나란히 세워놓고 말을 나누게 되면,

弟兄周四海　　如子復何人
凄涼古國春　　飄泊異鄕身
兀兀長爲客　　棲棲復問津
幽冀³山川古　　虞周禮樂新
皇恩被無外　　偏渥海東人

양쪽의 일산이 아주 가깝게 닿아 조금씩 기울게 된다. 모르는 사람들이 처음 만나
서 교유가 형성되는 것을 표현한다. 孔子가 郯에 갔다가 길에서 程子를 만났는데
일산을 기울이고 종일 말을 나누고 매우 친밀해졌다고 한다.《孔子家語 致思》
3　幽冀: 고대의 九州 가운데 幽州와 冀州인데, 북경을 중심으로 하는 화북 지역을
이른다.

소진에게 장난 삼아 주다
戲贈邵鎭

소강절의 후손이라 조상의 풍모 있으니
아침에 책방이요 저녁엔 술병 속이지.
어찌하면 행와行窩를 머물 곳 삼아
고요한 마음으로 천리를 같이 볼 수 있을까.

　　康節¹雲仍有祖風　　朝遊書肆暮壺中²
　　安得行窩³留住處　　共看明月到梧桐⁴

1　康節: 북송의 성리학자 邵雍(1011~1077)의 시호이다. 그는 호 安樂先生, 자 堯夫
　　로, 일생을 洛陽에서 학문에 힘쓰며 유교의 易學을 발전시켰다.
2　朝遊句: 소옹이 누추한 집에 살면서도 편안히 술을 즐기며 학문을 이루어 갔던
　　일을 말한다.
3　行窩: 邵雍이 처음 洛陽에 와서 비바람도 가리지 못할 정도의 누추한 집에 살면서도
　　그곳을 '安樂窩', 자신을 '安樂先生'이라 부르며 그 안에서 술과 시로 편안하게
　　지내고, 또 가끔 작은 수레를 타고 외출하니 소옹을 서로 대접하려고 안락와와
　　비슷한 집을 지어 놓고는 이를 '行窩'라 불렀다고 한다.《宋史 卷427 邵雍列傳》
4　月到梧桐: 邵雍이 지은 시구이다. 소옹 「月到梧桐上吟」에 "달은 오동나무에 이르
　　고 바람은 버드나무 가로 불어오네. 뜰 깊고 사람 없어 고요하니, 이 풍경 뉘와
　　더불어 이야기할고. [月到梧桐上, 風來楊柳邊. 院深人復靜, 此景共誰言.]" 하였
　　다. 이는 하늘의 달빛처럼 맑고 봄바람처럼 온화한 마음의 경지를 비유한 것이다.

누제의 아버지 위偉가 부모와 조부모의 초상을 그린 그림 축에 쓰다
題樓濟之父偉父母祖父母寫眞圖卷軸

부모라면 누군들 그 은혜 망극하지 않으랴만은
살아 계실 제처럼 섬기는 것 참으로 아름답구나.
죽순과 물고기로 삼부三釜의 봉양 할 수 없게 되니
그리운 부모, 구천九泉에 계심이 참으로 비통하구나.
효의 마음 옮기는 것이 어찌 가문의 아들만이리오
충심을 본받으니 조부에게 손자 있음 경하할 만도다.
성명한 조정에서 어진이를 서둘러 찾으신다 하는데
그대의 집에 가서 그 후손 물어야 할 것이로다.

父母誰無罔極恩　　獨憐事死若生存
筍魚已莫調三釜[1]　　霜露[2]長悲隔九原
移孝豈唯家有子　　效忠堪賀祖生孫
聖朝見說求賢急　　應向君家問後昆

1　三釜: 三䰞라고도 하는데 고대 중국에서 성인 한 사람이 매월 먹는 식량의 중간
　　정도 수준이다. 三釜養은 부모를 봉양하기 위하여 삼부의 박봉을 싫다 하지 않고
　　벼슬살이하는 일을 말한다. 曾子가 처음 벼슬할 때 3부의 녹봉으로 부모를 봉양하
　　였다.
2　霜露: 霜露之思로, 부모에 대한 그리움을 뜻한다. 『禮記』 「祭義」에 "서리가 내리
　　면 군자가 서리를 밟으며 슬픈 마음이 생기는데 이는 추워서가 아니니 부모와
　　선조를 그리워하기 때문이다. [霜露旣降, 君子履之, 必有悽愴之心, 非其寒之謂
　　也.]" 하였다.

국자감 유학 담규 시에 차운하다
次國子監儒譚珪韻

천자의 도읍에서 잠깐 인사 나누고
나에게 양춘백설곡을 주셨네.
사문斯文에 의탁하기를 골육처럼 하니
서로의 속마음을 비추어 서로를 알아주네.

偶然傾蓋¹帝王畿　　投我陽春白雪²辭
自託斯文如骨肉　　與君肝膽³兩相知

---

1 傾蓋: 수레를 타고 길을 가다가 만나 수레를 나란히 세워놓고 말을 나누게 되면, 양쪽의 일산이 아주 가깝게 닿아 조금씩 기울게 된다. 모르는 사람들이 처음 만나서 교유가 형성되는 것을 표현한다. 孔子가 郯에 갔다가 길에서 程子를 만났는데 일산을 기울이고 종일 말을 나누고 매우 친밀해졌다고 한다.《孔子家語 致思》
2 陽春白雪: 수준이 매우 높은 노래를 이른다. 어떤 사람이 郢中에서 처음에 「下里巴人歌」를 부르자 그 소리를 알아듣고 화답하는 사람이 수천 명이었고 「陽阿薤露歌」를 부르자 화답하는 사람이 수백 명으로 줄었고 「陽春白雪歌」를 부르자 화답하는 사람이 수십 명으로 줄었다. 노래의 수준이 높아질수록 그에 화답하는 사람이 더욱 적었다 한다.《文選 卷45 宋玉 對楚王問》
3 肝膽: 간과 담낭으로, 마음속 깊숙한 곳을 가리킨다. 『故事瓊林』에 "간담을 相照하니, 이런 것을 腹心之友라고 한다. 意氣가 서로 不平을 하니 이것을 口頭之交라 한다." 하였고, 『漢書』 「路溫舒傳」에 "간담을 피력한다" 하였다.

통주역관에서 안남 사신의 시에 차운하다
通州¹驛館, 次安南使韻

태평스런 통일 천하에 만남을 기뻐하나니
동쪽 남쪽의 옥백玉帛이 여기 한데 모였네.
여관에서의 담소는 얼마나 정다웠던지
역에 세워둔 수레와 말이 떠나기에 바쁘네.
훗날 푸른 하늘 밖에서 꿈을 꾸고
오늘 태양 아래 뭉클한 마음.
남쪽 누각을 향해 이별하지 말 것이니
막 불어난 노하潞河가 석양에 비쳐 붉네.

車書²盛治喜遭逢　　玉帛東南此會同
賓館笑談何款款　　驛亭車馬忽恩恩
他年魂夢靑天外　　此地情懷白日中
莫向南樓作離別　　潞河³初漲夕暉紅

---

1 通州: 고려시대에, 북방 진출에 장애가 되었던 여진족을 몰아내고 평안북도 서북
　해안 지대에 설치했던 여섯 州이다. 興化·龍州·通州·鐵州·龜州·郭州를 이른다.
　참고로 조선시대 사행길은 한성-고양-파주-장단-황주-평양-안주-선천-의주
　-통군정(조선령)-단동-탕산성-변문-봉성-팔도하-통원보-초하구-분수령-
　마천령-연산관-청수참-청석령-석문령-요양-십리하진-심양-거류하-신민-
　반랍문-이도정-흑산-북령-금주-탑산-고교포-홍성-산해관-풍륜-옥전-삼
　하-동주-북경이다.
2 車書: 천하가 통일된 것을 이른다. 『中庸』에 "지금 천하에 수레는 바퀴의 궤도가
　똑같으며, 글은 문자가 똑같다. [今天下, 車同軌, 書同文.]"하였다.
3 潞河: 북경 인근을 흐르는 通州江을 이른다.

안남 사신 원위정부의 시에 차운하다
次安南使阮偉挺夫韻

임금의 부절을 지닌 안남사신을
금대金臺의 길가에서 만났구나.
말은 풍토로 인해 다르지만
마음은 천성을 함께 한다네.
장안 남쪽 두씨 집안사람 만난 것 기쁘거니
오히려 오吳나라의 여몽呂蒙이 부끄럽네.
아름다운 옥 소매 가득 들고서
열 겹을 싸서 동으로 돌아가리.

玉節天南使	金臺路上逢
語因風土異	心共性天同
喜接城南杜[1]	還慙吳下蒙[2]
瓊瑤携滿袖	十襲以歸東

---

1 城南杜: 唐나라 때 杜氏와 韋氏 중에 대대로 顯貴한 자가 나와 名門大族이 되었는
  데 이들의 世居地가 長安城의 남쪽에 있었다. 그래서 당시 사람들이 "성남의 위두
  는 하늘과의 거리가 한 길 반이다. [南韋杜, 去天尺半.]"《辛氏三秦記》

2 吳下蒙 : 삼국시대 吳나라 都下에 살던 呂蒙을 이른다. 삼국시대 吳나라의 장수
  呂蒙을 가리킨다. 여몽은 무장이었으면서도 孫權의 가르침을 따라 언제나 학문에
  힘썼다. 어느 날 여몽의 옛 친구 魯肅이 여몽의 학문이 크게 진보함을 보고 깜짝
  놀라 "지난 날 오 땅의 아몽이 아니다." 하였다.《三國志 卷9 呂蒙傳》

노하역에서 심정을 적어 서장관에게 보여주다
潞河1驛, 書懷, 示書狀

가족과 떨어지니 저절로 마음이 아프고
벗을 그리며 떠돌다 만나니 이내 몸이 우습네.
죽령 남쪽 노인은 연세가 많은데
한수 북쪽 아내는 집이 가난하구나.
홀몸의 온갖 시름 천 조각의 구름인 듯
양쪽에서 서로 그리며 둥근 달 바라보리.
두 눈으로 몇 번이나 억지로 참았던 눈물
흐르는 빗물과 섞여 금방 수건을 적시네.

分携骨肉自傷神　　雲樹²萍逢笑此身
翁老嶺南贏歲暮　　妻孤漢北又家貧
隻身百慮雲千片　　兩地相思月一輪
雙眼幾回剛忍淚　　一番和雨此霑巾

---

1 潞河: 국경 인근을 흐르는 通州江을 이른다.
2 雲樹: 벗과 헤어진 뒤에 못내 그리워하는 마음을 말한다. 杜甫「春日懷李白」에
　"渭北春川樹, 江東日暮雲."이라 하였다.

칠월 십오일에 북경을 출발하여 비를 무릅쓰고 통주에 이르
렀는데 큰 비로 황하가 불어 이틀을 머물렀다. 하점夏店으로
향했는데 물이 옛 길을 막아 건너는 어려움을 이루다 말할 수
없었다. 하점에 이르자 날이 어두워지고 고생스러움도 감당
할 수 없었다. 다음날까지 머물면서 뒤 떨어진 일행을 기다
렸다. 당시 여행의 어려움을 생각하면서 열편의「불가不可」
시를 지었다. 나그네의 심정을 기록해서 후일의 볼거리로 삼
고자 한다

七月十五日, 發北京, 冒雨到通州, 大雨河漲, 留二日. 向夏店, 水塞
古道, 跋涉之難, 不可勝言. 至店時, 已昏黑, 勞悴亦不可堪. 翌日因
留, 以待車徒之落後者. 追思旅況行李之苦, 作十不可. 記客中心事,
以留後日面目

1
나그네 심정 다 말할 수 없는데
반년토록 아직까지 길거리를 헤매네.
여관에서 장검 자루를 두드리며
관문에서 오래된 저고리 벗었네.
소식 전하는 이 없음 한스럽고
어찌 있으랴!【세 글자가 빠졌다】
절기의 순서는 자주 바뀌지만
강산은 예전과 다름이 없네.

客愁不可說　　　半歲尙脩途
賓館彈長鋏　　　關門棄舊襦
恨無黃耳犬[1]　　寧有□□□[2]
節序頻回換　　　江山似舊無

2

여관에 머물 수 없는데
희끗희끗한 귀밑머리에는 벌써 가을이 내렸네.
진나라 사위처럼 한 봄을 의탁하니
초나라 죄수처럼 손발이 곱아드네.
건다建茶로 조금 목마름을 달래지만
엷은 술은 근심을 씻어내지 못하네.
누군들 오래도록 앉아 있으면서
고향 생각을 하지 않겠는가.

　　旅館不可留　　蕭蕭鬢已秋
　　寄託如秦贅³　　拘攣類楚囚⁴
　　建茶差止渴　　魯酒⁵不消憂
　　誰能坐長日　　不起故鄕愁

3

가을밤에 잠을 이룰 수 없으니
백 가지 생각이 뜰의 오동나무에 모이네.
박쥐는 날며 똥을 싸고

1　黃耳犬: 晉나라 陸機의 애견으로, 그의 고향인 吳都와 洛陽 사이를 오가며 서신을
　　전했다고 한다.
2　판독불가자
3　秦贅: 진나라 때, 빈한한 집 아들이 장성하면 데릴사위로 들여보내던 풍습이 성행
　　하였다.
4　楚囚: 타향에 머무는 나그네라는 뜻이다. 楚나라 鍾儀가 晉나라에 구금되었었다.
　　晉나라 周顗가 新亭에서 명사들과 만난 자리에서 "여러분은 사좌에서 초수로 對泣
　　만 하려 하는가?" 하였다. 《晉書 周顗傳》
5　魯酒: 노나라의 술로, 薄酒란 뜻이다. 『莊子』 「胠篋篇」에 "노나라 술이 언짢았기
　　때문에 邯鄲이 포위를 당했다." 하였다.

모기와 등에 살갗을 물어뜯네.
고향 생각에 시간은 더디 가고
이웃 피리소리 달빛 아래 외롭네.
내일 밝은 거울 속에
머리색이 변해 있어 겁이 나겠지.

秋宵不可度　　百感集庭梧
蝙蝠飛遺矢　　蚊虻嚛入膚
鄕愁更漏6緩　　隣笛月輪孤
明朝明鏡裏　　應怯變頭顱

4

고향을 그리워 할 수 없어
모든 일에 턱 고이고 있네.
반평생을 벼슬살이로 보내다 보니
양친 모두 늙고 노쇠해졌구나.
처량하게 나란히 날아가는 기러기 떼를 바라보고
감개感慨하게 형제 그리워 척령시鶺鴒詩를 읊네.
고향 생각이 마음에 걸려 있으니
어찌 눈물 마를 때가 있겠는가.

故鄕不可思　　萬事一支頤
百歲半遊宦　　雙親各老衰
凄涼鴻雁侶　　感慨鶺鴒詩7

---

6 更漏: 물시계를 이른다.
7 鶺鴒詩:『詩經』에 있는 편으로, 형제를 그리워하는 내용이다. '척령'은 물가에 사
　는 燕雀類의 할미새이다.

故鄕如掛念　　寧有淚乾時

5

불어난 황하 건널 수 없는데
성난 황톳물 하늘을 흔드네.
지축이 나부끼듯 흔들리고
해신海神은 저녁이 되자 뒤집히네.
곽태郭泰 같은 이와 배를 같이 타고
노도 없이 강을 건너네.
어룡 잉첩媵妾의 힘인지
버선이 젖지 않는구나.

長河不可渡　　怒濁撼靑天
地軸遙飜動　　天吳8晚倒顚
有舟同郭泰9　　無楫濟商川10
賴有魚龍媵　　凌波韈不濺

[원주]
시에서 곽태라고 한 것은 신 서장관을 가리킨 듯하다
詩中用郭泰, 蓋指申書狀也

8　天吳: 바다의 神이다. 『山海經』「海外東經」에 "朝陽谷에 천오라는 신이 있는데
　　이것이 水伯이며, 사람의 얼굴에 머리·발·꼬리가 여덟이다." 하였다.
9　郭泰: 後漢의 명사이다. 그는 가난하고 미천한 시골 사람으로 학식이 해박하고
　　언변이 유창하였는데, 洛陽에 가서 당시 명사인 李膺과 만났다. 그러자마자 그의
　　인정을 높이 받아 오래 사귄 벗처럼 절친한 사이가 되었다. 나중에 곽태가 고향으로
　　돌아갈 때 낙양성의 선비들이 모두 강변에 나와 그를 전송하였는데, 이응과 단둘이
　　만 배를 타고 마치 신선처럼 강을 건너갔다고 한다.《後漢書 卷68 郭泰列傳》
10　商川: 『書經』「說命上」에서 은나라 高宗이 傳說을 발탁하여 재상의 일을 맡기고
　　당부하기를 "만약 큰 내를 건너고자 한다면 너를 배와 노로 삼을 것이다." 하였다.

6

옛 길은 지나갈 수 없고
진흙길에 다시 비가 내리네.
누런 강물은 넓은 들을 덮었고
은하수는 넓은 밭으로 쏟아지네.
말은 교룡의 굴로 들어서고
물고기는 물에 잠긴 나무 위로 헤엄치네.
지난번에 수레로 달렸던 곳을
고생스레 저녁에야 배를 부르네.

古道不可涉	泥途復雨天
黃河鋪大野	銀漢瀉平田
馬入蛟龍窟	魚行樹木顚
往時車走處	辛苦晚呼船

7

나라 위한 여정을 늦출 수 없어
비바람에도 수레바퀴를 굴리네.
태양은 동쪽바다 밖에서 떠오르고
봉래산은 약수弱水 서쪽에 섰네.
바람과 구름에 용과 호랑이 응하고
오동과 대 사이로 봉황이 깃드네.
어찌 빨리 돌아가려 하지 않으랴
구등으로 새벽닭 울 때를 기다리네.

王程不可稽	風雨且輪蹄
海日扶桑[11]外	蓬萊弱水[12]西
風雲龍虎應	梧竹鳳凰栖

盍亦歸來疾　　籬燈候曉雞

8

우정을 찾을 수 없으니
밤길에 오로지 별만 보았네.
길을 잃어 늙은 말을 따르고
방이 어두워 개똥벌레를 잡았네.
하얀 달은 외로이 조는 이를 비추고
맑은 시름은 뒷 청에 가득하네.
날이 밝자 불러도 깨지 않으니
붉은 해가 창살을 비추네.

　　郵亭不可望　　夜行唯見星
　　路迷從老馬　　室暗借流螢
　　皓月照孤睡　　淸愁滿後廳
　　天明呼不醒　　紅日上窓櫺

[원주]

우정은 하점(夏店)을 가리키니 이 날 밤에 우정에 투숙해서 잤다
郵亭, 指夏店也, 是日夜投郵亭而宿

9

고향 소식 들을 수 없어
동쪽으로 아득히 바다 넘어 하늘을 바라보네.

---

11 扶桑: 해가 뜨는 동쪽 바다 속에 있다고 하는 상상의 나무, 또는 그 나무가 있다는
곳이다.
12 弱水: 신화 속에 나오는 河海의 이름으로, 鴻毛조차도 뜨지 않아 건너갈 수가
없다고 한다.《海內十洲 鳳麟》

얼굴을 드니 기러기 어디 있는가
머리를 숙여도 전해진 소식이 없네.
조금 있으면 동국 사신을 만나
마땅히 어머님의 편지를 얻으리니.
다만 편지 속 말씀이
나의 뜻을 저버리지 않았으면.

鄕書不可見	東望海天虛
仰面何曾雁	低頭未有魚
近逢東國使	應得北堂書
只恐書中語	知能不負余

[원주]

사은사 윤상과 한상이 본국에서 올 것이니 조만간 길에서 서로 만나면 반드시 집안
편지를 가져올 것이므로 시에서 말한 것이다

謝恩使尹相·韓相[13], 自本國來, 近當相遇途中, 必齎家書 故詩中云

10

수레를 기다릴 수 없어
말을 타고 홀로 달렸네.
나는 스스로 떠난 것이 재빨랐는데

---

13 尹相韓相: '윤상'은 尹弼商. 세종 9년(1427)~연산군 10년(1504). 본관 坡平. 자
湯佐. 삼한공신 莘達의 후예로 아버지는 坰이며, 어머니는 李霖의 딸이다. 1463년
동부승지가 된 뒤 형방승지·도승지 등을 역임하면서 세조의 측근에서 신임과 총
애를 받았다.
'한상'은 韓明) 태종 15년(1415)~성종 18년(1487). 장순왕후·공혜왕후의 아버지.
계유정난 때 수양대군을 도왔으며 사육신의 단종 복위운동을 좌절시키고, 그들의
주살에 적극 가담하여 좌승지를 거쳐 도승지에 올랐다. 이조판서, 병조판서, 우의
정, 좌의정을 거쳐 영의정에 올랐다.

저들은 어째서 떠나는 것이 더딘지.
가을바람 속 하점(夏店)에 머무르며
저물녘 하수 물가를 바라보네.
사람을 보내 행로를 재촉함은
고향 길 늦지 않으려 함이네.

車徒不可待	鞍馬獨驅馳
我自去齊速14	渠胡出晝15遲
秋風留夏店	落日望河湄
寄語催行李	家山莫失期

[원주]

수레꾼이 통주에 있으면서 아직 출발하지 아니하였다. 내가 먼저 하점에 도착해서
기다리고 있었으므로 오육구五六句에서 언급한 것이다

車徒在通州未發. 我先到夏店候之, 故五六句及之

---

14 去齊速: 『孟子』 「萬章下」에 "공자가 제 나라를 떠날 때는 일어 놓은 쌀을 건져서
급히 떠났고, 노나라를 떠날 때는 '더디기도 해라 나의 떠남이여.' 하였으니, 이는
부모의 나라를 떠나는 도리인 것이다. [孔子之去齊, 接淅而行, 去魯, 曰遲遲吾行
也, 去父母國之道也.]" 하였다.
15 出晝: 孟子가 齊나라 임금을 하직한 뒤, 晝라는 고을에서 3일을 머문 뒤에 떠났다.

길에서 북경으로 가는 사은 정사 윤 좌상과 부사 한 동지와 서장관 김은경을 만나자 각각 한 수 씩을 올렸다
路上, 逢謝恩使尹左相, 副使韓同知, 書狀金殷卿赴京, 各呈一律

1

천자를 배알하고 북쪽에서 돌아오는 길인데
천자에게 가는 수레와 말들이 또 동에서 오네.
나그네 별 날아서 삼정승의 자리에 움직이고
현귀한 관리가 움직이니 조정이 비었네.
장맛비 속에서 임금은 상나라 좌상을 그리워하고
의관을 정제한 사람들은 한나라 삼공을 기다리네.
황가皇家에는 정해진 남 다른 은혜가 있으니
일찍이 진나라 서쪽 정벌의 제일 큰 공 있었네.

　　　謁帝歸來初自北　　　朝天車馬又從東
　　　客星飛動三台¹座　　　卿月²流行萬里空
　　　霖雨帝思商左相³　　　衣冠人望漢三公⁴
　　　皇家定有殊恩數　　　曾奏西征第一功

[원주]
이상은 윤 좌상이다
右尹相

1　三台: 별이름에서 전하여 天子의 三公에 비유되는데, 조선 시대에는 영의정·좌의
　　정·우의정을 말한다.
2　卿月: 內官으로 현귀한 사람이다.
3　商左相: 湯王에게 伊尹을 천거하여 천하를 얻을 수 있게 한 仲虺를 말한다.
4　漢三公: 한나라 초기에는 丞相·太尉·御史大夫를 지칭했는데, 삼공의 명칭을 정
　　식으로 사용한 것은 후한 시대이며 太尉·司徒·司空을 합쳐서 삼공이라고 하였다.
　　조선시대에는 영의정·좌의정·우의정을 지칭하였다.

2

중국의 수레도 사신의 깃발을 피하니
왕후 고을의 영화가 중국에서 빛나네.
진실晉室의 육경六卿 중에 한씨도 들어갔으며
한나라 조정 삼걸三傑 중에 한신韓信은 적수가 없었네.
봉황 연못에 물결 잔잔하니 달을 부르고
압수에 날이 개이자 다시 강을 건너가네.
서왕모 복숭아꽃은 응당 그대를 기다리고
봉래 궁궐에선 창문을 다 열어 놓으리라.

中朝車騎避麾幢	戚里高華耀大邦
晉室六卿⁵韓有一	漢廷三傑⁶信無雙
凰池波暖曾呼月	鴨水天晴又過江
王母桃花應待子	蓬萊宮闕盡開窓

[원주]

이상은 한상이다

右韓相

3

태평시절에 활보하니 누가 그대를 앞서랴
인걸들과 함께 하니 그 인연 기뻐하네.
나이는 그대보다 많지만 도를 들음이 늦으니
재주 없는 내가 먼저 벼슬길 오른 것이 부끄럽네.
팔월에 신선 뗏목 탄 장건張騫이요

---

5 晉室六卿: 춘추시대 진나라의 范氏·中行氏·知氏·韓氏·魏氏·趙氏로, 문벌가
이다.
6 漢廷三傑: 漢나라 창업 공신으로, 蕭何·張良·韓信을 이른다.

해진 신 신고 사방을 떠돈 사마천司馬遷일세.
만 리에서 만났다가 또 서로 이별하니
일생의 회포는 푸른 하늘이 알리.

明時闊步復誰前　　驥尾麻中喜有緣
年長於君聞道後　　才疏愧我著鞭先
仙槎八月張公子[7]　　弊履四方司馬遷[8]
萬里相逢又相別　　一生懷抱有靑天

[원주]

위는 김 서장관이다

右金書狀

---

7 張公子: 漢나라 張騫을 이른다. 그는 武帝 때 사명을 받들고 西域에 나갔던 길에
　 뗏목을 타고 黃河의 근원을 한없이 거슬러 올라가다가 한 城市에 이르렀다. 어떤
　 여인이 베를 짜고 있고, 또 한 남자가 소를 끌고 은하의 물을 먹이고 있으므로,
　 그들에게 "여기가 어느 곳인가?" 물었다. 그 여인이 支機石 하나를 주면서 "成都의
　 嚴君平에게 가서 물어보라." 하였다. 장건이 돌아와서 엄군평을 찾아가 지기석을
　 보여 주니, 엄군평이 "이것은 직녀의 지기석이다. 아무 연월일에 客星이 견우와
　 직녀를 범했는데, 지금 헤아려보니 그때가 바로 그대가 銀河에 당도한 때이다."
　 하였다.
8 司馬遷: 前漢시대 역사가로, 『史記』의 저자이다. 그는 20세에 남쪽으로 가서 江淮
　 의 會稽山을 유람하고 북쪽으로 汶泗에서 공자의 유적을 탐방하였다. 《漢書 司馬
　 遷傳》

영산부원군 김수온의 사망 소식을 듣고 짓다

聞永山府院君金公守溫[1]亡, 有作

평생토록 태연자약하여 걸림이 적었고
오래도록 자연에서 고승을 사모했네.
높은 벼슬 문득 받아도 다시 자연에 의탁하였고
재주가 본디 많아 문장 다듬을 필요 없었네.
이미 지하로 가 옥 같은 몸 묻혔으니
다시는 구름 사이로 태산을 볼 수 없네.
다만 문장의 광채를 하늘이 버리지 않았으니
오래도록 규벽 같은 시문을 남아 인간 세상 비추리라.

平生自是少機關　　長愛高僧水石閒
軒冕儻來聊復寄　　才華固有不須刪
已從泉下埋蒼玉　　無復雲間見泰山
只有文光天不喪　　長留圭璧照人間

1　金守溫: 태종 10년(1410)∼성종 12년(1481). 본관 永同. 자 文良. 호 乖崖·拭疣.
시호 文平. 세조 4년(1459) 漢城府尹, 세조 11년(1466) 拔英試에 장원하였고, 같은
해에 실시된 登俊試에 다시 급제하여 中樞府判事에 오르고, 세조의 총애를 받았
다. 성종 2년(1471) 佐理功臣 4등에 책록되어 永山府院君에 봉해졌으며, 성종
5년(1474) 中樞府領事에 이르렀다. 문집에 『拭疣集』이 있다.

정지상의 대동강 운자를 사용해서 참찬 이훈을 애도한다
用大同江鄭知常[1]韻, 悼李參贊塤[2]

1
동량이 우뚝하여 기대함이 많았는데
명철한 군주와 어진 신하는 어찌 갑자기 갱가(賡歌)를 그쳤나.
네거리 한 밤 중 방아소리 들을 수 없고
모든 사람 파도처럼 두 줄기 눈물 흘리네.

梁棟初隆倚望多　　明良何遽遏賡歌[3]
九衢一夜春無相　　萬目雙垂淚似波

2
서경을 유람하니 볼거리도 많은데
남포에서 마름 캐는 노랫소리 가장 가련하구나.
좋은 유람 돌아보니 언제 다시 오겠는가
과거사는 모두 흘러간 물 되었네.

---

1 鄭知常: ?~고려 인종 13년(1135.) 본관 西京. 호 南湖. 초명 之元. 서경 출생.
陰陽秘術을 믿어 妙淸·白壽翰 등과 三聖이라는 칭호를 받으면서, 수도를 서경으
로 옮길 것과 金나라를 정벌하고 고려의 왕도 황제로 칭할 것을 주장하였다. 저서
로는 『鄭司諫集』이 있다.
2 李塤: 세종 11년(1429)~성종 12년(1481). 본관 韓山. 자 和伯·睹翁. 초명 墅.
시호 安昭. 세조 13년(1467) 李施愛의 난이 일어나자 討平大將으로 난을 평정하였
다. 세조 13년(1468) 경기도 관찰사를 거쳐 성종 1년(1470) 한성부판윤에 올랐으
며, 성종 2년(1471) 좌리공신 4등이 되고 성종 7년(1476) 韓城君에 책봉되었다.
그 후 五衛都摠府都摠管에 이어 좌참찬이 되었다.
3 賡歌: 임금과 신하가 서로 경계하는 노래이다. 舜임금과 皐陶가 君臣 간에 서로
경계하는 뜻으로써 서로 이어서 노래하였다.《書經 益稷》

遊覽西京物像多　　最憐南浦採菱歌
勝遊回首何由再　　往事渾成逝水波

[원주]

지난 사월에 떠나 내가 연경으로 향할 때 행차가 평양에 이르니 이 참찬이 명나라
사신단의 선위사로 이미 먼저 도달하여 있었다. 하루를 머물면서 함께 도성을 유람
하였기 때문에 말한 것이다

去四月, 余向燕京, 行到平壤, 李參贊, 以天使宣慰使, 已先到矣. 留一日陪遊都城故云

배율 이십운이다. 양번 역승에게 감사하며
排律二十韻. 謝陽樊[1]驛丞

만리에서 온 삼한의 사신
처음 팔월에 뗏목으로 들어왔네.
하늘에는 늘 비와 이슬이요
바다엔 온통 구름과 안개라.
황하를 건넘에 노를 잡을 줄 모르고
변방으로 나가는 호루라기 먼저 부네.
강산은 속절없이 고국인데
안장 얹은 말은 중화에 머무르네.
아득한 수목사이로 다음 역이 희미하고
진흙이 깊어 따르는 수레 빠지네.
점점 지는 해는 기울어가고
첩첩 저물녘 산은 앞길을 막네.
북쪽으로 돌아보니 바람과 연기 막혔고
동쪽으로 돌아가려니 길이 머네.
외로운 성은 말머리 앞에 있고
늙은 나무는 구름 가에 걸렸네.
불 때고 뽕나무 자라는 곳
닭과 개돼지 치는 집이구나.
주인의 마음이 속되지 않아
객을 맞는 예절 어긋남이 없네.
방 가득 삿자리를 펴고

---

1 陽樊: 지금의 하남성 濟源이다.

소반 가득히 채소와 과일을 내네.
닭 잡고 기장밥을 지어
술을 따르고 다시 차를 나누네.
다만 술통에 빠진 개미를 볼 뿐이니
어찌 잔 밑의 뱀을 근심하랴.
몸뚱이 무엇이 물物이고 무엇이 나인가
의기가 맞으니 절로 떠들썩해지네.
양웅처럼 적막하게 머물지 않고
좌씨처럼 시끄럽게 떠들려 하네.
고상한 말로 아름다운 시문을 기록하고
취한 붓으로 깃든 까마귀 벽에 그리네.
흰 달은 높은 나무에 걸리고
밝은 등잔불은 푸른 비단을 비추네.
닭은 북두성의 돌아감을 헤아리고
나비는 바다건너 고향을 꿈꾸네.
객관에서 편안히 잠을 자는데
역승이 일찍 관아를 여네.
자리에서 일어나 너무 고마워
두 번 절하고 손을 거듭 포개네.

萬里三韓使	初回八月槎
天家常雨露	水國靄雲霞
未理過河楫	先吹出塞笳
江山空故國	鞍馬滯中華
遠樹迷前驛	深泥沒後車
垂垂斜日轉	疊疊暮山遮
北顧風煙隔	東還道路賒
孤城當馬首	老樹矗雲涯

煙火桑麻地　雞豚狗彘家
主人情不俗　看客禮無差
滿地開蘆簟　盈盤進菜瓜
殺雞兼熟黍　携酒更分茶
但賞罇中蟻　寧憂盞底蛇
形骸誰物我　意氣自誼譁
不作楊雄寂　從敎左氏夸
高詞箋吐鳳[2]　醉墨壁栖鴉
素月懸高樹　青燈映碧紗
雞籌星斗轉　蝶夢海天遐
賓館尙高枕　丞廳已蚤衙
起來多感激　再拜手重叉

---

2 吐鳳: 문장이 뛰어남을 비유한 말이다. 揚雄이 『太玄經』을 지을 때 꿈에 봉황을
토했다고 한다.

의풍역에서 심사를 쓰다. 첩운 이십이다
義豐驛書事. 疊韻二十

엄숙한 여정을 다하지 못할까 염려하다가
날 저물고 들판은 습하네.
오래된 역은 쇠잔한 고을과 같고
인가는 오륙십 집.
말을 내려 계단을 오르니
역관 사람들 대접하느라 급하게 달리네.
역사 벽돌은 흙비에 젖어 있고
자리에는 꿰맨 흔적 역력하네.
부엌에선 불을 때 밥을 짓고
샘물은 차고 설탕 탄 듯 다네.
밝은 창으로 가을 기운 스며들고
높다란 나무에는 매미 소리 가득하네.
거센 바람 으스스 불고
어지러운 구름 뭉게뭉게 보이네.
밤이 차서 옷을 겹겹이 입었는데
등불 희미하니 개똥벌레 또 반짝이네.
닭이 울자 다시 갓을 쓰니
나그네 장삼 벌써 이슬에 젖네.
냉랭히 읊조리니 혀가 본래 깔깔하여
완성된 시 열 마리도 되지 않네.

嚴程懷靡及　　日暮且原隰
古驛如殘邑　　人家五六十
下馬歷階級　　館待人走急

廳甍帶霾濕　　衽席多補緝
廚煙炊粟粒　　井冽和蔗汁
虛窓秋氣入　　高木蟬聲集
顚風吹習習　　亂雲看立立
夜涼衣重襲　　燈殘螢又熠
雞鳴復帶笠　　征衫行露浥
冷吟舌本澁　　詩成不成什

칠월 이십육일에 의풍역을 떠나 칠가령을 지나 대난하에 이르
니 날은 이미 저물었다. 하수가 불어 넘쳤는데 뱃사람들이 이미
흩어져 건너갈 수가 없었다. 부득이 하수 근처 석제자포에 들어
가니 홀아비 주인이 있었는데 서랑의 흙 온돌이 따뜻하고 온화
하여 투숙하였더니 나를 매우 정성껏 대접하고 또 다음날 이별
할 때는 차 한 봉지를 싸서 주었다. 감동하여 이 시를 짓는다
七月廿六日, 發義豐驛, 過七家嶺¹, 至大灤河², 日已暮, 河水漲溢,
舟人已散, 不可渡矣. 不得已入河上石梯子鋪, 有鰥住, 西廊土埃溫
且穩, 因寓宿, 遇我甚厚, 翌日將別, 贈茶一封, 感而作

가을바람 소슬하게 말 귓전을 스치고
저물녘 빗소리 쓸쓸하니 행차를 재촉하네.
칠가령 아득하니 고개 돌려 바라보고
고죽성 쇠잔하니 묵은 자취 조상했네.
난하에 이르자 해가 서로 기울었고
물에 다다라 다시 뱃사람을 불렀네.
앞 길에는 아직도 두 번 하수를 건너야 하는데
하수 너머로 역사는 십리 쯤 되어 보이네.
뱃사람 집으로 돌아가고 새들도 나무에 내려앉으니
나도 말에 내려 점포로 들어갔네.
뒤쪽 집은 기울어 사람이 살지 못하고
앞의 집은 냉락冷落하니 어찌 머물 수 있으랴.

---

1 七家嶺: 북경과 산해관 사이에 있는 지명으로, 조선사행단이 머물던 여관이 있
   었다.
2 灤河: 강 이름으로, 내몽고 고원현의 馬尼圖嶺에서 발원하여 만주 熱河省의 경계
   를 지나 발해로 흘러들어간다.

동쪽 집에는 주인 없고 아녀자만 있으니
투숙할까 생각하다 넘본다고 오해 받을까 염려했네.
서쪽 집의 늙은 주인 홀아비로 처가 없어
일생 동안 손수 살림을 혼자 꾸려왔다네.
자신에게 아름다운 부인이 없었으므로
나그네 대함 대수롭지 않게 여겨 쉬 기뻐하네.
흙 온돌에 불을 때고 침석을 털며
나를 상석에 앉게 하고 수저를 바치네.
나는 경비를 걱정하여 먹지 않고 사양했더니
나를 행주行廚로 불러내니 그 음식도 맛이 있었네.
쓰러져 잠에 취해 신선을 만났더니
나에게 약숟가락 건네주며 죽지 않을 거라 하네.
누런 조 익지 않았지만 가지가 늘어졌는데
문득 깨어보니 물빛이 창호지에 비치네.
나그네 재촉하여 일어나 장삼을 걸치자
주인이 아름다운 선물을 건네는구나.
차 한 봉지가 모양도 새로워라
꿈속에서 받은 것 이것이 아니겠는가.
두 번 세 번 절하며 주인에게 사례하고
노를 저어 나부끼듯 하수를 건너갔네.

秋風颯颯吹馬耳　　　暮雨蕭蕭促行李
七家嶺遙一回首　　　孤竹城殘弔遺址
却到灤河日西沒　　　臨流且復招舟子
前程尙有兩渡河　　　隔河見驛猶十里
舟人歸家鳥栖樹　　　我亦下馬入鋪裏
後廳傾斜人不住　　　前廳冷落那堪倚

東廊無主但有女　　欲宿恐傷幼輿[3]齒
西廊主翁鰥無妻　　一生生理手自理
自緣身無燕婉好　　見客尋常易歡喜
試火土埃拂枕席　　坐我上座供箸匕
我辭不食恐煩費　　喚我行廚亦甚旨
頹然就睡夢仙子　　分我刀圭教不死
黃粱未熟柯已爛　　忽驚海色到窓紙
蹴客起舞著征衫　　主人有贈腴而美
月團一片發新樣　　夢中見贈無乃是
再三拜手謝主翁　　一棹翩然渡河水

---

3 幼輿: 晉나라의 謝鯤의 자이다. 그는 주역을 좋아하고 거문고를 잘 탔는데, 옆집
  여인을 유혹하다가 여인이 던진 베틀 북에 이를 두 개 부러뜨린 일이 있다.

난하 역승 진군은 형제가 여섯이다. 모두 성씨와 연관 지어 이름 지어 모, 언, 유, 조, 고, 선이라 하였으니 명실상부한 것이다. 언은 난하공이다. 신축년(1481, 성종 12) 초가을에 내가 천추절 진하사에 충원되어 황경에 이르렀다가 일을 마치고 돌아갈 때 진군의 임소에 이르렀다. 우리 일행이 다 도착하지 않아 기다리며 하루를 머물렀다. 난하공의 대우가 자못 두텁고 이야기를 주고받은 것이 두 세 차례인데 손수 여섯의 이름자를 써서 주면서 부친이 하남 여령부에 계시니 예순 일곱 살인지라 바라건대 한편의 시를 지어 돌아가 축수하게 해 달라고 하였다. 내가 재주가 졸렬하여 사양하였으나 끝내 사양하지 못하고 겨우 속된 말로 지은 것이 아래와 같다. 적어 두어 한번 웃고자 한다

灤河驛丞陳君, 其兄弟有六, 皆因姓而命之名曰謨, 曰言, 曰諭, 曰詔, 曰誥, 曰譔, 所謂名實之相孚者也. 言, 灤河公也. 辛丑之秋七月, 余充千秋節[1]進賀使[2]赴京師, 及已事且還, 到得陳君任所, 車徒皆不及門, 留待且一日, 灤河公館待頗厚, 往來談話者再三, 手書六箇名字授之, 且曰 嚴君在河南汝寧府, 行年六十七, 願得詩一篇, 歸而爲壽, 余以才拙辭, 旣不獲, 則僅綴俚語如左, 以備一笑云

　　나는 들으니 참죽나무(어르신)는 쉬 죽지 않는다고 하니
　　천지와 함께 수를 누려 서로 종시終始가 되네.
　　원기가 하나의 근본에서 흘러나와
　　천지만엽千枝萬葉이 절로 조리가 있네.

---

1 千秋節: 중국 황태자나 황후의 생일을 기념하던 날이다.
2 進賀使: 조선 시대에 중국 황실에 경사가 있을 때에 축하의 뜻으로 보내던 使節이다.

태극이 음양陰陽을 머금은 것과 꼭 같고
넓혀서 사상四象이 되고 육효가 되었네.
얽히고 포개어 육십사괘 이루니
천하의 모든 변화 여기에 들어있네.
그대의 집 화락한 여섯 형제는
한 사람 한사람 건곤의 정기를 받았네.
누가 이름을 지음에 각각 의미를 두었는가
물으니 이름에 맞게 모두 훌륭한 선비로다.
모謨 언言 유諭 조詔라 하니
고誥 선譔과 더불어 재주와 기예가 있었네.
만약 쌓인 것을 다 펼치게 하면
고인의 공훈만을 어찌 아름답다하겠는가.
여러 진씨들에게 부탁하니 더욱 노력하라
일가의 형제 자네들 같기 드무네.
서경徐卿의 두 아들처럼 매우 기이하고
두가竇家의 다섯 아들 같겠지.
그대의 집안 어르신은 참죽나무와 흡사하여
연세가 육십사괘에 삼사를 더한 예순 일곱이시네.
난새가 봉황이 되어 여섯 죽지를 펼치면
아침저녁으로 구만 리를 날아오르네.
춘추에 응당 각기 팔천 번을 지나니
해마다 변방을 살피며 눈가에 웃음이 도네.
우리 집 멀리 홍애洪厓에 있어
걸상을 내려 친히 굽혀 절할 길이 없네.
거친 시나마 문도文度에게 부치고
치연癡椽에게 주어 구름 속으로 부치네.

인생살이 뜻이 있으면 충분하지 어찌 꼭 대면하리
자고로 신성한 사귐은 멀고 가까움이 없다네.

吾聞大春生不死　　　壽與天地相終始
元氣流行一本中　　　千枝萬葉自條理
正如太極含兩儀　　　衍爲四象爲六子
因而重之六十四　　　天下萬變都在此
君家怡怡六兄弟　　　一一乾坤精氣委
誰能名之各有義　　　我問其實皆佳士
日謨曰言曰諭詔　　　與夫誥譔才且技
若敎敷陳盡所蘊　　　古人勳業奚專美
寄與諸陳更努力　　　弟兄一家稀汝比
徐卿二子³謾絶奇　　　竇家丹桂⁴五枝耳
那似君家一株春　　　年如易卦又三祀
栖鸞峙鳳六翮齊　　　朝夕扶搖九萬里
春秋應過各八千　　　歲歲鎭看浮眉喜
我家邈在洪厓⁵中　　　無由下榻⁶親拜跪

---

3 徐卿二子: 훌륭한 자제를 이른다. 杜甫 「徐卿二子歌」에 "그대는 못 보았나 서경의
 두 아들 뛰어나게 잘난 것을, 길한 꿈에 감응하여 연이어 태어났다네. 공자와 석가
 가 친히 안아다 주었다니, 두 아이는 모두가 천상의 기린아일세. 큰 아이는 아홉
 살에 용모가 맑고 깨끗해, 정신은 가을 물 같고 골격은 옥과 같네. 작은 아이는
 다섯 살에 소를 잡아먹을 기개라, 당에 가득한 손들이 다 머리 돌려 감탄하네.
 나는 서공이 아무 걱정 없을 것을 아노니, 적선한 집엔 공후가 줄줄이 나오는 법일
 세. 장부가 이 두 아이만 한 아이를 낳기만 한다면, 후일 명성과 지위가 어찌 하찮은
 데에 그치랴. [君不見徐卿二子生絶奇, 感應吉夢相追隨, 孔子釋氏親抱送, 竝是天
 上麒麟兒. 大兒九齡色淸徹, 秋水爲神玉爲骨. 小兒五歲氣食牛, 滿堂賓客皆回頭.
 吾知徐公百不憂, 積善袞袞生公侯. 丈夫生兒有如此二雛者, 異時名位豈肯卑微
 休.]"하였다.
4 竇家丹桂: 권세를 누리게 될 것이라는 뜻이다. 後漢의 竇武가 太后의 명으로 靈帝
 를 받아들여 帝位에 앉힌 공로로 大將軍이 되고 聞喜侯에 봉해졌으며, 아들과
 조카들까지도 모두 侯에 봉해져 그 위세가 천하를 흔들었다. 《後漢書 卷69》
5 洪厓: 옛 신선의 이름으로, 여기서는 신선이 사는 곳을 이른다.
6 下榻: 특별한 접대를 의미한다. 後漢 때의 高士였던 豫章太守 陳蕃은 본디 빈객을

惡詩聊將付文度　　寄與癡橡白雲裏
人生意足何須面　　自古神交無遠邇

접대하지 않았는데, 당대의 고사였던 徐穉가 찾아오면 특별히 걸상을 내려다가
정중히 접대하고, 그가 떠난 뒤에는 다시 그 걸상을 걸어두곤 했다고 한다.

허백정집 4 │ 141

난하 역승이 소장한 화조축에 쓰다
題灤河驛丞所藏畫鳥軸

요지瑤池의 밝은 달 함곡관을 비출 때
한무제의 동남동녀는 봉래산으로 갔네.
푸른 새 날아와 떠나지 않더니
지금까지 상림원上林苑 사이에서 깃들어 늙어가네.

　　瑤池璧月照函關¹　　漢武童男海上山
　　靑鳥飛來不飛去　　至今栖老上林²間

---

1 函關: 函谷關이다. 중국 河南省 북서부에 있어 동쪽의 中原으로부터 서쪽의 關中
　으로 통하는 關門이다.
2 上林: 長安 서쪽에 있었던 宮苑 上林苑으로, 진나라 시황제가 건설하고, 한나라
　무제가 증축하였다.

노봉구역 벽에 쓰여진 시에 차운하다
次蘆峯口驛壁上韻

1

뜰에 서 있는 나무 가을을 알리고
산에 깔린 음산한 구름 늦도록 개지 않네.
돌 쌓인 여러 봉우리 학들이 머물고
십리의 버들 사이로 전송하는 사람 다니네.
하루 밤 비바람 수염을 시기하니
드넓은 자연은 성정을 어지럽히네.
스스로 생각하니 이 몸은 말에서 마칠 것이니
엄군평嚴君平에게 출처를 물을 필요 없겠구나.

庭前嘉樹報秋聲	山帶陰雲晚未晴
疊石數峯留鶴住	垂楊十里送人行
一宵風雨猜鬚鬢	萬里溪山崇性情
自判此身終馬上	休將行止問君平[1]

2

한 줄기 시냇물 양면의 산
어느 해 천지의 비결인가.

---

1 嚴君平: 漢나라 방술가 嚴遵이다. 漢나라 武帝 때 장건이 사명을 받들고 西域에
나갔던 길에 뗏목을 타고 黃河의 근원을 한없이 거슬러 올라가다가 한 城市에
이르렀다. 어떤 여인이 베를 짜고 있고, 또 한 남자가 소를 끌고 은하의 물을 먹이고
있으므로, 그들에게 "여기가 어느 곳인가?" 물었다. 그 여인이 支機石 하나를 주면
서 "成都의 嚴君平에게 가서 물어보라." 하였다. 장건이 돌아와서 엄군평을 찾아가
지기석을 보여 주니, 엄군평이 "이것은 직녀의 지기석이다. 아무 연월일에 客星이
견우와 직녀를 범했는데, 지금 헤아려보니 그때가 바로 그대가 銀河에 당도한
때이다." 하였다.

쓰여진 시를 통해 이름자는 알았으나
산색과 물은 한가롭지 않네.

一帶溪流兩面山　　幾年地祕與天慳
自從詩筆知名字　　山色如忙水不閒

팔월 일일에 노봉구역을 출발하여 유관으로 향하는 길에서
八月一日, 發蘆峯口, 向楡關[1]途中

길을 몰아 이미 보름이 지났고
고향을 바라보니 이미 수 천리를 떨어졌네.
한 번 서리 맞은 귀밑머리 가을이 반이나 지났고
만리 길 사신의 행차 팔월 초로다.
노구蘆口 바람 거세어 사람의 걸음 급하고
유관楡關 광활하여 말 걸음 더디네.
청산에 날이 저문데 나그네 장삼 엷고
큰기러기 오지 못하니 집안 편지 드무네.

戒道已經三五日　　望鄕猶隔數千餘
一番霜鬢三秋半　　萬里星槎八月初
蘆口風高人度急　　楡關天闊馬行徐
靑山日暮征衫薄　　鴻雁不來家信疏

---

1 楡關: 하북성 동북경계, 장성의 동쪽 끝에 있는 도시로, 하북성 秦皇島市에 있으며 만리장성의 기점이 되는 곳이다. 지금 이름은 山海關으로, 형세가 견고하여 天下第一關이라 칭한다.

유관역에서 묵으며

宿楡關驛

광활한 중원 땅 지형을 끌어안고
다시 이 역에서 회포를 푸네.
동서의 계단에는 국화가 한창이고
뜰 안팎에는 회나무 그림자 어른거리네.
밤이 깊어 처마 기둥에 달빛이 가릴까바 염려하여
일부러 창을 열어 성긴 별빛을 들이네.
야심한 밤 바람이슬에 옷자락 차갑고
몸을 누이니 섬궁蟾宮은 몇 번째 집인가.

滿目中原飽地形　　復開懷抱此郵亭
層層菊色東西砌　　兩兩槐陰內外庭
却恐簷楹遮素月　　故虛窓戶納疏星
夜深風露衣裳冷　　身臥蟾宮¹第幾廳

---

1 蟾宮: 달을 玉蟾이라 하며, 月宮을 廣寒殿이라 하는데 姮娥가 거처하는 곳이다.
  항아는 羿의 아내였는데 羿가 구해둔 不死藥을 훔쳐 먹고 월궁에 도망가서 혼자
  살았다고 한다.

천안역에서 자고 관문을 나서며
宿遷安驛¹, 出關

비단 조각을 버리고 북쪽으로 올라갔었고
부절을 가지고 또 동쪽으로 돌아왔네.
홀로 성 서쪽 역에서 자니
바다 주변 산 온통 가을이네.
창 바람에 흰 머리 날리고
등잔불에 지친 얼굴 비추네.
한밤중 딱딱이 소리에 잠 못 이루다
닭 우는 새벽에 다시 관문을 나서네.

棄繻²曾北上　　持節又東還
獨宿城西驛　　高秋海上山
窓風吹素髮　　螢火照衰顔
夢破中宵柝　　雞鳴復出關

1　遷安驛: 하북성에 있는 역관으로, 황하강 중 하류에 속한다.
2　棄繻: 웅대한 포부로 큰 뜻을 세우는 것, 혹은 그런 젊은 사람을 이른다. '기유'는
　　棄繻라고도 쓰는데, 비단 조각이다. 關門을 들어가는 사람에게 이것을 주는데,
　　나중에 다시 나올 때 이를 符節로 삼았다. 漢나라 때 종군이 관중으로 들어갈
　　때 이 비단 조각을 받고는 장부가 西遊를 떠나니 다시는 돌아오지 않을 것이라
　　하며 비단 조각을 버리고 갔다고 한다.《漢書 卷64 終軍》

앞선 운자를 사용해서 역승이 술을 가지고 방문해준 것을 사례하다

用前韻, 謝驛丞携酒見訪

뿌리로 돌아가는 낙엽을 다행으로 여기나니
누가 지친 새의 귀환을 가엾게 여기겠는가.
행림杏林의 숲은 옛 골짜기에 피어 있고
귤정橘井의 물은 차가운 산에서 나왔네.
가을은 잔속에 완연하고
봄바람 나그네 얼굴 스치네.
취한 채 십리를 걸으니
관문들을 지나친 것 깨닫지 못했네.

自幸歸根葉　　　誰憐倦鳥還
杏林¹留古洞　　　橘井²出寒山
秋色浮杯面　　　春風上客顔
醉鄕行十里　　　不覺過重關

---

1 杏林: 어진 醫員이 사는 곳을 뜻한다. 삼국시대 吳나라 董奉이 廬山에 은거하면서
   사람들의 병을 치료하였는데, 치료비 대신 중한 병을 치료받은 자는 살구나무 다섯
   그루를 심게 하고 가벼운 병을 치료받은 자는 한 그루를 심게 하여 몇 년 뒤에는
   살구나무가 숲을 이루었다고 한다.
2 橘井: 사람의 병을 치료하는 藥物을 말한다. 漢나라 文帝 때 蘇耽이 신선이 되어
   가며 그의 어머니에게 이듬해 천하에 역질이 만연하거든 뜰의 우물물을 마시고
   처마 끝의 귤나무에서 귤을 따서 먹으면 나을 것이라 하고 떠났다. 2년 뒤에 역질이
   소탐의 말대로 퍼지자 우물물과 귤을 먹은 자는 모두 병이 나았다고 한다.《太平廣
   記 卷13 蘇仙公》

산해관에서 서장관이 지은 「추회구절秋懷九絶」에 차운하다
山海關[1], 次書狀秋懷九絶

1

매년 칠월이 되면
모든 나라가 천추절을 경하했네.
다만 삼한의 사신만이
변방에서 가장 우두머리였네.

每年當七月　　萬國慶千秋
獨有三韓使　　諸蕃最上頭

2

주실周室에서 예악을 일으키고
우주 간 문명을 밝혔네.
우로雨露 같은 은택을 어떻게 갚을까
공연히 초목의 심정을 품는다.

虞周興禮樂　　宇宙屬文明
雨露知何報　　空懷草木情

3

대궐에서 돌아간다 하직함에
신선들이 이별하여 보내주네.

---

1 山海關: 행정적으로는 秦皇島市에 속하며, 東北방면과의 연안 육상교통로의 관문
이다. 楡關이라고도 하며 군사적으로도 중요한 요지이다. 북서쪽으로는 燕山山脈,
동쪽으로는 渤海灣에 접해 있다. 역사적으로 이곳은 華北와 華東의 중요한 군사요
지였다.

스스로 오래도록 속세에 매여
수련을 소홀히 한 것 부끄럽네.

> 雙闕辭歸去　　群仙送別離
> 自慙塵土累　　修煉不多時

4

나귀 등에서 시를 읊조리고
역 주변 누각에서 글을 짓네.
양관陽關에 대한 생각 한량없으니
거친 구름은 저물녘 흐르지 않네.

> 吟成驢背句　　題向驛邊樓
> 無限陽關²思　　荒雲暮不流

5

계북薊北으로 바람서리 차가우니
강남에는 초목이 시들었으리라.
어지러운 산 칼처럼 뾰족하여
온통 근심스런 창자를 끊으려 하네.

> 薊北風霜冷　　江南草木黃
> 亂山如劍戟　　渾欲割愁腸

---

2 陽關: 甘肅省 鈍煌縣 서쪽에 있는 前漢시대의 關所이다. 玉門關과 함께 서역 교통
  의 요충지였고, 關都尉가 주재한 군사기지이기도 하였다. 後漢 때는 폐쇄되었으나
  後魏시대에는 현이 설치되고, 당나라 때는 서역 南道의 기점이 되었다.

6

가을 기러기 소리 들리고
홀로 선 나무에 한밤중 까마귀 우네.
하늘도 돌아가는 나그네 재촉하는지
변방의 달 쉬 지려 하네.

一聲霜雁叫　　獨樹夜烏啼
天亦催歸客　　關山月易低

7

산해관 첩첩 성문 열리니
은하수 가을 색 완연하네.
밝은 등잔 한 점 매달고
천리 먼 향수를 비추네.

山海重城柝　　星河八月秋
青燈懸一點　　千里照鄉愁

8

관문 밖 먼저 떠나는 소리 들리고
요동에선 행차를 기다리네.
강에 다다르니 신선들 모이고
머리 감으니 이끼보다 푸르네.

關外先聲去　　遼東候騎來
臨江仙儷集　　沐髮綠於苔

9
무엇보다 한통의 술이 있어
마땅히 두 곳의 근심 녹이네.
좋은 밤 즐기기에 마땅하니
달빛이 주렴에 걸렸네.

亦有一罇酒　　應消兩地愁
良宵宜且永　　蟾魄住簾鉤

사하역에서 우연히 쓰다
沙河驛偶題

어제 늦게 산해관을 나서서
오늘 정오에 사하에 들어왔네.
높은 고개 이미 이와 같았는데
동관東關은 또 어떠하겠는가.
쓸쓸한 여관 옛스러운데
고적한 나그네 수심이 많구나.
오히려 마음을 풀 곳이 있으니
동남으로 바다 물결 바라보네.

昨晚出山海	今午入沙河
高嶺已如許	東關¹又若何
蕭條賓館古	牢落客愁多
尙有寬懷處	東南望海波

---

1 東關: 절강성 소흥의 작은 마을이다.

동관을 출발해서 조가장으로 향하는 길에서
發東關, 向曹家莊[1]途中

새벽녘 외로운 성을 출발하여
해가 뜨자 언덕을 오르네.
넓은 들녘 지경이 한량없고
쓸쓸한 가을 기운 엄숙하네.
하늘은 서북 고원에 닿아 있고
바다는 광활히 동남으로 열렸네.
기러기 무리 창공을 나르고
신기루 바다에서 피어오르네.
여러 벌레 소리 같지 않아도
저마다 가슴으로 운다네.
길이 멀어 하늘이 끝이 없어
나그네 행차 자못 말이 없구나.

平明發孤城 日出登原陸
野曠廓無垠 蕭蕭秋氣肅
天低西北高 海闊東南闢
雁字寫遙空 蜃樓出海碧
百蟲聲不同 亦各鳴胸臆
路長天不盡 客行殊默默

---

1 曹家莊: 사신들의 경유지 가운데 하나이다. 사신의 행로는 회동관에서 潞河－夏店
－公樂－漁陽－陽樊－永濟－義豐－七家嶺－灤河－蘆峯口－榆關－遷安－高嶺－沙河
－東關－曹家莊－連山島－杏兒－小凌河－十三山－閭陽－廣寧－高平－沙嶺－牛家莊
－海州在城－鞍山－遼陽 등의 역을 거쳐 요동성에 이른다.

연산 길에서
連山途中

여러 날 내린 비가 가을 산을 씻으니
엷은 구름 사이로 희미한 해가 비치네.
한결같은 기운 물처럼 맑고
햇살은 나무 끝에 일렁이네.
말울음 차갑고 쓸쓸하며
갈대는 서걱서걱 흔들리네.
서늘하여 살갗엔 닭살이 돋고
불어오는 바람 흰머리 날리네.
단화 진흙에 빠져 질퍽이고
베적삼 차갑기가 쇠 덩어리 같네.
바람을 맞으며 한 어깨를 비스듬히 하니
시를 읊조려도 음률이 맞지 않네.

宿雨洗秋山　　淡雲漏寒日
一氣淸如水　　風光泛木末
馬鳴寒蕭蕭　　蒹葭搖瑟瑟
凄凄膚起粟　　颯颯髮飛雪
短靴泥濺汚　　布衫寒似鐵
倚風一肩高　　哦詩錯音律

사하역에서 자면서 고령 옛 상공을 꿈꾸다
宿沙河, 夢高靈舊相公[1]

지대가 높아 나그네 눈 피로하고
하늘은 멀어 가슴이 트이네.
연산은 계북薊北으로 떠 있고
학표鶴表는 요동에서 머네.
빈 뜰에 이슬이 내리고
찢긴 창으로 차가운 바람 불어드네.
꿈속에서 신선과 이별하니
고령의 옛 상공이었네.

地高勞客眼　　天遠豁吾胸
燕山浮薊北　　鶴表逈遼東
庭空垂玉露　　窓破射金風
夢與神仙別　　高靈舊相公

---

1 相公: 申叔舟를 말하는 것 같다. 신숙주는 선초 야인의 침범을 막아낸 적이 있다.

행산 길에서
杏山¹途中

해가 서로 지는데 나그네 동으로 가고
북풍이 말을 향해 부니 말이 쓰러지려 하네.
검은 구름 몰려오니 말의 호흡 가빠지고
소나기 사람을 재촉하여 미친 듯 달리네.
하늘 끝 고국은 감히 바라볼 수 없고
눈 앞에 있는 역도 어찌 이리 아득하네.
황혼녘 능하역에 이르러 자니
가리개 없는 창가 밤기운 찬데 홑 옷 뿐이네.
수도 없는 시름 속에 등잔 밝히고
오경까지 앉았는데 가을밤이 길구나.

落日西沒客東去　　北風吹馬馬欲僵
黑雲從龍噓吸幻　　白雨催人馳走狂
天涯故國不敢望　　驛在眼前何茫茫
黃昏到宿凌河驛　　虛窓夜冷單衣裳
淸愁萬斛一燈明　　坐到五更秋點長

---

1 杏山: 黑龍江省 寧安市에 있다.

일찍 소릉하에 이르러
早到小凌河

밤이 되어 외로운 성에 묶으니 강가 가을이 완연하고
닭 울음 나그네 재촉하여 행차를 차리네.
비에 하수 복판이 불어 하늘에서 물 댄듯하고
바람이 조수에 불어 해류海流로 들이네.
공연히 어룡魚龍을 대하여 한가히 말을 세우니
누가 까막까치로 견우를 건너게 할꼬.
다행히 안내하는 앞 수레의 인도가 있으니
이미 건넜으니 배가 잘 있는지 물어볼 필요 없지.

夜宿孤城江上秋　　雞鳴蹴客戒行輈
雨添河腹經天注　　風送潮頭入海流
空對魚龍閒立馬　　誰教烏鵲渡牽牛
指南幸有前車導　　既濟何勞問墼舟

[원주]

이 날 물가에 이르러 건너려 하였더니 물이 불어 감히 건너지 못하고 우두커니
모래사장에 서서 기다린 지가 오래되었다. 마침 수레를 모는 자가 먼저 인도하자
이윽고 따라서 건넘에 물이 말의 배 밑까지 미쳤으므로 시에서 말했다
是日, 臨流欲渡, 水漲未敢, 佇立沙渚者良久. 適有驅車者先導, 卽隨而濟, 水及馬腹故云

여양역에 묵으며 붓 가는 대로 쓰다

宿閭陽驛, 卽事

팔월 팔일 하늘 기운 맑고
여양역 객사 밤이 되자 서늘한 기운 생겨나네.
해풍이 달에 부니 막 상현달이라
물처럼 파란 하늘에 서쪽으로 흘러가네.
옥 계단 이슬방울은 방울방울 떨어지고
넓은 뜰 보기 좋은 나무 가을 소리 매달았네.
기러기 날아들되 한 글자 서신도 전해주지 않고
변방 성의 뿔 나팔이 차가운 시각을 알리네.
함께 온 대여섯 사람이 달빛에 앉아서
함께 달빛을 보며 고향 이야기 꽃피우네.
야심한 밤 향수를 짝하여 텅 빈 방에 묵으니
꿈속에서 동쪽 바다 열두 성을 맴도네.

八月八日天氣淸　　閭陽客舍夜涼生
海風吹月初上弦　　碧天如水西流行
瑤階玉露滴珠淚　　廣庭琪樹懸秋聲
雁飛不傳一字書　　邊城畫角吹寒更
同來坐月五六人　　共看月色說鄕情
夜深伴愁宿虛廳　　夢遠東瀛十二城

고평 길에서
高平途中

푸르게 이어진 곳 바라보아도 끝이 없고
둥글고 넓으며 또 높고도 평평하네.
해와 달 저절로 아침저녁을 나누니
하늘과 땅 절반씩 어둡고 밝네.
나그네 머리 큰 모자가 기울고
말머리 외로운 성으로 들어가네.
하루 종일 거쳐 온 곳이
그래도 이 역으로 향한 것이었네.

芊綿望不極　　圓闊又高平
日月自朝暮　　乾坤半晦明
客頭低大帽　　馬首點孤城
盡日經由處　　猶應此驛程

사령 길에서

沙嶺途中

넓고 넓은 하늘이 마치 솥 같은데
뉘엿뉘엿 기우는 해 수레바퀴 같네.
은하수 다리 네 마리가 끄는 수레를 맞이하고
들판의 물은 사신의 행차를 인도하네.
요해遼海는 세 갈래로 나뉘고
진나라 성은 만리밖 아득하네.
끝없이 펼쳐진 구름과 나무사이
어디에서 내 집 바라보일까.

漭漭天如釜　　斜斜日專車
河橋迎駟馬　　野水引星槎
遼海三叉別　　秦城萬里遐
茫茫雲與樹　　何處望吾家

다시 천비묘를 지나며
重過天妃廟[1]

저물녘 사령역에 들어가서 자고
날이 밝아 출발하여 요하를 건너네.
풍랑은 어느 때면 그치겠나
아황과 여영의 묵은 한이 많기도 해라.
일찍이 감개하여 시 지었는데
옛날을 생각하며 다시 지나가네.
끝없이 펼쳐진 창오산蒼梧山 멀기만 하고
넓고 넓게 흰 물결 일렁이네.

暮投沙嶺宿　　明發渡遼河
風浪何時已　　天妃舊恨多
題詩曾感慨　　懷古復經過
極目蒼梧[2]遠　　茫茫送白波

---

1 天妃廟: 舜임금의 아내 娥皇과 女英을 모신 사당이다.
2 蒼梧: 江蘇省 동북부에 있는 산봉우리로, 舜임금의 비인 娥皇·女英이 순시나간
　순임금을 기다리다가 이곳에서 죽었다고 한다.

흑림자관에 쓰다
題黑林子館

지난날 연나라 대궐을 향하여 서쪽으로 가다가
밤에는 흑림관에서 자며 밝은 달을 짝하였네.
은혜를 입어 다시 고향으로 돌아오는 이 길에
문득 흑림을 환한 낮에 지나게 되네.
이제부터 몸을 해와 달빛에 의지하여
낮에는 걷고 밤에는 자니 맑고 낭랑하구나.
삿자리 깔린 네모진 침상에 꿈자리가 좋고
연한 국 부드러운 밥 동이익 술 향기롭네.
인생살이 좋은 곳 만나기 어려운데
어찌 이 티끌세상 오감 이다지도 바쁜고.
천지는 무정하여 어느새 한 해가 저물었고
강산은 뜻이 있어 시편을 짓게 하네.
기운찬 필세로 흰 벽에 힘차게 글씨를 쓰고
흑림관이 모두 내 시 주머니로 들어가네.

憶昔西行向燕闕　　夜宿黑林伴明月
承恩復此還故鄉　　却過黑林當白日
自是身依日月光　　晝行夜眠淸琅琅
珍簟匡牀夢魂好　　頓羹細飯罇醹香
人生佳處會遇難　　奈此紅塵來去忙
天地無情歲忽暮　　江山有意要詩章
淋漓粉壁灑醉墨　　黑林盡入吾奚囊

본국에서 가뭄이 심하여 대궐에서 반찬을 줄이고 거처를 옮긴다는 소식을 듣고
聞本國旱甚, 九重減饌避殿¹

멀리서 온 편지 열어보니 생각이 아득
고국산천이 가뭄에 힘들어 한다네.
운한시雲漢詩 8장은 가뭄을 상심한 노래이고
상림桑林의 여섯 책망은 비오기를 기도한 노래라네.
구중궁궐에선 찬을 던 지가 석 달이 지났고
만백성이 굶주림에 울며 사방을 떠도네.
집이 남쪽에 있어 가난함이 더욱 심할 터이니
어떻게 늙은 부모를 봉양할지 알 수 없네.

遠書開罷思茫茫　　故國山川苦亢陽
雲漢²八章傷滌滌　　桑林³六責籲蒼蒼
九重減饌逾三月　　萬姓啼飢向四方
家在天南貧最甚　　不知何以奉爺孃

1　避殿: 나라의 災異가 있을 때 임금이 근심하는 뜻으로 宮殿을 떠나 行宮이나 別墅
　　에 옮겨 거처하던 일이다.
2　雲漢: 『詩經』의 편명으로, 가뭄의 고통을 노래한 내용이다.
3　桑林: 湯王이 가뭄이 들었을 때 기우제를 지냈던 곳이다. 탕왕이 일찍이 7년 大旱을
　　만나서 스스로 자기 몸을 犧牲으로 삼아 桑林의 들에서 기도할 적에 여섯 가지
　　일로 자신을 책망하여 "정사가 간략하지 못한가, 백성이 직업을 잃었는가, 궁실이
　　높은가, 부녀자의 청탁이 성한가, 뇌물이 행해지는가, 아첨하는 무리가 많은가?
　　[政不節歟? 民失職歟? 宮室崇歟? 女謁盛歟? 苞苴行歟? 讒夫昌歟?]" 하자, 그
　　말이 채 끝나기도 전에 수천 리 지방에 큰 비가 내렸다고 한다.《呂氏春秋 順民》

청석령에 자고 일찍 떠나는 길에서
宿靑石嶺, 早行途中

저물녘 청석령에 오르니 길이 가파르고
차가운 산 숲 속에서 풍찬노숙風餐露宿 하네.
지나가는 비 새벽에 멎으니 시내엔 푸른 물결 흐르고
맑은 서리 밤새 내려 나뭇잎 더욱 붉네.
구름 깊은 쌍령에 말이 돌아갈 길 해매고
빽빽한 나무 숲 이어진 산 깃드는 기러기를 막네.
삼 일을 더가면 응당 여덟 역참을 지나리니
압록강 맑은 물결 가을 창공에 출렁이리라.

暮登靑石欲途窮　　露宿寒山萬木中
行雨曉收溪瀉碧　　淸霜夜下葉飛紅
雲深雙嶺迷歸馬　　樹密連山阻落鴻
三宿便應過八站[1]　鴨江澄酒漾秋空

1　八站: 조선시대 중국에 파견된 사신의 행로 중 중국과 경계라 할 수 있는 九連城에
　　서　湯站-柵門-鳳凰城-鎭東堡-鎭夷堡-連山關-甛水站-遼東-十里堡-潘陽까
　　지 가는 길에 설치된 여덟 군데의 驛站이다.

길 가던 중 우거진 풀을 보고 붓 가는 대로 쓰다
途中草宿卽事

1
서쪽으로 돌아가는 사신의 주머니에 포도가 익었고
동쪽 길에는 가을바람에 초목이 떨어지네.
나그네 심정 쓸쓸히 읊조리니 몸이 바짝 마르고
아득한 심사 술이 비로소 깨네.
한 쌍의 오나라 검에 이슬이 타고 흐르고
슬픈 노래 소리 구름 너머에서 들려오네.
밤 진영 자주빛 서기瑞氣가 견우 북두성에 닿으니
천자의 군사들이 객성客星 호위함을 알겠네.

西還使橐葡萄熟	東道秋風草木零
客裏詩騷身太瘦	天涯心事酒初醒
吳劍一雙和露淬	胡笳十八[1]隔雲聽
夜營紫氣干牛斗	知有天兵護客星

[원주]
요동에서 호위 군사 백 오십 명을 보내어 수행하게 하다
遼東護送軍一百五十名隨行

2
눈 병으로 길 먼지 대하기 싫더니
오로지 붉은 나무 때문에 잠시 밝게 열렸네.

---

1 胡笳十八: 後漢 때 蔡邕의 딸 文姬가 지은 「胡笳十八拍」으로, 가락이 매우 애처롭다 한다.

사천 여리 돌아 가을에야 고국에 돌아오니
팔십 여 파리한 병사 저물녘 진영에 머무네.
깊은 밤 파고드는 바람 잠을 깨우니
한 줄기 맑은 호각 소리 근심을 돋우네.
등불을 켜고 일어나 앉으니 시냇물 소리 들리는데
손가락 꼽아 보며 지나온 여정을 헤아려보네.

厭見征塵緣眼患　　唯於紅樹暫開明
四千餘里秋歸國　　八十羸兵暮下營
半夜酸風吹夢醒　　一聲淸角喚愁生
呼燈起坐溪聲裏　　屈指森森算去程

[원주]
평안도에서 군사 팔십 명으로 맞이하였다
平安迎逢軍, 八十名

송참을 지나며

過松站

물은 뱀처럼 굽이치는 계곡이 되어 흐르고
어지러운 봉우리 어근버근 쑥 언덕처럼 서 있네.
하늘로 뻗은 늙은 나무 몇 그룬지 알 수 없고
깊은 산에 해가 지니 가을빛이 한량없네.
사람들이 오고가며 때로 【빠짐】
말이 가다가 다시 머무니 나그네 자주 쉬네.
내 고향에도 이런 좋은 산수가 있으니
언제면 이처럼 그윽하게 머무를 수 있겠는가.

水作巴蛇屈曲流　　亂峯離立似蓬丘
撑天老木不知數　　落日深山無限秋
人去復來時□換　　馬行還客頻休□[1]
故鄉亦有佳山水　　安得卜居如許幽

---

1 판독불가자

팔도하를 지나며
過八渡河

이내 몸 말을 타고 무엇 때문에 바쁜가
만 리 돌아오는 여정 다섯 달도 더 걸리네.
산길이 비스듬히 위태롭고
하수의 흐름 굽이굽이 창자처럼 교묘하네.
쓸쓸한 나그네 수염 흔들려 떨어진 듯하고
삭막한 인가는 노략질을 당한 것 같네.
고향 꿈 서리처럼 밤마다 날아들고
마땅히 붉은 낙엽 고향집을 비추리라.

一身鞍馬爲誰忙　　萬里回程五月强
山路斜斜危著脚　　河流曲曲巧回腸
蕭條客鬢逢搖落　　索寞人煙過攄搶
鄕夢如霜飛夜夜　　應催紅葉映高堂

소송참령에 올라 개주산을 바라보며
登小松站嶺, 望開州山

오르기 어려운 구름 낀 봉우리에 오르니
천지간에 동남쪽으로 탁 눈이 트이네.
태양이 서슬 퍼런 칼을 비추듯 숲은 창처럼 벌여있는데
지나가는 사람들이 이곳을 봉황산이라 부르네.

雲峯缺處困躋攀   眼豁東南天地間
日照劍鋩森似戟   行人說是鳳凰山[1]

---

1 鳳凰山: 중국 요녕성에 있는 산 이름이다.

백안동 길에서
伯顔洞途中

구름 깊고 계곡 좁은데 나무는 높게 자라니
누런 잎사귀 허공에서 햇빛을 가리네.
푸른 시내가 처음 흐르는 곳에 말을 세우니
산바람 불어 때늦은 꽃향기를 흩뿌리네.

雲深谷密木脩長　　黃葉高遮白日光
立馬淸溪源出處　　山風吹動晚花香

회두체

回頭體[1]

맑은 그늘 푸른 나무가 동서로 둘러섰고
면면히 에워싼 산은 천 겹이나 되는 듯.
날이 개어 늦은 노을 흐릿하게 물 위를 두루고
저물녘 봄비 가늘게 바람 따라 흩뿌리네.
푸른 빛 백색과 이어져 매화가 대나무와 섞였고
비취빛 붉은 빛을 접하여 꽃이 소나무를 둘렀네.
꾀꼬리 노랫소리에 제비가 춤추니
신선 사는 빼어난 경치 기이하고 웅장하네.

清陰綠樹擁西東　　　面面圍山千疊重
晴日晚霞殘繞水　　　暮天春雨細隨風
青連白色梅交竹　　　翠接紅光花帶松
鶯是歌兒燕是舞　　　瀛蓬勝景絶奇雄

---

1 回頭體: 뒤에서 읽어도 뜻이 통하는 回文體인 듯하다.

서序

서울로 돌아가는 참의 윤[긍]을 전송하는 글
送尹參議【兢¹】還京序

이 작품은 윤긍에게 준 서문이다. 윤긍은 벼슬에서 물러나 당시에 김종직 서거정 남효온 등과 고향 영천에서 성리학을 강론하였던 인물이다. 여기에서 작자는 참된 가치를 지닌 진정한 옥이라고 윤 참의를 평가하면서 그와의 인연들을 소개하고 그가 때를 만난 것을 당위적으로 설명하였다. 이 작품에서 어떤 한 인물이 현달하는 것이 그의 전 삶의 과정에서 놓고 보면 절대로 우연히 이루지지 않는다는 것을 작자는 역설하였다.

예전에 화씨라는 사람이 아름다운 옥을 얻어 바쳤는데 초왕은 그것이 옥이 아니라고 여겨 발꿈치를 베어 버렸다. 이렇게 두 번이나 했는데도 나중에 또 그것을 바치자 과연 옥이어서 후하게 상을 주었다. 나는 이렇게 생각해 보았다. 화씨가 바친 것은 실제로 옥이었기 때문에 발에 두 번이나 월형이 가해졌지만 그 가치가 조금도 줄어들지 않아 끝내 후한 상을 받을 수 있었다. 가령 결과적으로 참된 옥이 아니라면 처음에 비록 연성連城의 보상을 얻더라도 정말로 자신의 것이라고 믿을 수 있었겠는가? 이러한 까닭으로 군자는 남이 나를 알아주지 않는 것을 걱정하지 않고 남들에게 알려질 만한 실상이 없는 것을 걱정하는 것이니 만일 실상이 알려지게 된다면 지금 비록 알아주지 않더라도 끝내 때를 만나지 않겠는가?

> 昔有和氏者, 得美玉以獻之, 楚王以爲非玉也, 刖之. 如是者再, 後又獻之, 果玉也. 厚賞之. 余嘗謂和氏之獻, 實玉也 故足雖再刖, 而其價不少損, 終得厚賞焉, 使其果非, 則始雖獲連城²之賞, 可恃以爲有哉?

---

1 尹兢: 세종 14년(1432)~성종 16년(1485). 초명 欽. 자 敬夫. 호 竹齋. 본관 永川. 성균생원 증 이조참판 尹憲의 아들로 태어났다. 당시 이름난 선비 김종직, 서거정, 남효온 선생들과 성리학을 강론하고 「鄕黨正風箴」을 지어 고을 선비들을 가르치다가 임자년(1493, 성종 24)에 여생을 마치니 나이 70여 세였다.

是故, 君子不患人之不己知, 患無見知於人之實, 苟有見知之實, 則今
雖不見知, 其終於不遇乎?

다시 여기에서 잃어버리면 반드시 저기에서 얻을 것이고, 혹시 일찍 잃어버리면 반드시 늦게 얻을 것이다. 안사顔駟가 어찌 낮은 낭관 벼슬에서 영척甯戚과 백리해百里奚가 어찌 소를 치다가 삶을 마칠 것이며 이윤과 태공망이 어찌 밭 갈고 낚시하다가 삶을 마치겠는가? 실상이 있는 자는 이와 같을 뿐이다. 세상에 서둘러 나아갔다가 빨리 물러나며 부귀를 갑자기 얻었다가 오래 유지하지 못하는 사람들은 모두 연석燕石을 품고 보배라고 여기는 것이니 애초에 연성의 대가를 얻었다 해도 끝내 월형을 면하지 못할 것이다. 만약 뱃속 가득 곤륜의 옥이 있어도 평생 발이 베이는 슬픔을 떠안고 하루아침에 과연 연성의 대가를 얻는 사람이라면 오직 우리 호조 참의 윤공이 바로 그 사람일 것이다.

或失之於此, 必得之於彼, 或失之於早, 必得之於晚, 顔駟豈終於郎
潛,³ 甯戚 · 百里奚豈終於牛口,⁴ 伊尹, 太公望豈終於耕釣? 有其實者
如是爾. 世之進銳而退速, 暴富貴而不能持久者, 是皆懷燕石⁵以爲寶,
始獲連城之價, 而終不免於刖者也, 若滿腹皆崑崙, 而平生抱刖足之

---

2 連城: 連城璧의 준말로, 전국시대 때 秦나라 昭王이 15城과 바꾸자고 청했던 趙나라 소장의 和氏璧을 말한다.

3 顔駟句: 官運이 트이지 않은 불운함을 이른다. 漢나라의 顔駟가 文帝 · 景帝 · 武帝 등 3世를 역임하면서 不遇하여 늙도록 郎署에 머물렀다고 한다.《文 思玄賦 주석》

4 甯戚句: '영척'은 춘추시대에 남의 소를 먹이면서 쇠뿔을 두드리며 노래를 불렀는데, 齊桓公이 듣고 그를 등용했다고 한다. '百里奚'는 춘추시대 虞나라 사람으로 虞公을 섬겨 대부로 있다가 우나라가 晉나라에게 망하자 楚나라로 달아나서 그곳 사람에게 잡혀 소 먹이는 일을 하고 있었다. 秦穆公이 그가 어질다는 소문을 듣고는 암양 다섯 마리의 가죽을 몸값으로 주고 신하로 삼아 큰 공을 이루게 하였다.

5 燕石: 燕山에서 나오는 돌로서 玉과 비슷하면서도 사실은 옥이 아니기 때문에 似而非의 뜻으로 쓰인다.

悲, 一朝果獲連城之價者, 唯吾戶曹參議尹公其人乎!

처음 내가 어려서 진사가 되어 서울에 있을 때에 가만히 거마를 탄 벼슬아치 가운데서 공을 살펴보았다. 당시 공은 전중시어사가 되어 집정관의 모자를 쓰고 말을 타고 다님에 용모와 거동이 성대하니 그가 가슴속에 보존한 것을 알 만하였다. 27년이 지나 내가 강원도 관찰사가 되어(1485, 성종 16) 성상의 은혜로 병든 아버지를 보살필 수 있게 되었다. 길이 관어대를 지나쳐야 했는데 당시에 공이 영해교 수로 와 있었다. 내가 공과 더불어 연회석에서 예의를 갖춰 인사를 나눌 때 숱이 많은 눈썹과 성성한 백발에서 마땅히 때를 만나지 못한 비분감개함이 있을 법도 하지만 조금도 얼굴빛에 드러내지 아니하였다. 아마 안에 쌓인 것이 넉넉했기 때문일 것이다.

> 始吾少擧進士, 在京師時, 竊窺公於車馬縉紳之中. 于時公爲殿中郎[6],
> 戴豸乘駿, 曄曄乎其容儀, 其中之所存, 可知已. 後二十七年, 而余忝
> 觀察江原, 聖恩許令往省病父, 路出觀魚臺下, 時公爲寧海敎授. 余得
> 與揖讓於尊俎之間, 厖眉皓首, 宜若有不遇時之憾, 而略不形於色, 蓋
> 內有餘者也.

몇 해 지나지 않아 내가 다시 경주부윤이 되어(1486, 성종 17) 임지에 당도하니 공이 또한 동도의 생도들을 가르치고 있었다. 그로부터 거처와 놀이를 함께하지 않은 적이 없었다. 그 곳에서 3년을 지내며 전날 알지 못했던 것을 더욱 알게 되었다. 공은 그 자신이 참된 옥일까? 옥을 바쳤다가 발꿈치를 베인 자일까? 내가 일찍이 감사 상공 성숙成俶에게 "이 사람이 이와 같은 데도 오래도록 진흙에 섞여 있으

---

6 殿中郎: 殿中侍御史를 이른다. 전중시어사는 당나라의 관직 명칭으로 그 기능은 御使와 같다.

니 어찌 안타깝지 않겠습니까? 공께서 돌아가시거든 조정에 알리지 않으시겠습니까?"하였다. 공은 "그러리라. 내가 삼가 그 일을 기억해 두겠습니다."하였다.

未數年, 而余復出爲東都尹, 至則公又敎授東都生矣. 自是居處燕游, 未嘗不與之偕, 蓋三年于此, 益知前日所未知者, 其眞玉之美者歟, 其獻而刖者歟, 吾嘗語於監司成相公士元[7]曰: "有人如此, 久混於泥塗, 豈不可惜乎? 公歸, 盍亦語於朝?"公曰: "諾, 吾謹誌之耳."

조금 뒤에 성상공이 교체되고 나도 교체되었다. 그리고 공도 또한 교체되어 성균관 전적이 되었다. 얼마 있지 않아 공은 승진되어 사간원 헌납이 되고 얼마 있지 않아 승진하여 통례원 봉례가 되고 얼마 있지 않아 등급을 넘어 승진하여 우뚝하게 대부의 반열에 올랐으니 교수로부터 지금에 이르기까지 몇 번의 관직은 그 높고 낮음이 하늘과 땅만큼 멀다. 공은 큰 힘을 들이지 않고도 몸을 움츠렸다가 아침에 인간세상을 곧바로 솟구쳐 떠나서 저녁에 하늘을 나는 것 같았다. 아! 군신간의 때를 만남이 어렵다고 할 만하고 또한 어렵지 않다고 할 만하다. 공이 때를 만나지 못했던 때로부터 살펴보면 매우 어려운 것 같고, 공이 이미 때를 만난 뒤로부터 살펴보면 어렵지 아니한 것 같다. 하늘은 무슨 생각을 하는 것일까.

未幾, 成相公遞, 吾亦遞, 公亦遞而爲成均典籍. 未幾, 陞爲司諫院獻納. 未幾, 又陞爲通禮院奉禮. 又未幾, 又超陞而巍巍乎位諸大夫之列, 自敎授至今官凡幾位, 其高下逈乎若天之與地. 公能不勞餘力, 竦

---

7 士元: 成俔의 자이다. 사원은 그의 자이며 본관은 창녕. 부친은 成順祖이며, 외조부는 李蘭이다. 벼슬은 호조 참의, 경상도 관찰사에 이르렀다. 갑자사화 때 동생 成俊이 교살되었고 그는 연루되어 귀양을 갔다.

身直上, 朝發乎人間而夕天飛也. 嗚呼! 君臣際遇, 可謂難矣, 亦可謂
不難矣, 自公之未遇之時而觀之, 似極難, 自公之旣遇之後而觀之, 似
不難, 天何心哉?

대개 일찍이 들으니 '하늘이 장차 크게 줄 바가 있으면 반드시 먼저
그의 마음과 뜻을 고달프게 하고 신체를 굶주리게 해서 그가 하는
바를 자기 뜻과 맞지 않게 한다.' 한다. 오직 앞서 어려우면 이 때문에
뒤에 어렵지 아니할 것이니 공을 말함이로다. 아침에 채웠다가 저녁
에 빼버리고 갑자기 등용되었다가 일찍 배척되는 사람과 비교하면
과연 누가 얻고 누가 잃은 것인가? 그렇다면 태공이 팔십에 문왕을
만난 것도 반드시 늦게 현달했다 할 수 없고, 감라甘羅가 열두 살에
승상이 된 것도 일찍 현달했다 할 수 없다.

蓋嘗聞之, 天將大有所授, 必先苦其心志, 餓其體膚, 行拂亂其所爲.[8]
唯其難於前, 是以不難於後, 其公之謂乎! 校諸朝滿而夕除, 驟登而早
斥者, 果孰得而孰失, 然則太公八十遇文王, 未必爲晩達, 甘羅[9]之十
二爲丞相, 其可謂早達矣乎?

공이 이미 높게 등용되자 군자들은 서로 조정에서 경하하기를 "우리
성상께서 사람을 알아봄이 명철해서 과연 어진 이들을 버려두지 아
니하셨다." 하고, 백성들은 서로들 들에서 말하기를 "조정에서 노성
한 사람을 등용하였으니 우리들이 장차 그의 은택을 입을 것이다."
하고, 그리고 선한 부류 중에서 등용되지 못한 자들이 일어나 갓을
털며 "우리들도 공처럼 될 수 있겠다." 하였다. 이에 전에 지녔던

---

8 天將~所爲: 『孟子』「告子下」에 보인다.
9 甘羅: 전국시대 秦武王 때의 재상 甘茂의 손자인데, 그는 나이 12세 때에 秦始皇의
   사신으로 趙나라에 가서 趙王을 설득하여 5城을 떼어 받는 성과를 거두었다.

마음을 지키려 더욱 힘썼다. 어리석고 불초하여 평소에 공을 업신여기고 거만하게 굴었던 자들은 머리를 숙이고 놀라 땀을 흘리지 않는 이가 없어 지난 행동을 뉘우치며 가만히 자제에게 가르치기를 "조심하여 가볍게 남을 업신여기지 말라"고 하였다.

公之旣登庸也, 其君子相與慶於朝曰:"吾聖上知人之明, 果不遺賢也." 其小人相與言於野曰:"朝廷用老成人, 吾儕其將蒙其澤乎!"其善流之未見用者, 亦起而彈冠曰:"吾輩亦庶幾矣!"於是乎益勵其前操, 其愚不肖之素慢侮公者, 莫不俯首駭汗, 悔前之爲, 竊敎其子弟云:"愼勿輕侮人也."

이것으로 본다면 공을 한번 등용함에 어찌 성상이 사람을 알아봄이 명철하다고 할 뿐이겠는가? 당시의 시대에 보탬이 되는 것 또한 많을 것이다. 그해 이월에 공은 고향으로 돌아가 선영을 돌보기를 요청하였더니 주상께서 특별이 허락해서 역말을 타고 가게 하였다. 이는 공신에게 내린 은혜의 예에 견주어 보아도 또한 영화로운 것이다. 내가 일찍이 영해와 동도에서 서로 가깝게 지냈기 때문에 공은 가고 오면서 언제나 나를 찾았다. 그러므로 나는 감히 공의 나아가고 물러나는 근본과 말단을 갖추어 글로 써서 공이 서울로 돌아가는 길에 노자로 삼게 하였다. 위로는 성상을 위하여 축하하고 아래로는 우리 백성들의 경사가 될 것이다.

是則公之一擧, 豈足爲聖上知人之明而已哉? 其有補於時亦多矣. 歲二月, 請歸掃先塋于其鄕, 上特許乘馹以行, 視功臣恩例, 亦榮矣哉! 以余嘗有寧海東都相善之素也, 往還皆訪焉, 余敢道公之出處本末, 書以爲公還京之贐, 蓋上以爲聖主賀, 下以慶吾民云.

정조사로 북경에 가는 저작 김【세필】을 전송하는 글
送金著作【世弼[1]】赴京朝正[2]序

나의 동료 김씨의 아들이 어려서부터 원대한 뜻이 있었다. 나는 그가 궐당闕黨에 있는 것을 보았고 벗과 더불어 성균관에서 교유하는 것을 보았다. 그는 학문을 하여 나아질수록 더욱 게을리 하지 아니하였으니 대개 더욱더 나아지기를 구하는 자였다. 성종이 학문을 숭상하고 유학을 장려하여 유생들을 불러 뜰에서 재주를 시험할 때에 김씨의 문장이 빼어나 홀로 으뜸이 되었다 그러자 주상이 매우 가상하게 여겨 특별히 곡식을 하사하여 총애하였다. 지금 주상이 선대 왕의 사업을 이어 재주 있는 이들을 망라해서 한 시대의 다스림을 새롭게 하려고 했다. 그는 대궐에서 책문을 펼쳐 뽑혀 옥당에 들어가 정자를 시작으로 저작이 되니 옮겨 다니는 것이 달수에 매이지 않았다. 그 뒤로는 자신의 임무를 최선을 다해 수행하다가 비로소 쉬는 데도 오히려 쉴 수 없다고 여겼다.

> 同僚金氏子, 少而有遠志, 吾見其在闕黨也, 見其與朋友遊於賢關[3]也, 其爲學愈進而愈不倦, 蓋求益者也. 成宗右文獎儒, 招諸生試藝於庭, 金氏之文, 超然獨爲魁, 上深嘉之, 特賜米廩寵異之. 今上繼作, 網羅英俊, 圖新一代之治, 吾子射策[4]金門[5], 選入玉堂, 由正字而著作. 轉移

---

1 金世弼: 성종 4년(1473)~중종 28년(1533). 본관 경주. 자 公碩. 호 十淸軒 知非翁. 시호 文簡. 연산 1년(1495) 사마시를 거쳐, 식년문과에 병과로 급제하였다. 修撰 持平에 올랐다가, 연산 10년(1504) 갑자사화에 연루되어 거제도에 유배되었다. 중종반정으로 풀려나와 應敎로 기용되고, 副提學·광주목사·전라도관찰사를 지냈다. 문집에 『십청집』이 있다.
2 朝正: 해마다 정월 초하룻날 새해를 축하하러 중국으로 가는 것으로, 이 임무를 맡은 사신이 正朝使이다. 보통 동지와 정월이 가까이 있으므로 冬至使가 정조사를 겸하였다.
3 賢關: 성균관을 이른다.

不拘月數, 自此以往, 蓋將鳶飛鵬騫, 薄于層霄, 始休焉, 猶以爲未也.

지금 장차 먼 유람을 떠나 높은 바람을 타고 서쪽으로 가서 중국 조정에서 제후들의 모임을 보고 여가에 두루 돌아다니며 공자의 사당에 들어가 주선왕의 석고石鼓를 어루만지고, 연소왕의 황금대에 올라 뛰어난 인재들을 상상할 것이다. 그의 가슴속이 또한 어찌 운몽택의 넓이에 그치겠는가. 도로의 수 천리 길을 오고가며 산천이 빼어난 곳과 이내와 구름 낀 나무와 돌의 기괴한 것을 남김없이 망라하고 안고 수습하여 빠뜨리지 않고 모두 시 주머니에 넣어올 것이다. 그렇다면 그가 얻은 것이 옛날과 비교해서 억만 배가 아니겠는가? 우리나라로 돌아와 혹시 나에게 절반을 나누어 줄 수 없겠는가.

今且賦遠遊, 駕長風, 西觀王會于漢庭, 暇日周遊, 入夫子之墻, 摩挲石鼓[6], 登燕昭之臺[7], 想像駿骨, 其胸中又奚啻雲夢[8]之八九, 而且往還道途數千里之間, 山川之勝, 煙雲木石之怪, 包羅收拾之不遺, 擧爲奚囊之貯, 則其所得, 比於舊豈不萬萬哉? 其東歸, 倘分我一半無.?

---

4 射策: 漢代 과거의 한 과목으로, 경서 또는 정치상의 의문을 竹札에 써서 수험자로 하여금 각자의 능력대로 해석하게 하여 이것으로 우열을 정하던 시험이다.

5 金門: 대궐의 문으로, 왕궁을 이른다.

6 石鼓: 周나라 宣王 때 史籀가 선왕을 칭송하는 글을 지어서 북처럼 생긴 돌에 새겼다고 하는데, 현재 北京故宮博物院에 소장되어 있다. 韓愈는 周宣王의 북이라고 하고, 韋應物은 周文王의 북이라고 하는 등 異說이 많다.

7 燕昭之臺: 중국 河北省 易縣의 易水 가에 있는 黃金臺이다. 전국 시대 燕昭王이 여기서 천금을 가지고 齊나라에 원수를 갚고자 사방의 어진 사람을 불러들이기 위해 쌓았다고 한다. 황금대부터 아래의 화표주까지는 우리나라 사신이 북경에 갈 때 방문하는 유적지들이었다.

8 雲夢: 운몽택으로, 초나라에 있는 큰 못을 말하는데, 기상과 도량이 매우 넓고 큰 것을 말한다. 司馬相如 「上林賦」에 "초나라에는 칠택이 있는데, 그중 하나인 운몽택은 사방이 구백 리이다. 운몽택 같은 것 여덟아홉 개를 삼키어도 가슴속에 조금도 거리낌이 없다. [楚有七澤, 其一曰雲夢, 方九百里, 吞若雲夢者八九, 其於胸中, 曾不蔕芥]" 하였다.

하동에 부임하는 이【장길】를 전송하는 글
送李侯【長吉¹】赴任河東序

이 작품은 이장길(이연경)이 하동으로 부임함을 전송하면서 지어준 것이다. 이장길은 갑자사화에 연루되어 섬으로 귀양 갔으나 중종반정 이후에 복권되어 현달했던 인물이다. 당시 관리들은 문무를 겸비하는 것이 일반적인 추세였다. 그런데 이후는 관리의 능력까지 겸비하였다고 소개하였다. 따라서 하동이 작은 고을이라고 세상에서 염려하는 것과는 달리 잘 자신의 임무를 수행하리라는 믿음을 드러내었다. 그리고 자식처럼 관리로써 지켜야 할 세 가지 덕목을 늘 염두에 두라고 경계하였다.

오늘날 선비가 세상에 쓰임에는 두 가지 길이 있으니 문예와 무예일 따름이다. 이것 외에 나아가는 사람은 관리의 능력으로 나아간다. 간혹 문예를 하면서도 무예를 하는 이가 있고 무예를 하면서도 문예를 하는 이가 있으니, 이들은 문무를 겸비한 뛰어난 자들이다. 만약 관리의 능력을 겸비하였다면 더욱 뛰어난 자이다. 성산 이씨의 아들인 장길은 문무를 갖추고 관리의 능력을 겸비한 사람이니 젊은 시절 유학을 일삼아 재능이 과거를 통해 발탁될 수 있었다. 더구나 활과 말 타기의 능력이 있어 이에 무반에 응시하여 단번에 급제하였다. 얼마 있지 않아 선전관으로 뽑히게 되어 왕명을 출납하면서 그의 능력이 더욱 드러났다. 문무와 관리의 능력을 겸비한 자가 아니겠는가?

凡今之士, 用於世有二途焉, 文與武爾, 外此而進者, 以吏能焉, 間有文而武, 武而文者, 是文武之尤者也, 若兼之以吏能, 則又其尤也. 星

---

1 長吉: 李延慶의 자. 성종 15년(1484)~명종 3년(1548). 본관 廣州. 호 灘叟·龍灘子. 시호 貞孝. 忠淸都事 李守元의 아들로, 어머니는 南陽 房氏. 연산군 10년(1504) 甲子士禍에 연루되어 섬으로 귀양 갔다. 중종 1년(1506) 중종이 즉위하자 석방되었다. 趙光祖 등 당대의 名流들과 좋은 관계를 유지했으며, 중종 13년(1518) 司紙·공조좌랑 등을 역임하였다. 李滉이「墓碣銘」을 썼다.

山李氏子長吉, 所謂尤之尤者也, 少業儒, 才可以決科摘髭矣, 而又有
弓馬之能, 於是乎試於武, 一擧而捷焉. 未幾, 選而爲宣傳官, 出納命
令, 其能益著焉, 非文武之尤者乎?

홍치 13년(1500, 연산군 6) 가을에 나가 하동 수령이 된 것은 관리의
능력 때문이었다. 사람들이 "하동은 작은 고을이다. 이씨가 고을의
수령이 되면 너무 굽힌 것이 아니겠는가." 하였다. 내가 "그렇지 않
다. 지금 많은 부서들은 나름대로 임무가 매우 중요하다. 그러나
모두 각각 한 가지 일을 맡으므로 이조는 예를 다스리지 않고 병부는
형벌을 겸하지 아니한다. 나머지도 모두 그러하다. 가령 외직의 경
우는 읍이 비록 작지만 자신이 백가지 책임을 도맡으니 스스로 많은
능력을 겸비해서 자기의 소유로 삼는 자가 아니면 감당할 수 없다.
책임을 맡은 자는 직분을 담당할 수 없음을 근심할 뿐이다. 그것을
굽힌 것이라고 할 수 있겠는가." 하였다.

弘治十三年秋, 出宰河東, 以吏能也, 人曰:"河東小邑也, 以李宰于邑,
無乃屈乎?"余曰:"不然, 今之百司庶府, 其任固重矣 然皆各職一事, 吏
不治禮, 兵不兼刑, 餘皆然, 若外則邑雖小, 身都百責, 自非兼衆善以
爲己有者, 莫能當之, 居其任者, 患不能稱其職耳, 其謂屈乎?"

이씨의 아들이 부끄럽게도 내 자식과 어울렸는데 장차 떠나려 할
때에 내 자식을 통해 나에게 말을 구하였다. 내가 무슨 말을 할 수
있겠는가. 앞서 말한 세 가지는 모두 그대가 소유하고 있는 것이니
내가 무슨 말을 할 수 있겠는가. 그렇지만 일찍이 들으니 사군자士君
子가 자신을 세우고 몸을 닦을 때에 지킬만한 것이 세 가지가 있으니
청렴과 삼가함과 부지런함이라 한다. 청렴하면 욕되지 않고 삼가
하면 위태롭지 않고 부지런하면 직분이 닦여지니 과연 이 도리를
행 할 수 있으면 어디를 간들 스스로 만족할 수 있겠는가. 나는 평생

토록 이것으로 스스로를 경계했지만 하나도 잘 할 수 없었다. 지금 늙었는지라 더 이상 힘쓸 수가 없으므로 다만 그대들에게 관직을 담당하는 법으로 삼게 하고자 할 뿐이다. 지금 그대의 행차는 나의 자제를 보냄과 같다. 그러므로 칭찬이 아닌 규계의 글을 부쳐주었으니 그대는 이대로 행할 지어다.

李氏子辱與吾兒遊, 將行, 因豚犬求言於余, 余何言乎? 向所云三者, 皆君之有也, 余何言乎? 雖然, 嘗聞之, 士君子立身行己, 可以守之者有三焉, 曰淸, 曰謹, 曰勤, 淸則不辱, 謹則不殆, 勤則職修, 果能此道矣, 何往而不自得焉? 平生吾以是自飭, 而未能一焉, 今老矣, 無所加勉, 第以諸子爲當官之規耳, 今君之行, 猶送吾之子弟也, 故其贈也, 不以頌而以規, 君其行矣哉!

승려 연감의 시축에 쓰다

僧淵鑑詩軸序

이 작품은 김수온이 승려 연감에게 써준 시축에 서문으로 쓴 것이다. 승려 연감은 자세하지는 않지만 당시에 명성이 있었던 것 같다. 이 작품에서 작자는 그가 인물을 판단하는 기준을 제시하고 연감을 시절에 보탬이 될 수 있는 인물이라고 평가하였다. 다만 부도씨의 가르침에 대한 경계로 바른 길에 나오길 당부하였다.

집을 살피는 자는 구석을 살피고, 말을 살피는 사람은 외모를 살피는 법이다. 구석이 우뚝하여 방정하고 견고하면 그 가운데는 반드시 장엄하고 넓어 머무를 만할 것이다. 말이 발 사이가 좁고 발굽이 높으며 눈동자가 거울처럼 빛나고 귀가 대나무처럼 뾰족하면 그 말은 천리를 달릴 수 있음을 알 수 있다. 내가 일찍이 이 설을 가지고 사람을 살피는 법으로 삼았으나 아직까지 시험해 보지 못했더니 지금 연감 선사에게서 징험할 수 있었다. 홍치 중에 연감이라는 승려가 나이가 매우 젊었는데 홀연히 와서 문을 두드리며 만나보기를 구하였다. 기뻐 일어나 불러들여 마주 대하니 그의 얼굴과 눈에서 빛이 나고 그의 행동거지가 화락하니 말하기도 전에 그의 사람됨을 알아볼 수 있었다.

> 觀室者, 觀其隅, 相馬者, 相其貌. 隅之巍然直方以固, 則其中必端莊宏達而可居者也. 馬之腕促蹄高, 目夾鏡而耳批竹者, 知其能千里者. 吾嘗持是說, 以爲觀人之法, 而猶未之試也, 今於鑑師驗之. 弘治中, 有僧淵鑑者, 年甚少, 忽來扣門而求見, 喜而起, 召與之對, 睟乎其面目, 雍容乎其擧止, 蓋已得其人於不言之先矣.

더불어 말하자 과연 이치로 스스로를 이겨내어 명성과 이익을 밖으로 버려 사물에 마음이 움직이지 아니하였다. 그의 학업을 물어보니 그가 "공맹을 배우려 유자를 스승으로 삼아 성현의 책을 읽었으나 아직까지 깊숙한데 나아가지 못했습니다. 통감과 한비자 장자의 책도 섭렵해서 거칠게나마 터득하였으나 아직까지 살점을 씹어 참 맛을 느끼지 못하였습니다. 바라건대 문하에서 수업을 받아 내 뜻을 이루려고 찾아 왔습니다." 하였다. 나는 남의 스승이 되는 것을 즐겨하지 않는 자이다. 그러나 그의 사람됨이 가르칠 만하고 취향이 바름을 얻은 것이 기뻐 이에 사양하지 않고 머물기를 허락하였다.

與之言, 果能以理自勝, 遺外聲利, 不爲事物動. 問其業. 曰:"學孔孟, 嘗從儒者師, 讀聖賢書, 猶未造其奧. 至於通鑑韓莊之書, 亦嘗涉獵, 得其糟粕, 而未嚌其㳔. 願受業於門下, 以卒吾志, 是以來." 余不喜爲人師者也, 喜其爲人之可欲, 而趣向之得其正也, 乃不辭而許之留.

이곳에서 일 년 넘게 나에게 모시를 배웠는데 그 부지런하기가 가난한 집 문중 자제 중에 과거에 뜻을 둔 자보다 지나침이 있었다. 당시에 나의 자제들 중에 배우는 자가 대여섯 명이 있었다. 연감 선사는 그들과 더불어 한집에 머물면서 먹고 마셨으나 오래되어도 일찍이 망령되게 웃고 떠들거나 거만하게 남을 업신여기는 빛이 없었다. 아마 불가 중의 선비이고 선비 중의 예를 아는 자였다. 그렇지만 내가 부도의 설을 배우지 못했으니 연감 선사가 그의 도에 깊고 얕고 높고 낮은 것을 내가 어떻게 알겠는가. 괴애 선생이 연감선사에게 준시를 살펴보고서야 이에 연감선사가 불가의 수재라는 사실을 알 수 있었다. 선생은 사문에서 으뜸이라고 일컬어지고 겸하여 불교에 통달하였으니 그의 몇 마디 칭찬을 살피더라도 그 사람을 인정하기에 충분하거늘 하물며 성대하게 일컫는 바의 말이 있는 경우에는 어떠하겠는가? 아! 진실로 내가 전에 연감선사를 알아봄이 실수가 아니었음을 믿겠거니 집에 비유하면 단정하고 장엄하며 넓어 머물 만한 곳이로다! 만약 다시 길을 나서 다리를 내딛는다면 하면 어찌 다만 천리를 가서 그칠 뿐이겠는가.

蓋逾年于此, 受余毛氏詩, 其勤若寒門子弟之業科擧者而有過焉. 于
時吾子弟之學者, 亦且五六人, 師與之居處飮食, 久未嘗妄笑語有傲
慢色, 蓋釋之儒者, 儒之禮者也. 雖然 余未嘗學浮屠說, 若師之於其
道, 其深淺高下, 余豈能知者? 及觀乖崖先生贈師詩, 於是, 又知師爲
釋之秀也. 先生, 斯文之稱首, 而兼通釋敎, 觀其片言之譽, 足以定其
人, 況盛有所稱道耶? 於以信吾前之知師也不失, 比之室, 其端莊宏達
可居者乎! 若復得路而展其足, 則豈但能千里而已哉?

그러나 내가 들으니 부처의 가르침은 단지 자신만을 위해 닦을 뿐
천하 국가에 베풀지 아니한다고 한다. 연감선사가 비록 그의 도리를
잘 닦더라도 만약 자신만을 위한다면 어떠하겠는가? 지금 명철한
임금이 위에 있어 사방의 인재들을 모아 명당明堂을 짓고 천금을 들
여 천리마를 사 구하니 연감선사의 집은 넓어 살만하지 않은 것이
아니로되 어찌 그 말을 진흙길에 내버려둘 수 있겠는가? 아직까지
길을 헤맨 것이 심하지 않으니 수레를 돌리는 것이 좋겠다. 연감선사
가 괴애시의 서문을 요청하니 내가 감히 말이 없을 수 없었다. 그러
므로 시를 주었으니 또한 한유가 승려 문창에게 준 취지로 부연한
설명이다. 만약 한유가 의복을 주면서 태전과 이별한 것을 불교를
신봉하였다고 한다면 한유를 아는 자가 아니다.

然吾聞浮屠氏之敎, 只可獨善其身, 不可施於天下國家, 師雖善其道,
如獨善何? 今明君在上, 方鳩材搆明堂[1], 捐千金購千里之足, 師之室,

---

1 明堂: 陽宅인 경우에는 主建物의 전방이고, 陰宅인 경우에는 무덤 앞에서 案山과
의 사이 공간을 말하며, 左靑龍·右白虎에 둘러싸인 부분이다. 명당은 다시 내명당
과 외명당으로 구분되는데 내명당은 무덤이나 건물의 바로 앞을 말하고, 외명당은
내명당 밖에 있는 넓고 평탄한 곳을 말한다. 내명당은 임금이 신하들의 朝會를

不可曠而不居, 而其足豈蹩躠於泥塗中? 及未迷路之遠而回車可也.
師請序乖崖詩, 余不敢無說, 故贈以詩, 亦韓子與浮屠文暢說也, 若謂
韓子留衣服別太顚, 爲信奉釋教, 則非知韓者也.

받는 正殿인 명당을 상징하고, 외명당은 곡식 창고를 뜻하여, 넓고도 앞이 활짝
트인 것을 좋은 것으로 본다.

거듭 황경에 조회하러 가는 사람을 전송하는 글
送人再朝皇京序

이 작품은 구체적으로 누구에게 지어준 것인지 자세하지 않다. 다만 작품에 소개된 내용으로 보아 당시에 명성이 있었던 인물이라 생각된다. 작자는 여기에서 그가 홍치 병진년(1496, 연산군 2)에 황경으로의 조회 길에서 많은 경험을 통해 개인적인 성장을 하고 나아가 국가에 보탬이 될 것이라고 확신에 찬 어조로 격려하였다.

그대는 우뚝한 한 시대의 영웅이다. 독서하고 문장을 잘 지으니 빼어난 재주꾼이다. 주문과 부의 기운이 구름을 떨게 하니 이름난 진사이다. 사책으로 고제에 올랐으니 참다운 준걸이다. 기둥 아래에 엎드려 언동을 기록함이 매우 자세하니 좋은 사관이라고 일컬을 만하다. 사마천이 먼 유람의 뜻이 있어 홍치 병진년(1496, 연산군 2)에 대명천자를 알현하러 떠나갔다. 황조의 예악과 문물의 성대함과 산천 성곽의 장엄하고 화려함을 보고 그가 얻은 것을 수레에 실어 헤아릴 수 없거늘 아직까지 지극하지 못하다고 여기고 다리의 힘이 미치는 곳과 귀와 눈에 보이는 것을 모두 수습하여 포장해서 이윽고 우리나라로 돌아오니 지난번 갑이니 을이니 백중을 가리려는 자들이 감히 함께 자리를 다투지 못하고 모두 자리를 피하여 내려앉았다.

> 吾子, 飄飄一世之英也, 讀書善屬文, 爲秀才也, 奏賦氣凌雲, 名進士也, 射策登高第, 眞俊造也, 伏柱下, 記言動甚悉, 稱良史也. 又有司馬子長遠遊之志, 奧弘治丙辰歲, 去謁大明天子, 見皇朝禮樂文物之盛, 山川城郭之壯麗, 其所得蓋不可車載而斗量, 猶以爲我未至也, 凡脚力所及, 耳目所覩記, 悉皆收拾而包藏之, 旣東還, 向之相甲乙伯仲者, 未敢與之爭席, 皆避座下坐焉.

아! 사군자士君子의 견문의 광대함과 쌓인 것이 풍부함이 이와 같은 자를 어떻게 쉽게 얻을 수 있겠는가? 비록 여기에 그쳐 그만두더라도 괜찮은데 하물며 실록 간행을 담당해서 선왕의 성대한 덕과 대업을 장황하게 펴려고 하니 삼장의 재주가 아니라면 가능할 수 없는 것이다. 이번 행차는 반드시 그대로 하여금 갖추게 할 것이다. 어째서인가? 대개 하늘이 장차 그 사람을 키울 때에 반드시 그의 힘줄과 뼈대를 수고롭게 하고 더욱 지혜와 능력을 보태어 세상에 쓰이게 하려 하니 하늘이 혹여 여기에 뜻을 둔 것이리라. 나는 이번 행차에서 반드시 듣지 못했던 것을 듣고 보지 못했던 것을 보고 얻은 것이 장차 전보다 많은 것을 안다. 그대가 마땅히 수레에 높이 쌓아 가득히 싣고 돌아와 지존에게 바쳐 왕부의 보배로 삼게 하라. 과연 이와 같다면 비록 한 해에 한 해를 더하여 끊임없이 왕래하더라도 무엇을 걱정하겠는가. 그대는 떠날지어다.

吁! 士君子見聞之大, 蘊蓄之富, 如許者豈易得哉? 雖止是而已, 可也, 況當金匱書, 張皇先聖王盛德大業, 非三長之才, 莫可. 今玆之行, 必使子之與俱, 何也? 蓋天之將大其人也, 必使勞其筋骨, 使增益其智能, 以爲世用, 天其或者意在此乎.? 吾知是去也, 必聞所未聞, 見所未見, 所得將多於前矣, 子宜高大其車兩, 稇載而還, 獻我至尊, 以爲王府珍也. 果如是則雖歲復一歲, 憧憧往來, 何傷? 子其行矣.

영해의 승려 죽헌에게 주는 글
與寧海僧竹軒序

이 작품은 영해에 사는 승려 죽헌에게 준 서문이다. 죽헌은 어떤 인물이었는지 자세하지 않지만 작품에서 함창 출신의 족성이라는 소개로 보아 작자와의 인연을 짐작할 수 있다. 작품에서 그의 인물 관을 살필 수 있는데 그는 죽헌을 매우 가능성 있는 인물로 평가하였다. 따라서 그가 빨리 바른 길로 나와 달라고 경계하였는데 이 작품에서 작자가 얼마나 인물을 중시했는지를 알 수 있다.

내가 젊어서 목은 선생의 관어대부를 읽고 영해의 산의 높고 바다가 광활함을 알고는 한번 유람해서 평소 막힌 흉중을 씻어내고자 하였으나 오래도록 얻지 못하였다. 수십 년 지난 뒤에 환달하여 명성을 이루어 이조참판이 되었다가 나가 관동 관찰사가 되었다. 성상의 은혜로 특별히 영남의 아버지를 보살필 수 있게 허락하니 길이 관어대觀魚臺 아래를 돌아 내려가 이에 비로소 예전의 소원을 풀 수 있었다. 이른바 우뚝한 산과 바다의 파도가 천지 중간에 우뚝하고 아득하니 이리저리 배회하고 위아래를 오르내리면서 건곤의 광대함을 어루만지며 내 자신이 작음을 탄식하였다. 이윽고 가만히 생각하니 구불구불한 산세가 모인 바이고 산신령과 바다 할미가 잉태함이니 물산이 진괴할 뿐만이 아니고 필시 괴걸한 선비가 나와 세상에 쓰여 국가의 성대함을 울릴 자가 있을 것 같은데 막상 방문해 보니 찾을 수 없었다. 개인적으로 괴이하게 여겨 '이것은 어째서인가? 도살장과 객주의 가게와 노자 불교의 가운데 숨어 있어 사람들이 알아보지 못한 것이 아니겠는가.' 하였다.

余少時, 讀牧隱先生觀魚臺賦, 知寧海嶠嶽之崇, 海濤之闊, 思欲一遊焉, 以蕩吾平生芥滯之胸, 而久未得也. 後數十年, 宦成名邃, 由天官亞卿, 出而爲關東觀察使, 聖恩特許省父嶺南, 路繞觀魚臺[1]下, 於是始酬前昔之願. 所謂嶠嶽也, 海濤也, 巍峨杳茫於天地中間, 徘徊夷猶, 俯仰上下, 撫乾坤之廣大, 嗟余身之眇末. 旣而, 竊念以謂扶輿蜿蟺之所鍾, 山靈海媼之孕秀, 不獨物産之珍怪, 必有魁傑之士出而爲世用, 以鳴國家之盛者, 訪之則無有也. 私怪之曰: '是何爾耶? 其無乃隱於屠沽之肆, 老佛之中, 而人莫之知歟?'

홍치 초에 내가 아버지의 상을 당해 함창에서 여막을 짓고 삼년을 살았다. 이윽고 복을 마치자 장차 조정으로 돌아가 그곳에 머무르려 하는데 어떤 풍채가 좋고 점잖은 중이 내 문을 두드리며 만나보고자 하며 말하였다. "소승은 영해 사람이지만 계통이 함창 족성에서 나왔으니 공과 아무 상관없는 사람은 아닙니다. 이른 나이에 출가하여 속세를 벗어났는지라 지금까지 문 앞에 찾아와 예를 갖추는 일이 없었습니다. 요새 공이 어진 선비를 좋아한다고 들었습니다. 그러므로 공씨의 무리는 아니지만 가만히 의리를 사모하여 왔을 뿐입니다" 내가 듣고 기이하게 여겨 함께 말하였는데 참으로 형체를 밖으로 버려두고 도의 참 맛을 보아 성명과 공리에 이끌리지 아니할 자였다. 이어서 내가 말하였다. "내가 일찍이 인간 세상에서 구하였는데도 얻지 못하였더니 과연 불노의 사이에 있었구나! 오늘날 명군이 위에 있어 훌륭한 인재를 구하는데 급급하여 마치 주리고 목마른 듯이 하니 그대는 끝내 헤매다가 돌아오지 않을 작정인가?" 그와 이별함에 거듭 묻노라.

弘治初, 予丁父喪, 居廬于咸昌三年. 旣服闋, 將歸朝且留, 有僧頎然其長, 扣吾門而求見曰: "僧寧海人也, 系出咸昌族姓, 於公亦未爲路人也, 以蚤年出家離人間, 故至今尙阻門屛之禮, 今聞公好賢樂士, 故雖

---

1 觀魚臺: 경상도 寧海府 동쪽에 있던 누대의 이름이다. 고려시대에 만들어진 것으로 보이며, 李穡과 金宗直이 지은 賦가 전해진다.

非孔氏之徒, 竊慕義來耳"余聞而奇之, 與之語, 信能遺外形骸, 而味道眞, 不被聲名功利之牽者. 乃言曰:"余嘗求子於人間而不得, 果然在佛老中矣! 今明君在上, 急賢才如飢渴, 子其終迷而不復乎?"於其別, 申以問之.

권시보 시권 후서
權時甫[1]詩卷後序

이 작품은 작자와의 교분이 두터웠던 간보의 장인이 작자와 교유할 때 받았던 두 편의 시에 쓴 서문이다. 작자는 시보의 생전에 간보로부터 간절한 부탁을 받았지만 써주지 못하고 있다가 갑자기 시보의 부고를 접하고 직접 상문하고 돌아와 눈물을 흘리며 지은 것이다.

권 선생 시보가 성주목이 되어 병에 걸렸는데 그의 사위인 박겸산 간보가 가서 보고 치료하려고 하였다. 병이 그쳐 장차 돌아올 때 시를 지어 이별을 고하였는데 시보가 그의 시에 화답하였다. 내가 간보와 더불어 서로 가깝게 살았는데 하루는 두 편을 소매에 넣고 와서 보여주면서 말하였다. "내 장인이 일찍이 나에게 '다른 날 한가하게 낙수의 물가에 머무를 때에 서로 왕래하며 종유했던 사람이 홍 아무개였다' 하였습니다. 내 장인이 비록 관직에 매여 때때로 찾아 방문하지 못하고 있으나 그분의 뜻은 공에게 있지 않은 적이 없었습니다. 공이 이 시에 화답을 해 주면 내가 시를 가지고서 내 장인에게 보여드리겠습니다." 내가 평소 그의 사람됨을 중히 여겼었는데 하물며 나를 생각하는 간절함이 만약 간보의 전함과 같다면 감히 화답하지 않을 수 있겠는가. 얼마 지나지 않아 선생이 병이 도져 어느 날 저녁 부고가 전해 왔다. 아, 내가 무슨 마음으로 차마 이 시를 읽겠는가.

權先生時甫, 爲星州牧患疾, 其甥朴兼山艮甫往視醫, 疾已且還, 留詩

---

1 時甫: 權得經 생몰연대와 거주지는 자세하지 않다. 사마시 방목에는 그가 문종 1년(1451) 증광시 병과 3등으로 합격되어 목사를 지냈고 아버지는 放이고 조부는 錘고 증조부는 允譜라고 되어 있다.

告別, 而時甫和其韻者也. 余與艮甫居相近, 一日, 袖二篇來示, 且云: "吾舅, 嘗語余曰:'異日閒居洛水之濱, 相與往還遊從者, 洪某也'吾舅 雖繫官, 未獲以時尋訪, 其志未嘗不在於公, 公其和此詩, 吾將持以示 吾舅"余素重其爲人, 況聞念我之勤, 如艮甫之傳, 敢不爲之和? 未幾, 先生疾又作, 一夕訃傳, 嗚呼! 吾何心忍讀此詩也

선생은 예전 사람이다. 사책으로 청년 시절부터 이름이 높아 장차 크게 당시에 기여함이 있을 것 같았다. 어머니가 노령인지라 조정에 서 관리로 오랫동안 있을 수 없어 두루 주군을 다스려 네 번이나 외직의 부절을 차는 까닭에 이 때문에 나아감은 예리하지 못했다. 덕은 남보다 앞섰으나 지위는 때보다 뒤쳐졌으니 탄식할 만하다. 그러나 전날 선생이 금릉과 본받아 일선의 정치사를 내가 보아 알고 있고 합천과 성산의 다스림은 들어 알고 있다. 공변되면서도 청렴하 고 은혜로우면서도 믿을 수 있어 그곳 백성들이 떠받들기를 아비처 럼 여기고 떠나가면 마치 자손이 선조를 생각하듯이 여기니 선생이 아니라면 그럴 수 있겠는가. 가령 선생이 항상 조정에 자리하였다면 관직은 비록 높아졌을 것이지만 사랑이 범범하여 주밀하게 펴지 못 했을 것이다. 또한 어떻게 기름진 은택을 이와같이 깊이 사람들에게 들일 수 있었겠는가. 하늘이 만약 나이를 늘려주었다면 우리 성상의 명철함으로 반드시 밝게 비출 것이 있었을 것이니 선생의 자리와 어떻게 나란히 할 수 있었겠는가? 애석하도다, 선생이 여기에서 마 치는데 그쳤구나.

先生, 古之人也, 策名靑年, 將大有爲於時, 以母老故, 未嘗歲月官于 朝, 歷典州郡, 凡四佩符于外, 以是進不銳, 德先於人, 而位後於時, 可歎也. 然平昔, 先生典金陵, 一善之政, 則吾見而知之, 其陜川, 星山 之治, 則聞而知之, 公而廉, 惠而信, 所在民戴之如父, 去則如子孫念 其先, 非吾先生, 能然乎? 使先生恒位乎朝, 則官雖進, 亦愛汎而施不

周矣, 又焉得膏澤之入人深如許哉? 天若假之以年, 則吾聖上之明, 必有所正燭, 而先生之位, 何與竝矣? 惜乎吾先生, 而終于此而止也.

내가 낙수를 건너 직접 그의 빈소에 상문할 때에 마치 말씀이 들리는 것 같지만 용모와 거동은 볼 수 없었다. 오로지 책 한 권이 책상에 펼쳐져 바람을 맞아 한 장 한 장 넘겨지고 있었다. 이게 뭔가 물어보자 '평소에 보셨던 것'이라고 하니 슬프지 않을 수 있겠는가. 이윽고 돌아와 상자에서 두 편을 찾아내어 눈물을 흘리며 화답하고 말미에 기록하여 감히 시라고하지 못하고 슬픔에 부친다고 하였으니 구천에서 알고 있다면 상상하건대 묵묵히 내 시에 느껴 자기를 알아주는 친구라 여겼을 것이라고 말하겠다.

吾嘗渡洛水, 親禮於其殯, 如聞其警咳, 不見其容儀, 惟有書一卷置于案, 風吹舒卷, 問之, 曰平生所覽, 能不悲哉? 旣還, 搜得二篇于篋中, 泫然和之, 題于其尾, 非敢爲詩, 蓋寓哀也, 九泉有知, 想亦默感於吾詩, 以爲知己云.

화량정에 쓴 시의 짧은 후서
題花梁亭詩後小序[1]

이 작품은 홍치 16년(1503, 연산군 9)에 작자가 절도사로 부임하여 화량정을 방문하고 그곳의 빼어난 경치를 작품화 한 것이다. 작품에 등장하는 도사 이성동은 대사간으로 대사헌이었던 조광조와 함께 정국공신靖國功臣 가운데 연산군의 총신이 많다고 주장하여 등록 삭제의 극론을 펴기도 하였던 인물이다. 기묘사화에 연루되어 직첩을 몰수당했으나 나중에 환수되었다.

화량은 예전 절도사의 진영이었는데 요새 첨사의 진이 되었다. 여섯 나루의 빼어난 경치 가운데 이것이 제일이라는 말은 들은 지 오래 되었다. 홍치 16년(1503, 연산군 9)에 성은을 입고 절도사의 부월을 지니고 순행하여 당성에 도착했다. 이어 본진에 가는데 아직까지 몇 리 못 미쳐 바라보니 신선의 지경 같았다. 도착하자 곧바로 물가의 정자에 오르니 바로 그 때 만조가 막 올라오고 지는 해에 그림자가 거꾸로 비쳐 남북으로 산이 푸르고 위 아래로 하늘에 빛이 났다. 동서로 한 눈에 번 수십 리를 바라보고 오랫동안 앉았으니 흉금이 탁 트여 몸이 봉래산과 방장산의 사이에 있는지를 깨닫지 못하였다. 아! 이것은 기이한 만남이다. 그런데 우러러 벽 위를 바라보아도 한 구절의 시도 없으니 어찌 일에 흠이 되지 않겠는가? 도사 이공과 함께 잔을 들어 서로 마시며 읊조려 근체시 한 수를 지어 벽에 걸어 두고 뒤에 관람하는 자에게 주려고 한다. 이공의 이름은 성동이다.

---

1 小序:『詩經』은 각 篇의 머리에 序가 있는데, 이것을 大序와 小序로 나누었다. 대서·소서의 구별에 대해서는 여러 설이 있다. 「關雎」의 서 전문을 대서라 하고, 「葛覃」 이하 각 편의 서를 소서라 하기도 하고, 每序에서 첫머리 시작하는 말을 소서, 그 이하를 대서라 하기도 하고, 그와 반대로 첫머리를 대서, 그 이하를 소서라 하기도 한다. 作者에 대해서는 대서는 子夏의, 소서는 자하와 毛公의 합작이라 한다.

花梁, 舊節度使營也, 今爲僉使鎭, 六浦形勝, 此其第一, 余聞之久矣.
弘治十六年, 蒙聖恩, 得持節鉞, 巡到唐城, 因詣本鎭, 未至數里, 望見
如神仙境. 旣至, 徑上水邊亭, 時晩潮初上, 落日倒影, 南北蒼山, 上下
天光, 東西一望數十里, 坐久, 胸襟豁然, 不知身在蓬萊方丈間. 噫!
此奇遇也, 仰瞻壁上, 漫無一句詩, 寧非欠事耶? 與都事李公, 擧杯相
屬, 吟成近體一律留諸壁, 以與夫後之觀者. 李公名成童².

---

2 成童: 李成童 생몰년 미상. 본관은 仁川. 자는 次翁, 호는 拙翁, 판관 李希顔의
   아들로서 조선 중기의 문신이다. 1519년 예조참의가 되었으나 이듬해에 安處謙의
   옥사에 연루되어 관직을 삭탈 당하였다. 1521년 다시 등용되어 예조참의로 있다가
   조광조 일파로서의 죄가 추론되어 삭직되었다. 1538년 4월 기묘사화 때 환수되었
   던 직첩을 다시 돌려받았다.

기記

환취정 기문
環翠亭[1]記

> 이 작품은 창경궁 북쪽에 있었던 환취정에 대하여 임금의 명을 받고 지은 기문이다. 주지하듯이 환취정은 선초에 여러 문인들에 의해 주목받았던 장소로 여러 가지의 일화가 전해진다. 작품에서 작자는 환취정의 효용에 빗대어 바른 임금의 역할에 대하여 소상히 피력하였다.

왕은 천지 만물로 일가를 이루었으니 대궐을 크게 만드는 까닭은 그 뜰에서 받는 것을 넓게 하고자 함이다. 하루 동안의 많은 의식과 정사로 밤중에 옷을 입고 저녁 늦게 밥을 먹는 수고로움이 그의 일상이다. 따라서 반드시 평상시 한가롭게 놀면서 쉴 수 있는 장소가 있어 막힌 것을 인도할 수 있어야 한다. 공손히 생각하니 우리 주상 전하가 즉위한 이래로 개연히 하 은 주 삼대의 다스림을 생각하여 예악과 법도가 다스리는 법도에 관련된 것을 강구하고 닦아 거행하지 않음이 없었다. 다만 선왕의 궁정이 좁아 양전兩殿을 받들고 군신

---

1 環翠亭: 창경궁에 있던 정자이다. 김종직이 도승지가 되기 한 달 전인 성종 15년 (1484) 7월, 다음과 같이 環翠亭 기문을 지었다. "화창한 봄날 초목이 활짝 피면 천지가 만물을 내는 仁을 느끼시어 '노쇠한 병자나 홀아비와 과부들을 어떻게 하면 굶주리지 않게 할까' 하시고, 훈풍이 남쪽에서 불어오고 뜨거운 햇볕이 창공을 불태울 적에는 '맑은 그늘을 어떻게 하면 골고루 베풀어줄까' 하시며, 가을이 되어 단풍이 들고 오곡이 무르익을 때에는 '우리 백성이 什一稅 넘게 세금을 내면 아니 된다' 하시고, 눈이 하얗게 내리고 엄한 추위가 갖옷을 엄습할 때에는 '우리 백성의 트고 얼룩진 살결을 더 이상 수고롭게 해서는 안 된다'고 하신다." 자연의 춘하추동의 절기와 질서를 인간의 본성인 인의예지와 결부시키고, 임금은 휴식하면서도 백성 생각을 멈추지 않아야 한다는 뜻을 사계절의 무늬와 빛깔에 어울리게 퍽이나 아름답고 부드럽게 풀은 문장이다. 당시에 성종이 기문을 여러 문신에게 맡겼는데 모두 낙제였고, 서거정만 겨우 三下였다. 그래서 김종직에게 맡긴 것인데 한 글자도 수정하지 않고 줄줄 써내려갔다고 한다.

들이 임할 수 없을까 염려하였다. 교서를 내려 "다스림은 백성을 편안히 함이 귀할 따름이니 내가 사는 집이 비록 좁다 한들 무엇을 상심하겠는가? 다만 수강궁은 선왕이 물려준 곳이고 양전이 납시던 곳이다. 세월이 오래되어 장차 무너지고 좁아 용납되기 어려우니 지금 집을 짓지 않으면 선조가 즐겨 '나에게 후손이 있지만 나의 유지를 떨어뜨리지 않겠는가? 장차 어디에서 어머니를 받들고 군신의 조회를 받을까?' 할 것이다." 하시고, 백관들에게 자문하여 옛 제도를 따라 새롭게 만들었다.

王者, 以天地萬物爲一家, 所以大其廈, 廣其庭以受之, 一日萬幾, 宵衣旰食²之勞其形也. 又必有燕間游息之所而導其滯. 恭惟我主上殿下卽祚以來, 慨然有意於唐虞三代之治, 凡典章法度之有關於治道者, 靡不講求而修擧. 顧惟先王之宮庭小, 慮無以奉兩殿臨群臣, 則敎曰: "治貴民安耳, 吾居室雖卑何傷? 但壽康宮³, 先王之所遺也, 兩殿之所御也, 歲久將頹, 隘且難容, 今不堂搆, 祖先其肯曰: 我有後, 不其墜? 且何所奉慈闈, 受群臣朝乎?" 咨爾臣工, 因其舊而新之.

이에 한 해를 넘기지 않고 이미 공이 마쳐지니 자식이 아버지 일에 따라 오듯이 하였다. 대궐 담장 북쪽, 내원의 구석에 정자를 지은 것은 평상시 쉴 때를 대비한 것이다. 그곳이 완성되자 주상이 그 위에 직접 납시어 소요하며 쉬었다. 그 때가 소나무 삼나무가 푸른빛을 떨어트리고 숲속 나무들이 온통 푸르러 동남으로 바라보면 종남산이 창창하고 구름이 뭉게뭉게 떠 있으며 높고 낮은 먼 산이 평원의 아득한 사이를 끊어졌다 이어졌다 하여 마치 성곽 밖으로 몸과 머리

---

2 宵衣旰食: 임금이 정사에 부지런함을 이른다. 未明에 일어나 正服을 입고 해가 진후에 저녁밥을 먹는다는 뜻이다.

3 壽康宮: 세종 1년(1419)에 태종을 위해 창덕궁 동쪽에 지은 궁전으로, 성종 14년(1483)에 중건하고 이름을 창경궁으로 고쳤다.

를 드러내지 않음이 없는 것 같았다. 다만 서산은 막혀 볼 수 없었다. 그러나 또한 상쾌한 기운이 불어와 난간 기둥의 서늘함을 돋워주니 감상할 만하였다. 이에 임금의 마음이 비로소 화락해지고 둘러선 것이 모두 푸른빛인지라 이름을 내려 환취環翠라 하였다. 즐거움이 란 다른 사람과 함께하는 것이니 여러 신하를 들라하여 각자 찬술하 게 하였다. 신이 재주가 없는데 어찌 감히 우러러 임금의 마음을 헤아려 외람되게 설을 짓겠는가? 그러나 이미 사양할 수 없어 삼가 절하고 물러나 공손히 소리 높여 다음과 같이 말하였다.

於是歲不周而功已訖, 因子來也. 旣又亭于宮墻之北內苑之偏, 爲燕息也, 厥旣成, 上親御于其上, 逍遙夷猶, 時則松杉滴翠, 林木送靑, 東南望則終南蒼蒼, 雲氣浮浮, 又有遠山之高低斷續平遠杳靄間者, 無不呈身露髻於城郭之外. 只有西山隔礙不可見, 然亦送致爽氣, 來助軒楹之涼, 亦可賞也. 於是乾心載怡, 以其環擁者皆翠也, 故賜命曰環翠, 樂與人共之, 故進儒臣令各撰述, 臣不佞何敢仰窺淵衷而僭爲說乎? 旣不可辭, 謹拜手退而颺言曰:

들건대 기수가의 탄식은 도체의 흐름을 알고 읊조리는 뜻을 음미하 는 것이 있으니 요순의 기상을 볼 수 있었네. 가만히 정자를 이름 지은 뜻을 헤아려 보니 전하께서 복희 황제 요순의 위와 태화 옹희의 영역에 정신을 놀리고 구구한 재물의 이익이나 병장기와 눈에 보이 는 광경에 마음을 빼앗기는 말세의 행위와 같은 것은 말할 것이 없었 네. 생각건대 깊은 궁궐에서 눈물을 흘리며 앉아서 아침을 기다려 닭 울음소리에 부지런히 움직여 새벽부터 쉬지 않아 정신이 혼미하 고 기운이 막히네. 이때에 옷깃을 열고 바람을 맞으며 눈을 크게 뜨고 마음을 털어내려 하는데 구름과 안개가 걷히고 푸른 하늘이 드러나니 기쁘게 심신을 씻어낼 수 있었네.

사인사 연정 기문
舍人司 蓮亭記

이 작품은 사인사 연정에 대한 기문이다. 작품에서 작자는 사인사 연정의 유래와 명칭 의정부 관리들이 그곳에서 연회를 베풀어 서로 교유하는 모습을 자세히 기술하였다. 선초의 여러 문인들이 사인사 연정을 배경으로 지은 작품이 많은데 이 작품도 그 중의 하나라고 사료된다.

처소에 반드시 연못과 누대와 정자가 있음은 진실로 장난거리를 제공하고 제멋대로 놀려는 것이 아니고 막힌 곳을 뚫고 조화롭게 인도해서 일을 하는 데 장애가 없기를 구하는 까닭이다. 일반 사람들도 그렇지 아니함이 없는데 하물며 삼공이 음양을 다스리고 사계절을 따라 아래로는 만물의 마땅함을 이루고 보좌하는 관료들을 복심으로 만들어 좌우와 선후로 삼는 경우에는 어떠하겠는가? 육조의 많은 부서 주변에 누각을 지었지만 유독 우뚝하여 높고 큰 것을 정부政府라 한다. 정부의 중간에 가장 크고 창연한 것을 합좌청合坐廳이라 한다. 청의 동쪽에 네모난 못 1묘에는 연꽃을 심어 매우 성대하게 하였다. 연못과 맞닿은 남쪽 물에 잠긴 집을 사인사 이정梨亭이라 하는데 처음에 다만 띠풀로만 지붕을 덮어 말쑥하여 사랑할 만하고 뜰에 배나무를 많이 심어 그렇게 이름 지었다. 뒤에 기와로 바꾸고 단청하고 색흙으로 칠하여 두 배로 선명해졌고 연꽃이 또 예전과 비교해서 더욱 번성하니 다시 연정蓮亭이라 고쳐 불렀다.

居必有池臺亭榭, 非苟供玩好恣遊衍也, 所以宣其滯導其和, 要無所障於事爲耳. 人莫不然, 況三公理陰陽, 順四時, 下遂萬物之宜, 而其僚佐爲心腹腎腸, 以左右先後者乎? 閣于六曹庶府之上, 而獨巍然高大者, 曰政府, 中於府而最宏且敞者, 曰合坐廳, 廳之東, 有方塘一畝, 植以芙蕖甚盛, 際其塘而南, 蘸水有宮, 曰舍人司梨亭, 初只茅蓋, 蕭灑可愛, 庭植多梨樹, 故名之. 後易以瓦而丹堊之, 倍鮮明, 芙蕖又比舊尤蕃, 更號曰蓮亭.

연꽃은 꽃 중의 군자이다. 이에 대한 말이 염계 주부자의 설에 있으니 그것을 사랑함이 어찌 구차스럽겠는가? 업무가 끝나고부터 부서의 공무가 적어지면 사인舍人들이 그 속에서 연회를 열고 관현악을 연주하고 빈객들과 즐기며 태평성대를 즐겼다. 객석에 앉은 사람은 육경이 아니라 한림원과 금규金閨의 인재다. 객이 비록 높지만 항상 대등한 예를 베풀어 서로 높이거나 낮추지 않았으니 대개 조정에서 삼공을 공경하므로 모두들 역시 그 보좌하는 관리들도 다 소중히 여긴다. 재상들만 그러한 것이 아니라 비록 찬성 참찬으로 공에 버금가는 자들도 감히 하급관료로 보지 아니하여 정자에 초대하면 달려오지 않는 사람이 없었다. 그러나 유독 삼공은 덕과 위치가 가장 높아 공경하고 두려워 감히 청하지 못하였다. 그러므로 낮추어 오지 않았다.

> 蓮, 花之君子也, 語在濂溪周夫子[1]說, 其愛豈苟焉哉? 自署事罷, 府庭公事少, 舍人[2]尊俎管絃於其中, 以娛賓客而樂太平. 得與客席者, 非六卿, 卽銀臺金閨之彦, 客雖尊, 常與抗禮, 不相高下, 蓋朝廷敬三公故亦皆重其僚佐也, 非惟凡宰相爲然, 雖贊成參贊貳於公者, 亦不敢視以下僚, 邀之其亭而無不赴. 獨三公德位最尊, 敬畏而未敢請之, 故未嘗有降屈.

홍치 임자년(1492, 성종 23) 가을 칠월 상현에 이날은 본부에서 합좌하

---

1 周夫子: 북송의 성리학자 周敦頤(1017~1073)를 이른다. 그는 자 茂叔, 호 濂溪로, 道州 출생이다. 지방관으로서 각지에서 공적을 세운 후 만년에는 廬山 기슭의 濂溪書堂에 은퇴하였기 때문에 문인들이 염계선생이라 불렀다. 저서로『通書』,「太極圖說」·「愛蓮說」이 있다.
2 舍人: 議政府 정4품 관원이다.

는 날이거늘 마치자 내가 우찬성 정문형鄭文炯과 더불어 객석에 다다르니 바로 그때 연꽃이 활짝 피어 푸른빛이 홍장을 덮어 서로 가리고 비추며 물결 위로 바람이 일어나 맑은 향기가 코를 찔렀다. 술이 거나하게 취하자 좌사인 조문숙趙文叔과 우사인 이균李均이 나에게 "정부에서 감상하기 좋은 곳이 연정보다 나은 곳이 없고 연정의 빼어난 경치가 오직 이때가 가장 성대하며 오늘 앉아 있는 빈주가 또한 마음을 안다고 말하겠습니다. 다만 정승이 좌석에 임하는 때를 보지 못한 것이 한스러우니 일의 흠이 아니겠습니까? 예전에 고령 신숙주申叔舟 상공이 정승이었을 때에 한번 이 정자에 왔다고 하여 지금까지 성대한 일로 여겨 전해집니다. 비록 고사가 있지만 누가 지금 상국에게 말하겠습니까? 정자에 예전부터 기록이 없으니 어찌 쓰지 않겠습니까? 혹시 이것을 가지고 상공을 이르게 할 수 있을 것입니다" 하였다.

時弘治壬子之秋七月上弦, 是本府合坐日也, 旣罷, 余與右贊成鄭公文炯[3]赴客席, 時荷花盛開, 翠蓋紅粧, 相與掩映, 水風時起, 淸香擁鼻. 酒半, 左舍人趙侯文叔, 右舍人李侯均語余云:"政府勝賞, 莫尙於蓮亭, 蓮亭勝槩, 惟此時最盛, 今日座上賓主, 亦不可謂不知心者也, 獨恨不見有政丞臨座時, 非欠事歟? 聞昔有高靈申相公[4]爲政丞, 嘗一

---

3 鄭文炯: 세종 29년(1447) 별시문과에 급제, 여러 청환직을 거쳐 성종 20년(1489) 우참찬이 되었고, 이조와 호조의 판서, 세자시강원 빈객, 경상도순변사를 지낸 뒤, 성종 23년(1492) 우찬성에 오르고, 연산 1년(1494) 공조판서로 산릉도감 제조를 겸직, 이듬해 판중추부사, 연산 2년(1496) 우의정에 승진, 궤장을 하사받았다.
4 申相公: 申叔舟. 태종 11년(1417)~성종 6년(1475). 수양대군이 癸酉靖難을 일으킨 직후 곧바로 도승지에 임명되었고, 세조가 등극했을 때는 대제학에 올랐다. 이후 병조판서, 예조판서, 우찬성, 대사성 등을 거쳐 우의정, 좌의정, 영의정을 지내 삼정승의 요직을 모두 역임하는 등 조선 초기 핵심 정치지도자로서 활동하였다.

臨是亭, 至今談以爲盛事. 雖有古事, 誰能白今相國者? 亭舊無記, 盍
筆之? 倘可因以達相公乎"

내가 "맞습니다. 맞습니다. 그대는 『주역』의 건하곤상乾下坤上이 태
괘泰卦가 됨을 알지 못합니까? 천지가 사귀면 기운이 통하고 상하가
사귀면 뜻이 같아져 안에는 군자이고 밖에는 소인이지만 조정이 모
두 어진 사대부라면 비록 어디에서든 서로 사귀더라도 무엇이 해롭
겠습니까? 하물며 수레와 말의 티끌먼지 사이로 이와 같은 지경을
얻어 막힌 것을 뚫어 조화롭게 인도하니 누군들 즐겨하지 않겠습니
까? 다만 내 말로 상국에게 말하십시오." 하였다. 조후가 "만약 그렇
다면 모름지기 연꽃이 떨어지기 전에 곧바로 서로 나눈 이야기를
써서 기문으로 삼읍시다." 하였다.

余曰:"嘻嘻. 子不知易乾下坤上之所以爲泰者乎? 天地交而其氣通也,
上下交而其志同也, 內君子外小人, 而朝皆賢士大夫也, 則雖無處不
相交, 何害? 況車馬炎埃間, 得如是境, 以宣滯導和, 其誰不肯? 第以
吾言言于相"趙侯曰:"若然. 須及蓮花未落, 卽書其相與言者, 以爲記."

보은 서헌 중수 기문
報恩西軒重修記

이 작품은 보은 서헌을 중수하고 지은 기문이다. 작품에서 작자는 읍재인 김종례가
현의 관사를 수리해 가는 과정을 비교적 소상히 서술하였다. 작품을 통해 읍의 규
모와 관사의 구조 등을 알 수 있다. 그리고 작자는 당시 고을의 수령들이 자신에게
주어진 임무에는 아랑곳하지 않고 다만 자신의 영달만을 추구한다고 꼬집었는데
당시의 시대상을 반영한다고 할 것이다.

현의 관사로 주군에 필적할 만한 곳은 오직 보은이 그러하다. 그러므
로 이 고을의 수령이 세심하게 관리하는 것 외에 경영하고 쌓고 수선
하는 수고로움이 없었다. 그러나 사람마다 아무생각 없이 그렇게
지내다보면 관청이 끝내 퇴폐해지리니 이치의 형세가 반드시 그러
하다. 무너져도 수리할 마음이 없는 자는 관리가 아니다. 호조정낭
김후가 와서 나에게 "보은은 우리 고을인데 읍재인 김군이 지난 기유
년(1489, 성종 20)에 우리 고을에 부임하였다. 그는 수레에서 내리자마
자 맨 먼저 백성들이 생활하는데 이롭고 해로운 곳을 방문해서 일으
키고 제거하였다. 백성들이 이미 편안해져 다시 다스릴 만한 일이
없자 두루 관청을 돌아보고 '경영한 지가 오래되었으니 수선하고
다스리는 것이 지금이 적기가 아니겠는가?' 내가 하겠다." 하였다.
이졸들에게 번을 들게 하고 노는 손을 모집하고 재목을 모으고 기와
를 굽고 다음 해에 객주와 마구간을 세우고 다음 해에 서협실을 짓고
다음에 관청을 그 다음에는 현사를 지었다. 또 다음 해에 향교를
수리해서 제일 먼저 대성전 그 다음 누각과 처소를 지었다. 또 다음
해에 서헌과 침방을 수리해서 옛 제도를 따라 새롭게 넓혔다.

縣之館宇可以埒州郡者, 惟報恩爲然, 故宰是邑者, 除撫字外, 無營築
繕修之勞, 然人人而例如是過, 則其館宇之終歸於頹廢, 理勢之必然

也, 廢矣而無心於修擧者, 非官人也. 戶曹正郎金侯來謂余曰:"報恩,
吾邑也, 宰金君去己酉, 來莅吾邑, 下車, 首訪民之利害而興除之, 民
旣便之, 更無事可理 則周覽館宇而曰:'久矣經營也, 繕治之其不在今
乎?'吾其爲矣"乃番吏卒, 乃募游手, 乃材乃瓦, 其明年, 建客廚及馬
廏, 又明年, 營西夾室, 次官廳, 次縣司, 又明年, 繕鄕校, 首聖殿, 次樓
居, 又明年, 修西軒及寢房, 仍其舊而恢其新.

그가 일을 처리할 때에 급한 것을 우선시 하고 느슨한 것을 뒤로해서
오래도록 시들고 헤어진 것이 점점 수리되고 회복되어 밝게 새로워
졌다. 부지런하도다! 지금 김군의 정치가 임기를 채워 장차 교체될
것이니 글로 그의 공적을 기록하지 아니하면 뒷사람들이 어떻게 알
겠는가? 한마디 말로 기록해 주길 바란다. 내가 말했다. "아! 지방의
관리들을 살펴보니 대략 객주와 여관을 꾸미고 음식을 사치스럽게
대접하여 과객들에게 명성과 명예를 구해 품계가 진급된 자들이 많
았다. 또한 제사에 쓰이는 육류와 곡류를 풍성하게 차리고 처자식과
종들로 기쁨을 삼아 거만하게 일삼는 바가 없이 앉아서 세월을 허비
하다가 요행히 교체되어 옮긴 자들이 있으니 이와 같은 자를 어찌
말하겠는가. 만약 명성과 이익에 마음이 없어 일을 지극히 수행해서
공을 이루었는데도 스스로의 공이라 여기지 아니하는 자는 비록 직
접 나아가 성취하고자 아니하더라도 그에게 작록이 더해질 것이니
사양할 수 있겠는가." 내가 이 때문에 그의 공적을 기록하여 한편으
로는 뒤에 김군을 대신할 자에게 남기려 하고 다른 한편으로는 지금
인사고과를 관장하는 자에게 들려주려 한다. 정낭의 이름은 효정이
고 읍재의 이름은 김종례이다.

先其急而後其緩, 積年凋弊, 以漸修復, 煥然一新, 其勤矣哉! 今君政
滿將遞, 無文以記其績 則後之人何知? 願一言. 余曰:"噫! 余觀吏于土
者, 率多餙廚傳, 侈飮食, 要聲譽於過客, 階其進者, 亦有豐其餼廩,

爲妻子婢僕歡, 慢然無所事, 坐費歲月, 僥倖遞遷者, 如此者尙足道哉? 若夫無心於聲利, 事至而爲之, 功成而不自以爲功者, 雖曰吾不欲進取, 其爵祿之來也, 得辭之乎?"吾是以書其績, 一以遺後之代君者, 一以告夫今之掌銓衡者. 正郎名孝貞[1], 金宰名從禮.

---

1 孝貞: 金孝貞. 신우 9년(1383)~?. 본관 선산. 시호 文靖. 세종 16년(1434) 예문관
  제학으로 경상도관찰사로 나가고, 세종 19년(1437) 大司憲이 되었으며, 문종 2년
  (1452) 춘추관지사로 『고려사절요』의 편찬에 참여한 뒤 이조판서에 이르렀다. 시
  문에 뛰어나 시 「金城軒上韻」이 『東文選』에 실려 전한다.

역사 편찬 기문
修史記

이 작품은 성종실록을 편찬해 가는 과정을 기록한 문장이다. 이 작품에서 작자는
실록 편찬의 규모를 비교적 소상하게 서술하였다. 그리고 세초회의 전 과정을 드러
내어 실록 편찬의 기록으로 활용할 수 있게 하였다.

홍치 7년(1494, 성종 25) 겨울 12월에 우리 성종강정대왕이 돌아가시니
선대왕을 이은 전하가 군신을 거느리고 존호를 올리려 하였다. 다음
해 5월에 황제는 사신을 파견해서 시호를 내렸다. 이미 예관이 상계
하여 "우리 선왕 26년의 다스림이 천고에 빼어나니 시급히 보전에
새겨 밝게 영세토록 보여주어야 합니다." 하였다. 교서에 "그럴만하
다." 하니 이에 창덕궁의 의정부 관할 국을 설치해서 당상관 8명과
낭청 28명으로 그 해 10월에 일을 시작해서 기미년(1499, 연산군 5)
2월에 마쳤으니 모두 297권이었다. 책을 만들어 진상했는데 승정원
에서 태조 때의 옛 관례로 상계하고 수사관修史官을 거느리고 의정부
에서 연회를 베풀고 또 세초회洗草會를 열었다.

> 弘治七年冬十有二月, 我成宗康靖大王賓于天, 嗣王殿下率群臣追上
> 尊號, 越明年五月, 皇帝遣使賜諡. 旣又禮官啓曰:"我先王二十六年之
> 治, 夐越千古, 宜急勒成寶典, 昭示永世"教曰:"可"於是設局於昌德宮
> 之議政府, 其官堂上八, 郎廳二十有八, 始事於本年十月, 訖于己未二
> 月, 爲卷摠二百九十七. 旣粧續以進, 承政院啓祖宗朝故事, 修史官率
> 賜宴于議政府, 又有洗草會.

세초라고 말하는 것은 실록이 완성되자 초안을 잡았던 종이들을 장
차 풀로 문질러 지워버리고 흐르는 물에 맡겨 씻어내는 것이니 명령
하여 모두 예전의 경우처럼 시행해서 3월 6일에 의정부에서 연회를
베풀고 14일에 장의문 밖 차일암遮日巖 주변에서 세초하였다. 승지와

내관을 나란히 파견하여 술을 하사하니, 아! 영화롭도다. 여러 신하들이 이미 취하여 돌아오며 서로 더불어 말하였다. "세대마다 각각 역사가 있었으니 수사는 예에 따른 일이다. 그러나 누가 우리 성종의 다스림과 같을 수 있겠는가. 수사에 참여한 것이 행운이 아니겠는가. 어찌 보존해서 영원하기를 도모하지 않겠는가." 이에 차례대로 성씨를 기록하여 두루마리를 만들어 나누어 주니 전후 모두 93사람이었는데 혹은 파직되고 혹은 죽고 혹은 외직으로 나가서 모일 수 없는 사람이 수십 명이었다. 아, 사람의 일이 항상 할 수 없는 것이 대략 이와 같으니 감개할 따름이다.

洗草云者, 蓋修史畢, 將塗抹本草, 臨流洗去之也, 命皆如例, 三月初六, 賜宴于議政府, 十四, 洗草于藏義門外遮日巖[1]之上. 竝遣承旨內官賜宣醞, 吁榮矣哉! 旣醉歸, 諸臣相與語曰: "世各有史, 修史, 例事也. 然孰有如我成宗之理者乎? 修是史者得非幸歟? 盍圖所以存不朽?"於是列書姓, 爲軸以分之, 前後共九十三, 或罷或沒, 或敍于外, 不得與會者數十人. 噫! 人事之不可常, 率如是, 亦可感也已.

---

1 遮日巖: 조선시대 실록 편찬을 완료한 다음 史草의 유출을 막아 시비의 소지를 예방하기 위하여 사초나 초고들을 물에 씻어 글씨를 지우고 종이를 재생 활용하도록 세초하던 장소이다. 洗劍亭의 차일암에 차일을 치고 행하였는데 세초가 끝난 다음에는 여기서 세초연이 베풀어졌다.

환영루 기문
環瀛樓[1]記

이 작품은 보령현의 서남모퉁이 수군절도사의 진영에 있는 누각인 환영루를 배경
으로 지은 작품이다. 이 누각은 유후에 의해서 지어졌다. 이 작품에서 작자는 누각
이 지어지는 과정과 누각의 필요성에 대하여 역설하였다. 끝으로 변성 누각의 역할
에 대하여 비교적 소상히 설명하여 환영루의 의미를 부각시켰다.

보령현은 서남모퉁이가 바다인데 갯벌에 땅이 볼록하게 높은 곳이
있어 그 위에 성을 지어 수군절도사의 진영이라 하였다. 해수가 서로
부터 밀려와 동으로 가서 성을 가득 채우니 남으로 물을 내려다보며
누각을 지어 환영環瀛이라 하였으니 절도사 유후제가 세워 이름 지은
것이다. 이윽고 완성되자 유후가 편지를 띄워 서울에 도달시켜 나에
게 요청하여 말하였다. "본 진영에 예전에는 누각이 없었거늘 나로부
터 시작되었으니 내가 모든 진영을 살펴 땅이 대략 높은 곳에 근거해
서 멀리 살피고 변화를 엿보려는 것이다. 관청에 반드시 누각이 있는
것은 대개 이 때문이니 우리 진영에 관하여 말함이 없다면 일의 흠이
아니겠는가."

> 保寧縣, 西南際海, 海澨有地窿然以高, 城于其上者, 曰水軍節度使
> 營, 海水自西推盪而東, 瀰滿于城之, 南, 臨水而樓之, 曰環瀛. 節度使
> 柳侯睍之建而名者也. 旣成, 侯飛書抵京師偍于余曰: "本營舊無樓, 自
> 吾始, 吾觀諸營鎭, 其地率據高, 所以察遠候變也. 館宇而必有樓, 蓋
> 亦爲是也, 吾營顧無所謂者, 非欠事耶?"

지금 새로운 누각에 세 기둥을 만들어 날개처럼 기둥을 둘러싸서
앉아서도 광활하게 멀리 볼 수 있게 하였다. 조수가 올라오면 물의

---

1 環瀛樓: 충청도 水營에 있던 누각이다.

넓이가 150보를 지나치니 돌로 방죽을 만들고 가로 300자 쯤 그 주변에 버드나무를 심었으니 돌연 천만그루의 실오라기 같았다. 방죽 밖에 병선이 항상 정박하고 있어 돛대와 삿대가 즐비하였다. 곧바로 들이치는 물이 남으로 150보 쯤 되고 혹은 70보쯤 되니 날마다 과녁을 펼치고 활쏘기를 연습해서 적과 대치하는 대비로 삼았다. 그러한 뒤에 군대 진영의 모습이 비로소 갖추어졌다. 나의 공로로 삼으려는 것이 아니지만 돌아보건대 일의 연유를 지어 두루 전하지 아니할 수 없다. 공이 한마디 말을 남겨 거의 이 누각이 영원하게 하기를 바란다.

> 今作新樓三楹, 翼以周欄, 坐可以豁遠目. 潮上則水廣可百五十步長過之. 石以堤之, 其橫三百尺許, 植細柳其上, 窣地千萬縷. 堤外兵船常泊, 立帆檣櫛如也. 直水南百五十步, 或七十步, 日張侯角射藝, 爲臨敵之備. 然後轅門之儀容始具, 吾非自以爲功, 顧作事之由, 不可漫無傳, 願公遺一言, 庶幾斯樓之不朽.

내가 말하였다. "아, 일찍이 들으니 신선들이 누각에 살기를 좋아하니 이것을 다만 공연히 유희에 부친다고 이르겠는가. 세상 사람들이 공무를 처결할 때 또한 누대에서 하기를 즐기니 이것이 또한 올라 관람하기 좋기 때문이겠는가. 어찌 유후를 위해서 말하겠는가. 유후는 이름난 장수이다. 항상 굳건히 변방을 막아 국가를 편안히 하려고 마음을 먹으니 이 누각을 지은 것이 유희를 즐기려고 한 때문이겠는가. 옛날에 당나라 이덕유李德裕가 서천을 진무鎭撫할 때 역시 누각을 짓고 편액하기를 '주변籌邊'이라 하였으니 대개 용도에 따라 이름지은 것이다. 유후는 아마 이씨를 사모하는 자일 것이다. 내가 상상하건대 유후가 이 누각에 올라 은근하게 송나라 범중엄范仲淹의 근심을 품고 적을 헤아리고 기밀을 탐지하여 실책이 없었으니 흉중의 갑병들이 술잔을 나누며 상대방을 제압하는 사이에 변방에는 먼지가 일어나지 않고 바다에는 물결이 없는 것이 모두 이 누각의 도움일 것이다. 아! 유후를 이어 이 누각에 오르는 자가 장차 끝이 없을 것이다. 모두 유후의 뜻과 같다면 우리나라 변방 백성의 다행스러움을 이루다 말하겠는가? 내가 어떻게 말이 없을 수 있겠는가."

余曰: 噫! 甞聞神仙好樓居, 此特徒倚遊嬉云耳? 世人處公私, 亦喜爲樓臺, 是亦爲登覽之好耳? 烏足爲柳侯道哉? 柳侯, 名將也. 常以固邊圉, 安國家爲心, 斯樓之作, 豈肯爲向所云者? 昔李贊皇[2]鎭西川, 亦樓而扁之曰籌邊, 蓋以其所事而名之也, 侯慕李者歟? 吾想夫侯之登斯樓也, 隱然懷范老[3]之憂, 料敵探機, 算無遺策, 胸中甲兵, 有以折衝尊俎之間, 使邊不塵而海無波者, 皆樓之助也. 吁! 繼侯登是樓者將無窮, 使皆如侯之志, 則我國家邊氓之幸可旣耶, 則吾安得無言乎?

---

2 贊皇: 唐나라 李德裕(787~849)의 封號이다. 그는 자 文饒로, 명문인 趙郡李氏 출신이다. 蔭仕로 出仕하여 문필에 뛰어났기 때문에 翰林學士·中書舍人 등을 역임하였다.

3 范老: 宋나라 范仲淹(989~1052)을 이른다. 「岳陽樓記」에 "천하의 근심을 먼저 근심하고, 천하의 즐거움을 뒤에 즐긴다. [先天下之憂而憂, 後天下之樂而樂.] 하였다.

묘비명墓碑銘

유명조선국 순성좌리공신 숭정대부 의정부좌찬성 겸 판의금부사 오위도총부 도총관 월성군 증시양평 이공 신도비명

서문도 있다

有明朝鮮國 純誠佐理功臣 崇政大夫 議政府左贊成 兼判義禁府事·
五衛都摠府都摠管 月城君[1] 贈諡襄平 李公 神道碑銘 竝序

이 작품은 유명조선국 순성좌리공신 숭정대부 의정부좌찬성 겸판의금부사 오위도
총부 도총관 월성군 증시양평 이공의 신도비명이다. 작품에서 작자는 일반적인 묘
비명 문채의 특징을 살려 주인공의 생애의 주요한 국면들을 소상하게 그려내었다.
주인공은 세조 때에 출사하여 연산 조까지 여러 관직을 두루 거치며 우여곡절을
겪었다. 주인공의 이름은 철견이다.

홍치 9년(1496, 연산군 2) 5월 임자에 월성 이공이 생을 마쳤다. 그
해 9월에 시흥 동면 봉천리 간산 축좌의 언덕에 장례지내고 다음
해 여름에 그의 아들이 장차 비석을 세우려 하였다. 공의 행장을
소매에 넣고 와서 나에게 "나의 선공의 행적을 오직 공이 다 알고
있으니 마땅히 명을 지어 주십시오." 요청하였다. 삼가 살펴보니 공
의 휘는 철견이고 자는 연부이고 증조부 원보는 인주 지사로 이조
참의에 추증되었고 조부 승은 전농 판관으로 이조 참판에 추증되었
고 아버지 연손은 공조 참판이었다. 어머니 정부인 윤씨는 우의정에
추증된 윤번의 따님이니 세조대왕 비 정희왕후의 언니이다.

弘治九年五月壬子, 月城李公卒, 其年九月, 葬于始興東面奉天里艮
山丑坐之原, 越明年夏, 其孤將立石, 袖公行狀來請余曰:"吾先公行與

---

1 月城君: 李鐵堅. 세종 17년(1435)~연산 2년(1496). 본관 慶州. 자 鍊夫. 시호
　襄平. 성종 15년(1484) 한성부판윤으로 徙民安接巡察使를 겸해 南道의 백성을
　북쪽에 이민시키는 일을 맡았다. 성종 18년(1487) 전황이 심하다는 탄핵을 받고
　사직했다가 연산군 1년(1495) 義禁府知事에 복직되었다.

事, 惟公悉之, 宜爲銘. 謹按公諱鐵堅, 字鍊夫, 曾祖諱元普, 知仁州事,
贈吏曹參議, 祖諱昇[2], 典農判官, 贈吏曹參判, 考諱延孫[3], 工曹參判.
妣貞夫人尹氏, 贈右議政尹璠[4]之女, 世祖大王妣貞熹王后[5]之姊.

공의 재주와 그릇이 보통사람과 달라 세조가 돌봐주고 대우함이 특
별히 융성하였더니 예종을 거치고 성종과 금상에 미쳐 은택이 조금
도 쇠퇴하지 아니하여 종신토록 부귀를 누렸다. 아! 성대하도다.
공이 처음 헌릉의 강직한 신하가 되어 여러 번 옮겨 사헌부 감찰에
이르고 충청도 도사에 옮기고 한성부 판관이 되었다. 거듭 무과에
급제해서 문득 지위와 봉록이 더해져 선전관이 되었다. 내승이 되어
왕명을 출납하고 주선함이 취지와 맞아 통정대부에 진급되어 훈련
도정이 되었다. 조금 지나 가선대부에 오르고 자헌대부를 더해 평안
도 절도사가 되었다가 들어와 지중추부사 겸 지의금부사를 맡았다.

公才器異常, 世祖眷遇特隆, 歷睿宗, 成宗及我聖朝, 恩澤不少衰, 富
貴終其身. 吁盛矣哉! 公初爲獻陵直, 累遷至司憲監察, 轉忠淸道都

---

2 李昇: 명종 11년(1556)~인조 6년(1628). 자 景瞻. 호 淸江. 아버지는 大均 벼슬
  은 상서원직장을 지냈다.
3 延孫: 李延孫. ?~세종 8년(1463). 자와 호 모두 미상. 아버지는 昇 교하현감 한성
  소윤 예조참의를 거쳐 공조참판에 이르렀다.
4 尹璠: 신우 10년(1384)~세종 30년(1448). 본관 坡平. 자 溫之. 고려 말 판도판서
  尹承禮의 아들로서 음보로 信川縣監을 거쳐 세종 10년(1428) 軍器寺判官을 역임
  하였다. 세종 29년(1447) 그는 判中樞院事가 되었고, 영의정에 추증되었으며 坡
  平府院君에 추봉되었다. 시호는 貞靖이다.
5 貞熹王后: 정희왕후는 坡平尹氏로 領議政을 지낸 坡平府院君 윤번의 딸로 태어
  나 슬하에 덕종, 예종의 2남과 의숙공주를 두었다. 정희왕후는 장남 덕종이 夭折
  하고 차남 예종이 14세에 즉위하자 조선 최초로 垂簾聽政을 하였으며, 예종이
  재위 1년 만에 승하하자 당일 덕종의 아들인 성종을 즉위케 했다. 성종 역시 13
  세의 나이에 즉위했기에 정희왕후가 7년간 攝政하였다. 성종 14년(1483) 66세
  에 승하였다.

事, 漢城府判官. 再捷武科, 輒增班資, 爲宣傳官, 爲內乘, 出納周旋稱旨, 進通政大夫, 訓鍊都正. 俄陞嘉善, 旋加資憲大夫, 平安道節度使, 入爲知中樞兼知義禁府事.

성종 초에 보좌하고 다스린 공로가 있어 공신책과 칭호를 하사 받고 토전과 노비를 하사 받았다. 공이 일찍 군사의 법에 통달해서 주상이 일찍이 크게 동쪽 성곽에서 군대를 사열할 때에 공을 대장으로 삼았는데 호령이 엄숙하고 나아가고 물러나고 앉고 일어나는 절도가 조금도 차이나고 어긋나지 아니하자 주상이 가상히 여겨 특별히 말안장을 내려 보상해 주었다. 뒤에 군대를 사열하기 위해 장수를 명할 때면 반드시 공을 임명하고 위와 같지 않은 적이 없었다. 공이 삼도의 관찰사가 되어 출척이 밝았고 양조의 판서가 되자 많은 일들이 다스려졌고 금군의 도총관과 사헌부의 영수가 되자 군대의 위엄이 바로 잡히고 조정의 기강이 엄숙해졌다. 거듭 경조윤을 지냈다.

成宗初, 有佐理勳, 冊賜功臣號, 副以土田臧獲. 公夙慣師律, 上嘗大閱于東郊, 公爲大將, 號令嚴肅, 凡進退坐作之節, 無少差違, 上嘉之, 特賜鞍以賞之. 後凡遇閱武命將, 必以公無不如上云. 公觀察三道, 黜陟明, 判書兩曹, 庶務釐, 都摠禁旅, 領袖臺憲, 而軍威整, 朝綱肅, 再判京兆.

공이 삼공에 버금가는 직분을 맡았는데 간사한 이들이 두렵게 여기고 관리들이 본받고 금오金吾에 좋은 평판이 이르렀다. 밭과 백성을 헤아려 백성들을 편안하게 어루만지고 성첩을 쌓았다. 특별히 직접 맡은 것이 하나가 아니니 모두 실질적인 자취로 볼만한 것이 있었다. 아! 세조 성종이 영웅들을 거두어 들여 문무를 겸비한 이를 요직에 기용하였는데 관리와 장수가 나란히 연마되었다. 그러나 각각 한쪽으로 치우쳐져 있어 재주와 능력을 겸비해서 곳에 따라 적용하기를 공처럼 하는 이를 볼 수 없었으니 은택이 융성하고 작위가 높은 것이 다행스럽고 마땅한 것이 아니겠는가? 공의 성품이 온화하고 두터워 마을 사람들과 종족과 벗들의 길사와 흉사에 경하하고 조문하여 마음을 다하지 아니함이 없었다. 그러므로 사람들이 보답해서 이르지 아니하는 바가 없었다.

貳公槐府而姦猾慴, 縉紳儀, 至於淑問金吾. 量度田民, 安撫徒民, 相築城壘, 特膺委寄者非一, 皆有實跡可觀焉. 嗚呼! 世祖成宗之收攬英雄, 柄用文武, 而文吏武將肩相磨. 然各有偏長, 未見有才兼能備, 隨處適用如公者, 恩澤之隆, 爵位之顯, 非幸也宜也? 公性和厚, 凡閭里宗族朋友吉凶慶弔, 無不盡心焉, 故人之報之, 亦無所不至.

공의 모습이 영특하고 군세고 말과 행동이 모두 장차 재상의 그릇임을 알아차렸다. 먼저 생원 윤자겸의 딸에게 장가들어 딸 하나를 낳았으니 강서 현령인 허효순에게 시집갔다. 나중에 현감 이영상의 딸에게 장가들어 아들 하나를 낳았으니 이름이 성정이다. 지금 종친부 전부이다. 한 첩에게 한 아들을 낳았으니 이름이 윤정이니 대호군이다. 다른 첩에게 한 아들을 낳았으니 이름이 안정이다. 또 다른 첩에게 두 아들을 낳았으니 맏이는 익정이고 차남은 극정이니 모두 어리다. 강서 현령이 다섯 아들을 낳았으니 맏이 윤관은 목청전 봉사이고 차남은 윤홍·윤굉·윤평·윤문이다. 종친부 전부가 부정 안온천의 딸에게 장가들어 네 아들을 낳았으니 완은 초명이 유이고 경과 영이 있고 호는 초명이 박이다. 내가 공과 더불어 서로 행동거지가 비슷하고 정부政府와 금부에서 근무할 적의 동료였다. 그러므로 정이 더욱 정성스러우니 그의 아들이 와서 비문을 구함에 감히 사양할 수 있겠는가. 서문을 짓고 다음과 같이 명문을 짓는다.

公儀表英毅, 言談擧止, 皆知爲將相器. 先娶生員尹子濂之女, 生一女, 適江西縣令許孝舜, 後娶縣監李永祥之女, 生一男曰成楨, 今爲宗親府典簿, 一妾生一男曰允楨, 大護軍, 一妾生一男曰安楨, 一妾生二男, 曰長益楨, 次克楨, 皆幼. 江西生五男, 長允寬, 穆淸殿參奉, 次允弘, 次允宏, 次允平, 次允文. 典簿娶副正安溫泉之女, 生四男, 曰琬, 初名瑠, 曰瓊, 曰瑛, 曰瑚, 初名珀. 貴達與公擧止相近, 又乑政府金吾僚 故情甚款, 於其孤之來求文也, 敢辭諸乎? 乃序而銘之曰:

아! 빛나는 우리나라 성신聖神이 크게 일어나니 대대로 거듭 나아가 곧고 기쁘게 힘을 다하였네. 내척으로 돌봐주어 은택이 두루 미치니 민첩한 이후는 오로지 특별하였네. 호랑이 머리로 소를 먹고 원숭이 팔뚝으로 이를 잡는 것처럼 왕이 이후를 평가해서 너는 나의 수족이고 또한 나의 심복이며 내척이 아니더라도 내가 너의 능력에 맞게 갚아주어 벼슬과 봉록을 주었을 것이다. 홀연히 요직에 기용하고 황금과 백옥을 더하니 공이 절하고 조아려 충성을 바치기를 더욱 돈독하게 하였네. 두루 여러 조정을 섬겨 관직이 더욱 -빠짐- 성종이 다스린 지 26년 동안 장수로 나가고 재상으로 들어와 수고하고 공로가 쌓여 국가와 더불어 쉬고 근심하였네. 붉은 정성으로 임금에게 아뢰어 자리가 삼공에 버금가서 나이가 겨우 60인데도 융성하여 물망이 있었더니 갑자기 하늘이 빼앗아 버렸네. 나라의 남쪽에 고을이 있어 그 곳을 길지라고 말하니 봉분을 쌓아 집처럼 만들었으니 이곳에 뼈를 묻을 만 하였네. 모르는 자가 있다면 거의 나의 붓에 의탁할 수 있을 것이다.

於皇我東, 聖神誕作, 世廟再造, 貞熹與力, 乃眷戚畹, 有偏其澤, 蹶蹶李侯, 維夫之特. 虎頭食牛, 猿臂貫蝨, 王謂李侯, 汝吾手足, 亦吾心腹, 匪凡親屬, 予酬汝能, 予有爵祿. 倏忽頭腰, 黃金白玉, 公拜稽首, 輸忠益篤. 歷事累朝, 寵章彌缺, 成廟臨御, 年廿又六, 出將入相, 劬勞勳績, 與國休戚. 丹心白日, 位逼三台, 齒僅六袠, 方隆物望, 遽爾天奪. 國南有縣, 其地云吉, 封之若堂, 祕此狀骨. 不昧者存, 庶托吾筆.

영천 군수 신공 묘비명 서문도 있다

永川郡守申公墓碑銘 並序

이 작품은 영천군수 신공의 묘비명이다. 이 작품에서 작자는 일반적인 문채의 특징
을 살려 주인공의 전반적인 삶의 과정에 대하여 비교적 소상하게 서술하였다. 아우
인 응지에 대하여도 관련지어 기록하였는데 별도의 작품이 바로 뒤에 있다. 주인공
의 이름은 명지이다.

공의 휘는 명지이고 자는 경보이다. 고조부 중전은 봉익대부로 밀직
사사였다. 증조부 윤공은 가선대부로 예의 전서였다. 조부 유는 성
균관 진사였다. 아버지 부는 홍문관 교리였다. 한성부윤 예천 권의
의 딸에게 장가들어 공을 낳았다. 공이 어려서 고아가 되었다. 성품
이 온후해서 자애로운 가르침을 따라 글을 읽었으나 과거에 여러
번 응시해서 합격하지 못하자 개연하게 군대의 일을 따라 부지런히
힘썼다. 세조가 등극하는 초기에 숙위함에 공로가 있어 원종공신을
제수 받고 나가 영천군의 일을 맡았다. 군을 다스린 지 여러 해 만에
백성들이 편안하게 여겼다.

> 公諱命之, 字敬甫, 高祖諱仲全[1], 奉翊大夫, 密直司事, 曾祖諱允恭,
> 嘉善大夫, 禮儀典書, 祖諱維, 成均進士, 考諱裒, 弘文校理. 娶漢城府
> 尹醴泉權誼之女, 生公, 公幼而孤, 性溫厚, 克遵慈教讀書, 應擧累不
> 中, 慨然從軍務勤力. 値世祖龍飛初, 宿衛有勞, 與原從功臣, 出知永
> 川郡事, 治郡數年, 民便之.

일로 교체되어 물러나 예천군의 신당동에 머물며 효도로 어머니를

---

1 仲全: 申仲佺. 고려시대 말기의 무관. 충혜왕 복위 초에 監察大夫가 되었는데, 충혜
   왕복위 4년(1343) 신궁이 완성되어 백관들이 모두 하례할 때 제일 먼저 綵緞두
   필을 바쳤기 때문에 사람들이 그의 아첨함을 비난하였다 한다. 공민왕 3년(1354)
   同知密直司事에 올랐으며, 같은 해에 全羅道都巡問使가 되어 왜구를 방어하였다.

섬겨 소문이 났다. 어머니가 돌아가시자 여막을 짓고 삼년동안 슬퍼
하였다. 그의 상제가 한결같이 주자의『가례家禮』와 같이 하였으니
마을에서 칭찬하였다. 아우인 응지가 벼슬이 장례원사의에 이르렀
으나 또한 어머니의 연고로 사직하고 돌아왔다. 공과 더불어 예의로
대접해서 공의 우애가 지극하였고 사의司議 또한 공을 섬기기를 아비
처럼 여겨 항상 기쁜 듯하였다. 두 사람의 자손들이 또한 각각 기쁘
게 서로 사랑하니 한 문중의 화목한 풍도는 공이 창도한 것이다.

> 以事遞, 退而家居于醴泉郡之神堂洞, 事母以孝聞, 母歿居廬, 三年哀
> 毁, 其喪祭一如朱文公家禮[2], 鄕黨稱焉. 弟應之官至掌隸院司議, 亦
> 以母故, 謝事而歸, 與公禮接, 公友愛天至, 司議亦事公如父, 常愉愉
> 如也. 兩家子孫, 亦各懽然相愛, 其一門雍穆之風, 蓋公唱之也.

공은 영락 병신년(1416, 태종 16)에 태어나 홍치 임자년(1492, 성종 23)에
죽었으니 77세였다. 그가 죽자 영천의 백성들이 와서 곡한 자가 수
십 사람이었으니 그가 끼친 사랑이 사람에게 남아 있는 것이 이와
같았다. 공은 한성판윤 이사임의 딸에게 장가들어 2남 6녀를 낳았으
니 맏아들 기는 사맹이니 신상주의 딸에게 장가들었고 차남 모는
첨지 신의경의 딸에게 장가들었고 맏딸은 진무부위 반맹강에게 시
집갔고 차녀는 사직 박윤공에게 시집갔고 차녀는 현령인 구함에게
시집갔고 차녀는 봉산주부 노모에게 시집갔고 차녀는 어모장군 황
준경에게 시집갔고 차녀는 유학 박수인에게 시집갔다. 여러 손자와
손녀가 모두 37명이다. 죽은 다음 해(1493, 성종 24) 12월 12일에 동군
북쪽 신사동 아버지 무덤 남쪽에 장례지냈다. 다음 해(1493, 성종 25)에

---

2 朱文公家禮: 南宋 朱熹가 편찬한 冠婚喪祭의 儀禮書이다. 고려 말 성리학의 전래
와 함께 流入되면서 중요시하였는데, 조선 시대에는 국초부터 국가의 시책에 의하
여『주문공가례』의 보급을 장려하였다.

그의 아들이 나에게 명銘을 요청하였다. 다음과 같이 명문을 짓는다.

公生於永樂丙申, 歿於弘治壬子, 得年七十七. 歿, 永川民來哭者數
十人, 其遺愛在人如此. 公娶漢城判尹李思任之女, 生二男六女, 長
耆, 司猛, 娶辛尙周³之女, 次曰耄, 娶僉知辛義卿⁴之女, 女長適進武
副尉潘孟江, 次適司直朴允恭, 次適縣令具誠, 次適奉常主簿盧瑁,
次適禦侮將軍黃俊卿, 次適幼學朴守仁. 諸孫男女摠三十七. 卒之明
年十二月十二日, 葬于同郡北新寺洞父墳之南, 明年, 其孤請余銘其
暮. 銘曰:

서경에서 효도를 시경에서 우애를 말하였으니 공이 나란히 두어 고
을에서는 선생이고 군에서는 태수였네. 이름은 오랠 것이고 글자는
깊고 돌은 두터워 영원할 것을 알겠네.

書云孝, 詩言友, 公竝有. 鄕先生, 郡太守, 名悠久. 字亦深, 石亦厚,
知不朽.

---

3 辛尙周: 세종 8년(1426)~?. 자, 호 모두 미상 관직은 봉사를 지냈다.
4 辛義卿: 자, 호 미상 아버지는 黍 조부는 方佑 증조부는 云吉 외조부는 金仲誠
 장인은 琴以簡이다. 문종 1년(1451)에 증광시 병과 7등으로 합격하였다. 첨지사를
 지냈다.

의흥 현감 신공 묘비명 서문도 있다

義興縣監 申公[1]墓碑銘 並序

이 작품은 의흥 현감 신공의 묘비명이다. 앞선 작품의 주인공과 형제간이다. 형제
간의 신도비명이 나란히 한 문집 안에 들어 있어 내용이 얼마간 중첩이 되는 부분
도 있지만 관련지어 알 수 있는 잇 점이 있다. 작품의 주인공은 응지이다.

진사 원이 상복을 입고 대지팡이를 짚고 선고의 평생 덕행이 적힌
종이 한 꾸러미를 소매에서 내어 나에게 보여주며 말하였다. "선고가
병으로 성화 18년(1482, 성종 13) 10월 24일에 돌아가셨는데 금년 계묘
년 11월 13일에 예천군 비봉산 기슭 계좌의 언덕 선영의 영역에 장례
지냈다. 이미 돌을 쪼개어 들여 무덤 앞에 세우고 사람들의 꾸짖음을
대비하려 하였더니 백부가 '중지하라. 나의 선부와 선조도 행하지
아니하였는데 어찌 너의 부모에게 사용하려 하느냐?' 하자 감히 시
행하지 못하였다. 그렇다고 돌을 이미 들일 수도 없고 그러나 버리기
에도 아까웠다. 또한 선부가 비록 기록할 만한 공적이 없으나 효제충
신으로 집안에 베풀어 마을에서 칭찬하고 벗과 조정에 인정을 얻었
으니 지하에 묻고 없애 전하지 아니할 수 없다. 감히 한 마디 말로
명을 새겨 주길 바랍니다." 내가 아무말 없이 앉았다가 말하였다.
"아! 그대의 선군은 곧 나의 외족 형이니 평생토록 서로 돈독해서
달리 비교할 사람이 없었다. 오문吾文이 진실로 남의 덕행을 서술하
지 아니하려 하지만 그대 선군의 덕행은 또한 문장이 졸렬하다고
사양해서 전하지 않을 수 없다"

---

1 申公: 申應之. 자 子欽. 호 景檜堂. 본관 평산. 의순현감으로 재임할 때에 목민관으
   로서 治績이 많았다. 그리하여 司議의 벼슬까지 올랐다가 사직하고 향리에서 학덕
   을 쌓았다. 형인 신명지와 더불어 학덕과 효성으로 사림의 사표가 되었다.

有進士瑗, 服衰扶苴, 袖携其先考平生德行之著者一紙, 來示余云: "考
病卒於成化十八年壬寅十月二十日, 用今年癸卯十一月十三日, 葬于
醴泉郡飛鳳山[2]之麓癸坐之原先塋之域, 已伐石, 欲入之而立之墳之
前, 以備呵衛, 伯父命之止之, 且云: '吾先父先祖亦莫之行也, 奚爲於
汝之父用?'不敢焉. 石旣不可入之, 然棄之可惜, 且先父雖無功蹟可
記, 有孝悌忠信而施於家, 稱於鄉黨, 獲于朋友朝廷者, 不可埋沒於地
下, 泯泯無傳, 敢請一辭而勒之銘"余乃憮然久之曰: "嗚呼! 君之先君,
乃我之外族兄也, 平生相與之篤, 非他比, 吾文固不可以述人之德行,
雖然, 君之先君之德行, 亦不可以文拙辭而不傳也"

공의 휘는 응지이고 자는 자흠이니 평산인이다. 63세를 누렸다. 삼
가 고려사를 살피니 장절공 숭겸의 후예로 감찰대부 중전이란 자가
당시에 떠들썩하게 드러났으니 사실은 공의 고조부이다. 증조부 윤
공은 예의 전서였다. 조부 윤은 성균관 진사였다. 아버지 분은 홍문
관 교리였다. 한성판윤 권의의 딸에게 장가들어 공을 낳았다. 공이
정평부사 김유찬의 딸에게 장가들어 5남 3녀를 낳았다. 장남은 진사
원이니 홍문관 교리 최진의 딸에게 장가들어 3남 1녀를 낳았으니
아들은 공도이고 나머지는 어리다. 차남 호는 충순위 문정공 조용의
손녀에게 장가들어 딸 하나를 낳았으니 어리다. 차남 박은 유학이고
나머지 두 아들은 공 보다 앞서 죽었다.

公諱應之, 字子欽, 平山人也. 壽六十三. 謹按高麗史, 壯節公崇謙[3]之

---

2 飛鳳山: 남쪽에 市街가 발달하였고, 시가지의 남쪽으로 南江이 흐른다. 비봉산
서쪽에 가마못[釜池]이 있으며, 그 서쪽을 진주에서 陜川으로 통하는 도로가 지난
다. 산을 중심으로 비봉공원이 형성되어 있으며 산 동쪽에 義谷寺·연화사 등이
있고 서쪽 기슭에는 飛鳳樓가 있다.

3 崇謙: 申崇謙 ?~927. 초명 能山. 시호 壯節. 平山申氏의 시조. 光海州(春川) 출
생. 예종 15년(1120) 예종은 그와 김락을 추도하여 『悼二將歌』라는 향가를 지었다.
三重大匡에 太師로 추증되었으며, 태조의 廟廷에 배향되고 대구광역시의 表忠祠,

後, 有監察大夫申仲全[4]者, 鳴於當時, 實公之高祖, 曾祖允恭, 禮儀典書, 祖維, 成均進士, 父賁, 弘文校理. 娶漢城判尹權誼[5]之女, 生公. 公娶定平府使金有瓚女, 生五男三女, 長則進士瑗, 娶弘文校理崔鎭[6]之女, 生三男一女, 男曰公綽, 餘幼. 次曰琥, 忠順衛娶文貞公趙庸[7]之孫女, 生一女, 幼. 次曰珀, 幼學. 次二子, 先公而歿.

맏딸은 군수 박확의 아들인 진사 의창에게 시집가 한 아들을 낳았으니 수이다. 차녀는 정언 윤민의 아들 희손에게 시집갔다. 용방에 장원급제해서 요새 경상도 도사가 되었고 2남 2녀를 낳았으니 모두 어리다. 차녀는 주부 이신의 아들 필간에게 시집가 한 아들을 낳았으니 어리다. 공의 나이 12살에 교리공이 죽자 형의 명을 따라 배웠다. 이윽고 성취하여 사마시에 급제해서 동활원 별좌를 시작으로 의흥 현감과 서부 주부와 사헌부 감찰과 장례원 사의를 거쳤다. 공은 천거되어 이른 곳마다 명성과 공적이 있어 할 일 없이 녹을 훔치지 아니하였다. 예컨대 장례원 사의로 있을 때에 동료가 연좌 파직되어 직분을 잃어서 모두 좌천되었거늘 이 날 공은 병으로 집에 있었으니 스스로 밝히지 않았다면 마땅히 화가 미치지 아니할 것이지만 공이 '동료관리가 모두 파직되었으니 내가 어찌 홀로 남아있겠는가?' 하고 스스

춘천의 道浦서원, 平山의 太白山城祠에 제향되었다.

4 仲全: 申仲全. 호는 晩隱 숭겸의 15대손. 충혜왕복위 1년(1339)에 문과에 급제 공민 3년(1354)에 호남 해안에 왜구가 침범하자 전라도순문사로 부임하여 왜구를 물리친 공으로 상호군에 임명되어 은산백에 봉해졌다.

5 權誼: 선조 31년(1597). 거주지는 자세하지 않다. 자는 正甫이고 본관은 안동이다. 아버지는 수이고 조부는 憑이고 증조부는 확이고 외조부는 安公弼이고 장인은 李應祿이다. 광해군 8년(1616) 별시 을과 7등으로 합격하였다.

6 崔鎭: 아버지 思溫이다. 관직은 감찰을 지냈다.

7 趙庸: 趙庸. ?~세종 6년(1424). 본관 眞寶. 시호 文貞. 초명 仲傑. 鄭夢周의 문인. 공민왕 23년(1374) 문과에 급제한 뒤 典校注簿・三司都事・鷄林府判官・司憲持平・成均司藝・禮曹摠郎 등을 지냈다. 조선 개국 후 태조 7년(1398) 諫議大夫가 되고, 經筵侍讀官을 거쳐 刑曹典書에 승진된 후 파면되었다.

로 파직을 받아들여 공직을 옮기니 공을 아는 사람은 모두 어질다하고 알지 못하는 사람은 어리석다고 여겼다. 의논하는 사람들이 "그의 어리석음은 미칠 수 없다." 하였다.

女長適郡守朴擴之子進士義昌, 生一男曰秀. 次適正言尹敏之子喜孫, 魁龍榜, 今爲慶尙道都事, 生二男二女, 皆幼. 次適主簿李愼[8]之子弼幹, 生一男, 幼. 公年十二, 校理公卒, 從家兄命之學, 旣就, 捷司馬科, 試東活院別座, 歷義興縣監, 西部主簿, 司憲府監察, 掌隷院司儀, 皆公薦也, 所至皆有聲績, 不素餐. 其掌隷院也, 同僚坐罷, 仕失職, 皆左遷, 是日, 公則移病在家, 苟非自明之, 宜不及也, 公曰: '同官皆罷, 吾何獨存' 乃自受其罷, 轉公職, 知公者皆賢之, 不知者以爲癡也. 議者曰: "其癡不可及"

얼마 지나지 않아 모친이 노환이 들자 사직하고 곁에 돌아와서 살아 있을 때는 봉양을 다하고 돌아가심에 슬픔을 다하였다. 형과 더불어 맹세해서 3년 동안 여막에 살며 집안일을 돌보지 않으려 하였더니 슬픔이 지나쳐 병이 되어 채 한 해를 마치지 못하였다. 애석하도다! 공의 효우는 천성에서 나왔고 충후함은 가풍을 이었다. 공이 형을 섬기기를 아버지처럼 하고 조카와 아우를 돌보기를 자기의 소출처럼 여겨 형제가 울타리를 사이하여 살면서 화락하게 젊어서부터 늙을 때까지 자제나 종의 연고를 조금도 그 속에 개입시키지 아니하였다. 내외 족속에 이르기까지 원근과 친소를 묻지 않고 한결같이 정성과 믿음으로 대우하니 이것은 아무나 하기 어려운 일이다. 전후에 유서가 내려와 버려지고 숨은 어진 이를 구할 때마다 많은 사람들이 서로 입 다투어 천거하니 공의 덕행에 사람들이 감복하기를 이와

---

8 李愼: 본관은 전의. 政堂文學 언충의 증손자. 일직부사 光翊의 손자 送月堂 思敬의 아들임.

같이 하였다. 비록 공적이 당시에 드러난 것이 없으나 지하에 묻어버
릴 수 있겠는가? 다음과 명문을 짓는다.

未幾, 以母親老病, 辭歸其側, 生能致其養, 歿而盡其哀, 與兄命之,
居廬三年, 不顧家事, 哀過成病, 竟不年, 惜哉! 公孝友出於天性, 忠厚
承其家風, 公事兄如厥考, 視姪弟如己出, 兄弟居隔籬, 怡怡愉愉, 自
少至老, 不以子弟婢僕之故, 少移其中, 至如內外族屬, 不問遠近親
疏, 一以誠信遇之, 斯難能也. 其前後降諭求遺逸之賢, 衆交口薦之,
公德行於人腹者如此. 雖無功迹著於當時, 是可使泯沒於地下乎? 乃
銘之曰:

인간 세상을 살피니 비석을 새기는 손이 공명을 새기기를 좋아하나
실질적인 덕망은 그렇지 않다. 돌을 높이 세우지만 흐르는 빛이 오래
가겠는가. 사람들이 나에게 말하여 공에게 무엇을 취하는고? 나는
덕을 취하니 다른 무엇이 있겠는가. 오로지 공에게 일컬을 것은 효도
와 우애이다. 세상 사람들이 공이 높고 녹봉이 두터워 스스로 뜻을
얻었다고 말하지만 사람들이 부끄럽게 여기는 이들과는 비교할 수
없네. 공이 비록 자리가 낮지만 이름은 인구에 회자되니 공은 유감이
없으나 하늘이 어떻게 저버리겠는가. 공을 저버리지 아니해서 그를
깊이 성취시키리라. 그에게 크게 내리지 아니하면 반드시 후손에게
내릴 것이네. 오직 공의 자손 아들 며느리가 번성하였으니 다른 해에
–원문 빠짐– 누가 공과 더불어 짝하겠는가. 나의 명이 비록 거칠지만
또한 마땅히 영원할 것이다.

泛觀人世, 勒碑之手, 好鑴功名, 實德則否, 立石雖崇, 流光何壽? 人亦
謂我, 於公何取? 我則以德, 他何之有? 惟公之稱, 惟孝惟友, 不比世
人. 功高祿厚, 自謂得志, 人以爲醜, 公雖位卑, 名猶人口, 在公無憾,
天乎何負? 匪負於公, 厥有深趣, 不大於身, 必大於後. 惟公子孫, 滿堂
男婦, 他年問【缺】, 誰公與耦? 我銘雖蕪, 亦應不朽.

광산군 시공안 김공【겸광】 신도비명 서문도 있다
光山君 諡恭安 金公【謙光¹】 神道碑銘 竝序

이 작품은 광산군 시호는 공안인 김공 겸광의 신도비명이다. 주인공은 신숙주의
종사관으로 있으면서 야인들의 침범을 막아내는데 지대한 공로가 있던 인물이다.
이 작품에서 작자는 문체의 특성에 맞게 비교적 소상하게 주인공의 삶의 전 과정과
사는 동안의 주목되는 부분들을 드러내었다.

큰 뜻을 가진 임금이 위에서 일어나면 반드시 소리와 기운을 함께하
는 자들이 아래에서 대응해서 팔과 심장과 등뼈가 되어 분주하게
힘을 베풀어 한 시대의 다스림을 이룰 것이다. 그러므로 우리 세조혜
장대왕이 경태 계유년(1453, 단종 1)에 선양을 받을 때에 광성군 김공이
마침 이 해에 과거에 발탁되어 출신하였다. 마침내 성스런 몸을 좌우
에서 보좌하여 지극한 다스림을 이루고 사책으로 공이 남달랐다.
아, 군신 간에 때를 만남이 어찌 아무 인연이 없겠는가? 공의 휘는
겸광이고 자는 위경이니 광산인이다.

> 有大有爲之君作於上, 必有同聲同氣者應於下, 爲股肱心膂, 奔走宣
> 力, 以成一代之治 故我世祖惠莊大王受禪於景泰癸酉, 光城君金公適
> 擢科出身於是年, 卒能左右聖躬, 以登至治而策殊勳. 吁! 君臣際遇,
> 豈徒然哉? 公諱謙光, 字撝卿, 光山人也.

고조부 정은 추성보리공신 대광보국 광성군이다. 대광이 자헌대부
충청도 관찰사 약채를 낳았다. 관찰사가 순정대부 의정부 좌찬성

---

1 金謙光: 세종 1년(1419)~성종 21년(1490). 본관 광산. 자는 撝卿. 아버지는 증
 영의정 鐵山이며, 어머니는 대도호부사 金明理의 딸이다. 성종 15년(성종 15)
 좌참찬을 거쳐 성종 17년(1486) 세자좌빈객이 되었다. 세조의 신임을 받아 건주
 위야인 토벌을 비롯하여 평안도관찰사와 절도사를 지내면서 세조의 국방정책에
 기여한바 컸다. 시호는 恭安이다.

겸 세자이사 -원문 빠짐- 추증된 아무개를 낳았다. 찬성이 수충병의적
덕보조공신 대광보국순목대부 의정부사 겸영관상감사 광성부원군
에 추증된 철산을 낳았다. 부원군이 성천대도부사 김명리의 딸에게
장가들었다. 정경대부인이 영락 17년(1419, 세종 1) 9월 정미에 공을
낳으니 그의 연원이 오래되었도다. 공이 처음 벼슬에 나아가 예문관
에 들어가 한림학사가 되었고 자리를 옮겨 감찰 정언 병조 정랑과
좌랑, 사헌부 장령을 거쳤다. 그는 있는 곳마다 모든 직분을 잘 수행
하였다.

高祖諱鼎, 推誠輔理功臣, 大匡輔國光城君, 大匡生資憲大夫忠淸道
觀察使若采², 觀察使生贈崇政大夫議政府左贊成兼世子貳師【缺】, 贊
成生贈輸忠秉義積德輔祚功臣, 大匡輔國崇祿大夫議政府事兼領觀
象監事, 光城府院君鐵山, 府院君娶成川大都護府使金明理之女, 貞
敬大夫人, 生公於永樂十七年九月丁未, 其源遠乎哉! 公始仕, 入藝文
館爲翰林, 轉而歷監察, 正言, 兵曹正佐郞, 司憲掌令, 所在皆擧職.

천순 경진년(1460, 세조 5)에 북쪽 오랑캐 낭이승합浪伊升哈이 교화되지
않으니 세조가 고령부원군 신숙주申叔舟를 명하여 원수로 삼고 공을
불러 종사관으로 삼아 가서 정벌하게 하였다. 이미 평정되자 또한
건주위建州衛 만주족을 토벌하라고 명하였다. 싸움에 이긴 것을 주달
하고 돌아오니 공로가 다섯 차례를 뛰어 넘어 통훈대부로 군기감정
에 배수되었다. 신사년(1461, 세조 6)에 병조의 일을 맡고 조금 있다가
통정대부에 배수되어 승정원 동부승지가 되었다. 관복을 입은 지

---

2 若采: 金若采. 조선 초기의 문신. 본관은 광산. 아버지는 光城君鼎이다. 고려 공민
왕 때 문과에 급제하였으며, 성품이 강직하여 권세가를 두려워하지 않았다. 정종
2년(1400) 門下府左散騎로 있을 때에는 勳親들에게 사병을 허여하는 제도를 없애
고, 병권을 모두 중앙에 집중시키자고 역설하여 단행하게 하였다. 그 뒤 대사헌을
지내고, 태종 4년(1404) 충청도관찰사가 되었다.

9년 만에 등급을 뛰어넘어 은대에 들어가니 사림에서 영화롭게 여겼다. 가을에 승진되어 우부승지가 되었다. 이때에 공의 형인 국광도 호조판서가 되었으니 매우 지극히 돌봐주었다. 주상이 손수 공의 모자를 벗기고는 공의 이마에 꽃을 꽂아주며 말하였다. "너는 비록 형보다 관질이 낮지만 어질고 진실 된 것은 너의 형보다 넉넉하다." 하시고, 술을 내오라 명하니 그가 총애를 받음이 이와 같았다. 주상이 낭이승합당이 원망을 품을까 염려하여 특별히 공을 명해 가서 달래라 하니 명에 따라 잔치를 열어 위로하였다.

天順庚辰, 北夷有浪伊升哈者梗化, 世祖命高靈府院君申叔舟[3]爲元帥, 辟公爲從事往征之, 旣平, 又命討建州衛[4]李滿住族. 奏凱而還, 以功超五, 階通訓, 拜軍器監正. 辛巳, 知兵曹事, 尋拜通政, 承政院同副承旨, 釋褐九載, 超入銀臺, 士林榮之. 秋, 陞右副, 于時, 公之兄國光[5] 判戶曹, 甚紆恩眷, 上手脫公頭帽, 揷花公頂曰:"汝雖秩下於兄, 而賢良優於乃兄"仍命進酒, 其見寵遇如此. 上慮浪伊升哈黨銜怨, 特命公

3 申叔舟: 태종 17년(1417)~성종 6년(1475). 본관 高靈. 자 泛翁. 호 希賢堂 또는 保閑齋.

4 建州衛: 명나라 成祖 永樂帝가 만주의 남쪽에 살고 있는 여진족을 누르기 위하여 설치한 衛이다. 衛는 원래 군대의 연대 정도를 가리키는 말이었는데, 이를 국외에 설치하게 되면서 그 부대가 주둔하는 부락의 명칭이 되었다. 衛가 처음 설치된 것은 1403년이고, 설치장소는 건주, 즉 吉林 부근의 輝發川 상류에 있는 北山城子 였다고 한다. 얼마 후 두만강가의 會寧에 左衛가 설치되었고, 이어 동쪽에 毛憐衛·右衛가 증설되었다. 건주위는 후에 渾河부근으로 이전하였는데, 이때 좌·우위가 같이 이동되었다. 건주위는 한때 세력을 확대한 적도 있으나, 조선 세조 때 명나라와 조선의 挾擊을 받은 후부터 세력이 쇠퇴하였다. 淸太祖 奴兒哈赤는 건주 좌위 출신이다.

5 國光: 金國光 1415(태종 15)~1480(성종 11). 본관 光山. 자 觀卿. 호 瑞石. 시호 丁靖. 1470년(성종 1) 좌의정에 올라 謝恩使로서 명나라에 다녀왔다. 성종 2년(1471) 佐理功臣 1등에 책록되고 光山府院君에 봉해졌다. 세조의 각별한 신임을 받아『경국대전』편찬에 적극적으로 참여하였다. 성종 8년(1477) 우의정에 임명되었으나 대간의 심한 반발로 사직하였다.

往諭, 因宴慰之.

임오년(1462, 세조 7) 가을에 좌부승지에 승진되었다. 이 해에 건주위 야인들이 평안도를 통해 조회하라고 하였다. 주상이 또한 명하여 가서 달래라고 하자 공이 이익과 손해를 개진하여 중지시켰다. 모든 변방의 일을 문득 공에게 맡겨 공이 일찍이 나아가고 들어가고 동으로 서로 쫓아 다니며 오랑캐의 실정을 샅샅이 알아내었다. 계미년 (1463, 세조 8)에 우부승지로 승진되었다. 이 해에 특별히 가선대부를 더해 평안도 관찰사를 배수하니 두 나라 경계를 소중하게 여겼기 때문이다. 을유년(1465, 세조 10)에 들어가 호조 참판이 되었다. 병술년 (1466, 세조 11)에 평안도 절도사가 결원이 되자 조정에서 그의 사람됨을 어렵게 여겨 당시 공이 개성부를 맡고 있었는데 특별히 불러 보임해서 가정대부로 삼았다. 이 해 겨울에 정경부인이 병이 들었는데 주상이 유서를 내려 "요새 농사철이 이미 끝났고 강에 얼음이 얼지 않아 군대의 일이 틈이 있으니 경은 와서 부인을 만나볼 만하다." 하였다. 공이 부름에 따라 들어가 대면하니 곧바로 명하여 자헌대부를 더하게 하고 "부인의 병이 나으면 돌아오라." 명하셨다.

壬午秋, 陞左副, 是歲, 建州衛野人, 欲由平安一路來朝, 上又命往諭, 公開陳利害止之. 凡邊務輒委公, 以公嘗出入東西, 索尋知虜情也. 癸未, 陞右承旨, 是年, 特加嘉善, 拜平安道觀察使, 重兩界也. 乙酉, 入爲戶曹參判. 丙戌, 平安道節度使缺, 朝廷難其人, 時公知開城府, 特召補之, 階嘉靖. 是年冬, 貞敬夫人病, 上諭書曰:"今者農事已成, 江水未合, 軍務亦有隙, 卿可來見"公赴召入對, 卽命加資憲,"夫人病愈, 命還"

정해년(1467, 세조 12)에 들어가 예조판서 겸 의금부사를 맡았다. 무자년(1468, 세조 13) 봄에 지공거가 되어 생원 조형문과 진사 김기 등각 백 인을 뽑았다. 봄에 경상도 관찰사를 배수하였다. 가을에 세조가 돌아가시고 예종이 즉위하였다. 다음 해 기축년(1469, 예종 1)에 다시 예조판서 겸 오위도총부 도총관을 배수하였다. 이 해에 또한 지공거를 맡아 진사 한언과 생원 김괴 등 100인과 문과 급제자 채수 등 33인을 뽑았다. 겨울에 예종이 돌아가시고 금상이 보위에 올랐다. 다음해 신묘년(1471, 성종 2)에 찬익한 공로로 순성명량좌리공신의 호칭을 하사해서 광성군에 봉하였다. 이 해에 또한 문형을 관장해서 김기 등을 뽑으니 당시에 마땅한 사람을 얻었다고 말하였다. 겨울에 한성부 판윤으로 옮겼다. 계사년(1473, 성종 4)에 아버지의 초상을 당하였다. 을미년(1475, 성종 6)에 복을 마치니 광성도총관을 배수하였다. 겨울에 정조사로 북경에 다다랐다. 신축년(1481, 성종 12) 봄에 주상이 직접 밭가는 일과 여름에 황제가 내린 조서를 맞이하는 것을 모두 공을 예의사로 충원하여 맡기니 관장하여 처결함이 모두 법도에 맞았다. 임인년(1482, 성종 13)에 황해도에 기근이 들어 공을 진휼사로 삼으니 마음을 다해 조치하자 한 도가 힘입어 다시 소생하였다.

丁亥, 入爲禮曹判書, 兼知義禁府事. 戊子春, 知貢擧, 取生員趙亨文, 進士金訢等各百人. 春, 出拜慶尙道觀察使. 秋, 世祖薨, 睿宗卽位, 明年己丑, 復拜禮曹判書, 兼五衛都摠府都摠管. 是年, 又知貢擧, 取進士韓堰, 生員金塊等百人, 文科蔡壽[6]等三十三人. 冬, 睿宗薨, 今上踐祚, 明年辛卯, 以贊翊之功, 賜純誠明良佐理功臣之號, 封光城君. 是年, 又掌文取金訢等, 時稱得人. 冬, 遷漢城府判尹, 癸巳, 丁外憂.

---

6 蔡壽: 세종 31년(1449)~중종 10년(1515). 본관 仁川. 자 耆之. 호 懶齋. 시호 襄靖. 예종 1년(1469) 秋場文科의 초시·복시·殿試에 장원, 李石亨과 함께 조선 개국 이래 三場에서 연이어 장원한 두 사람 중의 한 사람이었다. 성종 10년(1479) 貞顯王后의 폐위를 반대했다가 파직, 그 뒤 漢城府左尹·호조참판을 지내고 중종 1년(1506) 靖國功臣 4등으로 仁川君에 봉해졌다. 咸昌에 은거, 독서와 풍류로 여생을 보냈는데 山經·地誌·詩文에 능했다.

乙未, 服闋, 拜光城都摠管. 冬以正朝使赴京, 辛丑春, 上親耕籍田,
夏, 迎皇帝賜詔, 皆以公充禮儀使, 動容周旋咸中度. 壬寅, 黃海道饑,
公爲賑恤使, 盡心措置, 一道賴以復蘇.

계묘년(1483, 성종 14)에 정희왕후가 승하하자 주상이 공에게 명하여
예조 판서를 겸직해서 초상과 빈소의 모든 일을 전적으로 맡겼다.
운구를 가지고 산릉에 다다르자 공을 제조로 삼았다. 여름에 의정부
우찬성을 배수하였다. 갑진년(1484, 성종 15) 겨울에 주상이 창경궁을
지으라고 명령하였다. 우의정 이극배를 도제조로 삼고 공을 부제조
로 삼아 특별히 정헌대부를 더해 나라의 큰일을 모두 공에게 맡겼다.
성상이 기대주로 여겨 은혜로 돌봄을 다 기록할 수 없다. 공이 더욱
삼가하고 신중해서 아침저녁으로 조금도 게을리 하지 않았다. 을사
년(1485, 성종 16)에 좌참찬에 승진되었다. 이 해에 세자궁을 지을 때에
공을 제조로 삼았다. 병오년(1486, 성종 17)에 세자우빈객을 겸직하였
다. 조금 있다가 좌빈객으로 옮겼다. 무신년(1488, 성종 19) 봄에 나이
70으로 사직하였는데 윤허하지 아니하였다. 경술년(1490, 성종 21) 가
을에 병에 걸리자 주상이 내의원을 파견하고 치료약을 주었으나 효
과가 없어 7월 경오에 집에서 죽었다. 향년 72세였다. 부고를 듣고
주상이 슬픔이 심해 이틀 동안 조회를 거르고 예관을 파견해서 초상
의 일을 다스리게 하고 공안공이라는 시호를 증여하였다. 이 해 12월
신유에 연산현 우수리 선영의 곁에 장례지내니 은혜가 전과 같았다.

癸卯, 貞熹王后昇遐, 上命公兼判禮曹, 凡喪殯諸事, 專委任之, 梓宮
赴山陵, 又以公爲提調. 夏, 拜議政府右參贊. 甲辰冬, 上命構昌慶宮,
右議政李克培[7]爲都提調, 以公副之, 特加正憲, 國之大事, 皆委於公.

---

7 李克培: 세종 4년(1422)~연산 1년(1495). 본관 廣州. 자 謙甫. 호 牛峰·梅月堂.
   시호 翼平. 세조 7년(1462) 이조판서에 승진하고 평안도병마절도사를 역임했다.

聖上倚以爲望, 恩眷不可殫記. 公愈益謹愼, 朝暮不少懈. 乙巳, 陞左
參贊, 是年, 搆世子宮, 復以公爲提調. 丙午, 兼世子右賓客, 俄遷左賓
客. 戊申春, 以年七十辭職, 不允. 庚戌秋, 寢疾, 上遣內醫與藥治,
不效. 七月庚午, 卒于第, 享年七十二. 訃聞, 哀悼甚, 輟朝二日, 遣禮
官庀其喪事, 贈恭安公. 以是年十二月辛酉, 禮葬于連山縣牛首里先
塋之側, 皆恩例也.

공이 먼저 참판 유양식의 딸에게 장가들어 딸 하나를 낳아 최세현에
게 시집갔으니 강서 현령이다. 뒤에 사직 진계손의 딸에게 장가들어
5남 2녀를 낳으니 장자 극회는 형조 정랑이고 차남 극치는 소격서
참봉이고 차남 극픽은 성균관 진사이고 차남 극개와 극제는 학문에
뜻을 둔 나이이다. 맏딸은 최지성에게 시집갔으니 사헌부 감찰이고
차녀는 이복정에게 시집갔으니 과거의 학업을 배우고 있다. 곁가지
두 아들이 있으니 극신과 극심이다. 극회는 군수 박수종의 딸에게
장가들어 2남 1녀를 낳았으니 장남은 석윤이고 나머지는 모두 어리
다. 극치가 별좌 성익온의 딸에게 장가들어 한 아들을 낳았으니 어리
다. 극픽은 파성 정철동의 딸에게 장가들었고 극개는 사직 박수견의
딸에게 장가들었고 극제는 어리다. 최세현이 1남 3녀를 낳았으니
아들은 달해이고 딸은 선전관 신용관에게 시집갔고 차녀는 당해 수
명귀에게 시집갔고 차녀는 신영산에게 시집갔다.

公先娶參判柳陽植之女, 生一女, 適崔世顯, 江西縣令, 後娶司直陳繼
孫之女, 生五男二女, 長曰克恢, 刑曹正郎, 次曰克恥, 昭格署參奉,
次曰克愊, 成均進士, 次曰克愷, 克悌, 方志學. 女適崔知成, 司憲監
察, 次適李福禎, 學擧業. 又有旁支子二, 曰克愼, 克心. 克恢娶郡守朴
壽宗之女, 生二男一女, 男曰錫胤, 餘皆幼. 克恥娶別座成益溫之女,

예종 때 우참찬이 되고 성종 2년(1471) 佐理功臣 3등에 좌참찬이 되고, 성종 24년
(1493) 영의정에 올라 廣陵府院君에 봉해졌다.

生一男, 幼. 克愊娶把城正哲同之女, 克愷娶司直朴秀堅之女, 克悌
幼. 崔世顯生一男三女, 男達海, 女適宣傳官申用灌, 次適唐海守明
龜, 次適申永澂.

최지성이 두 아들을 낳았으니 호문과 준문이다. 이복정이 두 아들을
낳았으니 모두 어리다. 나머지 후예가 번성해서 장차 헤아릴 수 없으
니 덕을 쌓은 넉넉한 경사가 아직까지 끝나지 않았다. 공의 성품이
순수하고 조심스러워 뜻을 세움이 돈독하고 두텁고 위를 섬김에 충
성스럽고 아래를 접함에 공손하였다. 효도와 우애가 돈독하고 벗과
더불어 미덥게 지내며 일에 임하여 직분을 닦아 확연하게 지킴이
있었다. 변방을 대비함에 이르러 임기응변하지만 모두 기미에 맞아
떨어지니 오직 안에서 대비함이 있었기 때문에 시행함에 불가능한
것이 없었다. 진실로 여러 성상을 받들고 도와 끝내 공명과 은택으로
몸을 마치고 자손들에게 경사를 남겼으니 명문을 지을 만하다. 다음
과 같이 명문을 짓는다.

崔知成生二男, 曰浩文, 浚文. 李福禎生二男, 皆幼. 餘裔滿堂, 將不可
數. 積德餘慶, 蓋未艾也. 公稟性純謹, 植志篤厚, 事上盡忠, 接下思
恭, 孝友無間, 與朋友信, 臨事莅職, 確然有守, 至於邊備應變, 皆中於
機, 惟其有諸內者備 故無所施而不可. 寔能承弼累聖, 卒以功名恩澤
終其身, 慶流子孫, 是可銘也. 銘曰:

빛나도다! 성조여. 그를 보태어 널리 기용하였네. 주상의 하문을
받으면 한편으로는 진술하고 다른 한편으로는 지어 태평성대로 만
들었네. 예악을 밝혀 도울 자 누구이겠는가? 크게 같은 덕으로 광성
군을 높이 들어 한 몸을 백가지로 기용하여 안과 밖으로 남북으로
혹은 들이고 다시 내보내어 재상과 장수로 삼았네. 왕이 공을 탄식하
여 내가 너의 꾀를 가상하게 여기노라. 손톱과 어금니와 목과 혀와

귀와 눈과 수족처럼 앞과 뒤를 분주히 달려 주달하고 넉넉하게 상계
하였네. 아! 공이 힘입어 예를 갖추어 지금에 이르니 운대와 연각을
공의 집으로 삼았네. 쇳조각에 붉게 기록하여 너의 공을 새기노라.
공이 절하고 조아려 복종하여 싫어함이 없었네. 자손에게 드리워
영세토록 다함이 없을 것이다. 나의 명은 아첨함이 아니니 이것은
오로지 사실에 근거한 것이다.

皇矣聖祖, 增其式廓. 我上受之, 或述或作, 登我太平. 於粲禮樂, 誰
歟贊者? 偉我同德, 揭揭光城, 身一用百, 于內于外, 于南于北, 或入
或出, 相乎將乎! 王曰咨公, 予嘉乃謨. 爪牙喉舌, 耳目手足, 奔走先
後, 敷奏啓沃. 繄公是賴, 式至今日, 雲臺煙閣, 是公家室. 丹書鐵券[8],
載汝勳烈. 公拜稽首, 服之無斁. 垂之子孫, 永世無極. 我銘匪諛, 茲
惟實迹.

---

8 丹書鐵契: 쇳조각에 지워지지 않게 朱書하여 功臣에게 주어 대대로 죄를 면하게
   하였던 증명서이다.

증자헌대부 호조판서 겸지춘추관사·행승문원부교리 김공 신도비명 서문도 있다

贈資憲大夫 戶曹判書 兼知春秋館事·行承文院副校理 金公[1] 神道碑銘 並序

이 작품은 자헌대부 호조판서 겸 지춘추관사 행승문원 부교리에 증직된 김공의 신도비명이다. 주인공은 세종 연간에 출사하여 승문원 교리를 지냈지만 사실은 맏아들 영견이 귀해짐으로 증직된 인물이다. 이 작품에서 작자는 비교적 소상하게 문채의 특성에 맞게 주인공의 삶의 전 과정을 그려내었다. 주인공의 이름은 진손이다.

공의 휘는 진손이고 자는 맹윤이니 김해인이다. 김해는 예전에 가야국이었다. 시조인 수로왕이 나실 적에 쇠 그릇의 기이한 일이 있어 성씨를 김이라고 하였으니 공은 그의 먼 후예이다. 고조부 보는 도첨의시중 김해부원군이니 시호가 간충이다. 증조부 도문은 봉상대부 삼사부사이다. 조부 근은 봉상대부 호조총랑으로 통정대부 호조참의에 추증되었다. 아버지 효분은 조산대부 서흥도호부사로 가선대부 호조참판 겸 동지춘추관사에 추증되었다. 어머니 유씨는 조봉대부 군자소감 찬의 딸이니 영락 정해년(1407, 태종 7)에 공을 낳았다. 자라면서 글을 읽고 문사를 지었고 선덕 임자년(1432, 세종 14)에 사마시에 합격하였다. 정통 무오년(1438, 세종 20)에 과거에 급제하여 발탁되어 사헌부 감찰과 승문원 부교리와 봉상주부를 거쳐 기사년(1449, 세종 31)에 죽으니 나이가 43세였다. 공이 온후하고 겸손하며 일을 처리하고 사람을 만남이 성실하고 거짓이 없어 사람들이 모두 원대하기를 기대하였더니 하늘이 나이를 늘려주지 않음이 애석하도다.

---

1 金公: 金震孫. 태종 7년(1407)-성종 16년(1482). 자 孟胤. 세종 20년(1438)에 문과에 급제하여 승훈랑 승문원 교리를 지냈다. 맏아들 참판 김영견이 귀하게 되어 자헌대부 호조판서겸 지춘추관사에 추증되었다.

公諱震孫, 字孟胤, 金海人, 金海, 古伽倻國, 其始祖曰首露王, 生有金
櫝之異, 因姓金, 公其遠裔也. 高祖諱普[2], 都僉議侍中, 金海府院君,
諡忠簡, 曾祖諱到門, 奉常大夫, 三司副使, 祖諱覯, 奉常大夫, 戶曹摠
郎贈通政大夫, 戶曹參議, 考諱孝芬, 朝散大夫. 瑞興都護府使, 贈嘉
善大夫, 兵曹參判兼同知春秋館事. 妣柳氏, 朝奉大夫, 軍資少監瓛之
女, 以永樂丁亥生公. 旣長, 讀書爲文辭, 中宣德壬子司馬試. 擢正統
戊午科第, 歷官司憲府監察, 承文院副校理, 奉常主簿. 己巳卒, 年四
十三. 公溫厚謙恭, 處事接物, 誠實無僞, 人皆期以遠大, 天不與之年,
惜哉!

공은 조산대부 한성소윤 이종인의 딸에게 장가들어 4남 2녀를 낳으
니 장남 영견은 급제하여 가선대부 동지중추부사로 가선대부 병조
참판 겸 예문관제학 동지춘추관사에 추증되었다. 차남 영서는 통훈
대부로 횡성현감이다. 차남 영정은 급제하여 자헌대부 지중추부사
로 자헌대부 호조판서겸 지춘추관사에 추증되었다. 차남 영순은 통
훈대부로 석성현감이다. 맏딸은 절충장군 첨지중추부사 노철강에게
시집갔다. 차녀는 충정난익대순성명량좌리공신으로 정헌대부 영평
군에 봉해진 윤계겸에게 시집갔다.

公娶朝散大夫漢城少尹李種仁之女, 生四男二女, 長曰永堅[3], 登第,
嘉善大夫, 同知中樞府事, 追贈公嘉善大夫, 兵曹參判兼藝文館提學,
同知春秋館事. 次曰永瑞, 通訓大夫橫城縣監. 次曰永貞[4], 登第, 資憲

---

2 普: 金普. 본관 김해. 호 竹岡. 시호 忠簡. 공민왕이 세자로 원나라에 가 있을 때
版圖判書로서 시종한 공으로, 공민왕즉위년(1351) 1등공신에 올라 忠勤亮節匡輔
功臣의 호칭을 받고, 僉議評理에 임명되고 의성의 德泉倉提調를 겸하였다. 공민왕
3년(1354) 이후 하정사 등으로 여러 차례 원나라에 파견되었다.

3 永堅: 金永堅. 조선 전기의 문신. 본관은 金海. 증호조판서 震孫의 아들이며, 대사
헌 永貞의 형이다. 성종 9년(1478) 행첨지중추부사가 되었고 이어 동지중추부사로
箋을 받들어 北京에 가서 천추절을 축하하고 왔다.

4 永貞: 金永貞. 본관은 金海. 증호조판서 震孫의 아들이며, 이조참판 永堅의 동생

大夫, 知中樞府事, 追贈公資憲大夫, 戶曹判書兼知春秋館事. 次曰永純, 通訓大夫, 石城縣監. 女長適折衝將軍僉知中樞府事盧鐵剛, 次適推忠定難翊戴純誠明亮佐理功臣, 正憲大夫鈴平君尹繼謙[5].

동지사가 1남 2녀를 낳았으니 아들은 세홍이고 맏딸은 간성군수 유경에게 시집갔고 차녀는 첨지중추부사 최진에게 시집갔다. 횡성 군수가 이남 이녀를 낳았으니 장남은 세경이고 차남은 세위니 모두 진사이다. 딸은 장악원 직장을 겸직한 신추에게 시집갔다. 지사가 3남을 낳았으니 장남 세균은 사제감 직장이고 차남 세권은 선전관을 겸직하였고 차남 세준은 생원이다. 맏딸은 내금위 조정림에게 시집갔고 차녀는 행사과 이진문에게 시집갔다. 석성 현감이 한 아들을 낳았으니 세응이다. 성화 을미년(1475, 성종 6)에 부인 이씨가 죽어 장단 사동리의 들에 합장하니 공의 선영이다. 홍치 14년(1501, 연산군 7)에 지사가 묘도에 돌을 세우고 나에게 문장을 지어 새길 수 있게 해달라고 요청하였다. 다음과 같이 명문을 짓는다.

同知事生一男二女, 男曰世弘, 女長適杆城郡守柳坰, 次適僉知中樞府事崔璡. 橫城生二男二女, 長曰世經, 次曰世緯, 皆進士. 女適兼掌樂院直長申錘. 知事生三男, 長曰世勻, 司宰監直長, 次曰世權, 兼宣傳官, 次曰世準, 生員. 女長適內禁衛趙楨琳, 次適行司果李震文. 石城生一男曰世應. 成化乙未, 夫人李氏之卒, 祔葬于長端蛇洞里之原,

이다. 성종 6년(1475) 奉事로서 親試文科에 병과로 급제하였다. 연산 11년(1505) 사노비를 내수사에 소속시켰다 하여 비판을 받았으나 정조사로 다시 북경에 다녀 왔다. 시호는 安敬이다.

5 尹繼謙: 세종 24년(1442)~성종 14년(1483). 본관 坡平. 자 益之. 시호 恭襄. 예종 1년(1469) 성종이 즉위하자 좌승지가 되고 이듬해 호조참판에 승진, 성종 2년(1471) 좌리공신에 책록되고 공조참판으로 경기도관찰사를 겸임하였다. 그 뒤 대사헌·형조판서를 거쳐 경상도관찰사로 나갔다가 성종 12년(1481) 공조판서가 되었다.

卽公之塋域也. 弘治十四年, 知事立石于墓道, 請余爲文以勒之. 其銘
曰:

동한 세족 중에 김씨가 많으나 김해 김씨가 유독 고금으로 우뚝하였
네. 수로왕에서 시작하여 지금까지 천여 년 동안 뛰어난 관리들이
서로 바라보며 면면히 이어 내려와 공에게 이르러 재주와 덕성이
구비되었네. 긴 여정에 처음 오르자마자 수레가 꺾이고 말이 쓰러지
고 밝은 태양이 정오가 되지 않았는데도 섬세한 빛이 홀연 잡아먹히
니 하늘은 믿을 수 없고 기필할 수 없도다! 자신에게 있지 않다면
반드시 후손에서 피어나리니 두 아들이 붕새를 잡아 한 가문에 용의
빛이 감도는구나. 산이 둘러치고 물이 도는 장단의 곁 언덕에 합장하
였으니 쌍분이 집과 같도다! 자손 만세토록 영원히 상서로움이 생겨
날 것이다.

東韓世族, 蓋多姓金, 金海之金, 獨高古今. 首露始王, 迄今幾千, 軒冕
相望, 綿綿延延, 以至我公, 才德之全. 長途初登, 車摧馬踣, 白日未
午, 精光忽蝕, 天不可恃, 亦不可必! 不在於身, 必後之發, 二子鵬搏,
一門龍光! 山回水複, 長端之傍, 合葬于防, 雙墓若堂! 子孫萬歲, 其永
生祥.

영중추부사 시양경 정공 묘비명

領中樞 諡良敬 鄭公[1] 墓碑銘

이 작품은 영중추부사 시호는 양경인 정공의 묘비명이다. 주인공은 세종 대에 출사하여 연산 조까지 여러 관직을 두루 거치고 연산 조에서 탐학하다고 탄핵 당하기 직전에 우의정을 지내기도 하였다.. 증조부가 선초 창업의 기틀을 다졌던 삼봉이다. 이 작품에서 작자는 짧지만 비교적 소상하게 주인공의 일대기를 기술하였다. 주인공의 이름은 문형이다.

공의 휘는 문형이고 자는 야수이고 시호는 양경이니 봉화인이다. 증조부 도전은 고려 말 도덕과 문장으로 태조의 창업을 도왔으니 삼봉집이 있고 경제문감이 세상에 돌아다닌다. 조부 진은 형조 판서였다. 아버지 속은 의정부 영의정에 추증되었다. 어머니 이씨는 정경부인에 추증되었다. 공은 선덕 정미년(1427, 세종 9)에 태어나 홍치 신유년(1501, 연산 7)에 마쳤다. 나이가 75세였다. 이 해 3월 경신에 과천 별왕리의 들에 장례지내고 돌을 세워 표시하려 그의 아들이 나에게 "공의 평생의 행적을 찬술해서 무덤에 표시하게 해주십시오." 요청하였다. 공이 어려서 고아가 되었는데 자력으로 배워서 정통 정묘년(1447, 세종 29)의 과거에 올라 처음 선발되어 승문원 주서에 보임되고 예병 양조의 낭관으로 옮기고 검상과 사인과 세자보덕을 거쳐 공조참의로 승진되었다.

公諱文炯, 字野叟, 諡曰良敬, 奉化人. 曾祖諱道傳[2], 在麗季, 以道德

---

1 鄭公: 鄭文炯. 세종 9년(1427)~연산 7년(1501). 본관 奉化. 자 明叔. 호 野叟. 시호 良敬. 개국공신 道傳의 증손. 연산군즉위년(1494) 공조판서로 山陵都監提調를 겸직, 이듬해 중추부판사가 되었다. 연산군 2년(1496) 우의정에 승진, 궤장을 하사받았으나 탐학하다는 탄핵을 받고 中樞府領事에 전임되었다.
2 道傳: 鄭道傳. 충혜왕 3년(1342)~태조 6년(1398). 본관 奉化. 자 宗之. 호 三峰.

文章, 佐我太祖創業, 有三峯集, 經濟文鑑行于世, 祖諱津[3], 刑曹判書, 考諱束, 贈議政府領議政. 妣李氏, 贈貞敬夫人. 公生於宣德丁未, 卒于弘治辛酉, 年七十五. 是年三月庚申, 葬于果川別旺里之原, 立石表暮, 其孤倩余, "撰次公平生行與事誌其陰" 公少孤, 能自力學, 登正統丁卯科, 始選補承文院注書, 轉禮兵兩曹郎, 歷檢詳, 舍人, 世子輔德, 陞爲工曹參議.

세조가 사람을 등용함에 문무겸전을 우선시하니 공이 육예에 뛰어났지만 활쏘기를 가장 잘하였다. 주상이 공을 평가하기를 문무의 재주가 있다고 여겨 유독 발탁하리라 마음먹고 참의를 시작으로 특별히 품계를 더해 경상도 관찰사로 삼았다. 이로부터 출입함에 좌우의 정해진 바 없이 관찰사가 된 것이 다섯 번이니 경상·평안·영안·황해·강원도이고 절도사가 된 것이 세 번이니 함길·경기·평안도이고 이조·호조·형조 삼조의 판서가 되었다. 가선대부로 세조조에 청백리에 선발되어 거듭 품계를 뛰어 넘어 숭정대부가 되었다. 정부에 들어가 좌참찬이 되고 좌참찬에서 품계를 뛰어 넘어 찬성이 되었다. 얼마 있지 않아 숭록대부를 더하여 판중추부사가 되었다. 조금 있다가 의정부 우의정에 배수되고 잠깐 사이에 영중추부사로 옮겼다.

우왕 1년(1375) 成均司藝·知製教 등을 역임하였고 이해 권신 李仁任·慶復興 등의 親元排明정책을 반대하다가 會津縣에 유배되었다. 저서에 『三峰集』, 『經濟六典』, 『經濟文鑑』, 『心氣理篇』, 『佛氏雜辨』, 『心問天答』, 『陳法書』, 『錦南雜題』 등이 있다. 그 밖의 작품에 「納氏歌」, 「靖東方曲」, 「문덕곡」, 「新都歌」 등이 있다.

3 津: 鄭津. 공민왕 10년(1361)~세종 9년(1427). 본관 奉化. 시호 僖節. 조선의 개국 공신 道傳의 아들. 태종 7년(1407) 羅州牧判事로 기용되어 태종 16년(1416) 仁寧府尹이 되고, 세종 1년(1419) 충청도도관찰사, 이듬해 漢城府判事로 聖節使가 되어 명나라에 다녀왔다. 평안도관찰사를 거쳐 세종 5년(1423) 공조·開城留後司留後, 세종 7년(1425) 형조판서가 되었다.

世祖用人, 急全才, 公游於藝, 尤善射候. 上謂公有文武才, 獨注意遷
擢, 由參議特命加階, 爲慶尙道觀察使, 自是出入左右無方, 爲觀察使
者五. 曰慶尙·平安·永安·黃海·江原道. 爲節度使者三. 曰咸吉·
京畿·平安道. 判書吏戶刑三曹. 由嘉善, 選世祖朝淸白吏, 再超階爲
崇政, 入政府爲左參贊, 由左參贊超階爲贊成. 未幾, 加崇祿, 判中樞
府事. 尋拜議政府右議政, 俄遷領中樞.

육대를 거쳐 조정에 있었으니 세종으로부터 금상까지 50여 년을 아
침저녁으로 부지런하게 일했다. 그가 살았을 때는 사랑하지 않는
이가 없었고 병들었을 때에는 근심하지 않는 이가 없었으며 죽음에
상심하지 않는 이가 없는 것은 무슨 도리인가? 대개 일찍이 그가
하급 관료로 충원될 때에 가만히 살펴보니 공은 온아하고 공손하고
정성스러우며 충성스럽고 믿음직하며 청렴하고 간략해서 공사에 부
지런하고 아랫사람들을 어질게 대하였다. 아! 이것이 공이 항상 자
신을 지키는 바의 도리인가. 정랑 정길흥의 딸에게 장가들어 3남
2녀를 낳으니 장남 숙지는 전라도 관찰사이고 차남 숙돈은 사직서
령이고 차남 숙은은 호조 정랑이다. 맏딸은 현감 서종수에게 시집갔
고 차녀는 군수 정수경에게 시집갔다. 내외 손 남녀들이 모두 13명인
데 그 중에 가장 현달한 자는 관찰사의 아들 현이다. 현의 장남은
봉성위 원준이니 성종녀 정순옹주에게 장가들었다. 그를 계승하는
자가 장차 그치지 않을 것이니 말이 없을 수 있겠는가. 다음과 같이
명문을 짓는다.

立朝凡六世, 自世宗至我上, 夙夜五十餘年. 其生也人莫不愛, 疾也人
莫不憂, 歿也人莫不傷, 其何道? 蓋嘗備員下僚, 竊窺之, 公溫雅恭愨,
忠信淸簡, 勤於公, 仁於下. 吁! 玆其所以爲公之道歟? 娶正郎鄭吉興
女, 生三男二女, 男長叔墀, 全羅道觀察使, 次叔墩, 社稷署令, 次叔
垠, 戶曹正郎. 女長適縣監徐宗秀, 次適郡守鄭守慶. 內外孫男女共十

三, 其最顯者, 觀察使之子鉉, 鉉之長子曰奉城尉元俊, 尙成宗女靜順翁主[4], 繼之者將無窮, 能無辭乎? 銘曰:

삼봉이 지역에서 뽑혀 푸른 하늘에 우뚝하니 연원이 멀고 길게 흘러 손자인 공을 두었도다! 공이 때를 만나 누조토록 충성을 바쳐 여섯 성조가 주목하여 돌봐주어 양부(兩府)에서 우뚝하였도다. 오래도록 수를 누려 근본이 굳고 가지가 번성하니 한 몸으로 여러 복을 누린 것이 공과 같을 자가 누구이겠는가? 영세토록 빛을 드리움에 나의 말이 있을 것이다.

三峯拔地, 巍乎蒼穹, 源遠流長, 有孫我公. 公焉際遇, 累朝輸忠, 六聖眷注, 兩府[5]穹崇. 眉年壽考, 固本繁枝, 一身諸福, 如公者誰? 垂耀永世, 又有我辭.

---

4 靜順翁主: ? ~ 중종 1년(1506). 숙의 홍씨 소생. 봉화 정씨 현의 아들인 奉城尉 원준에게 출가하여 아들 1명을 낳았다.
5 兩府: 漢代의 승상과 어사대이고, 宋代의 중서성과 추밀원이다.

허백정 홍귀달 선생 연보 동암공

年譜[1] 東庵公

황명皇明 영종英宗 황제 정통(正統) 3년【세종대왕 20년】무오년(1438) 6월
【기미】 28일【경진일】

기묘시己卯時에 선생께서 함창현咸昌縣 양적리羊積里 집에서 태어나
다.【홍씨는 남양南陽에서 나왔는데 고려 중기에 재상이었던 홍란洪鸞이 영남의 부
계缶溪로 이주하면서 부계를 본관으로 삼게 되었다. 그 뒤에 내시사공內侍史公이
부계에서 상주商州로 갔고, 선생의 조부 참판공(參判公)이 상주에서 함창으로 옮겨
마침내 함창현 사람이 되었다. ○ 부계는 본래 삼국시대에 부림현缶林縣으로, 지금은
의흥현義興縣의 속현屬縣이다.】

皇明英宗皇帝正統三年【我世宗大王二十年】戊午六月【己未】
二十八日【庚辰】 己卯時, 先生生于咸昌羊積里[2]第【洪氏出自南陽[3]. 麗
中葉, 諱鸞[4]以宰相, 移卜嶺南之缶溪[5], 因貫焉. 其後, 內侍史公[6], 自

---

1 年譜: 이 연보는 憲宗 9년(1843)에 간행된 『허백정집』속집 초간본에 수록된 것으
로 작성자는 東庵公인데, 동암공은 鄭大龜로 추정된다.

2 咸昌羊積里: '함창'은 『新增東國輿地勝覽』卷29 경상도 함창현 조항에 "동쪽은
상주 경계까지 8리, 남쪽은 상주 경계까지 17리, 서쪽은 상주 경계까지 23리, 북쪽
은 문경현 경계까지 7리이고, 서울과의 거리는 4백 37리이다."했다.

3 南陽: 지금의 경기도 水原과 華城 일대를 포함한 옛 지명이다. 동쪽으로 水原府
경계까지 24리, 남쪽으로 雙阜縣 경계까지 20리, 서쪽으로 花梁까지 41리, 북쪽으
로 安山郡 경계까지 43리이고, 서울과의 거리는 1백 5리이다. 본래 고구려 唐城郡
을 신라 景德王(?~765)이 唐恩으로 고쳤다가 고려 초년에 다시 당성군으로 고쳤
고, 顯宗 9년(1018) 水州[수원]에 부속시켰다가 뒤에 仁州[인천]에 붙였다. 忠宣王
2년(1310) 南陽府가 되었다가 本朝 太宗 13년(1413) 都護府로 고쳤다.《新增東國
輿地勝覽 卷9 경기 남양도호부》

4 鸞: 缶溪洪氏의 시조로, 고려 개국공신 殷悅의 손자이며, 고려 중기 벼슬이 侍中에
이르렀다 한다.

5 缶溪: 경상북도 軍威郡 부계면 일대의 옛 지명이다. 신라 景德王 16년(757) 缶林縣

缶而商[7], 先生祖父參判公[8], 自商而咸, 遂爲縣人. ○ 缶溪, 本三國時缶林縣, 今義興[9]屬縣.】

정통 4년【세종대왕 21년】기미년(1439)【선생 2세】

四年【世宗大王二十一年】己未【先生二歲】

정통 5년【세종대왕 22년】경신년(1440)【선생 3세】

五年【世宗大王二十二年】庚申【先生三歲】

정통 6년【세종대왕 23년】신유년(1441)【선생 4세】

六年【世宗大王二十三年】辛酉【先生四歲】

정통 7년【세종대왕 24년】임술년(1442)【선생 5세】

이때 이미 걸출하게 대인의 기상이 있었다.

七年【世宗大王二十四年】壬戌【先生五歲】
已嶷然有大人氣象.

이었다가 고려 太祖 20년(937) 부계로 고쳤다. 顯宗 9년(1018) 尙州에, 후에 善州
[善山]에 편입하고, 恭讓王 3년(1391) 義興郡에 예속시켰다.

6 內侍史公: '내시사'는 고려 忠烈王 24년(1298) 司憲府의 侍史를 고친 이름으로,
   종5품이다. '내시사공'은 이름이 文永으로, 洪貴達의 고조부이다.
7 商: 경상북도 尙州이다. 동쪽으로 比安縣 경계까지 67리, 남쪽으로 善山府 경계까
   지 39리, 同府 경계까지 40리, 金山郡 경계까지 47리, 서쪽으로 忠淸道 報恩縣
   경계까지 70리, 북쪽으로 咸昌縣 경계까지 29리이고, 서울과의 거리는 4백리이
   다.《新增東國輿地勝覽 卷28 경상도 상주목》
8 參判公: 洪貴達의 조부 洪得禹로, 吏曹參判에 추증되었다.
9 義興: 동쪽으로 永川 新寧縣 경계까지 45리, 남쪽으로 星州 경계까지 48리, 大丘
   府 경계까지 51리, 서쪽으로 軍威 孝靈縣 경계까지 26리, 북쪽으로는 義城縣 경계
   까지 18리이고, 서울과의 거리는 6백 26리다. 본래 고려의 義興郡을 顯宗 9년
   (1018)에 安東府에 소속시켰고, 本朝 太宗 13년(1413)에 현으로 고쳤다.《新增東國
   輿地勝覽 卷27 경상도 의흥현》

정통 8년【세종대왕 25년】계해년(1443)

【선생 6세】○ 글을 짓기 시작하여 '새가 가지에 앉으니, 어떤 가지는 흔들리고, 어떤 가지는 흔들리지 않네.' 했는데, 식자(識者)는 '어떤[或]'이란 글자에 문장의 기습(氣習)이 깃들었다 하였다. ○『청강시화淸江詩話』에 나온다.】

八年【世宗大王二十五年】癸亥【先生六歲 ○ 始屬文, 有云'鳥坐枝, 或枝動不動', 識者以爲或字有文章氣習. ○ 出淸江詩話[10]】

정통 9년【세종대왕 26년】 갑자년(1444)【선생 7세】

스승에게 배우기 시작했으니, 남파거사 김공金公의 문하에서 수학하였다.

【거사의 이름은 온교이니 부사 김이소의 손자로, 선생에게는 척종숙戚從叔이 된다. 함창현咸昌縣 남쪽 율리栗里에 거처했는데 선생이 가서 배웠다. 갈 때에는 반드시 도끼를 들고 가서 산 속에 감춰 두었다가 돌아오는 길에 도끼로 관솔을 잘라와 그것으로 불을 밝혀 밤새도록 글을 읽었는데, 매일 똑같이 하였다. 집이 가난했기 때문에, 신발과 버선이 쉽게 해져 어머님께 걱정을 끼칠까봐 여름에는 항상 맨발로 걸어 다녔는데, 또한 어머님이 알지 못하도록 하였다.】

九年【世宗大王二十六年】甲子【先生七歲】
始就傅, 受學于南坡居士金公之門.【居士名溫嶠, 府使履素之孫, 於先生爲戚從叔. 嘗居縣南栗里[11], 先生往學焉. 去時, 必袖斧藏山中, 及歸, 斫松明[12]以來, 達夜讀書, 日以爲常. 家貧, 恐履襪易弊, 爲母夫人

---

10 淸江詩話: 李濟臣(中宗31, 1536~宣祖17, 1584)이 편찬한 시화집으로, 고려후기의 李穡을 비롯하여 조선 전기 인물들의 시와 시화를 일화형식으로 기술했다. 모두 61편으로 金時習·鄭麟趾·兪應孚·南孝溫·李承召·朴祥·申光漢·洪裕孫·李荇·朴淳 등의 일화가 수록되어 있다. 위의 인용과 관련된 부분은 洪萬宗『詩話叢林』권2 「청강시화」에 "洪贊成貴達, 少時有長者命聯. 卽曰: '鳥坐花枝, 或枝動不動.' 識者以或字爲文章氣習." 했다.

11 栗里: 경상북도 문경군 영순면에 있다.

12 松明: 송진이 엉긴 소나무의 가지나 옹이인 관솔인데, 이를 쪼개어 가는 줄기로 만들어 등불이나 촛불 대신 사용했다.

憂, 每暑月, 徒跣往來, 亦不令母夫人知也.】

정통 10년【세종대왕 27년】을축년(1445)【선생 8세】

총명함이 남달랐다. 지름길로 다니지 않고, 비스듬히 기대 앉지 않고, 기이하고 요상한 옷을 입지 않았다.

十年【世宗大王二十七年】乙丑【先生八歲】
聰明穎異. 行不由徑, 坐不跛倚, 服不奇邪.

정통 11년【세종대왕 28년】병인년(1446)【선생 9세】

힘써 공부하여 게을리 하지 않고, 날마다 일정한 양을 공부하였다.

【선생이 어떤 사람에게 보낸 편지에서 말씀하였다. "나는 평소 기예에 대해서는 취미가 없고 오직 경서經書와 역사서만을 좋아하여, 그 태도가 굶주린 자가 음식을 먹고 싶고 목마른 자가 물을 마시고 싶은 것보다 더 심했습니다. 입이 맛을 찾는 것은 본성이기 때문에 콩과 보리를 구분하지 못할 정도로 어리석은 자라도 마시고 먹는 것을 그만둘 수는 없을 것입니다. 나에게 있어 경서와 역사서는 바로 이와 같은 것입니다. 본성적으로 이를 좋아하기 때문에 비록 잘하지는 못했지만 잠시라도 손에서 놓은 적이 없습니다. 어렸을 때 집에 책이 없어 어떤 책을 읽고 싶을 때는 항상 반드시 다른 사람에게서 빌려 읽고 모두 외우고 난 뒤에 돌려주었습니다."】

十一年【世宗大王二十八年】丙寅【先生九歲】
力學不怠, 有程課.【先生與人書[13]曰: "某平生於藝無所嗜好, 獨於書

---

13 與人書: 『虛白亭集』 권4 雜著 「謝人與綱目書」라는 제목으로 실려 있고, 원문은 다음과 같다. "僕平生於藝無所嗜好, 獨於書史好之, 不啻如飢渴者之於飮食. 蓋口之於味也, 性也, 雖至愚駿不辨菽麥, 而未嘗有廢飮食者也. 僕之於書史, 正類此. 性好之, 故雖無能, 亦未嘗少釋也. 少時, 家無書, 每欲讀一般書, 必從人借, 得則讀, 不得則廢. 雖讀之, 尋被主人責還, 未暇修習奮聞, 旋得旋忘, 所以少無知而長無聞而老無用, 蓋因是. 猶且受知於聖明, 見錄於朋儕, 得點綴儒聯, 出入金馬玉堂, 蓋數十年. 其間忝蒙聖恩者, 詎有極乎? 而於頒賜書籍, 則賤姓名每先於人. 故家雖貧, 書籍富於人. 頃因吏于外, 又値喪, 去京師者, 五六年. 及還則滿壁皆前日所未有之書, 問之則近日所受賜也. 乃拜手謝曰: '吾焉能知在外之臣, 亦膺此恩

史好之, 不啻如飢渴者之於飲食. 蓋口之於味也, 性也, 雖至愚不辨菽
麥, 而未嘗有廢飲食者也, 某之於書史正類此. 性好之, 故雖無能, 亦
未嘗少釋也. 少時家無書, 每欲讀一般書, 必從人借讀, 成誦乃還之.】

정통 12년【세종대왕 29년】정묘년(1447)【선생 10세】

감사監司 주공朱公의 문하에서 『논어論語』를 배웠다.【주공은 이름이 백손
伯孫이다. 당시에 용궁龍宮 교수로서 후학들을 가르치면서 몸소 체득하여 실천하는
것을 우선으로 여겼는데, 사방에서 찾아와 배우는 자들이 많았다. 선생이 처음에
『논어』를 배울 때 '자신의 몸가짐을 다스리고[行己]', '다른 사람을 다스리는[爲人]'
법이 이 책에 모두 실려 있다 생각하여 쉬지 않고 외우며 읽으니, 주공이 기뻐하여
시를 지어 주었다. 그 시에 "논어 스무 편 전체를, 구슬이 쟁반에 구르는 듯 익숙하게
암송하는구나." 하였다. 선생이 평생 수용한 것은 대부분 『논어』에 있다.】

十二年【世宗大王二十九年】丁卯【先生十歲】

　　受『魯論』[14]于監司朱公[15]之門.【朱公名伯孫, 時爲龍宮敎授[16], 訓誨後

乎?' 旋又聞諸人曰: '今且新鑄字印發明『綱目』, 行當頒給儒臣. 如君雖在外時, 亦
無所不得, 況於今乎? 余亦私以爲幸.' 及下頒賜記, 則吾輩行率不得與焉. 余竊笑
之曰: '前則遠臣也, 雖不得, 無足怪, 余亦無心於得也, 則乃無所不得焉. 今則在朝
之臣也, 得之未爲過分也. 余又本無此書, 未必無心於得也, 則反不得焉, 是何也?
蓋天道, 至公而無私, 雨露之施, 非必期於物物而澤之, 而凡有血氣者, 自無不被其
澤. 至於山川, 無雲雨澤愆期, 大地旱暵, 農夫告悶. 于時, 雖有小雨薄露, 安能潤
萬物乎? 必借桔槔以倒其流, 抱瓮以汲其深, 乃可以灌畦而農, 得以免其飢餓矣.
是則桔槔也, 瓮也, 亦贊天地之化育而生物者也. 公位隆而力有餘. 位隆故有以資
於已, 力有餘, 故又有及物之澤. 公受賜『綱目』一件, 旣以自資, 私印又一件, 以之
資於我. 譬之於物, 公之澤, 其桔槔與瓮之灌畦者乎! 雖謂之贊天地之化育, 誠不誣
矣. 噫! 微吾公, 吾其不飢而死者乎?'
14 魯論: 노나라 『論語』로, 『논어』의 漢나라 傳本 가운데 하나이다. 『漢書』 「藝文志」
　　에 "노나라 『논어』를 전한 자는 常山의 都尉 龔奮, 長信의 少府 夏侯勝, 丞相
　　韋賢·魯扶卿, 전임 將軍 蕭望之, 安昌侯 張禹 등인데, 모두 유명한 학자이다."
　　했고, 陸德明 『經典釋文』 序彔에 "한나라가 건국되고 논어를 전수한 학파가 셋이
　　다. 노나라 『논어』는 노나라 사람이 전수한 것으로, 현재 편차되어 통행되는 것이
　　이것이다." 했다. 세 가지 논어는 노나라 『논어』, 제나라 『논어』, 고문 『논어』이다.

學, 以體驗踐履爲先, 四方從學者多. 先生初受『論語』, 以爲行己‧爲
人, 盡在此書, 誦讀不輟, 朱公喜, 贈詩曰, "『魯論』二十篇, 慣誦珠走
盤." 先生一生受用, 多在論語云.】

정통 13년【세종대왕 30년】무진년(1448)【선생 11세】

十三年【世宗大王三十年】戊辰【先生十一歲】

정통 14년【세종대왕 31년】기사년(1449)【선생 12세】

이 해에 천자가 오랑캐에게 포로로 잡혔다. 이 소식에 개연히 눈물을
흘리며 "세상이 거꾸로 뒤집힌 것이 극도에 달했구나!" 하였다.

十四年【世宗大王三十一年】己巳【先生十二歲】
是歲, 聞天子陷虜[17], 慨然流涕曰: "天下之倒懸, 極矣."

대종代宗 황제 경태景泰 원년【세종대왕 32년】경오년(1459)【선생 13세】
2월에 세종대왕께서 승하하셨다.

代宗皇帝景泰元年【世宗大王三十二年】庚午【先生十三歲】

장우가 전수한 『논어』는 노나라 『논어』를 저본으로 삼았고, 세상에 통행되었기
때문에 후대에는 『논어』를 『노론』이라고도 불렀다.

15 朱公: 世宗~成宗 연간의 문신 朱伯孫으로, 世宗 26년(1444) 式年文科에 급제하
여 司成이 되고, 文宗 1년(1451) 司諫院右正言에 역임했다. 世祖 3년(1457) 3월
慶尙道都事로 재직중이었고, 8월 經歷으로서 原從功臣 3등에 녹훈되었고, 成宗
1년(1470) 南軼‧林守謙‧李克基‧崔自濱‧兪鎭‧金潗 등과 함께 師表에 임명되었
다.《朝鮮王朝實錄》

16 龍宮敎授: '용궁'은 龍宮縣으로, 동으로 醴泉郡 경계까지 15리, 남으로 예천군
경계까지 35리, 서로 尙州 경계까지 12리, 북으로 상주 경계까지 9리이고, 서울과
의 거리는 4백 44리이다.《新增東國輿地勝覽 卷25 경상도 용궁현》
'교수'는 본래 四學의 유생을 가르치는 종6품 관직인데, 各道 郡縣에 配置하는
外官職의 종9품 관직인 訓導를 가리키기도 한다.

17 天子陷虜: 1449년 7월 중국 몽골 也先의 부대가 명나라를 대대적으로 침략하여
河北 懷來縣 동쪽 [土木]에서 명나라 군대를 대파하고 英宗 황제를 포로로 사로잡
았다. 이를 '토목의 변[土木之變]'이라 한다.

二月, 世宗大王昇遐.

경태 2년【문종대왕 원년】신미년(1451)【선생 14세】
　二年【文宗大王元年】辛未【先生十四歲】

경태 3년【문종대왕 2년】임신년(1452)【선생 15세】
5월에 문종대왕께서 승하하셨다.
○ 나이 겨우 열다섯에 문학이 크게 진보하고 몸가짐에 법도가 있어,
사람들이 큰 선비가 될 재목이라 일컬었다.
　三年【文宗大王二年】壬申【先生十五歲】
　五月, 文宗大王昇遐.
　○ 年甫志學[18], 文辭大進, 行己有方, 人以大儒目之.

경태 4년【단종대왕 원년】계유년(1453)【선생 16세】
　四年【端宗大王元年】癸酉【先生十六歲】

경태 5년【단종대왕 2년】갑술년(1454)【선생 17세】
　五年【端宗大王二年】甲戌【先生十七歲】

경태 6년【세조대왕 원년】을해년(1455)【선생 18세】
　六年【世祖大王元年】乙亥【先生十八歲】

경태 7년【세조대왕 2년】병자년(1456)【선생 19세】
10월에 단종대왕께서 영월寧越에서 승하하셨다.
　七年【世祖大王二年】丙子【先生十九歲】
　十月, 端宗大王昇遐于寧越.

18　志學: 학문에 뜻을 둔다는 뜻으로, 15세를 이른다. 『論語』 「爲政」에 "나는 15세에
　학문에 뜻을 두었다.[吾十有五, 而志于學.]" 했다.

영종英宗 황제 천순天順 원년【세조대왕 3년】정축년(1457)【선생 20세】
상산김씨商山金氏를 아내로 맞이했다. 부인은 낙성군洛城君 선치先致
의 현손이며 사정司正 숙정淑貞의 딸이다.

英宗皇帝天順元年【世祖大王三年】丁丑【先生二十歲】
聘夫人商山金氏. 夫人, 洛城君先致[19]之玄孫 · 司正淑貞之女.

천순 2년【세조대왕 4년】무인년(1458)【선생 21세】

二年【世祖大王四年】戊寅【先生二十一歲】

천순 3년【세조대왕 5년】기묘년(1459)【선생 22세】
이해에 진사에 합격하여, 문희공文僖公 유순柳洵·문대공文戴公 성현成
俔과 함께 같은 해 소과小科에 합격한 벗으로 가깝게 지냈다.

三年【世祖大王五年】己卯【先生二十二歲】
是歲, 中進士, 與文僖公柳洵[20] · 文戴公成俔[21], 爲年友[22]相善.

---

19 先致: 충숙왕 5년(1318)~태조 7년(1398). 본관 상주. 아버지는 判宗簿寺事 君
實, 형은 政堂文學 得培이다. 戶部郎中·吏部侍郎·典理判書·東北面都巡問使·密
直副使·鷄林府尹 등을 역임했다. 尙城君에 봉해지고 推誠翊衛功臣이 되었으며,
同知密直司事에 올라 全羅道都巡問使가 되었고, 다시 공민왕 22년(1373) 朔方道
都巡問使가 되었다. 우왕 4년(1378) 洛城君에 봉해지고 推忠保節贊化功臣이 되
었으며, 우왕 8년 상주로 은퇴했다.

20 柳洵: 세종 23년(1441)~중종 12년(1517). 본관 文化. 호 老圃堂. 시호 文僖. 아버
지는 左洗馬 思恭, 어머니는 南陽洪氏 判鏡城府事 尙直의 따님이다. 世祖 5년
(1459) 司馬試에 장원으로 급제하고, 세조 8년(1462) 式年文科 丙科 8위[18/33]
로 급제하여 弘文館副提學·大司憲·同知中樞府事·刑曹參判·吏曹判書 등을 역
임했다. 연산군 12년(1505) 65세의 나이로 영의정에 제수되고, 그 이듬해 中宗反
正이 발생하자 수상으로서 靖國功臣 2등에 책록되고 文城府院君에 봉해졌다. '詩
首相'이라고 불릴 정도로 시에 능했고, 字學·의학·지리학에도 조예가 깊었다.

21 成俔: 세종 21년(1439)~연산군 10년(1504). 본관 昌寧. 자 磬叔. 호 慵齋·浮休
子·虛白堂·菊塢. 시호 文載. 아버지는 知中樞府事 念祖, 어머니는 順興安氏 牧
使 從約의 따님이다. 세조 5년(1459) 進士試에 합격하고, 세조 8년(1462) 式年
文科에, 세조 12년 拔英試에 각각 3등으로 급제하여 博士로 등용된 뒤 弘文館正

천순 4년【세조대왕 6년】경진년(1460)【선생 23세】

성균관에서 공부하였는데 최린(崔璘)과 함께 거처하였다.

四年【世祖大王六年】庚辰【先生二十三歲】

遊泮宮[23], 與崔公璘[24]同處.

천순 5년【세조대왕 7년】신사년(1461)【선생 24세】

별시친책과別試親策科에 급제하였다.【당시에 성상께서 충순당忠順堂에 납시
어 관학유생館學儒生 5백여 명을 불러 친히 시험을 보이고 3인을 선발하셨다. 1등은
생원 하숙산河叔山으로 진주 사람이고, 2등은 진사 김씨로 안동 사람이고, 3등이
바로 선생이었다. 주사 공主司公이 기뻐하며 "우리 가문의 의발衣鉢을 전할 수 있겠
구나!" 했다. ○『국조보감』에는 이 해에 성현成俔이 대책對策으로 급제했다고 했다.
아마도 성공成公이 선생의 호와 비슷하여 잘못 기록한 듯하니, 성공은 이듬해 임오년
(世祖8, 1462) 문과에 급제했다. 처음에 삼관三館의 직분을 맡기니 예로부터 새로
급제한 사람에게는 반드시 예문관·교서관·성균관 삼관의 관직을 맡겼기 때문이다.

字·藝文館修撰·慶尙道觀察使·禮曹判書·大提學 등을 역임했다. 성종 3년
(1472) 漢訓質正官의 신분으로 進賀使인 형 成任을 따라 北京에 갔는데, 가는
길에 지은 기행시를 엮어 『觀光錄』을 남겼다. 성종 6년 從事官으로 李瓊仝·崔淑
精 등과 함께 韓明澮를 따라 명나라에 다녀오고, 성종 16년 千秋使로 명나라에
다녀왔다. 성종 19년 平安道觀察使로 조서를 가지고 온 명나라 사신 董越·王敞
의 접대 잔치에서 시를 주고받아 그들을 탄복하게 하고, 7월 謝恩使로 명나라에
다녀왔다. 죽은 뒤 수개월 만에 甲子士禍(연산군 10, 1504)가 일어나 剖棺斬屍
를 당했으나 뒤에 신원되고 청백리에 녹선되었다. 저서로 『虛白堂集』·『樂學軌
範』·『慵齋叢話』·『浮休子談論』 등이 있다.

22 年友: 同年의 벗이라는 뜻으로, 같은 해에 과거에 급제한 사람, 즉 同榜及第한
벗을 이른다.

23 泮宮: 成均館을 이른다. 반궁은 원래 周代에 제후의 學宮으로, 동서의 문 남쪽으로
물이 둘러 있어 그 형상이 半璧과 같고, 그 규모가 천자의 학궁인 辟雍의 반이다.

24 崔璘: 세종 6년(1424)~연산군 8년(1502). 본관 海州. 자 應玉[혹은 應寶]. 호
望海堂. 조부는 知平原郡事 滈, 아버지는 修義副尉 尙河이다. 세조 6년(1460)
平壤別試 甲科 2인[2/22]으로 급제하여 正言·校理 등을 역임했다.

○ 선생은 처음 출사出仕할 때부터 재상의 재목이라는 명망이 있었으니, 동료들이 모두 인정하고 존중하였다.】

五年【世祖大王七年】辛巳【先生二十四歲】
登別試親策科[25].【時, 上御忠順堂, 召館學儒生[26]五百餘人, 親策, 賜第三人. 第一, 生員河叔山[27], 晉州人. 第二, 進士金, 安東人. 第三, 卽先生. 主司喜曰: "可傳吾家衣鉢也." ○ 按『國朝寶鑑』, 是歲, 成俔[28] 對策登第, 蓋成公與先生號相似, 故誤出爾. 成公則登明年壬午榜. 初

---

25 別試親策科: '별시'는 나라에 경사가 있을 때나 天干으로 丙이 든 해에 보이는 문과나 무과시험이다. '친책'은 殿試 때에 임금이 몸소 策問하는 것이다. 이 시험은 1월 25일 시행되고 다음날 급제자를 발표했다. 시험 문제는 국가 정책에 관한 의견을 묻는 策問으로, 서북 지방은 주민이 적어 매우 허술하기 때문에 동남 지방으로부터 가능한 한 많은 백성을 이주시켜 그곳을 충실하게 해야 할 필요성이 절박한데, 백성들이 정부의 그 徙民策에 적극 호응하려 하지 않으니 '徙民樂遷之策'에 대해 의견을 개진하는 것이었다.

26 館學儒生: 成均館과 四學에 기숙하고 있는 유생이다.

27 河叔山: 세조~성종 연간의 문신. 본관 晉州. 자 安仁. 호 酒隱. 조부는 慶州府尹 萬枝, 아버지는 自昆[혹은 自崑]. 세조 7년(1461) 1월 25일 別時 文科에 壯元으로 급제하고, 성종 2년(1471) 司諫院正言이 되었다. 성종 3년 아버지가 연로함을 이유로 귀향을 청하자 성종은 그에게 그 道의 수령을 제수했다. 『朝鮮王朝實錄』 성종 8년 6월 29일 기사에 史臣이 하숙산에 대해 다음과 같이 논평했다. "하숙산은 志氣가 慷慨하여 권세 있는 이에게 아첨하지 않았다. 樂安郡守로 있을 때 監司 李克均이 순찰하여 順天府에 도착했는데, 하숙산도 공무로 순천에 이르렀다. 마침 낙안군에서 그 지역 方物인 虎皮를 監營에 바칠 때인데, 郡吏가 '만약 人情의 물건을 주지 않으면 호피를 결국 바칠 수 없을 것입니다.' 했으나, 하숙산이 응하지 않았다. 郡吏가 남에게 綿布 5필을 꾸어 營吏에게 주고서야 바칠 수 있었다. 하숙산이 營吏에게 노하여 꾸짖기를, '한 낱의 호피를 財貨가 없으면 바칠 수 없고, 재화가 있으면 바칠 수 있으니, 우리 殘郡은 方物을 장만하기도 매우 어려운데, 네가 또 한없이 재화를 요구하면 어떻게 감당하겠는가?' 하고, 군졸을 시켜 결박하여 무수히 매질했다. 都事가 이 일을 듣고 이극균에게 '營吏에게 참으로 죄가 있지만, 守令이 함부로 감사의 衙前을 고문한 것은 事體가 埋沒하니 推問하소서.' 하자, 이극균이 '이 사람은 본래 强猛하니 容忍해야 하며, 또 아랫사람을 검찰하지 못한 것은 나의 잘못이다' 하고는 사람을 시켜 사과하자 하숙산이 그만두었다 하니, 그의 강직함이 이와 같았다."

28 成俔: 「연보」 주석 21 참조.

試三館²⁹職, 古例, 新及第, 必試藝文 · 校書 · 成均三館之職. ○ 先生 自初出仕, 有公輔³⁰之望, 儕輩咸推重焉.】

천순 6년【세조대왕 8년】임오년(1462)【선생 25세】

승문원박사承文院博士에 선발되었다.【당시에 같은 박사 직책을 맡고 있던 최 린崔璘 공과 가깝게 지냈다. ○ 김점필재金佔畢齋 · 조매계曹梅溪 · 성용재成慵齋와 도의道義로 교유하니 당시 사람들이 '네 분의 군자[四君子]'라 일컬었다. 허사익許士 諤이 선주宣州에서 나는 돌벼루를 선생에게 드리려고 하였는데, 점필재가 그 벼루를 자기 것으로 하고 숙직 중에 있는 선생에게 시를 지어 사과하였다. 그 시에 이르기를, "선성宣城의 자주빛 벼루 동방의 걸작품이니, 바람 물결의 녹석연綠石硯보다 훨씬 아름답구나. 공부방에 하루라도 없어서는 안 되거니와, 옥덕금성玉德金聲은 내가 스승으로 삼는 바이지. 허군이 이를 얻어 열 겹으로 싸 와서, 자네에게 주려 했는데 자네는 알지 못했지. 내가 어제 허군 집에 찾아가 똑똑 문을 두드려, 이 좋은 벼루 흘깃 보자 마음이 홀연 기뻤네. 웃고 농담하는 틈에 내 품속에 넣으니, 허군이 성내어 꾸짖었지만 어찌 상관하겠는가. 집으로 돌아와 필가筆架 옆에 고요히 놓아두니, 붉은 못에 검은 구름 드리운 듯하네. 문 닫고 들어앉아 글쓰기에 제격이니, 깨진 벽돌 기와 조각을 곁에 두지 말지라. 쓸모없는 시 지어 사죄하니, 훗날 벌주를 어찌 감히 사양하겠는가." ○ 시는 『점필재문집』에 나온다.】

六年【世祖大王八年】壬午【先生二十五歲】
選爲承文博士³¹.【時, 崔公璘³²爲同官相善. ○ 與金佔畢齋³³ · 曹梅

---

29 三館: 成均館 · 承文院 · 校書館, 또는 藝文館 · 成均館 · 春秋館, 또는 弘文館 · 藝文 館 · 校書監, 또는 藝文館 · 成均館 · 校書館을 이른다.

30 公輔: 본래 고대의 천자 보좌관인 三公과 四輔인데, 보통 宰相을 일컫는다.

31 承文博士: '承文'은 承文院으로, 외교에 관계되는 문서를 맡아보는 관청이고, '박 사'는 校書館 · 承文院 · 成均館 · 弘文館의 정7품 관직이다.

32 崔璘: 「연보」 주석 24 참조.

33 佔畢齋: 金宗直의 호. 세종 13년(1431)~성종 23년(1492). 본관 善山. 자 季昷. 시호 文忠[또는 文簡]. 아버지는 司藝 叔滋, 어머니는 密陽朴氏 司宰監正 弘信의

溪[34] · 成慵齋[35], 爲道義交, 時人稱四君子. 許士謂以宣州[36]石硯, 將
贈先生, 佔畢齋留其硯, 作詩[37]寄謝直中云: "宣城紫硯東方奇, 大勝綠
石含風漪[38]. 文房不可一日無, 玉德金聲我所師. 許君得之十襲來, 持
欲贈君君不知. 我昨剝啄叩其門, 睨此益友神忽怡[39]. 輒因笑譃入懷

따님이다. 고려말 鄭夢周·吉再의 학통을 이은 아버지로부터 수학, 후일 士林의
조종이 된 그는 文章·史學에도 능했으며, 절의를 중요시하여 조선시대 도학(道
學)의 정맥을 이어가는 중추적 구실을 했다. 정몽주·길재 및 아버지로부터 전수받
은 도학사상은 그의 제자 金宏弼·鄭汝昌·金馹孫·兪好仁·南孝溫·曺偉·李孟專
·李宗準 등에게 지대한 영향을 주었다. 특히, 그의 도학을 이어받은 김굉필이 趙光
祖와 같은 걸출한 인물을 배출시켜 그 학통을 그대로 계승시켰다. 柳子光·鄭文炯
·韓致禮·李克墩 등이 戊午士禍[燕山君4, 1498]를 일으켜 剖棺斬屍를 당했으나,
中宗反正으로 신원되었으며, 밀양의 藝林書院, 선산의 金烏書院, 함양의 柏淵書
院, 김천의 景濂書院, 개령의 德林書院 등에 제향되었다. 저서로『佔畢齋集』·『遊
頭流錄』·『靑丘風雅』·『堂後日記』등이 있고, 편저로『一善誌』·『彜尊錄』등이 전
해지고 있으나, 많은 저술들이 무오사화 때 소실되어 지금 전하는 것은 많지 않다.

34 梅溪: 曺偉의 호. 단종 2년(1454)~연산군 9년(1503). 본관 昌寧. 자 太虛. 시호
文莊. 아버지는 蔚珍縣令 繼門, 어머니는 文化柳氏 汶의 따님이고, 金宗直의 처남
이다. 성종 3년(1472) 生員·進士試에 합격하고, 성종 5년 式年文科 丙科에 급제
하여 承文院正字·藝文館檢閱을 거쳐 戶曹參判·忠淸道觀察使·同知中樞府事를
역임했다. 연산군 4년(1498) 聖節使로 明나라에 다녀오던 중 戊午士禍(연산군
4, 1498)가 발생했는데, 金宗直의 詩稿를 수찬한 장본인이라 하여 오랫동안 義州
에 유배되었다가 順天으로 옮겨진 뒤 그곳에서 죽었다. 咸陽郡守 때에는 租賦를
균등하게 하기 위해「咸陽地圖志」를 만들었다고 전해지는데, 이는 김종직이 善山
府使로 있을 때「一善地圖志」를 만든 것과 같은 일이다. 저서로『梅溪集』이 있다.
35 慵齋: 成俔의 호. 세종 21년(1439)~연산군 10년(1504).
36 宣州: 평안도 宣川.
37 作詩:『佔畢齋集』詩集 권10에「士諤新自義州來, 以宣川石硯將贈兼善, 予奪得
之, 詩以謝兼善.」이라는 제목으로 실려 있고, 원문은 다음과 같다. "宣城紫硯東方
奇, 大勝綠石含風漪. 文房不可一日無, 玉德金聲我所師. 許君得之十襲來, 持欲贈
君君不知. 我昨剝啄叩其門, 睨此益友神忽怡. 輒因笑譃入懷抱, 許君詁怒胡恤之.
還家靜置筆格傍, 紫潭疑有玄雲垂. 正當閉戶註蟲魚, 斷搏片瓦休相隨. 爲投燕石
代肉袒, 他日罰籌安敢辭."
38 綠石: 중국 陝西 臨洮의 洮河에서 생산되었던 옛 벼루 이름이다. 쪽[藍]처럼 푸른
빛을 띠고 옥처럼 윤기가 흐르며 먹을 갈면 端溪硯에 뒤지지 않는데, 조하의 깊은
곳에서만 채취되어 쉽게 얻을 수 없다 한다.《古玩指南 硯 조항》
39 益友: 본래는 자신에게 유익함을 주는 벗을 이르는데, 여기서는 벼루를 가리킨다.

抱, 許君話怒胡恤之. 還家靜置筆格傍, 紫潭疑有玄雲垂. 正當閉戶註
蟲魚,[40] 斷搏片瓦休相從. 爲投燕石代肉袒,[41] 他日罰籌安敢辭[42]." ○
詩出『佔畢齋文集』】

천순 7년【세조대왕 9년】계미년(1463)【선생 26세】
예문관봉교藝文館奉敎에 추천되었다. 서거정徐居正 공이 매번 "우리나
라에서 문형文衡을 잡을 사람이 자네가 아니라면 누구겠는가?" 칭찬
하면서 인정하였다.

　　七年【世祖大王九年】癸未【先生二十六歲】
　　薦爲藝文館奉敎[43]. 徐公居正每稱許曰: "我國主文, 非子而誰?"

천순 8년【세조대왕 10년】갑신년(1464)【선생 27세】

　　八年【世祖大王十年】甲申【先生二十七歲】

헌종황제 성화成化 원년【세조대왕 11년】을유년(1465년)【선생 28세】
시강원설서侍講院設書에 제수되고, 얼마 있다가 호당湖堂에서 사가독

『論語』「季氏」에 "유익한 것이 세 가지 벗이요, 손해되는 것이 세 가지 벗이다.
벗이 곧으며, 벗이 성실하며, 벗이 문견이 많으면 유익하다. 벗이 외모만을 잘
꾸미며, 벗이 유순하기를 잘하며, 벗이 말만 잘하면 손해된다.[益者三友, 損者三
友. 友直, 友諒, 友多聞, 益矣. 友便辟, 友善柔, 友便佞, 損矣.]" 했다.

40　註蟲魚: 문필 활동에 대한 겸사이다. 孔子가 『詩經』을 읽으면 초목・조수・충어의
　　이름을 많이 알 수 있다고 했는데, 漢나라 古文經學家들은 유가 경전을 해설할
　　때 典章・制度와 사물의 명칭의 訓詁에 치중했다. 후에 '충어'는 보통 전장・제도와
　　사물의 명칭을 지칭했는데, 그 번쇄함을 기롱하는 느낌을 띠기도 했다. 韓愈「讀皇
　　甫湜公安園池詩書其後」에 "爾雅는 蟲魚에 대해 주석을 단 것이니, 정히 뜻이 큰
　　사람이 아니네.[爾雅注蟲魚, 定非磊落人.]" 했다.
41　爲投句: '燕石'은 燕山에서 산출되는 옥 비슷한 돌인데, 보통 평범한 자신의 글에
　　대한 겸사로 쓴다. '肉袒'은 옷을 벗어 한쪽 어깨를 드러내는 것으로, 고대에 제사
　　지낼 때나 사죄할 때 공경함과 황공함을 나타내는 것이다.
42　罰籌: 罰酒를 셀 때 사용하는 산가지로, 보통 벌주를 이른다.
43　奉敎: 藝文館 소속 정7품 벼슬로, 임금의 敎勅을 주관한다.

서賜暇讀書하였다. 【세종世宗 때부터 집현전 학사들에게 여가를 주어 독서를 하도록 했었는데 집현전이 없어지고부터 사가독서 제도도 없어졌다. 이때에 이르러 대제학大提學 서거정徐居正에게 명하여 문학하는 선비들을 선발하게 하였는데, 선생과 성간成侃, 김수녕金壽寧, 노사신盧思愼, 이숙함李叔諴, 임원준任元濬, 어세겸魚世謙, 정난종鄭蘭宗, 최숙정崔淑精, 이경동李瓊同, 성현成俔, 안침安琛 등이 호당에서 사가독서를 하였다. 선발한 인원 20인 모두는 최상의 선발이었다.】

憲宗皇帝成化元年【世祖大王十一年】乙酉【先生二十八歲】
拜侍講院說書[44], 尋賜暇湖堂[45].【自世宗朝, 命集賢學士賜暇讀書, 及集賢罷, 而賜暇之法亦廢. 至是命大提學徐居正, 選文學之士, 先生及成侃 · 金壽寧[46] · 盧思愼[47] · 李叔諴 · 任元濬[48] · 魚世謙[49] · 鄭蘭宗[50] · 崔淑精[51] · 李瓊同[52] · 成俔 · 安琛[53], 賜暇湖堂. 凡十二人, 蓋

---

44 侍講院說書: '시강원'은 世子侍講院으로, 왕세자에게 經·史를 시강하고 道義를 선도하는 일을 맡아보는 관청이다. '설서'는 세자시강원 소속 정7품 관직이다.

45 湖堂: 讀書堂을 고쳐 부른 이름으로, 독서당은 世宗이 藏義寺를 集賢殿의 諸臣에게 내어 주어 독서하도록 명하면서 붙인 이름인데, 成宗이 독서당을 龍山으로 옮기면서 호당이라 불렀다.

46 金壽寧: 세종 18년(1436)~성종 4년(1473). 본관 安東. 자 頤叟. 호 素養堂. 諡號 文悼. 아버지는 折衝將軍 澠, 어머니는 戶曹判書 安崇善의 따님이다. 端宗 1년(1453) 文科에 장원급제하여 集賢殿副修撰이 되었다. 『國朝寶鑑』·『東國統鑑』·『世祖實錄』·『睿宗實錄』 편찬에 참여했다.

47 盧思愼: 세종 9년(1427)~연산군 4년(1498). 본관 交河. 자 子胖. 호 葆眞齋·天隱堂. 아버지는 同知敦寧府事 物載이다. 『經國大典』·『三國史節要』·『東國通鑑』 등의 편찬 작업에 참여했다. 이 외에『東國輿地勝覽』편찬을 주관했으며, 成宗 13년(1482) 李克墩과 『通鑑綱目』을 新增했다.

48 任元濬: 세종 5년(1423)~연산군 6년(1500). 본관 豊川. 자 子深. 호 四友堂. 시호 胡文. 任士洪의 아버지이다. 世祖 12년(1466) 拔英·登俊 두 시험에 합격하여 곧바로 禮曹判書와 議政府參贊의 자리에 올랐다. 아들 사홍과 함께 大任·小任이라 불린다.

49 魚世謙: 세종 12년(1430)~연산군 6년(1500). 본관 咸從. 자 子益. 호 西川. 아버지는 孝瞻, 동생은 右參贊 世恭이며, 외조부가 좌의정 朴訔이다. 戊午士禍[燕山君 4, 1498]가 일어났을 때 史草 문제로 탄핵을 받아 좌의정에서 물러났다. 좌의정을 물러나면서 府院君으로 進封되고 几杖을 하사받았다.

50 鄭蘭宗: 세종 15년(1433)~성종 20년(1489). 본관 東萊. 자 國馨. 호 虛白堂.

極選也.】

성화 2년【세조대왕 12년】병술년(1466)【선생 29세】

9월, 문겸선전관文兼宣傳官에 추천 임명되었다. 당시, 상감께서 강녕
전康寧殿에 거둥하니 왕세자가 효령대군孝寧大君 이보李補와 하동군河
東君 정인지鄭麟趾 등과 더불어 입시하였는데, 상감께서 유신儒臣을
불러 경서經書를 강론하게 하셨다. 강론이 끝난 뒤에 상감께서 "장수
직책에 마땅히 문신文臣을 기용해야 한다. 나는 젊은이들을 길러 쓰
고자 하니, 경등은 각각 알고 있는 사람들을 추천하라." 하셨다. 마
침내 젊은 문신 중에 기용할 만한 자 30여 인을 선발하였는데, 선생
과 예문관대교藝文館待敎 이경동李瓊同, 형조좌랑刑曹佐郎 하숙산河叔山
에게 선전관을 겸하도록 명하였다. 문신이 군직軍職을 겸하는 것은
이때부터 시작되었다.

二年【世祖大王十二年】丙戌【先生二十九歲】

九月, 薦拜文兼宣傳[54]. 時, 上御康寧殿[55], 王世子, 與孝寧大君補·

아버지는 晉州牧使 賜이다. 훈구파의 중진으로서 글씨를 잘 썼는데, 특히 趙孟頫體
를 잘 썼다.

51 崔淑精: 세종 17년((1435)~성종 11년(1480). 본관 陽川. 호 逍遙齋·私淑齋.
아버지는 五衛司正 仲生, 어머니는 忠州安氏 縣監 善福의 따님이다. 世祖 8년
(1462) 式年文科 丙科에 급제하여 史官으로 발탁된 뒤 세조 12년 文科重試에
3등, 拔英試에 2등으로 급제했다. 성종 1년(1470) 刑曹佐郎·經筵侍讀官이 되고
春秋館記注官이 되어 「世祖實錄」과 「睿宗實錄」 편수에 참여했다. 성종 3년 司憲
府持平·經筵侍講官 등을 역임하고, 『三國史節要』·『東文選』 편찬에 참여했다.
일세의 名賢이며 높은 詩格을 지녔다는 평을 들었다. 저서로 『逍遙齋集』이 있다.

52 李瓊同: 성종 연간의 문신. 본관 全州. 자 玉汝. 성종의 신임을 받으며 국정을 보필
했는데, 왕비 尹氏를 폐하던 당시에 승지로 있었다는 이유 때문에 甲子士禍(연산
군 10, 1504) 때 직첩을 회수당했다. 大司憲으로서 柳子光을 탄핵했지만, 그뒤
任士洪과 가깝게 지내 오히려 臺諫의 탄핵을 받기도 했다.

53 安琛: 세종 27년(1445)~중종 10년(1515). 본관 順興. 자 子珍. 호 竹窓·竹齋.
시호 恭平. 아버지는 知歸, 仲兄은 璿이다. 『成宗實錄』 편찬에 참여했다.

河東君鄭麟趾等入侍, 上召儒臣講經書. 旣畢, 上曰: "將帥宜用文臣, 予欲得年少者培養, 卿等各擧所知." 遂選年少文臣之可用者三十餘人, 命先生及藝文待敎[56]李瓊仝[57]· 刑曹佐郎河叔山[58], 兼宣傳官[59]. 文兼之職, 昉於此.

성화 3년【세조대왕 13년】정해년(1467)【선생 30세】

5월, 함길도 병마평사兵馬評事에 선발되었다.【당시 회령부사會寧府使 이시애李施愛가 군대를 일으켜 반란을 일으켰다. 조정에서는 구성군龜城君 이준李浚을 사도도총사四道都摠使로, 조석문曹錫文을 부총사로, 어유소魚有沼를 대장으로 삼고, 어세공魚世恭의 품계를 올려 함길도관찰사로 삼고, 상喪 중에 있던 허종許琮을 나오게 해서 함길도절도사로 삼아 정벌하게 했다. 허공이 계啓를 올려 선생을 병마평사로 삼도록 청하였다. 선생은 허공의 막료로 부임하여 위로는 장수를 돕고 아래로는 부대를 다스리며 좌우로 수응하는 것이 모두 시의적절하니 허공이 칭찬해 마지않았다. 군영에서 여러 군대와 작전을 도모해 적군을 공격하기로 하였다. 처음에는 홍원洪原에서 싸우다가 북청北淸에서 다시 싸우고, 만령蔓嶺에서 세 번째로 싸우니 적들이 완전히 무너져 달아났다. 허 절도사가 추격하지 말라 명하며 "적의 우두머리가 곧 올 것이다." 하였다. 얼마 있다가 길주吉州 사람이 적의 우두머리 이시애를 산 채로 잡아왔다. 이준 등이 군사들 앞에서 이시애를 베어 수급首級을 한양으로 보내었고, 북방은 평정되었다.】

9월, 이시애의 난에 군공軍功을 세웠다 하여 파격적으로 공조정랑工

---

54 文兼宣傳: 文兼宣傳官으로, 문신이면서 軍衙 관청의 관직인 선전관의 직분을 겸하는 것이다.

55 康寧殿: 景福宮 안에 있던 왕의 寢殿이다.

56 待敎: 藝文館 소속 종8품 관직이다.

57 李瓊仝: 세조 연간의 문신이다. 「연보」 주석 52 참조.

58 河叔山: 세조 연간의 문신이다. 본관 晉州. 자 安仁. 아버지는 自昆이다. 世祖 7년(1461) 生員試에 합격했다. 「연보」 주석 27 참조.

59 宣傳官: 宣傳官廳에 소속된 벼슬로, 정3품부터 종9품까지 있다. 선전관청은 刑名[軍號]·啓螺[吹打]·侍衛·傳令·符信의 출납을 맡아보는 軍衙이다.

曹正郞에 임명하였다.【이때 도총사 이준 등이 개선하여 돌아오니 조정에서는 적개공신敵愾功臣에 책록했으며, 그 나머지 장수와 병사들도 공로에 따라 작위를 올려 주었다.】

三年【世祖大王十三年】丁亥【先生三十歲】

五月, 選爲咸吉道兵馬評事[60].【時, 會寧府使李施愛擧兵叛[61]. 朝廷以龜城君浚[62]爲四道[63]都摠使, 曹錫文[64]爲副摠使, 魚有沼[65]爲大將, 陞秩魚世恭[66], 爲咸吉道觀察使, 起復許琮[67], 爲咸吉節度使, 往征之. 許公啓請先生爲評事. 先生往赴僚幕, 上佐元戎, 下理部伍, 左酬右應,

---

60 兵馬評事: 평안도·함경도에만 두는 兵使의 막료로, 軍機 및 開市에 관한 일을 맡아보는 무관의 정6품 관직이다. 評事라고도 한다.

61 擧兵叛: '李施愛'는 함길도 길주 출신 土班으로, 세조의 집권정책에 반대하여 반란을 일으켰다.

62 浚: 세종의 4남 臨瀛大君 李璆의 아들로, 자는 子淸이다. 문무를 겸비하여 세조가 신임했다. 성종 1년(1470) 성종을 몰아내고 왕이 되려 한다는 鄭麟趾 등의 탄핵을 받아 경상도 海海로 귀양 가서 죽었다.

63 四道: 함길·강원·평안·황해도이다.

64 曹錫文: 태종 13년(1413)~성종 8년(1477). 본관 昌寧. 자 順甫. 아버지는 관찰사 沆이다. 세종 16년(1434) 文科에 급제, 集賢殿副修撰이 되었다. 세조 5년(1459) 조선이 野人에게 관직을 수여한 일로 명나라에서 사신을 보내어 견책하자 奏聞使가 되어 명나라에 다녀왔다. 예종이 즉위한 뒤 南怡 등의 옥사를 다스린 공으로 翊戴功臣 3등에 책록, 성종 2년(1471) 성종의 즉위를 보좌한 공으로 佐理功臣 1등에 책록되었다.

65 魚有沼: 세종 16년(1434)~성종 20년(1489). 본관 忠州. 자 子游. 시호 貞莊. 아버지는 武將 得海이다. 세조 2년(1456) 무과에 급제하여 司僕寺直長·司憲府監察을 역임했다. 성종 10년(1479) 建州衛 정벌 때 西征大將을 맡았는데 조정에 알리지 않고 자의로 군사를 돌린 일로 탄핵 당했다.

66 魚世恭: 세종 14년(1432)~성종 17년(1486). 본관 咸從. 자 子敬. 시호 襄肅. 아버지는 判中樞府事 孝瞻, 형은 左議政 世謙이다. 세조 2년(1456) 文科에 형 세겸과 함께 급제했다. 經學·易學·律學에 조예가 깊었다.

67 許琮: 세종 16년(1434)~성종 25년(1494). 본관 陽川. 자 宗卿·宗之. 호 尙友堂. 시호 忠貞. 아버지는 군수 蓀이며, 동생은 左議政 琛이다. 세조 3년(1457) 文科에 급제하였다. 세조 12년 함길도 兵馬節度使가 되었으나 아버지 상을 당하여 사직했는데, 李施愛의 난을 계기로 起復했다. 이 공로로 敵愾功臣 1등에 책록되고 陽川君에 봉해졌다. 저서로 『尙友堂集』이 있다.

擧合機宜, 許公稱歎不已. 營中與諸軍, 合謀攻賊, 初戰于洪原, 再戰
于北淸, 三戰于蔓嶺, 賊大潰遁走[68]. 許節度令勿追曰: "賊頭將至矣."
已而, 吉州人生縛[69]而至. 浚等斬施愛於軍前, 傳首京師, 北關平.】
九月, 以軍功超拜工曹正郎.【是時, 都摠使浚等班師, 朝廷錄敵愾功臣, 其餘
將士, 進爵有差.】

성화 4년【세조대왕 14년】무자년(1468)【선생 31세】
특별 선발로 예문관응교藝文館應敎를 겸직하였다.【나라의 고례古例에 장
차 문형文衡을 잡을 사람이 이 관직을 겸하였다.】
9월, 세조대왕께서 승하하셨다.

四年【世祖大王十四年】戊子【先生三十一歲】
以特選兼藝文館應敎.【國朝古例, 以將典文衡[70]者, 兼是任.】
九月, 世祖大王昇遐.

성화 5년【예종대왕 원년】기축년(1469)【선생 32세】
다시 예문관교리藝文館校理를 제수하였다.
○ 11월, 예종대왕께서 승하하셨다.

五年【睿宗大王元年】己丑【先生三十二歲】
轉拜藝文館校理.

---

68 初戰~遁走: 처음에 관군은 李施愛가 北淸을 비우고 북청 근처에 주둔했다는 사실
을 모른 채 북청으로 진격해 들어갔다. 그래서 오히려 이시애의 군대에게 포위를
당했는데, 金嶠의 책략으로 성문을 굳게 닫아걸고 포위된 군의 동요를 막는 한편
응전하지 않으면서, 북도 사람으로 하여금 이시애의 군대를 선동하게 했다. 동요된
이시애의 군대는 이후 蔓嶺으로 후퇴했고, 최종적으로는 육탄전까지 벌이면서 이
시애의 군대를 패배시켜 이시애는 계속 도주했다.

69 生縛: 蔓嶺에서의 전투 이후 도주하던 李施愛는 절도사 許琮 휘하에 있던 許惟禮
의 계교로 생포되었다. 허유례는 자신의 아버지가 이시애의 수하에서 吉州權管으
로 있는 것을 빌미로 이시애에게 거짓 항복을 하고, 아버지와 이시애의 수하 李珠
・李雲露 등을 설득해 시애・시합 형제를 생포했다.

70 文衡: 弘文館・藝文館의 정2품 관직 大提學을 이른다.

○ 十一月, 睿宗大王昇遐.

성화 6년【성종대왕 원년】경인년(1470)【선생 33세】

가을, 영안도永安道 심문사審問使로 파견되었다.【당시 영안도는 황충蝗蟲
이 돌고 가물었다. 상감께서 재앙을 살필 관리를 보내려고 하였지만 적임자를 찾기가
어려웠다. 능성군綾城君 구치관具致寬이 선생을 거론하며 "홍 아무개가 영안도 병마
평사兵馬評事를 맡았을 때 백성이 사모하여 따랐으니, 그를 파견할 만합니다." 하니
상감이 허락하셨다. 8월, 조정을 떠날 때 점필재佔畢齋가 시를 지어 전송하였다.
시에 이르기를 "영안도 부로父老들이 그대 풍모 우러름은, 예전 군영에서 격문檄文
쓰던 때부터지. 조칙 꾸며 백성 구원한 장유長孺의 곧음은 용서받을 수 있거니와,
산을 만나더라도 반란 일으켰다 꾸짖은 맹양孟陽의 글은 본받지 마시게. 삼군은 강에
던진 술을 마시고서 함께 취하고, 백리에선 응당 수고로이 활을 지고 달려오겠지.
변방 요새에 가을 깊어 조금씩 시들어가니, 돌아올 때 기다렸다가 그대의 아름다운
시에 화답하리라." 하였다.】

예문관 학사로 선발되어 들어갔다.【상감이 공경公卿과 관각館閣에 명하여
3품 이하의 시강侍講하는 신하를 선발하여 예문관에 관원으로 두어 임금의 자문에
대비하고, 문장을 짓게 하며, 언동을 기록하며, 경서를 편찬하도록 하여 모두 예전
집현전集賢殿에서 하던 대로 하게 하셨다. 부제학 김지경金之慶, 직제학 유권柳睠,
응교 김계창金季昌, 부응교 최경지崔敬止, 교리 노공필盧公弼, 부교리 김극검金克儉
·정휘鄭徽, 수찬 김종직金宗直·최숙정崔淑精·손비장孫比長, 부수찬 김윤종金潤宗
·남계당南季堂·채수蔡壽 등을 선발하였다. 상하번上下番으로 나누어 번갈아 숙직
하고, 날마다 세 번을 불러 보시니 사림들이 신선이 사는 영주瀛洲에 오른 일이라
비유하였다. 당시 선생은 교리로써 선발되었다. ○『점필재문집』에서 나왔다.】

아들 언방彦邦이 태어났다.

六年【成宗大王元年】庚寅【先生三十三歲】
秋, 差永安道[71]審問使.【時, 永安道有蝗且旱. 上欲遣官審診災荒, 而
難其人. 綾城君具致寬[72]舉先生, 以對曰: "洪某曾經玆道兵馬評事, 有

民懷, 可遣." 上許之. 八月, 辭朝, 佔畢齋以詩送之[73]曰: "龍荒父老揖
風儀[74], 曾見轅門草檄時[75]. 矯制尙容長孺直[76], 逢山勿效孟陽嬉[77]. 三
軍共醉投河飮[78], 百里應勞負弩馳. 關塞秋深轉搖落, 歸來竚和錦囊

71 永安道: 함경도로. 永吉道라고도 한다.

72 具致寬: 태종 6년(1406)~성종 1년(1470). 본관 綾城. 자 而栗·景栗. 시호 忠烈.
   아버지는 牧使 楊이다. 세종 16년(1434) 文科 乙科로 급제했다. 세조 1년(1455)
   세조 즉위와 함께 좌익공신 3등에 책록되어 吏曹參判으로 승진하고, 綾城君에
   봉해졌다. 세조가 "나의 만리장성"이라 칭찬할 정도로 신임이 두터웠다. 예종
   ·성종대에는 院相으로서 호조·이조판서를 겸직했다.

73 以詩送之: 『佔畢齋集』 시집 권6에 「送兼善奉使永安道」라는 제목으로 실려 있고,
   원문은 다음과 같다. "時永安道有蝗, 綾城君擧兼善, 令審蟲旱及救荒之狀, 兼賜節
   度使及五鎭諸將宣醞. 八月初九日, 發程. 兼善曾爲玆道兵馬評事. 龍荒父老揖風
   儀, 曾見轅門草檄時. 矯制尙容長孺直, 逢山勿效孟陽嬉. 三軍共醉投河飮, 百里應
   勞負弩馳. 關塞秋深轉搖落, 歸來竚和錦囊詩."

74 龍荒: 龍城과 荒服으로, 중국의 황량한 사막 지역을 뜻하는데, 여기서는 永安道[咸
   鏡道]를 이른다.

75 曾見句: '轅門'은 임금의 순행이나 거둥 때, 수레의 끌채[轅]를 마주 세워 만든
   문, 혹은 지방 고급 관서의 바깥문을 뜻한다. 이 구절은 洪貴達이 예전에 李施愛의
   난을 평정하기 위해 함길도 兵馬評事가 되었던 일을 이른다.

76 矯制句: '長孺'는 漢나라 汲黯의 자이다. 武帝 때 河內에 화재로 천여 가호가 소실
   되어 급암에게 시찰하도록 하였다. 급암은 백성들이 가뭄과 물난리로 극심한 곤경
   에 처한 것을 보고, 임의로 부절을 가지고 하남 지역 관청의 곡식을 풀어 빈민들을
   구제한 뒤에 돌아와 무제에게 조칙 꾸민 죄를 받겠다고 하니 무제가 그를 용서했다.
   여기서는 온 힘을 다해 고난에 처한 백성을 구제하라는 뜻이다.《史記 卷120 汲鄭
   列傳》

77 逢山句: '勿'은 원문에 '功'으로 되어 있는데, 『佔畢齋集』 시집 권6 「送兼善奉使永
   安道」에는 '勿'로 되어 있고, 의미상 勿이 되어야 한다. '孟陽'은 晉 武帝 때의
   문장가 張載의 字로, 그는 박학하고 문장이 뛰어났다. 아버지가 蜀郡 太守로 있을
   때 촉군에서 부친을 뵙고 돌아오는 길에 劍閣山을 지났는데, 지역의 험준함을
   믿고 반란을 잘 일으키는 촉군 사람들을 두고 銘文을 지어 경계했다. 이를 기이하
   게 여긴 익주자사 張敏이 무제에게 글을 올렸고, 무제가 이를 훌륭하다 칭찬하고
   검각산에 이 명문을 새겼다. 여기서는, 영안도의 험난함을 믿고 이시애가 반란을
   일으킨 일이 있지만, 그 일을 두고 영안도를 경계·자극하는 글을 짓지 말라는
   뜻이다.《晉書 卷55》

78 三軍句: 장수가 병졸과 고락을 함께함을 이른다. 어떤 이가 장수에게 호리병에
   막걸리를 담아 선물했는데 장수는 이를 혼자 먹을 수 없다 하여 술을 강물에 쏟게

詩[79]."】

選入爲藝文館學士.【上命公卿及館閣, 選三品以下侍講之臣, 設員于藝文館, 以備顧問, 及製作辭命, 記注言動, 編摩經籍, 一如集賢殿故事. 選副提學金之慶,[80] 直提學柳睠,[81] 應教金季昌,[82] 副應教崔敬止,[83] 校理盧公弼,[84] 副校理金克儉[85]·鄭徽[86], 修撰金宗直·崔淑精·孫比長[87], 副修巽金潤宗[88]·南季堂[89]蔡壽[90]等. 分番更直, 日承三

한 후에 사졸들과 함께 강물로 들어가 마셨다 한다.《三略 上略》

79 歸來句: '錦囊詩'는 비단으로 만든 주머니에 넣은 詩稿이다. 唐나라 李賀가 좋은 시를 지을 때마다 비단 주머니에 넣어두었다 한다.《李商隱「李長吉小傳」》

80 金之慶: 세종 1년(1419)~성종 16년(1485). 본관 善山. 자 裕後. 시호 敬質. 아버지는 贈戶曹判書 地이다.

81 柳睠: 세조 연간의 문신. 본관 文化. 자 明仲. 아버지는 季聞이다. 세조 2년(1456) 式年文科에 급제했다. 『文科榜目』의 관련 기록에는 '睠(귀)'가 '睠(권)'으로 되어 있다.

82 金季昌: ?~성종 12년(1481). 본관 창원. 자 世蕃으로, 아버지는 贈參判 鏗이다. 世祖 8년(1462) 文科 乙科에 급제했다.

83 崔敬止: ?~성종 10년(1479). 본관 慶州. 자 和甫. 아버지는 有悰이다. 世祖 6년(1460) 別試文科에 장원으로 급제했다.

84 盧公弼: 세종 27년(1445)~중종 11년(1516). 본관 坡州. 자 希亮. 호 菊逸齋. 아버지는 領議政 思愼이다. 세조 8년(1462) 司馬試에 합격하고, 세조 12년 文科에 급제하여 成均館直講이 되고 弘文館 典翰·副提學을 거쳐 兵曹·吏曹·禮曹 參議와 都承旨를 역임했으며, 성종 14년(1483) 大司憲이 되었다. 甲子士禍(燕山君 10, 1504) 때 茂長으로 杖配되었다가 中宗反正 때 유배에서 풀려났다.

85 金克儉: 세종 21년(1439)~연산군 5년(1499). 본관 金海. 자 士廉. 호 乖崖. 아버지는 剛毅이다. 세조 5년(1459) 式年文科에 급제했다.

86 鄭徽: 세조 연간의 문신. 본관 東萊. 자 淸卿. 아버지는 而宋이다. 세조 11년(1465) 春塘臺試에 급제했다.

87 孫比長: 세조 연간의 문신. 본관 密陽. 자 永叔. 호 笠巖. 아버지는 縣監 敏이다. 세조 10년(1464) 別試文科에 급제했다.

88 金潤宗: 세조 연간의 문신. 본관 光州. 자 孝夫. 아버지는 命世이다. 단종 2년(1454) 式年文科 급제했다.

89 南季堂: 세조 연간의 문신. 본관 宜寧. 자 希正. 성종 10년(1479) 重試에 장원으로 급제했다.

90 蔡壽: 세종 31년(1449)~중종 10년(1515). 본관 仁川. 자 耆之. 호 懶齋. 시호 襄靖. 아버지는 南陽府使 申保이다. 세조 15년(1469) 文科에 장원으로 급제하여 司憲府

接. 士林以比登瀛洲.[91] 時先生以校理應選. ○ 出『佔畢齋文集』】
子彦邦生.

성화 7년【성종대왕 2년】신묘년(1471)【선생 34세】

사헌부장령司憲府掌令으로 옮겼다.【말과 행동이 절실하고 곧아서 한때의 소차
疏箚가 모두 선생의 손에서 나왔다.】

어떤 일로 관직에서 갈려 성균관사예成均館司藝에 임명되었다. 이조吏
曹에서 선생을 영천군수永川郡守에 임명하려고 하니 재상 서거정이
계啓를 올려 "홍 아무개는 문한文翰에 합당하니 외직에 임명해서는
안 됩니다" 하였다. 상감께서 특별히 예문관전한藝文館典翰에 임명하
고 홍문관전한弘文館典翰을 겸하게 하였다.【홍문관은 세조조 계미년(세조
9, 1463)에 처음 만들어졌는데 실직 관원을 두는 정식 제도가 없이 겸직 관원 7명만
두었고, 그나마 전한은 없었는데, 이때에 이르러 선생이 이 자리를 겸임하였다.】
경연에서 모실 때, 한가로운 때에 밤중에 신하를 불러 경연하는 것을
영원한 법도로 삼자고 청하였다. 상감이 칭찬하시고, 이어 이후로는
경연관 두 사람이 번갈아 차례로 숙직하라 명하셨다.

七年【成宗大王二年】辛卯【先生三十四歲】
遷司憲府掌令.【言事切直, 一時疏箚[92], 皆出先生手.】
以事遞, 授成均司藝. 吏曹擬補永川郡守, 宰臣徐居正啓曰: "洪某宜
於文翰, 不可外補." 上特授藝文館典翰兼弘文館典翰.【弘文館刱於世祖
朝癸未, 而未及建官定制, 只有兼官七員, 而無典翰. 至是, 先生兼是任.】

監察이 되었다. 김종직·성현과 교유했다. 갑자사화(燕山君10, 1504) 때 폐비 윤씨
의 죄상을 적은 정희대비의 언서를 사관에게 넘겨준 것이 빌미가 되어 유배당했다.
이후 「薛公贊傳」을 지은 것이 빌미가 되어 사림의 비난을 받기도 했다. 숙종 29년
(1703) 臨湖書院에 表沿沫·洪貴達과 함께 배향되었다. 저서로 『懶齋集』이 있다.

91 登瀛洲: 선비가 영예를 누리고 왕의 사랑을 받는 일이 仙界에 오르는 것과 같다는
말이다.

92 疏箚: 上疏文과 箚子로, 차자는 신하가 임금에게 올리는 상소문의 하나이다.

入侍經筵, 請於燕閒時, 行夜對講義[93], 以爲永規. 上稱善, 因命自今
以後, 經筵官二員, 輪次直宿.

성화 8년【성종대왕 3년】임진년(1472) 【선생 35세】

정월부터 상감이 야대夜對에 거둥하셨다. 선생이 매번 경연 자리에
입시하여 정밀하고 자상하게 응대하고 간절하고 지극하게 권면하여
아뢰니 상감이 가상히 여기셨다.

○ 시어사侍御史에 임명되고 과장科場의 시관試官이 되었다.

○ 전라도 안핵사按覈使에 임명되어 고산읍高山邑에서 죄수를 국문하
였다.【선생이 거쳐 간 태인·흥덕·고부·익산·고산에 모두 시가 있으니, 그 고을의
수령이 새겨서 걸어 놓았다. 그밖에 길을 따라 가면서 지은 시가 모두 70여 수인데
『남행록南行錄』이라 이름 짓고 집에 보관해 두었으니, 선생이 손수 쓰신 것이다.】
왜인호송사倭人護送使에 임명되어 영남으로 갔다.【당시 일본 원교직源敎
直의 사신이 조공을 바치러 조선에 왔다가 동평관(東平館)에 머물렀다. 그가 돌아갈
때 선생이 호송사로 차임되어 떠났던 것이다. ○ 점필재 김종직이 떠날 때 시를 지어
주었다. 시에 이르기를, "동평관에 머물던 일본 사신 떠나니, 한강 나루터 돛대들은
빗살처럼 늘어섰네. 나루에서 이별할 땐 양차공楊次公 같은 관반사館伴使 있어야
하니, 역시驛舍는 관반사로 달려갈 그대 위한 것이지. 그대 고향 함창咸昌은 오래된
고을 순박한 마을, 아버님 어머님 봄날 즐기시겠지. 행인들은 효성스런 그대 다투어
바라보고, 마을에선 생질들을 불러 모으겠지. 닭 살지고 기장 익으니 가을 기운 빨리
왔는데, 소반에 가득 차린 음식 매우 진솔하겠지." 하였다. 절구에 이르기를, "취중에
호산湖山이 눈에 들었으리니, 남쪽 오랑캐들 높은 그대 풍모 받들겠지. 오랑캐들
내미는 종이에 아름다운 시구 무수하여, 일본에 그대 시명詩名 절로 가득하겠지."

---

93 夜對講義: 밤에 신하를 불러 하는 경연으로, 夜對法이라고도 한다. 『文宗實錄』에
야대법에 관한 최초의 기사가 나오는데, 문종이 이 법을 시행하려 했으나 뜻을
이루지 못했다 했다.

하였다.】

김해金海 근처 해상에 이르러 왜倭의 사신을 보냈다.【왜倭의 승려를 보내며 지은 시가 문집에 실려 있다.】

八年【成宗大王三年】壬辰【先生三十五歲】

自正月, 上御夜對. 先生每入侍經席, 奏對精詳, 陳勉勤至, 上嘉之.

○ 除侍御史[94], 參試院[95].

○ 差全羅道按覈使[96], 鞫獄囚於高山邑.【所過泰仁·興德·古阜·益山·高山, 皆有詩, 主官鏤而揭之. 其他沿路所製詩, 合七十餘首, 名之曰南行錄, 藏于家, 先生手筆也.】

差倭人護送使, 下嶺南.【時日本源教直[97]使者入貢來, 住東平館[98]. 其還, 先生差護送使, 發行. ○ 畢齋齋贈行詩[99]曰: "東平館裏遠使發, 漢江渡頭檣如櫛. 津送須煩楊次公[100], 長亭[101]所以子馳馹. 咸寧[102]古縣

---

94 侍御史: 司憲府掌令의 별칭이며, 科場에서는 臺鑑이라 불렀다.

95 試院: 과거시험을 치르던 곳으로, 試所라고도 한다. 禁衛營, 三軍府, 禮曹, 成均館의 明倫堂·丕闡堂 등이 시소로 지정되었다. 여기서는 과거시험의 試官으로 참여했다는 뜻이다.

96 按覈使: 지방에서 사건이 발생하였을 때 이를 조사하기 위해 파견한 임시 관직이다.

97 源教直: 日本 關西路 九州摠인데, 사신을 보내 조선에 조공을 바쳤다.《文宗實錄 1년 8월 4일》원교직이 보낸 사신에게는 홍귀달뿐만 아니라 김종직 또한 「贈日本西海元帥源教直使者」라는 시를 지어 주었다.

98 東平館: 조선시대에 일본 사신을 접대하던 곳으로, 남산 북쪽 기슭의 남부 樂善坊[인사동]에 있었다. 태종 7년(1407)에 설치했는데, 倭館洞이라고도 불렀다.

99 贈行詩: 이 시는『佔畢齋集』시집 권1에「送兼善護送日本源教直使者」라는 제목으로 실려 있고, 원문은 다음과 같다."東平館裏遠使發, 漢江渡口檣如櫛. 津送須煩楊次公, 長亭所以子馳馹. 咸寧古縣淳朴村, 椿樹萱花逗春日. 路人爭看老萊衣, 鄕里追呼聚甥姪. 鷄肥黍熟秋氣早, 充盤飣餖甚眞率. 官家孝理及委巷, 太守華筵應秩秩. 簪纓高捧几杖歡, 文度定居癡椽膝. 我今偪側泥塗間, 送子此時心若失. 庭闈回首雲莽蒼, 釣瀨入夢風蕭瑟. 時來悅親自有道, 旅食還悲身世拙. 南辭趹舌滄海舟, 返路當從推火出. 停鞍爲致兒消息, 聖代浸浸向儒術."

100 次公: 차공은 宋나라 楊傑의 字로, 고려 승려 義天이 송나라에 사신으로 갔을 때 그의 館伴이 되어 三吳 지방을 함께 유람했다.

101 長亭: 도로에 10리마다 설치하던 驛舍로, 여행자들의 휴식처이기도 했으며 도성

淳樸村, 椿樹萱花[103]逗春日. 路人爭看老萊衣[104], 鄕里追呼聚甥姪.
雞肥黍熟秋氣早, 充盤飣餖甚眞率." 絕句[105]曰: "醉裏湖山入眼中, 雕
題涅齒[106]挹高風. 淋淋寶唾蠻牋濕, 自有詩名滿日東."】

至金海界海上, 發送倭使.【有送倭僧詩, 載集中.】

성화 9년【성종대왕 4년】계사년(1473)【선생 36세】

아들 언충(彦忠)이 태어났다.

九年【成宗大王四年】癸巳【先生三十六歲】

子彦忠[107]生.

에서 가까운 장정의 경우 늘 이별하는 장소가 되었다. 5리마다 설치한 것은 短亭
이라 했다.

102 咸寧: 현재 경상북도 상주시 咸昌으로, 洪貴達의 탄생지이자 고향이다. '함창'은
『新增東國輿地勝覽』卷29 경상도 함창현 조항에 "동쪽은 상주 경계까지 8리,
남쪽은 상주 경계까지 17리, 서쪽은 상주 경계까지 23리, 북쪽은 문경현 경계까
지 7리 이고, 서울과의 거리는 4백 37리이다."했다.

103 椿樹萱花: '椿樹'는 원문에 '春樹'로 되어 있는데, 『점필재집』에는 '椿樹'로 되어
있고, 의미상으로도 '椿樹'가 되어야 한다. '참죽나무와 원추리는'는 아버지와
어머니의 代稱이다. 『詩經』 「衛風·伯兮」에 "어떻게 하면 諼草를 얻어 北堂에
심을꼬.[焉得諼草, 言樹之背.]"했는데, 이에 대해 陸德明이 『經傳釋文』에 "諼은
萱으로도 쓴다. 北堂에 원추리를 심는 것은 사람으로 하여금 근심을 잊게 할
수 있기 때문이다. 옛날에는 북당이 主婦의 거처였기 때문에 萱堂으로 어머니의
거처를 비유하고 아울러 어머니를 비유했다."했다. 『莊子』 「逍遙遊」에 "태고적
에 큰 참죽나무[大椿]가 있었는데, 8천년을 봄으로, 8천년을 가을로 삼는다."
했는데, 후대에 참죽나무가 장수하기 때문에 아버지를 비유했다.

104 老萊衣: '노래자의 옷'은 부모님을 지극 정성으로 섬김을 비유한다. 老萊子는
春秋時代 楚나라 사람으로, 지극한 정성으로 어버이를 섬겨 나이 70세가 되어
도 어버이를 즐겁게 해 드리기 위해 색동저고리를 입었으며, 물을 떠가지고 당에
오르다가 거짓으로 넘어져 땅에 엎어져 어린아이의 울음소리를 냈으며, 새 새끼
를 가지고 부모 곁에서 장난치며 놀았다고 한다.《小學 稽古》

105 絕句: 이 시는 『점필재집』 시집 권2에 「跋兼善南行錄」라는 제목으로 실려 있고,
원문은 다음과 같다. "醉裏湖山入眼中, 雕題涅齒挹高風. 霏霏寶唾蠻牋濕, 自有
詩名滿日東."

106 雕題涅齒: '조제'는 이마에 꽃무늬를 문신하는 것이고, '열치'는 치아를 검은색으
로 물들이는 것으로, 옛날 남방 소수민족의 풍습인데, 여기서는 일본을 이른다.

성화 10년【성종대왕 5년】갑오년(1474)【선생 37세】

상감께서 제릉齊陵·후릉厚陵을 찾아뵙고, 송도로 거둥하시려는데 재상 중에 여악女樂을 대동하자고 청하는 이가 있었다. 선생이 밤에 경연에 입시하여 그렇게 하면 안 된다고 극력 아뢰니 상감께서 모습을 가다듬고 "그대의 말이 아니었다면 잘못을 저지를 뻔하였다" 하고, 여악을 정지하도록 명하셨다.【그 뒤로 상감은 정전正殿의 예연禮宴에서 여악을 쓰지 못하게 하셨으니, 선생의 말씀에서 깊이 깨달은 점이 있기 때문이었을 것이다.】

4월, 공혜왕후恭惠王后 한씨韓氏께서 승하하셨다.

十年【成宗大王五年】甲午【先生三十七歲】
上謁齊陵[108]·厚陵[109], 將欲駕幸松都, 宰相有請以女樂隨. 先生入侍夜講, 極陳不可, 上改容曰: "微爾言, 幾失之矣." 命停之.【其後, 上命正殿禮宴, 勿用女樂, 蓋深有悟於先生言也.】
四月, 恭惠王后[110]韓氏昇遐.

성화 11년【성종대왕 6년】을미년(1475)【선생 38세】

직제학으로 승진하였다.

十一年【成宗大王六年】乙未【先生三十八歲】
陞直提學.

---

107 彦忠: 성종 4년(1473)~중종 3년(1508). 그는 문장에 능하였을 뿐만 아니라 글씨에도 뛰어났으며, 특히 隸書를 잘 썼다. 鄭淳夫·李擇之·朴仲說 등과 함께 '四傑'이라 불렸다. 상주의 近巖書院에 제향되었다. 「自挽辭」를 썼다.

108 齊陵: 太祖의 正妃 神懿王后 韓氏의 능으로, 경기도 개풍군 上道面 楓川里에 있다.

109 厚陵: 정종과 정종의 비 定安王后의 능으로, 경기도 개풍군 흥교리에 있다.

110 恭惠王后: 세조 2년(1456)~성종 5년(1474)의 성종의 妃로, 韓明澮의 따님이다. 예종 1년(1469) 왕비에 책봉되었고, 성종 5년 19세의 나이로 세상을 떠났다. 능은 順陵으로, 경기도 坡州市 條里面 奉日川里에 있다.

성화 12년【성종대왕 7년】병신년(1476)【선생 39세】

봄, 명나라 황제가 황태자를 책립하고 호부낭중戸部郎中 기순祁順과 행인사行人司 사부司副 장근張瑾을 보내어 책립 조칙을 반포하고자 했다. 관반사館伴使 서거정 공이 선생을 종사관從事官으로 불러 함께 사신을 접대하였다.【서거정 공이 호부낭중 기순과 수창하였는데 활을 쏘듯 주고 받으며 서로에게 전혀 뒤지지 않았다. 호부낭중이 운자韻字를 많이 써서 서공을 곤란하게 하려고 60여 개의 운韻으로「등루부登樓賦」를 지었다. 서 공이 선생으로 하여금 차운하게 하였다. 선생이 서 공을 대신하여 즉석에서 차운하니 호부가 칭찬해 마지않았다. 지은 부는『황화집皇華集』에 실려 있다. 이로부터 명성이 더욱 퍼져서 세상에서 비문碑文이나 갈문碣文을 구하는 사람들, 건물을 수리하거나 새로 지어 그에 대한 연혁을 기록하여 영원히 전하려고 하는 사람들은 모두 선생의 집으로 달려갔다. 어디로 떠나는 자들은 누구나 선생의 말 한 마디를 얻어 그 행차를 말하게 되면 흡족해하며 스스로 영광이라 여겼다. 풍경을 표현하고 회포를 읊은 길고 짧은 시편들 중 세간에 흩어져 있는 것들도 인구에 회자되지 않는 것이 없었다.】

승정원 동부승지에 발탁되었다.【왕의 명령을 하달하고 신하의 뜻을 올리며, 모자란 것을 보충함에 명확하게 하고 신중하며 공경하고 조심하였다.】

4월,「비가 내린 것을 기뻐하는 시[喜雨詩]」를 지어 올렸다.【그때 며칠동안 비가 오지 않다가 4월 10일, 아침에 비가 제법 많이 내렸다. 상감께서 몹시 기뻐하며 내관 안중경安重敬에게 명하여 승정원에 술을 하사하고, '비가 내림을 기뻐하는 시'를 각자 지어 올리라 명하셨다. 시는『허백정집』에 실려 있다.】

「장의사藏義寺에서 사가독서賜暇讀書하는 그림[賜暇讀書藏義寺圖]」 말미에 부치는 글을 지었다.【글의 대략은 다음과 같다. 상감께서 "뜻을 지닌 선비가 직무에 얽매여 학문에 전념할 수 없으니, 문신들 중에 젊고 명민하여 장차 원대하게 될 자 몇 사람을 선발하여 특별히 휴가를 주고 산방(山房)에 가서 독서하도록 하라." 하셨다. 이에 인천仁川 채기지蔡耆之·영가永嘉 권숙강權叔強·양천陽川 허헌지許獻之·고령高靈 유극기兪克己·중화中和 양가행楊可行, 창녕昌寧 조태허曹大虛가 선발되었다. 장의사로 가서 이전에 미처 읽지 못하였던 책들을 읽도록 명하셨다. 장의사는 인왕산 백악白岳의 북쪽, 삼각산의 서쪽에 있다. 맑고 시원한 뛰어난 경관이 있고, 또 음악 같은 푸른 시냇물 소리가 처마와 창 밑을 에워싸고 있다. 산수의 맑고 서늘하며 트이고 시원한 기운은 모두 장의사가 소유한 것이었는데, 이제는 장의사가 그 기운을 갖지 못하고 여러 선비들이 소유하였으니, 밤낮으로 얻은 것에 어찌 끝이 있겠는가! 훗날 공을 세우고 명성을 이루어 우뚝하게 사람들의 위에 서게 된다면, 그 바탕은 이 절에서 공부한 것일 것이다.】

十二年【成宗大王七年】丙申【先生三十九歲】

春, 皇帝冊立皇太子, 遣戶部郎中祁順[111]及行人司司副張瑾, 求頒詔救. 館伴[112]徐公居正, 辟先生偕待之.【徐公與戶部相酬唱, 往復發彈, 略不相輸. 戶部欲以多窮之, 作登樓賦六十餘韻. 徐公令先生次之, 先生代徐公立次其韻, 戶部贊賞不已. 賦載皇華集[113]. 自是聲華益著, 世之求碑碣者, 與夫修帒沿革, 欲得題識, 以垂不朽者, 皆走先生之門. 凡有所適, 得先生一語, 以道其行, 則充然自謂榮幸. 至於寫景寓懷, 長篇短什, 散落世間者, 無不膾炙人口.】

擢承政院同副承旨.【出納補闕, 明愼寅畏.】

---

111 祁順: 1434~1497의 明나라 문신이다. 자 致和. 호 巽川. 東莞 梨川人이다. 天順 4년(1460) 殿試에서 1등으로 進士가 되었는데, 성명의 발음이 英宗[朱祁鎭]과 비슷하다 하여 2등으로 강등되었다. 兵部主事·員外郎郎中·山西右參政·福建右布政使·江西左布政使 등을 역임했다. 이때 명나라 황제가 기순에게 一品服을 하사하여 조선에 사신으로 보냈다. 저서로『巽川集』이 있다.

112 館伴: 서울에 머물러 있는 외국 사신을 접대하기 위해 임시로 임명한 관원으로, 대개 정3품 이상 문관에서 차출했다.

113 皇華集: 조선의 문인과 명나라 사신이 수창한 시문집이다. 세종 32년(1450) 명나라 景帝의 등극 조서를 반포하러 왔던 倪謙·司馬恂과 조선의 鄭麟趾·申叔舟·成三問 등의 수창 시문을 수록, 간행한『世宗庚午皇華集』[중국 간행명: 『景泰庚午皇華集』]에서 시작하여 인조 11년(1633)에 이르기까지 총 23회에 걸쳐 간행되었다. 『황화집』은 간행과 함께 중국에서도 바로 유포되었으며, 양국 사신들이 시문 수창에 대비하여 미리 읽는 일종의 수창교본의 역할도 했다. '皇華'라는 말은『詩經』의 '皇皇者華'라는 시편에서 나온 것인데, 임금이 먼 길을 다니는 사신의 노고를 위로한 내용이다.

四月, 製進「喜雨詩」[114].【時不雨者有日, 初十日, 朝雨頗洽. 上喜甚, 命內官安
重敬, 賜酒承政院, 仍命各製喜雨詩以進. 詩載集中.】

題「賜暇讀書藏義寺圖」後.[115]【記略曰:「上敎若曰:'有志之士, 牽於職
事, 未能專業. 其選文臣之年少而敏, 將遠且大者若干人, 特賜暇, 詣
山房讀書.'於是仁川蔡侯耆之·永嘉權侯叔强[116]·陽川許侯獻之[117]·
高靈兪侯克己[118]·中和楊侯可行[119]·昌寧曹侯大虛[120], 實應其選[121].

---

114 喜雨詩:『虛白亭集』속집 권3에「四月來, 不雨者有日, 初十日朝雨, 雨頗洽. 上
喜甚, 命內官安重敬, 賜酒承政院, 仍命各製喜雨詩以進」이라는 제목으로 실려
있고, 원문은 다음과 같다."聖主憂勤七八年, 皇天報應何昭然. 邇來十日戒陽愆,
今朝雨我公私田. 都人野人喜欲顚, 大東草木爭嬋姸. 臣今醉臥雨露邊, 染毫作記
追蘇仙."

115 題賜暇讀書藏義寺圖後:『虛白亭集』권4 雜著에「題賜假讀書藏義寺圖」라는 제
목으로 실려 있고, 원문은 다음과 같다."上旣卽位, 治尙文, 一時豪傑之士, 稍稍
由科目出. 蓋已釋褐而錦, 鶍化而鵬, 而方且刷羽鼓翼, 未嘗少休其力焉, 其志豈
近小云哉? 八年丙申, 上敎若曰:'有志之士, 牽於職事, 未能專業, 由是泥於致遠,
甚非作人求助之意. 其選文臣之年少而敏, 將遠且大者若干人, 特賜假, 詣山房
讀書.'於是, 仁川蔡侯耆之·永嘉權侯叔强·陽川許侯獻之·高靈兪侯克己·中和
楊侯可行·昌寧曹侯大虛, 實膺其選. 乃命往藏義寺, 讀前所不假讀之書. 仍使廩
人致餼, 酒人設醴, 凡居處食飮之具, 無不如意, 吁!榮矣哉. 寺在仁王白嶽之北
·三角山之西, 有瀟灑絶特之觀. 又有碧澗鳴絃, 邐出於軒窓之下, 凡山水淸冷疏
爽之氣, 皆寺之有也. 寺不得有之, 而今爲諸君子有, 其朝晝所得, 可涯耶? 他日
功成名遂, 卓然立於象人之表, 其源蓋此寺也. 若涵虛子者, 欲往從之, 而老不可
得, 此生無復有進也, 噫!"

116 叔强: 權健의 자. 세조 4년(1458)~연산군 7년(1501). 본관 安東. 시호 忠敏.
증조부는 近, 아버지는 擥이다. 성종 7년(1476) 別試文科에 급제했다. 이때 成均
館直講의 신분으로 사가독서에 선발되었다. 저서로『權忠敏公集』이 있다.

117 獻之: 許琛의 자. 세종 26년(1444)~연산군 11년(1505). 본관 陽川. 호 頤軒.
시호 文貞. 아버지는 郡守 蓀, 형은 右議政 琮이다. 성종 6년(1475) 親試文科
乙科로 급제했다. 이때 司憲府監察의 신분으로 사가독서에 선발되었다.

118 克己: 兪好仁의 자. 세종 27년(1445)~성종 25년(1494). 본관 高靈. 호 林溪.
아버지는 廕이다. 성종 5년(1474) 式年文科 丙科로 급제했다. 이때 奉常寺副奉
事의 신분으로 사가독서에 선발되었다.

119 可行: 楊熙止의 자. 세종 21년(1439)~연산군 10년(1504). 본관 中和. 호 大峰.
아버지는 郡守 孟淳이다. 세조 8년(1462) 小科에 합격하여 성균관에 들어가
동료 유생들과 圓覺寺 개창에 맹렬히 반대하는 운동을 벌였다. 성종 5년(1474)

乃命往藏義寺, 讀前所未暇讀之書. 寺在仁王白岳之北·三角山之西, 有蕭灑絶特之觀, 又有碧澗鳴絃, 遠出於軒牕之下. 凡山水淸冷疏爽之氣, 皆寺之有也, 寺不得有之, 而今爲諸君子有, 其朝晝所得, 可涯耶? 他日功成名遂, 卓然立於衆人之表, 其源蓋此寺也."】

성화 13년【성종대왕 8년】정유년(1477)【선생 40세】

十三年【成宗大王八年】丁酉【先生四十歲】

성화 14년【성종대왕 9년】무술년(1478)【선생 41세】

좌부승지로 승진하였다.

○ 5월, 왕의 명을 받들어 「매화 그림에 쓴 시[畫梅詩]」를 지어 올렸다. 【시는 『허백정집』에 실려 있다.】

7월, 왕의 명을 받들어 「궁궐에서 그린 백아가 거문고 타는 그림에 부치는 시[內畫伯牙彈琴圖詩]」를 지어 올렸다.【시는 『허백정집』에 실려 있다.】

가을, 도승지로 승진하였다.

十四年【成宗大王九年】戊戌【先生四十一歲】

陞左副承旨.

○ 五月, 奉敎製進「畫梅詩」[122].【詩載集中】

式年文科에 급제하여 성종으로부터 희지라는 이름과 禎父라는 字를 하사받았다. 이때 承文院正字의 신분으로 사가독서에 선발되었다.

120 大虗: 曺偉의 자. 단종 2년(1454)~연산군 9년(1503). 본관 昌寧. 호 梅溪. 시호 文莊. 아버지는 蔚珍縣令 繼門이다. 成宗 5년(1474) 式年文科에 급제하여 사가독서에 선발되었다. 연산군 4년(1498) 聖節使로 明나라에 다녀오던 중 戊午士禍가 일어났는데, 김종직의 詩稿를 수찬한 사람이라 하여 의주에 오랫동안 유배되었다가 순천으로 옮겨진 뒤 그곳에서 죽었다. 저서로 『梅溪集』이 있다.

121 實應其選: 이때의 선발에 대해서 『성종실록』 7년 6월 14일(을유)에 "議政府·吏曹·館閣堂上, 擇賜暇讀書文臣以啓, 吏曹正郞蔡壽·成均館直講權健·司憲府監察許琛·奉常寺副奉事兪好仁·及第曺偉·承文院正字楊熙止."라고 기록했다.

122 畫梅詩: 『虛白亭集』 속집 권3에 「畫梅詩」라는 제목으로 실려 있고, 원문은 다음

七月, 奉教製進「內畫伯牙彈琴圖詩」.¹²³【詩載集中】

秋, 陞都承旨.

성화 15년【성종대왕 10년】기해년(1479)【선생 42세】

가을, 충청도 관찰사觀察使에 임명되었는데 얼마 안 되어 병 때문에 교체되고, 특별히 가선대부嘉善大夫·형조참판刑曹參判에 제수되었다. ○ 띠집을 짓고 '허백정虛白亭'이라 편액을 달았다.【한양에 있는 선생의 집은 남산 아래에 있었다. 높고 건조한 곳을 찾아 띠를 이어 정자를 짓고, 공무에서 물러날 때마다 폭건幅巾을 쓰고 명아주 지팡이를 짚으며 그 속에서 읊조리니 고요히 한가하여 속세를 벗어난 사람 같았다. ○ 정자의 터가 남산 아래 청학동靑鶴洞에 있다. ○ 점필재 김종직의 시에 "성균관 한가로운 날 교문橋門을 닫아걸고, 남산 자락 형조참판 찾아가고파. 내일 아침이면 봄날 된지 벌써 사흘째인데, 어찌하면 만나서 노래하며 화창한 날 함께 할꼬." 하였다. ○ 월헌月軒 정수강丁壽岡 공의 시에 "선생의 댁은 야인野人의 집 같아, 오래된 잣나무 키 큰 소나무 가운데 세월을 보내네. 도성 안에 넘쳐나는 만 길 속세 먼지, 당연히 이 산 언덕에는 이르지 못하리." 하였다. ○ 성광자醒狂子 이심원李深源의 시에 "봉황은 조양朝陽을 떠나고 용이 밭에 있으니, 시 짓기를 바탕 삼아 술로 세월 보내네. 눈앞에 가득한 좋은 경치는 모두 그림으로 그릴 것들이요, 고개 돌린 뛰어난 이는 참으로 신선이로다. 빼어난 기운은

과 같다. "西湖何寂寞, 東閣已莓苔. 不復羅浮夢, 難憑姑射媒. 丹靑猶有手, 造化 豈無胎. 鐵石心腸在, 氷霜顏面開. 乾坤讓生育, 雨露謝栽培. 一幅傳春信, 初陽 記律灰. 時從九地底, 呼作百花魁. 老榦排胸出, 淸香入手來. 淒涼竹籬塢, 淸淺 水村隈. 處士形容槁, 高人鬢髮皚. 飛瓊臨月觀, 弄玉立風臺. 桃李羞將伴, 松筠 只許陪. 飄廊霏雪粉, 點地碎瓊瑰. 獨點群芳表, 都無一點埃. 將來驛使遠, 吹落 笛聲哀. 骨骼誠眞矣, 驪黃安用哉. 移根宜近酒, 和影且斟杯. 雪片大如席, 茶甌 鳴似雷. 倚窓看仔細, 承月共徘徊. 喜觸裁詩興, 慙非作賦才."

123 內畫伯牙彈琴圖詩: 『虛白亭集』 시집 권1에 「題內畫伯牙彈琴圖」라는 제목으로 실려 있고, 원문은 다음과 같다. "老木千章十畝陰, 竹籬茅屋隔雲林. 形骸兩忘近 遊鹿, 心事百年橫素琴. 野老來尋曾識面, 塵寰何處訪知音. 相逢不語但相對, 山 自蒼蒼水自深."

나는 새를 넘어 솟구치고, 고아한 시어는 지는 노을처럼 아름답네. 멍하니 안석에 기대 마음은 거울과 같아져, 수많은 느낌과 호흡 모두 하늘에 솟구치겠지.”하였다.】

十五年【成宗大王十年】己亥【先生四十二歲】

秋, 除忠淸道觀察使, 未久, 以病遞. 特授嘉善大夫[124]·刑曹參判. ○ 葺茅扁虛白亭.【先生京第在南山下. 嘗就高燥, 葺茅爲亭, 每公退, 幅巾藜杖, 嘯詠其中, 蕭然若遺世者. ○ 亭址在南山下靑鶴洞[125]. ○ 佔畢齋詩[126]曰:“頖宮暇日關橋門[127], 欲訪刑部終南根. 明朝春候已三日, 安得晤歌同晏溫.”○ 月軒丁公壽岡詩[128]曰:“先生家似野人居, 古

---

124 嘉善大夫: 從二品의 文武官에게 내리는 品階로, 가선대부에 오른 관리의 처에게는 貞夫人의 작호를 내리고, 3대 追贈의 은전을 주었다.

125 靑鶴洞: 한양에서 가장 경치가 좋은 '한양5洞[三淸洞·仁王洞·雙溪洞·白雲洞·靑鶴洞]'의 하나로, 지금의 南山1호 터널 부근이라 한다. 원래는 남산에서 가장 으슥한 골짜기로 도교에서 말하는 靑鶴이 사는 仙鄕이라는 의미로 靑鶴洞이라 불렀다 한다.

126 佔畢齋詩: 『佔畢齋集』 권19에 「十二月三十日, 以暇日, 不仕學館, 欲訪兼善. 雪作, 又不果.」라는 제목으로 실려 있고, 원문은 다음과 같다. “頖宮暇日關橋門, 欲訪刑部終南根. 終南飛雪度白嶽, 城市風饕頑霧昏. 卸鞍却坐窓欲暝, 瓦爐餘燼星星存. 明朝春候已三日, 安得晤歌同晏溫.”

127 橋門: 成均館의 대문을 가리킨다. 고대 太學 주위는 물로 둘러 있고 사방에 문이 있는데, 그 문들이 모두 다리를 지나서 통과하도록 되어 있어 교문이라 하였다. 『後漢書』 권79 「儒林列傳」에 “饗射禮를 마치고 천자가 바르게 앉아서 직접 講을 하면 제후들이 經을 가지고 그 앞에서 토론했는데 교문을 빙 둘러서 보고 듣는 이들이 억만으로 셀 정도로 많았다.” 했다.

128 月軒~岡詩: '월헌'은 丁壽岡의 호. 단종 2년(1454)~중종 22년(1527). 본관 羅州. 자 不崩. 아버지는 昭格署令 伋이다. 성종 5년(1474) 진사시에 합격하고, 성종 8년 式年文科 乙科로 급제하여 典校署에 배속되었다. 이후 正言·兵曹佐郞·兵曹正郞 등을 역임했고, 성종 13년 正朝使의 書狀官으로 명나라에 파견되었다. 甲子士禍(연산군 10, 1504)로 파직되었다가 中宗反正으로 原從功臣 1등에 책록되었으며, 이듬해 강원도관찰사로 외보되었다. 이후 判決事·大司諫·兵曹參知·大司成·大司憲 등을 역임했다. 저서로 『月軒集』이 있다. 이 시는 『월헌집』 권1에 「和靑鶴洞詩, 呈洪相.」이라는 제목의 3수 중 두 번째 시이다. 원문은 다음과 같다. “洞裏尋常採茯苓, 曾聞巢鶴在此山庭. 滿秋黃葉煙林合, 何處巢深夢未醒. 其二, 先生家似野人居, 古柏長松日月舒. 萬丈紅塵城裏張, 唯應不到此山墟. 其三, 世味還同魯酒醨, 林泉逸興少人知. 不妨蘸甲淋漓飮, 倒着山公白接䍦.”

柏長松日月舒. 萬丈紅塵城裏漲, 惟應不到此山墟." ○ 醒狂子詩[129]曰:
"鳳去朝陽龍在田,[130] 風騷爲地酒爲年. 滿前形勝渾堪畫, 回首英雄定
是仙. 逸氣可凌飛鳥外, 高詞准擬落霞邊. 嗒然隱几心如鏡,
萬竅千嗃摠屬天."】

성화 16년【성종대왕 11년】경자년(1480)【선생 43세】

한성부우윤漢城府右尹으로 옮겨졌다.

○「화량정에 부친 시[題花梁亭詩]」에 소서小序를 썼다.

十六年【成宗大王十一年】庚子【先生四十三歲】

移拜漢城右尹.

○「題花梁亭詩」後小序.[131]

---

129 醒狂子: 李深源의 호. 단종 2년(1454)~연산군 10년(1504). 본관 全州. 자 伯淵.
호 默齋·太平眞逸. 시호 文忠. 증조부는 孝寧大君 補, 아버지는 枰城君 偉, 어머
니는 仁川蔡氏 申保의 따님이다. 성종 9년(1478) 朱溪副正에 제수된 이래 성종의
신임이 깊었으나, 연산군 10년(1504) 甲子士禍 때 두 아들과 함께 죽임을 당하였
다. 저서로 『醒狂遺稿』가 있다.

130 鳳去句: '봉황새[鳳]'는 賢德한 인물이나 뛰어난 인재를 이르고, '朝陽'은 아침
해가 먼저 비추는 동쪽 산의 언덕으로, 文明의 상징이다. 『詩經』 「大雅·卷阿」에
"봉황이 우니, 저 높은 언덕이로다. 오동나무가 자라니, 저 아침 해가 뜨는 동산이로
다.[鳳凰鳴矣, 于彼高岡, 梧桐生矣, 于彼朝陽.]"하여, 賢臣가 明君에게 知遇를
입는 것이나 걸출한 인재가 정직하고 과감하게 諫言하는 것을 비유했다. 용(龍)은
임금이나 뛰어난 인재를 비유한다. 『周易』 乾卦 九二 爻辭에 "나타난 용이 밭에
있으니, 大人을 만나봄이 이롭다.[見龍在田, 利見大人]" 했다. 여기서는 洪貴達을
봉황과 용에, 조양을 조정에 비유하여, 홍귀달이 조정을 떠남을 비유했다.

131 題花句: 「題花梁亭詩」는 『虛白亭集』 권1에 「題花梁亭」이라는 제목으로 실려 있
고, 원문은 다음과 같다. "南陽之西西海東, 白水蒼山地勢雄. 人立亭心看落日,
天臨鏡面作長空. 柳營鼓角聲容壯, 蓬島煙霞境界通. 自笑老來詩力退, 奇觀欲寫
語難工." 이에 대한 「後小序」는 『虛白亭集』 속집 권5에 「題花梁亭詩後小序」라
는 제목으로 실려 있고, 원문은 다음과 같다. "花梁, 舊節度使營也, 今爲僉使鎭.
六浦形勝, 此其第一, 余聞之久矣. 弘治十六年, 蒙聖恩, 得持節鉞, 巡到唐城,
因詣本鎭. 未至數里, 望見如神仙境. 旣至, 徑上水邊亭, 時晚潮初上, 落日倒影,
南北蒼山, 上下天光, 東西一望, 數十里. 坐久, 胸襟豁然, 不知身在蓬萊方丈間.
噫! 此奇遇也. 仰瞻壁上, 漫無一句詩, 寧非欠事耶? 與都事李公, 擧杯相屬, 吟成

성화 17년【성종대왕 12년】신축년(1481) 【선생 44세】

문경聞慶 양벽당漾碧堂 기문을 지었다.

○ 여름, 황태자의 천추절千秋節 진하사進賀使로 선발되어 서장관 신종호申從濩와 함께 북경北京에 갔다.【지나갔던 곳마다 시를 지었다.】

광녕역廣寧驛역에서 부모님을 그리워하는 시를 지었다.【시는 『허백정집』에 있다.】

6월 15일, 봉천문奉天門에서 천자께 조회하고 동궁東宮에 조회하여 탄신일을 진하進賀하였다.【사운四韻으로 율시 두 수를 지어 본 것을 기록하였다.】

태학太學 생도 담규譚珪의 시에 화답하여 주었다.【담규는 남방의 수재秀才로서 태학에 와 있던 사람인데 선생을 와서 보고 절구 한 수를 지어 주었다. 선생이 사운의 시로 화답하고 소서小序를 지어 그 일을 기록하였다. 시는 『허백정집』에 있다.】

또, 안남安南의 사신인 세 원씨[三阮]의 시에 차운하였다.【원안阮安의 자는 항보恒甫, 원문질阮文質의 자는 순부淳夫, 원위阮偉의 자는 정부挺夫이다. 이들도 역시 황태자 탄신 축하 사절로 북경에 와 있었는데 시를 지어 선생에게 드리고 화답을 청하였다. 원문질은 문단의 대가였으니, 선생이 차운시에서 자못 받들어 칭송하였다.】

예부禮部에 글을 올려 이서참邇西站에서의 비용을 상황에 따라 지급해 달라 청하여 그를 법으로 삼는다는 허가를 받았다.【이서참은 요양遼陽에 있는데, 예전에는 보통 하루치의 비용만 지급하고, 병이 나거나 큰비가 와도 절대 비용을 더 보내주지 않았다. 그래서 지체하여 머무르게 되면 여정이 곤란을 겪었다. 선생이 예부에 글을 올려 건량乾糧을 넉넉하게 지급해서 어려운 상황에 대비할 수 있게 해달라고 청하였다. 예부에서는 이를 중요하게 여겨 황제에게 진달하여

近體一律, 留諸壁, 以與夫後之觀者. 李公, 名成童."

특별히 허락을 받았다. 그 뒤로 중국에 조회하러 가는 자들은 이에 힘입어 그러한
어려움을 피할 수 있었다.】

8월, 북경으로부터 돌아왔다.【지나온 곳마다 모두 시를 지었다.】

귀국하는 도중 의주에 이르러 정부인貞夫人 노씨盧氏가 돌아가셨다는
소식을 듣고 분상奔喪하였다.

十七年【成宗大王十二年】辛丑【先生四十四歲】

作「聞慶漾碧堂記」.[132]

○ 夏, 充皇太子千秋節[133]進賀使, 與書狀官申從濩[134]赴京.【所經皆有
詩】

到廣寧驛, 有思親詩[135].【詩載集中】

六月十五日, 朝奉天門[136], 朝東宮, 賀千秋慶節.【賦四韻二律, 以識所見.】

和贈太學生譚珪詩.[137]【譚珪, 荊楚[138]秀才[139]之來充國學者也. 來見先

---

132 聞慶漾碧堂記: 『虛白亭集』 권2에 실려 있다.

133 千秋節: 중국의 황제·황태자·황후 등의 탄신일이다.

134 申從濩: 세조 2년(1456)~연산군 3년(1497). 본관 高靈. 자 次韶. 호 三魁堂.
조부는 叔舟, 아버지는 澍이다. 성종 5년(1474) 成均進士試에 장원을 하고, 성종
11년 式年文科에 장원하고, 성종 17년 文科重試에서 장원을 하여 '삼장원'의
명성이 자자했다. 연산군 2년(1496) 병을 무릅쓰고 명나라에 사신으로 갔다가
이듬해 돌아오는 길에서 세상을 떠났다. 저서로 『三魁堂集』이 있다.

135 思親詩: 『虛白亭集』 권1에 '宿廣寧驛, 夢見兩親, 覺坐對月, 不勝悲感有作寄懷」
라는 제목으로 실려 있고, 원문은 다음과 같다. "故國應勞賦式微, 天涯連夜夢鄕
閨. 鯉庭彷彿初聞禮, 萱室殷勤舊線衣. 樑上愁看纖月落, 山頭恨望白雲飛. 遙憐
菽水何人奉, 筍自靑靑魚自肥."

136 奉天門: 明 永樂 18년(1420)에 건설한 문으로, 嘉靖 41년(1562)에 皇極門, 淸
順治 2년(1645)에 太和門으로 개칭했다. 이 문을 지나면 太和殿이 있는데, 이곳
에서 황제의 즉위·혼인·축수 및 축전·출정 등의 행사를 거행했다.

137 和贈句: 『虛白亭集』 권1에 「贈譚珪詩」라는 제목으로 서문과 함께 실려 있고,
원문은 다음과 같다. "成化辛丑夏, 余自朝鮮來賀千秋慶節, 留京師且月餘, 客館
沈沈, 絶無往還. 當是時, 聞人足音, 攬衣狂走之不暇矣, 況詩人文士氣類之相求
者乎? 一日坐匡牀, 看書且倦, 欠伸而欲睡. 見有一佳士, 翩翩從外來, 當南窓而
立. 目其貌, 蓋儒者也. 讀壁上題詩數絶, 頗翫味之, 果詩人也. 余甚喜幸, 卽邀使
前而與之語, 因問姓名居止作業, 乃荊楚秀才之來充國學者, 索紙書絶句贈我云

生, 書贈絶句一首. 先生以四韻和之, 作小序以識之, 詩載集中.】

又次安南[140]使三阮.[141]【阮安字恒甫, 阮文質字淳夫, 阮偉字挺夫. 亦以賀節使
來京, 以詩贈先生求和. 蓋文質, 詞林大家也. 先生於次韻, 頗推詡之.】

呈文禮部[142], 請迤西站隨宜支費, 蒙準爲式.【迤西站, 在遼陽. 自前率給一

云. 余亦走和, 旣又書其尾示我云. 吾有具慶在南, 行且南歸矣, 子盍爲詩贈之,
吾當歸與家君共之. 噫! 君南人也, 我東人也, 皆羈旅之臣也. 君有具慶, 我亦有
雙親, 去膝下遊日邊, 懷抱同也. 斥紛華甘儒素, 事業夷也. 吾於君, 雖不請, 猶當
有一言以誌不忘, 況其請之勤耶? 於是, 書近體一律, 以資吾君歸榮之日鯉庭一
粲. 且携以東還, 說與父兄子弟, 使知是行有以結知天下之士, 不孤遠遊之志云.
相逢問姓自云譚, 籍籍詩名舊所諳. 衡雁春飛初向北, 莊鵬水擊又圖南. 吳江楚岫
靑天遠, 椿樹萱花白日酣. 預想他年輝晝錦, 故園花柳正春涵." 譚珪에게 준 시는
이외에 『虛白亭集』 續集 권4에 「次國子監儒譚珪韻」이라는 제목의 시가 있고,
원문은 다음과 같다. "偶然傾蓋帝王畿, 投我陽春白雪辭. 自託斯文如骨肉, 與君
肝膽兩相知."

138 荊楚: 荊은 楚의 옛 이름인데, 옛 荊州 지역에 해당하며 지금의 湖北·湖南 일
     대이다.

139 秀才: 漢나라 때 孝廉과 더불어 선비를 선발하는 과목의 하나로, 東漢 때는 光武
     帝의 이름을 피하여 茂才라고 불렀다. 唐나라 초기에는 明經科·進士科와 더불어
     學士를 선발하는 과목이었는데 곧 폐지되었다. 이후에 唐宋 시대에는 과거시험에
     응시하는 사람을 수재라고 부르고, 명청 시대에는 府·州·縣의 학생을 수재라고
     불렀다.

140 安南: 현재 베트남 중부 지역이다.

141 又次句: 阮安에게 준 시는 『虛白亭集』 권1에 「次安南使阮安恒甫韻」이라는 제목
     으로 실려 있고, 원문은 다음과 같다. "城上浮雲十日陰, 客懷無乃阻秋霖. 半年魂
     夢勞千里, 一紙家書抵萬金. 無月照他愁裏面, 有燈知此夜來心. 逢君欲說方音
     異, 憑仗新詩當越吟." 阮文質에게 준 시는 『虛白亭集』 권1에 「次安南使阮文質淳
     夫韻」이라는 제목으로 실려 있고, 원문은 다음과 같다. "知是詞林最大家, 看來詩
     律似陰何. 乾坤納納包羅盡, 山海茫茫跋涉多. 風月一生尊北海, 功名半世夢南
     柯. 移家安得江南近, 却見詩仙日日過." 阮偉에게 준 시는 『虛白亭集』 권4에 「次
     安南使阮偉挺夫韻」이라는 제목으로 실려 있고, 원문은 다음과 같다. "玉節天南
     使, 金臺路上逢. 語因風土異, 心共性天同. 喜接城南杜, 還慙吳下蒙. 瓊瑤携滿
     袖, 十襲以歸東."

142 呈文禮部: 조정에서는 이 일을 사신의 체면을 잃은 행위라고 비난했다. 사행길에
     부족한 식량은 조정에서 준 乾糧으로 어느 정도 해결할 수 있는데, 홍귀달이
     이를 조정에 미리 보고하거나 의논하지 않고 예부에 성급하게 정문을 올렸다는
     것이다. 이 일로 결국 홍귀달과 신종호는 추국을 받게 되었다.《成宗實錄 12년

日之資, 雖疾病潦雨, 絕不復餽, 或有留滯, 行李受窘. 先生上書禮部, 請優給糧
餉, 以備窘束. 禮部重之, 轉達特蒙准, 其後, 進朝者賴免此患.】

八月, 回自京師.【所經皆有詩】

還到義州, 聞貞夫人盧氏[143]下世, 奔赴.

성화 18년【성종대왕 13년】임인년(1482)【선생 45세】

정월, 정부인을 함창현咸昌縣 동쪽 전촌錢村 북쪽 모산茅山 동북방[艮
坐] 자리에 장례 지내고, 묘소 아래 여막에서 삼년상을 마쳤다. 제전
祭奠을 올리는 여가에 상례喪禮·제례祭禮에 관한 책을 읽었다. 빈소를
묘소 남쪽 작은 언덕에 모셨기 때문에 지금까지도 '빈소언덕[殯所岡]'
이라 부른다.

十八年【成宗大王十三年】壬寅【先生四十五歲】

正月, 葬貞夫人于咸昌縣東錢村之北茅山艮坐之原. 居廬墓下, 以終
三年. 饋奠之暇, 讀喪祭禮. 安殯於墓南小岡, 故至今謂之殯所岡.

성화 19년【성종대왕 14년】계묘년(1483)【선생 46세】

3월, 정희왕후貞熹王后 윤씨께서 승하하셨다.

○ 9월, 정부인貞夫人의 상기喪期가 끝나자 묘소 옆 호계虎溪 가에 작은
집을 지었다.【점필재佔畢齋 김종직金宗直의 시에 "지금 그대는 반고班固나 양웅
楊雄 같은 훌륭한 재주 지녔으니, 나도 그대 벗 되어 그대 향기에 얼마나 젖었던가.
그대나 나나 가난한 집에서 똑같이 걱정하고, 십 년 동안 대궐 드나들며 각각 아득하
네. 병들어 그대 만나기 어려워 훌륭한 풍모 보지 못하고, 늙어 동해 가에 은거하려
했으나 그 계획 늘어지기만 하네. 이곳 황악산黃嶽山은 호계虎溪와 겨우 100리 이니,
파리한 채 경렴당景濂堂에 누워 있을 수 없네." 하였다. ○ 뒤에 호계 가의 작은
집은 불에 타서 재가 되었다.】

十九年【成宗大王十四年】癸卯【先生四十六歳】

三月, 貞熹王后[144]尹氏昇遐.

○ 九月, 服闋. 搆小屋於墓傍虎溪之上.【佔畢齋詩[145]曰: "當今大手得班楊[146], 我忝貧交幾沐芳[147]? 兩地素廬同耿耿, 十年靑瑣各茫茫[148]. 病難西笑風儀阻[149], 老欲東浮畫計長. 黃嶽虎溪纔百里[150], 不堪羸臥景濂堂[151]." ○ 後, 小屋入於灰燼.】

성화 20년【성종대왕 15년】갑진년(1484)【선생 47세】

여름, 이조참판吏曹參判에 제수되고, 가정대부嘉靖大夫가 특별히 내려졌다.

○ 7월, 상감의 명령으로 환취정環翠亭 기문記文을 지어 올렸다.

○ 겨울, 강원도관찰사에 제수되었다.

---

144 貞熹王后: 태종 18년(1418)~성종 14년(1483)의 세조의 妃이다. 본관 坡平. 아버지는 判中樞府事로 領議政에 추증된 璠이다.

145 佔畢齋詩: 『佔畢齋集』 권15에 「寄兼善」이라는 제목으로 실려 있고, 원문은 다음과 같다. "兼善持服, 在咸寧之虎溪東岸. 余若赴召, 則謀枉道相訪. 今以疾辭官, 初計乖張. 第思之, 余疾未瘳, 而兼善服闋, 則還京不遠. 余雖疾瘳, 浮海之志素定, 恐十年來, 未易對話, 姑寄以詩. 當今大手得班揚, 我忝貧交幾沐芳. 兩地素廬同耿耿, 十年靑瑣各茫茫. 病難西笑風儀阻, 老欲東浮畫計長. 黃嶽虎溪才百里, 不堪羸臥景濂堂."

146 班楊: 後漢 때의 문장가인 班固와 前漢 때의 문장가인 楊雄을 합칭한 말이다.

147 貧交: 서로 貧賤했을 때에 사귄 친구를 이른다.

148 靑瑣: 궁궐을 장식한 푸른색 꽃문양으로, 궁궐이나 조정을 뜻한다.

149 西笑: 애타게 그리워하고 사모한다는 뜻이다. 桓譚『新論』「祛蔽」에 "사람이 長安의 좋은 음악을 들으면 문을 나와 서쪽을 향해 웃는다. [人聞長安樂, 則出門西向而笑.]" 했다. 장안은 한나라 때의 수도로, 서쪽으로 장안을 바라보며 웃는 것은 수도 장안을 애타게 그리워하기 때문이다. 여기서는 金宗直이 洪貴達을 만난다는 뜻이다.

150 黃嶽: 경상북도 金山郡 서쪽 15리에 있는 산으로, 현재 경북 김천시와 충북 영동군에 걸쳐 있다.

151 景濂堂: 金宗直이 옛날에 살던 집으로, 군의 서쪽 百川里에 있다. 당 앞에 못을 파고 연을 심고 이름을 景濂이라 했다.《新增東國輿地勝覽 권29 경상도 김산군》

二十年【成宗大王十五年】甲辰【先生四十七歲】

夏, 除吏曹參判, 特授嘉靖大夫[152].

○ 七月, 承命, 製進環翠亭記[153].

○ 冬, 除江原道觀察使.

성화 21년【성종대왕 16년】을사년(1485)【선생 48세】

상소하여 사직하면서, 귀향하여 아버지를 봉양할 것을 청하니 상감께서 특별히 맡은 관직을 유지한 채로 돌아갈 것을 허락하셨다.【국법에 관찰사는 맡은 지역의 경계를 벗어날 수 없게 되어 있으니, 이는 전무후무한 특별한 은총일 것이다. ○ 동해로 길을 나서 관어대觀漁臺를 유람하였다.】

예천禮泉에 이르러 객사 동헌東軒에 시를 지었다.【시에 이르기를, "앞마을 어두운 연기 이미 갈가마귀를 숨기고, 객사는 그윽하여 밤 되어도 고요하네. 달 밝은 깊은 숲속엔 두견새 울어대고, 봄 가는 텅빈 정원엔 배꽃이 떨어지네. 쇠잔해진 내 모습 거울에 비추면 해마다 바뀌고, 병든 눈으로 책을 보니 글자마다 어릿하네. 꿈속에 그리던 고향산천 내일이면 도착할 터이니, 문 앞 흐르는 시내가 바로 나의 집이지." 하였다. 그 뒤에 명나라 사신 왕헌신王獻臣이 이 시를 듣고서는 좋아하며 "'병든 눈으로 책을 보니 글자마다 어릿하네.'라는 구절은 바로 가도賈島의 재주로 지을 수 있는 것이다." 하였다.】

본가本家로 돌아와 아버지를 뵈었다.

○ 8월, 순행하여 고성高城에 갔다.【그때 도사都事 신종옥申從沃, 군수郡守 조수무趙秀武, 좌랑佐郎 권인손權仁孫, 상례相禮 노길번(盧吉蕃, 참봉參奉 이령李

---

152 嘉靖大夫: 문무의 관원에게 주는 종2품의 품계로, 봄에는 중미3석·조미9석·전미1석·노랑콩9석·명주2필·정포4필·저화8장, 여름에는 중미3석·조미10석·참밀4석·명주1필·정포3필, 가을에는 중미3석·조미9석·전미1석·참밀4석·명주1필·정포3필, 겨울에는 중미3석·조미9석·노랑콩8석·명주1필·정포3필이 주어졌다.《經國大典 財用編2 料祿》

153 環翠亭記: '환취정'은 昌慶宮 후원에 있는 정자이다. 이 기문은 『虛白亭集』 속집 권5에 실려 있고, 이때에 金宗直도 「환취정기」(『佔畢齋文集』 권2)를 지었다.

쬶이 좇아 갔다. 삼일포三日浦를 유람하고 사선정四仙亭에 올랐다. 술이 거나하게 취했을 때, 선생이 오언고시 16구를 돌에 쓰고 소서小序를 지어 그 일을 기록하였다. 선생이 돌아온 뒤에 고을 사람들이 그 돌에 새겨서 사선정 위에 두었다. ○ 시는 『허백정집』에 있다.】

계계啓를 올려 강릉향교 중수를 청하여 윤허를 받았다.【당시 강릉향교가 퇴락하여 남은 것이 없었다. 선생이 조정에 계문을 올려서 강릉과 삼척 두 고을의 수병戍兵들을 동원해 재목을 모으고, 기와를 굽게 하였다. 일이 거의 다 되었는데 마침 가뭄이 들어 그만두었다. 얼마 있다가 선생은 체직遞職되어 돌아왔다. 9년 뒤에 부사府使 이칭李秤이 이어서 그 일을 완성하였다.】

가을, 강원도관찰사에서 체직되어 형조참판刑曹參判이 되어 조정으로 들어왔다. 얼마 있다가 체직되어 다시 강원도관찰사에 제수되었다.

二十一年【成宗大王十六年】乙巳【先生四十八歲】
上疏辭職, 請歸養, 上特許帶本職歸省.【國法, 方伯[154]不得越封, 蓋曠世異數也. ○ 路出東海, 遊觀漁臺[155].】
到醴泉, 題詩于客舍之東軒.【詩[156]曰: "前村煙暝已藏鴉, 客舍沈沈夜不譁. 深樹月明啼杜宇, 曠庭春盡落梨花. 衰容對鏡年年換, 病眼看書字字斜. 夢裏溪山明日到, 門前流水是吾家." 其後, 天使王獻臣[157]聞此詩, 喜曰: "病眼看書字字斜之句, 此賈島[158]才也."】

---

154 方伯: 지방 장관인 觀察使를 예스럽게 이르는 말이다.
155 觀漁臺: 牧隱 李穡이 호지말[현 괴시1리]에서 거처할 때, 上臺山을 산책하면서 "바닷가의 고기를 볼 수 있는 곳"이라 하여 상대산 서편 절벽 위를 관어대라 명명했다 한다. 『新增東國輿地勝覽』 권25 경상도 비안현 조항에 "경상도 比安縣 安貞縣 남쪽 5리에 있다."했는데, 현재 경북 영덕군 영해면 괴시2리에 있다.
156 詩: 『虛白亭集』 권1에 「醴泉東軒」이라는 제목으로 실려 있고, 원문은 다음과 같다. "前村煙暝已藏鴉, 客舍沈沈夜不譁. 深樹月明啼社宇, 曠庭春盡落梨花. 衰容對鏡年年換, 病眼看書字字斜. 夢裏溪山明月去, 門前流水是吾家."
157 王獻臣: 연산군 1년(1495) 성종의 시호와 연산군에 대한 고명을 내릴 때 行人의 자격으로 왔던 明나라 사신이다. 당시 왕헌신 외에 太監 金輔·李珍이 함께 왔는데, 이때 盧公弼·宋公軼·金諶이 이들을 맞이했고, 洪貴達은 接伴使로 함께 했다.

仍歸省于本第.

○ 八月, 巡到高城.【時, 都事申從沃 · 郡守趙秀武 · 佐郎權仁孫[159] · 相禮盧吉蕃[160] · 參奉李苓, 從焉. 遊三日浦, 登四仙亭. 酒酣, 先生題五言古詩十六句于石, 作小序[161]以識之. 旣歸, 邑人刻其石, 置于亭上. ○ 詩[162]載集中.】

啓請重修江陵鄕校, 蒙允.【時, 江陵鄕校頹圮無餘. 先生啓請于朝, 以江陵 · 三陟兩鎭戍兵, 鳩材陶瓦. 事垂辦, 適天旱而止. 未幾, 先生遞而歸. 其後九年, 府使李秤, 繼而成之.】

秋, 遞入爲刑曹參判, 尋遞再除.

성화 22년【성종대왕 17년】병오년(1486)【선생 49세】

부친이 연로함을 이유로 지방 수령이 되기를 원하여 경주부윤慶州府尹에 제수되었다.【점필재佔畢齋 김종직金宗直의 시에 "부윤의 빛나는 재주 한 시대의 으뜸이요, 경주 인물에는 유풍遺風이 남아 있네. 선도산仙桃山 자락에선 아이들이 죽마를 타고, 만월성滿月城 어귀에는 이슬이 오동나무에 내리겠지. 한가로운 날 손님 벗들과 큰 술잔으로 술 마시고, 임기 마치고 돌아갈 때 어르신들이 긴 채색 천을 주시겠지. 3년 동안 충분히 아버님 봉양하고 나면, 벼슬길 승승장구하여 가는 곳마다 신의 가호가 있으리라." 하였다.】

아들 언방彦邦이 진사 시험에 급제하였다.

---

158 賈島: 777~841의 唐나라 시인으로, 자 浪仙이다. 시를 지을 때 한 글자, 한 구절 심혈을 기울여 지어내고 원고를 다듬어 '苦吟派'로 알려져 있다. 北宋의 시인 孟郊와 함께 '맹교는 서늘하고 가도는 파리하다.[郊寒島瘦]'는 말로 병칭된다.

159 權仁孫: 본관 安東. 성종 6년(1475) 친시에서 급제했다.

160 相禮盧吉蕃: '상례'는 국가의 朝會 · 祭祀 등의 의식을 맡던 通禮院의 종3품 벼슬이다.

161 小序: 『虛白亭集』 권2에 「高城三日浦序」라는 제목으로 실려 있다.

162 詩: 『虛白亭集』 권1에 「次高城三日浦韻」이라는 제목으로 실려 있고, 원문은 다음과 같다. "昔聞三日浦, 今上四仙亭. 水拍白銀盤, 山圍蒼玉屛. 天空彩雲濕, 石老秋光淸. 仙人去已遠, 古亭今無楹. 當時遊戲處, 雲外笙簫聲. 千載復吾人, 六字看猶明. 風高永郞湖, 月上安商汀. 孤尊泊舟處, 此固云蓬瀛."

二十二年【成宗大王十七年】丙午【先生四十九歲】

以親老乞郡[163], 除慶州府尹.【佔畢齋詩[164]曰: "大尹才華一代雄, 東都[165]人物有遺風. 仙桃山[166]下兒騎竹, 滿月城頭露隕桐[167]. 暇日賓朋浮大白[168], 他時父老裊長紅[169]. 三年剩逐庭闈養, 到處紗籠[170]正護公."】

子彦邦中進士.

성화 23년【성종대왕 18년】정미년(1487)【선생 50세】

영천향교永川鄕校 중수기를 지었다.

二十三年【成宗大王十八年】丁未【先生五十歲】

作永川鄕校重修記[171].

---

163 乞郡: 부모가 늙고 가난한 관리가 짓방 守令의 관직을 청하는 것이다.

164 佔畢齋詩: 『佔畢齋集』권20에 「送洪府尹」이라는 제목으로 2수가 실려 있고, 원문은 다음과 같다. "大尹才華一代雄, 東都文物有遺風. 仙桃山下兒騎竹, 滿月城頭露隕桐. 暇日賓朋浮太白, 他時父老裊長紅. 三年剩逐庭闈養, 到處紗籠正護公. / 曾佐元戎擁碧油, 東都落拓夢悠悠. 囊鞬馳射詩仍就, 羅綺留連醉未休. 看湧金輪鵄述嶺, 聞吹玉笛倚風樓. 紅塵白首無多興, 安得從公續舊遊."

165 東都: 慶州를 이른다.

166 仙桃山: 『新增東國輿地勝覽』권21 경상도 경주부 조항에 "경주부의 서쪽 7리에 있다. 신라 때에는 西嶽이라 불렀는데, 西述·西兄·西鳶이라 부르기도 했다.

167 滿月城: 신라 都城의 하나로, 『新增東國輿地勝覽』권21 경상도 경주부 조항에 "月城 북쪽에 있다. 흙으로 쌓았는데 둘레가 4,945척이다."했다.

168 大白: 큰 술잔이다. 戰國時代 魏나라 文侯가 대부들과 술을 마실 때 公乘不仁에게 酒法을 시행하게 하면서 "술잔을 단번에 다 마시지 않은 사람에게는 큰 술잔으로 벌주를 내리라.[飮不釂者, 浮以大白.]"했다.《劉向 說苑 善說》

169 裊長紅: 洪貴達이 경주부윤의 임기를 마치고 돌아갈 때 경주부의 父老들이 환송해 줄 것이라는 말이다. 중국 고대의 북방지역에서 임기를 마치고 돌아가는 관리에게 부로들이 긴 채색의 천을 꽂가지에 걸어주며 송별했다. 蘇軾「罷徐州往南京馬上走筆寄子由」에 "父老何自來, 花枝裊長紅."이라 한 것에 대해 王文誥의 輯注에 "方俗, 送官罷任, 以花枝掛綵, 謂之長紅."이라 했다.

170 紗籠: 깁을 바른 농인데, 唐나라 李藩이 벼슬하기 전에 어떤 중이 그에게 "公은 바로 사롱 가운데 있는 사람[紗籠中人]이다."하여, 그 까닭을 물으니, "宰相이 될 사람은 저승에서 반드시 그의 像을 세워서 사롱으로 감싸 보호한다."했다. 이후에 재상 등의 고관대작이 될 것이라는 말이다.《山堂肆考 권43 紗籠護像》

효종황제 홍치弘治 원년【성종대왕 19년】무신년(1488)【선생 51세】
경주부윤慶州府尹의 임기가 차서 중추부로 옮겼다.
○ 전의군全義君 이덕량李德良의 신도비명을 찬술하였다.

孝宗皇帝弘治元年【成宗大王十九年】戊申【先生五十一歲】
秩滿, 遷樞府[172].
○ 撰全義君李公德良[173]神道碑銘.

홍치 2년【성종대왕 20년】기유년(1489)【선생 52세】
봄, 사헌부 대사헌에 임명되었다. 한양으로 올라가 사은숙배謝恩肅拜
한 뒤에 차자箚子를 올려 귀향하여 부친의 봉양을 청하였으나 윤허하
지 않았다.
○ 3월, 부친 판서공[洪孝孫]이 돌아가셔 분상奔喪하였다. 12월, 어머
니 정부인 묘소의 동쪽 산기슭 지초산芝草山 정북방[子坐] 자리에 안
장하였다.【선생은 전후로 당한 부모님 초상에 임종을 지키지 못하고 모두 분상하여
효를 끝까지 다하지 못한 것을 지극한 아픔으로 여겼다. 그래서 묘 옆에 여막을 짓고
상기喪期를 마치고, 뒤에 애경당愛敬堂을 지어 사모하는 마음을 의탁했다. ○ 수헌睡
軒 권오복權五福이 여막에 찾아와 뵈었다. 선생이 이야기를 나누다가, 정호程顥·
정이程頤 선생과 그 벗들 및 제자들의 연원을 언급하며 지금은 옛날만 못하다고
탄식하였다. 수헌이 감동하여 시를 지어 이르기를, "매번 우리 유학에 대해 감개함이
많으시니, 식견 좁은 이들 허다한 세상에 사람으로 하여금 탄식 자아나게 하네. 뜻밖
에 산 속에서 직접 가르침 받으니, 연원을 거슬러 공자 문하에 있는 듯하네." 하였다.】

二年【成宗大王二十年】己酉【先生五十二歲】

---

171 重修記:『虛白亭集』권2에「永川鄕校重修記」라는 제목으로 실려 있다.
172 樞府: 中樞府로, 세조 12년에 中樞院의 고친 이름이다.
173 德良: 세종 17년(1435)~성종 18년(1487). 세조 3년(1457) 무과에 급제했다. 그
    는 全義李氏 智長의 아들이며, 세조비 貞熹王后의 姊婿이다. 신도비명은『虛白
    亭集』권4에「戶曹判書全義君李公神道碑銘」이라는 제목으로 실려 있다.

春, 除司憲府大司憲, 上京肅謝, 上箚乞歸養, 不允.

○ 三月, 丁判書公憂, 奔赴. 十二月, 奉窆于貞夫人墓東麓芝草山子坐之原.【先生以前後喪皆奔赴, 不得終孝, 爲至痛.[174] 故廬墓終喪, 後因作愛敬堂以寓慕. ○ 權睡軒五福[175], 來謁于廬次, 先生因語及伊洛[176]諸賢師友淵源, 歎今之不古也. 睡軒感而賦詩[177]云: “每向斯文感慨多, 紛紛吠雪[178]起人嗟. 山中偶爾蒙親炙, 擬泝淵源洙泗波.”】

홍치 3년【성종대왕 21년】경술년(1490)【선생 53세】

정부인의 묘에 묘갈을 세우고, 직접 비음기碑陰記를 지어 새겼다.

三年【成宗大王二十一年】庚戌【先生五十三歲】

立碣於貞夫人墓, 自製碑陰以刻.

홍치 4년【성종대왕 22년】신해년(1491)【선생 54세】

여름 5월, 부친의 상기가 끝났다.

○ 작은 집을 묘소 서쪽 호계虎溪 가에 다시 지어 '애경당愛敬堂'이라 이름하고, 기문을 지어 걸었다.【애경당 기문은 대략 다음과 같다. 집을 '애경愛敬'이라 명명한 것은 어째서인가. 여기에 집을 지은 것은 나의 부모님을 위해서이다. 어머니를 섬김에는 사랑함이 주가 되고, 아버지를 섬김에는 공경함이 주가 된다.

---

174 先生~至痛: 부모의 죽음에 임종을 지키지 못하고 타지에서 부고를 듣고 분상했기 때문에 애통해 한 것이다.

175 五福: 세조 13년(1467)~성종 23년(1498). 醴泉 權氏. 자 嚮之. 호 수헌. 시호 忠敬. 할아버지는 幼孫, 아버지는 별좌 善, 어머니는 吏曹判書 李季甸의 따님이다. 성종 17년(1486) 司馬試에 입격하고, 관직은 藝文館校理에 이르렀다. 金宗直의 문하생으로 당시의 사림과 교분이 넓었으며 특히 金馹孫과 교의가 두터웠다. 시문집으로 『睡軒集』이 있다.

176 伊洛: 伊水와 洛水로, 宋나라 程顥·程頤 형제가 거처하던 洛陽에 있는 두 강이다.

177 賦詩: 『睡軒集』 권1에 「謁洪大憲于廬次, 雜談古今, 語及伊洛諸賢師友淵源, 歎今之不古也. 余感而有賦」라는 제목으로 실려 있다.

178 吠雪: 견문이 좁아 괴이하게 여기는 것이 많음을 비유한 말이다. 柳宗元 「答韋中立論師道書」에 “前六七年, 僕來南. 二年冬, 幸大雪. 踰嶺被南越中數州, 數州之犬皆蒼黃, 吠噬狂走者累日, 至無雪乃已.”라 했다.

부모님을 위해 이미 집을 지었다면, 이 집에 사는 자가 어찌 잠시라도 사랑과 공경을 잊을 수 있겠는가! 내 살아온 지 40, 50년 되도록 가난하여 집이 없었다. 성화成化 신축년[성종 12, 1481]에 어머니가 돌아가셔서 여기에 장사지냈다. 3년상을 마치고 그 옆 비어있는 땅에 잡초를 제거하여 작은 초가집을 짓고는 만년에 이곳에 귀의할 계획을 세웠는데 얼마 있다가 불에 타 재가 되었다. 그 이후 홍치弘治 기유년[성종 20, 1489]에 아버지께서 기어이 돌아가셔서 또 이곳에 장사지냈다. 부모님 은혜에 보답할 마땅한 곳이 없음을 애통히 생각하다가 예전 여막이 있던 곳 조금 남쪽에 주춧돌을 놓아 수십 개의 기둥을 세웠으니, 바로 아버지 묘소의 서쪽이요 어머니 묘소의 남쪽이다. 집 서남쪽 모퉁이에 세 칸짜리 당을 지어 제사를 올리는 곳으로 삼았다. 기와를 얹고 벽을 바르고 난 뒤에 마침 탈상脫喪하게 되어 증조부 이하 여러 신주를 합하여 제사를 지냈다. 음복을 마친 뒤에 '애경당'이라 크게 세 글자를 써서 벽에다 걸고, 여러 자제들을 불러 앞으로 오라고 하여 고하였다. "너희들은 내가 이 당의 이름을 지은 뜻을 알고 있느냐? 내가 이곳에 집터를 정한 것은 부모님의 묘소와 가까워 문을 나설 때마다 항상 보고 싶어서이다. 내가 우리 집을 '애경愛敬'이라 명명한 것은 집에 들어와 처자식을 마주하면 부모님을 잊을 때가 있을까 걱정하기 때문이다. 만약 여기에서 살고 여기에서 잠자면서 저 세 큰 글자의 의미를 마음에 두지 않는 자는 내 자손이 아니다. 아! 부모를 섬김에 사랑과 공경을 다한다면 다른 사람 또한 나를 사랑하고 공경할 것이다. 우리 가문은 대대로 청빈하여 자손들에게 물려줄 것이 없었는데, 이제 이것을 남겨주니 또한 이로써 자자손손 전수하라. 또, 이 말을 기록하여 거듭거듭 스스로 경계하고, 와서 보는 향리의 자제들로 하여금 또한 각각 반성할 줄 알게 하라."】

탁영濯纓 김일손金馹孫의 사암思庵에 기문을 지었다.

○ 호군護軍에 임명되었으나 부임하지 않았다.

○ 가을, 성균관대사성에 임명되었다.【선생이 성균관의 책임자가 되자 개연慨然히 유학을 흥기하는 것으로 자신의 임무를 삼았다. 자질에 따라 가르치고 권면하니 먼 곳의 선비들까지 구름처럼 모여들어 경서 하나라도 전수 받고자 하는 자가

번번이 백 명 단위로 셀 정도였다. 상감께서 성균관에 행차하여 친히 공자께 석전례釋
奠禮를 행하시고 하련대下輦臺에 거둥하여 백관과 유생에게 잔치를 베푸셨다. 재추
宰樞의 문신들이 전각 안에 입시하고 당하문신堂下文臣이 뜰 아래 나누어 앉았는데,
잔치에 참석한 유생이 3천여 명이었고, 교문橋門을 둘러서 구경하는 자들이 무려
만여 명이었으며, 상하가 모두 꽃을 꽂았다. 이에 앞서 홍문관에 명하여 대사례大射
禮에 준하여 새롭게 악장을 짓도록 하였는데, 이날에 악공에게 노래를 부르게 하며
술과 음식을 권하고 각사各司가 분담하여 음식 마련을 주관하였다. 도승지 정경조鄭
敬祖에게 명하여 유생에게 하유하셨다. "오늘 일은 잔치하며 즐기자는 것이 아니라
유학을 높이고 도를 중시하려는 것이니, 모두 실컷 마시고 먹으라."】

성균관 향실香室을 대성전大成殿 옆에 지었다. 공사가 끝나자 기문을
찬술하여 걸었다.【살펴보건대, 향실은 임진왜란 때 불탔는데, 기문의 판본은
겨우 유전되었다. 효종 4년[계사년, 1653]에 성균관대사성 이일상李一相이 조정에
건의하여 향실을 다시 지었다. ○ 기문은 『허백정집』에 없다.】

또, 성균관 향관청享官廳을 존경각尊經閣 동북쪽에 지었다. 공사가
끝나자 글을 지어 걸었다.【이에 앞서 헌관獻官과 집사執事가 재계할 장소가
없어 동·서재에 임시로 거처하였다. 그래서 성균관에 입재入齋한 유생들이 거처할
곳이 없어 대부분 성균관 종들의 집으로 나가 머물렀으니, 정결하고 공경한다는 뜻에
어긋났다. 이때에 이르러 성현成俔이 건의하여 상감의 윤허를 받았다. 선생이 왕명
을 받들어 동지관사同知館事 이극증李克增과 전 대사성 성현과 함게 존경각 동북쪽
의 땅을 골라 헌관청 네 칸, 동서 월랑月廊 열 다섯 칸, 부엌 다섯 칸을 지었다.
이로 인해 성균관 유생과 제향관祭享官이 각각 정결하게 재계하고, 서로 침해하는
걱정거리가 없어지게 되었다. ○ 향관청 기문은 『허백정집』에 있다.】

징파루澄波樓의 기문을 지었다.

○ 유곡관幽谷館 중수 기문을 지었다.【갑자사화 때 관아에서 기문을 철거하라
명하였는데 역리驛吏 방결方潔이 잘 감추어 두었다. 뒤에 선생이 신원을 회복하자
다시 꺼내어 걸었다. ○ 동악東岳 이안눌李安訥의 시에, "하늘까지 출렁였던 갑자년

의 재앙 때, 문광文匡 홍귀달 공의 글을 모조리 없앴지. 유곡관의 역리는 그 옛날 어찌 했던가, 사림士林 중에 다시 그 같은 이 있을까." 하였다.】

四年【成宗大王二十二年】辛亥【先生五十四歲】

夏五月, 服闋. ○ 更構小屋于墓西虎溪之上, 命曰愛敬堂, 作記以揭之. 【記略曰, 堂以愛敬名, 何也? 家于此, 爲吾親也. 蓋事母則愛主焉, 事父則敬主焉. 家旣爲親建, 則居是堂者, 豈容斯須忘愛敬耶! 余生四十五十, 貧無家, 歲在成化辛丑, 母歿, 於是乎葬. 三年之喪畢, 因誅茅於其傍閒地, 構草廬數間, 以爲晚年歸老計, 旋爲煨燼. 越弘治己酉, 先君尋卒, 又葬於此. 痛念報本之無其所也, 乃礎於舊廬少南, 豎數十柱, 正在父墳之西·母墳之南. 爲堂於室之西南隅, 凡三楹, 以爲享祀受釐[179]之處. 旣瓦旣壁, 適値卽吉之初, 乃合曾祖考以下群廟之主而享之. 旣飮福訖, 書三大字, 額于壁, 呼諸子使前而告之曰: "而知吾所以名吾堂義否? 吾所以卜宅于是者, 爲其近父母之穴, 而欲其出門常目之也. 吾所以名吾堂愛敬者, 恐其入門對妻孥, 有時乎忘吾親也. 如或居於斯, 寢於斯, 不有於三大字之義者, 則非吾子孫也. 嗚乎! 愛敬盡於事親, 而人亦愛敬我矣. 吾家世淸貧, 無以遺子孫者, 今以是遺, 而亦以遺而子而孫. 又書其言, 申以自警, 且使鄉子弟之來觀者, 亦各知省"云.】

作金濯纓馴孫思庵記[180].

○ 拜護軍[181]不赴.

○ 秋, 除成均館大司成.【先生旣長大學, 慨然以興起斯文爲己任, 因材訓勵, 遠士雲集, 願一經指授者, 動以百數. 上幸成均館, 親行釋奠於先聖, 仍御下輦臺[182], 饗百官儒生. 宰樞[183]文臣, 入侍殿內, 堂下文臣, 分坐庭下, 與宴儒生, 三千餘人. 環橋門觀者, 無慮萬餘人, 上下皆揷

---

179 受釐: 釐는 禧의 뜻으로, 수희는 제사를 지내 복을 받는다는 말로, 여기서는 제사를 올린다는 뜻이다.
180 思庵記: 洪貴達 『虛白亭集』 문집 권2에 실려 있다.
181 護軍: 五衛의 정4품 벼슬로, 현직이 아닌 정4품 文官·武官·蔭官 중에 임명한다.
182 下輦臺: 성균관 文廟 동문 밖에 있는데, 謁聖할 때에 모두 이곳에서 輦에서 내렸다.《新增東國輿地勝覽 권2》
183 宰樞: 宰府의 宰臣과 중추부의 樞臣을 아울러 이르는 말이다.

花. 先是, 命弘文館, 倣大射禮[184], 新製樂章, 至是, 令工歌以侑之,
各司分掌設饌. 命都承旨鄭敬祖[185], 諭儒生曰: "今日之事, 非爲宴樂
也, 乃所以崇儒重道也, 其各醉飽."】

作大學香室于聖殿之傍. 工訖, 撰記文揭之.【按, 香室火于壬亂, 記文
板本, 得以流傳. 孝宗朝癸巳, 大司成李一相[186], 白于朝改建. ○ 記文
不載集中.】

又作大學享官廳[187]于尊經閣之東北. 工訖, 爲文[188]揭之.【先是, 獻官
執事, 無淸齋之所, 假寓於東西齋[189]. 齋儒無所容, 擧皆出宿於館僕
家, 非潔淨齋敬之意. 至是, 成俔建白得允. 先生承命, 與同知館事李
克增[190] · 前大司成成公俔, 相地于尊經閣之東北, 作獻官廳四間 · 東
西廊十五間 · 庖廚五間. 於是, 館儒 · 享官, 各致齋潔, 無相礙之患.
○ 記在集中.】

作澄波樓記[191].

○ 作幽谷館重修記[192].【甲子禍, 官命撤去, 驛吏方潔藏之謹. 及先生追
雪, 復出釘之. ○ 李東岳安訥詩[193]曰: "滔天甲子禍, 掃地文匡詞. 驛吏

---

184 大射禮: 임금이 성균관에 거둥하여 先聖을 알현하고 활을 쏘던 예이다.

185 鄭敬祖: 세조 1년(1455)~연산군 4년(1498). 본관 河東. 아버지는 河東府院君
麟趾, 어머니는 李携의 따님이다. 初配는 世宗의 아들 桂陽君 李璔의 따님이다.
성종 16년(1485) 文科에 급제하여 홍문관·승정원 등의 관직을 역임하고, 同副
承旨·右承旨·左承旨 등을 거쳐 성종 22년 都承旨가 되었으며, 관직이 漢城府左
尹에 이르렀다.

186 李一相: 광해군 4년(1612)~현종 7년(1666). 본관 延安. 자 咸卿. 호 靑湖. 아버
지는 明漢이다. 인조 6년(1628) 17세의 나이로 謁聖文科 丙科로 급제했다.

187 享官廳: 文廟 제사 때에 제관들이 齋戒하고 香祝을 보관하던 곳으로, 중앙에는
향축을 보관하는 곳이 있고, 좌우에 獻官房을 두었다.

188 文: 『虛白亭集』 문집 권2 「享官廳記」라는 제목으로 실려 있다.

189 東西齋: 明倫堂 남쪽에 동서로 둔 夾廊으로, 선비와 유생들이 거처하던 곳이다.

190 李克增: 세종 13년(1431)~성종 25년(1494). 본관 廣州. 자 景祁. 아버지는 右
議政 仁孫이다. 세조 2년(1456) 式年文科 丙科로 급제했다.

191 澄波樓記: 『虛白亭集』 문집 권2에 실려 있다.

192 幽谷館重修記: 『虛白亭集』 문집 권2에 실려 있다.

193 李東岳安訥詩: 선조 4년(1571)~인조 15년(1637). 본관 德水. 자 子敏. 호 東岳.
아버지는 진사 泂, 어머니는 慶州李氏이다. 權韠·尹根壽·李好閔 등과 교유하여
이들의 모임을 '東岳詩壇'이라고 불렸다. 전국을 돌아다니며 백성과 사회의 현실

昔如許, 士林更有誰.】

홍치 5년【성종대왕 23년】임자년(1492)【선생 55세】
정월, 상감께서 성균관에 선비들을 먹일 것이 부족하다시며 쌀 300
석과 베 500필을 특별히 하사하셨다. 선생이 차자箚子를 올려 술과
음식을 대강 마련하여 유생들을 모두 모아 성상의 은혜를 칭송할
것을 청하니 상감께서 허락하셨다. 이에 본관에서 연회를 열어 어진
선비들에게 잔치를 베풀어주었다.
○ 현령 권이權邇의 묘갈명을 찬술하였다.
○ 광산군光山君 공안공恭安公 김겸광金謙光의 신도비명을 찬술하였다.
○ 연원군延原君 충간공忠簡公 이숭원李崇元의 신도비명을 찬술하였다.
○ 자헌대부資憲大夫로 품계가 올라 지중추知中樞 겸 홍문관대제학弘文
館大提學·예문관대제학藝文館大提學·지성균관사知成均館事가 되었다.
【당시 대제학 어세겸魚世謙이 상喪을 당해 체직되었다. 상감께서 그를 대신할 적임자
를 찾지 못하여 자리를 비워놓은 채 한 달이 지났는데, 조정의 물망이 선생에게 모두
모이니 상감께서 특별히 자급資級을 올리고 여러 직책을 제수하셨다.】
왕명을 받들어 『황화집』 서문을 지어 올렸다. 【당시 명나라 효종황제孝宗
皇帝建가 황태자를 책봉하여 정사인 병부중랑 애박艾璞과 부사인 행인 고윤高胤을
보내어 조서를 반포하였다. 두 사신이 한양에 와서 하룻밤을 묵고 돌아갔는데 원접사
遠接使 노공필盧公弼이 돌아와 두 사신의 시와 문장을 올렸다. 상감이 그 글의 단정

───────────

을 시로 읊었으니, 유곡관 역리 방결과 홍귀달의 일화를 담은 시 또한 이 과정에서
나온 것이다. 이안눌의 시는 『東岳先生文集』 권8에 「贈幽谷驛吏方胤男」이라는
제목으로 서문과 함께 실려 있는데, 본문은 다음과 같다. "容齋先生集, 有方潔吟,
又有方潔詩. 敍曰, 幽谷舊有文匡公記, 釘于壁. 燕山甲子, 公被害, 官命撤去,
驛吏方潔藏之謹. 及反正, 復出釘之. 當時士大夫用心, 有能如潔者乎? 余嘗讀
此, 賢其人而高其義. 今過幽谷問之, 則胤男, 潔之後也. 喜與之語, 書以志感,
以貽諸家於斯路於斯者也. '容祖過幽谷, 再題方潔詩. 滔天甲子禍, 掃地文匡辭.
驛吏昔如許, 士林今有誰. 百年逢末裔, 相對一吁嘻.'"

함과 깨끗함을 가상히 여겨 간행하라 명하고, 선생에게 서문을 지으라 하셨다.】

차자箚子를 올려 홍문관 학사들은 나이 40세의 제한에 구애받지 말고 달마다 글을 짓게 할 것이며, 또 젊은이로서 재주 있는 자들을 선발하여 순번을 나누어 사가독서 시킬 것을 청하니 상감께서 그대로 따르셨다. 【고례에는 예문관의 관직을 겸직하는 관원 중 40세 이하는 매월 초1일과 15일에 찌를 뽑아 혹은 경서를 강론하고 혹은 시문을 지어 순위를 기록하여 임금에게 보고하였다. 성화成化 무술년[성종 9, 1478]에 예문관 부제학 이하 수찬에 이르는 관원의 수를 줄이고, 홍문관을 개설하여 부제학·제학·직제학·응교·교리·수찬 등의 관원을 늘였으니 신구 관원이 도합 28명이었다. 이때에 이르러 처음으로 홍문관에서 월과月課를 시행하였다. 또한 문신들이 학업을 연마하는 제도가 이에 이르러 다시 중도에 폐기될 우려가 있었다. 그래서 선생이 계문啓文을 올려 선비들을 선발하자고 요청하여 윤허를 받으니, 최숙생崔淑生·권달수權達手·이옹李顒·이희순李希順·이원李黿 등이 선발되었다.】

5월, 왕명을 받들어 단오첩자端午帖子를 지어 올렸다.

○ 사인사舍人司 연정蓮亭의 기문을 지었다.

○ 의정부우참찬으로 옮기고, 지경연사知經筵事를 겸하였으며, 문형의 자리도 종전대로 겸하였다.

○ 연빈루燕賓樓 기문을 지었다.

○ 11월, 부친 판서공[홍효손洪孝孫]의 묘소에 비갈碑碣을 세우고, 비갈문을 지어 새겼다.

○ 상주尙州 향교 중수 기문을 지었다.

○ 판부사 손순효孫舜孝 공이 소장한 어찰御札 축에 글을 썼다.

五年【成宗大王二十三年】壬子【先生五十五歲】
正月, 上以成均館餉士不足, 特賜米三百石·布五百匹. 先生上箚, 請略備酒食, 會諸生, 以侈聖恩, 上許之. 乃設宴于本館, 以饗多士.
○ 撰縣令權公邇墓碣銘194.
○ 撰光山君金恭安公謙光神道碑銘195.

○ 撰延原君李忠簡公崇元神道碑銘[196].

○ 陞資憲大夫[197]·知中樞兼弘文館大提學藝文館大提學知成均館事.

【時大提學魚公世謙, 以憂遞. 上難其代, 虛位有月, 朝望咸屬於先生, 上特命陞資兼授.】

奉教撰進皇華集序文.【時, 孝宗皇帝建立太子, 遣艾中郎·高行人[198]來頒詔敕. 兩使入京, 一宿而還, 遠接使盧公弼還, 進兩使詩若文. 上嘉其廉隅, 仍命鋟梓, 命先生撰序文.】

上箚請弘文館學士, 勿拘年四十之限, 令製月課, 且選年少有才名者, 分番賜暇讀書, 上從之.【古例, 職兼藝文者, 四十以下, 每月初一日·十五日抽籤, 或講經, 或著述, 第錄以啓. 至成化戊戌, 減藝文副學以下至修撰等官, 改設弘文館, 增副學·提學·直提學·應敎·校理·修撰等官, 新舊官合二十八員. 至是, 始行月課[199]於弘文館. 且文臣肄業之法, 至是復有中廢之虞. 先生啓請抄選, 蒙允, 以崔淑生[200]·權

---

194 縣令權公邇墓碣銘: 權邇. ?~성종 21년(1490). 본관 安東. 그 아들이 權柱이다. 묘갈명은 『虛白亭集』 문집 권4에 「咸從縣令權公墓碣銘」이라는 제목으로 실려 있다.

195 光山君金恭安公謙光神道碑銘: 金謙光. 세종 1년(1419)~성종 21년(1490). 본관 光山. 자 撝卿. 아버지는 증영의정 鐵山, 어머니는 大都護府使 金明理의 따님이다. 단종 1년(1453) 式年文科 丁科로 급제했다. 신도비명은 『虛白亭集』 속집 권5에 「光山君諡恭安金公神道碑銘」이라는 제목으로 실려 있다.

196 延原君李忠簡公崇元神道碑銘: 李崇元. 세종 10년(1428)~성종 22년(1491). 본관 沿岸. 자 仲仁. 시호 忠簡. 아버지는 參判 補이다. 단종 1년(1453) 文科에 급제했고, 관직은 吏曹判書에 이르렀다. 중종 때 청백리에 녹선되고, 인조 26년(1648) 지례의 道東祠에 제향되었다. 신도비명은 『虛白亭集』 문집 권4 「延原君知經筵事李公墓碑銘」이라는 제목으로 실려 있다.

197 資憲大夫: 정2품 문무관원에게 주는 품계로, 같은 품계인 正憲大夫보다는 下階이다. 이 품계를 받은 관원의 부인에게는 貞夫人의 작호가 주어졌다. 성균관·춘추관 知事, 예문관·홍문관 대제학 등의 관직이 이 품계에 해당한다.

198 艾中郎高行人: 애중랑은 正使인 兵部中郎 艾璞이고, 고행인은 副使인 行人司 行人 高胤으로, 명나라 사신으로서 성종 23년(1492) 조선에 왔다.

199 月課: 성균관·독서당 등에서 매월 일정한 시기에 문신들로 하여금 시문을 짓게 하고 이에 등급을 매겨 과거시험이나 관직의 고과에 반영하도록 한 제도로, 3회 이상 월과에 응시하지 않으면 파직한다는 등의 규제가 있었다.

200 崔淑生: 세조 3년(1457)~중종 15년(1520). 본관 慶州. 자 子眞. 호 盎齋. 아버

達手[201] · 李顗 · 李希順 · 李黿[202]等充選.】

五月, 承命製進端午帖子[203].

○ 作舍人司蓮亭記[204].

○ 遷議政府右參贊, 兼知經筵事, 兼帶文衡[205]如故.

○ 作燕賓樓記[206].

○ 十一月, 立碣於判書公墓, 爲文刻之.

○ 作尙州鄕校重修記[207].

○ 題孫判府事舜孝所藏御書軸[208].

지는 鐵重이다. 성종 23년(1492) 진사로서 式年文科 乙科로 급제했다.

201 權達手: 예종 1년(1469)~연산군 10년(1540). 본관 安東. 자 通之. 호 桐溪. 아버지는 廣興倉主簿 琳, 어머니는 李補丁의 따님이다. 성종 23년(1492) 文科에 급제하여 藝文館檢閱이 되었다. 연산군 1년(1495) 讀書堂에 뽑혀 賜暇讀書했다. 연산군 10년 연산군의 생모 윤씨를 종묘에 모시려 할 때 그 부당함을 주장하여 의금부에 하옥되어 杖 60의 처벌을 받고 龍宮에 유배되고, 용궁에서 다시 의금부로 압송되어 국문을 받던 중 옥사했다. 중종 때 都承旨에 추증되고, 숙종 19년(1693) 咸昌 臨湖書院에 제향되었다.

202 李黿: ?~연산군 10년(1504). 본관 慶州. 자 浪翁. 호 再思堂. 조부는 尹仁, 아버지는 公麟, 어머니는 朴彭年의 따님이며, 「六歌」를 지은 李鼈의 친형이다. 성종 20년(1489) 式年文科에 급제하여, 관직이 戶曹佐郎에 이르렀다. 戊午士禍 때 유배되었다가 甲子士禍 때 참형당했다. 문장에 능하고 특히 行義로 추앙받았다. 저술로 『金剛錄』· 『再思堂集』이 있다.

203 端午帖子: 立春과 端午에 대궐 안의 殿閣 기둥에 붙이던 柱聯이다. 입춘의 첩자는 정월 초하룻날의 延祥詩를 써서 붙이고, 단오첩자는 단오날에 內閣 · 玉堂 · 翰院의 재상과 당하의 문신 중에서 시문을 잘 짓는 사람들로 하여금 지어 올리도록 하였다.

204 舍人司蓮亭記: 『虛白亭集』 문집 권5에 실려 있다. 기문의 내용으로 보면 홍귀달이 성종 23년(1492) 7월, 의정부 左舍人 趙文叔과 右舍人 李均의 요청을 받고 쓴 것이다. 사인사 연정은 議政府 合座廳 동쪽에 있는 못인데, 처음에는 배꽃을 많이 심어 '舍人司 梨亭'이라 부르다가 후에 芙蓉을 심어 무성해지자 '蓮亭'으로 이름을 고쳤다.

205 兼帶文衡: 홍문관 · 예문관의 대제학 관직을 겸하고 있음을 이른다.

206 燕賓樓記: 『虛白亭集』 문집 권2에 실려 있다.

207 尙州鄕校重修記: 『虛白亭集』 문집 권2에 실려 있다.

208 題孫判府事舜孝所藏御書軸: 舜孝. 세종 9년(1427)~연산군 3년(1497). 본관 平海. 자 敬甫. 호 勿齋 · 七休居士. 시호 文貞. 아버지는 군수 密, 어머니는 旌善郡

홍치 6년【성종대왕 24년】계축년(1493)【선생 56세】

문간공文簡公 점필재 김종직의 신도비명을 찬술하였다.

○ 의정부좌참찬으로 옮기고, 문형文衡의 자리는 종전대로 겸직하였다.

○ 얼마 뒤 이조판서로 옮기고, 문형의 자리는 종전대로 겸직하였다.

○ 강릉 향교 중수 기문을 지었다.

○ 북경으로 가는 정사正使로 차출되었다. 선생이 차자箚子를 올려 병이 심하니 사신 행차에서 제외해 달라고 간곡히 요청하였는데, 대간臺諫이 차출을 회피한다고 탄핵하여 모든 관직을 파직하였다. 【선생이 평소에 풍비風痺를 앓았는데 이때에 이르러 병이 더욱 심해져 차자를 올려 면직을 청하였던 것인데 탄핵을 받아 파직되는 지경에 이르게 되었다. 일단 관직에서 물러난 이후로 남산南山으로 물러나 살면서 몸을 보양하며 휴식하였다. 한 때의 벗들이 선생의 풍모를 앙모하여 거마車馬를 타고 끊임없이 찾아왔는데, 선생은 기쁘게 그들을 맞이하였다. 혹은 술자리를 열어 회포를 풀기도 하고, 혹은 투호(投壺)를 하거나 시를 짓기도 하면서 종일토록 담소하니, 보는 사람들이 선생이 신분이 높은 재상이었다는 것을 몰랐다.】

사섬시司贍寺 연정의 기문을 지었다.

六年【成宗大王二十四年】癸丑【先生五十六歲】
撰佔畢齋金文簡公神道碑銘[209].

事 趙溫寶의 따님이다. 단종 1년(1453) 文科에 급제하고 戶曹參判·刑曹參判 등을 지냈다. 이 글은 『虛白亭集』 문집 권4에 「題孫判府事所藏御書軸」이라는 제목으로 실려 있다. 손순효가 소장한 어서는 성종이 손순효에게 내린 편지로, 성종 23년(1492) 손순효가 늙고 병듦을 이유로 사직을 청했는데 성종이 이를 허락하지 않고 환관 金處善에게 법주와 궁중의 珍羞, 그리고 어찰 1통을 보내어 위로했다. 손순효는 자신이 입은 聖恩을 자손들에게 전하고자 어찰을 축으로 만들어 전하고, 또 홍귀달에게 글을 청했다.

209 佔畢齋金文簡公神道碑銘: 『虛白亭集』 문집 권4에 「刑曹判書兼同知成均館事諡文簡金公神道碑銘」라는 제목으로 실려 있다.

○ 轉拜議政府左參贊, 兼帶文衡如故.

○ 尋遷吏曹判書, 兼帶文衡如故.

○ 作江陵鄉校重修記[210]

○ 充差赴京上使. 先生以病劇, 陳箚乞免, 臺諫劾以憚避, 竝罷本職. 【先生素患風痺, 至是發劇, 上箚停免, 至見彈罷. 一自罷政之後, 退居南山, 調養休息. 一時朋舊, 慕仰風采, 輪蹄沓至, 先生懽然相對. 或開樽放懷, 或投壺賦詩, 終日談笑, 見者不知爲黃閣之貴.】

作司瞻寺蓮亭記[211]

홍치 7년【성종대왕 25년】갑인년(1494)【선생 57세】

호조판서에 기용되고 동지경연사·동지춘추관사를 겸하였다.

○ 용궁龍宮 부취루浮翠樓 기문을 지었다.

○ 보은報恩 서헌西軒 중수 기문을 지었다.

○ 대마도로 사신가는 권주權柱를 전송하며 서문을 지어 주었다.

○ 권추權推의 묵암默庵 기문을 지었다.

○ 김제신金悌臣 공이 영남관찰사로 가게 되어 서문을 지어 송별하였다.【서문은 『허백정집』에 있다.】

12월, 성종대왕께서 승하하였다.

七年【成宗大王二十五年】甲寅【先生五十七歲】

起拜戶曹判書, 兼同知經筵春秋館事.

○ 作龍宮浮翠樓記[212]

○ 作報恩西軒重修記[213]

○ 送權柱[214]奉使對馬島, 作序[215]贈之.

---

210 江陵鄉校重修記: 『虛白亭集』 문집 권2에 실려 있다.

211 司瞻寺蓮亭記: 사섬시는 楮貨의 제조 및 지방 奴婢의 貢布 등에 관한 일을 맡아보는 관아이다. 이 글은 『虛白亭集』 문집 권2에 실려 있다.

212 宮浮翠樓記: 『虛白亭集』 문집 권2에 실려 있다.

213 報恩西軒重修記: 『虛白亭集』 속집 권5에 실려 있다.

214 權柱: 세조 3년(1457)~연산군 11년(1505). 본관 安東. 자 支卿. 호 花山. 아버

○ 作權推默庵記[216].

○ 金公悌臣[217]觀察嶺南, 作序[218]送之.【序載集中】

十二月, 成宗大王昇遐.

홍치 8년【연산군 원년】을묘년(1495)【선생 58세】

성종대왕의 능묘陵墓 자리를 광주廣州에 잡았다. 선생이 세 도감都監의 제조提調로서 묘역에 관한 일을 주관하였다.【성종대왕 만사를 지어 올렸는데, 그 시는 『허백정집』에 있다.】

○ 5월, 정헌대부正憲大夫로 품계가 올랐다.

○ 권경희權景禧가 정조사正朝使로 북경에 가게 되어 서문을 지어 전송하였다.【서문은 『허백정집』에 있다.】

좌의정 정괄鄭佸 공의 묘비명을 찬술하였다.

○ 하동河東으로 부임하는 강혼姜渾을 전송하며 서문을 써서 주었다.

○ 차자를 올려 척불상소를 올린 유생들을 구제하였다.【당시 유생들이 불사佛事에 관해 언급하다가 형벌을 받을 처지였다. 대간臺諫이 논박하여 구원하려 했으나 들어주지 않았다. 선생이 성준成俊 등과 차자를 올려 대간의 간언을 따르라 청하였지만 또 듣지 않자, 선생이 또 차자를 올려 거듭거듭 유생들을 구원하려 하였

지는 咸從縣令 邇, 어머니는 宋元昌의 따님이다. 成宗 11년(1480) 文科에 급제했다. 연산군 10년(1504) 甲子士禍가 일어나자 폐비 윤씨의 賜死 때 승정원 주서로서 사약을 받들고 갔다는 이유로 파직되었다가 연산군 11년 사사되고 중종 1년(1506) 신원되었다.

215 序: 『虛白亭集』 문집 권2에 「送權應教柱奉使對馬島序」라는 제목으로 실려 있다.

216 權推默庵記: 권추의 이 글은 『虛白亭集』 문집 권2에 「默庵記」라는 제목으로 실려 있다.

217 金悌臣: 세종 20년(1438)~연산군 5년(1499). 본관 延安. 자 順卿. 아버지는 內資寺尹 侅이다. 세조 8년(1462) 別試文科에 급제하였다. 戊午士禍가 일어나자 金宗直의 처형을 주장하고, 연산군 10년(1504) 甲子士禍 때 廢妃의 立廟를 반대했다 하여 追刑되었다.

218 序: 『虛白亭集』 문집 권2에 「送金公悌臣觀察嶺南序」라는 제목으로 실려 있다.

다. 그 차자의 내용은 대략 다음과 같다. 신이 삼가 생각건대, 간언을 받아들임은 군주의 큰 덕이요, 첫 정사政事는 이후 정치의 기초가 됩니다. 옛날, 은殷나라 사관이 성탕成湯의 덕을 찬양하여 "간언을 받아들이고 거역하지 않으시다." 하였고, 부열傳說이 고종高宗에게 깨우쳐 드리기를 "임금이 간언을 따르면 성인이 된다." 하였으며, 이윤伊尹이 태갑太甲에게 아뢰기를 "이제 왕께서 그 덕을 계승하셨으니 모든 것은 처음 정사에 달려있지 않은 것이 없습니다." 하였고, 소공召公이 성왕成王에게 경계하기를 "지금 우리의 정사를 보면 알 수 있습니다." 하였습니다. 옛날의 제왕들이 정치를 잘 한 까닭은 그 기틀이 여기에 있으니 삼가지 않을 수 있겠습니까. 옛날에는 간관諫官이 따로 없고 사람마다 간언을 하지 않는 이가 없었습니다. 그리하여 군주가 보고 듣는 것이 넓었습니다. 후세에는 관원마다 각자 맡은 일이 있기 때문에 모든 잘잘못에 대해 오로지 대간만이 그에 대해 말할 수 있습니다. 그리하여 대간이 말을 하지 않으면 군주의 이목이 막히게 되고, 이목이 막히면 신하와 백성의 뜻을 위로 임금에게 전달할 길이 없게 됩니다. 임금이 신하와 백성의 말을 듣지 못하게 되어 상하가 멀어지고 단절되면, 모든 일이 이로 말미암아 잘못되어 나라가 나라답지 못하게 됩니다. 그러므로 잘 다스리고자 하는 군주는 항상 허심탄회하게 널리 간언을 수용하여 오로지 사람들이 말을 하지 않을까만을 걱정합니다. 비록 말이 사안에 딱 들어맞지 않아도 죄를 주지 않으니, 이는 언로言路를 넓히기 위해서입니다. 그렇다 해도 한 사람이 한 말로 그 말이 옳지 않다면 굳이 따를 필요가 없습니다. 그런데 관아의 모든 사람들이 헤아려 의논하여 간언한 것이라면 그 말이 전혀 맞지 않다고는 할 수 없을 것입니다. 심지어 양사兩司·삼사三司에서 간언했다면 이는 온 조정에서 아뢴 것입니다. 말하는 이가 많고, 그 내용이 동일하다면 이것은 공公이요, 사私가 아닙니다. 공론이 있는 곳이라면 하늘도 어기지 못하니 하물며 군주가 즉위하여 처음으로 정사를 행함에 있어서이겠습니까. 불교를 배척하자고 주장한 유생들의 일은 대관臺官도 아뢰고 간관도 또한 아뢰며, 홍문관에서도 말하고 승정원에서도 말하는 것은 아마도 유생들의 죄는 벌 받아 마땅하지만 이 일을 주장한 애초의 목적은 유학 [斯道]을 위하려는 것에 지나지 않고, 죄에 연루된 것이라면 표현의 실수일 뿐이라 생각해서 일 것입니다. 죄의 세목을 잘 알지 못하는 먼 곳의 사람들은 필시 아무개 유생이 불교를 배척하다가 죄를 받았다고 생각할 것이니, 그렇다면 이로써 성상께서 처음 펴신 정사의 귀추를 짐작하지 못하겠습니까. 여러 날을 조정에서 간쟁하는데 끝내 윤허를 받지 못했습니다. 신은 대소 신료들이 성상께서 간언을 받아들이기를 좋아하지 않는다고 속으로 의심하고, 초학의 선비들이 성상께서 유학을 좋아하지 않는다 함부로 생각할까 두렵습니다. 좌우에 있는 사관史官이 군주의 행동을 빠짐없이 기록하고 있으니, 성상께서 몇몇 어리석은 유생들 때문에 간언을 거부했다는 오명을 천백년 뒤까지 들으실까 실로 두렵습니다. 엎드려 바라옵건대, 성상께서는 허심탄회하게 살피고 처음 행하는 정사政事가 중요하는 것을 자세히 생각하여 대간의 청을 특별히 허락하시고, 겸하여 사방에 하교하여 유생들이 죄에 연루된 이유와 성상의 관용의 도량을 모두 알게 하신다면, 일거에 몇 가지 훌륭한 일이 시행될 것입니다.

○ 옛 법규에, 합문閤門을 열어 강론을 하고, 강론이 끝나면 대간이 먼저 일어나 정사를 논하고 홍문관이 그 뒤를 이었다. 나머지 입시했던 사람들은 반드시 임금의 자문을 기다렸다가 아뢰었는데, 아뢰는 말이 그다지 강력하지는 않았다. 그런데 선생은 경연에 입시할 때마다 직언을 꺼리지 않고 반드시 많은 시간이 지나도록 논란하니 연산군이 항상 싫어하였다. 어떤 이가 선생에게 "공은 군주의 자문을 기다리지도 않고, 너무 강하게 말씀하시니 사체事體가 감히 이럴 수는 없습니다." 하였다. 선생이 "신하 노릇하는 자라면 품은 생각을 반드시 아뢰어 모두 말하고 숨김이 없어야 하는 것이 마땅히 행해야 할 도리입니다. 당신이 말씀하시는 사체가 대체 무엇인지 알지 못하겠습니다." 하였다. 자제들이 간혹 "대인께서는 어찌하여 집안 식구들을 위한 마음으로 조금이라도 참지 않으십니까?" 하면, 선생은 "나는 여러 대의 조정에서 후한 은혜를 받았고, 이제 또 연로했으니 죽는다고 한들 무엇이 아쉽겠느냐?" 하고는 끝까지 직언하는 것을 고치지 않았다.】

명나라 황제가 태감太監 김보金輔와 행인行人 왕헌신王獻臣을 보내어 연산군에 대한 고명誥命을 내렸다. 이에 선생이 원접사가 되어 의주義州에 갔다.【왕 행인은 성품이 엄격하고 까다로워 타인을 잘 인정하지 않았는데,

유독 선생에 대해서만은 허여하여 보자마자 오랜 벗처럼 여겼다. 명나라에 돌아간 이후에 조선 사람을 만나면 반드시 선생의 안부를 물었다. ○ 이해에 선생은 세 번 원접사가 되어 평안도에 두 번 갔다. 영위사迎慰使 노공필盧公弼·송질宋軼·김심金諶 및 부사府使 황형黃衡과 의주의 새 누정에 모여 그 정자의 이름을 '취승정聚勝亭'이라 다시 짓고 기문을 지어 벽에 걸었다.】

조정으로 돌아와 의정부 우참찬에 임명되고, 홍문관 대제학을 또 겸하였다.

○ 다시 계를 올려 젊은이로서 재주로 이름난 자를 선발하여 순번을 나누어 사가독서를 시키자는 청을 올리니 임금이 그대로 따랐다.【선생이 성중엄成重淹·이목李穆·정희량鄭希良 등을 선발하였다.】

○ 의정부좌참찬에 임명되고, 문형은 예전대로 겸직하였다.

○ 아들 언승이 진사시에 합격하였다. 아들 언충은 생원·진사시에 모두 합격하고, 별시 문과에 급제하였다.

○ 조위曹偉가 호서관찰사로 가게 되어 전송하는 시의 서문을 썼다.

○ 아들 언승이 선공감繕工監 봉사奉事가 되었다.

○ 10월, 비로소 사국史局을 열어 성종대왕실록을 편찬하였다.

○ 하남군河南君 정숭조鄭崇祖가 정조사正朝使로 북경에 가게 되어 서문을 지어 전송하였다.

八年【燕山主元年】乙卯【先生五十八歲】
卜山陵[219]于廣州. 先生以三都監[220]提調, 管護玄宮事.【製進輓詞[221], 詩載集中.】

○ 五月, 增秩正憲大夫.

---

219 山陵: 왕·왕비의 무덤으로 國葬을 하기 이전, 능호가 없는 새 능을 이른다.
220 都監: 나라에 冊禮·嘉禮·國葬·山陵·殯殿·遷陵·錄勳 등의 큰일이나 의례가 있을 때 임시로 설치한 관청이다. 제조는 그 관원의 하나로, 대체로 현직의 관리가 겸직했다.
221 輓詞: 『虛白亭集』문집 권1에 「成宗挽詞」라는 제목으로 실려 있다.

○ 權景禧[222]朝正赴京師, 作序[223]送之.【序載集中.】

撰左議政鄭公佸碑銘[224].

○ 送姜渾[225]赴任河東, 作序[226]贈之.

○ 上箚救斥佛儒生.【時有儒生言佛事, 將受刑. 臺諫論救, 不聽. 先生與成俊[227]等陳箚, 請從臺諫之言, 又不聽, 先生又上箚申救儒生. 其箚[228]略曰, 臣竊謂納諫, 人君之大德. 初政, 後日之權輿. 昔殷史贊成

---

222 權景禧: 문종 1년(1451)~연산군 3년(1497). 본관 安東. 자 子盛. 아버지는 判官 蓥이다. 성종 9년(1478) 文科에 장원했다. 연산군 1년(1495) 正朝使로 명나라에 다녀와 大司憲을 역임했다.

223 序: 『虛白亭集』 문집 권2에 「送權公景禧朝正赴京師序」라는 제목으로 실려 있다.

224 鄭公佸碑銘: 鄭佸. 세종 17년(1435)~연산군 1년(1495). 본관 東萊. 자 景會. 鄭昌孫의 아들이다. 세조 11년(1465) 文科에 급제하고, 兵曹判書·慶尙道觀察使·左議政 등을 역임했다. 성종 23년(1492) 進賀使로 명나라에 다녀왔고, 연산군 1년 謝恩使로 명나라에 갔다가 귀국 도중 객사했다. 이 글은 『虛白亭集』 문집 권4에 「議政府左議政兼領經筵春秋館事鄭公碑銘」라는 제목으로 실려 있다.

225 姜渾: 세조 10년(1464)~중종 14년(1519). 본관 晉州. 자 士浩. 호 木溪·東皐. 아버지는 仁範이다. 성종 17년(1486) 文科에 급제하고, 관직은 判中樞府事에 이르렀다. 戊午士禍 때 杖流되었으나 그 뒤에 연산군에게 문장과 시로 총애 받다가 中宗反正에 가담하여 공신이 되고 晉川府院君에 봉해졌다. 시문으로 金馹孫과 명망을 겨룰 정도로 뛰어났으나, 연산군을 대신하여 宮人哀詞와 제문을 지은 뒤로는 사림으로부터 질타의 대상이 되었고, 반정 후에는 '폐조의 倖臣'이라 탄핵을 받았다. 저서로 『木溪先生逸稿』가 있다.

226 序: 『虛白亭集』 문집 권2에 「送姜侯渾出宰河東序」라는 제목으로 실려 있다.

227 成俊: 세종 18년(1436)~연산군 10년(1504). 본관 昌寧. 자 時佐. 시호 明肅. 아버지는 參判 順祖, 어머니는 同知摠制 李蘭의 따님이다. 세조 4년(1458) 式年文科에 급제하고, 연산군 6년(1500) 左議政에 올라 韓致亨·李克均과 함께 時弊十條를 주청, 연산군의 亂政을 바로잡으려 했으나 이루지 못했다. 甲子士禍 때 폐비 윤씨의 폐위와 사사에 관여한 죄로 稷山에 유배되고 이어 배소에서 잡혀와 교살되었다.

228 其箚: 『虛白亭集』 문집 권2에 「救儒生疏」라는 제목으로 실려 있고, 『燕山君日記』 1년 1월 30일, 2월 2일 기사에도 실려 있다. 1월 30일 兵曹判書 成俊, 禮曹判書 成俔, 兵曹參判 權健이 闢佛上疏를 한 성균관 유생들을 용서할 것을 燕山君에게 청했는데, 연산군은 이 일로 군주가 유학을 배척한 일로 역사에 남게 되더라도 '위를 능멸하는' 습속을 고치지 않을 수 없다 했다. 2월 2일 洪貴達이 다시 성균관 유생들을 용서하고 언로를 열어야 한다는 내용으로 위와 같이 상소하였다.

湯之德曰: "從諫弗咈", 傅說納誨於高宗曰: "后從諫則聖", 伊尹之告
太甲曰: "今王嗣厥德, 罔不在初", 召公之戒成王曰: "知今我初服". 古
昔帝王所以善其治者, 其幾在此, 可不愼歟? 古者, 諫無官, 人無不言.
故人主之視聽廣. 後世, 官各有守, 凡有得失, 惟臺諫言之, 臺諫不言,
則人主之耳目塞, 耳目塞則下情無由上達. 上聰不得聽卑, 上下隔絶,
百度隨以訛, 而國非其國矣. 故願治之主, 常虛懷廣納, 惟恐人之不
言. 言雖不中, 不加之罪, 所以廣言路也. 雖然, 一人之言, 而其言不中
者, 不必從. 若夫擧司商論而言之者, 其言未必不中也. 至於兩司 · 三
司言之, 則是擧朝言之也. 其口衆而其言同, 則是公也, 非私也. 公論
所在, 天且不違, 況人君初政乎? 儒生事, 臺官言之, 諫官亦言之, 弘文
館言之, 承政院亦言之者, 其意蓋謂其罪雖當, 事之始發, 則不過爲斯
道之計, 所坐則言語之失耳. 而遠方之人不審知罪之節目者, 必謂某
某儒因闢佛受罪, 則得無以是窺聖上初政之趣含耶? 累日廷諍, 訖未
蒙允, 臣恐大小臣僚, 竊疑聖上不喜納諫, 初學之士, 妄意聖上不喜儒
術. 左右有史, 君擧必書, 正恐聖上以數箇豎儒之故, 受拒諫之名於千
百載之下矣. 伏望聖上虛心曠照, 熟念初政關係之重, 特許臺諫之請,
兼又下敎四方, 使共知儒生坐罪之由 · 聖上寬容之量, 庶一擧而數善
竝矣. ○ 舊例, 開閤[229]受講, 講畢, 臺諫先起論事, 弘文館繼之. 自餘入
侍者, 必待顧問, 乃言之, 言之不甚力. 而先生每入侍筵講, 直言不諱,
必移晷論啓, 主嘗厭之. 人有言于先生者曰: "公不待顧問, 言之甚力,
事體不敢乃爾." 先生曰: "人臣有懷必達, 盡言無諱者, 當行底道理, 吾
不知此等事體爲何物." 子弟或諫曰: "大人何不少忍爲百口計?" 先生
曰: "吾受累朝厚恩, 年且老, 雖死何惜?" 終不爲之改.】
皇帝遣太監金輔 · 行人王獻臣, 來錫誥命[230]. 先生爲遠接使, 往義州.
【王行人性峭峻, 於人少許可, 獨與先生, 一見如舊, 歸後遇東人, 必問
先生安否. ○ 是年, 先生三爲遠接使, 再往平安道, 與迎慰使盧公弼

---

229 開閤: 어진 사람들을 맞아들여 잘 예우하는 것이다. 漢나라 승상 公孫弘이 平津侯
에 봉해졌을 때, 客館을 설치하고 동쪽의 합문을 열어 현자들을 맞이하고, 자신의
재물을 들여 그들을 대접했다.《漢書 권58 公孫弘傳》
230 誥命: 誥와 命으로 황제의 명령인데, 명청시대에는 특히 황제가 작위나 관직을
내리는 조령의 뜻으로 쓰였다.

· 宋軼²³¹· 金諟²³²及府使黃衡²³³, 會于義州新亭, 更名曰聚勝亭, 作記²³⁴揭壁.】

還拜議政府右參贊, 復兼弘文館大提學.

○ 復啓請選年少有才名者, 分番賜暇讀書, 主從之.【先生以成重淹²³⁵· 李穆²³⁶· 鄭希良²³⁷等充選.】

○ 陞拜議政府左參贊, 兼帶文衡如故.

○ 子彦昇, 中進士. 彦忠, 生進俱中, 登別試文科.

○ 曹偉觀察湖西, 作送行詩序²³⁸.

○ 子彦昇爲繕工奉事²³⁹.

---

231 宋軼: 단종 2년91454)~중종 15년(1520). 본관 礪山. 자 可仲. 아버지는 都正 恭孫이다. 성종 8년(1477) 생원·진사 양시에 합격하고, 같은 해 親試文科 乙科로 급제했다.

232 金諟: 세종 27년(1445)~연산군 8년(1502). 본관 延安. 자 君諒. 아버지는 參議 友臣이다. 金宗直의 문인으로, 세조 14년(1468) 生員試 합격하고, 성종 5년 (1474) 式年文科 丙科로 급제했다.

233 黃衡: 세조 5년(1459)~중종 15년(1520). 본관 昌原. 자 彦平. 아버지는 繕工監 正 禮軒, 어머니는 司憲府監察 南仁甫의 따님이다. 성종 11년(1480) 武科에 급제, 성종 17년 武科重試에 장원했다.

234 記: 『虛白亭集』 권2에 「義州聚勝亭記」라는 제목으로 실려 있다.

235 成重淹: 성종 5년(1474)~연산군 10년(1504). 본관 昌寧. 자 季文. 호 晴湖. 아버지는 彭老이다. 성종 25년(1494) 別試文科 丙科로 급제하여 藝文館檢閱이 되고 賜暇讀書 했으며『成宗實錄』편찬에 참여했다. 戊午士禍 때 經筵官으로서 名賢들의 무고한 화를 변호하다가 麟山에 유배되었다. 甲子士禍 때는 홍문관 재직 시절 왕의 後苑觀射를 論啓했던 죄로 유배되었다가 陵遲處斬 당했다.

236 李穆: 본관 全州. 자 仲雍. 시호 貞簡. 아버지는 閨生, 어머니는 金首孫의 따님이다. 연산군 1년(1495) 別試文科에 급제하고, 관직은 兵馬評事에 이르렀다. 節義에 투철하고 詩賦에 능하였다. 저서로『寒齋文集』·『李評事集』이 있다.

237 鄭希良: 睿宗 1년(1469)~?. 본관 海州. 자 淳夫. 호 虛庵. 아버지는 鐵原府使 延慶이다. 성종 23년(1492) 生員試에 장원으로 합격하고, 연산군 1년1495) 別試文科 丙科로 급제하여 관직이 行藝文館奉教에 이르렀다. 金詮·申用漑·金馹孫 등과 賜暇讀書 했고,『成宗實錄』편찬에 참여했다. 戊午士禍 때 史草 문제를 알고도 고하지 않았다는 이유로 유배당했다가 풀려났다. 문예의 재능이 뛰어났으며 음양학에도 밝았다. 저서로『虛庵集』이 있다.

238 送行詩序:『虛白亭集』 문집 권2에 「送大虛相公觀察湖西詩序」라는 제목으로 실려 있다.

○ 十月, 始開史局, 撰成宗大王實錄.
○ 河南君鄭公崇祖[240]朝正赴京師, 作序[241]送之.

홍치 9년【연산군 2년】병진년(1496)【선생 59세】

간언을 따를 것을 청하는 상소를 올렸다.【상소는 대략 다음과 같다. 언로는 하루라도 막히면 안 됩니다. 신은 생각건대, 군주의 존엄은 하늘과 같고 위엄은 우레 · 천둥과 같으니, 신하로서 군주와 시비를 논쟁할 수 있는 것은 오로지 대간뿐입니다. 군주는 세상 어떤 것에도 굴복하지 않으나 오로지 대간에 대해서만은 뜻을 꺾고 대간의 말을 따르니, 그 굽힘은 굽힘이 아닙니다. 간쟁하면 그 내용을 시행하고 아뢰면 들어주어 다스림의 도리가 모든 왕보다 훌륭하다면, 이는 이른바 잠깐 굽힘으로써 영원히 편다는 것입니다. 그러므로 군주의 덕은 간언을 수용하는 것보다 큰 것이 없습니다. 하물며 지금은 정사를 돌보는 처음으로 만백성이 태평성대를 희망하고 있음이겠습니까! 그런데 대간과 근신들이 조정에서 10여 일 동안이나 간쟁했는데 임금께서 마음을 돌이키지 않으시니 언로가 이로부터 막혀 이후에 비록 큰 일이 있다 해도 모두 입을 다물고 혀를 묶은 채 감히 말을 하지 못할까 두렵습니다. 그 기미가 바로 오늘에 달려 있으니, 엎드려 바라건대 진노를 속히 푸시고 언로를 활짝 여신다면 치도治道의 측면에서 참으로 다행일 것입니다.】
양양襄陽 객사의 중수 기문을 지었다.【기문은 『허백정집』에 있다.】
형조참판 김승경金升卿의 묘비명을 찬술하였다.
○ 선산善山 객사의 중수 기문을 지었다.【기문은 『허백정집』에 있다.】

---

239 繕工奉事: 선공감은 土木·營繕을 담당하는 공조 소속의 관아이고, 봉사는 선공감에 소속된 종8품 관원이다.
240 鄭崇祖: 세종 24년(1442)~연산군 9년(1503). 본관 河東. 자 孝叔. 호 三省齋. 아버지는 領議政 麟趾, 어머니는 判漢城府使 李攄의 따님이다. 연산군 1년(1495) 正朝使로 명나라에 다녀왔으며, 이어 司瞻寺提調가 되어 다시 정조사로 명나라에 다녀왔다.
241 序: 『虛白亭集』 문집 권2에 「送河南君鄭公崇祖朝正赴京師序」라는 제목으로 실려 있다.

양양襄陽 향교의 중수 기문을 지었다.【기문은 『허백정집』에 있다.】

· 九年【燕山主二年】丙辰【先生五十九歲】

上疏請從諫.【疏[242]略曰, 言路不可一日閉塞. 臣謂人主之尊如天, 其
威如雷霆. 人臣與人主, 爭是非者, 惟臺諫耳. 人主無所於屈, 惟於臺
諫, 屈而從其言, 其屈也非屈. 諫行言聽, 其治道高出百王之上, 則所
謂暫屈而永伸也. 故人君之德, 莫納諫之爲大, 況今卽政之初, 萬目想
望太平之治. 而臺諫近臣, 廷爭十餘日, 天聽不回, 恐言路自此塞, 而
後雖有大事, 皆將鉗口結舌而不敢言. 其幾正在今日, 伏望亟霽天威,
大開言路, 治道幸甚.】

作襄陽客舍重修記[243].【記載集中】

撰刑曹參判金公升卿墓碑銘[244].

○ 作善山客舍重修記[245].【記載集中】

作襄陽鄕校重修記[246].【記載集中】

홍치 10년【연산군 3년】정사년(1497)【선생 60세】

집의執義 김공의 묘갈명을 찬술하였다.【김공의 이름은 맹(孟)이니, 선생은
공의 아들 김일손金馹孫과 교유하였다.】

곡수정曲水亭 기문을 지었다.【기문은 『허백정집』에 있다.】

---

242 疏: 『虛白亭集』 문집 권2에 「請從諫疏」라는 제목으로 실려 있고, 『燕山君日記』
1년 2월 2일 기사에도 실려 있다.

243 襄陽客舍重修記: 『虛白亭集』 문집 권2에 실려 있다.

244 金公升卿墓碑銘: 金升卿. 세종 12년(1430)~성종 24년(1493). 본관 慶州. 자 賢
甫. 아버지는 知中樞院事 新民, 어머니는 洪守命의 따님이다. 단종 1년(1453)
生員試에 합격, 세조 2년(1456) 文科에 급제하여 벼슬이 禮曹參判·大司憲에
이르렀다. 자질이 뛰어나고 명성이 자자하며, 효성이 지극한 것으로 유명했다.
승정원 재직시 직무에 충실하고 행정능력이 뛰어나 임금이 금띠를 하사했고,
訟事 처결에 있어서 뛰어난 재능을 보였다. 甲子士禍 때 연좌되어 剖棺斬屍의
追刑을 당했다. 이 비명은 『虛白亭集』 문집 권4에 「刑曹參判金公墓銘」이라는
제목으로 실려 있다.

245 善山客舍重修記: 『虛白亭集』 문집 권2에 실려 있다.

246 襄陽鄕校重修記: 『虛白亭集』 문집 권2에 실려 있다.

형조판서 성건成健 공의 묘비명을 찬술하였다.

○ 아들 언충이 사가독서賜暇讀書 할 인원으로 선발되어 호당湖堂에 들어갔다.

○ 좌찬성 양평공襄平公 월성군月城君 이철견李鐵堅의 신도비명을 찬술하였다.

十年【燕山主三年】丁巳【先生六十歲】

撰執義金公碣銘[247].【金公諱孟[248], 先生與其子馹孫[249]相善.】

作曲水亭記[250].【記載集中】

撰刑曹判書成公健墓碑銘[251].

○ 子彦忠選入湖堂[252].

○ 撰左贊成月城君李襄平公鐵堅神道碑銘[253].

---

247 執義金公碣銘: 『虛白亭集』문집 권4에 「都摠府經歷兼司憲府執義金公·淑人李氏祔葬墓道碑銘」이라는 제목으로 실려 있다.

248 金公諱孟: 金孟. 태종 10년(1410)~성종 14년(1483). 본관 金海, 자 子進. 아버지는 克一, 어머니는 漢城府尹 李陳의 따님이다. 세종 23년(1441) 文科에 급제하여 監察·金泉道察訪·禮曹佐郎·執義을 역임했다.

249 馹孫: 세조 10년(1464)~연산군 4년(1498). 본관 金海. 자 季雲. 호 濯纓·少微山人. 아버지는 金孟이다. 성종 17년(1486) 文科에 급제하여 관직 생활을 시작했으나 곧 고향으로 돌아와 金宗直의 문하에서 鄭汝昌·姜渾 등과 교유하며 학문을 연마했다. 言官에 재직하면서 昭陵의 복위를 주장하고 훈구파를 적극적으로 공격하며, 戊午士禍 때에는 과격한 정치적 공세와 「弔義帝文」을 史草화한 것이 빌미가 되어 陵遲處斬 당했다. 저서로 『濯纓集』이 있다.

250 曲水亭記: 『虛白亭集』문집 권2에 실려 있다.

251 刑曹判書成公健墓碑銘: 成健. 세종 21년(1439)~연산군 2년(1496). 본관 昌寧. 자 子强. 시호 文惠. 刑曹參判 順祖의 아들이며, 領議政 俊의 동생이다. 세조 8년(1462) 司馬試에 합격하고 세조 14년(1468) 文科 丙科로 급제했다. 金宗直 등과 교유했다. 이 묘비명은 『虛白亭集』문집 권4에 「刑曹判書兼世子左賓客成公墓碑銘」이라는 제목으로 실려 있다.

252 湖堂: 讀書堂이라고도 하는데, 문신 중에서 문학에 뛰어난 사람을 선발, 임금의 특명으로 여가를 주어 오로지 학업에 힘쓰게 했다. 연산군 때 폐지되고 중종 때 부활되면서 '호당'이라 했다.

253 左贊成月城君李襄平公鐵堅神道碑銘: 李鐵堅. 세종 17년(1435)~연산군 2년(1496). 본관 慶州. 자 鍊夫. 아버지는 參判 延孫, 어머니는 坡平尹氏 判中樞院事

홍치 11년【연산군 4년】무오년(1498)【선생 61세】

동중추부사 조위曹偉가 성절사聖節使로 북경에 가게 되어 전송하는 시의 서문을 써서 주었다.【서문은 『허백정집』에 있다.】

마전군麻田郡 관사館舍의 중수 기문을 썼다.【기문은 『허백정집』에 있다.】

노희량盧希亮의 천은당天隱堂 기문을 썼다.【기문은 『허백정집』에 있다.】

보령保寧 환영루環瀛樓의 기문을 썼다.【기문은 『허백정집』에 있다.】

○ 여름, 사화史禍가 일어났다. 선생이 오래 문형文衡의 자리에 있으면서 김일손金馹孫이 쓴 사초를 보았으면서도 아뢰지 않았다는 것 때문에 탄핵을 받아 좌천되었다. 얼마 뒤에 성종대왕실록의 편찬이 마무리되지 않았다 하여 다시 문형이 되고 직책을 예전대로 유지하였다.【당시 이극돈李克墩이 춘추관 당상관으로 있으면서 김일손이 쓴 사초를 보니, 자신의 죄악을 낱낱이 기록하고, 또 세조 때의 일을 썼으며, 김종직의 「조의제문弔義帝文」을 수록하였다. 이를 재앙의 빌미로 삼고자 하여 유자광柳子光에게 모의하였다. 유자광은 이전에 김종직에게 모욕을 당해 원한을 품고 있던 터라 곧장 노사신盧思愼·윤필상尹弼商·한치형韓致亨을 찾아가서 이 사실을 말하니, 세 사람이 그 말을 듣고 따르기로 했다. 이들이 함께 차비문差備門 밖으로 나아가 도승지 신수근愼守謹을 불러 귓속말을 하였다. 신수근 또한 일찍이 사류士類에게 배척을 당했던 터라 이 말을 듣자마다 바로 들어가 연산군에게 아뢰었다. 연산군은 항상 문사들을 싫어하고 미워하였기에 한번 분풀이를 시원하게 하려던 차에 유자광 등이 아뢰는 말을 듣자 대노하여 바로 빈청賓廳에서 국문하도록 명하였다. 유자광이 밤낮으로 죄를 날조하여 김종직의 「조의제문」과 「술주述酒」 시를 모두 세조를 지목하여 지은 것이라 하고는 스스로 주석을 내어 구절구절마다 풀이하여 아뢰고, 그것을 토대로 김종직을 대역

璠의 따님이며, 세조비 貞熹王后의 동생이다. 세조 6년(1460) 武科에 급제, 세조 12년 登俊試에 합격했다. 이 신도비명은 『虛白亭集』 속집 권5에 「有明朝鮮國純誠佐理功臣·崇政大夫·議政府左贊成兼判義禁府事五衛都摠府都摠管·月城君·贈諡襄平李公神道碑銘」이라는 제목으로 실려 있다.

죄로 논계하였다. 사류를 일망타진할 계획을 실현하고자 하여 김종직의 당여黨與를 논죄하여 모조리 제거할 것을 청하자 연산군이 그대로 따랐다. 이에 유자광 등은 죄과를 논계論啓하여 주살誅殺하거나 방출放黜함에 그 끝을 몰랐다. 무오년[연산군 4, 1498] 7월 27일 반사교문頒賜敎文에서 다음과 같이 말하였다. "뜻하지 않게 간신배 김종직이 화를 일으킬 마음을 품고서 남몰래 무리들을 모아 흉악한 모의를 실행하려 한 지 오래되었다. 항우가 초楚 의제義帝를 시해한 일을 가탁하여 이를 글로 드러내어 선왕[세조]을 헐뜯었으니, 하늘에까지 다다른 악행에 대해 그 죄를 용서할 수 없기에 대역죄로 논하여 부관참시剖棺斬屍하였다. 그 무리 김일손金馹孫·권오복權五福·권경유權景裕는 간악한 무리를 지어 한 목소리로 서로를 호응하고 김종직의 글을 우국충정에서 나온 것이라 찬미하면서 사초에 기록해 영원히 전하려 했으니, 그 죄가 김종직과 같은 등급에 해당하므로 모두 능지처사陵遲處死 하였다. 김일손은 또 이목李穆·허반許磐·강겸姜謙 등과 함께 선왕께서 하신 적이 없는 일을 꾸며내어 서로서로 말을 옮기고 사책에까지 기록하였으니, 이목·허반은 모두 능지처참하고, 강겸은 장杖 100대에 가산을 적몰하고 식솔을 노비로 삼게 하였다. 표연말表沿沫·홍한洪翰·정여창鄭汝昌·무풍부정茂豐副正摠 등은 혼란을 야기하는 말을 했고, 강경서姜景敍·이수공李守恭·정희량鄭希良·정승조鄭承祖 등은 난언亂言인 줄 알면서도 고변하지 않았으니, 모두 장 100대에 3천리 밖으로 내쳤다. 이종준李宗準·최부崔溥·이원李黿·이주李胄·김굉필金宏弼·박한주朴漢柱·임희재任熙載·강백진康伯珍·이계맹李繼孟·강혼姜渾은 모두 김종직의 문도로서 붕당을 이루어 서로 칭찬하고, 때로는 국정을 비방하고 시사時事를 헐뜯었다. 임희재는 장 100대, 이주는 장 100대에 최극단에 부처付處했다. 이종준·최부·이원·김굉필·박한주·강백진·이계맹·강혼 등은 모두 장 80대에 먼 지방에 부처했다. 유배형을 당한 사람은 모두 모두 봉수군烽燧軍의 정로간庭爐干으로 부역하도록 결정하였다. 수사관修史官 등은 김일손의 사초를 보고도 즉시 아뢰지 않았으므로 어세겸魚世謙·이극돈李克墩·유순柳洵·윤효손尹孝孫 등은 파직하고, 홍귀달洪貴達·조익정趙益貞·허침許琛·안침安琛 등은 좌천左遷시켰다. 그 죄의 경중에 따라 모두 처결한 뒤에 삼가 일의

전말을 종묘사직에 고한다."】

가을, 지의금부사知義禁府事를 겸하게 되었는데 상소를 올려 이종준李
宗準을 구원하였다.【이에 앞서 이종준 공이 북쪽 변방 유배처로 가다가 고산역高
山驛을 지나게 되었는데, 이사중李師中의 '외로운 충성 스스로는 허여하나 사람들은
그와 같지 않구나'라는 시구를 벽에다 쓰고 떠나갔다. 감사監司가 이를 왕에게 아뢰니
연산군이 원망하는 뜻이 있다 생각하여 유배처에서 체포하여 왔는데 비국備局의 공
문[甘結]을 기다리지도 않고 때려 죽이려 하였다. 선생이 지의금부사로서 이종준
공에게 가죄한다는 소식을 듣고 차자를 올려 구원하였다.】

아들 언충彦忠이 홍문관박사로서 질정관質正官에 임명되어 북경에 가
게 되었다. 선생이 욕되게 하지 말라는 뜻의 의리로 경계하였다.【언충
이 북경에서 돌아온 뒤에 부수찬으로서 이조좌랑에 임명되자, 선생이 "국가는 인선人
選을 중시하니 너는 힘쓰거라." 하였다.】

12월, 안순왕후安順王后 한씨께서 승하하였다.

○ 사예司藝 문걸文傑의 개명改名에 관한 설을 짓다.【설은 『허백정집』에
있다.】

　　十一年【燕山主四年】戊午【先生六十一歲】
　　同中樞曹偉, 以聖節使赴京, 作送行詩序[254], 以贈之.【詩序在集中】
　　作麻田郡館舍重修記[255].【記載集中】
　　作盧希亮天隱堂記[256].【記載集中】
　　作保寧環瀛樓記[257].【記載集中】
　　○ 夏, 史禍起. 以先生久典文衡, 見金馹孫史草, 而不爲啓聞, 被勘左
　　遷. 尋以實錄未畢, 復文衡, 職如故.【時, 李克墩[258]爲史局堂上, 見金

---

254 送行詩序: 『虛白亭集』 문집 권2에 「送曹太虛赴京詩序」라는 제목으로 실려 있다.
255 麻田郡館舍重修記: 『虛白亭集』 문집 권2에 실려 있다.
256 盧希亮天隱堂記: 「天隱堂記」는 『虛白亭集』 문집 권2에 실려 있다.
257 環瀛樓記: 『虛白亭集』 속집 권5에 실려 있다.
258 李克墩: 세종 17년(1435)~연산군 9년(1503). 본관 廣州. 자 士高. 아버지는
　　右議政 仁孫이다. 세조 3년(1457) 親試文科에 급제했다.

駲孫史草, 書己惡甚悉, 又書光廟朝事, 又載金宗直「弔義帝文」, 欲籍
爲禍胎, 謀于柳子光[259]. 子光嘗銜宗直, 卽往見盧思愼 · 尹弼商[260] ·
韓致亨[261]言之, 三人者聞而從之. 俱詣差備門[262]外, 呼都承旨愼守
謹[263]耳語, 守謹亦嘗見斥於士類, 及聞此言, 卽入啓之. 主嘗憤嫉文
士, 欲一施快, 聞子光等所啓, 大怒, 卽令賓廳[264]鞫問. 子光日夜鍛鍊,
取金宗直「弔義帝文」與「述酒」[265]詩, 以爲皆指世祖而作, 自爲註釋,

---

259 柳子光: ?~중종 7년(1512). 본관 靈光. 자 于復. 아버지는 府尹 柳規이다. 서자
출신으로, 世祖 14년(1468) 兵曹正郎으로 溫陽別試文科에 壯元 及第했다.

260 尹弼商: 세종 9년(1427)~연산군 10년(1504). 본관 坡平. 자 湯佐 · 陽卿. 아버
지는 坰, 어머니는 李霖의 따님이다. 세종 32년(1450) 文科에 급제하여 刑房承
旨 · 都承旨를 역임하면서 세조의 신임과 총애를 받았다. 李施愛의 난 때 도승지로
서 왕명을 신속히 처리한 공을 인정받아 坡平君에 봉해졌다. 甲子士禍 때, 연산군
생모 尹妃의 폐위를 막지 않았다고 추죄되어 珍原의 유배지에서 사사의 명을
받았는데 스스로 목을 매어 죽었다.

261 韓致亨: 세종 16년(1434)~연산군 8년(1502). 자 通之. 아버지는 砡, 어머니는
中軍摠制 趙敍의 따님이다. 문종 1년(1451) 軍職에 蔭補로 출사했다. 甲子士禍
때, 연산군 생모 윤씨를 폐비한 일에 가담했다는 이유로 剖棺斬屍 당했다. 그의
고모가 명나라 成祖의 妃였기 때문에 여러 차례 사신의 임무를 맡아 명나라에
다녀왔으며, 황제의 은총을 받았다.

262 差備門: 便殿의 정문이다.

263 愼守勤: 세종 32년(1450)~중종 1년(1506). 본관 居昌. 자 勤仲. 호 所開堂.
아버지는 領議政 · 居昌府院君 承善, 어머니는 臨瀛大君의 따님이다. 연산군의
처남이며, 중종의 장인이다. 성종 15년(1484) 蔭補로 掌令에 기용되었다.

264 賓廳: 의정부 삼정승과 2품 이상의 관료들이 모여 국사를 의논하던 곳이다.

265 述酒: 『佔畢齋集』권11에 「和陶淵明述酒」라는 제목으로 서문과 함께 실려 있고,
원문은 다음과 같다. "余少讀述酒, 殊不省其義. 及見和陶詩湯東澗註疏, 然後知
爲零陵之哀詩也. 嗚呼! 非湯公, 劉裕簒弑之罪 · 淵明忠憤之志, 幾乎隱矣. 其好
爲瘦詞者, 其意以爲裕方猖獗, 于時不能以容吾力, 吾但潔其身耳, 不可顯之於言
語, 自招赤族之禍也. 今余則不然, 生於千載之下, 何畏於裕哉? 故畢露裕凶逆,
以附湯公註疏之末, 後世亂臣賊子, 覽余詩而知懼, 則竊比春秋之一筆云. 鼎鑊猶
有耳, 人胡不自聞. 君臣殊穹卑, 乾坤位攸分. 奸名斯不軌, 赤族無來雲. 當時馬
南渡, 神州餘丘墳. 天心尙永厭, 有若日再晨. 處仲首作孽, 狼子非人馴. 蚩蚩遺
臭夫, 斁兒戕厥身. 四凶者何功, 天報諒殷懃. 婉婉安與恭, 乃是劉氏君. 蒼天謂
可欺, 高挹堯舜薰. 受禪卒反戕, 史氏巧其文. 誶以四靈應, 宗岱且祠汾. 僞命雖
能造, 世亂當紛紛. 好還理則然, 劭也茂天親. 述酒多隱辭, 彭澤無比倫."

逐句解之以入, 因論啓宗直以大逆. 欲爲一網打盡之計, 請究問黨與, 一切鋤冶, 主從之. 於是, 子光等科罪論啓, 誅戮放黜, 罔有紀極. 戊午 七月二十六日, 頒賜敎文[266]曰: "不意奸臣金宗直, 包藏禍心, 陰結黨 與, 欲售兇謀, 爲日久矣. 假托項籍弑義帝之事, 形諸文字, 誣詆先王, 滔天之惡, 罪在不赦, 論以大逆, 剖棺斬屍. 其徒金馹孫 · 權五福 · 權 景裕[267], 朋姦黨惡, 同聲相濟, 稱美其文, 以爲忠憤所激, 書諸史草, 欲垂不朽, 其罪與宗直同科, 竝令陵遲處死[268]. 馹孫又與李穆 · 許 磐[269] · 姜謙[270]等, 誣餙先王所無之事, 傳相告語, 筆之於史. 李穆 · 許磐竝皆處斬, 姜謙決杖一百, 籍産爲奴. 表沿沫[271] · 洪瀚[272] · 鄭汝 昌 · 茂豐副正摠等, 罪犯亂言, 姜景敍[273] · 李守恭[274] · 鄭希良 · 鄭承

---

266 頒賜敎文: 이 내용은 『燕山君日記』 4년 7월 29일 기사 및 表沿沫 『藍溪先生文集』 권2 부록 「史禍首末」에 자세히 보인다.

267 權景裕: ?~연산군 4년(1498). 본관 安東. 자 君饒 · 子汎. 호 痴軒. 시호 孝康. 아버지는 致이며, 김종직의 문인이다. 성종 16년(1485) 文科에 급제하여 벼슬은 弘文館校理에 이르렀다. 史官으로서 金馹孫과 함께 金宗直의 '弔義帝文'을 史 草에 실었다 하여 아들 沈 및 김일손 · 권오복과 함께 陵遲處死 당했다.

268 陵遲處死: 언덕을 천천히 오르내리듯[陵遲] 고통을 서서히 최대한으로 느끼면서 죽어가도록 하는 잔혹한 형벌로, 사지 · 가슴 · 심장 · 목 등을 차례대로 찌르고 베어 죽어가도록 하는 것이다.

269 許磐: ?~연산군 4년(1498). 본관 陽川. 자 文炳. 아버지는 珢, 어머니는 權致明 의 따님이다. 성종 25년(1494) 式年文科에 급제했다.

270 姜謙: ?~연산군 10년(1504). 본관 晉州. 자 謙之. 아버지는 觀察使 子平이며, 大司諫 詷의 아우이다. 성종 11년(1480) 式年文科 丙科로 급제하여 관직이 司憲 府掌令에 이르렀다.

271 表沿沫: 세종 31년(1449)~연산군 4년(1498). 본관 新昌. 자 小游. 호 藍溪. 아버 지는 監察 表繼이다. 성종 3년(1472) 式年文科 丙科로 급제하고 성종 17년 文科 重試에 급제했다. 徐居正과 좌주 · 문생의 관계로, 이것이 인연이 되어 서거정의 『筆苑雜記』 서문을 썼다.

272 洪瀚: 문종 1년(1451)~연산군 4년(1498). 본관 南陽. 자 蘊珍. 아버지는 水軍節 度使 貴海, 어머니는 閔孝悅의 따님이다. 성종 16년(1485) 別試文科 丙科로 급제하여 관직이 吏曹參議에 이르렀다. 甲子士禍 때, 과거 홍문관원으로서 연산 군의 後苑觀射를 論啓한 일이 재삼 거론되어 剖棺斬屍 당했다.

273 姜景敍: 세종 25년(1443)~중종 5년(1510). 본관 晉州. 자 子文. 호 草堂. 시호 孝烈로, 아버지는 舜民이다. 성종 8년(1477) 式年文科 丙科로 급제하고 연산군 3년(1497) 重試 丙科로 급제하여 관직이 左承旨에 이르렀다. 南孝溫 · 權景裕

祖[275]等, 知亂言不告, 竝決杖一百·流三千里. 李宗準[276]·崔溥[277]·
李黿·李胄[278]·金宏弼·朴漢柱[279]·任熙載[280]·康伯珍[281]·李繼
孟[282]·姜渾, 俱以金宗直門徒, 結爲朋黨, 互相稱譽, 或譏議國政, 謗

등과 함께 詞章·政事·節義·孝行 등으로 이름이 높았다. 저서로 『草堂先生詩集』이 있다.

274 李守恭: 세조 10년(1464)~연산군 10년(1504) 본관 廣州. 자 仲平. 할아버지는 克培, 아버지는 郡守 世忠이다. 성종 17년(1486) 進士試에 합격하고, 성종 19년 別試文科 壯元及第하여 관직이 司成에 이르렀다. 甲子士禍 때, 폐비 윤씨의 묘를 이장하는 도감의 설치를 반대하였다는 죄로 참살되었다.

275 鄭承祖: ?~연산군 4년(1498). 본관 慶州. 자 述而. 아버지는 文德, 어머니는 金忠長의 따님이다. 성종 25년(1494) 別試文科에 급제하여 監察·翰林을 역임했다.

276 李宗準: ?~연산군 4년(1498). 본관 慶州. 자 仲鈞. 호 容齋·容軒·浮休子·尙友堂. 아버지는 時敏이다. 성종 16년(1485) 文科에 급제하여 관직은 議政府舍人에 이르렀다. 무오사화로 귀양 가는 도중에 단천군 마곡역에 귀양과 관련된 시를 쓴 것이 빌미가 되어 다시 서울로 압송되어 국문을 받다가 죽었다. 저서로 『慵齋先生遺稿』가 있다.

277 崔溥: 단종 2년(1454)~연산군 10년(1540). 본관 耽津. 자 淵淵. 호 錦南. 아버지는 澤이다. 成宗 9년(1478) 성균관에 들어가 신숙주의 손자 申從濩와 더불어 문명을 날렸고, 김굉필과 깊이 교유하였다. 성종 18년 제주도에서 오다가 풍랑을 만나 중국까지 가게 되었는데 이때의 견문을 『錦南漂海錄』으로 남겼다.

278 李胄: 세조 14년(1468)~연산군 10년(1540). 본관 固城. 자 胄之. 호 忘軒. 아버지는 泙이다. 성종 19년(1488) 文科에 급제하여 관직이 正言에 이르렀다. 甲子士禍 때, 이전에 궐내에 臺諫廳을 설치할 것을 요청했다 하여 죽임을 당하였다. 성품이 어질고, 문장에 능하며 시는 唐風이 있었다. 또 주로 司憲府·司諫院 言官으로서 직언을 했다.

279 朴漢柱: 세조 5년(1459)~연산군 10년(1504). 본관 密陽. 자 天支. 호 迂拙齋. 아버지는 敦仁이다. 성종 15년(1485) 文科에 급제하여 관직이 司諫院獻納에 이르렀다. 저서로 『迂拙齋先生實記』가 있다.

280 任熙載: 성종 3년(1472)~연산군 10년(1504). 본관 豊川. 자 敬輿. 호 勿菴. 아버지는 士洪이다. 연산군 4년 文科에 급제하여 承文院正字가 되고 賜暇讀書했다. 서예가로 유명하며 특히 松雪體에 뛰어났다.

281 康伯珍: ?~연산군 10년(1504). 본관 信川. 자 子韞. 호 無名齋. 아버지는 惕이며, 仲珍의 동생이다. 성종 8년(1477) 文科에 급제하여 관직이 司諫院司諫에 이르렀다.

282 李繼孟: 세조 4년(1458)~중종 18년(1523). 본관 全義. 자 希醇. 호 墨谷·墨巖.

訕時事. 任熙載決杖一百, 李胄決杖一百, 極邊付處. 李宗準・崔溥・
李黿・金宏弼・朴漢柱・康伯珍・李繼孟・姜渾等, 竝決杖八十, 遠
方付處. 而流人等, 竝定烽燧庭爐干[283]之役. 修史官見駧孫史草, 而不
卽啓, 魚世謙・李克墩・柳洵・尹孝孫等罷職, 洪貴達・趙益貞[284]・
許琛・安琛等左遷. 隨其罪之輕重, 俱已處決, 謹將事由, 告于宗廟社
稷云."】

秋, 兼知義禁府事, 上疏救李宗準.【先是, 李公宗準謫北界, 路過高山
驛, 書李師中'孤忠自許衆不如'之句[285]于壁上而去. 監司以聞, 主以爲
怨意, 自謫所拿來, 不待甘結[286], 將欲格殺. 先生爲知義禁, 聞其加罪,
上箚陳救.】

子彦忠以弘文博士, 拜質正官[287]赴京, 先生戒以不辱之義.【彦忠還自京
師, 以副修撰拜吏曹佐郎. 先生曰: "國家重銓選, 汝其勉之."】

十二月, 安順王后[288]韓氏昇遐.

○ 作文司藝傑改名說[289].【說在集中】

홍치 12년【연산주 5년】기미년(1499)【선생 62세】

太師 棹의 후손이며, 穎의 아들이다. 성종 14년(1483) 進士・生員 양시에 합격하
고 성종 20년 式年文科 甲科로 급제햇다.

283 庭爐干: 관가에서 풀무질[治爐] 일을 맡아 보던 賤役이다.

284 趙益貞: 세종 18년(1436)~연산군 4년(1498). 본관 豊陽. 자 而元. 시호 恭肅.
아버지는 漢山君 溫之이다. 세조 11년(1465) 式年文科 丁科로 급제했고, 『東國通
鑑』 편찬에 修撰郎官으로서 참여했다.

285 李師中孤忠自許衆不如之句: 李師中은 송나라 때의 인물. 이 구절은 이사중 「送
唐介」의 첫 구절로, 원문은 다음과 같다. "孤忠自許衆不與, 獨立敢言人所難.
去國一舟輕似葉, 高名千古重於山. 幷游英俊顔何厚, 未死奸諛骨已寒. 天爲吾君
扶社稷, 肯敎夫子不生還."

286 甘結: 상급관청에서 하급관청에 내리는 公文이다.

287 質正官: 임시관원으로서 중국 사신과 함께 중국에 가서 음운을 비롯한 여러 가지
궁금한 사항을 물어 알아오는 일을 담당했다.

288 安順王后: ?~연산군 4년(1498)의 예종 繼妃로, 아버지는 韓伯倫이다. 세조 2년
(1462) 세자빈으로 간택되었다.

289 文司藝傑改名說: 이 글은 『虛白亭集』 문집 권4에 「文司藝改名說」이라는 제목으
로 실려 있다.

간언을 막지 말 것을 청하는 상소를 하였다.【상소의 내용은 대략 다음과 같다. 신이 들으니, 몸을 망치는 일이 하나가 아니나 여색을 좋아하는 자는 반드시 망치고, 나라를 멸망하게 하는 일이 하나가 아니지만 간언을 막는 나라는 반드시 멸망한다고 합니다. 나라를 다스림은 몸을 다스림과 같습니다. 혈기가 하루라도 잘 통하지 않으면 몸이 위태롭고, 언로가 하루라도 막히면 나라가 위태로우니, 이는 이치상 필연적인 것입니다. 군주의 한 몸은 그 형세가 매우 위태롭습니다. 천명을 믿을 만하다고 여기지만, 천명이 끊어지고 나면 아무도 의지할 곳 없는 독부獨夫가 됩니다. 인심을 믿을 수 있다고 하지만 인심이 떠나고 나면 별 볼일 없는 필부匹夫가 됩니다. 강성하기로는 진秦나라가 최고였으니, 그 강성함을 믿을 만하다고 여겼지만 하루아침에 파멸하는 환란을 해결하지 못하였습니다. 부유하기로는 수隋나라가 최고였으니, 그 부유함을 믿을 만하다고 여겼지만 하루아침에 와해되는 형세를 막지 못하였습니다. 이와 같이 된 것은 어째서이겠습니까? 진실로 간언을 거부하며 자신이 현명하다 여겨 욕심 내키는 대로 제멋대로 방종하면서 믿을 만한 것을 믿기만 했기 때문입니다. 이런 까닭에 근심할 것이 있은 뒤라야 근심이 없고, 두려워 할 것이 있은 뒤라야 두려움이 없을 수 있습니다. 억조億兆 창생의 위에 있어 살생여탈의 권리를 쥐고서는 주고 싶은 자에게 주고 뺏고 싶은 자에게서 빼앗으며, 상주고 싶은 자에게 상을 줄 때 오로지 욕심대로 하는데도 아무도 반대하는 이가 없다면, 이는 즐겁기만 하고 두려울 것이 없을 듯합니다. 그러나 즐거움을 근심할 만한 것이라 생각하고 두려움 없음을 두려워할 일이라 생각하여, 조심하고 경계하며 방종하지 않은 뒤라야 그 즐거움을 지키고 영원히 두려움이 없게 됩니다. 이 때문에 명철한 군주는 위로 천명天命을 두려워하고, 아래로 인심人心을 두려워하며, 가운데로 대간臺諫을 두려워합니다. 전하께서는 즉위하신 이래로 잘못된 정사政事가 자못 많습니다. 호오好惡가 한쪽으로만 치우치고 상벌賞罰이 전도되며, 억지스러운 말로 잘못을 꾸미고 간언을 거부한 채 전하의 뜻대로만 하여 온 나라 신민臣民의 소망을 저버렸습니다. 부묘祔廟 이후로 작위와 상을 함부로 내려 하늘이 재앙을 보여 꾸짖었습니다. 처음에는 이를 멈추고 고치시더니 이제 다시 이전의 잘못을 다시 행하십니다. 게다가 새로운 명을 내려 형벌을 받고 노예가 된 자들, 간악하게 이익을 추구하는 무리들, 멋대로 방탕하고 난폭한 자들, 하잘 것 없는 용렬한 무리들, 같잖은 외척들, 의원이나 천한 기생들마저 신분과 차례를 뛰어넘어 높은 반열에 나란히 올랐습니다. 도덕을 무너뜨리고 인륜을 어지럽힌 자들에게도 또한 벼슬길을 열어주라 명하시니, 신민이 너무나 두려워하고 말들이 분분한데도 오직 전하만이 아무런 동요가 없고 기색도 변함없이 태연히 괴이하게 여기지 않습니다. 하늘이 변고를 보이심이 저와 같은데도 두려워하지 않고, 인심이 흉흉하기가 이와 같은데도 두려워하지 않으며, 대간의 말이 경계할 만하거늘 깨닫지 못하니 어째서입니까? 장차 전하께서 조종祖宗의 대업을 기반으로 삼고 다스림의 편안한 형세를 타신다면, 한두 가지 잘못된 정사가 있다 한들 훌륭한 정치에 무슨 하자가 되겠습니까? 신의 생각으로는, 시대가 이미 태평한데도 태평성대가 아니라 하는 것은, '막혀 통하지 않는 때[否]'가 오는 것이 언제나 '태평한 때[泰]'에 경계하지 않았기 때문입니다. 도道가 이미 회복되었는데도 회복되지 않았다 하는 것은, '음이 왕성한 때[剝]'가 되는 것이 언제나 '양이 회복된 때[復]'가 가버리려는 시점에서 비롯하기 때문입니다. 군자는 미연未然에 막는 것을 귀하게 여깁니다. 그래서 현명한 군주에 대해서도 위태롭다 하고, 태평성대에도 두려워하니, 하물며 지금 위태롭고 망하게 될 조짐이 나타났음에 있어서이겠습니까! 무엇으로 알 수 있겠습니까? 전하께서 간언을 거부하는 일 하나로 예견할 수 있습니다. 선유先儒가 "군주 한 몸은 더더욱 고립되어서는 안 된다. 요순堯舜은 사방으로 눈을 밝히고 사방으로 귀를 열어 온 천하를 한 몸으로 삼았으니, 폭군 주紂같이 하는 자는 독부獨夫가 될 것이다." 했습니다. 군주와 신하는 한 몸에 비유됩니다. 군주는 머리, 삼공三公은 심복, 육경六卿은 팔다리, 대간臺諫은 귀와 눈입니다. 신체의 네 부분이 각각 자기의 역할을 다해야만 몸을 움직일 수 있습니다. 사체가 해이해지고 혈기가 통하지 않아 마비된다면, 머리만 홀로 편안할 수 있겠습니까?】

2월, 성종대왕실록 편찬을 마쳤다.

3월, 의정부에 연회를 내리고, 이어 장의동藏義洞 차일암遮日巖에서 세필회洗筆會를 행하였다. 글을 지어 그 일을 기록하였다.【국조고사國

朝故事에, 춘추관원이 일을 마치면 의정부에 연회를 하사하고 또 세필회洗筆會를 열었다 했으니, 아마도 춘추관원이 초고를 지워 없애고 냇가에 가서 씻은 듯하다.】

4월, 실록을 성주星州 사각史閣에 봉안하였다.【선생이 돌아올 때 상주를 거쳐 오게 되었는데, 상주는 선생의 고향이다. 고향 사람들이 풍영루風詠樓에서 술잔을 올리며 축수하였는데, 목사 신종지申宗之·통판 민영흥閔寧興 등이 배석하였다. 또, 풍악 소리를 크게 울렸으니, 고향 사람들이 금의환향이라 영광으로 여겼다.】

가을, 상소를 올려 전렵을 그만두라 청하였다.【상소의 내용은 대략 다음과 같다. 오랑캐가 문명국을 침범하는 것은 예로부터 피할 수 없던 일이었습니다. 그러나 근래처럼 심한 경우는 있지 않았습니다. 작년·금년 사이에 평안도·함경도 두 변방의 백성으로서 살해되거나 잡혀간 일이 매달 발생했습니다. 근래에는 산양회山陽會의 도적이 습격하여 일거에 100여 인을 잡아 갔으니, 성대한 성조聖朝에 이런 일이 있으리라 어찌 생각이나 했겠습니까? 아내가 자기 지아비를 업신여기고, 오랑캐가 문명국을 침략하는 것은 모두 비상非常한 변고입니다. 재앙과 이변이 생기는 것은, 하늘이 군주를 경계하고 두렵게 하여 마음을 움직이고 사려 깊게 하여 제대로 해내지 못하는 일에 대해 더욱 힘쓰게 하려는 뜻입니다. 근래에 안으로는 우레와 우박 같은 변고가 나타나고 밖으로는 오랑캐가 화란을 일으키니, 하늘이 우리 전하를 사랑하고 아껴 전하로 하여금 경계할 바를 알게 하심이 지극하옵니다. 이제 마땅히 군신상하가 서로 경계하고 덕을 닦아 정사를 행해야 하는데, 그 요체는 재앙을 멈추고 환란을 없애는 일을 급선무로 삼는 것입니다. 쓸 데 없는 일과 긴급하지 않은 일은 처리할 겨를이 없습니다. 선왕들께서 사시四時로 사냥을 하셨던 것은 무예를 강습하고 잡은 짐승을 종묘에 올리기 위한 것이었으니, 진실로 폐지할 수 없습니다. 변방이 편안하고 사방에 근심이 없어도 안일함에 사로잡혀서는 안 되니, 이에 무예를 강습하여 병사를 조련하는 일과 사냥하여 종묘에 올리는 예법을 시행합니다. 그러나 코앞의 재앙과 눈앞의 환란이 있다면 어찌 굳이 긴급하지 않은 이 사냥을 하겠습니까! 지금 이산군理山郡의 병사와 백성들 중에 포로가 된 자가 100여 명이고 살해당한 자도 많으며, 내금위內禁衛 두 사람도 한 사람은 포로가 되고 한 사람은 죽었습니다. 병사와 백성은 우리의 적자赤子이며, 궁중의 병사들은 우리를 지켜주는 군사들입니다. 그런데 하루아침에 혹은 초야草野에서 죽고 혹은 포로가 되어 종살이를 하니, 부모된 자가 이 소식을 듣고는 애통해할 겨를도 없으니 어찌 다른 일을 하겠습니까! 이전에도 오랑캐들이 우리나라 변경에서 이익을 얻은 것이 한 번이 아닙니다. 그런데 지금은 그 이익이 이전보다 만 배나 됩니다. 저들이 이렇게 하기를 생각하면 장차 서로 이끌어 일어날 것이니, 그러면 우리 변방의 우환이 여기에서 그치지 않을 것입니다. 병사와 백성 중에 오랑캐에 투항한 자들은 우선 구차하게 목숨을 보존한 것도 다행으로 여길 것이니, 어느 겨를에 예의와 의리를 찾겠습니까? 100여 인 중에 필시 한세충韓世忠·아이산阿伊山 같은 용맹한 사람이 있을 것입니다. 그들이 인도하여 침략한다면 우리 변방에 근심을 끼칠 자가 무수히 많을 것입니다. 이런 점을 생각한다면 닥쳐 올 우환에 대해 다 말할 수 있겠습니까? 지금은 바로 와신상담하면서 힘을 비축하고 정예병을 길러 시기를 보아 출동하여 분노와 수치를 만에 하나라도 씻어야 합니다. 예사例事로 하던 일에 소소하게 얽매여 여러 날 동안 도성에서 몇 식息이나 되는 먼 곳까지 말 달려 사냥하는 것이 어찌 마땅한 계책이겠습니까? 혹자는 "강무講武는 군대를 훈련하는 것이다. 이것을 통해 변방을 지키는 데 도움이 없겠는가?" 합니다만, 신은 그렇게 생각하지 않습니다. 맹수와 같은 군사들을 성대하게 열병閱兵하고, 진퇴進退와 격척擊刺의 용맹함을 가르친다면, 이는 거의 제대로 되었다 할 것입니다. 그러나 지금은 다만 경군京軍의 사졸을 쓰고, 관리의 시종들과 가까운 도의 재인才人·백정들로 보좌하게 하니, 명칭은 군사훈련이지만 실제로는 사냥일 뿐입니다. 어찌 환란 해결에 도움을 줄 수 있겠습니까? 혹자는 "수렵은 종묘에 바치고 여러 전각 어른들에게 올리기 위한 것이니 어찌 폐지하겠는가?" 합니다. 신이 생각건대, 지금 살해되고 포로 된 사람들은 본래 모두 선대 왕과 왕비의 적자赤子들입니다. 적자들이 대부분 도적에게 살해되고 잡혀갔는데, 후대의 임금이 그들을 안타까워하며 돌아보지는 않으면서 사냥한 고기로 효성을 바친다면 편안한 마음으로 그것을 흠향하시겠습니까? 신이 생각건대, 지금은 바로 조정의 상하가 마땅히 눈물 흘려 통곡하면서 덕정德政을 더욱 닦아야 할 때이니, 어느 겨를에 다른 일을 하겠습니까?

지금의 급선무로는, 임금께서 유서論書를 내려 변방의 장수들에게 변방을 지키는 데 책략이 없음을 책망하여, 그들로 하여금 감격하고 분발케 하여 새로운 공을 새우도록 권면함보다 우선하는 것이 없습니다. 다음으로 애통해 하는 교지를 내려 죽고 잡혀간 자들의 처자를 위로하는 것입니다. 또, 임금 스스로 반성하여 단속하고, 아울러 신하들과 함께 각자 삼가며 정치와 교화를 밝히도록 해야 합니다. 이런 자세를 오래 유지하고, 그침 없이 시행하면 저절로 내부가 정비되는 정치가 시행되고 외부의 침입을 방어하는 공적을 이룰 것입니다.】

기저奇褚가 경주로 부임하게 되어 서문을 지어 전송하였다.【서문은 『허백정집』에 있다.】

12월, 공조판서 성현成俔, 이조참판 권건權健과 함께 왕명을 받들어 『역대명감歷代明鑑』을 찬술하였다.

○ 응신루凝神樓 기문을 썼다.

十二年【燕山主五年】己未【先生六十二歲】

上疏[290]請勿拒諫.【疏略曰, 臣聞亡身之事非一, 而好色者必亡, 亡國之事非一, 而拒諫者必亡. 治國家猶治身也, 血氣一日不運則身危, 言路一日不通則國殆, 此理之必然也. 人君一身, 其勢甚危, 以天命爲可恃, 而天命已絶, 則爲獨夫, 以人心爲可恃, 而人心已離, 則爲匹夫. 彊莫如秦, 爲可恃矣, 然一朝莫救土崩之患. 富莫如隋, 爲可恃矣, 然一朝莫救瓦解之勢. 若此者, 何也? 誠以愎諫自賢, 縱欲自恣, 恃其所可恃也. 是故, 有可憂然後, 可以無憂, 有可畏然後, 可以無畏. 處億兆之上, 操予奪之權, 所欲予者予之, 所欲奪者奪之, 賞者賞之, 惟欲之從, 無所違忤, 若可樂而無畏也. 然以可樂爲可憂, 以無畏爲可畏, 小心戒懼, 無敢縱欲, 然後可以保其可樂而永無畏也. 是以, 明哲之君, 上畏天命, 下畏人心, 中畏臺諫之言. 殿下, 卽位以來, 失政頗多. 好惡偏黨, 賞罰顚倒, 强辭餙非, 拒諫自用, 以負一國臣民之望. 祔廟[291]之

---

290 疏:『虛白亭集』문집 권2에 「拒諫」이라는 제목으로 실려 있다.

291 祔廟: 新死者의 신주를 그 조부의 신주 옆에 모시는 것인데, 여기서는 연산군 3년(1497) 成宗과 成宗妃 恭惠王后의 위패를 종묘에 모신 일을 이른다.《燕山君

後, 爵賞猥濫, 天示譴異. 始許停改, 今乃復蹈前失, 且降新命, 刀鋸奴隸[292]之賤·奸詐射利之徒, 或狂蕩暴戾, 或瑣屑庸流, 或戚里無狀, 或醫師賤技, 超資越序, 竝躋崇班. 敗常亂倫之人, 亦命許通[293], 臣民惶惶, 口語籍籍, 獨殿下顔不動, 色不變, 恬然莫之怪. 上天之示變如彼, 而不畏, 人心之洶洶如此, 而不懼, 臺諫之言, 亦可戒也, 不悟, 何也? 將殿下席祖宗之業, 乘治安之勢, 雖有一二疵政, 何害盛治云爾耶? 臣以爲時已泰矣, 而猶謂不泰者, 否之來未有不根於泰之不戒也,[294]道已復矣, 而猶謂不復者, 剝之至未有不自於復之將盡也.[295] 君子貴防於未然, 故危明主而懼治世, 況今危亡之兆已現乎? 何以知之? 以殿下拒諫一事卜之也. 先儒曰: "人主一身, 尤不可孤立. 堯舜, 明四目, 達四聰, 通天下爲一身, 若紂則爲獨夫." 君臣比諸一身, 人主, 元首也, 三公[296], 心腹也, 六卿[297], 股肱也, 臺諫, 耳目也. 四體各盡其職, 乃能運身. 四體解弛, 痿痺不仁, 則元首獨能自安耶?】

日記 3년 2월 11일》

292 刀鋸奴隸: '刀'는 宮刑에 쓰는 칼, '鋸'는 刖刑에 쓰는 톱으로 형벌 도구이다. '도거 노예'는 형벌을 받고 노예가 된 자를 이른다.

293 許通: 천인이 공적을 세우면 賤役을 면해 주고 관리가 될 수 있도록 나라에서 허락하고, 許通帖을 발급했다. 예컨대 燕山君이, 세조 11년(1465) 반란사건을 일으켜 처형당한 亂臣 金處義의 조카 金隣角의 벼슬길을 열어준 일과 같은 것이다.

294 不泰~戒也: 『周易』의 괘를 근거로 治亂盛衰의 흐름을 경계한 것이다. 泰卦는 상괘가 坤(☷), 하괘가 乾(☰)으로, 通泰함이니 천지 음양이 서로 소통하여 만물이 생성되고 편안한 시기이다. 그러나 만물은 끝까지 통할 수만은 없으므로 막히고 위태로운 시기가 오는데, 이것이 否이다. 否卦는 상괘가 乾(☰), 하괘가 坤(☷)으로, 천지가 서로 隔絶하여 소통하지 못하고 막히는 위태로운 시기이다. 안정되고 편안한 泰의 시대에 否의 조짐을 부단히 경계하여 막아야 한다는 뜻이다.

295 不復~盡也: 『周易』의 괘를 근거로 治亂盛衰의 흐름을 경계한 것이다. 剝卦는 상괘가 艮(☶), 하괘가 坤(☷)으로, 陰이 陽을 거의 몰아내는 형상으로, 소인이 득세하고 군자가 위축되는 시기이다. 復卦는 상괘가 坤(☷), 하괘가 震(☳)으로, 양이 아래에서 회복되는 형상이니, 군자의 도가 다시 회복되는 시기이다.

296 三公: 周나라에서는 太師·太傅·太保를 이르고, 唐宋시대에는 東漢의 제도를 따라 太尉·司徒·司空을 이르며, 明靑시대에는 周의 제도를 따랐다. 조선에서는 의정부 삼정승을 일컫는다.

297 六卿: 周나라 六部의 長으로, 天官 冢宰, 地官 司徒, 春官 宗伯, 夏官 司馬, 秋官 司寇, 冬官 司空이다. 조선에서는 六曹의 判書를 이른다.

二月, 成宗大王實錄告訖.

三月, 賜宴于議政府, 仍行洗筆會于藏義洞遮日巖[298]上, 爲文記其事.【故事, 修史官卒事, 賜宴于議政府, 又有洗筆會, 蓋以修史官塗抹手草, 臨流洗去之也.】

四月, 奉安實錄于星州史閣.【先生將還, 道經尙州. 尙州, 先生之鄕也. 鄕人稱觴于風詠樓[299]上, 牧使申宗之 · 通判閔寧興在席. 又有絲竹管絃之盛, 鄕人以錦衣還鄕榮之.】

秋, 上疏[300]請罷打圍[301].【疏略曰, 戎狄猾夏, 古所不免, 然未有如近來之甚者. 去今年間, 平安 · 咸鏡兩邊之民, 被殺擄者, 無月無之. 近日山陽會之寇, 一擧掩襲百餘人而去, 豈料堂堂聖朝, 乃有此事乎? 大抵妾婦乘其夫, 夷狄侵中國, 皆非常之變也. 災變之生, 天所以警懼乎人君, 而使之動心惕慮, 增益其所不能也. 近者, 內則雷電示災, 外則夷狄搆禍, 天之仁愛我殿下, 而使之知戒者至矣. 今宜君臣上下, 交相戒飭, 修德行政, 要以弭災消患爲務耳. 若夫無用之爲 · 不急之擧, 在所不暇爲也. 先王四時之田, 所以講武事, 薦禽于宗廟, 固不可廢也. 邊陲晏然, 四方無虞, 不可狃於安逸, 則於是乎有講武誥兵之擧 · 三驅[302]血薦之禮. 若有剝床之災[303] · 目前之患, 則何必苟爲是不急之擧哉! 今也, 理山[304]軍民被擄者百餘人, 被殺者亦多, 而內禁衛[305]二人,

---

298 藏義洞遮日巖 : 장의동은 지금의 서울 청운동 · 적선동 일대이고, 차일암은 葬儀社 아래 계곡에 있는 바위인데 매우 험하고 높으며, 그 위에는 장막을 쳤던 구멍이 있다. 이곳에서 세초를 했다 한다.《新增東國輿地勝覽 권3》

299 風詠樓: 경상도 상주에 있는 누정으로, 고려후기에 건축되었으며, 목은 이색이 이름을 지었다.《新增東國輿地勝覽 권28 경상도 상주목 누정》

300 疏:『虛白亭集』문집 권2에「諫打圍疏」라는 제목으로 실려 있고, 『燕山君日記』 5년 9월 16일 기사에도 실려 있다.

301 打圍: 사냥한다는 뜻인데, 많은 사람들이 에워싸 포위하여 수렵을 했기 때문에 '타위'라 하고, 打獵이라고도 한다.

302 三驅: 고대 제왕들이 짐승을 몰아 사냥을 할 때 한 면은 반드시 터놓고, 세 면으로만 몰았는데, 이는 '생명을 아끼는 어진 덕'을 보여 주기 위한 것이다.

303 剝床之災: 바로 앞에 닥친 재앙을 이른다. 剝卦는 상괘가 艮(☶), 하괘가 坤(☷)으로, 陰이 陽을 거의 몰아내는 형상이다. 그 初六 爻辭에 "상의 발부터 깎이기 시작하여 점점 재앙이 닥쳐 곧음을 멸하게 되니, 흉하다. [剝牀以足, 蔑貞, 凶.]" 했다.《周易 剝》

一攄一死. 軍民, 吾赤子也, 禁旅, 吾爪牙也. 一朝或身膏草野[306], 或
奴役虜中, 爲父母者, 聞而哀痛之不暇, 何忍他爲? 前此, 戎虜之得利
於我境者, 非一度, 而今則其利萬倍於前. 彼惟其若是也, 必將相率而
起, 爲我邊患, 當不止於此. 軍民之降虜廷者, 姑且偸生苟且之爲幸,
何暇顧禮義哉? 百餘人之中, 必有如韓世忠[307] · 阿伊山者, 出而爲鄕
導, 爲患於我境, 將不知其幾人. 念至於此, 將來之患, 可勝言哉? 正宜
臥薪嘗膽, 蓄力養銳, 相時而動, 以雪憤恥之萬一, 而且區區於例事,
累日馳獵於都城數息之遠, 豈其策乎? 或曰: "講武, 所以練兵也. 此於
備邊, 無乃有得乎?" 臣意以爲不然. 大閱熊羆之士, 敎以進退擊刺之
勇, 此則庶幾矣. 今則只用京軍士, 翼以品從伴人 · 近道才白丁, 名雖
講武, 其實獲獵耳, 何有於緩急? 或曰: "獵獲, 所以享宗廟, 奉諸殿,
何足廢乎?" 臣以爲今之被殺擄者, 固皆先王先后之赤子也. 赤子擧其
類, 爲賊殺擄, 而子弟不暇恤顧, 欲以獵獲致孝, 則其肯安心享之乎?
臣以爲此正朝廷上下所當痛哭流涕, 增修德政時也, 何暇他爲? 當今
之務, 莫如先下諭書, 責邊將以備禦無策, 使感激奮發, 勉立新功. 次
下哀痛之敎, 弔慰殺擄者之妻子. 又須反躬自飭, 兼及臣隣, 各自夔
畏, 修明政敎. 持之悠久, 行之不息, 自然內修之政行, 而外攘之功擧
矣.】
奇褚[308]赴任慶州, 作序[309]送之.【序在集中】

---

304 理山: 평안도 이산군으로, 본래 여진족이 살던 豆木里이며 野人들이 거주하던
곳이다.《新增東國輿地勝覽 권55 평안도》
305 內禁衛: 궁중을 지키고 임금을 호위하는 일을 맡아보던 軍營이다.
306 身膏草野: 죽음을 뜻한다. 『漢書』 권54 「李廣蘇建傳」에 "부질없이 초야에 간뇌
도지하면, 누가 뒤에 알아주겠는가? [空以身膏草野, 誰後知之?]" 했다.
307 韓世忠: 南宋시대 名將으로, 8천 명의 군사를 이끌고 10만의 金나라 군대와 싸워
이겼다. 충의가 대단하여 황제가 '忠勇'이라 새긴 깃발을 하사하고, 누차 侯에
봉해지고, 高宗의 묘에 배향되었다.
308 奇褚: 성종~연산군 연간의 문신. 본관 幸州, 조부는 虔, 아버지는 軸이며, 奇大升
의 從祖父이다. 성종 20년(1490) 別試文科에 급제했다. 연산군 1년(1495) 權達
手 등과 함께 불교의 폐단을 지적하는 상소를 올렸다. 洪貴達과 함께 『成宗實錄』
편찬에 참여하고, 연산군 3년 왕이 실록청의 여러 신하들에게 상을 내린 명단에
도 들어 있다.《燕山君日記 3년 12월 21일》
309 序: 『虛白亭集』 문집 권2에 「送奇判官褚赴任慶州序」라는 제목으로 실려 있다.

十二月, 與工曹判書成俔 · 吏曹參判權健[310], 承命撰『歷代明鑑』[311].
○ 作凝神樓記[312].

홍치 13년【연산군 6년】경신년(1500)【선생 63세】

봄,『역대명감歷代明鑑』이 완성되었는데, 왕명을 받아 서문을 지었다.【역대 군주·신하의 모범과 제왕·후비의 모범 중에서 본사本史를 참조하여 가장 중요한 것을 모으고 번다한 내용은 제거하였다. 혹은 전체 조항을 없애기도 하고, 혹은 새로운 단段을 넣기도 했는데 핵심은 권면하고 경계하자는 것이었다. 27권으로 만들어『역대명감』이라 명명하여 바쳤다. 선생에게 서문을 지으라 명하였다. ○ 서문은『허백정집』에 있다.】

김선金瑄이 진주로 부임하여 서문을 지어 전송하였다.【서문은『허백정집』에 있다.】

상소를 올려 비융사備戎司의 설치를 청하였다.【당시 태평한 시대가 지속되니 군비軍備가 해이해져 지피紙皮로 갑옷을 해 입은 자가 경군京軍 중에 절반이었다. 선생이 비융사를 설치하고 갑옷을 만들어 와서瓦署·귀후서歸厚署의 사례대로 사람들의 매매를 허락하자고 청하였다.】

또 11개 조의 상소를 올렸는데, 그 내용은 다음과 같다. 첫 번째, 성학聖學에 힘쓰다. 두 번째, 마지막을 삼가다. 세 번째, 언로를 넓히다. 네 번째, 기호嗜好를 삼가다. 다섯 번째, 상벌을 분명하게 하다. 여섯 번째, 군사의 액수額數를 신중히 하다. 일곱 번째, 훌륭한 수령

---

310 權健: 세조 4년(1458)~연산군 7년(1501). 본관 安東. 자 叔强. 시호 忠敏. 증조부는 近, 아버지는 擥이다. 성종 7년(1476) 別試文科에 及第하여 直講이 되었다. 저서로『權忠敏公集』이 있다.

311 歷代明鑑: 연산군 5년(1492) 왕명을 받아 역대 군신의 일로서 모범과 경계가 될 만한 것을 모아 엮은 책으로 모두 27권이다.

312 凝神樓記: 凝神樓는 경상도 尙州에 있는 누정으로, 민영흥이 세우고 魚子益이 이름을 지었으며, 風詠樓 옆에 있다.《新增東國輿地勝覽 권28 경상도 상주목 누정》이 기문은『虛白亭集』문집 권2에 실려 있다.

을 선발하다. 여덟 번째, 사행使行을 단속하다. 아홉 번째, 군대 병사들을 쉬게 하다. 열 번째, 건물·기지 등의 보수 공사를 정지하다. 열 한 번째, 사냥을 그만두다.【첫 번째. 임금의 한 몸은 만물의 으뜸이요, 임금의 한 마음은 만화萬化의 근원입니다. 맹자孟子는 "천하의 근본은 국가에 있고, 국가의 근본은 가家에 있으며, 가家의 근본은 몸에 있다." 하였으며, 동중서董仲舒는 "임금은 마음을 바르게 하여 조정을 바르게 하고, 조정을 바르게 하여 백관을 바르게 하고, 백관을 바르게 하여 만민을 바르게 한다." 하였습니다. 마음이 바르지 않고 몸이 닦이지 않았는데도 천하와 국가가 다스려지고 백관과 만민이 바르게 되는 경우는 있지 않았습니다. 『대학』에서 "그 몸을 닦고자 하는 자는 먼저 그 마음을 바르게 하고, 그 마음을 바르게 하고자 하면 먼저 그 뜻을 성실히 하고, 그 뜻을 성실히 하고자 하면 먼저 그 앎을 지극히 하여야 하니, '앎을 지극히 하는 것[致知]'은 '사물의 이치를 남김없이 궁구하는[格物]' 데에 달려 있다." 하였습니다. 격물치지格物致知라는 것은 널리 배우고 깊이 생각하여 모르는 것이 없음을 말합니다. 학문의 방법이 도대체 무엇이겠습니까? 열심히 하는 것일 뿐입니다. 옛날 부열傳說이 고종高宗에게 "처음부터 끝까지 생각을 배움에 집중해야 합니다." 하였으니, 이는 처음부터 끝까지 온 생각이 언제나 배움에 있어야 함을 말한 것입니다. 시인이 성왕成王을 송축하여 "배움이 계속 밝혀져 광명에 이르렀다." 하였으니, 이는 끊임없이 밝혀 조금도 쉬지 않음을 말한 것입니다. 이러한 까닭으로 고종은 상나라의 훌륭한 임금이 되었고 성왕은 주나라의 현명한 임금이 될 수 있었으니, 학문의 힘을 어찌 소홀히 할 수 있겠습니까? 그렇지만, 제왕의 학문은 일반인과는 같지 않습니다. 무릇 장구章句를 나누고 동이同異를 고증·비교하는 것은 강설을 일삼는 유학자들이 하는 일이고, 특이하고 신기한 것을 찾아 따지고 공교로운 대구對句를 찾아내는 것은 문장 꾸미는 일을 일삼는 유학자들이 하는 일이니, 이는 모두 임금이 해야 할 바가 아닙니다. 군주의 학문에서 가장 중요하는 것은, 옛 성현들의 마음 씀씀이, 역대 치란흥망의 자취, 정치와 공업을 세우는 요점, 백성과 만물을 이롭게 하는 방법 등을 살펴 마음에 체득하여 정사에 펼치는 것일 뿐입니다. 만일 도道를 바라는 마음이 성실하지 못하고 다스림을 구하는 마음이 혹시라도 간절하지 못하면, 중도에 그만두지 않는 자가 없으니 어찌 애석하지 않겠습니까? 전하께서는 아직 젊어 학문이 넓지 못합니다. 그래서 경전과 역사서에 남겨진 성현의 마음 다스림과 본성 양성의 요점, 역대 치란흥망의 자취에 대해 간혹 자세히 모르시는 부분이 있으니, 이는 정녕 매일매일 자신을 새롭게 일신하면서 시간이 부족하다고 여길 때인 것입니다. 옛사람이 "오늘 배우지 아니하고 내일이 있다 말하지 말며, 금년에 배우지 아니하고 내년이 있다 말하지 말라." 하였습니다. 모든 학문의 공부는 그 시급함이 이와 같으니, 하물며 임금의 학문은 어떠하겠습니까? 엎드려 바라건대 전하께서는 부지런히 경연에 참여하십시오. 자잘한 일들 때문에 경연을 중지하지 마시고, 내일도 있고 내년도 있다고 말하지 마십시오. 하루하고 다시 하루 하며, 낮에 공부하고 밤에 또 공부하여 그만두지 않아 몇 년이 흐르면, 저절로 견문이 넓어지고 지혜가 더욱 밝아질 것입니다. 또한 보름지기 성학正學을 숭상하여 이제삼왕二帝三王이 마음을 보존하고 훌륭한 정치를 내었던 법을 스승으로 삼으며, 제자백가諸子百家의 잡다한 유파나 부화하고 내실이 없는 문장은 귀와 눈에 접하지 말아 총명을 가리지 않게 해야 합니다. 그러면 저절로 전하의 학문이 더욱 높아지고 치도治道는 더욱 융성해질 것입니다. ○ 두 번째. "누구나 시작은 하기는 하지만 제대로 끝을 맺는 자는 드물다." 하였으니, 이것은 인지상정입니다. 그렇지만, 천하의 일은 그 시작이 좋으면 그 끝도 좋기 마련이니, 시작은 있으되 끝이 없는 경우가 있지만 시작이 없는데 끝이 있는 경우는 없습니다. 그러므로 옛사람들은 시작을 신중히 하는 것을 중시했습니다. 역사를 되돌아보면, 중훼仲虺가 성탕成湯에게 "그 끝을 삼가려면 시작을 잘해야 합니다." 했고, 이윤伊尹이 태갑太甲에게 "끝을 삼가되 처음에 하소서." 했으며, 소공召公이 성왕成王에게 "이제 하늘이 밝음을 명할지, 길흉을 명할지는 우리가 처음 정치를 어떻게 하는가에 따라 알 수 있습니다." 했으니, 처음을 마땅히 삼가야 함을 말한 것입니다. 이제 무릇 정월은 일 년의 시작이고, 초하루는 한 달의 시작이며, 초정初政은 국가國家 천만년의 시작입니다. 천문을 잘 관찰하는 자는 정월 초하루의 징후로써 그 해 섣달까지의 기상을 예견할 수 있고, 임금의 정치를 잘 살피는 자는 처음 베푸는 정사를 통해 천만년의 안위를 엿볼 수 있습니다. 그러니 처음을 소홀히 할 수 없음이 이처럼 중요한 것입니다. 전하께서 백성들에게 임하신 지 6년이 되었습니다마는, 앞으로 아직도 백년의 오랜 세월이 남아 있으니 지금도 실제로는 초반의 정치 시기라 할 수 있습니다. 국가 천만년의 치란안위의 조짐이 실로 오늘에 잠복하고 있으니, 삼가지 않을 수 있겠습니까? 원컨대 전하께서는 '제대로 끝을 맺는 경우가 드물다'는 경계를 거울삼고 '시작을 삼가야 한다'는 도리를 명심하여, 출입하거나 기거하실 때 혹시라도 삼가지 않음이 없고 명령을 내실 때 혹시라도 선하지 않음이 없도록 하시며, 현인에게 맡기어 그를 의심하지 마시고 사악한 자를 내칠 때 회의하지 마십시오. 도리를 어기면서까지 백성들로부터 명예를 구하지 마시고 백성의 뜻을 어기면서까지 자신의 욕심을 따르도록 하지 마시며, 아무리 작은 선이라 해도 반드시 실행하시고 아무리 작은 허물이라 해도 반드시 고치십시오. 귀에 거슬리는 말이 들리면 반드시 도에 합치되는 말인가 살피고 뜻에 맞는 말이 들리면 도에 어긋난 것이 아닌가 살피시며, 옳은 사람이 아니면 가까이 하지 마시고 옳은 길이 아니면 말미암지 마십시오. 교화를 충실히 하시고 풍속을 인후仁厚하게 하시며, 절검을 숭상하고 안일함을 경계하시며, 하늘의 경계를 삼가시고 백성들의 아픔을 구휼하십시오. 일상생활 속에서 모름지기 현명한 사대부와 접하는 시간을 많이 할애하시고, 환관과 궁첩을 가까이 하는 날이 적도록 하십시오. 공경함을 처소로 삼아 편안히 즐기는 때가 없고, 평상시에 언제나 백성들의 위태로움은 마치 적국의 침공이 장차 목전에 닥친 것과 같다는 점을 생각하고 두려워해야 합니다. 자손들이 만세토록 뽕나무 뿌리나 반석처럼 견고하고 안전하게 살아가는 방도가 바로 여기에 달려 있습니다. ○ 세 번째. 언로言路가 시행되는 것은 다스림으로 나아가는 길입니다. 언로가 넓으면, 천하의 선이 모두 언로를 따라 와서 나의 소유가 되고, 천하 사람들이 모두 나의 과실을 말하게 되어 선이 다른 사람에게만 머물러 있지 않고 악이 내게 머물러 있지 않게 됩니다. 이와 같은데도 그 나라가 다스려지지 않은 경우는 없습니다. 언로가 막히면, 상하가 격절되어 임금은 귀머거리와 같이 들리는 것이 없고, 장님과 같이 보이는 것이 없게 되어 선이 타인에게 있는데도 취할 줄 모르고, 악이 자기에게 있는데도 제거할 줄 모르게 됩니다. 이렇게 되면 다스리고자 한들 가능하겠습니까? 옛날에는 백관들이 서로 규간規諫하고 백공들도 기예의 일을 가지고 간언하였습니다. 언로가 이처럼 넓었는데도 오히려 미진하다고 여겨 간고諫鼓와 방목謗木을 설치하였습니다. 그런데도 오히려 사람들이 자신의 허물을 말해주지 않을까 두려워하여 도로와 여관에서 말을 구걸하고 나무꾼에게도 자문을 구하였습니다. 이렇게 하면서도 오히려 하나의 선이라도 놓칠까 두려워하였습니다. 순임금·우임금·탕임금은 대성인이시니 의당 다른 사람에게 의지할 것이 없을 듯 합니다. 그런데도 보통사람의 말을 잘 살폈고 훌륭한 말을 들으면 절하였으며 간언을 따름에 거스르지 않으셨으니, 화락하고 태평한 다스림을 이루었던 데에 어찌 다른 까닭이 있었겠습니까? 우리 성종께서 간언을 받아들이셨던 아름다움은 근고近古에 없던 일로, 자손들의 영원한 귀감입니다. 전하께서는 조종祖宗의 위대한 기반을 밝게 계승하시고 조종이 쌓아온 업적을 실추시키지 않으셔야 하니 의당 어떻게 하셔야 하겠습니까? 언로를 열어 널리 간언을 받아들이고, 여러 선을 모아 자신의 선으로 삼아야 할 뿐입니다. 일반적으로 언로가 넓지 못하면 폐단 세 가지가 발생하니, 스스로를 옳다고 하는 것, 자신의 위세에 의지하는 것, 의심을 품는 것입니다. 임금이 고명한 자질을 믿고서 스스로를 옳다 여기고 남들이 자신만 못하다고 생각하면, 아첨하는 무리들이 날마다 이르고 충직한 말이 귀에 들리지 않게 됩니다. 지존의 위세에 의지하여 자신이 한 말을 어기지 못하게 하면, 아랫사람들은 시키는 대로만 하고 의견을 주고받는 일이 없게 됩니다. 의심하는 단서를 마음에 품어 다른 사람의 말을 믿지 않으면, 사람들은 모두 두 마음을 지녀 다시는 마음을 털어놓아 끝까지 말하는 사람이 없게 됩니다. 이렇게 되면 언로가 막혀 상하의 마음이 통하지 않게 됩니다. 엎드려 바라건대 전하께서는 멀리 순임금·우임금의 선을 좋아하셨던 마음과 탕임금의 간언을 따르시던 행동을 본받고, 가까이 성종을 계승하여 세 가지 폐단을 힘써 제거하여 여러 사람들의 말을 널리 취하십시오. 그 말이 쓸 만하면 즉시로 시행하고, 쓸 만하지 않더라도 또한 의당 넉넉히 받아들이셔야 합니다. 비록 금기를 저촉하고 분수를 넘어서며 실정에 맞지 않더라도 또한 특별히 관대하게 용서하여 곧은 선비들의 기를 펴주십시오. 그렇게 하면 사람들이 스스로의 마음을 다하여 아래 사람들의 마음이 모두 위로 전달될 수 있을 것입니다. ○ 네 번째. 임금의 기호嗜好는 삼가지 않을 수 없습니다. 공자께서 "윗사람에게 좋아하는 것이 있으면 아랫사람들은 그보다 더 심함이 있다." 하셨습니다. 옛날 은나라 폭군 주紂가 술을 탐닉하자 수도 조가朝歌의 사람들이 모두 술독에 빠져 살았고, 초나라 영왕靈王이 가느다란 허리를 좋아하자 궁중에는 굶어죽는 자가 생기기까지 하였으니, 임금이 좋아하는 바를 아래에서 더욱 심하게 좋아하는 것은 대부분 이와 비슷합니다. 임금이 전쟁을 좋아하면 갑옷 입은 군사들은 그들의 용맹을 팔고 싶어 하며, 임금이 재물을 좋아하면 가렴주구의 신하들이 계책을 올리고 싶어 하며, 임금이 토목공사를 좋아하면 궁실을 잘 짓는 자들이 그들의 재주를 팔고 싶어 하며, 임금이 사냥을 좋아하면 말몰이를 잘하는 자들이 그 민첩함을 바치고 싶어 하며, 임금이 화려한 문장을 좋아하면 경박한 문사들이 다투어 모여들고, 임금이 아첨을 좋아하면 혀 잘 놀리는 아첨꾼들이 답지하게 됩니다. 아랫사람이 윗사람의 기호를 따름이 이와 같으니, 삼가지 않을 수 있겠습니까? 『대학』에 "윗사람이 인仁을 좋아하는데 아랫사람이 의義를 좋아하지 않는 경우는 없다." 하였으며 또, "윗사람이 노인을 노인 대접하면 백성들은 감발하여 효성스러워지고, 윗사람이 어른을 어른 대접하면 백성들은 감발하여 공손해지며, 윗사람이 외로운 이들을 구휼하면 백성들은 배반하지 않는다." 하였습니다. 성현들이 좋아하신 바는 이와 같은 것이었고 이를 따라 교화되었던 자들도 또한 이와 같았습니다. 전하께서는 새로 명을 이어받아 바야흐로 요순과 삼대의 다스림에 뜻을 두고 계시니 의당 이를 따라야 할 것이요 어찌 다른 것을 하시겠습니까? 원컨대 전하께서는 좋아하는 바를 삼가시어 이제삼왕二帝三王이 천하를 다스리던 도道를 표준을 삼으시고 인의와 충서와 효제를 우선시 하시며, 재물이나 전쟁 등과 같은 기호를 추구하지 마십시오. 이런 태도로 신민을 이끌어 그들로 하여금 바른 도리에 돌아가게 하십시오. ○ 다섯 번째. 상과 벌은 임금의 큰 권력입니다. 상을 내려 선을 권면하고 벌을 주어 악을 징계하는 것은, 하늘이 봄에 만물을 낳고 가을에 숙살하는 것과 같습니다. 천지에게 생살生殺이 없다면 농사의 수확이 없을 것이고, 임금에게 상벌이 없다면 한 시대를 다스릴 수 없으니, 상주고 벌주는 것 중에 어느 하나도 없앨 수 없습니다. 현재 공·경·대부의 지위와 거마

·금은·비단 등은 상의 도구이고, 유배·귀양·매질·좌천 등은 벌의 도구입니다. 공적의 대소에 따라 상에 차등이 있고, 죄의 경중에 따라 벌에 차등이 있습니다. 벌이 죄에 합당하지 않음을 '지나치다[濫]'하고, 상이 공에 합당하지 않음을 '참람되다[僭]' 합니다. 지나치면 벌을 주어도 악을 징계할 수 없고, 참람되면 상을 주어도 선을 권면할 수 없습니다. 상벌이 권선징악을 하지 못하면 임금이 무엇을 가지고 한 세상을 경영하겠습니까? 전하께서 즉위하신 이래로 형벌을 밝게 살피시고 삼가시어 감옥에는 억울하게 잡혀 있는 사람이 없습니다. 다만, 상을 내리는 일에 대해서는 간혹 의심을 살 만한 점이 있습니다. 옛날 주공周公에게 위대한 공훈과 노고가 있다 하여 천자天子의 예악을 하사한 일이 있었습니다. 맹자孟子 이 일에 대해 "어버이 섬기기를 증자曾子와 같이 한다면 효성스럽다고 말할 수 있다." 논평하셨습니다. 맹자께서 던지 '그린대로 괜찮다[可]'하셨으니, 아바 "사식의 봄으로 할 수 있는 일이라면 모두 마땅히 해야 한다. 주공의 공로가 비록 크기는 하지만, 모두 신하의 직분으로서 마땅히 해야 할 일일 뿐이다."라는 뜻일 것입니다. 직분으로서 마땅히 해야 할 일을 하였다면 비록 하찮은 상에 해당하는 작은 공로라도 상을 주어서는 안 됩니다. 얼마 전에는 국문을 담당했던 관원들이 모두 큰 상을 받고, 몇 달 사이에 높은 벼슬에 오른 자들이 많았습니다. 양도兩道 감사 같은 경우는 단지 장계를 올린 공로로 역시 품계를 더해주었습니다. 왕명을 받들어 죄인을 국문하는 일에 무슨 노고가 있으며, 문서를 통해 보고하는 일에 무슨 노고가 있습니까? 이는 다만 직분 가운데 작은 일일 뿐인데도 이처럼 상을 내리시니, 후일 나라를 보위하고 백성을 안정시킨 공훈이 있거나 적장을 베고 적의 깃발을 뽑아온 공로가 있다 한들 장차 무엇으로 상을 내리시겠습니까? 원컨대 전하께서는 지금부터 품계를 아껴서 공로를 잘 헤아려 함부로 상을 내리지 말고 은혜를 헛되이 베풀지 마십시오. 형벌 또한 모름지기 상세히 살피셔야 합니다. 벌 받을 만한 실정이 있더라도 불쌍히 여겨 기뻐하지 말며, 차라리 원칙대로 하지 않은 잘못을 저지를지언정 감히 지나치게 벌주지 마십시오. 요컨대 상과 벌이 실정에 딱 들어맞아 권선징악에 도리가 있도록 해야 하니, 옛날 제왕들이 훌륭한 정치를 이룬 것도 이것을 말미암은 것일 뿐입니다. ○ 여섯 번째.

세종世宗 시대에 최윤덕崔潤德에게 명하여 건주위建州衛를 정벌한 일이 있었는데, 그때 평안도의 병사 수는 3만 6천 여 명이나 되었습니다. 그로부터 육십여 년이 흐르는 동안 국가에서는 백성들을 편히 쉬게 하고 길렀으니 병사 수가 의당 지난 날 보다 몇 갑절은 되어야 합니다만 지금 겨우 1만 8천 9백 6십 명일뿐입니다. 평안도는 국가의 서쪽 문에 해당합니다. 고려 말기 원나라가 쇠약할 때 홍건적의 잔당들이 동쪽으로 마구 들이닥쳤습니다. 평안도가 먼저 그 예봉을 맞아 황하가 갈라져 물고기가 썩어 문드러지듯 도륙을 당하여 버틸 수 없었습니다. 이는 홍건적의 세력이 강성했기 때문만이 아니요, 당시에 병사 수가 적고 재주가 미약하여 스스로 떨쳐 일어나지 못했기 때문에 그렇게 된 것이었습니다. 바야흐로 지금은 중국에 별 일이 없으니 결코 이런 걱정은 없을 것이지만, 말세의 일이란 예견할 수 없는 법입니다. 게다가 지금 야인野人들이 우리 변경의 근심거리가 되어 방비가 매우 시급한데도 현재의 군사 수가 다만 이렇게 적으니, 어찌 서둘러 치료해야 할 병이 아니겠습니까? 신이 밤낮으로 생각하며 그 원인을 찾아보니 까닭이 있었습니다. 평안도 연안의 각 진鎭은 겨울과 여름에 방비하느라 원래부터 민력民力이 고갈된 상태에서 한 해에 세 차례 북경으로 가는 사신 행차를 보내고 맞이하느라 노고가 막심합니다. 그런데 사신 행차 일행 중에 통사관通事官 등의 여러 관원들이 공무역의 포목 이외로 사적으로 가져가는 물품이 심지어 칠팔천 여 필에 이릅니다. 심지어 금은과 같은 물품은 우리나라에서 산출되지 않아 매매 금지 품목에 들어 있는데도 몰래 가져가는 일이 또한 많으니, 그 외로 몰래 가져가는 잡다한 물품들이야 이루 셀 수 없습니다. 게다가 이것들 모두 호송하는 군인들을 시켜 운반하게 합니다. 이로 말미암아 백성들이 명령을 견뎌내지 못하여 고된 부역에서 벗어나기 위해 요동의 동팔참東八站으로 몰래 들어가는 자들이 연달아 나오고 있습니다. 더군다나 지금 신설된 탕참湯站과 봉황성鳳凰城은 의주에서 하루면 갈 수 있는 거리이기 때문에 백성들이 그곳으로 도망가고자 하면 그 형세가 매우 쉽습니다. 어찌 근심하지 않을 수 있겠습니까? 가만히 살펴보면, 역대 조정에서 북경으로 사신 행차를 보낼 때는 별도로 대관臺官을 파견하여 정해진 수 이외로 물품을 몰래 가져가는 자를 단속하여 그 죄를 다스리고 물품을 압수하였습니다. 이는 한 때 마땅함을 헤아려 폐단을 시정했던 한 가지 일입니다. 지금 의당 옛 사례를 다시 시행한다면 또한 민력을 회복시키고 병액을 증진시키는 데에 일조할 것입니다. 또 몇 해 동안 상의원尙衣院·제용감濟用監·의사醫司에서 무역하였던 포布가 총 4천 8백 3십 여 필이었습니다. 서울에서부터 압록강까지 이것을 수레로 옮기기 때문에 역로驛路가 피폐해지는 것입니다. 이러한 이유 때문에 신은 또한 바라니, 이제부터는 일상생활에 소용되는 것 이외에 그다지 긴요치 않는 물품은 무역을 금지하여 민력을 소생시키십시오. 그리고 평안도의 각 진에서 수자리를 서는 자들의 경우, 다른 도에서 온 군사들은 번番을 나누어 쉬는데 평안도 토박이 병사들은 사계절 동안 수자리 서기 때문에 쉰 적이 없습니다. 그 고통이 배나 되어 도망치고 흩어지는 것은 형세상 필연적인 일입니다. 백성들을 소생시키는 몇 가지 조치들을 해당 부서로 하여금 마련하여 시행하도록 명령하십시오. ○ 일곱 번째. 백성들의 행복과 불행은 수령에게 달려 있으니, 수령이 마땅한 사람이 아니라면 백성들은 어찌 할 바를 모를 것입니다. 지금 변경지대에 보임되는 자들은 대부분 무인武人이니, 그들이 어찌 백성을 품어주고 사랑으로 길러주는 도리를 알겠습니까? 변경의 가난하고 고단한 백성들을 가혹하고 난폭한 무인으로 하여금 다스리게 한다면 작당하여 도망가지 않을 자가 얼마이겠습니까? 신은 바라건대, 변방의 수령으로는 반드시 문무를 겸비한 사람을 임명하여, 유사시에는 몸소 활을 차고 나가 적군과 맞서고, 무사시에는 백성들에게 힘써 농사짓도록 권면하여 일정한 생업이 있게 한다면 백성들의 도망이 저절로 중지되고 병액兵額)또한 날로 증가할 것입니다. ○ 여덟 번째. 의주義州의 관노官奴와 군민軍民 등이 서울이나 개성의 부상富商들로부터 포물布物을 많이 받고서 매번 북경으로 가는 행렬에 정원 외로 끼어들어 몰래 요동까지 가서는 중국 물품과 바꾸어 오는 자들이 속출하고 있습니다. 이런 일이 그치지 않는다면 모리배들이 어지럽게 왕래하며 사기치고 다툼을 일으키다가 중국 측에 사단을 일으키는 일이 반드시 생겨날 것입니다. 이것이 어찌 작은 일이라 하겠습니까? 이후로 이전처럼 경거망동하는데도 검속하지 못한다면 의주의 관리 및 행렬을 이끈 단련사團練使 서장관書狀官 등을 모두 정죄하여 함부로 사람을 쓰는 폐단을 막아야 합니다. ○ 아홉 번째. 역대 조정에서는 팽배彭

排 5천 명, 대졸隊卒 3천 명을 5번番으로 나누어 편제하여 월급을 지급하며 토목공사에 복역토록 하였기 때문에, 정규 보병은 병기를 지녀 왕궁을 호위하고 수군은 배를 타고서 해적 방비만 하면 되었습니다. 근년 이래로 궁궐과 관청을 수리하고 여러 대군大君들의 저택을 건축하느라 건축공사가 크게 증가하자 팽배와 대졸만으로는 인원이 부족하게 되었습니다. 어쩔 수 없이 번番을 서고 있는 보병과 근무 중에 있는 수군들로 건축공사에 충당하게 되었습니다. 그런데 공사의 관리감독이 너무 각박하여 견딜 수 없게 되어 대부분 사람을 고용하여 공역을 대신하게 하는데 그 품값이 너무 비쌉니다. 보병의 경우는 두 달 치 품값이 면포 17・8필에 이르고, 수군은 20여 필입니다. 가산을 탕진하더라도 감당할 수 없어 도망가는 자들이 줄을 잇고 있는데, 게다가 여러 포구에서 삭망례朔望禮와 별례別例로 공물을 진공합니다. 또, 수시로 일어나는 예장禮葬의 부역과 매년 압도鴨島의 풀이나 억새를 베는 일들에 모두 수군을 동원하니, 쉴 틈이 없어 날마다 달아나고 있습니다. 신은 바라건대, 『경국대전』에 의거하여 팽배와 대졸은 각각 그 수대로 충원하고, 공사할 일이 생기면 급료를 주고 일을 시켜 역대 조정의 전례와 똑같이 해야 하고, 수군과 보병들도 각각 본래 맡은 일만 시켜야 합니다. 이렇게 하면 공역功役이 폐지되지도 않고 도망가 흩어지는 근심도 사라질 것입니다. ○ 열 번째. 몇 해 동안 흉년이 들었는데, 작년에는 더욱 심했습니다. 겨울부터 곡식이 귀하더니 지금은 굶어죽는 자들이 즐비하게 되었으니 민생이 지극이 곤란합니다. 비록 지금부터 급하지 않은 일들은 제쳐 두고서 백성을 구휼하는 일에 전념하더라도 오히려 구제하지 못할까 두려우니, 토목공사를 일으켜 민력民力을 이중으로 어렵게 하겠습니까? 근래에 듣자니 진성대군晉城大君의 집을 조성하고, 벽제역과 내응방內鷹房을 수리하며 또 감악산紺岳山 신당神堂의 제청祭廳을 다시 짓느라 수군이 140일 동안 부역하였고, 마니산磨尼山 재궁齋宮의 전사청典祀廳을 다시 짓느라 수군이 130일 동안 부역하였다 합니다. 아홉 번째 항목에서 논의한 군인들은 그 몸의 괴로움이야 말할 것도 없거니와 더욱 곤란하게 느끼는 일은 식량을 싸들고 가는 것입니다. 대군大君들의 집은 진실로 지어야 하겠습니다만, 지금 공사를 일으켜서는 안 되니 가을걷이를 마친 뒤에 해도 늦지 않을 것입니다. 벽제역 같은 경우 당시에 허물어지지는 않았고, 내응방은 본래 좌우의 방이 있으니 어찌 굳이 서둘러 증축할 것이 있겠습니까? 시절이 어려운데 사치스런 일을 벌이는 것을 『춘추』에서 비판하였습니다. 엎드려 바라건대, 이미 내린 분부를 속히 거두고 마땅한 시기를 기다려 거행하시어 민력民力을 아끼십시오. ○ 열 한 번째. 사복시司僕寺의 망패網牌들이 사냥을 나갈 때면 좌패와 우패가 각각 30명이고 겸관兼官이 타는 말과 그물을 싣고 가는 말이 도합 34필인데, 이들이 여러 도道로 나누어 다닐 때 몰이꾼이 60명입니다. 그 인원들은 그곳의 관원들로 하여금 재인才人과 백정白丁에서 조달하는데, 부족하면 연호군煙戶軍으로 충당합니다. 경기·강원·황해 등 이르는 곳마다 떠들썩합니다. 군현郡縣의 경비만 축내는 것이 아니라 민간에 출입하며 침해함이 또한 자심하고, 심지어는 사람과 말의 양식을 마련하도록 책임지우기까지 합니다. 조금이라도 뜻에 맞지 않으면 곧바로 재찍을 가하기에 백성들은 원망과 한탄을 일으키니 그 폐단을 이루 헤아릴 수 없습니다. 한 달에 잡는 수를 세어보면 예닐곱 마리에 지나지 않으니, 번거로움과 소란함이 대단히 심하고 사냥으로 잡는 것은 정말로 적습니다. 신은 바라건대, 문소전文昭殿과 연은전延恩殿 제사에서 쓸 고기를 위한 사냥과 어린 노루와 어린 사슴을 천신薦新으로 올리는 것 외에 망패를 동원한 사냥은 즉시 그만두도록 명하시고, 필요한 짐승의 숫자를 경기·강원·황해 3도의 주군州郡에 할당하여 바치는 일이 중단되지 않게 하시면 백성들의 폐해는 제거될 것입니다.】

용인龍仁 양벽정漾碧亭 기문을 썼다.【기문은 『허백정집』에 있다.】

비융사備戎司 계문契文을 썼다.

○ 해랑도海浪島 그림에 글을 썼다.

○ 호남의 새 관찰사 최한원崔漢源에게 시를 보냈다.【당시 매계梅溪 조위曹偉와 한훤당寒暄堂 김굉필金宏弼이 순천順天으로 이배移配되었다. 재앙의 기세가 들판을 태우는 불길과도 같아 유배된 곳의 목사와 관찰사가 박하고 모질게 대접했지만 일시의 벗들이 감히 공적으로 의론을 일으키지 못하였다. 선생이 새 관찰사에게 시를 보내어 그들을 보호해 주라는 뜻을 극진히 하였으니, "아름다운 경치 호남에 가면 자주 안부 묻겠지요, 싸늘한 시절 유배된 나그네는 두려워 떨고 있을테니."라는

구절이 있었다. 또, 매계 조위에게 시를 보냈다.】

十三年【燕山主六年】庚申【先生六十三歳】

春, 『歷代明鑑』成, 承命撰序文313.【以歷代君臣鑑帝王后妃鑑, 參考本史, 撮其切要, 刪其繁蕪, 或去其全條, 或添入新段, 要爲勸戒而止. 釐爲二十七卷, 名之曰『歷代明鑑』, 以進之. 更命先生序之. ○ 序載集中.】

金瑄赴任晉州, 作序314送之.【序載集中】

上箚315請設備戎司316.【時, 昇平日久, 軍務解弛, 紙皮爲甲者, 半於京軍. 先生請設司造甲, 許人賣買, 若瓦署·歸厚317之例.】

又上十一條疏318, 一曰勉聖學, 二曰愼厥終, 三曰廣言路, 四曰愼好尙, 五曰明賞罰, 六曰憂兵額, 七曰擇守令, 八曰撿使行, 九曰休軍兵, 十曰停營繕, 十一曰罷田獵.【其一曰, 人主一身, 萬物之宗, 人主一心, 萬化之源. 孟子曰: "天下之本在國, 國之本在家, 家之本在身."319 董子曰: "人君, 正心以正朝廷, 正朝廷以正百官, 正百官以正萬民."320 未有心不正, 身不脩, 而天下國家之理, 百官萬民之正者也. 傳曰: "欲脩其身, 先正其心, 欲正其心, 先誠其意, 欲誠其意, 先致其知, 致知在格物."321 夫格物致知云者, 博學審問而無所不知之謂也. 學問之道, 伊何? 事在勉强而已矣. 昔傅說之告高宗曰: "念終始, 典于學."322 言

---

313 序文: 『虛白亭集』 문집 권2에 「歷代明鑑序」라는 제목으로 실려 있다.

314 序: 『虛白亭集』 문집 권2에 「送晉州牧使金瑄赴任序」라는 제목으로 실려 있다.

315 箚: 이와 관련하여 『허백정집』 문집 권4에 「備戎司契文」이라는 글이 있다.

316 備戎司: 철갑과 투구 만드는 일을 주관하는 관서로, 연산군 6년(1500)에 설치되었다가 4년 뒤에 폐지되었다.

317 瓦署·歸厚: 와서는 王室에서 쓰는 기와와 벽돌을 만들어 바치는 일을 주관하는 관아로, 瓦窯·陶登局이라고도 했다. 귀후는 歸厚署로, 棺槨을 만들고 葬禮에 관한 일을 주관하는 관아이다.

318 十一條疏: 『허백정집』 문집 권2에 「政府疏」라는 제목으로 실려 있다. 연보에서는 각 조문의 내용을 요약하고 항목별로 제목을 달아 놓았다. 『燕山君日記』에는 이 상소가 좌의정 한치형·우의정 성준·좌찬성 이극균·우찬성 박건·좌참찬 홍귀달·우참찬 신준의 명의로 5년(1499) 3월 27일에 실려 있다.

319 孟子曰句: 『孟子』 「離婁」 上에 보인다.

320 董子曰句: 동중서가 賢良으로서 올린 對策文의 한 부분이다.《漢書 권56 董仲舒傳》

321 傳曰句: 『大學』 經文에 보인다.

一念終始, 常在於學也. 詩人之頌成王曰: "學有緝熙于光明"[323] 言繼
續而光明之, 無時間斷也. 夫然故, 高宗爲商令王, 成王爲周賢主, 學
問之功, 庸可易乎? 雖然, 帝王之學, 與凡庶不同. 夫分章析句, 考校同
異, 此儒者之以講說爲事者也, 鉤玄討奇, 抽黃亂白, 此儒者之以雕篆
爲事者也, 皆非人君所當爲也. 所貴乎人君之學者, 觀古聖賢之所用
心·歷代治亂興亡之跡與夫立政立事之要·澤民利物之術, 得之於心,
施於有政, 如斯而已. 若望道有不誠, 求治或不急, 未有不半途而廢者,
豈不可惜哉? 殿下春秋尙少, 學問未遍, 其於經史所存聖賢治心養性之
要·歷代治亂興亡之迹, 或者有所未至, 此正日新又新, 惟日不足之時
也. 古人云: "勿謂今日不學而有來日, 勿謂今年不學而有來年."[324] 凡爲
學工夫, 其急也如此, 況人君之學乎? 伏願殿下勤御經筵, 勿以細事小故
而或廢, 勿謂來日明年之有餘, 日復一日, 繼之以夜, 無所作輟, 積之
以年, 則自然聞見博而智益明. 又須崇尙正學, 以二帝·三王[325]存心
出治之法爲師, 凡百家衆技之流·浮華無實之文, 不接於耳目, 不留
於聰明, 則自然聖學益高, 治道益隆矣. ○ 其二曰: "靡不有初, 鮮克有
終."[326] 此人情之常也. 雖然, 天下之事, 其始善者, 其終亦善, 有其始
而無其終者有矣, 未有無其始而有其終者也. 故古之人, 重謹始也. 若
稽古昔, 仲虺之告成湯曰: "愼厥終, 惟其始."[327] 伊尹之告太甲曰: "愼
終于始."[328] 召公之告成王曰: "今天命哲, 命吉凶, 知今我初服."[329] 言
始之當謹也. 今夫正月, 一年之始也, 朔日, 一月之始也, 初政, 國家千
百年之始也. 善觀天者, 凡以首月朔日之候, 卜一年終月之氣, 善觀人
主之治者, 於初政, 有以窺千百年之安危. 甚矣, 始之不可忽也! 殿下
臨黎庶, 六年于玆. 然未來尙有百年之久, 此實初政耳. 國家千百年之
治亂安危, 實兆於今日, 可不謹乎? 願殿下鑑鮮終之戒, 敦謹始之道,

---

322 傅說之告高宗曰句: 『書經』「商書·說命下」에 보인다.

323 詩人之頌成王曰句: 『詩經』「周頌·敬之」에 보인다.

324 古人云句: 朱熹「勸學文」에 보인다.

325 二帝三王: 堯·舜과 禹·湯·文武이다.

326 靡不~有終: 『詩經』「大雅·蕩」에 보인다.

327 仲虺之告成湯曰句: 『書經』「商書·仲虺之誥」에 보인다.

328 伊尹之告太甲曰句: 『書經』「商書·太甲下」에 보인다.

329 召公之告成王曰句: 『書經』「周書·召誥」에 보인다.

出入起居, 罔或不欽, 發號施令, 罔或不臧, 任賢勿貳, 去邪勿疑. 罔違
道以干百姓之譽, 因咈百姓以從己之欲, 勿以善小而不爲, 勿以過小
而不改. 有言逆于耳, 必求諸道, 有言遜于志, 必求諸非道, 非其人勿
近, 非其道不由. 敦教化, 厚風俗, 崇節儉, 戒安逸, 謹天戒, 恤民隱.
日用之間, 要須接賢士大夫之時多, 親宦官宮妾之日少. 敬以作所[330],
無時豫怠, 居常顧畏于民嵒, 若有敵國外患將至于前. 子孫萬世苞乘
之固 · 盤石之安, 其道在此. ○ 其三曰, 言路所由, 適於治之道也. 言
路廣, 則天下之善, 皆由之而來, 爲我之有, 天下之口, 皆得以言己之
過失, 善不滯于人, 惡不留乎己. 如此而其國不治者, 未之有也. 言路
塞, 則上下隔絶, 人主如聾之無所聞, 如瞽之無所見, 善在人而不知
取, 惡在己而不知去, 雖欲治, 得乎? 古者, 官師相規, 工執藝事以
諫,[331] 猶以爲未也. 陳諫鼓[332], 設謗木[333], 猶恐人不言己之過, 乞言於
路於旅也, 語詢于芻蕘, 猶恐一善之或遺. 舜 · 禹 · 湯, 大聖也, 宜若
無所資於人. 然且好察邇言, 聞善言而拜, 從諫弗咈, 其所以成雍熙泰
和之治者, 豈有他哉? 成廟納諫之美, 近古所無, 子孫永世之龜鑑也.
殿下光紹祖宗丕基, 不墜祖宗積累之業, 宜如之何? 曰'開言路, 廣聽
納, 合衆善, 爲己之善而已'. 大抵言路之不廣, 其弊有三, 曰自是也,
有挾也, 懷疑也. 人主恃高明之資, 自以爲是, 而謂人莫己若, 則諂諛
日進, 而忠直之言, 不聞於耳. 挾至尊之勢, 惟其言而莫予違, 則群下
惟所令之, 而無復有往還復逆者. 持狐疑之端, 而不信人言, 則人皆
携貳, 而無復有盡心極言者. 於是, 言路塞, 而上下之情不通矣. 伏願
殿下上師舜 · 禹之好善, 成湯之從諫, 近述成廟, 務祛三者之弊, 兼
取衆人之言. 其言可用, 當卽施行, 如不可用, 亦宜優用. 雖或觸忌犯
分, 事若無情, 亦特寬貸, 以伸直士之氣, 庶幾人獲自盡, 下情皆得上
達. ○ 其四曰, 人主好尙, 不可不愼. 孔子曰: "上有好者, 下必有甚焉
者."[334] 昔商受酗酒, 而朝歌[335]之人皆酗, 楚王好細腰, 而宮中至有餓

---

330 敬以作所: 『書經』 「周書 · 召誥」에 "왕은 공경을 처소로 삼아야 하니, 덕을 공경하
   지 않으면 안 됩니다. [王敬作所, 不可不敬德.]"했다.

331 官師~以諫: 『書經』 「夏書 · 胤征」에 보인다.

332 諫鼓: 조정에 설치한, 諫言을 올리는 자가 치던 북이다.

333 謗木: 교통의 요지에 설치된, 諫言을 적던 나무이다.

334 孔子曰句: 『孟子』 「滕文公」 上에 보인다.

死者.³³⁶ 上之所好, 而下之甚焉者, 率多類此. 人主好兵革, 則帶胄之士思欲鼓其勇, 好貨財, 則聚斂之臣思欲獻其計, 好土功, 則善宮室者思售其巧, 好田獵, 則善驅馳者思效其捷, 好詞華則浮躁之流競進, 好謟諛則侫倖之徒沓至. 下之人從上之所好如此, 可不愼乎? 『大學』曰: "未有上好仁而下不好義者也."³³⁷ 又曰: "上老老而民興孝, 上長長而民興弟, 上恤孤而民不倍."³³⁸ 聖賢之所好尙則如是爾, 從而化之者又如此. 殿下新服厥命, 方且有意唐虞三代之治, 宜爲此, 豈爲彼也? 願殿下愼厥攸好, 以二帝·三王所以治天下之道爲準, 以仁義忠恕孝弟爲先, 而勿爲財利兵革等項之好, 以表率臣民, 使之皆歸於正道. ○ 其五曰, 賞罰, 人主之大柄也. 賞以勸善, 罰以懲惡, 猶天之春以生物, 秋以肅殺也. 天地無生殺, 不可以成歲功, 人君無賞罰, 不可以馭一世, 賞之與罰, 不可以偏廢也. 今夫公卿大夫之位·車馬金帛之珍, 賞之具也, 流放竄逐·鞭笞貶黜之差, 罰之具也. 視其功之大小, 而賞有隆殺, 因其罪之輕重, 而罰有高下. 罰不當罪, 謂之濫, 賞不當功, 謂之僭, 濫則罰無以懲惡, 僭則賞無以勸善. 賞刑不足以勸懲, 則人君以何者而馭一世乎? 殿下卽位以來, 明愼用刑, 獄無冤枉, 但賞賚一事, 或有可疑者. 昔周公有大勳勞, 賜之以天子禮樂.³³⁹ 先儒論之, "事親得如曾子, 可謂孝矣."³⁴⁰ 孟子只曰'可'也, 其意蓋曰: "子之身所能爲者, 皆所當爲也. 周公之功雖大, 然皆臣職之所當爲耳." 職分所當爲者, 雖有微功, 在所不賞. 頃者, 參鞫官皆受重賞, 數月之間, 超陞峻級者, 多矣. 至如兩道監司, 只以馳啓之功, 亦加資秩. 承命鞫囚, 何勞之有? 據牒申聞, 何勞之有? 此特職分中之小事耳, 賞賚如此, 後雖有衛

---

335 朝歌: 殷나라 폭군 紂가 도읍한 곳이다.

336 楚王~死者: 『韓非子』「二柄」에 보인다.

337 大學曰句: 『大學』전 10장에 보인다.

338 又曰句: 『大學』전 10장에 보인다.

339 昔周~禮樂: 주공은 본래 천자의 예악을 받을 수 없는 지위였는데, 그의 조카 成王이 숙부를 예우하는 뜻에서 魯나라에 천자의 예악을 하사했다. 주공의 아들 伯禽은 아버지를 높이는 뜻에서 천자의 예악을 받았는데 이에 대해 공자와 맹자 등 儒家는 부정적으로 평가했다.

340 先儒論之句: 『孟子』「離婁」上에 "若曾子, 則可謂養志也, 事親若曾子者, 可也."했다.

國安民之勳·斬賊搴旗之功, 將何以賞之乎? 願殿下繼自今, 愛惜名器, 斟酌功勞, 賞不濫加, 恩勿虛施. 其刑其罰, 又須審察, 如得其情, 哀矜而勿喜, 寧失不經[341], 無敢或濫. 要使賞罰得中, 勸懲有道, 古昔帝王成治, 不過由此而已. ○ 其六曰, 一世宗朝, 命崔潤德征建州衛[342], 爾時, 平安道兵額, 至三萬六千有奇, 距今六十餘年. 國家休養生息, 兵額宜倍蓰於昔, 而今僅有萬八千九百六十. 平安一道, 國之西門. 在前朝末, 值元衰季, 紅巾餘賊, 奔突而東, 此道先受其鋒, 如河決魚爛, 莫之能支. 非惟賊勢强盛, 當時兵才寡弱, 不自振而然也. 方今中國無事, 萬無此慮. 然末世之事, 未敢逆料, 況今野人, 爲我邊患, 防備甚緊, 見在兵額, 只有此數, 豈非切身之病乎? 臣日夜思慮, 求其所以然, 蓋有由矣. 本道沿邊各鎭, 冬夏防戍, 固已蠲民力矣. 又有一年三次赴京之行, 送迎騎載, 勞慯莫甚. 而在行通事[343]等項諸官, 於公貿易品布外, 私賫物貨, 多至七八千餘匹. 至如金銀, 我國所不産, 載在禁章, 而亦多潛持. 其他濫賫雜物, 不可勝, 皆責護送軍人運輸. 由是, 民不堪命, 規免苦役, 潛投遼東東八站[344]者, 比比有之. 況今新設湯站·鳳凰城, 距義州, 相望一日之程, 民之投竄, 其勢甚易, 豈不可慮哉? 竊見祖宗朝赴京使臣之行, 別遣臺官, 搜檢數外濫持物貨者, 治其罪而沒入其物, 此一時權宜救弊一事也. 今宜復行故事, 亦蘇復民力, 增益兵額之一助也. 且年前尙衣院[345]·濟用監[346]及醫司[347]貿易

341 寧失不經: 『書經』「虞書·大禹謨」에 보인다. 죄인을 원칙대로 엄중히 처벌하지
　　않은 잘못을 저지른다고 해도 죄인을 가혹하게 처리하지 않겠다는 뜻이다.
342 征建州衛: 崔潤德(우왕2, 1376~세종 27, 1445)이 세종 15년(1433) 平安道節制
　　使가 되어 군사 1만 5천 명을 이끌고 압록강 유역의 閭延에 침입한 여진족 李滿住
　　를 물리쳤다. 그 후 閭延·慈城·茂昌·虞芮에 4군을 설치했다. 건주위는 명나라
　　에서 여진족을 회유하기 위해 내린 벼슬이자 군대를 가리키는데, 吉林 부근과
　　穆陵河에 설치되었다.
343 通事: 司譯阮 소속으로 義州·東萊 등지에서 通譯하는 일을 맡아보는 譯官이다.
344 東八站: 중국에 파견된 사신의 행로 중 중국과 경계라 할 수 있는 九連城에서
　　湯站, 柵門, 鳳凰城, 鎭東堡, 鎭夷堡, 連山關, 甛水站, 遼東, 十里堡, 瀋陽까지
　　가는 길에 설치된 여덟 군데의 驛站이다.
345 尙衣院: 東班 소속 정3품 官衙로, 국왕과 왕비의 의복을 만들어 바치고 내부의
　　金銀寶貨를 관장했다.
346 濟用監: 進獻布物·人蔘·賜與衣服과 紗·羅·綾·段과 布貨와 彩色入染과 織造

布, 摠四千八百三十餘疋, 自京抵江上, 載馱轉輸, 驛路殘弊. 職此之
由, 臣亦願自今服御所用外, 其他不甚緊要之物, 禁絶貿易, 以蘇民
力. 且平安道各鎭防戍者, 他道軍士則自相番休, 若土兵, 四時相防,
曾無休歇時, 其苦倍他, 流離逃散, 勢所必至, 其蘇復條件, 請令該曹
磨鍊施行. ○ 其七曰, 民之休戚, 係於守令. 守令非其人, 則民安所措
手足乎? 今之補邊郡者, 率用武人, 彼豈知懷綏字牧之道哉? 關塞窮
苦之民, 而馭之以酷暴武吏, 幾何不胥而流亡哉? 臣願邊方守令, 必用
文武兼資之人, 使有事則身佩囊鞬, 以與敵從事, 無事則勸民力穡, 使
有恒産, 庶幾流亡自止, 兵額亦可以日增矣. ○ 其八曰, 義州官奴 · 軍
民等, 多受京中及開城府富賈布物. 每於赴京之行, 數外牽連, 潛往遼
東, 換易唐物者相屬. 若此不已, 則謀利之徒, 紛紛往來, 欺詐爭鬪,
生事於上國者, 必有之矣, 豈細故哉? 今後似前冒行而不能檢擧, 義州
官吏及領去團練使[348] · 書狀官[349]等, 率皆科罪, 以杜冒濫之弊. ○ 其
九曰, 祖宗朝設彭排[350]五千 · 隊卒[351]三千, 分五番, 給月廩, 使服土
木之役, 步正兵[352], 持兵衛王宮, 水軍, 乘船備海冦而已. 近年以來,
宮闕公廨修葺, 諸君第宅造成, 功役繁興, 而彭排隊卒數少, 不得已以
番上步兵[353] · 當領水軍[354]充其役. 程督甚迫, 力不能堪, 率皆賃人代
其役, 役賈甚重. 步兵, 二朔綿布, 至十七八疋, 水軍, 則二十餘疋,
傾財破産, 猶不能償, 逃散者相繼, 加以諸浦朔望及別例進供物膳. 又

등에 관한 사무를 관장하는 官司이다.

347 醫司: 醫藥을 맡은 官司로, 內醫院 · 典醫監 · 惠民署 등이다.

348 團練使: 고려시대에는 州 · 郡 · 府에 둔 地方官이었는데, 조선 초기에는 兵馬團練
使라 하여 지방의 兵權을 맡고 民事를 처리했으며, 뒤에는 중국으로 가는 우리나
라 사신 또는 중국 사신의 왕래에 수행하여 호송하는 임무를 담당했다.

349 書狀官: 외국에 보내는 사신에게 딸려 보내는 임시 관직으로, 正使 · 副使와 아울
러 三使의 하나이고, 行臺御史를 겸했다.

350 彭排: 五衛의 하나인 虎賁衛에 속한 잡종의 軍職으로 주로 방패를 무기로 썼다.

351 隊卒: 五衛의 하나인 龍驤衛에 속한 중앙군으로, 총인원 3천 명이 6백 명씩 나뉘
어 5교대로 4개월간 광화문을 경비하도록 규정되어 있었다.

352 步正兵: 정규 보병이다.

353 番上步兵: '번상'은 번을 돌 차례가 되어 番所에 들어간다는 뜻으로, '번상보병'은
현재 번을 서고 있는 병사를 이른다.

354 當領水軍: 번상의 차례를 당하여 근무 중에 있는 수군이다.

有無時禮葬[355], 每歲鴨島[356]草蕢刈取, 皆役水軍, 曾不得息肩, 日就
耗散. 臣願依大典, 彭排 · 隊卒, 各充其數, 如遇營繕等事, 給料役之,
一如祖宗朝故事, 令水軍 · 步兵, 各供本役. 庶幾功役不廢, 而無逃散
流離之虞矣. ○ 其十日, 比來連年不稔, 去年尤甚. 自冬穀貴, 今則餓
莩相望, 民生極艱矣. 雖自今蠲除不急之務, 專意恤民之政, 猶懼不
濟. 況興土木之役, 重困民力乎? 近聞晉城大君[357]第造成, 碧蹄驛 ·
內鷹房[358]修繕, 又有紺岳山神堂祭廳改造, 水軍一百四十日之役, 麻
尼山齋宮典祀廳改造, 水軍一百一朔之役. 前項軍人, 其身之苦, 不暇
論也, 尤其所難者, 贏糧也. 夫大君第, 固所當營. 然在今日則不可,
自秋成爲之未晚. 至於碧蹄驛, 當時不至頹毁, 內鷹房, 本有左右房,
何必汲汲增營乎? 時屈擧嬴, 『春秋』譏之[359]. 伏願亟收成命, 待時而
擧, 以紓民力. ○ 其十一日, 司僕寺[360]網牌[361]出獵, 左右牌, 諸員各三
十, 兼官所騎及網子載持馬, 竝三十四疋, 分行諸道, 驅獸軍六十名.
令所在官調發才白丁, 不足則以煙戶軍[362]充之. 京畿 · 江原 · 黃海,
所至騷然, 不徒煩費郡縣, 出入民間, 侵刻亦甚, 以至責辦人馬糧料.
少不如意, 輒加鞭撻, 民興怨咨, 其弊不貲. 計其一朔所獲, 不過六七
口, 煩擾甚多, 獵獲至少. 臣願文昭殿[363] · 延恩殿[364]祭肉山行 · 兒獐

---

355 禮葬: 예식을 갖추어 치르는 장례로, 여기서는 세력가들의 장례를 이른다.

356 鴨島: 지금의 蘭芝島로, 오리가 물에 떠 있는 모습과 비슷하여 鴨島[오리섬]라
한 것이다.

357 晉城大君: 中宗이 왕위에 오르기 전의 호칭이다.

358 內鷹房: 매 사육과 매사냥을 위해 조선시대 궁중에 두었던 기관이다.

359 時屈~譏之: '時紬擧嬴'은 시세가 쇠폐되어 가는데 사치스런 짓을 한다는 뜻이다.
『史記』 「韓世家」에 "往年, 秦拔宜陽, 前年旱, 昭侯不以此時邮民急, 而顧益奢,
此之謂時紬擧嬴."이라 했는데, 宋代 胡安國이 『春秋胡氏傳』을 저술하며 莊公
29년 기사에서 이 표현을 인용했다.

360 司僕寺: 궁중의 가마나 말에 관한 일을 맡아보던 관청이다.

361 網牌: 사냥할 때 그물을 가지고 짐승을 잡던 군사이다.

362 煙戶軍: 고려 말기 왜구의 침입에 대비하여 설치한 지방군인데, 조선시대에는
대규모의 노동공사에 연호군을 동원했다. 이들 역시 호적에 의한 人丁의 동원이
었으므로 軍籍을 통한 군역 부과와는 별도의 차원에서 이루어졌다.

363 文昭殿: 태조 및 神懿王后의 魂殿이다. 태조 5년(1396)에 지어 신의왕후의 위패
를 모시고 仁昭殿이라 했던 것을 태종 8년(1408) 태조가 승하하자 같이 봉안하

鹿薦新³⁶⁵進上外, 網牌等獵, 亟命停罷, 移定獸數於右三道州郡, 供進
不闕, 而民弊祛矣.】

作龍仁漾碧亭記.³⁶⁶【記載集中】

作備戎司契文.³⁶⁷

○ 題海浪島圖.³⁶⁸

○ 寄詩湖南新伯崔漢源.³⁶⁹【時, 梅溪及寒暄, 移配順天. 而禍色如火
燎原, 所在牧伯, 接待薄厄, 一時知舊, 莫敢公誦. 先生寄詩新伯, 以致
顧護之意, 有'過小江南煩問訊, 歲寒遷客想凌兢'³⁷⁰之句. 又寄詩于梅
溪.】

홍치 14년【연산군 7년】신유년(1501)【선생 64세】

승정원계축문承政院契軸文을 지었다.

○ 이창신李昌臣이 하정사賀正使에 뽑혀 북경에 가게 되니 서문을 지어
전송하였다.【서문은 『허백정집』에 있다.】동지중추부사 홍흥洪興 공의 묘
표명墓表銘을 찬술하였다.

○ 승지 홍형洪泂 공의 묘지명을 찬술하였다.

○ 양양부사 문걸文傑의 묘지를 찬술하였다.

여 문소전으로 고치고, 세종 15년(1433) 태종의 위패도 함께 봉안했으나 明宗
때 없앴다.

364 延恩殿: 成宗의 생부 德宗의 사당으로, 景福宮 안에 있었다.

365 薦新: 철따라 새로 생산되는 과일이나 농산물을 神主 모신 祠堂이나 神壇에 차례
지내는 일이다.

366 漾碧亭記: 『虛白亭集』 문집 권1에 실려 있다.

367 備戎司契文: 『虛白亭集』 문집 권4에 실려 있다.

368 題海浪島圖: 『虛白亭集』 문집 권4에 실려 있다.

369 崔漢源: 성종 연간의 문신. 본관 和順. 아버지는 善復, 어머니는 申檣의 따님이다.
성종 11년(1480) 文科에 급제했다.

370 過小~凌兢: 『虛白亭集』 문집 권1에 「送崔漢源觀察湖南」이라는 제목으로 실려
있고, 원문은 다음과 같다. "斗南人物盛推稱, 獨坐銀臺最上層. 北極天低偏寵渥,
南方地大要賢能. 當時父老心腸在, 舊邑山川面目曾. 過小江南煩問訊, 歲寒遷客
想凌兢."

○ 호조판서 김진손金震孫의 신도비명을 찬술하였다.

十四年【燕山主七年】辛酉【先生六十四歲】

著承政院契軸文[371].

○ 李昌臣[372], 充賀正使赴京師, 作序[373]送之.【序載集中】

撰同知中樞府事洪公興墓表銘[374].

○ 撰承旨洪公洄墓誌銘[375].

○ 撰文襄陽傑墓誌[376].

○ 撰戶曹判書金公震孫神道碑銘[377].

홍치 15년【연산군 8년】임술년(1502)【선생 65세】

진원晉原 강귀손姜龜孫이 북경에 가게 되니, 서문을 지어 전송하였다.
【서문은 『허백정집』에 있다.】

○ 겨울, 약방제조藥房提調를 겸하여 궁궐에 가서 왕께 문안하고, 의
약시醫藥詩 5수를 지어 올렸다.【당시 선생이 궁궐에 가서 문안을 올리니, 전교
하기를 "경은 문한文翰을 주관하면서 또 약방까지 겸하였으니, 약을 사용하여 사람을

---

371 承政院契軸文: 『虛白亭集』 문집 권4에 실려 있다.

372 李昌臣: 세종 31년(1449)~?. 본관 全義. 자 國耳. 호 克庵. 아버지는 亮이다.
성종 5년(1474) 文科에 급제했다.

373 序: 『虛白亭集』 문집 권2에 「送李公國耳赴京師朝正序」라는 제목으로 실려 있다.

374 同知中樞府事洪公興墓表銘: 이 묘표명은 『虛白亭集』 문집 권4에 「同知中樞府
事洪公墓表銘」이라는 제목으로 실려 있다.

375 承旨洪公洄墓誌銘: 洪洄. 세종 28년(1446)~연산군 6년(1500). 본관 南陽. 자
子淵. 아버지는 慶尙左道水軍節度使 貴海, 어머니는 驪興閔氏이다. 성종 8년
(1477) 文科에 급제했다. 성종 25년(1494) 司諫일 때, 闢佛上疏를 격렬하게 전개
한 성균관 유생들을 적극 변호했다. 이 묘지명은 『虛白亭集』 문집 권4에 「右副承
旨洪公墓誌銘」이라는 제목으로 실려 있다.

376 文襄陽傑墓誌: 이 묘지는 『虛白亭集』 문집 권4에 「襄陽府使文侯墓誌」라는 제목
으로 실려 있다.

377 戶曹判書金公震孫神道碑銘: 金震孫. 성종 연간의 문신. 본관 金海. 자 孟胤. 아버
지는 孝芬, 어머니는 柳瓘의 따님이다. 이 신도비명은 『虛白亭集』 속집 권5에
「贈資憲大夫·戶曹判書兼知春秋館事行承文院副校理金公神道碑銘」이라는 제목
으로 실려 있다.

구원하는 뜻으로 근체시 몇 편을 지어 올리라." 하였다. 선생이 즉석에서 5수를 지어 올렸다. 네 번째 시에 "의원이 병을 치료함은 나라를 다스림과 같으니, 맥이 병들고 비대한 것은 의원도 못 고치네. 나라를 다스림에는 우선 나라의 풍속을 바르게 해야 하고, 백성을 교화함에는 떳떳한 본성 있음을 가르침이 제일이지. 충언은 귀에 거슬리나 마땅히 경계로 삼아야 하고, 쓴 약은 마음에 맞지 않지만 실로 엿처럼 단 것. 약과 글 지어 올림을 신이 어찌 감히 하리오만은, 충정은 늙어서도 변함이 없으리." 하였고, 다섯 번째 시에 "옛 글 실컷 보아 지식을 더하니, 나라 다스리고 사람 치료함 스스로 말할 수 있네. 피부에 병이 들면 속부터 치료해야 하고, 서북 땅에 근심 생기면 남쪽을 미리 걱정해야지. 지금 바람이 천년의 눈을 흩어 놓으니, 예로부터 파도가 대마도의 이내를 어지럽혔네. 다스림은 의당 혼란하지 않을 때 해야 하니, 밤낮으로 정무에 힘쓰며 삼삼三三을 생각해야 하네." 하였다. 시를 올리니 잘 지었다 칭찬하며 "나라를 걱정하는 일념이 시에 나타나 있다." 전교하고, 귀마개 한 쌍을 하사하였다.】

청성부원군淸城府院君 질경공質景公 한치형韓致亨의 묘지명을 찬술하였다.

병마평사 이장곤李長坤이 절도사로 부임하니, 전송시의 서문을 지어 주었다.

○ 아들 언방彦邦이 문과에 급제하고, 언국彦國이 진사로서 처음 참봉 벼슬을 하게 되었다.【선생은 벼슬하는 자제들을 볼 때마다 벼슬이 높아지는 것을 경계하였다.】

12월, 도제조 윤필상尹弼商, 부제조 정미수鄭眉壽 및 내의內醫 김흥수金興壽와 『구급이해방救急易解方』을 편찬하여 올리고, 또 서문을 지었다.【선생이 궁궐에 가서 문안을 드리니, 전교하기를 "모든 처방 가운데 가장 위급한 병과 구하기 쉬운 약을 모아 별도의 처방문으로 편찬하여 올리라." 하였다. 책을 편찬하여 올리자 『구급이해방』이라는 이름을 내리고, 언문으로 번역할 것을 명하였다. 또 서문을 지어 올렸다.】

경연관·대제학·참찬 등의 관직에서 삭직되었다.【선생의 묘비명을 살펴

보면, 무오년 이후 나라에 일이 많았는데, 대간들이 간언을 했지만 번번이 들어주지 않았다. 선생이 이를 근심하여 수천 마디의 말로 상소를 올려 간언을 따르라 청하고, 또 10개 조항의 상소를 올리니, 모두 궁중의 비사秘事였는데 반복하여 일깨우고 권면함에 말이 참으로 간절하고 곧았다. 연산군이 평소에 이를 싫어하고 있었는데, 이때에 이르러 마침 어떤 자가 "편지를 보내어 사사로움을 행한다." 선생을 무고하자 연산군이 즉시로 그 일을 조사하라 하고 선생의 직임을 삭직하였다. 이에 홍문관에서 "죄는 미미한데 벌이 무거우니 대신大臣을 대우하는 도리가 아닙니다. 하물며 문형文衡의 임무는 사람마다 맡을 수 있는 것이 아니니, 청컨대 복직시키십시오." 아뢰었으나 연산군은 듣지 않고 한직閒職으로 좌천시켰다.】

지중추부사 문정공文貞公 김우신金友臣의 묘비명을 찬술하였다.

十五年【燕山主八年】壬戌【先生六十五歲】
姜晉原龜孫[378]赴京師, 作序[379]送之.【序載集中】
撰淸城府院君韓質景公致亨墓誌銘[380].
○ 冬, 兼藥房提調, 詣闕問安, 製進醫藥詩五首.【時, 先生詣闕問安. 傳曰: "卿主文, 且兼藥房, 以其用藥救人之意, 作近體若干首以進." 卽於座製進五首. 其四曰: "醫家治病如治國, 脈病而肥醫不治. 治國先須正國俗, 化民莫若敎民彝. 忠言逆耳宜爲戒, 苦藥違心實是飴. 進藥與言臣豈敢, 丹心白髮卽無移." 其五曰: "飽看往牒添知識, 醫國醫人自可談. 病在皮膚先藥內, 患生西北預虞南. 于今風散千山雪, 自昔波擾馬島嵐. 制治固宜當未亂, 也宜宵旰念三三[381]." 詩入, 稱善, 傳曰:

---

378 姜龜孫: 세종 32년(1450)~연산군 11년(1505). 본관 晉州. 자 用休. 시호 肅憲. 아버지는 左贊成 希孟이다. 성종 10년(1479) 別試文科에 급제했다. 연산군 4년(1498) 戊午士禍 때에는 大司憲으로서 推鞫에 참여했는데 사림에 대한 처벌을 가볍게 하자고 주장했다. 연산군 11년(1505) 명나라로 사신 가던 도중 평안도에서 세상을 떠났다.

379 序: 『虛白亭集』 문집 권2에 「送姜晉原龜孫赴京師序」라는 제목으로 실려 있다.

380 淸城府院君韓質景公致亨墓誌銘: 이 묘지명은 『虛白亭集』 문집 권4에 「議政府領議政淸城府院君韓公墓誌銘」이라는 제목으로 실려 있다.

381 也宜句: '宵旰'은 宵衣旰食의 준말로, 날이 새기 전에 일어나 옷을 입고 해가 진 뒤 늦게야 저녁밥을 먹는다는 뜻으로, 정사에 부지런하다는 의미이다.

"憂國一念, 見于詩詞." 賜耳掩一事.】

評事李長坤赴節鎭, 作送行詩序[382]以贈之.

○ 子彦邦登文科, 彦國以進士, 筮仕參奉.【先生每見諸子弟科宦, 輒以盛滿爲戒.】

十二月, 與都提調尹弼商 · 副提調鄭眉壽[383]及內醫金興壽[384], 撰進『救急易解方』[385], 又撰序文[386].【先生詣闕問安. 傳曰: "撮取諸方中病之最急 · 藥之易得者, 編成別方以進." 旣撰進, 乃賜名曰『救急易解方』, 令飜以諺字. 又撰序文以進.】

削罷經筵 · 大提學 · 參贊等官.【按碑銘, 自戊午以來, 國家多事, 臺諫累以言事見挫. 先生憂之, 乃上疏累千言, 請從諫, 又進十條疏, 皆宮禁祕事, 反覆開諷, 語甚切直. 主素厭之, 至是, 會有誣告先生者曰: "通簡行私." 主卽下其事, 削其職任. 於是, 弘文館啓曰: "過微罰重, 非所以待大臣. 況文衡之任, 非人人所宜據, 請復之." 主不聽, 左授閒職.】

撰知中樞府事金文貞公友臣墓碑銘[387].

홍치 16년【연산군 9년】계해년(1503)【선생 66세】

경기도관찰사에 임명되었다.

○ 7월, 충청도관찰사 안침安琛과 평택平澤 지역을 살피러 갔다가 유람하여 즐기고 돌아왔다.【당시에 충청도 백성들이 경기도 평택에서 경작하여

---

382 送行詩序: 『虛白亭集』 문집 권2에 「送李評事長坤赴節鎭詩序」라는 제목으로 실려 있다.

383 鄭眉壽: 세조 2년(1456)~중종 7년(1512). 본관 海州. 자 耉叟. 호 愚齋. 아버지는 刑曹參判 悰, 어머니는 文宗의 딸 敬惠公主이다. 아버지가 賜死되자 어머니와 함께 서울로 소환, 세조가 길렀다. 중종 1년(1506) 中宗反正의 공으로 靖國功臣 3등에 책록되고 輔國崇祿大夫에 올랐으며, 海平府院君에 봉해졌다.

384 金興壽: 成宗 연간의 의원. 성종 19년(1488) 堂上醫官이 되었다.

385 救急易解方: 연산군 5년(1499) 왕명에 의해 校書館에서 간행된 의서로, 1책이며, 중종 18년(1523) 改刊되었다. 홍귀달이 序를, 權健이 跋을 썼다.

386 序文: 『허백정집』 문집 권2에 「救急易解方序」라는 제목으로 실려 있다.

387 知中樞府事金文貞公友臣墓碑銘: 이 묘비명은 『虛白亭集』 문집 권4에 「知中樞府事諡某金公墓碑銘幷序」라는 제목으로 실려 있다.

먹고 살게 해 달라 글을 올렸다. 그래서 조정에서 관리를 보내고, 경기·충청 두 관찰사를 보내어 같이 살피게 했다.】

아들 언충이 교리로서 예조정랑에 임명되었다.

○ 매계梅溪 조위曹偉의 부고를 듣고 시를 지어 애도하였다.【그 시에, "규벽圭璧의 정신에 난봉鸞鳳의 풍모, 재주와 기개는 이 시대에 으뜸이었지. 회오리 바람 타고 구만리 하늘 오르니 하늘은 높기만 하고, 긴 세월 인간세상에서 귀양살이하니 그 곳은 습하고도 낮았네. 괜스레 문장 지어 후세에 전하지만, 남긴 사업 이어갈 후손이 없구나. 애통함 속에 어찌 눈물이 없으리오, 내 속마음은 그대만이 알아주었으니." 하였다.】

매계의 묘지문墓誌文을 지었다.【묘지는 『허백정집』에 있다.】

또, 절구 맥주시麥舟詩를 지어 경상도관찰사 권주權柱에게 보냈다.【그 시에 "한유韓愈는 옛날에 조양潮陽으로 좌천되었고, 유종원柳宗元은 듣자니 유주柳州에서 죽었다지. 금릉金陵에 돌아와 장례 치를 날 시간적 여유 있으니, 누가 부의賻儀를 빌려 주려나." 하였다.】

겨울, 경원慶源으로 쫓겨 갔다.【이에 앞서 연산군의 총애를 받는 여인의 집안에서 수차례 비리非理를 요구하였는데 원하는 것을 얻지 못하자 결국 온갖 빌미로 모함을 했다. 또, 선생이 직언으로 간쟁하여 자주 연산군에게 미움을 받았던 터라 이 일을 빌미로 죄를 얽고 가두어 심문하더니 북쪽 변방 끝으로 유배시켰다. 식구들이 울며 이별하니, 선생은 태연히 길을 나서며 "내가 함창의 농부로서 조정에서 벼슬하였으니 성공도 내가 이룬 것이요, 연달아 네 임금을 섬기다가 과감히 물러나지 못하였으니 실패 또한 내가 자초한 것이다. 누구를 원망하고, 누구를 탓하겠는가?" 하였다. 행차가 단천端川을 거치게 되어 최부崔溥가 유배된 곳에 들러 시를 지었다.】

아들 언충彦忠은 진안鎭安으로, 언국彦國은 곽산郭山으로 쫓겨갔다.

○ 제석除夕에 자신을 질책하는 시를 지었다.【시에 "곤궁한 근심을 누구에게 얘기할까, 우두커니 앉았자니 가누기 어려운 생각. 본시 내 몸 위한 계책이야 부족했거니, 게다가 세상에 쓰일만한 재주도 없지. 은애와 영광 원래 바라지 않았으

니, 재앙과 근심 어찌 원인이 없으리오? 지나가는 경신일 견디지 못하니, 어찌 코앞
에 닥친 갑자년을 감당하리오? 허물은 참으로 내가 만든 것이니, 내가 유배당한 것
누구 때문이겠는가? 죽어도 죄가 남거늘, 목숨은 건졌으니 참으로 다행이로구나!"
하였다.】

十六年【燕山主九年】癸亥【先生六十六歲】

拜京畿道觀察使.

○ 七月, 與忠淸道觀察使安琛, 往審平澤之境, 因遊賞而歸.【時, 忠淸道
居民, 上書願耕食其地. 故朝廷遣官, 與兩道伯同審.】

子彦忠以校理, 移拜禮曹正郎.

○ 聞梅溪訃[388], 以詩[389]輓之.【詩曰: "圭璧精神鸞鳳姿, 才名氣槩冠當
時. 扶搖九萬天高遠, 遷謫多年地濕卑. 謾有文章傳永世, 了無嗣續構
遺基. 傷心豈是無從淚, 仲父襟期鮑叔知[390]."】

爲文誌其墓.【誌[391]載集中】

又以麥舟詩一絶, 寄嶺南伯權柱.【詩曰: "昌黎昔別潮陽去,[392] 子厚今
聞死柳州.[393] 返葬金陵尙有日, 不知誰借麥盈舟[394]."】

---

388 梅溪訃: '梅溪'는 曺偉의 호이다. 조위는 연산군 4년(1498) 聖節使로 명나라에
　　다녀오던 중 戊午士禍가 일어나 金宗直의 詩稿를 수찬한 장본인이라 하여 오랫
　　동안 義州에 유배되었다가 順天으로 옮겨진 뒤 이 해에 그곳에서 죽었다.

389 詩: 『虛白亭集』 문집 권1에 「挽曺大虛」라는 제목으로 실려 있다.

390 仲父句: 曺偉를 포숙아에 管仲을 자신에 비겨 조위가 자신의 마음을 잘 알아주었
　　다는 말이다. 管仲과 鮑叔牙는 어려서부터 서로 친구 사이였는데, 포숙아는 관중
　　의 어짊을 잘 알아주었지만 관중은 워낙 빈곤했기 때문에 포숙아를 항상 속이곤
　　했으나, 포숙아는 끝까지 그를 잘 대우해주었으므로 관중이 "나를 낳은 분은 부모
　　요, 나를 알아준 이는 포숙아였다. [生我者父母, 知我者鮑子也.]" 했다.《史記
　　권62 管晏列傳 管仲》

391 誌: 『虛白亭集』 문집 권4에 「同知中樞府事曺公墓誌銘」이라는 제목으로 실려
　　있다.

392 昌黎句: '昌黎'는 韓愈(768~824)의 호. 唐나라 獻宗이 사신을 보내어 鳳翔에
　　가서 佛骨을 궁중에 맞아들이려 하자, 한유가 이를 반대하는 「論佛骨表」를 올려
　　극간했다가 노여움을 사서 潮州刺史로 좌천되었다.《舊唐書 권160 韓愈列傳》

393 子厚句: '子厚'는 柳宗元(773~819)의 자. 柳宗元이 劉禹錫 등과 함께 王叔文의
　　혁신단체에 참가했으나 실패하여 永州司馬로 좌천되었다가 후에 柳州刺史로 좌

冬, 竄慶源.【先是, 內嬖家數干以非理, 不得願, 遂構讒百端. 又以直言諫爭, 數見忤於主, 因事羅織, 逮囚訊問, 竄配極北. 家人泣訣, 先生怡然就道曰: "我以咸昌田夫, 致位廊廟, 成亦自我. 歷事四朝, 不忍便退, 敗亦自我, 誰怨誰恨?" 行過端川, 歷崔溥謫所, 有詩[395].】

子彦忠竄鎭安, 彦國竄郭山.

○ 除夕, 作自譴詩[396].【詩曰: "窮愁誰與語, 兀坐思難裁. 本乏資身計, 兼無用世才. 恩榮元不意, 禍患豈無胎? 不耐庚申過[397], 那堪甲子回[398]. 愆尤眞自作, 譴謫是誰媒? 一死有餘罪, 偸生良幸哉!"】

홍치 17년【연산군 10년】갑자년(1504)【선생 67세】

정월, 유배지에 도착하여 함경북도 경원慶源의 정진손鄭晉孫 집에서 묵었다.【정씨 집의 소헌小軒에 쓴 기문이 있다.】

인수대비仁粹王妃 한씨의 승하 소식을 듣고 시를 지어 통곡하였다.

○ 아들 언국이 곽산郭山에 유배되었다는 소식을 듣고 시를 지었다. 【시에 "한양에서 3천리 멀리 떠나와, 온종일 고향만 그리워하네. 삼성參星과 상성商星처럼 멀리 부자가 헤어져 있고, 호胡와 월越처럼 멀리 처자식이 떨어져 있네." 하였다. 경원 사람들이 시를 듣고 누구나 콧날이 시큰하였다.】

천되었다.

394 麥盈舟: '麥舟'는 喪事를 돕는 일, 賻儀이다. 宋나라 范仲淹이 아들 堯夫를 시켜 姑蘇에서 보리 5백 석을 운반해 오게 했는데, 요부가 丹陽에 도착했을 때 아버지의 벗 石曼卿을 만났다. 석만경이 돈이 없어 부모의 장례를 치르지 못하고 있자, 그 보리를 모두 주고 빈 배로 돌아왔다 한다.《宋名臣言行錄 前集 권7「范仲淹」》

395 詩: 『虛白亭集』문집 권1에「端川遇崔正有贈」라는 제목으로 실려 있고, 원문은 다음과 같다. "殘生鑄大錯, 萬事一長歎. 不因極邊謫, 此會應亦難. 萬死當臣罪, 全生荷聖恩. 有懷知者少, 聊復與君言."

396 自譴詩: 『虛白亭集』문집 권1에「自譴」이라는 제목으로 실려 있다.

397 庚申: 사람의 몸속에 三尸蟲이 있는데, 上蟲인 彭琚는 뇌 속에 들어있고, 中蟲인 彭質은 明堂에 있고, 下蟲인 彭矯는 胃 속에 있다. 이 삼시충이 庚申日 밤에 사람이 잠든 틈을 타고 몸 밖으로 빠져 나가 상제에게 그 사람이 저지른 그 동안의 죄과를 낱낱이 고해 바쳐서 수명을 단축시킨다고 한다.《柳宗元 罵尸蟲文》

398 甲子: 이 시를 쓴 다음해 1504년이다.

이장곤李長坤이 병마평사兵馬評事가 되어 온다는 소식을 듣고 시를 지어 보냈다.【시는 『허백정집』에 있다.】

판관 유속柳續이 지평持平에 임명되어 한양으로 돌아간다는 소식을 듣고 전송시를 지었다.【시는 『허백정집』에 있다.】

부인 김씨의 부음訃音을 듣고 아내를 애도하는 시를 지었다.【부인은 뒤에 정경부인에 추증되었다. 아들 언승과 언방이 시신을 수습하여 증 판서공判書公 홍효손洪孝孫의 묘소 앞에 안장하였다.】

경원부사가 순채를 보내오니 감동하여 시를 지었다.【시는 『허백정집』에 있다.】

아들 언방이 들어온 것이 이미 길의 절반이 되었다는 소식을 듣고 슬프고도 기뻐서 시 한 편을 시었나.

○ 경원부 성 남문 누대에 올라 시를 읊고 벽에다 썼다.【선생이 경원에 유배 온 뒤로 몇 달 동안 한 번도 문 밖을 나서지 않았는데 5월에 경원부사가 남문으로 초대하였다. 시에 "한양 떠난 이 몸 변방에 의탁하니, 다섯 달 만에 높은 성 남루南樓에 올랐네. 에워싼 건곤은 내 두 눈에 그대로 있고, 술과 고기 왁자지껄 온갖 근심 풀어주네. 가의賈誼가 장사왕長沙王 스승으로 좌천 된 것 슬퍼하지 않았으니, 유종원柳宗元이 어찌 유주자사柳州刺史된 것 한탄했겠나? 가는 곳곳 강산이 내 것이 아니거니, 고금에 인생이란 본시 뜬 구름 같은 것이지." 하였다.】

아들 언승彦昇·언방彦邦이 선생의 죄에 연루되어 멀리 해도海島에 유배되었다. 언충彦忠·언국彦國도 유배지에서 모두 해도로 옮겨졌다.

○ 5월, 한양 감옥에 잡아 가두라는 명이 내렸다.

○ 6월 22일, 한양으로 가던 중 단천端川에서 해를 당하였다.【당시 무오년의 당인黨引에게 가죄加罪해야 한다는 의론이 있었는데, 선생이 가장 먼저 잡혔다. 한양으로 가는 행차가 단천에 이르자, 왕명을 지닌 관원이 달려와 책서策書 하나를 주었다. 선생이 책서를 펼쳐 보고도 정신과 기색이 변치 않은 채 담담히 죽음에 나아갔다. 그때 종들 몇몇만이 선생 옆에 있었고, 연산군의 명이 엄혹하던 차였으

므로 선생의 시신을 거두어 줄 사람이 없었다. 아들들은 모두 유배 중에 있어 분상奔喪도 하지 못하였고, 종들 몇몇이 단천에 임시로 가매장하였다. ○ 여름에 변을 당했는데 염습斂襲할 물품이 없어 선생이 입고 있던 홑저고리로 하였다. 그해 겨울에 선생의 벗 중에 공무公務로 단천을 지나가게 된 사람이 있었는데, 선생이 홑옷을 입고 추위에 떠는 꿈을 꾸었다. 그 사람이 마침내 솜옷으로 다시 염을 해주었다고 한다. ○ 살펴보니, 미수眉叟 허목許穆의 『기언記言』에 다음과 같이 기록되어 있다. 성종 때에 당시 성종비였던 연산군의 어머니 윤씨尹氏가 사약을 먹고 죽었는데, 연산군이 즉위한 뒤로 마음속으로 그 일을 원망하였다. 신수영愼守英이란 자가 왕후[연산군의 비]의 동생으로서 총명을 받아 권력을 잡았다. 그가 익명의 편지로 조정을 비방하고는 죄를 받은 자들이 불평하고 원망한 것이라 고변하여 결국 갑자년의 사화가 일어났다. 윤필상尹弼商·한치형韓致亨·한명회韓明澮·정창손鄭昌孫·어유겸魚有謙·심회沈澮·이파李坡·김승경金升卿·이세좌李世佐·권주權柱·이극균李克均·성준成俊 등은 성종비를 폐한 일에 연루되어 모두 극형에 처해졌는데, 윤필상·한치형·이극균·이파·성준 등은 가족까지 멸족되었다. 홍귀달(洪貴達·권달수權達手·이유령李幼寧·변형량卞亨良·이수공李守恭·곽종번郭宗藩·공자 이심원李深源·박한주朴漢柱·강백진康伯珍·최부崔溥·성중엄成仲淹·박은朴誾·이원李黿·김굉필金宏弼·신증申澄·심순문沈順門·강형姜詗·김천령金千齡·정인인鄭麟仁·이주李冑·조지서趙之瑞·정성근鄭誠謹·정여창鄭汝昌 등은 혹은 김종직의 문도門徒라 하여, 혹은 직언으로 간언했다 하여 모두 죽임을 당하였고, 이미 죽은 자는 모두 부관참시 당했으며, 혹은 친척까지도 모두 연좌되어 죽기도 했다. 2년 후에 연산군이 폐위되면서 간혔던 사람들을 모두 석방하고, 연좌되었던 자들도 모두 풀려 돌아왔으며, 김종직 이하 모두 복관復官되었다.】

十七年【燕山主十年】甲子【先生六十七歲】
正月, 到謫所, 寓楸城鄭晉孫家³⁹⁹.【有鄭家小軒記⁴⁰⁰】

---

399 寓楸城句: '楸城'은 함경북도 慶源이다.
400 鄭家小軒記: 『虛白亭集』 문집 권2에 실려 있다.

聞仁粹王妃韓氏[401]昇遐, 作詩[402]以慟之.

○ 聞彦國謫郭山, 有詩[403].【詩曰: "去國三千里, 思鄕十二時. 參商分父子, 胡越隔妻兒." 慶人聞之, 莫不酸鼻.】

聞李公長坤爲兵馬評事而來, 作詩[404]寄之.【詩載集中】

聞柳判官續拜持平歸京, 作送行詩[405].【詩載集中】

聞夫人金氏訃, 作悼亡詩[406].【後, 贈貞敬夫人. 子彦昇‧彦邦, 返葬於贈判書公[407]墓前.】

府伯送蓴菜, 感而作詩[408].【詩載集中】

---

401 仁粹王妃韓氏: 세종 19년(1437)~연산군 10년(1504)의 德宗妃이다. 아버지는 淸州韓氏 西原府院君 確, 시아비지는 세조이다. 세조 1년(1455) 세자빈에 간택되어 粹嬪에 책봉되고, 성종 1년(1470) 아들 娎이 성종에 즉위하여 덕종을 왕으로 추존하자 왕후에 책봉되고, 인하여 인수대비에 책봉되었다.

402 詩: 『虛白亭集』 문집 권1에 「伏聞仁粹王妃薨逝, 哭而作」이라는 제목으로 실려 있다.

403 詩: 『虛白亭集』 문집 권1에 「憶病妻與謫兒」라는 제목으로 실려 있고, 원문은 다음과 같다. "去國三千里, 思鄕十二時. 參商分父子, 胡越隔妻兒. 望眼山川阻, 歸心日月遲. 艱難猶寢食, 骨立僅存皮."

404 詩: 『虛白亭集』 문집 권1에 「謫居卽事, 寄李評事長坤」이라는 제목으로 실려 있고, 원문은 다음과 같다. "衰白仍多病, 流離更極邊. 投身魑魅窟, 極目犬羊天. 索寞夜無寐, 經過日似年. 廢詩還止酒, 無事却身便."

405 送行詩: 『虛白亭集』 문집 권1에 「送柳判官續拜持平歸京」이라는 제목으로 실려 있고, 원문은 다음과 같다. "靑鶴群仙侶, 年來四散飛. 參商俱縹緲, 雲水共依微. 得罪天涯謫, 承恩日下歸. 臨分那禁淚, 邊地故人稀."

406 悼亡詩: 『虛白亭集』 문집 권1에 「悼亡」이라는 제목으로 실려 있고, 원문은 다음과 같다. "百年偕老約, 一朝前計非. 蒼黃赴狂狀, 固知不復歸. 亦不告以別, 告別徒傷悲. 茫茫東北路, 四子莫追隨. 一子復遠謫, 咄咄此何爲. 隻影塞日邊, 家故邈難知. 三子兩度書, 每病以前時. 一日獨坐久, 忽然雙涕垂. 自念胡爲哉, 定應家有奇. 闋嘿誰與語, 辛苦五字詩. 未幾有書至, 前月已長辭. 痛哭眼無淚, 心死骨欲折. 侍婢哭我傍, 哀哀響不歇. 我欲强自寬, 聽此復嗚咽. 對食食不能, 借酒沃腸熱. 人間豈忍飢, 匙箸復此日. 不知泉下魂, 能進幾箇粒. 邇來天陰多, 亦應眞宰泣. 昨日又得書, 月內喪車發. 沍流上江舡, 穿雲過嶺轍. 沼沼郭山雲, 夢裏道里闊. 父子母三處, 可堪生死別. 和淚寫苦辭, 嗚呼吾痛裂."

407 贈判書公:

408 詩: 『虛白亭集』 문집 권1에 「府伯送惠蓴菜, 有感」이라는 제목으로 실려 있고, 원문은 다음과 같다. "一自謫居來, 多荷地主恩. 淸晨獨起坐, 兀然無與言. 忽蒙

聞子彦邦入來已半道, 悲喜作一詩[409].

○ 上府城南門樓, 吟詩[410]題壁.【先生謫楸城, 數月未嘗一出門. 五月,
府伯邀上南門. 詩曰: "去國一身投絶域, 高城五月上南樓. 乾坤納納
存雙眼, 尊俎喧喧失百憂. 賈生不用傷王傅[411], 子厚何須恨柳州[412]?
底處江山非我有, 古今人世本來浮.】

子彦昇 · 彦邦, 以連坐, 遠配海島. 彦忠 · 彦國, 亦自謫所, 竝移于島.

○ 五月, 命逮付京獄.

○ 六月二十二日, 行到端川遇害.【時, 有戊午黨人加罪之議, 先生最
先被拿. 行到端川, 承命官馳至, 授一策書. 先生開覽, 神色不變, 從
容就害. 時, 惟婢僕數人, 在側而已, 加以主令方虐, 無人收視. 諸子
俱謫, 不能奔哭, 惟數箇婢僕, 藁葬於其地. ○ 當夏遭變, 斂襲之具,
只用所着單袍. 是冬, 先生之友人, 有以官行過端川者, 夢先生以單衣
犯寒, 其人遂以絮衣改斂云. ○ 按, 眉叟『記言』曰[413]: "康靖[414]時, 燕
山母妃旣賜藥死. 及燕山卽位, 心怨之. 愼守英[415]者, 以王后弟, 寵倖

有所贈, 其色類蘋蘩, 莖葉白露凝. 凡柔莫敢尊, 鹽豉下來勻, 匕箸滑難存. 盤中
斥雞膔, 膳夫羞熊踏. 長啜不敢餘, 便腹臥風軒. 有感飜有恨, 吾家嶺南村. 此物
最蘩滋, 江湖當我門. 張翰昔歸去, 蓴鱸入盤飧. 人生貴適意, 功名何足論. 我不
早爲計, 宜此困籠樊. 有感還有恨, 欲語聊復呑."

409 一詩:『虛白亭集』문집 권1에「聞彦邦入來已半途, 悲而有作」이라는 제목으로
실려 있고, 원문은 다음과 같다. "哭母哀哀未輟聲, 何堪撲馬向邊城. 應知毀瘠行
來苦, 今日誰村乞粢羹."

410 詩:『虛白亭集』문집 권1에「弘治甲子春, 余謫來楸城. 經數月, 未嘗一出門, 鬱
鬱不可堪. 一日府主公邀上南門樓, 試游目四望, 快然如天地初闢, 醉後題于壁,
時五月二十二日也.」라는 제목으로 실려 있다.

411 賈生句: '賈生'은 賈誼(B.C.200~B.C.168)이다. 스무 살의 어린 나이로 文帝의
신임을 얻어 太中大夫로 발탁되어 服色 · 制度 · 官名 등의 대대적인 개혁을 주장
하다가 周勃 · 灌嬰 등의 참소를 입어 長沙王의 太傅로 좌천되어 서른셋의 나이로
죽었다.《漢書 권48 賈誼傳》

412 子厚句: '子厚'는 柳宗元(773~819)의 자이다. 柳宗元이 劉禹錫 등과 함께 王叔
文의 혁신단체에 참가했으나 실패하여 永州司馬로 좌천되었다가 후에 柳州刺史
로 좌천되었다.

413 記言曰句: 許穆『記言』26권 下篇「世變 · 盧庵事」라는 제목으로 실려 있다.

414 康靖: 成宗의 시호 成宗康靖仁文宣武欽聖恭孝大王의 한 부분이다.

415 愼守英: ?~중종 1년(1506). 아버지 領議政 承善이며, 연산군의 처남이다. 中宗

用事, 告匿名書, 誹謗朝廷, 以爲負罪者怏怏怨望, 遂有甲子之禍. 尹
弼商·韓致亨·韓明澮[416]·鄭昌孫[417]·魚有謙·沈澮[418]·李坡·金
升卿[419]·李世佐·權柱·李克均·成俊, 坐廢母妃事, 皆致之極刑. 尹
弼商·韓致亨·李克均·李坡·成俊, 竝族其家. 洪貴達·權達手·
李幼寧[420]·卞亨良[421]·李守恭·郭宗藩[422]·公子深源[423]·朴漢柱·

反正 때 형 守勤, 아우 守謙과 함께 죽임을 당했다.

416 韓明澮: 태종 15년(1415)~성종 18년(1487). 본관 淸州. 자 子濬. 호 狎鷗亭
·四友堂. 아버지는 감찰 起, 어머니는 藝文館大提學 李逖의 따님이다. 문종 2년
(1452) 景德宮 直이 되고, 단종 1년(1453) 癸酉靖難 때 首陽大君의 심복으로
공을 세워 靖難功臣 1등에 책봉되었다. 세조 2년(1456) 死六臣의 誅殺에 적극
협조하여 左承旨·都承旨가 되었다. 甲子士禍 때 연산군의 생모 尹妃 廢死에 관
련하였다 하여 剖棺斬屍 당했다.

417 鄭昌孫: 태종 2년(1402)~성종 18년(1487). 자 孝仲. 아버지는 中樞院使 欽之,
어머니는 崔丙禮의 따님이고, 형은 左參贊 甲孫이다. 『高麗史』·『世宗實錄』·『治
平要覽』 편찬에 참여했다. 甲子士禍 때 연산군 생모를 폐출하는 논의에 참여했다
하여 剖棺斬屍 당했다.

418 沈澮: 태종 18년(1418)~성종 24년(1493). 본관 靑松. 자 淸甫. 아버지는 領議
政 溫, 어머니는 領敦寧府事 安天保의 따님이다. 세조 14년(1468) 南怡의 옥사
를 처리하여 翊戴功臣 2등에 책봉되고 靑城君에 봉해졌다. 甲子士禍 때 연산군
생모 폐출 사건에 동조했다 하여 剖棺斬屍 당했다.

419 金升卿: 세종 12년(1430)~성종 24년(1493). 자 賢甫. 아버지는 知中樞院事
新民이다. 세조 2년(1456) 文科에 급제하여 벼슬이 禮曹參判·大司憲에 이르렀
다. 甲子士禍 때 연좌되어 剖棺斬屍 당했다.

420 李幼寧: ?~연산군 10년(1504). 자 寧之. 아버지는 朱溪副正 深源이다. 연산군
2년(1496) 別試文科에 급제하여 재주와 학식으로 顯職에 등용되었다. 吏曹正郎
의 신분으로 甲子士禍를 만나 아버지와 함께 金宗直의 제자로서 직간을 하여
참혹한 화를 입었다.

421 卞亨良: ?~연산군 10년(1504). 자 亨之. 아버지는 珹이다. 甲子士禍 때 金宗直
의 제자로서 직간을 하여 茂長에 유배된 뒤 梟首 당했다.

422 郭宗藩: 成宗 연간의 문신. 본관 玄風. 자 之翰. 아버지는 隉이다. 성종 14년
(1483) 進士試에 합격했고, 甲子士禍 때 화를 당했다.

423 深源: 단종 2년(1454)~연산군 10년(1504). 본관 全州. 자 伯淵. 호 醒狂·默齋.
아버지는 桂城君 偉, 어머니는 府使 蔡申保의 따님이다. 김종직의 문인으로 甲子
士禍 때 두 아들과 함께 죽임을 당했다. 이후 趙光祖·鄭光弼을 비롯한 유림들의
啓에 의하여 伸寃되었으며, 또 그의 충절을 기리는 정려문이 세워지고, 興祿大夫
朱溪君으로 증직되었다. 忠景祠에 배향되었으며, 저서로 『醒狂遺稿』가 있다.

康伯珍 · 崔溥 · 成仲淹[424] · 朴誾[425] · 李黿 · 金宏弼[426] · 申澄[427] · 沈
順門[428] · 姜詗[429] · 金千齡[430] · 鄭麟仁[431] · 李冑 · 趙之端[432] · 鄭誠

---

424 成仲淹: 자는 季文. 호는 清湖.

425 朴誾: 성종 10년(1479)~연산군 10년(1504). 본관 高靈. 자 仲說. 호 挹翠軒.
아버지는 漢城府判官 聃孫, 어머니는 濟用監直長 李苞의 따님이다. 연산군 2년
(1496) 文科에 급제하고 賜暇讀書했다. 柳子光의 간사함과 成俊이 유자광에게
아첨함을 탄핵했는데, 도리어 그들의 모함을 받았다. 평소 직언을 꺼린 연산군은
'詐似不實'이라는 죄목으로 파직시키고, 甲子士禍 때 東萊로 유배되었다가 다시
義禁府에 투옥되어 사형 당했다. 저서로 『挹翠軒遺稿』가 있다.

426 金宏弼: 단종 2년(1454)~연산군 10년(1504). 본관 瑞興. 자 大猷. 호 侶翁 · 寒暄
堂. 아버지는 紐이다. 『小學』을 존숭하여 '小學童子'로 불렸다. 成宗 25년(1494)
理學에 밝고 지조가 굳다는 점을 인정받아 李克均의 천거를 받았으며, 이후로
관직이 刑曹佐郎에 이르렀다. 鄭汝昌 · 趙光祖 · 李彦迪 · 李滉과 함께 五賢으로 문
묘에 종사되었다. 저서로 『景賢錄』 · 『寒暄堂集』 등이 있다.

427 申澄: ?~연산군 10년(1504). 본관 高靈. 자 子渟. 아버지는 掌令 松舟이다. 世宗
14년(1432) 文科 丙科로 급제하여, 藝文館奉教 · 正言 · 獻納 · 文學 등을 역임했
다. 金宗直의 제자라는 이유로 甲子士禍 때 죽임을 당했다.

428 沈順門: 세조 11년(1465)~연산군 10년(1504). 본관 青松. 자 敬之. 아버지는
內資寺判官 湲이다. 연산군 1년(1495) 文科에 급제했다. 성품이 강직하고 직언
을 잘하여 연산군의 폐정을 자주 지적했는데, 甲子士禍 때 開寧에 유배되었다가
참수되었다.

429 姜詗: ?~연산군 10년(1540). 본관 晉州. 자 詗之. 아버지는 觀察使 子平, 어머니
는 誼城君 李案의 따님이다. 성종 2년(1490) 別試文科에 급제했다. 甲子士禍
때 연산군이 생모인 폐비 尹氏를 왕후로 복위하고 신주를 廟에 안치하려는 데
반대하다가 陵遲處斬되었다.

430 金千齡: 예종 1년(1469)~연산군 9년(1503). 본관 慶州. 자 仁老. 아버지는 通判
致世, 어머니는 安仲聃의 따님이다. 연산군 2년(1496) 文科에 장원급제했다.
청빈한 臺諫으로 칭송 받았으나, 연산군 9년 35세로 요절하고, 이듬해 갑자사화
때, 대간으로 재직하면서 鄭沈의 加資를 주장한 일로 剖棺斬屍의 추형을 당했다.

431 鄭麟仁: ?~연산군 10년(1504). 본관 光州. 자 德秀. 아버지는 郡守 纘禹이다.
연산군 4년(1498) 文科에 장원급제했다. 갑자사화가 발생하자, 전일에 弘文館
· 司憲府에 재직하면서 왕의 실정을 비판한 것을 비롯하여 濟州牧使의 부임을
기피한 것을 빌미로 참수되었다.

432 趙之瑞: 단종 2년(1454)~연산군 10년(1504). 본관 林川. 자 伯符. 호 知足 ·
忠軒. 아버지는 司憲府監察 瓚, 어머니는 生員 鄭參의 따님이다. 성종 5년
(1474) 文科에 급제했다. 갑자사화 때 연산군이 그의 직간과 進講을 싫어했던

謹⁴³³·鄭汝昌⁴³⁴, 或以金宗直門徒, 或以直言敢諫, 皆戮死, 而其已死者, 皆戮其屍, 或親戚皆連死. 後二年, 燕山廢, 大釋囚徒, 連坐者皆得還, 金宗直以下, 幷復其官."】

무종황제武宗皇帝 정덕正德 원년【중종대왕 원년】병인년(1506)

중종대왕께서 등극하여 대사령大赦令을 반포하셨다. 선생의 아들 언승彦昇의 모든 형제들이 비로소 사면되었다. 그들이 해도海島에서 단천으로 달려가 선생의 관을 모시고 고향으로 돌아와 빈소강殯所岡에 안장하였다.

武宗皇帝 正德元年【中宗大王元年】丙寅
中宗大王登極, 頒教大赦. 先生子彦昇諸兄弟始得蒙宥, 自海島馳赴端川, 扶櫬還鄕, 安厝于殯所岡.

정덕 2년【중종대왕 2년】정묘년(1507)

3월 13일, 증 판서공判書公 홍효손洪孝孫 묘소 앞 자좌오향子坐午向 자리로 이장하니 정경부인 김씨 무덤의 오른쪽이다.
○ 5월, 성상께서 "대제학 홍귀달에게 일품一品의 추중하고 특별히 제수祭需를 보내 제사지내라." 전교하셨다. 이에 숭정대부崇政大夫 의정부좌찬성 겸지경연사·홍문관대제학·예문관대제학·지춘추관사에 추중되었다. 태상시太常寺에서 시호를 의논하여 '문광文匡'이라 하

것이 빌미가 되어 참살되었다.

433 鄭誠謹: ?~연산군 10년(1504). 본관 晉州. 자 而信. 시호 忠節. 아버지는 大提學 陟이며, 金宗直의 문인이다. 성종 5년(1474) 文科에 급제했다. 甲子士禍 때 참수되었는데, 中宗 즉위 후에 신원되고, 중종 2년(1507) 旌門이 내려지고 淸白吏에 녹선되었다.

434 鄭汝昌: 세종 32년(1450)~연산군 10년(1504). 본관 河東. 자 伯勗. 호 一蠹·睡翁. 시호 文獻. 아버지는 六乙이다. 성종 11년(1480) 성종이 經明行修之士를 구할 때 성균관에서 가장 먼저 그를 천거했고, 安陰縣監 재직시에는 백성들이 어진 정치를 편다고 칭송했다. 저서로 『一蠹先生遺集』이 있다.

사하였다.

二年【中宗大王二年】丁卯

三月十三日, 移窆于 贈判書公墓前子坐之原, 貞敬夫人金氏墓右也.

〇 夏五月, 傳曰: "大提學洪貴達, 贈以一品爵, 特致賻祭." 於是, 贈崇政大夫[435]·議政府左贊成 兼知經筵事弘文館大提學藝文館大提學知春秋館事. 太常[436]議諡, 曰'文匡[437]'.

세종황제世宗皇帝 가정嘉靖 원년【중종대왕 30년】을미년(1535)

묘소 아래에 신도비를 세웠다.【살피건대 묘소 앞에 비갈을 세웠지만 언제 세웠는지 연월을 알 수 없어 우선 여기에 함께 기록하였다.】

世宗皇帝 嘉靖十四年【中宗大王三十年】乙未

立神道碑于墓下.【按, 墓前立碣, 無年月可攷, 姑竝載於此.】

신종황제神宗皇帝 만력萬曆 39년【광해군 3년】신해년(1611)

전라도 구례현求禮縣에서 문집을 간행하였다.【당시 최정호崔挺豪 공이 구례현감이었고, 문장文莊 정경세鄭經世 공이 호남관찰사였다. 두 사람이 녹봉을 털어 문집을 간행하고, 문장공이 서문을 쓰고 최정호 공이 발문을 썼다.】

神宗皇帝 萬曆三十九年【光海君三年】辛亥

刊文集于全羅道求禮縣.【時, 崔公挺豪[438]知縣, 鄭文莊公[439]爲觀察使. 俱捐俸刊行, 文莊序之, 崔公跋焉.】

---

435 崇政大夫: 종1품의 품계로, 그의 아내에게는 貞敬夫人의 작호를 내린다.

436 太常寺: 奉常寺의 별칭으로, 국가의 제사와 시호에 관한 일을 맡아 보던 관청이다.

437 文匡: 諡法에 博聞多見을 '文'이라 하고, 貞心大度를 '匡'이라 한다.

438 崔公挺豪: 宣祖~仁祖 연간. 본관 淸州, 자 時應으로, 아버지는 守道이다. 선조 36년(1603) 式年文科에 급제했다.

439 鄭文莊公: '文莊'은 鄭經世의 시호. 명종 18년(1563)~인조 11년(1633). 본관 晉州. 자 景任, 호 愚伏. 아버지는 左贊成 汝寬이며, 柳成龍의 문하에서 수학했다. 선조 19년(1586) 文科에 급제하여 承文院副正字·大司憲·大提學 등을 역임했다. 李滉의 학통을 이은 주자학자로서, 저서로『愚伏集』·『喪禮參考』 등이 있다.

숙종대왕 17년 신미년(1691)

임호서원臨湖書院에 제향되었다.【사림들이 선생을 배향할 뜻을 일찍이 서애西厓 유성룡柳成龍 선생과 우복愚伏 정경세鄭經世 선생에게 아뢰었는데, 이때에 이르러 함창咸昌 검호檢湖 가에 서원을 세우고, 선생과 남계藍溪 표연말表沿沫·나재懶齋 채수蔡壽·동계桐溪 권달수權達手 세 선생을 함께 제향하였다.】

　肅宗大王 十七年 辛未
　享臨湖書院.【士林以入享先生之意, 　曾已稟議于西厓先生及愚伏先生. 至是, 建院咸昌檢湖上, 以先生及表藍溪[440]·蔡懶齋[441]·權桐溪[442]三先生並享.】

정종대왕 10년 병오년(1786)

양산서원陽山書院에 제향되있다.【의흥義興은 본래 선생의 고향이다. 이에 앞서 경재敬齋 홍노洪魯 선생을 율리栗里의 향사鄕社에 봉안하였는데, 이때에 이르러 서원을 양산陽山으로 옮겨 세우고 선생과 경재 선생을 함께 제향하고, 선생의 아들 우암공寓庵公(彦忠)을 배향했다.】

　正宗大王 十年 丙午
　享陽山書院.【義興, 本先生鄕也. 先是, 以敬齋[443]洪先生, 奉安于栗里鄕社. 至是, 移建書院于陽山, 以先生及敬齋先生並享, 以先生子寓庵公配焉.】

---

440 表沿沫: 세종 31년(1449)~연산군 4년(1498). 본관 新昌. 자 少游. 호 藍溪·平石. 아버지는 繼이다. 성종 3년(1472) 文科에 급제하여 관직이 大提學에 이르렀다.

441 蔡壽: 세종 31년(1449)~중종 10년(1515). 본관 仁川. 자 耆之. 호 懶齋. 시호 襄靖. 아버지는 南陽府使 申保이다.

442 權達手: 예종 1년(1469)~연산군 10년(1504). 본관 安東. 자 通之. 호 桐溪. 아버지는 廣興倉主簿 琳이다.

443 敬齋: 洪魯의 호. 공민왕 15년(1366)~태조 1년(1392). 자 得之. 고려 말기 세상이 혼란해지자 고향 부계로 돌아와 은거했다.

허백선생 연보 끝

虛白先生年譜 終

부록附錄

행장

行狀

이 작품은 허백정의 삶의 전 과정을 요목조목 자세하게 기록한 행장이다. 작자는 퇴계의 학통을 이었다는 허백정의 외예 말손인 정종로이다. 작자는 문체의 특징을 살려 자세하게 기술하였는데 특징적인 국면을 요약적으로 기술하여 현장감을 살리고 있다. 문집 속에 들어 있는 내용들을 기초로 기술하여 이것만으로도 생애 전 부분을 자세히 파악할 수 있도록 표현하였는데 필요에 따라 문집의 내용을 원용하기도 하였다.

立齋鄭宗魯[1]撰

선생의 휘는 귀달貴達이고 자는 겸선兼善이고 성은 홍씨洪氏이니, 그의 선조는 중국인이다. 당나라 초기에 남양南陽에 들어와 살았던 중국인이 있었는데, 드디어 우리나라의 큰 성씨가 되었다. 후예들이 곳곳에 흩어져 살았는데 부계에 살던 사람들이 바로 선생의 계통이다. 고려조 휘 난鸞이 처음 세상에 명성을 떨치고, 내시사內侍史 휘 문영文永에 이르러 상주尙州로 이주하였다. 그 아들 휘 순淳은 사재감司宰監이고, 그 아들 휘 득우得禹는 이조참판에 추증되었다. 그 아들 휘 효손孝孫은 병조판서에 추증되었고, 효손의 부인은 정부인에 추증된 부사직副司直 안강安康 노집盧緝의 따님이다. 이 분들이 선생의 아버지와 어머니인데, 선생이 존귀해졌기 때문에 영화롭게 추증된 것이다.

先生諱貴達, 字兼善, 姓洪氏, 其先, 中國人也. 唐初, 有來居于南陽

---

1 鄭宗魯: 영조 14년(1738)~순조 16년(1816). 본관 晉州. 자 士仰. 호 立齋. 大提學 鄭經世의 7세손으로 尙州에 살았다. 遺逸로 천거되어 掌令·持平을 역임하고, 성리학에 정통했다.

者, 遂爲東韓大姓. 其後散居諸處, 而在缶溪²者, 卽先生貫也. 麗有諱
鸞³, 始著顯. 至內侍史諱文永⁴, 移居尙州. 子諱淳⁵, 司宰監. 子諱得
禹⁶, 贈天官亞卿. 子諱孝孫, 贈夏官卿, 配, 副司直安康盧緝之女, 贈
貞夫人. 是爲先生考若妣, 而以先生貴推榮焉.

정통正統 무오년(세종 20, 1438)에 선생은 함창咸昌 양적리羊積里에서
태어났다. 어려서 남다른 바탕이 타고나 총명하고 영특하였다. 학교
에 들어간 뒤에는 스스로 힘쓰고 게으름피우지 않고, 집에 책이 없으
면 남에게 빌려 읽었는데 반드시 외우고서야 돌려주었다. 12살에
중국 천자가 포로가 되었다는 소식을 듣고는 개연히 눈물을 흘리며
"천하가 심한 고통을 받겠구나." 하니 식자들이 모두 기이하게 여겼
다. 고향에서 시골 선생에게 『논어』를 배울 때 엄연히 단정하게 앉아
고요한 마음으로 도를 추구했는데 반드시 자기 소유가 되도록 노력하
였고, 소박한 음식을 달게 여기면서 밤낮으로 게을리 하지 않았다.
제자백가에 두루 통달한 뒤에 지은 문장은 여유롭고 광범위하였는데
스스로의 마음에 맞는 것을 으뜸으로 삼았다. 기묘년(세조 5, 1459)에
소과 진사시에 합격하였다. 신사년(세조 7, 1461)에 별시 친책과親策科로
급제하였다. 고시관이 선생의 답안지를 보고 기뻐하며 "후일 우리

---

2 缶溪: 경상북도 軍威郡 부계면 일대의 옛 지명이다. 신라 경덕왕 16년(757) 缶林
  縣이었다가 고려 태조 20년(937) 부계로 고쳤다. 현종 9년(1018) 尙州에, 후에
  善州[善山]에 편입하고, 공양왕 3년(1391) 義興郡에 예속시켰다.
3 鸞: 缶溪洪氏의 시조로, 고려 개국공신 殷悅의 손자이며, 고려 중기 벼슬이 侍中에
  이르렀다 한다.
4 內侍史諱文永: '내시사'는 고려 충렬왕 24년(1298) 司憲府의 侍史를 고친 이름으
  로, 종5품이다. '문영'은 洪貴達의 고조부이다.
5 淳: ?~우왕 2년(1376). 恭愍王 7년(1358) 判太常寺事로서 원나라에 인삼을 바쳤
  고, 공민왕 12년 密直商議로서 원나라에 파견되어 百官耆老의 書를 御史臺·中書
  省·詹事院에 바쳤다.
6 得禹: 洪貴達의 조부이다.

유학의 법을 전수할 자는 반드시 이 사람일 것이다." 하였다. 문충공文
忠公 서거정도 문형文衡을 담당할 재주를 지녔다고 추천하였다.

正統戊午, 先生生於咸昌羊積里[7]. 幼有異質, 聰明穎秀. 旣入學, 自力
不怠, 家無書, 從人借讀, 必成誦乃還之. 年十二, 聞天子北巡[8], 慨然
流涕曰: "天下倒懸矣." 識者咸異之. 嘗從鄕師受『魯論』, 儼然端坐, 潛
心求道, 要必有諸己. 甘鹽虀, 窮日夜而不倦. 旣淹貫諸子, 爲文章,
優游閎肆, 以適意爲宗. 己卯, 解國子. 辛巳, 對親策登第, 主司[9]得其
券, 喜曰: "他日傳吾家衣鉢者, 必此人也." 徐文忠居正亦推以主文手.

처음 삼관三館의 직책에 나아가 예문관봉교·시강원설서 등을 역임
하였다. 당시에 문무를 겸비한 자를 선전관宣傳官으로 삼으라 명하니
선생이 추천되어 맡았다. 문관이 무관의 직책을 겸직한 것이 여기에
서 시작되었다. 정해년(세조 13, 1467) 이시애李施愛의 난이 발생했을
때 선생이 원수 충정공忠貞公 허종許琮을 보좌해서 계책을 내고 군대
를 정비하여 공적을 많이 세웠다. 난이 평정된 뒤에 파격적으로 공조
정랑에 배수되고 예문관응교를 겸직하니, 이러한 선발은 장차 문형
을 맡을 자라야 해당되는 것이다. 예문관교리로 옮기고 전처럼 겸직
하였다. 사헌부장령으로 옮겼는데, 논의하는 말씀이 절실하고 충직
하여 한 때의 상소와 차자가 모두 선생의 손에서 나왔다. 사헌부장령

---

7 咸昌羊積里: '함창'은 『新增東國輿地勝覽』 卷29 경상도 함창현 조항에 "동쪽은
    상주 경계까지 8리, 남쪽은 상주 경계까지 17리, 서쪽은 상주 경계까지 23리, 북쪽
    은 문경현 경계까지 7리이고, 서울과의 거리는 4백 37리이다." 했다.
8 天子北巡: 세종 31년(1449) 명나라 正統帝가 포로가 된 土木之變을 이른다. 몽골
    의 한 부족국가인 오이랏국의 에선이라는 족장과 명나라 사이에 조공무역 조건을
    둘러싸고 대립이 발생하자 에센이 명나라를 침입했고, 이에 명나라 황제가 환관
    왕진의 건의에 따라 친히 대군을 이끌고 나갔다가 토목보에서 포로가 되어 끌려간
    사건이다.
9 主司: 과거 시험을 주관하는 試官을 이른다.

에서 체직되어 성균관사예가 되었다.

初試三館[10]職, 歷藝文館奉教·侍講院說書. 時, 命才兼文武者, 爲宣
傳官[11], 先生膺焉, 文兼之職昉於此. 丁亥北關之役[12], 先生佐元帥許
忠貞琮[13], 協籌整伍, 功爲多. 事平, 超拜水部郎, 兼藝文應敎, 是選也,
惟將典文衡者膺之. 轉藝文校理, 兼帶如故. 遷司憲府掌令, 言事切
直, 一時疏箚, 皆出先生手. 遞授成均館司藝.

이조에서 외직으로 배수하려 의망을 올렸더니 문충공 서거정이 "홍
아무개는 문한文翰의 직분이 마땅하니 외직으로 내보내서는 안 됩니
다." 아뢰자, 특별히 예문관전한을 제수하고 홍문관전한을 겸직하게
하였다. 한번은 입시하여, 평상시 한가할 때에 야간에 경연을 여는
것을 영원한 법규로 만들자고 요청하자 주상이 가납하였다. 야간에
경연을 여는 것은 선생으로부터 시작된 것이다. 주상이 송도松都에
행차하려 했는데 당시 재상이 여악女樂을 대동하자고 주청하였다.
선생이 입시해서 절대 안 된다고 강하게 말하였다. 주상이 화들짝
놀라면서 용모를 고치고 "그대의 말이 아니었다면 잘못을 저지를
뻔 했다." 하고 곧바로 그만두라 명하였다. 뒤에 정전正殿에서 베푸

---

10 三館: 成均館·承文院·校書館, 또는 藝文館·成均館·春秋館, 또는 弘文館·藝文
館·校書監, 또는 藝文館·成均館·校書館을 이른다.

11 宣傳官: 宣傳官廳에 소속된 벼슬로, 정3품부터 종9품까지 있다. 선전관청은 刑名
[軍號]·啓螺[吹打]·侍衛·傳令·符信의 출납을 맡아보는 軍衙이다.

12 北關之役: '북관'은, 함경도를 군사상 구분하여 마천령 북쪽 일대를 가리키고, 그
남쪽은 남관이라 했다. '북관의 일'은 李施愛의 난을 이른다.

13 許琮: 세종 16년(1434)~성종 25년(1494). 본관 陽川. 자 宗卿·宗之. 호 尙友堂.
시호 忠貞. 郡守 蓀의 아들, 좌의정 琛의 형이다. 세조 12년(1466) 咸吉道兵馬節
度使가 되었으나 부친상 때문에 사직했다가 이듬해 李施愛의 난을 계기로 起復하
여 曹錫文·康純·魚有沼·南怡 등과 함께 이시애의 난을 평정하여 敵愾功臣 1등에
책록되고 陽川君에 봉해졌다. 저서로 『尙友堂集』·『醫門精要』이 있다.

는 연회에도 여악을 쓰지 말라 명하였으니 선생의 말에 깊은 깨달음이 있었기 때문이다. 잠깐 사이에 직제학에 올랐다가 승정원도승지로 발탁되었다.

銓部擬外授, 徐文忠啓:"洪某宜文翰職, 不可出."特授藝文典翰, 兼弘文典翰. 嘗筵侍, 請於燕閒時夜對[14]講義, 以爲永規, 上嘉納焉. 經席夜對, 蓋自先生始也. 上將幸松都, 時相請以女樂隨. 先生入侍, 極言不可, 上愕然改容曰:"微爾言, 幾乎失矣."卽命停之. 後於正殿禮宴, 亦命勿用女樂, 以深有悟於先生言也. 俄陞直提學, 擢承政院都承旨.

기해년(성종 10, 1479) 가을에 호서관찰사가 되었다가 일이 있어 체직되었다. 얼마 있다가 특별히 가선대부의 품계를 내리고 형조참판에 임명하였다. 자리를 옮겨 한성부우윤이 되었다. 당시에 선생의 집이 남산 아래에 있었는데 주위 언덕에 정자를 짓고 '허백정虛白亭'이라 편액하고 '함허자涵虛子'라 자호自號하였다. 퇴근하기만 하면 허백정에서 두건을 쓰고 지팡이를 짚고 걸으면서 시를 읊조리니, 초탈한 모습이 세상에 무관심한 사람 같았다. 신축년(성종 12, 1481) 여름에 사신의 명을 받들어 천추절千秋節을 하례하러 명나라에 갔다. 이전에는 사신의 행차가 요양(遼陽)을 지나갈 때 역참에서 단지 하루 동안의 비용만을 지급해서 비록 병들거나 비가 내려 지체해도 절대 다시 비용을 지급하지 않아 사신 일행이 군색하기 짝이 없었다. 선생이 서장관書狀官 신종호申從濩와 함께 예부에 청을 올려 허락을 얻었다. 이후로 중국에 조회하러 가는 자들이 오래도록 힘입을 수 있었다.

己亥秋, 觀察湖西, 以事[15]遞, 尋特授嘉善階, 佐貳秋曹, 移拜漢城右

---

14 夜對: 임금이 밤에 불러서 經筵을 여는 일이다.
15 事: 연보에는 이 일이 병이라 했다.

尹. 時, 先生有第在南山下, 就傍皐築一亭, 扁以虛白, 而自號涵虛子.
每公退, 幅巾藜杖, 嘯詠其中, 蕭然若遺世者. 辛丑夏, 奉使賀千秋
節[16]. 先是, 使行之過遼陽也, 站唯給一日資. 雖病淹雨滯, 絶不復餽,
賓旅坐窘甚. 先生與書狀官申從濩[17]訴禮部, 得奏可, 自後, 進朝者永
賴焉.

돌아오는 길에 용만龍灣(義州의 옛이름)에 이르렀는데 어머니 정경부인
이 돌아가셨다는 소식을 듣고 달려갔다. 갑진년(성종 15, 1484)에 이조
참판에 제수되어 가정대부嘉靖大夫로 승진하였다. 강원도관찰사로
나가 학교를 일으키고 군인과 백성을 구휼하며, 공무를 처리하는
여가에 삼일포三日浦와 사선정四仙亭을 유람하면서 바위에 시를 쓰니
마을 사람들이 판각하여 정자 위에 걸었다. 당시 아버지 판서공이
연로하여 선생이 글을 올려 사직하고 돌아가 뵙기를 요청하니, 국법
에 관찰사는 관할 지역의 경계를 넘을 수가 없기 때문이다. 주상이
특별히 관찰사의 직분을 유지한 채 경계를 넘어 뵐 수 있게 하였다.
을사년(성종 16, 1485) 가을에 체직되어 다시 형조참판이 되었다. 병오
년(성종 17, 1486)에 부모님을 봉양하기 편리한 외직을 청해 경주부윤
이 되었다. 기유년(성종 20, 1489) 봄에 대사헌으로 불러들였는데, 차
자를 올려 귀향해 부모님을 봉양할 수 있게 해 달라고 요청하였으나
윤허하지 않았다. 3월에 판서공이 돌아가셨다. 양친의 초상에 모두
묘소 곁 여막에서 3년상을 치렀다. 신해년(성종 22, 1491)에 3년상을
마치고 판서공 묘소 서쪽에 작은 집을 짓고 애경당愛敬堂이라 이름

---

16 千秋節: 중국의 황제·황태자·황후 등의 탄신일이다.
17 申從濩: 세조 2년(1456)~연산군 3년(1497). 본관 高靈. 자 次韶. 호 三魁堂.
  조부는 叔舟, 아버지는 澍이다. 성종 5년(1474) 成均進士試에 장원을 하고, 성종
  11년 式年文科에 장원하고, 성종 17년 文科重試에서 장원을 하여 '삼장원'의 명성
  이 자자했다. 연산군 2년(1496) 병을 무릅쓰고 명나라에 사신으로 갔다가 이듬해
  돌아오는 길에서 세상을 떠났다. 저서로 『三魁堂集』이 있다.

지어 부모님을 사모하는 뜻을 기탁했다.

> 還到龍灣, 聞貞夫人喪, 奔赴. 甲辰, 除天官亞卿, 進階嘉靖. 出按關東, 興學校, 恤軍民, 公務之暇, 遊三日浦 · 四仙亭, 有留詩于石, 邑人爲刻, 置于亭上. 時, 判書公已老, 先生上章, 請解職歸覲, 蓋以國法, 方伯無越封例故也, 上特命帶職而覲. 乙巳秋, 遞, 再貳秋曹. 丙午, 爲便養乞外, 尹慶州. 己酉春, 以大司憲召還, 上箚乞歸養, 不允. 三月, 丁判書公憂. 前後喪, 皆廬墓終三年. 辛亥, 服除, 構小屋於判書公墓西, 名曰愛敬堂[18], 以寓慕父母意.

얼마 있다가 성균관대사성에 배수되자 개연히 우리 유학을 진작시키는 일을 자임하여 재주에 따라 학업을 지도하고 다방면으로 가르치고 권면하였다. 그러자 원근의 선비들이 소문을 듣고 구름처럼 모여들어 경서 하나라도 전수 받고자 하는 자가 번번이 백 명 단위로 셀 정도였다. 건의하여 대성전大成殿 곁에 향실을 짓고 존경각 북쪽에 향관청을 세우고 서문과 기문을 지어 걸었다. 당시 대제학이 결원이었는데 주상이 대제학의 적임자를 찾지 못하여 자리를 비워놓은 채 몇 달이 지났다. 조정의 물망이 모두 선생에게 모두 모이니, 임자년(성종 23, 1492) 봄에 자헌대부로 승진하여 양관대제학과 지성균관사를 겸직하였다. 차자를 올려 홍문관 학사들은 연한에 구애받지 말고 달마다 글을 짓게 할 것이며, 또 젊은이로서 재주 있는 자들을 선발하여 순번을 나누어 사가독서 시킬 것을 주청하니 주상이 그대로 따르셨다. 의정부우참찬으로 옮기고, 얼마 있다가 이조참판이 되고 문형을 전처럼 겸직하였다. 북경으로 가는 정사正使로 차출되었다. 선생이 평소 앓고 있던 풍질風疾이 도져 사신 행차에서 제외해 달라고 간곡히 요청하였는데, 사헌부에서 차출을 회피한다고 탄핵

---

18 愛敬堂: 『虛白亭集』문집 권2에 「愛敬堂記」가 실려 있다.

하여 파직하였다.

尋拜成均館大司成, 慨然以興起斯文自任, 因材命業, 訓勵多方, 遠邇
韋布, 聞風雲集, 願一經指授者, 動以百數. 建白立香室于聖殿傍, 又
立享官廳[19]于尊經閣之北, 而撰序記以揭之. 時, 大提學缺, 上難其代,
虛位數月. 朝望咸薦於先生, 壬子春, 進階資憲, 兼兩館大提學·知成
均館事. 上箚, 請弘文館學士, 勿拘年限, 令製月課, 且選其年少有才
行者, 分番賜暇讀書. 上從之. 轉議政府右參贊, 尋遷天官卿, 兼帶文
衡如故. 適有朝京之命, 先生發素患風疾, 乞兗, 法司以憚避劾, 罷之.

선생이 남산 아래에 한가하게 물러나 한 시절 친구들과 즐겁게 마시
고 시를 지으며, 혹은 투호로 즐거움을 삼으니 보는 사람들은 선생이
신분이 높은 귀인이었음을 알지 못하였다. 갑인년(성종 25, 1494)에
다시 기용하여 호조판서를 배수하고 동지경연사·지춘추관사를 겸
직하게 하였다. 이 해 겨울에 성종이 승하하자 선생이 세 도감都監의
제조提調로서 묘역에 관한 일을 주관하였다. 연산군 을묘년(연산군
1, 1495)에 정헌대부의 품계에 올랐다. 차자를 올려 불교를 배척하라
고 상소를 올렸던 유생을 구원하려 하였다. 여름에 명나라 행인行人
왕헌신王獻臣이 와서 황제의 전달할 때 선생이 원접사가 되었다. 왕
헌신은 성품이 몹시 까다로워 허교하는 사람이 드물었는데 선생을
보고 기뻐하며 평소 교제했던 것처럼 대하였다. 중국으로 돌아간
뒤에 우리나라 사람을 만나면 반드시 선생의 안부를 물어 보았다.
얼마 있다가 의정부우참찬에 배수되고 다시 대제학을 겸직하였다.
잠깐 있다가 의정부좌참찬으로 승진하고 전처럼 겸직하였다.

---

19 享官廳: 文廟 제사 때에 제관들이 齋戒하고 香祝을 보관하던 곳으로, 중앙에는
향축을 보관하는 곳이 있고, 좌우에 獻官房을 두었다.

先生退閒於南山下, 與一時朋舊, 歡飮賦詩, 或投壺以爲樂, 見者不知
其爲黃閣[20]貴也. 甲寅, 起拜地部卿, 兼同知經筵 · 知春秋館事. 是年
冬, 成廟禮陟, 以三都監[21]提調, 管護玄宮事. 燕山乙卯, 增秩正憲. 上
箚[22], 救斥佛儒生. 夏, 王行人獻臣[23]來錫命, 先生爲遠接使. 王性峭
峻, 少許可, 見先生, 欣然若素交. 其後遇東人, 必問先生起居. 已而,
又入政府, 拜右參贊, 復兼大提學. 俄陞左參贊, 兼帶如故.

무오년(연산군 4, 1498)에 성종실록을 찬술하였다. 여름에 사화史禍가
일어났는데, 선생이 오래도록 문형을 담당하여 김일손金馹孫의 사초
를 보았으면서도 아뢰지 않았다고 해서 탄핵을 당해 좌천되었다.
얼마 있다가 실록 편찬이 끝나지 않았다 하여 문형에 복직시켰다.
가을에 지의금부사를 겸지하였다. 당시 연산군이 날로 더욱 포학해
져 대간 중에 충간으로 좌천되거나 죽임을 당한 자들이 속출하였다.
기미년(연산군 5, 1499)에 선생이 수천언의 상소를 올려 간쟁을 막는
것에 대해 논의하였다. 그 상소의 내용은 대략 다음과 같다. "신이
들으니, 몸을 망치는 일이 하나가 아니나 여색을 좋아하는 자는 반드
시 망치고, 나라를 멸망하게 하는 일이 하나가 아니지만 간언을 막는

---

20 黃閣: 의정부의 별칭으로, 재상이 사무를 보는 관청의 문이다.
21 都監: 나라에 冊禮·嘉禮·國葬·山陵·殯殿·遷陵·錄勳 등의 큰일이나 의례가 있
  을 때 임시로 설치한 관청이다. 제조는 그 관원의 하나로, 대체로 현직의 관리가
  겸직했다.
22 箚: 『虛白亭集』 문집 권2에 「救儒生疏」라는 제목으로 실려 있고, 『燕山君日記』
  1년 1월 30일, 2월 2일 기사에도 실려 있다. 1월 30일 兵曹判書 成俊, 禮曹判書
  成俔, 兵曹參判 權健이 闢佛上疏를 한 성균관 유생들을 용서할 것을 연산군에게
  청했는데, 연산군은 이 일로 군주가 유학을 배척한 일로 역사에 남게 되더라도
  '위를 능멸하는' 습속을 고치지 않을 수 없다 했다. 2월 2일 洪貴達이 다시 성균관
  유생들을 용서하고 언로를 열어야 한다는 내용으로 위와 같이 상소하였다.
23 王行人獻臣: 왕헌신. 연산군 1년(1495) 성종의 시호와 연산군에 대한 고명을 내릴
  때 行人의 자격으로 왔던 明나라 사신이다. 당시 왕헌신 외에 太監 金輔·李珍이
  함께 왔는데, 이때 盧公弼·宋公軼·金諿이 이들을 맞이했고, 洪貴達은 接伴使로
  함께 했다.

나라는 반드시 멸망한다고 합니다. 나라를 다스림은 몸을 다스림과 같습니다. 혈기가 하루라도 잘 통하지 않으면 몸이 위태롭고, 언로가 하루라도 막히면 나라가 위태로우니, 이는 이치상 필연적인 것입니다." 또, 다음과 같이 말하였다. "군주는 세상 어떤 것에도 굴복하지 않으나 오로지 대간에 대해서만은 뜻을 꺾습니다. 자신의 뜻을 굽혀 대간의 말을 들어주어 다스림의 도리가 모든 왕보다 훌륭하다면, 이는 이른바 잠깐 굽힘으로써 영원히 편다는 것입니다." 또, 사냥 놀음에 대해 간언하였다. "근래에 안으로는 우레와 우박 같은 변고가 나타나고 밖으로는 오랑캐가 화란을 일으키니, 마땅히 군신 상하가 서로 경계하고 덕을 닦아 재앙을 멈추고 환란을 없애는 일을 급선무로 삼아야 합니다. 수렵이 비록 종묘에 바치기 위한 행위라 하더라도 지금 살해되고 포로 된 사람들은 본래 모두 선대 왕과 왕비의 적자赤子들입니다. 적자들이 대부분 도적에게 살해되고 잡혀갔는데, 후대의 임금이 그들을 안타까워하며 돌아보지는 않으면서 사냥한 고기로 효성을 바친다면 편안한 마음으로 그것을 흠향하시겠습니까?"

戊午, 撰成宗實錄. 夏, 史禍起, 以先生久典文衡, 見金馹孫[24]史草, 而不爲啓聞, 被勘左遷. 尋以實錄未畢, 復文衡職. 秋, 兼知義禁府事. 時, 主虐日甚, 臺諫以言事貶戮者相繼. 己未, 先生上疏[25], 論拒諫累千

---

24 金馹孫: 세조 10년(1464)~연산군 4년(1498). 본관 김해. 자 季雲. 호 濯纓. 시호 文愍. 연산 4년(1498)에 『성종실록』을 편찬할 때 앞서 스승 김종직이 쓴 「弔義帝文」을 史草에 실은 것이 이극돈을 통하여 연산군에게 알려져 사형에 처해졌고, 다른 많은 士類도 禍를 입었다. 이 일을 戊午史禍라 한다. 이를 계기로 새로 등장한 신진 士林은 집권층인 勳舊派에 의해 거세되었다. 중종반정(1506, 중종 1) 후 伸寃되고, 도승지에 추증되었다. 木川의 道東書院, 청도의 紫溪書院에 배향되었다. 문집에 『탁영문집』이 있다.

25 疏: 『虛白亭集』 문집 권2에 「請從諫疏」라는 제목으로 실려 있고, 『燕山君日記』

言. 其略曰: "臣聞亡身之事非一, 而好色者必亡, 亡國之事非一, 而拒
諫者必亡. 治國家猶治身也, 血氣一日不運則身危, 言路一日不通則
國殆, 此理之必然也." 又曰: "人主無所於屈, 惟屈於臺諫. 屈而從其
言, 使治道高出百王, 則所謂暫屈而求伸也." 又諫其畋遊[26]曰: "近者,
內則雷雹示災, 外則戎狄搆患, 宜上下交修, 以弭災消患爲務. 獵獲雖
曰奉宗廟, 今之被殺搆者, 皆先王先后之赤子也, 赤子被殺搆, 而子弟
不之恤, 顧欲以獵獲致孝, 則親其享之乎?"

옛 법규에, 합문을 열고 합문閤門을 열어 강론을 하고, 강론이 끝나면
대간이 먼저 일어나 정사를 논하고 홍문관이 그 뒤를 이었다. 나머지
입시했던 사람들은 반드시 임금의 자문을 기다렸다가 아뢰었는데
아뢰는 말이 그다지 강력하지는 않고, 사체事體상 당연하다고 핑계
를 대었다. 선생만이 유독 분연히 말하였다. "신하 노릇하는 자라면
품은 생각을 반드시 아뢰어 모두 말하고 숨김이 없어야 한다. 나는
사체가 대체 무엇인지 알지 못하겠다." 입시할 때마다 기필코 장시간
사안에 대해 따져 아뢰었다.

舊例, 開閤[27]受講, 講畢, 臺諫先起論事, 弘文館繼之, 自餘入侍者, 必
待顧問乃言, 言之不甚力, 諉以事體當然. 先生獨奮然曰: "人臣有懷必
達, 盡言無諱而已, 吾不知事體爲何物." 每入侍, 必移晷論啓.

경신년(연산군 6, 1500)에 또 차자를 올려 비융사備戎司의 설치를 청하
였다. 상소를 올려 11개의 조목을 진술하였다. 첫 번째 조목의 내용

   1년 2월 2일 기사에도 실려 있다.
26 諫其畋遊: 『虛白亭集』 문집 권2에 「諫打圍疏」라는 제목으로 실려 있고, 『燕山君
   日記』 5년 9월 16일 기사에도 실려 있다.
27 開閤: 어진 사람들을 맞아들여 잘 예우하는 것이다. 漢나라 승상 公孫弘이 平津侯
   에 봉해졌을 때, 客館을 설치하고 동쪽의 합문을 열어 현자들을 맞이하고, 자신의
   재물을 들여 그들을 대접했다.《漢書 권58 公孫弘傳》

은 대략 다음과 같다. "임금의 한 몸은 만물의 으뜸이요, 임금의 한 마음은 만화萬化의 근원이니, 마음이 바르지 않고 몸이 닦이지 않았는데도 천하와 국가가 다스려지고 백관과 만민이 바르게 되는 경우는 있지 않았습니다. 부열傅說이 고종高宗에게 "처음부터 끝까지 생각을 배움에 집중해야 합니다." 하였으니, 이는 처음부터 끝까지 온 생각이 언제나 배움에 있어야 함을 말한 것입니다. 시인이 성왕成王을 송축하여 "배움이 계속 밝혀져 광명에 이르렀다." 하였으니, 이는 끊임없이 밝혀 조금도 쉬지 않음을 말한 것입니다. 전하께서는 아직 젊어 학문이 넓지 못합니다. 성현의 마음 다스림과 본성 양성의 요점에 대해 간혹 자세히 모르시는 부분이 있으니, 이는 정녕 매일매일 자신을 새롭게 일신하면서 시간이 부족하다고 여길 때인 것입니다. 옛사람이 "오늘 배우지 아니하고 내일이 있다 말하지 말며, 금년에 배우지 아니하고 내년이 있다 말하지 말라." 하였습니다. 모든 학문의 공부는 그 시급함이 이와 같으니, 하물며 임금의 학문은 어떠하겠습니까? 바라건대 이제삼왕二帝三王이 마음을 보존하고 훌륭한 정치를 내었던 법을 스승으로 삼아 부지런히 경연에 납시어 하루하루를 더하고 밤낮으로 그치지 않아 몇 년이 지나면 저절로 전하의 학문이 더욱 높아지고 치도治道는 더욱 융성해질 것입니다."

庚申, 又上箚[28], 請設備戎司[29]. 疏[30]陳十一條, 其一略曰, 人主一身,
萬物之宗, 人主一心, 萬化之原. 未有心不正, 身不修, 而天下國家之

---

28 箚: 이와 관련하여 『虛白亭集』 문집 권4에 「備戎司契文」이라는 글이 있다.
29 備戎司: 철갑과 투구 만드는 일을 주관하는 관서로, 燕山君 6년(1500)에 설치되었다가 4년 뒤에 폐치되었다.
30 疏: 『虛白亭集』 문집 권2에 「政府疏」라는 제목으로 실려 있다. 『燕山君日記』에는 이 상소가 좌의정 한치형·우의정 성준·좌찬성 이극균·우찬성 박건·좌참찬 홍귀달·우참찬 신준의 명의로 5년(1499) 3월 27일에 실려 있다.

理, 百官萬民之正者也, 傅說之告高宗曰:"念終始, 典于學."[31] 言一念終始, 常在於學也. 詩人之頌成王曰:"學有緝熙于光明."[32] 言繼續而光明之, 無時間斷也. 殿下春秋尙少, 學問未遍, 其於聖賢治心養性之要, 或有所未至, 此正日新又新, 惟日不足之時也. 古人云:"勿謂今日不學而有來日, 勿謂今年不學而有來年."[33] 凡爲學工夫, 其急也如此, 況人君之學乎? 願殿下以二帝 · 三王[34]存心出治之法爲師, 勤御經筵, 日復一日, 繼之以夜, 無所作輟, 積之以年, 則自然聖學益高, 治道益隆矣.

두 번째 조목의 내용은 대략 다음과 같다. "'누구나 시작은 하기는 하지만 제대로 끝을 맺는 자는 드물다.' 하였으니, 이것은 인지상정입니다. 그렇지만, 천하의 일은 그 시작이 좋으면 그 끝도 좋기 마련이니, 시작은 있으되 끝이 없는 경우가 있지만 시작이 없는데 끝이 있는 경우는 없습니다. 그러므로 옛사람들은 시작을 신중히 하는 것을 중시했습니다. 원컨대 전하께서는 '제대로 끝을 맺는 경우가 드물다'는 경계를 거울삼고 '시작을 삼가야 한다'는 도리를 돈독히 하십시오. 일상생활 속에서 모름지기 현명한 사대부와 접하는 시간을 많이 할애하시고, 환관과 궁첩을 가까이 하는 날이 적도록 하십시오. 공경함을 처소로 삼아 편안히 즐기는 때가 없고, 평상시에 언제나 적국의 침공이 장차 목전에 닥친 것과 같이 여기면 자손들이 만세토록 뽕나무 뿌리나 반석처럼 견고하고 안전하게 살아가는 방도가 바로 여기에 달려 있습니다. 나머지 언로를 넓힘, 기호嗜好를 삼감, 상벌을 분명히 함, 군사의 액수額數를 신중히 함, 훌륭한 수령을 선발함, 사행使行을 단속함, 군대 병사들을 쉬게 함, 건물·기지 등의 보수

---

31 傅說之告高宗曰句: 『書經』 「商書·說命下」에 보인다.

32 詩人之頌成王曰句: 『詩經』 「周頌·敬之」에 보인다.

33 古人云句: 朱熹 「勸學文」에 보인다.

34 二帝三王: 堯·舜과 禹·湯·文武이다.

공사를 정지함 등의 조목은 모두 대궐에 관계된 비밀스러운 일인데, 반복하여 문제를 개진하고 충고한 것이 말씀마다 절실하고 곧았다. 연산군의 누적된 불평이 벌써부터 오래되었는데 이에 이르러 크게 화를 내었다. 마침 어떤 자가 "편지를 보내어 사사로움을 행한다."고 선생을 무고하자 연산군이 즉시로 그 일을 조사하라 하고 경연관·대제학·참찬관 등 선생의 직임을 삭직하고 한직閑職으로 좌천시켰다. 홍문관에서 "죄는 미미한데 벌이 무거우니 대신大臣을 대우하는 도리가 아닙니다. 하물며 문형文衡의 임무는 사람마다 맡을 수 있는 것이 아니니, 청컨대 복직시키십시오." 아뢰었으나 연산군은 더욱 화를 내었다.

其二略曰, 靡不有初, 鮮克有終,[35] 此人情之常也. 雖然, 天下之事, 其始善者, 其終亦善, 有其始而無其終者有矣, 未有無其始而有其終者也. 故古之人, 重謹始也. 願殿下鑑善終之戒, 敦謹始之道. 日用之間, 接賢士大夫之時多, 親宦官宮妾之時少. 敬以作所,[36] 無敢豫怠, 常若敵國外患將至于前, 則子孫萬世, 苞桑[37]之固·盤石之安, 其道在此. 其餘若廣言路·愼好尙·明賞罰·憂兵額·擇守令·檢使行·休軍兵·停營繕諸條, 皆關宮禁祕事, 而反覆開諷, 言言切直. 主積不平已久, 至是大怒. 會有告先生簡涉行私者, 主卽下其事, 因奪經筵·大提學·參贊等官, 左授散職. 弘文館啓:"過微罰重, 非所以待大臣. 況文衡之任, 非人人所宜據, 請復之."主愈怒.

계해년(연산군 9, 1503)에 경기도관찰사로 나갔다. 연산군의 총애를

---

35 靡不~有終: 『詩經』 「大雅·蕩」에 보인다.

36 敬以作所: 『書經』 「周書·召誥」에 "왕은 공경을 처소로 삼아야 하니, 덕을 공경하지 않으면 안 됩니다. [王敬作所, 不可不敬德.]"했다.

37 苞桑: 근본이 확고한 일을 이른다. 『周易』 否卦 九五에 "혹시나 망하지 않을까 하고 항상 우려해야 국가가 우북하게 자라는 뽕나무에 매어 놓은 듯이 편안하다. [其亡其亡, 繫于苞桑.]"했다.

받는 여인의 집안에서 수차례 비리非理를 요구하였는데 선생이 들어
주지 않자 결국 연산군에게 참소하였고, 또 다른 일로 얽어매어 나쁜
지역을 골라 경원慶源에 유배시켰다. 선생이 가족들과 함께 이별하
며 "내가 함창의 농부로서 경상卿相의 자리에 이르렀으니 성공도 내
가 이룬 것이요 실패 또한 내가 자초한 것이다. 다시 무엇을 한스러
워하겠는가?"하고, 태연하게 귀양길로 나아갔다. 얼마 뒤에 무오년
의 당인黨引에게 가죄加罪해야 한다는 의론이 있어 선생을 서울의
옥사로 옮기도록 명하였다. 선생의 행차가 단천端川에 이르자 왕명
을 지닌 관원이 달려와 책서策書 하나를 주었다. 선생이 책서를 펼쳐
보고도 담담히 정신과 기색이 변치 않은 채 담담히 죽음에 나아가니,
홍치 갑자년(연산군 10, 1504) 6월 22일이었다. 당시 선생의 여러 자식
들이 모두 섬에 유배되어 있고 단지 종복 몇몇이 단천에 임시로 가매
장하였다. 중종반정이 성공하자 좌찬성에 추증하고 특별히 제수를
보내었으며, 태상시太常寺에서 '문광文匡'이라는 시호를 하사하였다.
여러 자식들도 귀양에서 풀려나 마침내 관을 받들어 고향에 돌아와
판서공의 묘소 아래 자좌오향子坐午向의 언덕에 장례 지냈다.

癸亥, 出爲京畿監司, 有內嬖家數以非理干請, 先生不聽, 遂搆讒於
上. 又以他事羅織, 擇惡地, 流于慶源. 先生與家人訣曰:"我以咸昌[38]
一田卒, 致位卿相, 成亦自我, 敗亦自我, 亦復何恨?"怡然就道. 旣而,
有戊午黨人加罪之議, 令建赴京獄, 行到端川. 承命官馳至, 授一策
書, 先生開覽, 從容神色不亂, 遂遇害, 實弘治甲子六月二十二日也.
時, 先生諸子, 俱配海島, 唯僮僕數人, 稿葬其地. 及中廟改玉, 贈左贊
成, 特致賻祭, 大常諡曰文匡. 諸子亦蒙放, 遂得扶櫬還鄕, 葬于判書

---

38 咸昌:『新增東國輿地勝覽』卷29 경상도 함창현 조항에 "동쪽은 상주 경계까지
8리, 남쪽은 상주 경계까지 17리, 서쪽은 상주 경계까지 23리, 북쪽은 문경현 경계
까지 7리이고, 서울과의 거리는 4백 37리이다." 했다.

公墓下子坐之原.

아! 선생이 영특하고 독실한 자질을 타고났는데, 게다가 강론하고 실천하는 공부를 더하였다. 평상시 한가히 머무를 때에 반드시 옷깃을 바로잡고 꼿꼿이 앉아 산처럼 엄숙하였다. 옛 경전에서 눈을 떼지 않고 밤이나 낮이나 공부하였는데, 평소 주안점을 둔 것은 자기의 사사로움을 제거하는 것이었다. 굳건히 외물에 마음이 움직이지 아니하였고 하늘을 공경하고 사람을 두려워하는 마음이 해이해진 때가 전혀 없었다. 학문이 축적되고 수양이 깊어지자 훌륭한 결과가 저절로 드러났다. 학문의 범위가 드넓어지고 도덕의 광채가 밝아져, 드러나 아름다운 문장이 되고 펼쳐져 훌륭한 사업이 되었다. 성종의 알아줌을 만났을 때는 내직에 있건 외직에 있건 국사를 논의하고 정사를 행한 것이 정명광대하였다. 항상 말하였다. "제왕의 학문은 주요한 일과 부차적인 일을 구별할 줄 알아, 심신에 근본을 두고 정치에 베푸는 것이 중요할 뿐이다." 그러므로 전후로 경계한 내용이 언제나 이 점을 반복한 것인데, 반드시 임금의 마음을 바로잡고 당시의 급선무를 처리하려 하였다. 이는 당시의 임금과 백성을 요순시대의 임금과 백성처럼 만드는 책임을 자임하였기 때문이다. 비록 연산군 같은 음란하고 포악한 임금일지라도 '내 임금은 훌륭한 정치를 할 수 없다'고 생각하지 않고, 반드시 허물이 없도록 하여 마땅한 도리로 인도하려 하였다. 진심을 다해 임금을 계도하고 선을 진술하고 악을 막은 것이 명철한 임금과 훌륭한 제후를 섬기는 자가 하는 것처럼 하여 형벌의 도구가 코앞에 있음을 한 번도 생각하지 않았다. 이는 훌륭한 충성의 뜻과 지성측달의 마음이 실로 평소의 깊은 심신 수양과 넓은 학문 축적에 뿌리를 두어 순수하고 정직하여 도덕과 의리에서 흘러나왔기 때문이니, 선생이 나아간 지극한 경지를 여기에서 더욱 잘 알 수 있다. 어찌 다만 바른 논의를 지녀 임금 앞에서 꾸짖고 조정에서 간쟁하다가 귀양 가고 죽는 재앙을 만나는 것이 큰 절개일 뿐이겠는가?

嗚乎! 先生以穎悟篤實之資, 加之以講明踐履之工. 閒居燕處, 必整襟危坐, 儼若山峙, 常目典訓, 夜以繼晝. 而平生用力, 尤在於克祛己私, 確然不以外物動心, 敬天畏人之意, 無時或弛. 充養旣久, 英華自著, 淵淵乎其學問之博也, 郁郁乎其道德之光也, 發而爲文章, 展而爲事業. 方其際遇成廟, 出入中外, 論建施爲, 正大光明. 常謂: "帝王之學, 在於知所先後, 而本之於身心, 施之於有政, 如斯而已." 故前後告戒, 未嘗不反覆於斯, 而必欲格君心, 措時務. 蓋以堯舜君民之責自任, 雖如燕山淫虐之主, 未嘗以爲吾君不能[39], 而必欲納之於無過, 引之以當道. 其所以啓沃陳閉者, 有如事明君誼辟者之爲, 曾不知刀鋸鼎鑊[40]之在前也. 是其藹然忠愛之意 · 至誠惻怛之心, 實本於平日所養之深 · 所積之厚, 純粹白直, 無非從道義中流出來, 而先生造詣之極, 於此尤可見矣. 豈特持正論, 面折廷爭, 以取竄殛之禍, 爲其大節而已哉?

선생은 문간공文簡公 김종직金宗直과 문장공文莊公 조위曹偉와 용재慵齋 성현成俔과 도덕과 의리로 사귀어 당시에 사군자라고 일컬었다. 일찍이 성현과 권건과 함께 왕명을 받들어 『역대명감歷代明鑑』을 편찬하고 서문과 함께 바쳤는데, 큰 요지는 권면과 경계를 주로해서 다스림의 도리에 보탬이 있게 하는 것이었다. 호부낭중戶部郎中 기순祁順이 조서를 받들고 왔을 때에 그가 문충공(文忠公 서거정徐居正과 시를 지어 주고받았다. 기순이 많은 운자로 문충공을 곤란하게 하려

---

39 吾君不能: 孟子가 군주를 모시는 바른 신하의 모습을 설명하며 한 말로, "어려운 일을 임금에게 책하는 것을 공이라 이르고, 선한 것을 말하여 사심을 막는 것을 경이라 이르고, '우리 임금은 훌륭한 일을 할 수 없다' 말하는 것을 적이라 한다. [責難於君, 謂之恭, 陳善閉邪, 謂之敬, 吾君不能, 謂之賊.]" 했다.《孟子 離婁上》
40 刀鋸鼎鑊: 거세의 칼, 발꿈치를 베는 톱, 사람을 삶는 가마솥으로 형벌의 도구이다.

고 60여 운의 「등루부登樓賦」를 지었다. 선생이 문충공을 대신하여 즉석에서 차운하니 기순이 한참동안 칭찬하며 감탄하였다. 세상에서 비갈碑碣과 서발序跋을 구하는 자들이 모두 선생에게 찾아오고, 와서 한마디 말을 얻으면 영화롭게 여기지 아니함이 없었다. 그러나 이것은 선생에게는 부수적인 일이었다. 우리 선조 문장공文章公(鄭經世)이 일찍이 선생의 문집에 서문을 지어 "성종 시대의 이름난 재상이 되기는 쉽고 연산군 시절의 곧은 신하 되기는 어려우며, 아름다운 문장을 지음은 쉽고 질박하고 참된 충간忠諫은 어렵다." 하였다. 이것은 진실로 영원히 변치 않을 정론인데, 어렵다고 한 이유는 한결같이 도덕에 뿌리를 두었기 때문이니 이 점을 어떻게 부정할 수 있겠는가? 선생이 부모를 섬김에 사랑과 공경을 모두 지극히 하였다. 받들어 순종하여 기쁘게 해드리고 계절의 기후에 따라 알맞게 해드리고 부드럽고 좋은 음식으로 봉양하여 무엇이든 곡진하게 하였다. 초상에는 슬픔을 다하고 제사에는 정성을 다하여 조금의 유감이 없게 하였다. 형제에게 돈독하여 수족처럼 사랑하고, 자매의 자식 중에 곤궁하여 귀의할 곳이 없으면 집에서 키워 시집 장가보냈다. 가정을 다스림에 법도가 있어 집안이 엄숙했다. 성품이 온화하고 도량이 넓어 어진 사람이든 불초한 사람이든 정성스럽게 대접했으나, 혹시라도 의리에 맞지 않는 것으로 요구하면 딱 잘라버리고 돌아보지 않았다.

先生與金文簡 · 曹文莊 · 成慵齋, 爲道義交, 時以四君子稱. 嘗與成俔 · 權健[41], 承命撰『歷代明鑑』與序文以進, 大要主勸戒, 以裨益治

---

41 權健: 세조 3년(1458)~연산 7년(1501). 본관 안동. 자 叔强. 시호 忠敏. 우의정 擥의 아들. 중종의 11번째 아들 全城君 邊의 장인. 연산군 6년(1500) 병조참판으로 成俔 등과 함께 『歷代名鑑』을 편찬하였고, 이듬해 中樞府知事가 되어 정2품에

道. 當祁戶部順[42]奉詔而來也, 與徐文忠相唱酬, 祁欲以多窮之, 作「登
樓賦」六十餘韻, 先生代文忠立次之, 祁贊賞良久. 世之求碑碣題識者,
皆歸先生門, 得一語, 莫不以爲榮焉, 然斯則先生之餘事也. 先祖文莊
公嘗序先生文集曰: "爲成廟之名卿易, 爲廢朝之直臣難, 爲黼黻之文
章易, 爲樸實之諫說難." 此固爲百世之定論, 而若其所以難者, 則其一
本於道德, 又安可誣也? 先生事親, 愛敬兼至, 承順怡悅, 溫淸瀚灑,
靡不曲盡, 而喪致哀, 祭致誠, 無或有憾. 篤於兄弟, 與之友于如手足,
姊妹之子, 窮無歸者, 館於家而嫁娵之. 治家有法, 門庭肅然. 性和而
有容, 人無賢不肖, 接之諄諄, 至或以非義干之, 截然不顧焉.

아내 정경부인 상산 김씨商山金氏는 낙성군洛城君 선치先致의 후예이
고 사정司正 숙정淑貞의 따님으로, 어질고 아내의 도리를 잘 지켜 군
자를 짝하여 덕을 어기지 않았는데, 갑자년(연산군 10, 1504) 4월에 별
세하였다. 5남 2녀를 두었다. 장남 언필彦弼은 시를 잘 짓는다는 명
성이 있었는데 후사 없이 일찍 별세하였다. 둘째 언승彦昇은 현감으
로 두 아들을 복명復明과 복창復昌을 두었는데, 기유년(명종 4, 1549)의
변고에 모두 원통하게 죽었으나 뒤에 신원되었다. 셋째 언방彦邦은
홍문관박사로 두 아들을 두었으니, 완琬은 장사랑將仕郎이고 염琰은
일찍 죽었다. 넷째 언충彦忠은 홍문관교리로 호가 우암寓庵이고 세
아들을 두었으나 모두 요절하였다. 다섯째 언국彦國은 참봉으로 아
들 경삼景參을 두었는데 음서蔭敍로 사과司果에 보임되었으니, 경삼
이 바로 선생의 제사를 받드는 손자이다. 사위 고극형高克亨은 봉사奉

올랐다. 文名이 높았으며, 시에도 일가를 이루어 『東文選』에 시문 10여 편이 실려
전한다. 문집에 『權忠敏公集』이 있다.

42 祁戶部順: 1434~1497의 明나라 戶部郎中 祁順이다. 자 致和, 號 巽川으로, 東莞
梨川人이다. 天順 4년(1460) 殿試에서 1등으로 進士가 되었는데, 성명의 발음이
英宗[朱祁鎭]과 비슷하다 하여 2등으로 강등되었다. 兵部主事 · 員外郞郞中 · 山西
右參政 · 福建右布政使 · 江西左布政使 등을 역임했다. 이때 명나라 황제가 기순에
게 一品服을 하사하여 조선에 사신으로 보냈다. 저서로 『巽川集』이 있다.

事이고 유희청柳希淸은 참봉이다. 경삼은 두 아들을 두었으니, 장남 덕록德祿은 음서로 사정司正에 보임되었고, 차남 덕희德禧는 음서로 사용司勇에 보임되어 장사랑의 양자가 되었다. 사정 덕록의 아들 호鎬는 관직이 대사간에 이르렀고, 그 아들 여하汝河는 관직이 사간에 이르고 부제학에 추증되었다. 그 아들 상문相文은 참봉이고 상민相民은 익위翊衛이고 상훈相勛과 상진相晉은 통덕랑通德郎이다. 사용 덕희의 아들 예약禮約은 사용이고 수약守約은 장사랑이고 호약好約은 찰방이다. 예약의 아들 여량汝量은 사용이고, 수약의 아들 하량河量은 학행이 있었으니 호가 성재誠齋이고, 호약의 아들은 준량浚量이다. 여량의 아들은 극기克己이고 하량의 아들은 극가克家이고 준량의 아들은 극인克寅이며, 나머지는 기록하지 않는다.

配貞敬夫人商山金氏, 洛城君先致[43]之後, 司正淑貞之女, 賢而有婦道, 配君子無違德, 甲子四月卒. 有五男二女. 男長彦弼, 有能詩聲, 早歿無後. 次彦昇, 縣監, 有二子, 復明·復昌, 己酉之變, 俱冤死, 得伸. 次彦邦, 弘文博士, 有二子, 琬, 將仕郎, 琰, 早歿. 次彦忠[44], 弘文校理, 號寓庵, 有三子, 皆歿. 次彦國, 參奉, 有一子, 景參, 蔭補司果, 卽奉先生祀者也. 女高克亨, 奉事, 柳希淸, 參奉. 景參有二子,

---

43 金先致: 고려 충숙왕 5년(1318)~조선 태조 6년(1398). 본관 尙州. 1342년(충혜왕복위3) 郎將으로 全羅道都巡問使 柳濯를 따라 왜구를 격퇴하고, 뒤에 戶部郎中에 올랐다. 공민왕 때 紅巾賊을 물리쳐 1등공신에 책록되고, 吏部侍郎으로 楊廣道를 按撫하였다. 공민왕 14년(1365) 典理判書·東北面都巡問使·密直副使를 역임하였다.

44 洪彦忠: 성종 4년(1473)~중종 3년(1508). 본관은 缶溪. 자는 直頃. 호 우암寓菴. 아버지는 참찬 貴達이며, 어머니는 金淑正의 딸이다. 연산 4년(1498) 賜暇讀書하고, 質正官·부수찬·이조좌랑을 역임한 뒤 병으로 사임하였다. 이어 연산 9년(1503) 수찬으로 복직하여 교리가 되고, 그해에 正朝使의 書狀官이 되어 명나라에 다녀왔다. 이듬해 갑자사화가 일어나자 글을 올려 임금을 간하다가 노여움을 사서 門外黜送되었다가 다시 진안에 유배되었다. 이어 아버지 귀달이 경원으로 유배될 적에 또다시 海島로 이배되었다. 저서로는 『自挽辭』가 있다.

長德祿, 蔭補司正, 次德禧, 蔭補司勇, 出繼將仕郎. 司正子鎬, 官至大司諫. 子汝河, 官至司諫, 贈副提學. 子相文, 參奉, 相民, 翊衛, 相勛, 通德郎, 相晉, 通德郎. 司勇子禮約, 司勇, 守約, 將仕郎, 好約, 察訪. 禮約子汝量, 司勇. 守約子河量, 有學行, 號誠齋, 好約子浚量. 汝量子克己, 河量子克家, 浚量子克寅, 餘不錄.

만력 무자년(선조 22, 1588)에 사림들이 임호서원臨湖書院을 건립하여 선생과 남계藍溪 표연말表沿沫과 나재懶齋 채수蔡壽와 동계(桐溪 권달수權達手 네 현인을 입향하였다. 근자에 임호서원의 선비들이 선생의 행장이 여전히 완정하지 못하다고 하여 나에게 그 일을 맡겼다. 가만히 생각해보면 뒷시대에 태어난 내가 어찌 감히 이 일을 감당하겠는기? 디만 부탁힘이 니무 질실하고, 내가 또한 빈 외손의 입상이기 때문에 의리상 사양할 수 없어 드디어 가전家傳·국사國史·비명碑銘에 실려 있는 내용을 자세히 모아 이상과 같이 서툰 말로 삼가 차례대로 기록하였다. 비록 선생의 훌륭한 덕에 대하여 만분의 일만이라도 선양하기에 부족하지만, 나의 경모하는 마음을 부침에는 어느 정도 되었다 할 것이다.

萬曆戊子, 士林立臨湖書院, 以先生及表藍溪[45] · 蔡懶齋[46] · 權桐溪[47]

---

45 藍溪: 表沿沫. 세종 31년(1449)~연산군 4년(1498). 본관 新昌. 자 小游. 호 藍溪. 함양 출신. 감찰 繼의 아들로, 金宗直의 문인이다. 연산군 10년(1504) 갑자사화 때 剖棺斬屍 당하였고, 과거시험에서 徐居正의 문생이 된 인연으로『筆苑雜記』의 서문을 쓰기도 하였다.《論學》이라는 글에서 김종직의 문인을 중심으로 하는 초기 사림파의 학문관과 정치관의 일단을 보여 주고 있다. 철종 5년(1854)에 후손 㷋峻에 의하여 간행된『남계문집』4권 2책이 전한다.

46 懶齋: 蔡壽 세종 31년(1449)~중종 10년(1515). 중종반정공신. 본관은 仁川. 자는 耆之, 호는 懶齋. 남양부사 신보(申保)의 아들이다.

47 桐溪: 權達手 예종 1년(1469)~연산군 10년(1504). 본관 안동. 자는 通之. 호 桐溪. 아버지는 廣興倉主簿 琳이다. 연산군 4년(1498) 수찬에 올라 부교리를 역임하고, 연산군 10년(1504) 연산군의 생모 윤씨를 종묘에 모시려 하자, 그 부당함을 주장

四賢入享焉. 乃者院儒以先生行狀之尙闕然, 屬宗魯役焉. 自惟晚生小子, 何敢當是任? 顧其敦迫甚切, 且在外裔之末, 義亦有不容辭者, 遂爲之備採家乘·國史與碑銘所載, 謹以蕪語就加序次如右. 雖不足以闡揚盛德之萬一, 然以寓夫區區景慕之私, 則或庶幾云爾.

하다가 의금부에 하옥되어 杖 60의 처벌을 받고 龍宮에 유배되었다.

명신록
名臣錄

이 작품은 명신록의 내용이다. 이 작품에서 허백정의 생애 전반을 수록하였지만 특징적인 국면을 부각시켜 강조하고 있어 간략하게 참고할 수 있다. 다만 행장과 중첩되는 부분이 있어 새로운 감이 떨어진다. 그렇지만 대체적으로 허백정의 생애를 전반적으로 파악하기 쉽게 기술되어 있다.

공의 자는 겸선兼善이고 호는 함허정涵虛亭이다. 홍씨는 영남의 부계缶溪에서 나왔는데, 후대에 함창으로 이주하여 드디어 함창현 사람이 되었다. 공은 총명한 자질로 배움에 힘써 게을리 하지 않았다. 집에 책이 없어 매번 다른 사람에게 빌려 읽었는데, 반드시 외우고서야 돌려주니 마을의 식견 있는 사람들이 모두 기이하게 여겼다. 신사년(세조 6, 1461) 별시 친책과親策科 3등으로 급제하였는데 고시관이 선생의 답안지를 보고는 기뻐하며 "후일 우리 유학의 법통을 이을 자는 반드시 이 사람일 것이다."하였다. 예문관봉교·시강원설서를 역임하였다. 이시애李施愛가 반란을 일으키자 조정에서 허종許琮에게 토벌하라 명했는데, 허종이 공을 병마평사兵馬評事로 선발하였다. 일이 평정되자 그 공로로 파격적으로 공조정랑에 배수되고, 장령·전한·직제학을 거쳐 동부승지에 발탁된 뒤에 도승지로 승진하고, 충청도관찰사로 나갔다가 병 때문에 체직되었다. 얼마 있다가 가선대부 형조참판을 제수하였다. 천추절 하례 사신으로 명나라에 갔다가 돌아오는 길에 모친상을 당하였다. 3년상을 마친 뒤에 이조참판이 되었다. 아버지가 연로하다는 이유로 외직을 청하여 경주부윤이 되었다. 임기를 마치자 대사헌으로 불러 들였는데 얼마 있지 않아 부친상을 당하였다. 3년상을 마치고 대사성에 배수되자 개연히 유학을 진작시키는 일로 자임하니 먼 곳의 선비들이 소문을 듣고 구름처

럼 모여들었다. 드디어 자헌대부로 승진되고 지중추부사 겸 대제학
으로서 이조판서와 호조판서로 옮겼다.

公字兼善, 號涵虛亭. 洪氏出嶺南缶溪, 其後世移于咸昌, 遂爲縣人.
公聰明穎秀, 力學不怠, 家無書, 每從人借讀, 必成誦乃還, 鄕人有識
者咸異之. 登辛巳科第三, 主司者得其券, 喜曰:"他日傳吾家衣鉢者,
必此子也."歷奉教 · 說書, 施愛[1]之叛, 朝廷命許琮討之, 選公爲僚佐.
事平, 以功超拜正郞. 遷掌令 · 典翰 · 直提學, 擢同副承旨, 次陞至都
承旨. 出按忠淸, 以疾遞, 尋授嘉善刑曹參判. 奉使賀千秋使還, 丁母
憂. 服除, 參判吏曹. 以親老乞外, 尹慶州. 秩滿, 以大憲召還. 未幾,
遭外艱. 服除, 拜大司成, 慨然以興起斯文自任, 遠方韋布, 聞風雲集.
遂進階資憲, 以知樞兼大提學, 移吏曹判書 · 戶曹判書.

연산군이 등극한 초기에 명나라 사신 왕헌신王獻臣이 와서 천자의
명을 하사할 때 공을 원접사로 삼았다. 얼마 있다가 의정부좌참찬이
되었다. 무오년(연산군 4, 1498) 이래로 국가에 폐해가 많아지자 공이
근심해서 수천언의 상소를 올렸다. 요약하면 다음과 같다. "군주는
세상 어떤 것에도 굴복하지 않으나 오로지 대간에 대해서만은 뜻을
꺾습니다. 자신의 뜻을 굽혀 대간의 말을 들어주어 다스림의 도리가
모든 왕보다 훌륭하다면, 이는 이른바 잠깐 굽힘으로써 펴기를 구한
다는 것입니다." 또, 사냥 놀음에 대해 간언하였다. "근래에 안으로

---

1 李施愛: ?~세조 12년(1467). 길주 출생. 지방의 호족으로 조선 초 북방 민 회유정
책으로 중용되어 문종 1년(1451) 護軍이 되고, 세조 4년(1458) 慶興鎭 병마절제
사를 거쳐 첨지중추부사 判會寧부사를 역임하였다. 그러나 왕권을 확립한 세조가
차차 북방민 등용을 억제하고 지방관을 직접 중앙에서 파견하여 중앙집권 체제를
강화하자 자신의 지위에 불안을 느끼고 반란을 꾀하였다. 조정에서는 龜城君 浚을
四道 병마도통사로 삼고 曹錫文 許琮 康純 魚有沼 南怡 등을 대장으로 하여 3만의
관군을 출동시켜 투항을 종용하였으나 반란이 아님을 상계하고 항복에 불응, 북도
민의 중용을 거듭 요구하였다. 관군의 공격을 받아 북청에서 두 차례 격전을 벌였으
나 대패하였다.

는 우레와 우박 같은 변고가 나타나고 밖으로는 오랑캐가 화란을 일으키니, 마땅히 군신상하가 서로 경계하고 덕을 닦아 재앙을 멈추고 환란을 없애는 일을 급선무로 삼아야 합니다. 수렵이 비록 종묘에 바치기 위한 행위라 하더라도 지금 살해되고 포로 된 사람들은 본래 모두 선대 왕과 왕비의 적자赤子들입니다. 사냥한 고기로 효성을 바친다면 어버이가 그것을 흠향하시겠습니까?"

> 喬桐主²初立, 王行人³來錫命, 以公爲遠接使. 旣而, 入政府爲左參贊.
> 戊午以來, 國家多事, 公憂之, 乃上疏⁴累千言. 其略曰："人主無所於
> 屈, 唯屈於臺諫而已. 屈而從其言, 使治道高出百王, 則所謂暫屈而求
> 伸也." 又諫畋遊⁵曰："近者, 內則雷電示災, 外則戎狄搆禍, 宜上下交
> 修, 以弭災消患爲務. 獵獲雖曰奉宗廟, 今之被殺擄者, 皆先王先后之
> 赤子也, 欲以獵獲致孝, 親其享之乎？"

매번 입시할 때마다 반드시 시간이 오래도록 논계하니 연산군이 매우 싫어하였다. 또다시 10여 조목을 올리니 모두 국가의 기밀에 관한 사항으로 반복하여 타이른 말이 매우 절실하고 곧았다. 연산군이 더욱 불평스럽게 여겨 모든 관직을 삭탈하고 한직으로 좌천시켰다. 몇 년 뒤에 경기도관찰사로 나갔는데 연산군의 총애를 받는 여인의 집안에서 수차례 비리非理를 요구하였는데 선생이 들어주지 않자 결

---

2 喬桐主: 연산군이 강화도 교동이라는 섬에 유폐되었으므로 이렇게 이른 것이다.
3 王行人: 연산군 1년(1495) 성종의 諡號와 연산군에 대한 고명을 내릴 때 行人의 자격으로 왔던 明나라 사신 王獻臣이다. 당시 왕헌신 외에 太監 金輔·李珍이 함께 왔는데, 이때 盧公弼·宋公軼·金諶이 이들을 맞이했고, 洪貴達은 接伴使로 함께 했다.
4 疏: 『虛白亭集』 문집 권2에 「請從諫疏」라는 제목으로 실려 있고, 『燕山君日記』 1년 2월 2일 기사에도 실려 있다.
5 諫畋遊: 『虛白亭集』 문집 권2에 「諫打圍疏」라는 제목으로 실려 있고, 『燕山君日記』 5년 9월 16일 기사에도 실려 있다.

국 연산군에게 참소하여 경원慶源에 유배시켰다. 선생이 가족들과 함께 이별하며 "내가 함창의 농부로서 경상卿相의 자리에 이르렀으니 본래 내가 차지할 자리가 아니다. 성공도 내가 이룬 것이요 실패 또한 내가 자초한 것이니 지금 단지 옛날의 상태로 돌아갈 뿐이다. 다시 무엇을 한스러워하겠는가?" 하고, 태연하게 귀양길로 나아갔다. 얼마 있다가 선생을 서울의 옥사로 옮기도록 명하였다. 7월 모일에 선생의 행차가 단천端川에 이르자 왕명을 지닌 관원이 달려와 책서策書 하나를 주었다. 선생이 책서를 펼쳐 보고 재배하며 "주상이 내게 죽으라 명하는구나." 하고는 담담히 사방을 돌아보았다. 정신과 기색이 변치 않은 채 담담히 목을 매어 죽으니, 나이 67세였다. 뒤에 문광文匡이란 시호가 내려졌다.

每入侍, 必移晷論啓, 主頗厭之. 又進十餘條[6], 皆宮禁祕事, 反復開諷, 語甚切直. 主益不平, 盡奪其官, 左授閒職. 數年, 出爲京畿監司, 有內嬖家數以非道干請, 不得願, 遂搆譖於內, 流于慶源. 公與家人訣曰: "我是咸昌一佃卒, 致位宰相, 本非吾所有. 成亦自我, 敗亦自我, 今只是復吾舊耳, 亦復何恨?" 乃怡然就道. 尋令逮付京獄, 七月某日, 行到端川, 承命官馳至, 授一策書于公. 開覽再拜曰: "上命臣死矣." 從容四顧. 神色不亂, 遂就縊, 年六十七. 後諡文匡.

외물에 관심을 두지 않고 오로지 서적을 좋아하여 밤낮으로 독서해도 피곤한 줄 몰랐다. 지은 문장은 여유롭고 광범위하였는데 대체로 스스로의 마음에 맞는 것을 으뜸으로 삼았다. 성화 병신년(성종 7, 1476)에 명나라 호부낭중戶部郎中 기순祁順이 조서를 받들고 왔을 때에

---

6 十餘條: 『虛白亭集』 문집 권2에 「政府疏」라는 제목으로 실려 있다. 『燕山君日記』에는 이 상소가 좌의정 한치형·우의정 성준·좌찬성 이극균·우찬성 박건·좌참찬 홍귀달·우참찬 신준의 명의로 5년(1499) 3월 27일에 실려 있다.

그가 문충공文忠公 서거정徐居正과 시를 지어 주고받았는데 왕복하여 다 드러내면서 서로 지려 하지 않았다. 기순이 많은 운자로 문충공을 곤란하게 하려고 무려 60여운의 「등루부登樓賦」를 지었다. 공이 문충공을 대신하여 그 운자에 맞추어 시를 지어 올리니 기순이 한참동안 칭찬하며 감탄하였다. 이 시는 『황화집皇華集』에 실려 있다. 이로부터 화려한 명성이 더욱 퍼져 세상에서 비문碑文이나 갈문碣文을 구하는 사람들, 건물을 수리하거나 새로 지어 그에 대한 연혁을 기록하여 영원히 전하려고 하는 사람들은 모두 선생의 집으로 달려갔다. 어디로 떠나는 자들은 누구나 선생의 말 한 마디를 얻어 그 행차를 말하게 되면 흡족해 하며 스스로 영광이라 여겼다. 풍경을 표현하고 회포를 읊은 길고 짧은 시편들 중 세간에 흩어져 있는 것들도 인구에 회자되지 않는 것이 없었다.

於物無所留意, 惟耽嗜書籍, 夜以繼晝, 未嘗知倦. 爲文章, 優遊有裕, 汪洋自肆, 率以適意爲宗. 成化丙申, 祁戶部[7]奉詔而來, 與館伴徐文忠相唱酬, 往復發揮, 略不相輸. 祁欲以多窮之, 作「登樓賦」, 無慮六十餘韻. 公代文忠, 步其韻以呈, 祁贊賞良久, 附『皇華集』[8]中. 自是聲

---

7 祁戶部: 1434~1497의 明나라 戶部郎中 祁順이다. 字 致和, 號 巽川으로, 東莞 梨川人이다. 天順 4년(1460) 殿試에서 1등으로 進士가 되었는데, 성명의 발음이 英宗[朱祁鎭]과 비슷하다 하여 2등으로 강등되었다. 兵部主事·員外郎郎中·山西 右參政·福建右布政使·江西左布政使 등을 역임했다. 이때 명나라 황제가 기순에게 一品服을 하사하여 조선에 사신으로 보냈다. 저서로 『巽川集』이 있다.

8 皇華集: 조선의 문인과 明나라 사신이 수창한 시문집이다. 世宗 32년(1450) 명나라 景帝의 등극 조서를 반포하러 왔던 倪謙·司馬恂과 조선의 鄭麟趾·申叔舟· 成三問 등의 수창 시문을 수록, 간행한 『世宗庚午皇華集』[중국 간행명:『景泰庚 午皇華集』]에서 시작하여 인조 11년(1633)에 이르기까지 총 23회에 걸쳐 간행되었다. 『황화집』은 간행과 함께 중국에서도 바로 유포되었으며, 양국 사신들이 시문 수창에 대비하여 미리 읽는 일종의 수창교본의 역할도 했다. '皇華'라는 말은 『詩經』의 '皇皇者華'라는 시편에서 나온 것인데, 임금이 먼 길을 다니는 사신의 노고를 위로한 내용이다.

華益振, 世之求碑碣者與夫修刱沿革, 欲得題識, 以垂不朽, 皆走公門. 凡有所適, 得公一語, 以道其行, 則充然自爲榮幸. 至於寫景寓懷長篇短什, 散落世間者, 無不膾炙人口.

성품이 온화하고 포용력이 있어 어진 사람이든 불초한 사람이든 찾아오면 만나 정성스럽게 대화하고 구분지어 따지지 않았으나, 혹시라도 의리에 맞지 않는 것으로 요구하면 결연한 태도로 끝내 동요하지 않았다. 행인 왕헌신王獻臣은 성품이 몹시 까다로워 허교하는 사람이 드물었는데 선생을 보고 기뻐하며 평소 교제했던 사람처럼 대하였다. 중국으로 돌아간 뒤에 중국에 조회하러 들어간 우리나라 사람을 만나면 반드시 공의 소식을 물어 보았다. 공의 집이 남산 아래에 있었는데 높고 마른 곳에 띠 풀을 이어 가로세로 몇 자 되는 정자를 지어 '허백정虛白亭'이라 편액하였다. 퇴근하기만 하면 허백정에서 두건을 쓰고 지팡이를 짚고 걸으면서 시를 읊조리니, 초탈한 모습이 세상에 무관심한 사람 같았다. 정치를 그만 둔 뒤에는 더욱 인간 세상의 일을 기뻐하지 않아 일찍이 시를 지어 "산비와 솔바람조차도 그 시끄러움이 싫구나." 하였다. 그러나 한 시절 벗들이 공의 풍모를 앙모하여 끊임없이 모여들었다. 공이 또한 기쁘게 서로 대면하여 술통을 열어 회포를 풀고 혹 투호를 하거나 시를 지으면서 종일토록 농담하며 즐거워하니 보는 사람들이 재상의 신분인 줄을 알아보지 못하였다.

性和而有容, 人無賢不肖, 至則接之, 諄諄與語, 不見畦畛. 至或以非義干之, 則確然終不可動. 王行人, 性甚峭峻, 於人少許可, 及見公, 欣然如素交. 其後遇東人入覲者, 必問公消息. 有第在南山下, 就高燥, 葺茅爲亭, 縱橫數丈, 扁曰虛白. 每公退, 幅巾藜杖, 嘯詠其中, 若遺世者. 自罷政之後, 益不喜人間事, 嘗有詩云:"山雨松風亦厭喧." 然而一時朋舊, 慕仰風采, 輪蹄沓集. 公又驩然相對, 開樽放懷, 或投壺賦詩, 終日善謔, 見者不知爲黃閣[9]之貴.

평소에 남에게 눈도 흘기지 않아 비록 다른 사람이라면 참지 못할 나쁜 말을 듣더라도 따지지 않았지만, 오직 국사에 관해서 말할 만한 것이 있으면 묵인하지 않았다. 자제들이 간혹 "대인께서는 어찌하여 집안 식구들을 위한 마음으로 조금이라도 참지 않으십니까?" 하면, 공은 "나는 여러 대의 조정에서 후한 은혜를 받았고, 이제 또 연로했으니 죽는다고 한들 무엇이 아쉽겠느냐?" 하고는 끝까지 직언하는 것을 고치지 않았다. 다섯 명의 아들을 두었으니, 언필彦弼은 시를 잘 짓는다는 명성이 있었으나 요절하였고, 언승彦昇은 진사이고, 언방彦邦은 홍문관박사이고, 언충彦忠은 직강直講이고, 언구彦國은 생원이다. 공이 북으로 귀양 갈 때에 네 아들이 또한 연좌되어 멀리 해도에 유배되었다. 병인년(중종 1, 1506) 중종반정이 성공하여 공에게 일품의 직질을 증직하고 특별히 제수를 보내 제사지내게 하였다. 언승 등이 해도로부터 단천端川에 달려가 관을 지고 남으로 내려왔다.

平生與人無眺眥, 雖聞惡言他人所不忍者, 亦不與校. 獨於國事, 有可言者, 未嘗容默. 子弟或諫曰:"大人何不少忍爲百口計?"公曰:"吾受累朝恩厚, 年且老矣, 雖死何惜?"終不爲之改. 有男五人, 曰彦弼, 有能詩聲而夭, 彦昇, 進士, 彦邦, 弘文博士, 彦忠, 直講, 彦國, 生員. 公之北謫也, 四子亦連坐, 遠配海島. 丙寅反正, 贈公一品職, 特致賻祭, 彦昇等自海島馳赴端川, 扶櫬而南.

---

9 黃閣: 의정부의 별칭으로, 재상이 사무를 보는 관청의 문이다.

임호서원 봉안문 전 현감 장신張璶이 짓다
臨湖書院 奉安文 前縣監張璶[1]製

이 작품은 임호서원 봉안문이다. 작자는 이 지역 출신 문인인 장신이다. 작자는
문체의 특징을 살려 표현하였다. 특히 깊은 교분을 나누었던 세분을 함께 끌어들여
작품의 소재로 활용하여 함께 드러내어 맛을 더하였다.

오봉五峯 아래
검지劍池 물가로다.
누가 현사賢祠를 지었는가
나라가 있어서이다.
위대하구나 여러 현자들이여
강인하과 위대함을 하늘이 주셨네.
타고난 품성이 순수하였거늘
수양도 지극한 경지에 도달하였네.
조정에 나아가 배운 바를 시행하니
군주와 합치함이 아름답고 밝았네.
왕도가 드넓게 펼쳐져
선류善類와 함께 조정에 나아가니 길한 일이었네.
처음에는 형통했는데
어째서 종국에는 막혔던가?
명운이 마침내 잘못되어
큰 어려움을 당했네

---

1 張璶: 인조 7년(1629)~숙종 37년(1711). 본관 仁同. 자 仲溫. 호 錦江. 敵愾功臣
末孫의 후손이다. 숙종 5년(1679) 孝廉으로 천거되어 참봉이 되었고, 숙종 17년
(1691) 學行으로 6품직에 超授되어 개령현감이 되었다. 이때 청렴하게 惠政을
베풀어 백성들의 칭송을 받았다.

五峯之下　　劍池之湑
誰修賢祠　　有國之故
偉哉諸賢　　剛大天畀
資稟旣粹　　克養亦至
進施于朝　　際會休明
王道蕩蕩　　貞吉彙征²
胡始之亨　　而否于終
時命乃謬　　大難以蒙
憂心悄悄　　讒口嗸嗸

근심스런 마음은 시름겨웠는데
참소하는 말들이 떠들썩했네
강직한 남계藍溪 표연말表沿沫은
곧은 도리 지닌 채 떠돌다가
고결한 모습과 낭랑한 목소리
황무지에 매몰되니
점필재佔畢齋 김종직金宗直의 연원
그 전승 아득히 끊어졌네
독실한 문광공文匡公 홍귀달洪貴達은
넓고 크며 영특하고 굳세어
군주의 잘못 바로잡아 충성을 다하고
누차 좌절했으나 더욱 힘썼으니
큰 절의節義 이미 수립한 터라
문예文藝는 부수적인 일일 뿐이네
탁월하고 호방한 나재懶齋 채수蔡壽는

---

2 彙征: 君子가 벗들과 함께 조정에 나아감을 이르는데, 善類가 많이 등용될 때를
뜻한다. 『周易』泰卦 初九 爻辭에 "띠풀을 뽑는 것과 같아 그 무리로써 나아가니
길하다. [拔茅茹, 以其彙征, 吉]" 했다.

호탕한 기운이 세상을 덮었는데

조정에서 온 마음 다 바치고

넓게 배워 유학을 즐기다가

만년에 여유 있게 노닐었으니

쾌재정快哉亭은 높기만 하구나

동계桐溪 정온鄭蘊은 젊은 나이라

처신하기 더욱 어려웠는데도

높이고 받들자는 간쟁이

우레와 번개처럼 빛났었네

모두들 두려워 머뭇거릴 때

용감히 앞장서 나아갔네

올곧게 자신을 신경 쓰지 않아

재앙이 사람들에게 미치지 않았네

侃侃藍溪[3]	直道飄搖
玉色金聲	埋沒荒穢
佔畢[4]淵源	茫茫墜緖
篤實文匡[5]	弘大英毅
格非精忠	累挫彌勵
大者旣立	餘事文藝
懶齋[6]俊邁	豪氣蓋世
盡瘁于朝	博學耆儒

---

3 藍溪: 表沿沫. ?~연산군 4년(1498). 본관 新昌. 자 少游. 호 藍溪. 金宗直의 문인.

4 佔畢: 金宗直 세종 13년(1431)~성종 23년(1492). 본관은 善山(一善), 자는 계온. 효관, 호는 점필재, 시호는 文忠이다.

5 文匡: 中宗 2년(1507) 洪貴達에게 내려진 시호이다.

6 懶齋: 蔡壽 세종 31년(1449)~중종 10년(1515). 본관 仁川. 자 耆之. 호 懶齋. 시호 襄靖.

晚歲優游　　快哉亭7高
桐溪8妙年　　所處尤難
崇奉之爭　　雷霆赫然9
衆懼而逡　　勇往而前
直不顧身　　禍不累人

기이하구나, 네 현인이여
영원히 사표師表가 될 것이네
순탄할 때나 험난할 때나 같은 태도
수립한 바가 우뚝하여
거센 물결치는 속에 지주砥柱이고
세찬 겨울 추위 속에 소나무 잣나무였지
10년 흘러 천도天道가 흘러
쇠미함 극에 달해 문명의 시대 돌아오니
조정에서 안타까워하는 교서敎書를 내려
마을을 표창하고 작록爵祿을 내려주었네
영원히 우리 고을 함창에서는
선비들이 남기신 향기 공경하건만
직접 만나 배울 길 없어

---

7 快哉亭: 蔡壽가 지은 정자이다. 채수는 1506년 中宗反正이 성공하자 奮義靖國功
　 臣 4등에 녹훈되고 仁川君에 봉군되었는데, 그 후 후배들과 함께 벼슬하는 것을
　 부끄럽게 여겨 咸昌에 快哉亭을 짓고 은거하여 독서와 풍류로 여생을 보냈다.
8 桐溪: 鄭蘊. 선조 3년(1569)~인조 19년(1641). 본관 草溪. 자 輝遠. 호 桐溪·
　 鼓鼓子. 시호 文簡. 광해군 2년(1610) 진사로서 문과에 급제하여 說書·사서·
　 정언 등을 역임하고, 1614년 副司直으로 永昌大君의 처형이 부당함을 상소, 가해자
　 인 강화부사 鄭沆의 斬首를 주장하다가 제주도 大靜에서 10년간 유배생활을 하였다.
9 崇奉~赫然: 臨海君 獄事에 대해 全恩說을 주장하고, 永昌大君이 江華府使 鄭沆에
　 의해 피살되자 격렬한 상소를 올려 정항의 처벌과 당시 일어나고 있던 廢母論의
　 부당함을 주장했다.

이곳에 의귀할 것을 생각하네

이에 사당을 건립하여

밝은 혼령을 편안케 하네.

남기신 풍모 늠름하고

경계하는 말씀 지금 듣는 듯 하네

누군들 흥기하지 않겠는가

훌륭한 많은 선비들이 뜰에 있네

猗歟四賢　　百世師表
夷險一致　　所立卓爾
衝波砥柱　　大冬松柏
十年天道　　剝極而復[10]
朝有愍書　　表閭命爵
百歲桑鄕　　士欽餘馥
親炙無由　　依歸是度
爰立寢廟　　以妥明靈
遺風凜然　　警欬如承
孰不興起　　多士在庭

---

10 剝極而復: 음의 기운이 극에 달하여 양의 기운이 회복된다는 뜻이다. 『周易』復卦 卦辭에 "그 도를 반복하여 7일 만에 와서 회복하니, 가는 바를 두는 것이 이롭다. [反復其道, 七日來復, 利有攸往.]" 했는데, 7일은 7월과 같은 말로 일곱 달을 뜻한 다. 5월 夏至가 되면 음 하나가 생겨 양이 처음 사라지는 姤卦가 되며, 6월에는 二陰의 遯卦, 7월에는 三陰의 否卦, 8월에는 四陰의 觀卦, 9월에는 五陰의 剝卦, 10월에는 純陰의 坤卦가 되었다가 11월 冬至가 되면 양 하나가 생겨 음이 처음 사라지는 復卦가 된다.

상향 축문 익찬 이유장

常享 祝文 翊贊 李惟樟[1]

왕업을 빛낼 문장과
독실한 덕으로
인을 이루고 의리를 취하여
신하의 직분에 힘썼네

黼黻之文　　篤實之德,
成仁取義　　勗我臣職

---

1 李惟樟: 인조 2년(1624)~숙종 27년(1701). 자 夏卿. 호 孤山. 관향 宣城. 아버지는 廷發. 안동에 살았다.

양산서원 봉안문 이상정

陽山書院 奉安文 李象靖[1]

이 작품은 양산서원 봉안문이다. 작자는 지역 문인으로 퇴계의 학통을 이은 대표적인 유학자인 이상정이다. 작자는 문채의 특징을 살려 문학적인 명성에 걸맞게 함축적으로 허백정의 삶을 표현하였다.

산하山河는 **빼어난** 기운 기르고

규벽奎璧은 정수를 내려보냈네

남달리 영특하고 총명한 자질 타고나

학문을 통해 완성하였네

문장은 혼융하고 풍부하여

문채 나고 빛이 나네

드디어 대궐에 들어가

두루 요직을 역임하고

찬란히 빛나는 문장으로

두 번이나 문형文衡을 맡았네

연산군 혼암하고 정치는 황폐했는데

의로운 행실은 화살처럼 곧았고

인을 이루고 의리를 성취하여

풍도와 절개가 늠름하였네

山河毓秀   奎璧降精

---

1 李象靖: 숙종 36년(1710)~정조 5년(1781). 본관 韓山. 자 景文. 호 大山. 퇴계 李滉의 학맥을 이었다고 평가되고 있다. 고종 연간에 이조판서로 증직되었고 순종 연간인 1910년에 文敬이라는 시호가 내려졌다. 동생인 小山 이광정도 학자로서 명망이 높았다.

穎異聰明	濟以文學
文章混浩	黼黻煒煌
遂躋金閨	歷踐八座
瓊琚玉佩	再典文衡
主昏政荒	秉直如矢
成仁就義	風節凜然

그윽한 임호서원에서
제향을 올렸네
고향 율리栗里를 돌아보니
조상 대대로 살아온 고을이네
훌륭하신 경재敬齋 홍노洪魯 선생의
은택은 두텁고 전수傳授는 장구하네.
후손들이 보답할 것을 생각하여
별도의 사당을 지으니
한 묘실廟室에 삼위三位의 청덕은
공의 부자父子 간일세.
같은 재각齋閣에서 함께 제향祭享하니
인정과 예의에 들어 맞네
길한 날을 점쳐
공경히 파초와 향 풀을 올리니
혼령이 내려와
뜰에서 오르내리는 것 같네
보답하는 일이 지금에서야 시작되니
폐하지 말고 길이길이 이어갈지어다

有幽臨湖	寔薦芬苾
睠玆栗里	桑梓舊邦

懿我敬齋[2]　　澤厚流遠
雲仍思報　　經營別祠
一室三淸　　縶公父子
同堂共享　　情禮則然
爰卜吉辰　　祗薦蕉荔
精爽如臨　　陟降庭右
報事伊始　　勿替引之

---

2 敬齋: 洪魯의 호. 공민왕 15년(1366)~태조 1년(1392). 자 得之. 鄭夢周의 문하에
　서 수학하였다. 고려 禑王 13년(1387) 진사, 공양왕 2년(1390) 別時에 급제한
　뒤 정몽주의 추천을 얻어 門下舍人에 올랐으나, 1392년 栗里에 귀향하여 서실을
　지어 敬齋라고 편액했다. 고려가 망하자 사당에 들어가 참배한 뒤 순절했는데,
　그 때 나이 27세였다. 옛 墓碣이 마멸되어 正祖 때 蔡濟恭이 다시 지은 묘갈이
　전한다. 뒤에 栗里祠와 義興의 陽山書院에 제향되었고, 행적을 담고 있는 책으로
　『敬齋實紀』가 있다.

상향 축문 이광정
常享 祝文 李光靖[1]

나라를 빛내는 문장과
하늘을 떠받치는 절개로
인륜 기강을 세움이
아! 천만억년 영원하네

| 華國文章 | 擎天鐵壁 |
| 扶倫植綱 | 於千萬億 |

---

1 李光靖: 숙종 40년(1714)~정조 13년(1789). 본관 韓山. 자는 休文. 호 小山.
  퇴계 李滉의 학풍을 계승하였다. 정조 16년(1792)에 이광정의 아들 이우가 疏頭
  가 되어 1만 57명이 연명한 사도세자의 伸冤 상소인 영남만인소를 올렸다.

허백선생속집 후서 유치명

虛白先生續集 後序 柳致明[1]

이 작품은 허백정집 속집 후 서문이다. 작자는 퇴계의 학통을 이은 유치명이다.
작자는 작품전반부에서 허백정의 삶 전체를 요약적으로 돌아보고 선초 그가 차지
하는 인물의 비중을 드러내었다. 그리고 그의 문집 발간의 전 과정을 간략하게 서
술하여 그의 문집이 가지는 의미 또한 부각시키려고 노력하였다.

맹자가 "대인大人은 갓난아이의 마음을 잃지 않은 자이다." 하였으
니, 오로지 순일純一하여 거짓이 없는 실체를 온전히 해야만 온갖
변화에 통달할 수 있다. 나라가 성대할 때에 대인이나 선생이라 호칭
할 수 있는 사람이 없지는 않으나, 시서詩書 등의 경전을 공부하여
순일하여 거짓이 없는 실체를 본 사람은 오직 허백정虛白亭 문광공文
匡公 선생뿐이니, 순수한 마음에서 발현되어 글로 표현된 것에 그러
한 점이 잘 나타나 있다. 그 기운은 혼연하고 그 맛은 담백하여 인위
적인 일삼음이 없어 순수하고 화평한 것이 선생의 문장이니, 어찌
붓을 들고 배워 이와 같은 문장을 지을 수 있었겠는가? 순일하여
거짓이 없는 실체를 온전히 하여 천리에 순응하였기 때문에 가능했
던 것이다. 선생이 이런 점으로 성종成宗에게 지우知遇를 입은 뒤에
임금의 교문敎文을 짓고 참찬參贊이 되어 교화를 넓혔는데, 불행하게
도 혼탁한 연산군 시대를 만나게 되었다. 처음에는 다른 사람들의
지혜로 미쳐 볼 수 없는 사태를 선생만이 먼저 근심하여 심장을 가르
고 피를 짜내는 태도로 간언하여, 연산군이 부디 잘못을 깨달아 화란
이 일어나기 전에 안정되기를 바랐는데, 그 정성이 감동시키지 못했

---

1 柳致明: 정조 1년(1777)~철종 12년(1861). 본관 全州. 자 誠伯. 호 定齋. 저서에는
『讀書瑣語』, 『禮疑叢話』, 『家禮輯解』, 『朱節彙要』, 『大學童子問』, 『太極圖解』,
『大山實記』, 「知舊門人往復疏章」 외에 50여 권이 있다.

는지 형틀이 뒤따랐다.

孟子曰:"大人者, 不失其赤子之心者也."蓋惟全夫純一無僞之體, 爲能
通達萬變也. 國朝晟時, 號稱大人先生者, 未嘗無其人, 誦讀其詩書,
而見其純一無僞, 惟虛白洪文匡先生爲然, 發乎性情, 施於辭令者, 焉
可誣也? 其氣渾然, 其味淡然, 行乎其所無事, 而醇粹平和者, 先生之
文也, 夫豈執筆學爲如此之文哉? 全乎一而順乎天耳. 先生旣以是受
知成廟, 潤色王猷, 貳公弘化. 及不幸而處昏朝, 則其始也, 蓋亦有他
人智之所不及見者, 而先生獨先憂之, 剖心瀝血, 庶幾所天者之幸而
回悟, 而弭於未然也, 而忱誠未格, 鼎鑊隨之.

얼마 있지 않아 선생이 말한 것들이 부절이 합치하듯이 딱 맞았으니,
힘이 부족하여 큰 집의 붕괴를 막을 수는 없지만 지혜는 하늘과 사람
의 관계를 밝히기에 충분하였다. 이는 할 수 없는 것은 사람이고
할 수 있는 것은 하늘이기 때문이다. 사태는 발생하기 전에 변화가
무궁한 법인데, 선생은 변화하는 사태 속에 있으면서 항상 미리 알아
두 마음을 품지 않았으니, 어찌 변화에 통달하고 천명을 아는 대인군
자가 아니겠는가? 지나간 일이 이미 이와 같아 눈물 흘릴 만한데,
인간 세상에 남긴 것은 다만 선생의 정신과 말씀이 깃든 것일 뿐이
다. 낱글자와 몇 마디 말들도 당연히 사람들이 귀중히 보관할 바인
데, 선생이 화를 당했을 때 네 아들이 모두 연좌되어 유배되어 시신
을 수습하는 일조차 예로써 하지 못했으니 하물며 남긴 문장은 말할
것도 없다. 세월이 오래 지난 뒤에 호남에서 겨우 3책을 간행하였는
데 문장공文莊公 우복愚伏 정경세鄭經世 공이 서문을 써서 전하였다.
그러나 오히려 채집되지 못한 것이 있음을 한스럽게 여겨 후손 종구
宗九가 고생스럽게도 부지런히 수습하고 연보를 붙여 속집 3책을
만든 뒤에 원집과 함께 널리 세상에 전하려 하였다. 그런데 일을
이루지 못한 채 갑자기 세상을 떠나는 바람에 주손胄孫인 종표宗標와

준철浚喆과 기찬箕璨이 수 백리를 멀다 여기지 않고 와서 나에게 살펴 보고 교정해줄 것을 요청하였다.

> 未幾而其言之驗, 有如左契, 力不足以繫大廈之顚, 而智足以燭天人
> 之際, 蓋其所不能者人, 而所能者天也. 事之變乎前者無窮, 而吾之處
> 乎變者, 常前知而不貳其心, 豈非達變知命之大人君子哉. 往事旣爾,
> 有可涕洟, 而遺落人間者, 獨其精神咳唾之所寓耳. 隻字片言, 宜爲人
> 所珍藏, 而先生之禍也, 四子俱坐謫, 續候且不以禮, 況於文乎? 時旣
> 久, 刊于湖南, 僅三冊, 愚伏鄭文莊公²序而傳之. 猶恨其有未採, 後孫
> 宗九辛勤收拾, 附以年譜, 爲續集, 又三冊, 將與原集, 廣其傳於世也.
> 事未及就而遽爾隕歿, 胄孫宗標與浚喆箕璨, 不遠數百里來, 屬致明
> 考其丁乙.

문집을 모두 읽고 공경히 일어나 말하기를, "선생의 이름이 우주 간에 있고 곧은 도리가 국사에 실려 있다. 인심이 죽지 않아 경모함 이 마르지 않으며, 바른 기운이 사라지지 않아 기록이 민멸되지 않았 으니, 어찌 편집하는 나의 정성이 필요하겠는가? 순일하여 거짓이 없어 단청으로 형상할 수 없는 것은 선생의 문장에서만 볼 수 있는 것이니, 이것이 효성스럽고 자애로운 자손의 뜻이다."
주상이 등극한 9년(1843, 헌종 9) 계묘년 4월, 통정대부 전 행사간원 대사간 지제교 유치명이 삼가 서문을 쓴다.

> 旣卒業, 作而曰: "先生之名在宇宙, 直道在國乘. 人心不死, 景慕不歇,

---

2 文莊公: 鄭經世의 시호. 명종 18년(1563)~인조 11년(1633). 본관 晉州. 자 景任. 호 愚伏·一默·荷渠. 初諡 文肅. 改諡 文莊. 경상북도 尙州에서 출생하였다. 柳成 龍의 문인이다. 인조 1년(1623) 인조반정으로 부제학에 발탁되고, 전라도관찰사 ·대사헌을 거쳐 인조 7년(1629) 이조판서 겸 대제학에 이르렀다. 이듬해 겸 춘추 관지사로서『光海君日記』편찬을 담당하였다. 저서에『愚伏集』,『喪體參考』,『朱 文酌解』등이 있다.

正氣不滅, 記載不泯, 何待區區編輯之勤? 若其純一無僞, 丹靑莫狀者, 非斯文, 莫之見也, 此孝子慈孫之志也."上之九年癸卯淸和節, 通政大夫 · 前行司諫院大司諫知製教柳致明謹序.

허백정집 속집

발문跋文

허백정집속집 발문 홍인찬

虛白亭集續集 跋 洪麟璨

이 작품은 허백정집 속집 발문이다. 작자는 후손인 인찬이다. 작자는 문집 발간의
과정에서 문중 내에서 있었던 일들을 간략하게 서술하여 그의 문중 내의 비중과
이 문집이 가지는 의미를 부각시키려고 노력하였다.

선조 허백정虛白亭 선생 문집의 원집은 만력萬曆 신해년(1611, 광해4)에
완성되었다. 구례 현감 저곡樗谷 최정호崔挺豪 공이 봉급을 덜어 간행
하였고, 호남관찰사 우복愚伏 정경세鄭經世 어른이 서문을 지으셨다.
선현들이 정성을 다하여 드러내었으니 어찌 옳지 않겠는가? 가만히
생각해보면 전후의 저작이 상자에 가득 넘쳤었는데, 참화와 병란에
소실되었을 뿐 아니라 당초 널리 수집할 길이 없어 여전히 누락된
시문이 많으니, 이는 선조들이 모두 개탄하면서 유념하던 문제였다.
그런데 동암공東庵公이 손수 연보를 작성하여 고증할 수 있게 하였
다. 족숙 종구宗九씨가 남긴 뜻을 체득하여 수집·보관하고는 나에게
속간하는 일을 부탁하였다. 그래서 함령咸寧의 동지들과 임호서원臨
湖書院에 나가 계획을 세워 대략 일을 시작하였는데 족숙이 갑자기
돌아가셨으니, 슬프도다!

> 先祖虛白先生元集, 成於萬曆辛亥, 樗谷[1]崔公知求禮, 捐俸鋟梓, 愚
> 伏[2]鄭爺按節湖南, 撰弁文, 先輩殫誠發揮, 詎不韙哉? 竊想前後敍述,

---

1 樗谷: 崔挺豪의 호. 명종 18년(1563)~?. 거주지 미상. 자 時應. 본관 충주. 아버지
  는 守道 조부는 大觀 증조부는 洪이고 장인은 金復一이다. 선조 36년(1605) 식년
  시 병과에 19등으로 합격하였다.
2 愚伏: 鄭經世의 호. 명종 18년(1563)~인조 11년(1633). 자 景任. 호 愚伏. 본관
  晉州. 아버지는 좌찬성 汝寬이며, 어머니는 陜川 李氏로 軻의 딸이다. 柳成龍의
  문하에서 수학하였으며, 예조판서·이조판서·대제학 등의 벼슬을 지냈다.

不啻充箱, 而不惟蕩失於慘禍兵燹. 且緣當初無由廣搜, 尙多闕漏文字, 此先父老所共慨恨而留意者, 而東庵公手錄編年, 爲可攷證驗也. 族叔宗九氏克體遺意, 蒐輯巾衍, 屬余經紀續刊. 乃與咸寧同志, 就湖院營度, 略就緖而族叔遽不幸, 悲夫!

드디어 금과옥조 같은 원고가 영락하고 부스러져 오래될수록 인멸될까 두려웠는데, 주손冑孫인 종표宗標와 준철浚喆이 대평大坪 선생에게 교감을 요청하여 일을 마치고 돌아온 뒤에 후손인 은표殷標·기찬箕璨·경모敬模 세 사람이 합석해서 교정하고 사림士林들이 도와주었다. 일을 마치고 시·문장·잡저와 부록을 합하여 3책을 각수刻手에게 맡기니, 선조의 진실한 덕과 실천 행적, 인을 이루고 의리를 취함, 윤리도덕을 부지하고 확립함, 부차적이라 할 수 있는 문장에 대해서는 여러 유현儒賢들의 서술이 자세하니, 어찌 식견이 좁은 후손들이 헤아려 알 수 있겠는가?

> 遂深懼零金碎珠, 愈久湮沒, 冑孫宗標暨浚喆, 請勘校于大坪[3]以歸, 後孫殷標·箕璨·敬模數三人, 合席繕修, 而士林有相役焉. 詩文雜著若附錄三冊, 付諸剞劂氏. 夫先祖實德踐履, 成仁取義, 扶倫植綱, 餘事文章, 諸儒賢之述備矣, 豈識膚屑孫所蠡測也哉?

아! 만년에 낙향하려 했던 생각이 임풍대臨風臺와 애경당愛敬堂에서 창화한 기사에 여러 차례 드러나 있는데, 마음마다 참된 정성으로 간절한 충심을 지녀 진실로 자신은 신경 쓰지 않고 매일 연산군이 허물을 고치기를 바라며 형틀이 앞에 있음을 돌아보지 않으셨다. 그래서 낙향하려는 평소의 뜻을 결국 이룰 수 없었으니, 아! 가슴

---

3 大坪: 柳時淵. 고종 10년(1873)~1914. 한말의 의병장. 본관은 全州. 일명 時然. 자 璞汝. 호 星南. 경상북도 안동출신. 고종 19년(1882) 향리의 大坪學塾에서 柳淵覺으로부터 한문을 수학하였다.

아프다. 의관이 임풍대 좌측 기슭에 보관되어 있어 선조의 후예들이 시절마다 무덤에 모여 남긴 시를 외우고 남긴 문장을 읽어 애경이라 당을 이름 지은 뜻을 추모하고, 반드시 보고 느껴 공경심을 일으킬 것이니, 오늘날 간행하는 일을 그만둘 수 있겠는가? 이에 감히 참람하고 외람됨을 헤아리지 않고 대략 속집 간행의 시말을 위와 같이 서술하였다.

계묘년 3월 모일에 12대손 인찬麟璨이 삼가 기록한다.

於虖! 晚年歸老之計, 累發於臨風臺·愛敬堂唱和記事, 而片片血悃, 眞切匪躬, 日望昏朝之改過, 不顧鼎鑊之在前, 休退素志, 竟未邃焉, 嗚呼痛矣! 衣冠藏在臨風臺左麓, 爲先祖裔者, 時節墳庵之會, 誦遺詩, 讀遺文, 追慕愛敬名堂之義, 則亦必有觀感而起敬者矣, 今日刊事, 容可已乎? 玆敢不揆僭猥, 略敍顚趾如右. 癸卯三月日, 十二代孫麟璨, 謹識.

허백정집속집 발문 홍은표

虛白亭集續集 跋 洪殷標[1]

이 작품은 앞의 작품과 마찬가지로 후손인 은표가 지은 발문이다. 작자는 앞선 인
찬의 작품처럼 문집 발간의 의미를 요약적으로 기술하였다.

옛날 저곡樗谷 최정호崔挺豪 공이 일찍이 우리 선조의 문집을 호남의
구례현에서 간행하였고, 우복愚伏 정경세鄭經世 선생이 서문을 써서
전하였다. 백년 사이에 남긴 문장과 옛 역사들을 다시 조금 모아
동암공東庵公이 처음 연보를 지었다. 종대부宗大父 지애공芝崖公이 서
원의 선비들과 함께 입재立齋 정공에게 요청해서 행장을 받았으니,
이는 속간을 도모하였기 때문인데 여전히 정리를 마치지 못하였다.
족형인 종구宗九씨가 여러 해 모아 다듬은 뒤 잘 베껴서 책을 이루
고, 인찬麟璨씨에게 주어 계획하고 진행하게 하여 고을의 사우士友
들과 의논하여 주관하게 하였다. 간행하는 일이 이제 막 시작되었
는데 종구씨가 갑자기 세상을 떠나서 인찬씨와 우리 종형 종표宗標
씨는 중대한 일이 변경될까 매우 두려워하였다. 그래서 임인년 겨
울에 자제 중에 글씨 잘 쓰는 자들을 뽑아 권을 나누어 필사를 마치
게 하였다. 대평大坪 유공柳公에게 교감을 받고 각수에게 맡기니, 시
3권과 기문·서문·비명 1권과 연보 1권 및 부록을 합하여 모두 3책
이었다.

昔樗谷[2]崔公, 嘗刊吾先祖文集于湖南之求禮縣, 愚伏先生, 實序而傳

---

1 洪殷標: 상주출신으로 헌종 14년(1848) 戊申 增廣試 進士 三等으로 합격하였다.
그의 미간행『愼庵遺稿 抄』1책에는 成均進士로 在京時 서울의 주변풍경을 노래한
시가 많고「伽倻十三京」,「遊海印寺記, 遊水回洞記」등이 수록되어 있다.
2 樗谷: 崔挺豪의 호. 명종 18년(1563)~인조 11년(1633). 자 時應. 호 樗谷·孤山.

之. 百年之間, 遺文古史, 復稍集, 東庵公始撰年譜. 至宗大父芝崖公, 與院儒請於立齋鄭公而受行狀, 蓋維續刊是圖, 而猶未及整頓究竟矣. 族兄宗九氏積年裒粹, 繕寫成編, 旣又與麟琛氏, 措畫經紀, 謀於鄉士友而掌之. 刊事將始, 而宗九氏遽爾隕歿, 麟琛氏與我宗兄宗標氏, 深懼其大事遷就. 乃以壬寅冬, 擇子弟精書者, 分卷寫訖. 就校于大坪柳令公, 而付諸剞劂氏, 詩凡三卷·記序碑銘一卷·年譜一卷, 並附錄合三冊.

아! 공손히 생각해보면, 우리 선조先祖는 국조의 명현이다. 예전 세조世祖가 등극하여 유학을 존중해 장려하여 대동大東의 문헌을 크게 넓히셨는데, 선조께서 처음 사인士人으로서 과거에 급제하여 문장으로 이름을 떨쳤다. 성종대에 사업을 세워 총애가 융성하여 아는 것을 모두 말하였고, 간언이 모두 받아들여졌기 때문에 경연장을 출입하며 세운 논의와 조치한 행위는 공명정대하였는데, 대체로 도학과 경술經術로 왕의 정책을 윤색한 것이다. 연산군이 간관諫官을 죽이고 여러 현인들이 잇달아 죽는 상황이 되어서는 홀로 피를 짜내면서 간언을 막지 말라 청하는 상소를 올리고 한 번도 형틀이 목전에 있는 것을 신경 쓰지 않았다. 이는 성종의 특별한 은혜를 생각하여 사왕嗣王인 연산군에게 갚으려 했던 것일 것이다.

> 嗚乎! 恭惟我先祖, 國朝名賢也. 若昔世祖龍飛, 崇獎儒學, 丕闡大東之文獻, 而先祖始釋褐登第, 以文章鳴. 建事成廟, 寵重比隆, 知無不言, 諫無不入. 故凡其出入經幄, 論建施爲, 正大光明, 率以道學經術, 潤色王猷. 而廢朝戮諫, 群賢駢首, 則乃獨瀝血陳疏, 請勿拒諫, 曾不知刀鉅鼎鑊之在前, 是蓋追成廟之殊遇, 欲報之於嗣王也.

이 때문에 낙향하여 애경당愛敬堂에 돌아가려는 계획과 강가의 임풍

본관 淸州. 아버지는 守道. 선조 36년(1603) 식년시에 급제하였다.

대臨風臺에서 술잔을 기울이면서 시를 읊조리려는 생각은 실로 물러나 쉬는 것에 간절한 마음이 있었지만 끝내 이룰 겨를이 없었다. 선생께서 보여주신 이러한 출처의 큰 절의가 문장공文莊公의 서문과 저곡樗谷의 발문에 이미 잘 드러나 있고, 한강寒岡 정구鄭逑 선생이 연석筵席에 입시하여 선조宣祖를 대면하여 "홍 아무개는 널리 배우고 독실한 사람이었습니다." 하였으며, 용주龍洲 조경趙絅이 "허백정의 도덕과 문장은 한 세대에서 으뜸이었다." 하였다. 아! 지난 세대를 평가하는 여러 군자들의 이러한 논의는 또한 후세의 영원한 정론이 될 수 있으니, 후대 사람도 반드시 그 시를 외우고 그 글을 읽어 믿을 근거를 찾게 될 것이다.

> 是以, 敬堂歸老之計, 江臺挈榼之詠, 實有切於休退, 而終且不暇遂焉. 此其出處大節, 已盡於文莊之序 · 樗谷之跋. 而寒岡鄭先生入侍筵席, 敷對于宣廟曰: "洪某, 博學篤實之人也." 龍洲[3]趙學士稱: "盧白道德文章冠一世." 噫! 此數君子之尙論, 亦足爲百世定評, 則後之人亦必有誦其詩讀其書, 而徵信者矣.

다만 한스러운 것은 우리 선조가 여러 조정에서 문형文衡을 담당하시어 남긴 말씀이 나라를 가득 채웠는데도 사화가 발생하였을 때 산실되고 흩어져 거의 없어진 점이다. 동악東岳 이안눌李安訥의 「역관驛館」시에 '온 하늘을 뒤 덮은 갑자년 사화가, 문광공文匡公의 글을 깡그리 쓸려버렸네.'라고 한 것이 이를 두고 한 말이다. 그런데 세대가 이미 멀어지고 그사이 화재火災를 만나 시호를 의논하는 소장

---

3 龍洲: 趙絅의 호. 선조 19년(1586)~현종 10년(1669). 본관 漢陽. 자 日章. 호 龍洲 · 柱峯. 아버지는 奉事 翼男이며, 어머니는 증좌승지 柳愷의 딸이다. 尹根壽의 문인이다. 인조 1년(1623) 인조반정 後 遺逸로 천거되어 고창현감 · 경상도사에 계속하여 임명되었으나 모두 사양하다가 이듬해 형조좌랑 · 목천현감 등을 지냈다. 저서로는 『용주집』 23권 12책과 『東槎錄』이 있다. 시호는 文簡이다.

疏章과 제수를 내리는 유문論文을 모두 확인 할 수 없었다. 그래서 한참이나 세대가 지나 속간하는 이때에 하나의 항목을 덧붙였지만, 그래도 아직까지 완비하지 못하였으니, 이것이 어찌 후손들이 모두 안타까워할 일이 아니겠는가? 일을 마칠 무렵에 속집 간행의 시말을 삼가 살펴 끝에 쓴다.

후손 은표殷標는 삼가 쓴다.

第恨吾先祖累朝典文, 言滿國中, 而禍作之日, 散佚殆盡. 李東岳[4]「驛館」詩[5], 所謂滔天甲子禍, 掃地文匡詞'者, 是也. 且世代旣邈, 間經鬱攸, 議諡之狀·諭祭之文, 並無以徵焉. 故當此曠世續刊之日, 附錄一款, 亦未得完備, 茲豈非後孫之所共感慨者耶? 工垂訖, 謹稽顚趾, 而書之于末. 後孫殷標, 謹識.

---

4 東岳: 李安訥의 호. 선조 4년(1571)~인조 15년(1637). 본관 德水. 자 子敏. 호 東岳. 荇의 증손으로 진사 泂의 아들이며, 어머니는 경주 이씨이다. 재종숙부인 사헌부감찰 泌에게 입양되었다. 李植의 從叔이다. 18세에 진사시에 수석 합격하였으나 동료들의 모함을 받자, 과거 볼 생각을 버리고 문학에 열중하였다. 저서로는 『동악집』26권이 있다.

5 「驛館」詩: 『東岳先生集』卷8에 「贈幽谷驛吏方胤男」이라는 제목으로 실려 있고, 원문은 다음과 같다. "容齋先生集, 有「方潔」吟, 又有「方潔」詩. 敍曰, 幽谷舊有文匡公記, 釘于壁. 燕山甲子, 公被害, 官命撤去, 驛吏方潔藏之謹. 及反正, 復出釘之. 當時士大夫用心, 有能如潔者乎? 余嘗讀此, 賢其人而高其義. 今過幽谷問之, 則胤男, 潔之後也. 喜與之語, 書以志感, 以貽諸家於斯, 路於斯者也. 容祖過幽谷, 再題方潔詩. 滔天甲子禍, 掃地文匡辭. 驛吏昔如許, 士林今有誰. 百年逢末裔, 相對一吁嘻."

찾아보기

|지명|

허백정집 원문 차례

허백정집 1
虛白亭集 序文

虛白亭集 卷1 詩

허백정집 2

虛白亭集 卷2 詩

|序

| 疏

虛白亭集 卷3 碑誌

|祭文

|雜著

虛白亭集 跋文

虛白亭集 續集 卷2 詩

| 詩

京師, 及已事且還, 到得陳君任所, 車徒皆不及門, 留待且一日, 灤河公館待頗厚, 往來談話者再三, 手書六箇名字授之, 且曰 嚴君在河南汝寧府, 行年六十七, 願得詩一篇, 歸而爲壽, 余以才拙辭, 旣不獲, 則僅綴俚語如左, 以備一笑云

| 記

| 年譜

虛白亭集 續集 卷6 附錄

虛白亭集 續集 跋文

역자별 번역부분 소개

김용철 : 1권 21쪽 ~ 2권 144쪽
김용태 : 2권 145쪽 ~ 2권 498쪽
김창호 : 2권 499쪽 ~ 3권 538쪽
김남이 : 3권 539쪽 ~ 4권 111쪽
부영근 : 4권 112쪽 ~ 4권 249쪽
김남이 : 4권 250쪽 ~ 4권 388쪽
부영근 : 4권 389쪽 ~ 4권 419쪽

초기사림파문집역주총서 4

허백정집 4

2014년 6월 27일 초판 1쇄 펴냄

저 자 홍귀달
역 자 김남이 부산대학교 한문학과 교수
      김용철 부산대학교 점필재연구소 HK연구교수
      김용태 성균관대학교 한문학과 교수
      김창호 원광대학교 한문교육과 교수
      부영근 대구한의대학교 한문학전공 겸임교수

발행인 김홍국
발행처 도서출판 점필재

등록 2013년 4월 12일 제2013-000111호
주소 서울특별시 성북구 보문동7가 11번지 2층(편집부)
전화 929-0804(편집), 922-2246(영업)
팩스 922-6990
메일 jpjbook@naver.com

ISBN 979-11-85736-05-1
    979-11-85736-01-3 94810(세트)
ⓒ 부산대학교 점필재연구소, 2014

정가 27,000원
사전 동의 없는 무단 전재 및 복제를 금합니다.
잘못 만들어진 책은 바꾸어 드립니다.

이 도서의 국립중앙도서관 출판시도서목록(CIP)은 서지정보유통지원시스템 홈페이지
(http://seoji.nl.go.kr)와 국가자료공동목록시스템(http://www.nl.go.kr/kolisnet)
에서 이용하실 수 있습니다. (CIP제어번호: CIP2014017904)

* 이 책은 2007년 정부(교육과학기술부)의 재원으로 한국연구재단의 지원을 받아 수행
  된 연구임(KRF-322-A00077)